KB244734

문학권력 논쟁, 이후

—네오 르네상스를 위한 탐구

문학권력 논쟁, 이후
―네오 르네상스를 위한 탐구

초판1쇄 인쇄 | 2012년 5월 1일
초판1쇄 발행 | 2012년 5월 10일

지은이 | 홍기돈   펴낸이 | 김신 펴낸곳 | 예옥   등록 | 제 2005-64호(등록일 2005년 12월 20일)
주소 | (121-816) 서울시 마포구 동교동 155-27 홍익인간 오피스텔 921호
전화 | 02-325-4805   팩스 | 02-325-4806
e-mail | yeokpub@naver.com

ISBN 978-89-93241-25-9   (03810)
값 18,000원

홍 기 돈 비 평 집

문학권력 논쟁, 이후

네오 르네상스를 위한 탐구

예옥

1.

　유토피아를 설정하는 방식은 크게 두 가지로 나눌 수 있다. 인간이 품은 욕망을 승인하여 이를 충족시킨 상태로 제시하는 방식이 하나라면, 욕망을 제거하여 스스로를 비움으로써 도달할 수 있다는 방식이 다른 하나이다. 범박하게 정리하건대, 근대의 산물로 파악할 수 있는 자본주의와 사회주의가 앞의 유형에 속하며, 동아시아에 널리 퍼졌던 불교나 도교의 가치관은 뒤의 유형에 해당한다. 지금-여기, 내가 살고 있는 세계는 자본(주의)의 논리가 극점으로 치달은 면모를 드러내고 있다. 그러니 온갖 욕망이 들끓으며 매 순간 시종 시끄럽고 번잡하기만 한 것은 당연한 귀결이라고 해도 무방하겠다.

　애초 나의 비평은 시끄럽고 번잡한 세태를 가로지르고자 하는 데서 비롯되었다. 범람하는 신자유주의의 행태에 도저히 동조할 수 없었던 것이 밖으로 드러나는 동인이었다면, 실패해 버린 사회주의 체제 이후를 가늠해보는 것이 안으로 뿌리를 내렸던 근거였다. 두 측면 가운데 신자유주의와 관련된 나의 입장은 비교적 선명하게 표명된 듯하다. 자본·언론·학벌 따위의 영향력이 문학 내부로 이식되어 위세를 더해가는 양상에 대하여 벗들과 함께 맞섰으며, 이는 '문학권력 논쟁'으로 명명되는 한편 내 이미지가 싸움꾼으로 굳어지는 계기로 작용했으니 말이다. 반면 사회주의 체제 이후에 관한 나의 모색은 제대로 평가받지 못하고 있는 실정이다. 여러 이유가 있겠으나, 논쟁꾼 이미지에 반비례하여 이러한 나의 시도는 어둠 속으로 가려지고 만 탓이 크지 않은가 싶다.

세 번째 비평집을 펴내면서 나에 관한 세간의 시선이 수정되기를 바라는 까닭이 여기에 있다. 앞으로도 필요할 경우 굳이 논쟁을 피해나갈 생각은 없지만, 거기에까지 깔려있는 나의 기획이 함께 독해되기를 기대한다는 것이다. 비평집에 묶을 원고를 선별했던 기준은 이 지점에서 마련되었다. 지금−여기의 세계 바깥으로 나아가려는 나름의 단초가 어느 정도 드러난 글들로 구성되어야 한다는 것. 만약 『문학권력 논쟁, 이후』를 통해 나의 의도가 제대로 전달된다면, 독자들은 이 비평집이 나의 비평세계에서 하나의 전환점으로 자리를 잡고 있다는 사실도 파악할 수 있으리라. 앞으로 내가 걸어가고자 하는 방향이 이 안에 하나의 푯대처럼 솟아 있기 때문이다.

2.

현실 사회주의 체제가 붕괴하고 난 후 급속하게 변해가는 세상을 바라보며 나는 하나의 물음을 떠올렸다. 인간이란 무엇인가. 처음 이 물음은 인간에 대한 신뢰를 상실한 데 따른 절망감의 표출이었으나, 시간이 지남에 따라 점차 인간을 재규정해보려는 시도로 이어지게 되었다. 인간이란 존재를 새롭게 규정한다면, 그에 따라 세상의 질서를 구획하는 방식 또한 자연스럽게 달라질 터이기 때문이다. 데카르트의 근대적인 인간 규정에 뒤이어

사회계약론이 가다듬어지며 견고하게 굳어졌던 근대−체제의 양상을 떠올린다면 이해에 도움이 되지 않을까 싶다. 인간이란 무엇인가, 라는 물음과 맞대면하기 위해서 나는 먼저 자본주의와 사회주의를 근대의 양면으로 묶어 그 한계를 직시할 수 있어야 했다. 유토피아란 결국 인간에 관한 나름의 이해를 기반으로 하여 상상할 수 있는 체제일 텐데, 서로 대립하면서 20세기를 이끌어나갔던 두 세계는 데카르트의 인간 규정 위에서 성립하였다는 공통점을 안고 있기 때문이었다. 『문학권력 논쟁, 이후』는 이러한 문제의식 위에서 펼쳐진다.

내 비평의 특징이라면 한국문학사의 전개과정에서 착안한 바가 적지 않다는 사실을 꼽을 수 있다. 이번 비평집에서는 그러한 면모를 적극적으로 드러내었다. Ⅲ부가 이를 직접 보여주는바, 김동리·이광수·정지용이 인간을 어떻게 설정해나갔는가가 각각 정리되어 있다. 즉 그네들이 친일 파시즘에 맞서거나·침윤되었거나·거리를 두는 방식으로 처세할 수 있었던 것은, 단순히 민족의식의 유무에 따라 판별할 문제가 아니라, 인간의 새로운 규정에 입각한 방향 설정과 관련된다는 것이다. 「민족문학론의 재구성」은 이러한 성과 위에서 민족(국가)에 관한 논의를 풀어나간 글이라 할 수 있다. 주지하다시피 근대−체제는 민족(국가)을 경계로 작동하는 지점이 상당한데, 그 한계를 넘어서기 위해서는 '민족 단위에 입각한 사유'가 필요하다는 것이 기본 설정이다. 이는 민족(국가)의 해체를 주장하는 입장이나 배타적인 민족주의와 분명하게 선을 긋는 입장으로, 김재용 교수가 제시하는 '비민족주의적 반식민주의(non-nationalistic decolonization)'란 개념을 통하여 비로소 적절한 표현을 얻을 수 있었다. 김수영에 관한 비평은 어떠한 도그마에도 의지하지 않은 채 세계 전체와 맞설 수 있었던 그의 근거를 추적하는 내용이다. 근대−체제와 맞서기 위해서는 김수영을 하나의 사례로 참조할 필요가 있었기에 이러한 작업을 전개하였다.

Ⅲ부의 내용을 가다듬으면서 얻은 성과에 입각하여 현재 한국문학에

비판적으로 개입한 비평들이 Ⅰ부에 묶여 있다. 그 가운데 가장 큰 줄기는 이른바 '미래파 논쟁' 혹은 '뉴웨이브 논쟁'과 관련된다. 내가 보기에 뉴웨이브(미래파)를 옹호하는 논자들은 문학사에서 이미 실패로 판명된 길을 뒤따라 걷고 있을 뿐만 아니라, 옹호를 위해 인용하고 있는 서양이론에 관한 이해가 그리 적절하지 않았다. 그러한 까닭에 논의의 한계를 지적하면서 내 나름의 새로운 방향을 제시하려다 보니 논쟁에 개입하게 되었다. 「깊이에 대한 단상」, 「'뉴웨이브'를 말한다」, 「문학권력 논쟁, 이후」는 이러한 견해를 피력해나간 연작이라 할 수 있다. Ⅱ부와 Ⅳ부는 작품론, 작가론이다. Ⅱ부에는 Ⅰ부·Ⅲ부의 관점을 작품·작가 분석에 구체적으로 적용하였거나 그러한 문제의식과 어느 정도 연관되는 작품들을 대상으로 삼은 분석들을 모았고, Ⅳ부에는 나와 너의 경계를 가로질러 '나-너'라는 관계 상태로 세계를 파악할 수 있는 가능성을 탐색해본 비평들로 구성하였다. 공동체 담론의 조건을 따져 묻는 작업도 Ⅳ부에 배치하였다.

3.

서문을 쓰는 며칠 사이 나에게 어여쁜 딸이 생겼다. 뒤늦은 결혼의 산물이다. 근대-체제 내에 근거를 마련하지 않으려고 결혼 자체를 부정했던 나로서는 엄청난 변화라 할 수 있다. 이 지점에서 다시, 이미 낡을 만큼 낡았음에도 불구하고 마치 악령과도 같이 끈질기게 들러붙는 이 추악한 질서를 다음 세대에게까지 물려주어서는 안 되겠다고 마음을 다잡아본다. 힘에 부쳐 나의 세대에 의미 있는 변화를 목도할 수 없다면, 내가 품었던 꿈을 내 딸이 이어받았으면 하는 바람도 있다. 마지막까지 꿈을 부여잡을 수 있는 인간이라야만 비로소 비루해지지 않을 자격이 있고, 내 딸이 비루하지 않은 당당한 인간으로 자라기를 기원하기 때문이다.

『문학권력 논쟁, 이후』가 지금과 같은 완성도를 갖추게 된 데에는 몇 분의 큰 도움이 있었다. 방민호 선배님은 원고의 취사선택에서부터 배치·수정 사항까지 꼼꼼하게 조언해 주었고, 이숭은 사장님, 조랑 편집자께서는 교정이라든가 기획·제목의 수정 등에까지 섬세한 안목으로 도움을 주었다. 이분들께 고마운 마음을 전한다.

2012년 봄

원미산자락 아래 연구실에서

홍기돈

| 차례

I. 문학, 지금 어디로 가고 있나

II. 별자리를 찾는 광장

III. 과거의 거울로 현재를 읽다

IV. 신자유주의 시대와 희망의 문학

I

문학, 지금 어디로 가고 있나

깊이에 대한 단상

1. 깊이에 대한 오해

언젠가 다음과 같은 문장으로 평론을 마무리 지은 바 있다. "한때 타락한 사회에 물들지 않기 위해 시간과 싸우는 것만이 중요한 줄 알았다. 그러나 이제는 시간이야말로 함께 어울려 나름의 세계를 깊게 만들어갈 그 무엇이라는 것을 알고 있다. 무딘 말로 이 깨달음에서 느꼈던 놀람을 제대로 표현할 수 없지만, '비평의 정치성'을 (인)문학적 사유로까지 끌고 나가고자 하는 이유이다. 당분간 필자의 화두는 여기에 묶여 있을 성싶다."[1] 벌써 그로부터 6여 년이 흘렀다. 이제 다시, 시간에 대하여 이야기하고자 한다. 삶과 인식의 깊이에 대하여 입장을 밝혀야 하기 때문이다. 나를 이리로 이끈 것은 『실천문학』 2006년 겨울호에 발표된 신형철의 평론 「전복을 전복하는 전복―2000년대 한국시의 뉴웨이브」이다.

내가 보기에 「전복을 전복하는 전복」은 다소 혼란스럽다. 아마 '깊이'에 대한 견해가 나와는 현격하게 다르기 때문일 것이다. 신형철은 '깊이'에 대하여 비판적인 태도를 견지하는 것으로 파악된다. 그는 "깊이가 있다"는 것을 다음과 같이 설명하고 있다. "수학적으로 말하면, 선이 있고 면이 있고 입체(수학적 공간)가 있습니다. 혹은 정치적으로 말하면, 중심이 있고 주변이

---

1. 「문학권력 논쟁」, 『아웃사이더』 제5호, 2001, 206쪽.

있고 그 사이에 지배(정치적 공간)가 있습니다. 혹은 시학적으로 말하면, 자아가 있고 대상이 있고 그 가운데에 지각·감응 및 판단·견해(서정적 공간)가 있습니다. 이 좌표들이 협업하여 하나의 '(권력적) 구도'를 만들고, 어떤 전체의 상태를 지향합니다."(123쪽)[2] 그래서 그는 '(권력적) 구도'를 허물어뜨리기 위해 깊이가 없는 '한국시의 뉴웨이브'를 지지하고 나섰다.

> "오늘날 가능한 것은 금지에 대한 저항이 아니라 유혹에 대한 거절일 것이다. 이제 권력은 '하지 마라'라고 말하지 않고 '하라'고 말하기 때문이다." 그래서 시인의 적(敵)은 예컨대 "완강한 자기동일성으로 무장한 집단주의의 양생술과 전체주의적 쾌락을 조직하는 시스템의 유혹술"입니다. 그러니 시인은 일단 **유일무이한 개별자**가 되어야 하는 것이 아닐까요. 무엇보다도 **파천황의 감각과 미증유의 언술들**을 탑재해야 하는 것이 아닐까요. 그래서 "알 수 없는 사람"(황병승)이 되어야 하지 않을까요. **무책임하고 깊이 없는 "선언의 천재"**가 되어야 하는 것이 아닐까요.(124쪽, 강조—인용자)

긍정을 유도하는 반복되는 물음에도 불구하고 나는 번번이 고개를 가로젓게 된다. 첫째, "유일무이한 개별자"에 대한 나의 생각은 다음과 같다. 신형철은 앞에서 전제한 논리를 스스로 허물어뜨리고 있다. 「전복을 전복하는 전복」은 "모든 명명(命名)은 어떤 실패의 흔적입니다.(중략) 명명의 윤리는 본래 대상 안에 있는 어떤 명명 불가능성, 기존의 이름들로는 포괄할 수 없는 어떤 미지(未知)를 가시화하는 데에 있습니다."(110쪽)라는 문장으로 시작했다. 이는 언어의 자의성, 그러니까 기표 아래를 미끄러지는 기의를 바탕으로 가능해지는 주장이다. 물론 언어를 사용하는 동물—호모 로퀜스(Homo Loquens)—인 까닭에 인간 또한 언어(명명)의 운명으로부터 자유로울

---

2. 이하 괄호 안의 숫자는 『실천문학』 2006년 겨울호에서 인용한 페이지를 가리킨다.

수 없다. 기의가 기표 아래를 미끄러지듯이, 인간 또한 고정된 실체를 갖지 못하고 그 아래에서 조금 지나치거나 조금 못 미치며 끊임없이 미끄러질 터이기 때문이다. "주체란 본래 분열되어 있는 것이고, 애초 해체되어 있는 것입니다."(113쪽)라는 신형철의 지적은 아마도 그래서 가능했을 것이다.

그런데, 신형철은 시인이 "유일무이한 개별자"가 되어야 한다고 주장하고 있다. 앞에서 "주체란 본래 분열되어 있는 것이고, 애초 해체되어 있는 것"이라고 단정했던 이유는 '한국시의 뉴웨이브'를 옹호하기 위해서가 아니었던가. 그러니까 "'주체의 분열' 혹은 '주체의 해체'"라는 지적이 "뉴웨이브들의 시가 내장하고 있는 활력을 단번에 무력화하는 말들"(113쪽)이라고 응수하는 과정에서 제출된 단정이라는 것이다. 그렇다면 본래 분열되어 있고, 애초 해체되어 있는 주체가 어떻게 "유일무이한 개별자"가 될 수 있는지 설명이 필요하다. 이게 생략되어서는 모순이라고 판단할 도리밖에 없다. '주체'가 아닌 '자아'의 문제라고 하더라도 마찬가지다. '한국시의 뉴웨이브'들은 "'자아'라는 누각(樓閣)의 허구성을 직관적으로 느끼고"(113쪽) 있는 존재이며, 그래서 이미 "'나'의 단독성을 보증해주지 못하는 세계에서 '자아'라는 헛된 정체성(동일성)과 작별"(114쪽)하였기 때문이다. 이러한 존재가 어떻게 "유일무이한 개별자"로 설 수 있을까. "'자아'라는 헛된 정체성(동일성)"이 아닌 다른 정체성(동일성)이 존재한다는 것일까. '앞에서 전제한 논리를 스스로 허물어뜨리고 있다'라는 지적은 바로 이를 가리킨다. 모순이다.

그리고 신형철은 '한국시의 뉴웨이브'가 "분열과 해체의 언더그라운드에서 진정한(authentic) 나를 '추구'하고 있는 것입니다"(114쪽)라고 주장하고 있다. 그런데, 그가 기대고 있는 '포스트' 담론에 의하면 "진정한 나"란 본질주의적인 사고에 귀착할 따름이다. 다시 말해서 "진정한 나"란 어디에도 존재하지 않는 형이상학적 허상에 불과하다는 것이다. 형이상학적 허상을 좇는 모험은 실패할 운명으로부터 벗어날 수 없다. 호의를 가지고 해석하자면, '추구'라는 단어의 작은따옴표를 보건대, 신형철은 "진정한 나"라는 형이상학적 허상보다는 모험 자체에 의미를 부여하려고 했을 수 있겠다. 그렇다면 모험을 통해 얻는 것은 과연 무엇일까. 아마 여기에 신형철과 나의 견해 차이가 있을 게다. 신형철은 깊이로부터의 탈출을 생각하고, 나는 깊이의 천착을 향해 다가간다.

둘째, "파천황의 감각과 미증유의 언술"은, "진정한 나"가 본질주의적인 사고에 귀착하는 것과 마찬가지로, 본질주의적인 사고의 소산이다. 오염되지 않은, 그처럼 완전히 새로운 감각과 언술은 존재하지 않기 때문이다. 가령 신형철이 예를 들고 있는 강정의 「들판을 달리는 토끼」를 보자. 이 시가 과연 "파천황의 감각과 미증유의 언술"을 보여주고 있을까. 나는 1955년 발표된 김수영의 「연기」를 알고 있는 독자라면 결코 동의할 수 없으리라 생각한다. 감각과 언술의 측면에서만 파악했을 때 「들판을 달리는 토끼」가 「연기」의 짙은 그늘 속에 놓여 있는 까닭이다. 즉 「들판을 달리는 토끼」는 「연기」로 오염되어 있어서 "파천황의 감각과 미증유의 언술"에는 미달할 수밖에 없다.

두 편의 시는 모두 자신의 시론을 풀어쓴 텍스트이다. 그러니까 '연기'라거나 '토끼'는 시를 상징한다는 점에서 출발할 필요가 있다. 연기와 토끼는 모두 재빠른 속도감을 느끼게 하며, 그 속도로 달아나거나 잊혀질 따름이다. "자의식에 지친 내가 너를/ 막상 좋아한다손 치더라도/ 네가 나에게 보이고 있는 시간이란/ 네가 달아나는 시간밖에는 없다"라고 김수영이 진술했다면, 강정은 "토끼는 아무래도 토끼 아닌 것들 속에서/ 스스로의 이름을 발놀림보다 빠르게 잊어버리는 게/ 무엇보다 토끼다울 따름이다"라고 화답한다. 감각과 언술로만 보자면 별다른 차이가 없다. 대체 왜 이런 현상이 나타나는 것일까. 두 사람 모두 모더니즘을 공유하고 있고, 이들 시에서 그 정신을 드러내고 있기 때문이다.

모더니스트들은 끊임없이 새로움을 추구한다. '대량복제 생산시대'에 동일성의 반복으로부터 벗어나기 위해서이다. 그렇지만 현대사회는 모더니스트들이 구축한 새로움마저 이내 대량복제해버린다. 그러니까 모더니스트들이 구축하는 새로움이란 기껏해야 만들어지는 '순간' 사라져버릴 운명 위에 놓인 셈이다. 그래서 김수영은 "연기의 정체는 없어지기 위한 것이다"라고 썼다. "평생토록 달리며 지워야 할 들판을 낳는" 강정의 토끼는 나타났다 사라지는 그 '순간'을 이렇게 보여주고 있다. "여전히 대답하지 않는 저 먼 시간의 침묵까지 짊어진 토끼는/ 자기가 토끼라는 사실을 잊기 위해서라도 달린다/ 자기가 토끼라는 사실을 알리기 위해서라도 달린다".「들판을 달리는 토끼」라는 시가 좋지 않다고 이렇게 지적하는 것이 아니다. 혼자 보기 아까운 좋은 시다. 다만 "파천황의 감각과 미증유의 언술"이라는 의미 부여가 적절치 않다는 뜻에서 일례를 들고 있을 뿐이다.「들판을 달리는 토끼」 앞에는 김수영의「연기」가 자리한다.

셋째, 과연 "무책임하고 깊이 없는 선언의 천재가" 시인인가에 대해서도 선뜻 동의하기가 어렵다. 이는 아마 깊이에 대한 견해가 갈리기 때문에 나타나는 결과인 듯싶다. 신형철은 "뉴웨이브의 핵심은 '나'에 대한 발본적 반성에 있습니다"(112쪽)라고 이야기한다. 글쎄, 발본색원(拔本塞源)의 경지에 이를 정도로 반성을 동반하고 있다면 책임감과 깊이가 있다고 판단해야 하는 것 아닐까. 깊이가 없는 존재는 세계의 겉면을 부유할 뿐 뿌리 내리고 반성할 여유를 가지지 못할 테니 말이다. 그리고 신형철은 "마케팅의 미학이 새로움의 교환가치를 연구한다면 전위의 미학은 새로움의 사용가치를 고민합니다"(111쪽)라고도 하였다. '마케팅 미학'의 반대편에서 '전위의 미학'을 구축할 수 있는 수준의 시인이라면 그 역시 책임감과 깊이가 있다고 말해야 옳을 것이다. '마케팅 미학'과의 의도적인 거리두기, 자신에 대한 발본적인 반성(성찰)이 깊이를 이룬다는 사실을 어떻게 설명하여야 할까. 마침 마땅한 내용을 신형철이 주장해놓았으니 인용해보기로 한다.

우리는 시를 이해하기 좋은 것으로 만들려는 욕망과 싸워야 합니다. 시인은

'이미 존재하는 인간'을 향해 말을 걸기보다는 '장차 도래할 인간'을 향해 말을 걸어야 합니다. 아울러 비평가는 시를 익숙한 것으로 바꾸려 하지 말고, 낯선 것들과 뒤엉키면서 **다름 아닌 그 자신을 바꿔야 합니다.** 그러지 않을 것이라면 시 따위는 없어져도 그만입니다. 그 낯선 것과 함께 어디로 가게 될지는 알지 못합니다. 존재가 바뀐다는 게 본래 그런 것이라고 생각합니다. 그리고 이런 것이 전복이 아니라면 도대체 전복이란 무엇이겠습니까.(121쪽, 강조―인용자)

비평가는 "다름 아닌 그 자신을 바꿔야 합니다." 나는 이 주장에 적극 동의한다. 그저 자신의 견해를 고집하여 반복을 일삼는다거나, 세상을 바꾸겠노라고 앞으로 달려 나가는 것만이 능사가 아니기 때문이다. 물론 불완전한 세상을 바꾸기 위한 노력은 필요하다. 그렇지만 동시에 끊임없는 성찰을 통해 자기 자신 또한 바꾸어나갈 수 있어야 한다. 인간의 성숙은 이를 통해 가능해지며, 성숙을 통해 내면은 깊어지는 법이다. "존재가 바뀐다는 게 본래 그런 것"이다. 하지만 이것이 비평가에게만 요구되는 덕목일까. 그렇지는 않을 것이다. 문학 일반에 요구되는 자세인 까닭이다. 따라서 '2000년대 한국시의 뉴웨이브'를 주도하고 있는 시인들은 "낯선 것들과 뒤엉키면서 다름 아닌 그 자신을 바꿔" 나갔기에 변화가 가능했다고 전제해야 한다. 즉 나름의 책임감과 깊이를 갖추고 있다고 판단해야 한다는 것이다.

만약 깊이의 부정이 기법의 차원에서 전개된 것이라면 신형철은 좀 더 친절한 설명을 덧붙여야 했으리라고 생각한다. 그는 이장욱의 시에 대해 이렇게 설명한다. "(깊이가 있는 세계인―인용자) 3차원이 지겹다면 2차원으로 돌아가거나 4차원으로 나아갈 수 있습니다. 2차원으로 돌아가면 지배 관계가 발생할 수 있는 '공간'이 제거될 것입니다. (중략) 이장욱이 부유하는 발화들을 '초월적 구도(plan de transcendance)' 없이 '평면' 위에 배치할 때, 그는 2차원을 전략적으로 도입하고 있습니다."(123쪽) 눈을 감는다고 현실이 사라지지는 않는다. 기법을 통해 공간을 제거한다고 해서 의미 있는 전복이 될 수는 없다는 것이다. 토대를 벗어난 환영에 무슨 혁명성이 내장되겠는가. 이성혁은 「전복적인 비평이란 무엇인가」에서 이를 적절히 지적하고 있다. "'뉴웨이브'의 세계관 및 예술관이 세계를 향해 선언되지 못하고 다만 다소 방어적으로 그들의 미학이 '설명'될 때, 그 설명이 어떤 방식이든지 간에 그것은 예술 및 문학사라는 박물관에 전위적인 시를 모셔오는 작업이 될 가능성이 있습니다."(141쪽)

덧붙이는데, 나는 모든 '한국시의 뉴웨이브'들이 '발본적인 반성'을 보여준다고는 생각하지 않는다. 반성이 느껴지는 시인도 있고, 전혀 다가오지 않는 시인도 있다. 그래서 '깊이'에 대한 논의는 개별 시인에 따라 각각 다시 전개해야 온당하다. 여기서는 다만, 신형철이 "뉴웨이브의 핵심은 '나'에 대한 발본적 반성에 있습니다"라고 주장하였으니, 논리의 결을 좇아 나의 생각을 풀어내었음을 밝힌다. 우선 신형철이 전개하는 논리의 빈틈을 지적하는 것이 나의 목표였던 것이다. 여기서부터 문제를 구성하는 틀에 대한 고민을 제안하고자 한다.

2. 시의 윤리성

사실 나는 "주체는 있다"라거나 "주체란 본래 분열되고 해체되어 있는 것이다"라는 논란에 대해 그다지 의미를 부여하지 않는 편이다. 만물(萬物)의 유행(流行)이란 일종의 운명일 터, 시간 속에서 변하지 않는 가치는 애초부터 존재하지 않기 때문이다. 그렇다면 주체에 대한 믿음/불신의 논란은 변하지 않는 가치를 둘러싼 그림자와 같은 것 아닐까. 이런 논란에서 반성의 계기를 마련할 수 있다면 좋으련만, 그보다는 오히려 논란 자체를 증폭시키는 데 머무르는 양상을 많이 보아오기도 했다. 추측컨대 이데아나 천국, 절대이성 따위를 전제하였다가 폐기했던 일련의 과정들도 이와 비슷했으리라. 이러한 논란을 빠져나가기 위해서는 변하지 않는 가치의 설정 자체를 폐기하여야 한다. 그래야 그림자도 사라진다. 찬성과 반대로 나뉘는 이분법이 아니라, 만물의 유행을 전제하여야 한다는 것이다. 그리고 그러한 '과정(유행)' 속에서 사유를 펼칠 수 있어야 한다. 새로운 인식 체계는, 진정한 전복은 이 위에서 가능하리라고 생각한다.

"김수영은 문학적 전환의 국면마다 새롭게 소비되어온 시인이다."[3]라고 평가받는다. 이러한 경향은 현재에도 유효한데, 신형철이 김수영을 언급하면서부터 「스키조와 아나키」(『창작과비평』, 2006.여름)를 펼쳐나가기 시작한 데서도 알 수 있다. 김수영을 통해 '한국시의 뉴웨이브'를 옹호하려고 시도했던 셈이다. 그런데, 김수영은 과정 속에 스스로를 내맡길 줄 알았던 시인이다. 그래서 강웅식은 다음과 같은 평가를 내린 바 있다. "김수영 문학에서 스스로를 부단히 창조해나가야 하는 '윤리적 주체'는 '창조적 추진력'의 원본인 '시'를 수행해나가는 '미학적 주체'와 동일한 수준에 놓이게 된다. 이러한 의미의 맥락에서 김수영 문학의 핵심은 '윤리적 주체'와 '미학적 주체'의 합치에 있었다고 보아도 크게 틀린 말은 아닐 것이다."[4] 박수연은 또 이렇게 지적하였다. "새로움의 추구 속에서 세계에 대한 시적 인식을 지속적으로 갱신해나갔다."[5]

인간의 인식과 내면은 과정 속에서 깊어진다. "유일무이한 개별자"라든가 "파천황의 감각과 미증유의 언술"은 그 과정이 불투명한 까닭에 설정하게 되는 허상이다. 김수영은 허상을 버리기 위해 먼저 현실의 바깥이 아닌, 현실의 한가운데에 자신의 자리를 마련하였다. 예컨대 다음과 같은 구절을 보라. "진정한 현대성은 생활과 육체 속에 자각되어 있는 것이고, 그 때문에 그 가치는 현대를 넘어선 영원과 접한다."[6] 현대성(근대성)은 현실(생활)의 전

---

3. 박수연, 「김수영 해석의 역사」, 『작가세계』, 2004.여름, 130쪽.
4. 강웅식, 「자기 촉발에 이르는 힘」, 『작가세계』, 2004.여름, 32쪽.
5. 박수연, 앞의 글, 같은 쪽.
6. 김수영, 「진정한 현대성의 지향—朴泰鎭의 詩世界」, 『金洙暎전집—散文』, 민음사, 1993, 214쪽.

영역에 걸쳐 관통하고 있으며, 현대인(근대인)에게는 현실을 매개로 현대성(근대성)이 각인되어 있다. 시인이라고 하여 예외일 수는 없다. 그렇기 때문에 김수영은 현실과 자신이 연루되는 지점을 냉철하게 인식하였으며, 현실을 비판하면서 동시에 자신을 반성할 줄 알았다. 그러니까 자신과의 고독한 싸움이 의미를 획득하는 것이며, 그러한 싸움을 통해 김수영은 자신의 내면에 깊이를 더할 수 있었다. 과정 속에 스스로를 내맡길 수 있었다는 사실은 이를 가리킨다.

"이미 존재하는 인간"이 아닌 "장차 도래할 인간"에게 말을 걸고자 한다면, 시인들은 김수영에게서 바로 이 점을 배워야 한다. 시의 윤리가 마련되는 자리이기 때문이다. 나와 너(세계)는 대립되는 각각의 두 세계가 아니라 하나의 관계로 이어져 있다. 너(세계)가 아프면 나도 아프다. 종교에서 말하는 사랑[愛], 자타불이(自他不二), 인(仁)은 바로 이러한 정신에 닿아있는 것이다. "현대를 넘어선 영원"이란 바로 이러한 가치를 의미하는 게 아닐까. 신이 부재하는 시대, 인간이 인간을 구원할 수 있다면 그 가능성은 여기서부터 마련해야 한다고 나는 생각한다. 물론 세계가 완전해지지 않는 이상 시인(인간) 또한 완전해질 수 없다. 그리고 불완전한 인간(시인)은 끝끝내 완벽한 세계를 만들어낼 수도 없다. 그런 까닭에 세계와의 싸움은, 자신에 대한 반성은 살아 있는 동안 중단 없이, 끊임없이 이어져 나간다. 이렇게 하여 남는 것은 오로지 과정이다. 아니, 과정을 통해 깊어지는 인간 존재의 가치와 의미만이 남게 된다.

내가 '과정'에 이토록 주목하는 것은 인간 존재의 조건 때문이다. 신형철은 "입체(수학적 공간)"와 "지배(정치적 공간)"와 "지각·감응 및 판단·견해(서정적 공간)"가 "협업"하여 "(권력적) 구도"를 만들고 있다고 하였다. 나는 여기에 동의한다. "입체(수학적 공간)"와 "지배(정치적 공간)"와 "지각·감응 및 판단·견해(서정적 공간)"는 인간에게 주어진 조건이자 속성이다. 그리고 "(권력적) 구도"는 이 위에서 구축된다. 그런데 "(권력적) 구도"의 바깥에는 아무 것도 없다는 데서 나와 신형철의 차이가 발생한다. "(권력적) 구도"란 사회(생활)의 다른 이름일 텐데 그 바깥을 설정하는 것은, "유일무이란 개별자"와 "파천황의 감각과 미증유의 언술"이 본질주의적인 사고의 소산이듯이, 형이상학적 허상 만들기에 다름 아니다. 그렇기 때문에 시인은 "(권력적) 구도" 안에서 자리를 마련해야 한다. "(권력적) 구조"에 대해 끊임없이 싸움을 걸면서 동시에 "(권력적) 구조" 안에서 "(권력적) 구조"의 성향을 벗어나고자 스스로를 성찰하여야 한다는 것이다.

시인에게 시 창작은 이 순간 수신학(修身學)의 층위로까지 올라서게 된다. 그러니까 근대문학의 울타리를 뛰어넘게 되는 것이다. 서구의 'Literature'가 일본의 '분카쿠(文學)'를 모범으로 하여 조선에서 '문학'이라는 개념으로 확립되면서 지워진 것이 바로 수신학의 측면이었다. 근대문학의 울타리 따위야 아무려면 어떤가. 신형철의 목소리로 이야기하는데, "그러지 않을 것이라면 시 따위는 없어져도 그만"이다. 그리고 시인이란 존재는 이 땅에서 사라져도 마땅하다. 죽음의 가치로 뒤덮인 현대(근대)의 질서 속에 갇힌 시인의 운명을 김수영은 순교에서 찾은 바 있지 않은가. "죽어가는 자기를 바라볼 수 있는 자기가 아니라, 죽어가는 자기─그 죽음의 실천─이 것이 현대의 순교다."[7] 그렇기 때문에 시인은 비관적인 예감을 뛰어넘을 수 있는 존재─"장차 도래할 인간"─이 되어야만 한다. 그렇게 시의 윤리를 마련하여야 한다.

이즈음에서 나와 신형철의 차이에 대해 잠깐 정리할 필요가 있겠다. 신형철의 글에서는 분석의 도구가 예리하게 빛나는 반면, 나의 글에서는 새로움에 대한 판단 기준이 분명한 듯하다. 자, 보자. 나는 "장차 도래할 인간"의 상을 막연하게나마 제시하고 있다. 새로운 경향의 시를 평가하는 기준

---

7. 김수영, 「새로움의 摸索」, 위의 책, 171쪽.

은 여기에서 마련된다. 한편 신형철은 그 부분을 유보해나가는 양상이다. 가령 그는 '한국시의 뉴웨이브'가 "'새로워서 좋다'가 아니라 '좋은데 새롭다'"(111쪽)라고 주장한다. 그렇지만 이성혁이 적절하게 지적하는 것처럼, 거기에는 "무엇이 '좋은 것'인가?"(138쪽)라는 내용은 배제되어 있다. "장차 도래할 인간"도 마찬가지다. 황병승의 시구를 빌려 그는 "알 수 없는 사람"이라고 이야기하고 있지 않은가. 알 수 없으니 판단(평가)은 유보된다. 그래서 분석의 예리함은 더욱 긴요하게 요청된다. 입장이 달라서 그러할 터인데, 나로서는 신형철의 그러한 방식에 전적으로 신뢰를 보내기가 어렵다. 평가의 기준이 분석의 도구에 압도당하는 순간 모순에 빠질 위험이 있을 뿐더러, 그게 과연 '장차 도래할 작품'을 향해 말을 거는 올바른 태도인가에 대해서도 회의적이기 때문이다. 이성혁도 나와 같은 견해를 드러내고 있다.

　　비평가가 작품을 통해 자신의 비평을 반성하면서 성실하게 작품의 미학을 추출할 때, 그것은 생성이라기보다는 반복에 가깝지 않을까요? 한 가지 꼬집자면, 발표자 글에서 표명된 '뉴웨이브'의 미학은 라캉이나 들뢰즈, 가타리의 철학 또는 예술관입니다. 그래서 '추출'이라는 단어를 쓴 것입니다. 결국 이는 반복 아닌가요? 시에서 들뢰즈 철학을 확인하는, 들뢰즈 철학의 반복.(142~143쪽)

"장차 도래할 인간"은 이론에서 찾을 것이 아니라 현실에서 찾아야 할 것이라고 나는 생각한다. 미래는 현실의 결여된 부분을 통해 말을 걸어오기 때문이다. 현실의 결여된 부분을 간파하고 이를 메우고자 길을 찾는 존재라야 비로소 "장차 도래할 인간"의 자격에 합당할 것이다. 그리고 보면 "(권력적) 구조"의 바깥을 설정하고 언어의 조작을 통해 그쪽으로 가볍게 떠오르려는 태도는 "이미 존재하는 인간"에게서도 누차 발견되던 성향이 아니었던가.

3. 시의 정치성

시의 정치성은 시의 윤리성에서 배태된다. 시의 윤리성에 대하여 앞에서 이렇게 정리하였다: "나와 너(세계)는 대립되는 각각의 두 세계가 아니라 하나의 관계로 이어져 있다. 너(세계)가 아프면 나도 아프다." 왜 이러한 윤리성이 정치성을 획득하는가. 우리가 살고 있는 세계가 '근대적 개인'을 근거로 하여 축조된 세계이기 때문이다. 사회계약론은 근대 세계에서 개인과 개인이 어떻게 어울리는가를 드러낸다. '너'는 '나'의 바깥에 있다. 관계를 만드는 것은 '계약'이다. 그런 까닭에 '계약'의 틀 안에서라면 '나'는 거리낄 것 없이 '나'의 욕망을 마음껏 채울 수 있게 된다. 계약의 공정성은 문제될 바 없다. '나'의 바깥에 있는 '너'가 아무리 비참한 상황으로 굴러떨어지더라도 그것은 오로지 '너'의 문제일 뿐이다. 아니, '너'는 '나'의 욕망을 채우기 위한 도구로 전락할 가능성이 농후하다. 근대사회의 동력이 여기에서 만들어지는 까닭이다. 이렇게 축조된 "(권력적) 구조"를 넘어서고자 하는 것이 시의 윤리성이고, 시의 정치성이다.

그러니 시의 정치성이 먼저 지향해야 할 것은 사회계약론에 입각한 관계의 파열(破裂)이다. 그리고 다른 방식의 관계를 정립하기 위한 모험에 나서야 한다. '나-그것'의 관계를 뛰어넘어 '나-너'의 관계로 나아갈 수 있어야 한다는 나의 판단은 다음의 내용에 잘 드러난다.

흔적과 빈틈을 통해 나/우리는 너/너희와 대화의 가능성을 마련할 수 있다. 나/우리 안에 남겨진 너/너희의 흔적을 통해 내밀한 교통이 시작되며, 언제나 무엇인가가 결여된 상태에 머무르는 불완전한 존재인 나/우리는 너/너희를 통해 그 빈 틈을 메워갈 수 있다. 그런 관점에 입각하여 정의를 내리자면 '인간은 대화하는 존재'이다. 그렇기 때문에 우리는 먼저 "처음에 관계가 있다"라고 이야기해야 한다. "관계는 존재의 범주(範疇, Kategorie), 준비, 파악의 형식, 혼의 주형(鑄型)이다. 관계의 아프리오리(Apriori), 그것은 곧 '타고 난 〈너〉(das eingeborene)'이다."(마르틴 부버, 표재명 역, 『나와 너』, 책세상, 39쪽.) 만약 '나'와 '너'가 맺는 관계를 미처 깨닫지 못한다면, '너'는 생동감을 잃고 물화(物化, Verdinglichung)된 끝에 결국 한낱 수단으로 전락하고 만다. '그것'이 되고 마는 것이다. 그래서 마르틴 부버는 단언하였다. "'나', 그 자체는 없으며 오직 근원어 '나-너'의 '나'와 근원어 '나-그것'의 '나'가 있을 뿐이다."(『나와 너』, 6쪽.)[8]

강정의 『들려주니 말이라 했지만』(문학동네, 2006)에는 바로 이러한 정치성이 내장되어 있다. 그렇지만, 선뜻 지지하고 나설 수 없는 것은 간간히 드러나는 초월적 언술 때문이다. 그의 초월적 언술은 시의 긴장을 일순간 풀어헤쳐 버린다. 아마도 '나'의 자리를 제대로 잡지 못하고 있는 데서 이유를 찾아야 하지 않을까 싶다. 관계를 전제한다고 하더라도 '나'의 자리는 여전히 남게 된다. 그러니 시인은 '나'의 자리에서 스스로를 성찰할 수 있어야만 한다. 관계 속에서 자신의 무게를 증발시켜서는 곤란하다. 마지막까지 '나'를 포기해서는 안 된다. 그렇게 하여 마련되는 존재의 깊이에서, 성리학의 관점에서는 '체득(體得)'이라 할 수 있을 텐데, 일신우일신(日新又日新)의 길이 열린다. '날마다 잘못을 고쳐서 그 덕을 쌓음에 게으르지 않는 태도', 이 지점에서 윤리와 정치와 시가 하나가 된다. 이것이야말로 시의 새로움이다.

신형철은 이렇게 판단하고 있다: "오늘날 가능한 것은 금지에 대한 저항이 아니라 유혹에 대한 거절일 것이다. 이제 권력은 '하지 마라'라고 말하지 않고 '하라'고 말하기 때문이다." 나는 생각이 조금 다르다. "금지에 대한 저항"과 "유혹에 대한 거절"이 그렇게 선명하게 구분되는가에 대해 의문을 갖고 있기 때문이다. 다만, 이전에 비해서 "유혹에 대한 거절"을 고려해야

8. 홍기돈, 「한국근현대문학사에 붙이는 아홉 개의 주석―'비민족주의적 반식민주의' 입론」, 『근대를 넘어서려는 모험들』, 소명출판, 2007, 168쪽.

할 필요성이 좀 더 많이 요청된다고 생각하기는 한다. 시인을 둘러싼 사회의 변화 탓이다. 그래서 다시 말하건대, 시인은 "(권력적) 구조"에 대해 끊임없이 싸움을 걸면서 동시에 "(권력적) 구조" 안에서 "(권력적) 구조"의 성향을 벗어나고자 스스로를 성찰하여야 한다. 유혹에 대한 거절은 반복되는 성찰을 통해 가능해진다. 깊이를 강조하는 이유는 이와 함께 한다.

관계에 대한 편견도 깰 필요가 있다. 성리학은 관계를 통한 사유를 전개한다. 그리고 그 안에서 '나'의 수양을 강조하면서 배움을 체득의 수준으로 끌어올리라고 권한다. 나는 여기서 놓칠 수 없는 미덕을 발견하지만, 성리학에서 분별해놓은 관계 유형이 인간을 정형화해놓은 부정적 측면이 크다고 판단한다. 그러한 유형이 인간을 억압하고 편견을 낳는 바 있기 때문이다. 이렇게 빚어진 편견 가운데 가장 큰 것이 동성애 문제일 것이다. 예컨대 삼강오륜(三綱五倫)을 보자.

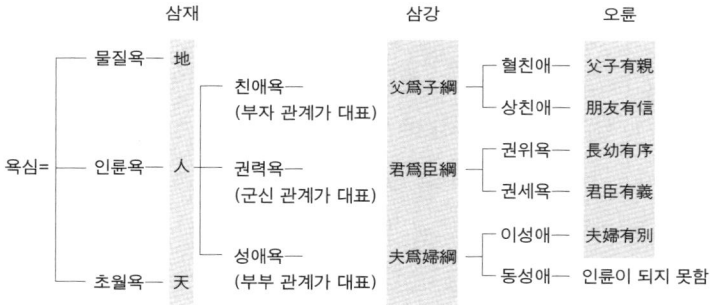

* 최봉영, 『주체와 욕망』(사계절, 2000), 388쪽.

이는 인간의 욕망을 성격별로 유형화한 결정이며, 조선시대 선비들은 이를 수양의 방편으로 삼아 내면화하기에 주력하였다. 이러한 가치는 아직까지도 우리 사회 곳곳에 남아 있어서 영향을 끼치기도 한다. 그런데 삼강오륜에서 동성애는 인륜의 바깥으로 배척되고 있다. 재래(在來)의 관계 유형과 윤리를 그대로 따를 수 없는 까닭은 여기서 드러난다. 현실에 대한 싸움과 동시에 스스로에 대한 성찰이 필요하다면 응당 이러한 부분까지도 고려해야 할 것이다.

황병승의 『여장남자 시코쿠』에 정치성이 내장되어 있는가. "시코쿠가 기차에 오르고/ 잘 가 나를 잊지 말아라/ 시코쿠였던 자가 역에 남아 손을 흔든다"(「시코쿠」)에서 드러나듯이 그는 변화하는 과정(流行) 속에서 자신의 자리를 마련하고 있다. 즉 과거('시코쿠였던 자')와 현재('시코쿠')를 병존(並存)시킴으로써 유행하는 존재의 형식을 환기시키고 있다는 것이다. 화자의 성별 교란은 이를 바탕으로 이해할 수 있다. "(권력적) 구도"는 성별을 단일하게 고정시켜 안정된 질서를 유지하려 하지만(保守), 그는 '여자'와 '남자'를 겹쳐서 제시함으로써 그러한 의도에 균열을 가하고 있다. 물론 관계에 대한 편견도 이러한 시도와 마주치면서 회의의 대상으로 떠오를 가능성을 얻게 된다. 그런 까닭에 나는 『여장남자 시코쿠』에 나름의 정치성이 깃들어 있다고 판단한다.

그렇지만, 그의 정치성에는 죽음의 그림자가 드리워 있다. 존재의 유행은 생성의 가치를 만나지 못해 비극적 굴레로 인식되고 있으며("여섯시에 병들고 아홉시에 죽고 열두시에 다시 태어나는 굴레", 「원 볼 낫싱」), 아름다움을 부여잡기 위해 죽음으로 마련되는 정지의 순간을 기대하기도 한다("나는 네가 그 상태로 숨이 끊어져 아름다움을 완성하길 바랐다", 「마음만으로만 굿바이」). 그가 지금껏 살아온 삶 또한 죽음의 흔적일 따름이다. 일 년에 한 계단씩 올라가며 다다른 '높이'('깊이'가 아닌!)는 죽음을 딛고 가능한 게 아닌가. "계단 속에 갇힌 시체는 모두 서른두 구"(「검은 바지의 밤」). 강정이 가볍게 초월하려고 한다면, 황병승은 무겁게 죽음의 세계로 침잠하려고 한다. 그래서 그의 정치성에서 역시 적극적인 대결의 의지는 확인할 수 없다. 잠을 자면서 무언가 바뀌기를 기대한다거나, 바뀌지 않을 것을 미리 알기에 그저 그 꿈이 소진하기를 기다리는 태도를 보며 적극적이라고 할 수는 없는 것 아닌가. "소년은 늙도록 잠을 잔다/ 꿈이 바닥날 때까지/ 아버지와 이름이 뒤바뀔 때까지"(「겨울―홀로그램」)

선부른 낙관과 과도한 절망은 현실에 제대로 밀착하지 못할 때 종종 발생한다. 강정, 황병승의 시를 보며 그런 일반론을 떠올리는 까닭은 그들의 시에서도 구체적인 현실의 면모가 다가오지 않기 때문이다. 다시 말해서 그들은 '존재의 형식'을 발견하였으나, 여기에 담아낼 만한 현실의 내용[사건(事件); 유행(流行)의 뜻을 지닌 단어이다]을 제대로 끌어안지 못하였다는 판단이다. 그러다 보니 '존재의 형식'이 가지는 광활한 해석의 가능성을 감당하지 못하여 거기에 짓눌려 버린 형국이라고 할 수 있다. 그래서 다시 김수영의 발언을 옮겨 놓는다. 내용과 형식의 관계를 생각해보기 위해서이다. "'내용'은 언제나 밖에다 대고 '너무나 많은 자유가 없다'는 말을 해야 한다. 그래야지만 '너무나 많은 자유가 있다'는 '형식'을 정복할 수가 있고, 그때에 비로소 하나의 작품이 간신히 성립된다."

그러고 보면 시는 아무나 쓰는 게 아닌 것 같다. 이렇게 어려우니 말이다. 하기야 "장차 도래할 인간"에게 말을 걸고, 궁극에는 저 스스로 "장차 도래한 인간"이 되어야 할 존재가 쉽게 출현한다면 그것이 오히려 이상한 일이 아닐까. 그 어려움 위에서 우리는 시의 정치성을 이야기해야 할 것이다. 정치성과 함께 윤리의 문제를 이야기해야 할 것이다.

『실천문학』, 2007. 봄.

'뉴웨이브'를 말한다[1]

1. 서정시 비판에 대하여

프리드리히 니체(Friedrich Nietzsche, 1844~1900)가 죽은 지 벌써 100년하고도 10여 년이 지났다. 결코 짧지 않은 세월이다. 그럼에도 불구하고 그의 사상은 여전히 날카롭게 번쩍인다. 가령 "신은 죽었다!"라는 확신에 찬 그 저명한 선언을 기억해보라. 그보다 먼저 살다 간 철학자들은 삶을 초월하는 절대적인 가치를 각각 자기 방식으로 장황하게 설명해놓았다. 누군가는 '이데아'라고 명명하였고, 다른 누군가는 '신이 주재하는 세계—천국'이라고 파악하였으며, 또 다른 누군가는 '절대이성'이라고 설정하는 식이었다. 반면 니체는 초월하는 절대적인 가치를 인정하지 않았다. 한낱 허상에 불과한 초월적인 존재, 초월적인 세계가 진리라는 이름으로 인간의 삶을 옥죈다고 판단했던 것이다. 그래서 그는 진리를 거부하고 나섰다. "신은 죽었다!" 바로 이러한 맥락에서 니체는 혁명가였다. 『공산당 선언』의 한 문장 "견고한 것은 모두 대기 속으로 사라진다."를 니체의 선언 옆에 나란히 세

---

1. 이 글의 인용에서 「깊이에 관한 단상」은 ①이라 하고, 뒤의 숫자는 『실천문학』 2007년 봄호 지면을 가리킨다. 마찬가지 방식으로 「경계해야 할 문학평론의 자아도취 현상」은 ②, 숫자는 『작가세계』 2008년 여름호 지면이다. 대상으로 삼는 신형철의 평론은 모두 『몰락의 에티카』(문학동네, 2008)에 실려 있다. 그러니 번거로움을 피하기 위하여 인용은 모두 여기에서 한다. 다만 인용하는 평론의 제목을 분별할 필요가 있기에 발표순으로 「문제는 서정이 아니다」는 ㉠, 「전복을 전복하는 전복」을 ㉡, 「미니마 퍼스펙티비아」를 ㉢, 「시인들이 거기에 있을 때 우리는 무엇을 해야 하는가」를 ㉣로 칭한다.

워두어도 그리 어색할 게 없는 까닭은 두 문장이 사상의 깊숙한 근저에서 혁명성을 공유하고 있기 때문이다. 그래서 나는 니체의 급진적인 선언에 동의한다. 우상을 숭배할 것이 아니라, 우상 철폐로 나아가려는 나의 선택은 여기서부터 빚어진다.

그래서 그럴까. 진리에 입각하여 전개해나가는 진술을 접할 때면 고개를 가로젓게 된다. 예컨대 다음과 같은 문장. "진정한 진리는 착하거나 아름답지 않다. 진리는 언제나 위협적인 것이다. 그리고 자아는 진리를 알고 싶어하지 않는다."(㉠, 185쪽) 여기서 말하는 진리가 어떤 것인지 나는 알지 못한다. 그렇지만 진리를 공고하게 축조해 나가는 방식에 대해서라면 조금은 알고 있다. 일찍이 서구 중세인은 성모(聖母)의 성스러움을 후광으로 드리우기 위하여 어떤 여자들을 마녀로 몰아 사냥하고 나섰다. 발기한 남성 성기처럼 생긴 빗자루를 가랑이 사이에 끼고 밤마다 여기저기 날아다녔던 마녀는 난잡한 성(性)의 상징임에 분명하다. 성(聖)과 성(性). 그런데 마녀로 지목되어 싸늘하게 살해당한 그녀들이 정말 마녀였을까. 글쎄, 나는 이 대목에서 진리의 폐해를 확인하게 된다. 서정시 비판에 대해서도 같은 방식으로 말할 수 있다. 마녀의 명패를 달고 죽어간 그녀들이 본래 마녀가 아니었던 것처럼, 현실 세계로부터 단절된 서정시의 '순수한 서정성'이란 애초부터 존재하지 않았다. 그럼에도 불구하고 위협하는 진리의 혼혈적인 측면을 강조하기 위해서는 서정시의 '순수한 서정성'이 있어야만 한다. 그래야 비로소 진리가 자리를 잡을 수 있기 때문이다. 새로운 진리는 그렇게 자신의 입지를 확보해 나가고 있다. "자아의 나르시시즘을 견제하고 제어하는 혼종성이 저 순혈성을 혼혈화하지 않는다면 자아의 권력은 끊임없이 권좌를 탐할 것이다."(㉠, 185쪽)

신은 질투가 심하며, 진리는 배타적인 면모를 속성으로 한다. 그러한 양상을 전제한다면 성(聖)/성(性)이라든가 혼혈(混血)/순혈(純血) 따위의 대립─쌍 만들기를 이해하지 못할 바 없다. 또한 비판하려는 대상을 단순하게 한 측면으로만 규정하는 경향도 필연이라고 할 수 있다. 자신의 교리(敎理)에 설득력을 부여하는 방편으로 용이하게 활용할 수 있기에 그러하다. 서정시 비판에서도 이를 확인할 수 있다. "대상을 자기화하는 괴력의 나르시시즘은 타인의 타자성과 자연의 타자성까지 동일화하려는 관성을 갖는다."(㉠, 185쪽) 과연 서정시가 괴력의 나르시시즘 발현에 불과할까. 아니, 오히려 정반대일 수 있다. 좋은 서정시는 나르시시즘을 극복한 데서 출현하기 때문이다. 훌륭한 서정시인은 세계를 끌어안기 위하여 먼저 자기 자신을 비워 나갈 줄 안다. 그 비워낸 자리에 바깥 세계를 들여앉히는 과정에서 서로 공명하고 의탁하는 현상이 펼쳐지는데, 그 긴장이 시인과 세계의 '공통되는 운명'을 포착하는 지점으로 다가갈수록 울림은 더욱 증폭된다. 그리고 독자는 그 울림에 반향으로 화답한다. 지면 분량으로 인하여 여기서 구체적인 사례를 분석하기는 어렵다. 그러니 이를 확인하고 싶으신 분들께는 「감나무에 꽃이 핀다―손택수의 시 세계」(『시와반시』, 2008. 봄)를 권하는 데 그칠 수밖에 없다. 여하간 분명한 사실은 현실의 복잡성을 진리의 이름으로 단순, 명쾌하게 정리하려 들어서는 곤란하다는 점이다. 현실은 언제나 진리를 겉돈다. 현실에 발을 디딘 내가 신의 얼굴을 모르는 까닭이다.

　신형철의 '뉴웨이브' 옹호는 그래서 흥미롭게 다가온다. 나는 「깊이에 관한 단상―시, 윤리, 정치」(『실천문학』 2007. 봄)에서 그의 「전복을 전복하는 전복―2000년대 한국시의 뉴웨이브」(『실천문학』 2006. 겨울)를 비판한 바 있다. 「경계해야 할 문학평론의 자아도취 현상」(『작가세계』 2008. 여름)에서도 그를 언급하였다. 여기에 대하여 그의 답변을 받았다. 「시인들이 거기 있을 때 우리는 무엇을 해야 하는가―필연성과 가능성에 대한 두 개의 단상」(『현대한국시』, 2008. 가을). 답변을 들었음에도 불구하고 나로서는 여전히 이해할 수 없는 지점이 남아 있다. 가만히 앉아 있을 수 없어서 다시 한 번 붓을 들게 되었다. 모쪼록 이렇게 펼쳐 나가는 대화가 서로의 세계를 풍요롭게 만들어 나가는 데 도움이 될 수 있기를 바란다.

2. '뉴웨이브' 시세계의 깊이에 대한 오해

그는 일군의 시인들을 한데 묶어 '뉴웨이브'라고 명명하였다. 나는 여기에 대해 그네들의 시가 정말 그렇게까지 새로운가를 물었다. 그가 강정의 「들판을 달리는 토끼」를 예로 들었으니 나는 그 옆에 김수영의 「연기」를 겹쳐놓고 공유하는 바가 상당하다는 사실을 제시하였다. 기실 '뉴웨이브'로 호명당하는 시인들에게서 다른 작품이나 사상의 흔적을 추출하는 것은 아주 쉬운 일이다. 예컨대 김근의 「뱀 소년의 외출」 앞에는 『삼국유사』가 있다. 김경주의 「파이돈」 앞에는 『장자』가 자리하며, 「이꼬르들의 천식」 앞에는 이오네스코의 『대머리 여가수』가 존재한다. 내가 왜 이러한 사실을 적시하는가에 대해서는 조금 뒤에 밝히도록 하겠다. 이에 앞서서 나의 지적에 대한 그의 답변을 들어보자. "예술사의 (진보가 아니라) 전진은 아주 작은 '차이'에서 시작된다. 이미 검증된 과거의 성취를 기준으로 현재의 작업을 꾸짖으면서 훈장 노릇을 하기보다는 지금 생겨나고 있는 작은 차이(새로움)와 함께 나아가야 한다고 생각한다."(ⓔ, 316쪽)

글쎄, 내가 과연 '훈장 노릇'이나 하려고 그러한 지적을 하였던가. 그는 나에게 "오해가 있는 것 같다."(ⓔ, 316쪽)라고 얘기하고 있는데, 내가 보기에는 역으로 생각하는 것이 온당할 듯싶다. 무엇보다도 나는 과거의 성취를 기준으로 현재의 시인들을 꾸짖은 바 없다. 예컨대 다음과 같은 문장이 이를 증명한다. "「들판을 달리는 토끼」라는 시가 좋지 않다고 이렇게 지적하는 것이 아니다. 다만, '파천황의 감각과 미증유의 언술'이라는 의미 부여가 적절치 않다는 뜻에서 일례를 들고 있을 뿐이다."(ⓐ, 453쪽) 따라서 여기에 대해 답변하려면 의미를 부여한 그가 직접 전면에 나서야 한다. 그럼에도 불구하고 그는 시인들을 앞에 내세워서, 그들의 뒤에 자리 잡고 그들을 옹호하는 어조로써, 나를 반대편에 세워두고 타박하고 있다. 이러한 복화술이 왜 필요한지 모르겠다.

그리고 내가 과연 '지금 생겨나고 있는 작은 차이'를 무시하고 있는가에 대해서도 할 말이 있다. 그가 '뉴웨이브' 시인들의 세계에는 깊이가 없다고 주장할 때, 나는 반대로 깊이가 있다고 파악하면서 다음과 같이 반박하였다. "'2000년대 한국시의 뉴웨이브'를 주도하고 있는 시인들은 '낯선 것과 뒤엉키면서 다름 아닌 그 자신을 바꿔' 나갔기에 변화가 가능했다고 전제해야 한다. 즉 나름의 책임감과 깊이를 갖추고 있다고 판단해야 한다는 것이다."(①, 454쪽) 여기서 내가 진술하는 "변화가 가능했다"라는 판단은 그가 주장하는 "지금 생겨나고 있는 작은 차이"를 끌어안고 있기에 도달하게 된 결과이다. 그런데도 그는 마치 내가 "지금 생겨나고 있는 작은 차이"를 억압하고 있는 것처럼 기술하고 있다. 그러니 나로서는 그가 의도적으로 오독을 펼치고 있는 것이 아니라면 오해를 한 것으로 받아들일 수밖에 없다.

어째서 오해가 발생하는 것일까. 그가 진리 안에 거하고 있는 반면, 나는 진리 바깥에서 자리를 마련하고 있기 때문이다. 그는 일군의 시인들을 '뉴웨이브'로 한데 묶은 이유를 이렇게 밝히고 있다. "성급하게 공통점을 추출하여 단일한 집단으로 만들기보다는 새로운 징후가 나타나고 있으니 편견 없이 주목해 보자는 취지에서 일단 '뉴웨이브'라 했다."(④, 315쪽) 그는 '편견 없이 주목해 보자는 취지'라고 주장하고 있지만, 내가 보기에 이는 쉽게 받아들여질 수 없는 요구로만 다가온다. 그는 '뉴웨이브'라는 용어를 들고 나오면서 서정시 범주를 대립되는 항으로 설정하였다. 그래서 그 평론은 「문제는 서정이 아니다──웰컴 뉴웨이브」(『문학동네』 2005. 가을)라는 제목을 달게 되었다. 뿐만 아니라 논리 전개를 위하여 '진리'까지 거느리고 있었다. 실재하지 않는 것을 마치 손에 쥐고 있는 양 강경한 어조로 논리를 전개해 나가면 오해가 생길 수밖에 없다. 대립과 오해의 구조를 만들어나가면서 "편견 없이 주목해 보자는 취지"라고 설명하고 나섰을 때 누가 거기에 선뜻 동의할 수 있을까. 그 글을 읽으면서 나는 이런 생각도 했더랬다. 그가 '뉴웨이브'라고 명명하는 대상을 권혁웅은 '미래파'라고 규정하던데, 약속의 땅이 펼쳐지는 지점을 미래(未來)라고 내거는 편이 내세(來世)라고 하는 것보다는 좀 더 현실적일 수도 있겠다. 물론, 다소 냉소적인, 조금 많이 썰렁한 농담이다.

그래서 나는 대립과 오해의 구조를 해체하기 위하여 개별 시인의 성취로 접근할 것을 제안하였다. 감각의 기술론에만 머무를 것이 아니라, 사유의 비판력까지 함께 검토하여야 불필요한 논란을 잠재울 수 있으리라고 파악했던 것이다. 마침 그가 '발본적인 반성'이라는 표현을 사용하였으니 논의의 결을 좇아 다음과 같이 표현하였다. "나는 모든 '한국시의 뉴웨이브'들이 '발본적인 반성'을 보여준다고는 생각하지 않는다. 반성이 느껴지는 시인도 있고, 전혀 다가오지 않는 시인도 있다. 그래서 '깊이'에 대한 논의는 개별 시인에 따라 다시 전개해야 온당하다."(①, 455쪽)「전복을 전복하는 전복」이 발표되던 토론회장에서도 이와 같은 내용을 전달했던 것으로 기억한다. 그렇지만 그는 이러한 문제에 전략적으로 접근하고 나섰다. 다음은 「감각이여, 다시 한 번」(『문예중앙』 2007. 봄)에 포함된 구절이다. "새로운 감각이 과연 사유를 할 수 있기는 한가, 한다면 어떻게 하는가를 이제 물어야 한다. 이 질문은 동세대 젊은 시인들 모두를 용의자로 만들 수 있는 불편한 질문이다. 우리는 그 질문을 자제해 왔다. 새로운 감각의 맥락과 의의를 이해하지 못하거나 이해할 생각이 없는 이들의 손에 그 질문이 쥐어져서는 곤란하다고 생각하기 때문이다."(302쪽)

해석과 의미부여 권한을 배타적으로 행사하려는 욕망이 그리 좋게 보이지 않는다. '편견 없이 주목해 보자는 취지'로 인해 그러한 욕망과 전략이 발생하는 것인지 모르겠으나, 내가 보기에는 오히려 편견을 조장하는 결과로 이어지고 있기 때문이다. 내 경우만 해도 그러하다. 부제가 "시의 '깊이'에 대한 단상"인 것으로 파악하건대 그의 「미니마 퍼스펙티비아(minima perspectivia)」(『문학과사회』, 2007. 가을)는 내 평론 「깊이에 관한 단상」을 겨냥한 것으로 생각된다.[2] 이 글에서 그는 '뉴웨이브'를 "앨리스 같은 소녀들"에 비

---

2. 발표 당시 이 글의 부제는 "2000년대 시의 어떤 경향"이었다. 여기에는 "이 글은 「전복을

유하면서 다음과 같이 끝맺었다. "'나를 내버려두란 말이에요. 나는 깊이가 없어요.' 어떤 완강한 할아버지도 제멋대로인 손녀를 이길 수는 없는 것이다."(ⓒ, 295쪽) 깊이가 있다느니 없다느니 하는 논란은 그와 나 사이에서 벌어졌다. 해석과 의미부여의 영역이기 때문이다. 그러니 시인의 목소리인 양 전개하고 있으나, 실상 "나를 내버려두란 말이에요."라는 발언은 그의 요청이라고 말할 수 있다. 그가 시인들을 앞에 내세워 복화술을 구사하고 있는 것이다. "시인들이 거기에 있을 때"라고 그는 말하고 있지만, 거기에는 시인들이 아니라 바로 그가 있다. 졸지에 '완고한 할아버지'로 내몰리는 상황에 직면하면 알게 될 것이다. 해석과 의미부여 권한을 배타적으로 행사하려는 욕망이 얼마나 날카롭게 느껴지는가를.

그래서 나는 이렇게 썼다. "'파천황의 감각'이니 '미증유의 언술'이니 호들갑을 떠는 것은 부화뇌동의 혐의가 짙기 때문이다."(ⓒ, 259쪽) 앞에서 나는 진리를 모른다고 했다. 서정시의 '순수한 서정성'이란 애초부터 존재하지 않았다고도 했다. '파천황의 감각'이니 '미증유의 언술'이니 하는 따위도 마찬가지다. '유일무이한 개별자'로 존재하는 인간 역시 도저한 관념의 산물에 불과하다. 이러한 비판에 대하여 그는 "어떤 의미 있는 가능성을 찾아보자는 것"이었다고 답변하였다. "이런 문맥이 환하게 밝혀져 있지 않았다면 필자의 잘못이다. 파천황이니 미증유니 하는 수사 자체가 거슬린다면 바꾸면 그만이다. 저 가능성이라는 것이 지나치게 소박하다고 비판한다면 그 역시 수긍할 수 있다."(ⓓ, 317쪽) 글쎄, 단지 수사만 바꾼다고 해서 논란을 해소할 수 있을까. 내가 보기에 여기에는 세계를 이해하는 방식의 문제가 개입해 있다. 그러므로 이 부분에 대한 의견 교환이 생략된다면 논쟁은 계속 이어질 수밖에 없다. 이에 대한 논의 이전에 한마디 덧붙일 필요가 있겠

전복하는 전복」(『실천문학』 2006년 겨울호)의 보론"이라는 각주가 달려 있다. 그러니 부제 여부와 상관없이 「깊이에 대한 단상」을 염두에 두고 작성되었으리라는 판단은 수정될 필요가 없다.

다. '의미 있는 가능성'은 '뉴웨이브'에게만 있는 것이 아니다. 서정시를 쓰는 시인에게도 의미 있는 가능성이 있고, 다른 장르의 예술가에게도 의미 있는 가능성이 있다. 당연한 사실을 특정 부류의 시인들에게만 한정하여 적용할 때 오해가 발생할 수밖에 없다는 사실 정도는 염두에 두었으면 좋겠다.

3. 있음(being)에서 됨(becoming)으로!

상대주의는 빠져나오기가 결코 만만치 않은 거대한 늪과도 같다. 그래서 그 세계에서는 다른 이에게 쏜 화살이 다시 돌아와서 제 몸에 박히는 경우가 종종 발생한다. 이러한 사실을 전제하고 논의를 풀어보자. 그는 내가 개별 시인의 성취로 접근하자면서 제안한 "기술에 머무르지 않는 '그 이상(以上)'이 과연 무엇인지"(ㄹ, 318쪽) 묻고 있다. 그것은 바로 사유의 비판력이다. 일단 답변이 되었으리라 믿는다. 자, 다시 논의를 이어간다. 그는 개별 시인들의 성취 여부로 접근하자는 나의 제안을 다음과 같은 발언으로 거부하고 있다. "자명한 현실과 보편적인 양심이 있는 것이 아니라, 개별자의 현실들과 그에 준하는 양심들이 있을 뿐이다. 자기의 현실에 충실하기 위해 만들어진 기술은 '양심을 통한 기술'이지만 자기의 것이 아닌 현실을 자기의 것인 양 노래할 때 그 시는 일종의 '사기'다. 그렇다면 양심과 사기를 분별하기 위해서는 무엇보다도 먼저 시인들이 개별적으로 처해 있는 현실('시인들의 머릿속의 판타지나 이미지나 잠재의식')에 대한 섬세한 통찰, 넓은 의미의 '차이에 대한 감각'으로 포괄될 수 있는 그 능력이 필요할 것이다."(ㄹ, 320쪽) 이러한 논리 앞에서는 시인에 대한 어떤 비판도 불가능해진다. 타자에 불과한 그 누가 '시인이 개별적으로 처해 있는 현실'을 제대로 이해하였노라고 감히 말할 수 있으며, '차이에 대한 감각' 앞에서 각 시인의 성취 여부를 어떻게 변별할 수 있겠는가.

그렇다면 그러한 논리를 그에게 대입해보는 것은 어떨까. 그는 선배 시인들과 '뉴웨이브'를 다음과 같이 대립시키면서 접근하고 있다. "사회적 맥락부터가 달라졌다. 사기를 쳐서라도 모던한 척했던 선배들과 비슷한 길을 갈 이유가 없다. 그런 의미에서의 '새것 콤플렉스'는 이제 없다고 해야 한다. 자신의 '현실'에 충실하기 위해 각자의 길을 간다."(ⓔ, 320) 선배들이라고 해서 각각 '개별적으로 처해 있는 현실' 한가운데 놓이지 않았다고 누가 말할 수 있을까. 그리고 그네들 또한 서로 '차이에 대한 감각'을 통해 어떠한 위계도 없이 공존했던 것은 아닐까. 그렇다면 어떻게 누가 사기를 쳤다는 단언이 가능할 수 있다는 말인가. 선배들이 "개별적으로 처해 있는 현실('시인들의 머릿속의 판타지나 이미지나 잠재의식')에 대한 섬세한 통찰"이 없으니 이러한 주장이 가능한 것은 아닐까. 당대를 올바로 이해하기 위해서는 당대에 합당한 "넓은 의미의 '차이에 대한 감각'으로 포괄될 수 있는 그 능력"이 필요할 텐데, 그러한 능력이 없으니 이렇게 용감할 수 있는 것 아닐까.

「깊이에 관한 단상」에서도 밝혔지만, 나는 '있다/없다'라는 놀음에 별다른 관심이 없다. 유럽의 철학사를 들어 말하자면, 니체가 신의 죽음을 선포한 이래 '있다/없다'의 숨바꼭질은 이미 시들해졌기 때문이다. 그래서 나는 「문학권력 논쟁」(『아웃사이더』 제5호, 2001) 이후부터 '됨(becoming)'의 문제에 초점을 맞추고 있다. 예컨대 다음과 같은 구절을 읽을 때 나의 독법은 그의 독법과 다를 수밖에 없다. "유령 시인들은 종이에 대고 협박합니다. 자신의 시를 모방했다고, 갖은 기교 범벅 비스킷 같다느니 뭐니 벽돌로 여자의 머리를 빗어줍니다. 이상(李箱) 옆에서 김수영이 사랑에 미쳐 날뛰는 날을 이야기합니다. 전 당신들을 닮을 생각도 없고 오마주도 모르는데요."(김이듬, 「유령 시인들의 정원을 지나」) 시인은 왜 이상, 김수영 등의 유령 시인과 대면할 수밖에 없는가. '시적 영향에 대한 불안'에 떨고 있기 때문이다. 해롤드 블룸(Harold Bloom)의 견해에 기대어 얘기한다면, '시적 영향에 대한 불안'을 앓는 시인만이 '강한 시인'으로 살아남을 수 있다. 불안과 맞대면하면서 비로소 자기의 세계를 구축할 수 있다는 것이다. 그래서 나는 "파천황의 감각, 미증유의 언술이다." "새것 콤플렉스는 이제 없다."라고 단언하는 대신, 시인이 유령 시인들과 맞서면서 자신의 세계를 어떻게 구축해나가고 있는가에 주목한다.

　선배 시인과의 영향 관계를 따질 때가 아니더라도 '됨(becoming)'이라는 관점은 유효하다. 가령 김근의 세계에서 시간은 정체되어 머무를 뿐 흐름이 없다. 왜 그러한가. 우리 앞에는 "중이 괴기를 먹어도 중이 괴기를 먹지 않아도 먹구렁이처럼 감겨드는 어둠"(「밤마다 축제」)이 펼쳐져 있기 때문이다. 도대체 이 지긋지긋하게 어두운 현실은 변함이 없다. 그래서 "빗방울 하나마다 부릅뜬 눈알들"이 "무수한 날에 바꿔달 눈알들"이라는 사실을 깨달았을 때 그가 놀라서 터뜨리는 탄식에 전적으로 동감한다. "또로록 또로록 굴러다니며 검은자위들이 본 저 징글징글한 것들을 내가 다 봐야 한다고요?"(「어제」) 넌덜머리가 날 정도로 지긋지긋한 현실에 대한 감정은 이 순간 그에 들어맞는 흥미로운 형식까지 갖추게 되었다. 자, 김근이 좋은 시인인가. 물론 감각의 기술을 보유하고 있기도 하지만, 여기에 더하여 사유의 비판까지 두루 갖추었으니 좋은 시인이라고 나는 생각한다. 자신의 시를 가리켜서 "그들(백성—인용자)이 소신의 몸을 빌려 부르는 노래"(「분서(焚書) 2」)라고 말할 때 김근은 자신이 어떻게 존재하고 있는가를 알고 있다. 그래서 나는 김근에게 "유일무이한 개별자가 되어야 한다."라고 요구하지 않는다. 오히려 지금 김근이 존재하고 있는 방식에 지지를 보내게 된다.

　신형철의 평론집 『몰락의 에티카』를 보면 「시인들이 거기 있을 때 우리는 무엇을 해야 하는가」는 「감각이여, 다시 한 번—김경주의 시에 대한 단상」의 '보유' 형태로 붙어 있다. 그러니 김경주를 예로 들어 다시 한 번 나의 견해를 밝히도록 하겠다. 누군가가 다른 존재가 된다는 것은 대체 무슨 의미인가. ①반성: 어떤 체험이나 상처를 휘발시키는 것이 아니라 성숙의 계기로 삼을 수 있다는 것이다. 시인은 그러한 사실을 알고 있다. "사람은 울면서 비로소/ 자기가 기르는 짐승의 주인이 되는 것이다"(「못은 밤에 조금씩 깊어진다」) 대체로 인간은 어리석은 존재이기 때문에 어떤 일이 벌어지고 난 다음에야 '비로소' 사태를 파악하게 된다. 그럼에도 불구하고 이를 통하여 제 안에서 날뛰는 사나운 짐승을 길들여 나갈 계기가 마련된다는 사실은 다행이라고 할 수 있겠다. ②성찰: 나르시시즘에 함몰된 인간은 거울을 보면서 외모를 가다듬는 데 머무르지만, 자신의 내면을 들여다보려는 인간은 우물 속으로 시선을 던진다. 우물은 거울의 평면성이 감당하지 못할 깊이를 품고 있기 때문이다. 그래서 시인은 "땅속의 어두운 그늘들이 물이 되는 거란다"라고 "우물의 근원"을 이야기한다(「우물론」). 여기서 주목할 사항은 바로 그늘들이 물이 '되는' 지점이다. '됨(becoming)'은 깊이를 동반한다. 시인은 이러한 사실을 제대로 포착하고 있다. ③깊이: 반성과 성찰의 가치는 화폐의 무게로 측량할 수 없고, 그런 까닭에 시장에서 교환할 수 있는 대상이 못된다. 서유럽에서 발원한 근대가 넓게 넓게 퍼져나갔다면, 반성과 성찰은 안으로 안으로 깊어간다. 이를 존재의 심연이라고 말할 수 있다. 시인은 깊이에 대하여 이렇게 진술한다. **"섬이 바다의 넓이를 가두고 있는 것이 아니라 바다가 섬의 깊이를 가두고 있었다"**(「재가 된 절」, 굵은 글씨―원저자). 김경주는, 딱딱하게 굳어버리기를 거부하고, 끊임없이 다른 존재가 되고자 시도하면서 반성과 성찰과 깊이를 드러내고 있다. 감각의 기술에만 머물러서는 결코 도달할 수 없는 경지를 향해 나아가는 것이다. 그래서 나는 김경주를 좋은 시인이라고 평가하게 된다.

살아 있는 존재는 응당 숨을 내뱉었다가 들이마신다. 여기에도 시간이 개입하면 하나의 패턴이 만들어진다. 호흡 패턴이 단거리 달리기에 적당한 사람은 단거리 주자로 나서면 되고, 마라톤에 적합한 이는 마라톤을 달리면 된다. 마찬가지로 시가 적성에 맞는 이는 시를 쓰고, 기질이 소설 방면으로 기우는 이는 소설가가 되면 문제될 게 없다. 서정시, '뉴웨이브'의 문제라고 해서 달리 접근할 게 아니다. 갑자기 지금 나는 무슨 말을 하고 있는가. 일리(一理)를 환기시키는 중이다. 일리(一理)의 어울림을 통하여 화이부동(和而不同)의 가능성을 모색해보자고 제안하는 것이다. 두 번째 시집 『기담』

에서 마침 김경주가 "호흡은 머지않아 하나의 형(形)이 된다는 믿음"을 피력하였으니 덧붙이게 되었다. '됨(becoming)'이란 현실 속에서 그러한 길을 만들어나가는 **과정**이다.

4. 다시, 깊이를 말한다 1: 「전복을 전복하는 전복」 비판

속물적인 근대를 전면 부정하여 유럽 바깥으로 떠돌았던 사내, 랭보(Arthur Jean Nicolas Rimbaud, 1854~1891)를 알고 있다. 마지막 순간 랭보는 결국 귀향하여 누이동생의 무릎 위에서 "너는 신을 믿어라."고 당부하면서 쓸쓸하게 죽어갔다. 권태로운 근대를 부정하여 현실의 바깥으로 넘어가고자 부단히 애를 썼던 사내, 이상(李箱, 1910~1937)도 알고 있다. 그러나 1937년 2월 안회남에게 보낸 편지에서 이상은 다음과 같이 토로하기에 이르렀다. "저는 지금 사람 노릇을 못하고 있습니다. 계집은 가두(街頭)에다 방매(放賣)하고 부모로 하여금 기갈(飢渴)케 하고 있으니 어찌 족히 사람이라 일컬으리까."(『이상문학전집』3, 문학사상사, 1995, 241쪽) 그들은 그나마 요절에 힘입어 신화(神話)가 될 수 있었다.

그들과 비교하자면 서정주(徐廷柱, 1915~2000)는 너무 오래 살았다. 서정주에게도 속물성에 찌든 현실을 부정했던 시간이 있었다. 삶에 뿌리 내리지 않기 위해 금강산, 지리산, 제주도, 만주 등지를 정처 없이 떠돌았던 시기이다. 그때 서정주는 랭보를 냉정하게 비판하고 나섰다. 랭보가 다다르지 못했던 세계에 이르러 결코 돌아오지 않을 작정이었던 것이다. "랭보오는 끗끗내 귀향할 일이 아니엇다. 에미와 누이의 품으로 도라갈 일이 아니엇다. 반쯤 부지러진 다리를 끌고 그래도 그대는 그 패잔(敗殘)의 최후를 고향에서 마치려고 도라가는가. 약한 인간."(「徘徊(徘徊): 랭보오의 두개골」, 『조선일보』, 1938. 8. 14) 하지만, 서정주 역시 귀향할 수밖에 없었다. 현실 바깥이란 창백한 관념 영역에 불과했기 때문이다. 귀향한 이후 서정주는 친일을 했고, 이승만에 대한 평전을 썼으며, 군사정권과 밀착하였다.

랭보, 이상, 서정주의 말로를 알고 있기에 그가 다음과 같이 주장했을 때 나는 반대 의사를 표현하였다. 2차원이니 4차원이니 하는 것은 한낱 관념의 조작에 불과하다고 보았던 것이다. "3차원이 지겹다면 2차원으로 들어가거나 4차원으로 나아갈 수 있습니다. 2차원으로 돌아가면 지배관계가 발생할 수 있는 '공간'이 제거될 것입니다. 4차원으로 나아가서 제4의 축인 '시간'을 도입하면 지배관계가 관철되는 시간의 질서 자체를 흩뜨려 버릴 수 있습니다."(ⓒ, 285쪽) 그가 그러한 관념적인 세계를 창출하는 근거로 삼는 개념은 들뢰즈(Gilles Deleuze)의 '초월적 구도(plan de transcendance)'이다. 그런데 이때 '초월'이라는 용어는 면밀하게 이해할 필요가 있다. 들뢰즈의 초월론은, '존재신론적인 초월론'이라든가 '선험론적인 초월론'을 비판하는, '내재적 초월론'으로 분류되기 때문이다. 그렇다면 '내재적 초월론'이란 대체 어떤 것인가. 철학자 신승환은 「초월/초월성」에서 다음과 같이 설명하고 있다. "그것은 어떤 초월적 세계를 가리키는 것이 아니라 자신의 존재성을 '스스로 넘어섬'에서 찾는 것이다. 즉 초월을 실체론적이 아니라 넘어섬 그 자체에서 이해하는 존재성을 말한다. 아울러 그 넘어섬이 외적 실체로서의 어떤 초월세계를 향해 가는 것일 수도 없다. 오히려 자기 넘어섬 자체가 내재적으로 규정되는 초월론을 뜻한다."(『우리말 철학사전』4, 지식산업사, 2006, 354쪽) 그러니 3차원 세계에서 공간을 제거하고, 시간을 제거하여 만든 관념 세계가 들뢰즈의 구상에 부합한다고 보기는 어렵다.

뿐만 아니라 깊이를 부정하는 그의 주장 역시 이해하기 어렵기는 마찬가지다. 주지하다시피 서양 철학사에서 '초월'이라는 용어는 유럽의 종교 체험, 즉 유대―그리스도교 체계와 밀접한 관련을 맺고 있다. '내재적 초월론'이 비판하는 것은 이러한 맥락에서의 초월이다. 그래서 철학자 김진석은 '초월' 대신 '포월(匍越)'이라는 용어를 제시하고 나섰다. 「초월에서 포월로」에 그러한 까닭이 잘 드러나 있다. "초월과 포월 사이에는 이탈의 방식에서 어떤 차이가 있을까? 초월에서는 수직적인 상승과 승천이 목적과 오브제를 형성했지만, 포월에서는 그와 달리 넘어감[越(越)]이 수평적인 이동과 멀어짐의 과정을 지칭한다."(『초월에서 포월로』, 솔, 1994, 215쪽) 오해해서는 곤란하다. '수평적인 이동과 멀어짐의 과정'을 이야기하고 있지만, 이는 포월이 현실에 그만큼 밀착한다는 의미이지 깊이가 없다는 판단이 아니기 때문이다. 오히려 그래서 깊이는 더욱 중요하게 부각된다. 예컨대 다음과 같은 문장을 보라. "기독교 사상에서는 땅에 대립되는 수직적인 상승과 이탈이 중요한 반면, 지금 우리가 주의를 기울이는 불교의 어떤 사상에서는 땅 위에서의 수평적인 이동과 이탈을 통한 깊이가 중요하다."(222쪽) 그렇다면 깊이는 어떻게 확보할 수 있을까. 아마도 현실을 끌어안고 하나하나 깨달음을 얻어나가는 **과정**에서 가능해지지 않을까 싶다. 김진석도 깊이와 '깨달음의 순간'을 한데 이어서 파악하고 있다. "바로 그 기듯이 움직이는 이탈의 과정 안에서는 껑충 뛰는, 툭! 소리 내며 끊어지는 깨달음의 순간들도 있는 게 아닐까."(222쪽)

불교 이야기가 나온 김에 덧붙이는 게 좋겠다. 하이데거(Martin Heidegger)는 불교사상에 깊은 관심을 보였다. 한스 페터 헴펠(Hans Peter Hempel)이 여기에 착안하여 『하이데거와 선(禪)』을 써 내려갔을 정도이다. 하이데거가 니체와 '포스트' 담론을 잇는 연결고리라는 사실 정도는 그도 알고 있으리라 생각한다. 불교의 '공(空)'을 수학의 '0'으로 치환해서는 문제가 생길 수밖에 없다. 예컨대 색즉시공(色卽是空)이란 관점을 도무지 이해할 수 없을 테니 말이다. 동양사상에서 빈번하게 출몰하는 무(無), 허(虛) 또한 마찬가지다. 대대(待對)의 지평에서 파악하여야 한다. 기실 서구의 '포스트' 담론은 동양사상의 이러한 개념에 많이 기대고 있기도 하다. 이러한 사실을 간과했을 때 '있다/없다'의 숨바꼭질 놀음이 펼쳐진다. "우리가 그 많은 '포스트' 담론들을 헛 읽은 것이 아니라면"(ⓒ, 274쪽) 이 정도 사실쯤은 전제하고 논의를 시작해야 온당하지 않을까.

5. 다시, 깊이를 말한다 2: 「미니마 퍼스펙티비아」 비판

그는 「전복을 전복하는 전복」에 이어 「미니마 퍼스펙티비아(minima perspectivia)」에서도 깊이를 부정하고 나섰다. 이 글에서는 원근법을 이용하여 논리가 전개되고 있으니 나 역시 원근법에서부터 견해를 풀어나가야겠다. "원근법이란 간단히 말하면 2차원의 화면에 3차원적 공간의 깊이를 느낄 수 있도록 하는 기법이다."(李成美, 『조선시대 그림속의 서양화법』, 대원사, 2000, 26쪽) 여기서 중요한 사항은 '소실점(消失點)'의 설정인데, 소실점이라는 용어가 영국의 수학자 테일러(Brook Taylor)의 『선 투시법(Linear Perspective)』(1715)에서 처음 등장한다는 사실이 흥미롭다. 그러니까 원근법이라는 작도는 수학과 연결되어 있는 셈이다. 가라타니 고진[柄谷行人] 역시 『일본근대문학의 기원』에서 근대 원근법을 설명할 때 이러한 점에 주목하고 있다. "이는 몇 세기에 걸쳐 소실점 작도법이라는 예술적이기보다는 수학적인 노력 과정을 거쳐 확립된 것이며 그것은 현실적으로, 즉 지각되어 존재하는 것이 아니라 오로지 '작도상'으로 존재하는 것이다."(민음사, 1997, 181쪽) 존재의 깊이를 막대기(수학)로 측정할 수는 없다. 막대기(수학)가 짧아서가 아니라, 애초에 그러한 방식으로는 도무지 측정할 수 없는 영역인 까닭이다. 그러니 원근법에서 말하는 깊이는 평평한 화면이 입체감(공간)을 불러일으키는 측면을 가리키는 것으로 이해해야 하지 않을까 싶다. 원근법의 깊이와 존재의 깊이를 분별하여 이해해야 한다는 것이다.

근대 원근법이 왜 문제가 되는가. 근대 원근법의 공간은 데카르트의 공간이기 때문이다. 소실점은 화면 바깥에 자리한 근대 주체를 전제하여야 설정할 수 있다. 그리고 화면 분할로써 입체감을 불러일으키기 위해서는 공간이 균질해야만 한다. 수학적인 노력 과정을 거쳐 확립되었다는 사실을 염두에 둔다면, 근대 원근법이 '균질 공간'이라는 가정 위에서 비로소 성립할 수 있다는 점은 당연한 결과로 파악해도 무방하다. 근대의 진리는 근대 주체가 서 있는 자리, 바로 거기에서 발생한다. 그래서 근대 주체(이성)에 근접할수록 더욱 커다랗게, 도드라지게 기입되는 그러한 사고 체계 전반을 전복할 필요가 있다. 수량으로 측정하거나 교환할 수 없는 가치를 복원할 필요가 있다는 것이다. 예컨대 프로이트(Sigmund Freud)의 급진성이라면, 화면 저편으로 밀려난 무의식 세계를 의식 세계 옆으로 끌어왔다는 데 있다. 가라타니 고진은 다음과 같이 진술해놓았다. "'무의식'이라 불리는 것은 우리 '의식'의 원근법적 배치(선적·통합적) 속에서 무의미하고 부조리한 것으로 배제되는 표층적 배치이다."(『일본근대문학의 기원』, 191쪽)

자, 여기 '표층(表層)'이라는 용어가 등장하였다. 이 용어를 이해하기 위해서는 다시 '초월' 문제로 돌아갈 필요가 있다. 초월(transcendence)의 어원은 'transcend'이다. "이 말은 'trans-scendere' 즉 '넘어, 위에' 등을 뜻하는 'trans'(그리스 말 meta)와 '오르다'를 뜻하는 'scendere'가 합쳐진 낱말이다. 낱말의 뜻을 보자면 '무엇을 넘어선다'는 뜻이 되겠다."(『초월/초월성』, 339쪽) 앞에서 설명하였듯이, '포스트' 담론에서 말하는 초월은 현실 바깥의 어떤 세계로 나아가자는 주장이 아니다. "현실을 넘어 현실로 가자"는 관점을 바탕에 깔고 있기 때문에 그러한 주장은 오히려 비판의 대상에 불과할 따름이다. 그래서 그러한 관점에서는 '심층(深層)' 또한 부정하게 된다. 층(層)이란 무엇인가.『국어사전』에서는 "사물이 같지 않아 생긴 차이"라든가 "여러 겹으로 지은 건물의 같은 높이의 켜를 세는 말" 등으로 규정하고 있다. 그러니 심층을 설정하는 순간 그것은 현실 너머의 어떤 세계를 구축하는 결과로 이어지기 십상이다. 이러한 위험을 피하고 현실 속에서, 현실과 대면하여, 현실을 변화시켜 나가자는 주장이 '표층(表層)'이라는 용어로 집약된다. 공간에 빗대어 설명하자면, 지하층을 만들어서 표층(현실)과의 불필요한 대립이 벌어지는 것을 막기 위한 조치라고 할 수 있다.

가라타니 고진은 이렇게 말하고 있다. "마르크스와 프로이트의 업적은 '심층의 발견'으로 이해되고 있다. 하지만 사실 그들이 한 일은 심층을 존재하도록 만드는 계층화의 (목적론적, 초월론적) 원근법을 해체하려 한 것이었고, 그들이 주시한 것은 이른바 표층과 다르지 않았다. 그러나 거꾸로 말하면 그것은 그들을 '심층'의 발견자로 만들어버리는 앎의 원근법이 얼마만큼 강력한가를 나타내고 있다."(『일본근대문학의 기원』, 189쪽) 나는 이러한 분석에 동의한다. 내가 젊은 시인들의 텍스트에서 누군가의 흔적을 이야기한 까닭이 '현실을 넘어 현실로 가자'는 입장에 근거하는 데 반대할 까닭이 있을 리 없다. 가라타니 고진은 이렇게도 말하였다. "마르크스의 '인간의 죽음'이나 니체의 '신의 죽음'은 신이니 인간이니 하는 존재 자체를 가리키는 것이 아니다. 그것은 사물·언술을 그 **속까지 들여다보는 것**을 가능하게 하는 것이 작도상의 소실점에 지나지 않는다는 것을 선고하는 일이다."(192쪽, 진하게 강조—원저자) 여기에도 동의한다. 작도상의 소실점 따위로 결코 들여다볼 수 없는 존재의 깊이를 주장하는 마당에 내게 반대할 까닭이 있을 리 만무하다.

그는 내가 말하는 존재의 깊이를 원근법의 깊이와 동일한 것으로 간주하고 있다. 나로서는 억울할 수밖에 없다. 그리고 그는 '포스트' 담론에 나타나는 심층(深層)의 부정을 모든 깊이[深]의 부정으로 설명하고 있다. 그래서 "원근법이 깊이를 가져왔다면 원근법 없이는 깊이도 없다."(293쪽)라고까지 주장하고 나섰다. 동의하기가 어렵다. 하기야 그와 내가 개념을 이해하는 방식이 현격하게 다르니 동의할 수 없는 사항이 어디 한두 가지에 불과할 수 있을까. 그래도 동의할 수 없는 주장 하나만 더 지적한다면 서정시를 이해하는 방식을 꼽을 수 있다. 그는 '근대'라는 거대담론으로 서정시를 규정하고 있는데, 시의 1인칭을 "데카르트적인 주체, 혹은 세계의 소실점"(ⓒ, 292쪽)이라고 전제한다. 서정시가 근대에 돌입하면서 전면적인 단절을 겪으며 '앎의 원근법'에 충실하게 창작되기 시작했다는 분석을 나는 아직까지 접하지 못하였다. 그리고 그러한 성과를 내지 못한 까닭이 선배 연구자들의 게으름 때문이라고 생각하지 않는다. 전근대와 근대가 일도양단(一刀兩斷) 방식으로 나뉘지 않고, 오히려 습합(習合) 양상으로 펼쳐지는 데서 원인을 찾아야 하리라고 판단하기 때문이다(서정시에는 특히 습합 양상이 다분하다). 그러했을 때 현실 속으로 뛰어들기가 수월할 것이다. 철학에서는 그가 취하고 있는 태도를 '명사적 사고'라고 하여 경계하고 있다. 예컨대 김영민은 「명사, 그 위대한 왜곡」에서 다음과 같이 말하고 있다. "명사적 사고의 약점은 동사를 명사에 의거해서 규정하려는 태도에서 가장 두드러지게 나타난다. 파악 가능하고 조작 가능한 것이 쉬운 것이라면, 동사보다 명사를 다루는 것이 쉽다는 사실은 긴 설명을 필요로 하지 않는다."(『컨텍스트로, 패턴으로』, 문학과지성사, 1996, 58쪽)

6. 테베의 왕 오이디푸스의 말로

나는 젊은 시인들이 랭보, 이상, 서정주의 뒤를 따르는 데 반대한다. 그에게도 그리 권하고 싶지가 않다. 젊음을 질투해서가 아니다. 그 세계에는 길이 없기 때문이다. 이를 무리(無理)라는 표현으로 고쳐 말할 수도 있다. 랭보, 이상, 서정주의 말로를 이미 확인하지 않았는가. 그래서 그가 시인들더러 "무책임하고 깊이 없는 '선언의 천재'(황병승)가 되어야"(ⓒ, 286쪽) 한다고 주장할 때 나는 고개를 가로저을 수밖에 없다. 지금이 근대문명을 거부하여 타히티로 들어갔던 고갱(Paul Gauguin, 1848~1903)의 시대라면 그래도 눈감아줄 용의가 있다. 하지만 지금은 21세기다. "글로벌 위험사회"(울리히 벡, Ulrich Beck)라는 것이다. 이제 **우리**는 **우리**가 정확히 알지 못하는 것을 근거로 하여 **우리**가 정확히 알지 못하는 것을 막기 위한 길을 모색해 나가야 한다(앞에서 잠깐 언급했던 '공통되는 운명'을 떠올려 '우리'라는 단위에 다가가주기를 바란다). 예컨대 기후 재앙으로 해수면이 높아졌을 때, 그때에 이르러 비로소 대응에 나선다면 너무 늦는다는 사실을 공유하자는 것이다. 이러한 제안을 한낱 낡거나 늙은 평론가의 과욕이라고 치부할 수 있을까.

『몰락의 에티카』에서 「프롤로그: 몰락의 에티카—21세기 문학 사용법」을 보면, 그는 확실히 '무책임하고 깊이 없는 선언의 천재'의 길로 나아가는 것 같다. 「전복을 전복하는 전복」, 「미니마 퍼스펙티비아」에서 깊이를 부정했던 그가 여기에서는 정반대 주장을 하고 있기 때문이다. "가장 '협소한' 영역 안에서 가장 '깊게' 침투해들어가는 문학"을 제안하면서 그는 이렇게 설명하고 있다. "총체성이라는 거인이 연상케 하는 '수평적 포괄'의 뉘앙스 대신 바이러스로서의 문학이 관여하는 '수직적 예리(銳利)'가 또 다른 총체성에 가닿을 수는 없는 것일까를 묻고 있는 것이다. 넓은 총체성이 아니라 깊은 총체성 말이다. 그러나 그 총체성은 이제 망원경이 아니라 내시경에 가까울 것이다. 전망이 아니라 심연을 보여줄 것이다."(17쪽) 나로서는 그의 이러한 변화가 일단 반갑기는 한데, 어떻게 갑자기 이런 방향으로 선회하게 되었는지 도무지 갈피를 잡을 수 없다. 그러니 다음번에는 다시 어디로 튀어버릴지 알 '도리(道理)'가 없다. 이를 젊음의 특권으로 파악해야 하는 것일까.

그가 나에게 "플라톤의 세계"(295쪽)라는 혐의를 덧씌웠을 때, 나는 순간 범인 색출에 나선 테베의 왕 오이디푸스를 떠올렸더랬다. 아버지를 살해하고 어머니와 결혼한 그는 대체 누구인가. 옛 시인은 예언자의 목소리를 빌려 다음과 같이 진술하였다. "내 그대에게 말씀드리오니, 그대가 위협적인 말로/ 라이오스의 살해를 규명하겠다고 공언하며 오래 전부터/ 찾고 있던 그 사람, 그 사람은 바로 여기 있습니다./ 그는 이곳으로 이주해온 외국인으로 통하고 있지만 머지않아/ 토박이 테베인임이 밝혀질 것입니다. 하나 그러한 행운을/ 그는 달가워하지는 않을 것입니다. 보는 대신 눈이 멀고/ 부자 대신 거지가 되어 지팡이로 앞을 더듬으며/ 낯선 땅으로 길을 떠나게 될 테니 말입니다."(소포클레스, 「오이디푸스 왕」, 『오이디푸스 왕』, 문예출판사, 2001, 199쪽) 그는 플라톤의 '이데아'에 상당하는 계열을 거느리고 있다. 진리, 순수한 서정성, 파천황의 감각, 미증유의 언술, 유일무이한 개별자, 본질 등의 단어가 이를 증명하지 않는가. 그런데 왜 "플라톤의 세계"라는 혐의를 스스로에게서 찾지 못하고, 나에게 떠넘기는 것인가. 단서라도 제대로 제시해야 설득력을 확보할 수 있지 않겠는가.

언젠가 내가 '완고한 할아버지'라는 딱지를 달고, '훈장 노릇' 한다는 비난을 받으며 쓸쓸하게 뒷방으로 쫓겨날 날이 오리라는 사실을 알고 있다. 그때가 바로 지금이라고 그는 주장하는 듯하다. 처음부터 문학권력으로부터의 자발적 망명을 공공연하게 표방하고 나섰으니 그러한 질서에서 퇴출당한다고 해서 그리 크게 아쉬울 바 없다. 하지만 내가 지금 퇴출당해야 하는 까닭 정도는 납득할 수 있게 알려주어야 온당한 처사라고 본다. 그는 자꾸 '우리, 우리' 이야기하던데, 그 '우리'라는 동류의식을 공유할 수 없다는 게 그 이유라면, 그가 윤리의 이름으로 비판하는 "온갖 종류의 집단주의"(ⓔ, 316쪽)와 도대체 뭐가 다르다는 말인가. 젊은 혈기 조금만 억누르고, 조금만 더 여유를 가지고, 그러한 논리를 펼쳐나가는 이유를 친절하게 설명해주면 고맙겠다. 혹시 모르는 일이다. 설득력 있는 답변에 문득 깨닫는 바가 있어 백기 들고 그가 설정한 '우리' 안으로 터벅터벅 걸어 들어가게 될지. 기다리고 있겠다.

『작가세계』, 2009. 봄.

경계와 윤리, 그리고 포월

1. IMF사태와 6·15선언은 양자택일의 문제인가

『창작과비평』은 2006년 여름호 특집을 '2000년대 한국문학이 읽은 시대적 징후'로 꾸몄다. 문학을 통해 시대를 파악하려는 노력이야 그동안 익숙하게 접할 수 있었으니 그리 새로운 접근이 아닐 수도 있다. 하지만 '2000년대 한국문학'을 통해 시대를 읽겠다면 상황은 달라진다. '2000년대 한국문학'이라는 시간 구획은 이전 시기의 문학, 예컨대 '1990년대 문학'과 변별되는 측면에서 의미를 가지게 되며, 그 변별 자질은 새로움으로 포장되어 의도적으로 강조될 터이기 때문이다. 따라서 '2000년대 문학'을 특집으로 설정하는 순간 『창작과비평』은 한국문학이 나아가야 할 나름의 방향을 설정했으리라 짐작할 수 있다.

기실 '2000년대 문학'을 강조하는 문학매체들이 자신들의 입장에 맞게 그 새로움을 강조하는 것이 요즈음의 추세이다. 전면적으로 세대교체를 이룬 『문예중앙』은 세대론 차원의 단절 욕망 위에서 2000년대 문학의 새로움을 강조하고 있다. 이들이 강조하는 "새로운 문학의 가장 핵심적인 키워드"는 "감각"과 "즐거움"이다.[1] 반면 『문학과사회』는 정치적 의식을 완전히 벗

---

1. 「혁신호를 내면서」, 『문예중앙』, 2005.봄, 2~3쪽.

어딘지 '무중력 공간의 탄생'을 강조하고 있다.[2] 새로운 경향의 대표주자로 내세우는 정이현에게는 들어맞을 수도 있겠지만, 과연 다른 작가들까지 그러한 논리로 묶을 수 있겠는가에 대해서는 회의적이다. 새로움을 포장하는 방식의 차이와는 상관없이, 문학과 사회를 대립적으로 설정하면서 현실의 바깥으로 빠져나가려 한다는 점에서 『문예중앙』과 『문학과사회』는 공통점을 보여준다.

그렇다면 『창작과비평』의 입장은 어떻게 파악할 수 있을까. 한기욱의 「한국문학의 새로운 현실 읽기」에 시선을 집중하게 되는 까닭은 이러한 물음이 설정되어 있기 때문이다. 이 평론은 기획의 총론이다. 『창작과비평』의 상임편집위원인 만큼, 한기욱은 기획 전반에 대한 책임감을 가지고 이 평론을 써 내려갔으리라 추정할 수 있다. 그래서였을까. 이 글을 읽고 있으면, 오해일 수도 있겠지만, 『창작과비평』의 편집인인 백낙청의 그림자가 어른어른한다. 따라서 이 부분부터 짚고 나갈 필요가 있으리라 생각된다.

한기욱은 "2000년대 문학의 기점에 해당하는 역사상의 계기"를 설정하는 데 필요 이상의 노력을 기울이고 있다. 그는 2000년대 문학의 기점이 되어야 하는 사건을 반복하여 따져 묻는다. 1997년 맞닥뜨린 IMF사태인가, 2000년 성취한 6·15공동선언인가. 그리고는 6·5공동선언의 중요성을 반복하여 강조한다. 예컨대 이런 식이다. "남녀 사람들(특히 젊은 세대들)에게는 IMF사태가 6·15선언보다 훨씬 충격적으로 느껴지기 십상이다. 그러나 두 사건으로 말미암은 중장기적인 변화를 비교하면 6·15선언 쪽이 훨씬 심대할 것이다."[3] 한기욱은 왜 'IMF사태냐, 6·15선언이냐'를 대립적으로 설정하여 묻고 있는 것일까.

---

2. 이광호, 「혼종적 글쓰기 혹은 무중력 공간의 탄생—2000년대 문학의 다른 이름들」, 『문학과사회』, 2005.여름.

3. 한기욱, 「한국문학의 새로운 현실 읽기」, 『창작과비평』, 2006년.여름, 210쪽.(이하 이 책의 인용은 본문에 쪽수만 표기함)

백낙청은 1998년『흔들리는 분단체제』를 상재하였고, 2006년에는『한반도식 통일, 현재진행형』(창비)을 묶어냈다. 그런데 두 권의 책 사이에는 논리적 단절이 발견된다. 가령『흔들리는 분단체제』에는 다음과 같은 관점이 누차 나타난다. "'한국 모델'이 분단체제에 맞춰 구성되었고 그 경제적 위력이 분단시대의 특정 국면에 한정된 것이라면 IMF사태가 단순히 '급전을 꾸어다 쓴', 다시 말해 일시적 유동성의 위기라는 진단은 가당치 않은 것이다."[4] 그렇다면 IMF사태는 분단체제와 연동하는 남한경제의 실상에 해당할 터이니, 우리 사회를 이야기할 때 변수(變數)가 아니라 상수(常數)로 놓고 논의를 풀어나가야만 한다. 그런데『한반도식 통일, 현재진행형』을 읽어보면, 6·15공동선언의 의의와 중요성에 대한 강조로 일관하면서도, 상수로 다루어야 할 부분에 대해서는 충분한 논의가 빠져 있다.

만약 백낙청의 주장이 일관성을 획득하려면, 6·15공동선언이 그동안의 분단체제를 어떻게 변화시키고 있는가에 대해 설명할 수 있어야 한다. 예컨대 IMF사태로 야기된 상황이 이러저러하지만, 2000년 성취한 6·15공동선언은 그 비참한 상황을 극복하는 데 이러한 의미가 있다고 밝혀줘야 한다는 것이다. 이러한 내용이 제시되지 않는다면 왜 IMF사태가 아니고 6·15공동선언이어야 하는가, 의심이 들 수밖에 없다. 바로 그 지점에서 한기욱은 IMF사태와 6·15공동선언을 양자택일의 문제로 설정하고 있다. 그리고 반복하여 6·15공동선언의 중요성을 강조하고 나섰다. IMF사태와 6·15공동선언을 통일적으로 파악하려는 모습이 발견되지 않는다는 것이다. 백낙청의 그림자란 바로 이를 가리킨다.

총론을 통해 한기욱은 2000년대 문학의 기점으로 6·15공동선언을 꼽았지만, 그 외 네 명의 필자는 6·15공동선언과 무관하게 각론에 해당하는 평론을 써내려갔다. 「거미의 집짓기와 소화법·통일과정의 소설적 표현」을

---

4.   백낙청, 「IMF시대의 통일사업」, 『흔들리는 분단체제』, 창작과비평사, 1998, 65쪽.

쓴 황광수가 6·15공동선언을 의식하기는 했다. 하지만 평론의 앞부분에서 "텍스트들을 읽는 동안 나도 모르는 사이에 6·15시대의 '통일' 주제 소설들을 논하는 쪽으로 기억이 굴절되어버렸다."(228쪽)라고 밝히고 있듯이, 청탁자가 요구했던 '6·15공동선언'의 의미는 이 글에서도 증발해버린 형국이다. 따라서 전체 기획의 차원에서 파악한다면, 2000년대 한국문학의 기점을 둘러싼 한기욱의 견해는 제대로 공유되지 못한 셈이다. 그러니 여기에 대한 분석과 반성이 필요하리라 생각된다.

2. 경계 넘어서기의 미덕

그럼에도 불구하고 한기욱의 「한국문학의 새로운 현실 읽기」는 읽을 만한데, 근거로는 두 가지 사실을 꼽을 수 있다. 첫째, 그는 6·15공동선언의 의미를 한반도의 분단 극복 과정으로만 한정시키지 않고 '경계 넘기' 일반으로 확장시켰다. 이에 따라 최근 소설을 통해 논의할 수 있는 예민한 문제들은 거의 대부분 포섭할 수 있었다. 가령 소설의 공간이 동남아와 유럽으로 넓어지는 현상은 한반도 남쪽의 반국(半國)적 경계를 벗어나 시야를 넓혀가는 태도와 이어진다. 복잡한 내면의 여러 경계를 넘는 일 또한 여기에 포함된다. 이주노동자의 문제는 어떤가. 먼저 국제결혼, 이로 인한 혼혈 2세·다인종·다민족·다국적 가족의 문제가 발생하니 이 또한 경계 넘기를 통해 살펴볼 수 있다.

'6·15공동선언을 중심으로 만들어낸 엄청난 잡식성의 면모에 순순히 동의할 수 있는가'라는 문제는 남지만, 그야 어찌되었든 한기욱은 경계 넘기를 통해 당대의 민감한 문제들을 포괄하는 유효한 분석틀을 세우게 되었다. 즉 소설을 통해 드러나는 다양한 사안들에 개입할 근거가 확보되었다는 것이다. 바로 이 지점에서부터 한기욱의 평론은 장점을 발휘하기 시작한다. 먼저 현실 속에서 문학을 파악하고자 하는 태도가 두드러지게 확인된다. 예컨대 소설에 등장하는 이주노동자의 문제를 이해하는 관점이 사태의 복잡성에 근접하고 있다. "이런 현상은 주로 세계화시대 한국 자본주의 경제의 발전·생존 전략으로 말미암아 초래된 인종적·국민적·민족적 경계의 횡단과 관련이 있다. 이 다층적 경계를 제대로 넘는 일이 장차 통일한국의 국가적·민족적 성격을 결정하는 중요한 요소가 된다는 점에서 6·15시대에 각별한 의미를 띤다."(213쪽)

범위를 조금 더 넓혀 생각해본다면, 사태를 파악하는 한기욱의 태도는 『창작과비평』의 입장에서 배태된다고 할 수 있다. 세부의 논란에도 불구하고 "2000년대 문학의 기점에 해당하는 역사상의 계기"를 따지는 행위는 '역사상의 계기'와 '문학의 기점'을 동시에 고려하고자 하는 의식에서 발생한다. 다시 말해서 역사(사회)와 문학의 관계를 통일적으로 파악하며 2000년대 한국문학의 좌표와 방향을 모색하려는 노력이 한기욱의 경계 넘기로 이어졌다는 것이다. 『창작과비평』이 『문예중앙』 『문학과사회』와 갈라지는 대목은 여기서 확인할 수 있다. 앞서 지적했듯이, 『문예중앙』과 『문학과사회』는 문학과 사회를 대립적으로 설정하면서 현실의 바깥으로 빠져나가려 한다는 점에서 공통점을 보여준다. 그래서 그들은 현실의 중력이 작용하지 않는 가벼움의 찬미로 나아갈 수 있는 것이다.

한기욱은 자신이 설정한 분석틀을 작품 분석에로까지 그대로 밀고 나아간다. 이를 통해 그는 각각의 작품이 현실과 길항하는 관계라든가 팽팽한 작가의식의 긴장을 섬세하게 파악해낼 수 있었다. 바로 이러한 내용이 「한국문학의 새로운 현실 읽기」가 읽을 만하다는 두 번째 근거이다. 각각의 작품해설에 대한 부분까지 다루기에는 내게 주어진 지면이 모자라다. 하기야 조금 더 나아갔으면 싶은 대목이 더러 있지만, 동의하지 못할 내용은 거의 없다. 따라서 그의 언급 가운데 현재 문단의 흐름에서 특별히 유의미하다 싶은 두 대목만 돋을새김해놓고 지나가도록 하겠다.

내가 판단컨대, 소설에 드러나는 탈사회적 경향, 무력함, 왜소함 따위는 상당부분 과장되어 있다. 물론 이러한 해석의 거품을 앞서서 만드는 이들은 평론가다. 나름의 의도를 관철시킨다거나 부분을 전체로 확장시켜 논리의 통일을 꾀하기는 유용하겠지만, 이게 과연 윤리적인 일인지 한국문학에 바람직한 일인지는 의문이다. 일단 2000년대 한국문학이 제자리를 찾아가려면 이런 측면에 대한 지적과 비판이 필요하다고 생각한다.[5]

그런 맥락에서 한기욱의 다음과 같은 이광호 비판에 나는 전적인 동의를 보낸다. "2000년대 작가들의 세대론적 심리경향을 어물쩍 2000년대 문학의 특성으로 차용하는 방식은 편리하기는 하겠지만 작품 읽기에서 상당한 선입관으로 작용할 수 있다. 2000년대 문학작품들을 실제 이상으로 탈현실적이고 탈역사적인 맥락에서 읽기 쉽다는 것이다."(214쪽) 그리고 그가 김영찬에 대해 가지고 있는 다음과 같은 느낌이 일리 있게 다가온다는 사실도 덧붙인다. "2000년대 젊은 문학의 '탈내면의 상상력'이라는 가능성을 취하기 위해 '2000년대 문학의 자아'에 죄다 '무력함' '왜소함' '빈곤함'의 딱지를 붙이는 느낌이랄까."(215~216쪽)

3. 윤리의 가면을 쓴 욕망

윤리는 경계에서 발생한다. 주체와 타자가 만나는 자리는 다른 곳 아닌 바로 경계이기 때문이다. 경계의 이쪽과 저쪽을 넘나들면서 주체와 타자는 서로에 대한 이해의 폭을 넓혀가고, 이해의 폭이 확장되는 만큼 윤리는 점차 제자리를 찾아나가게 된다. 그런 점에서 본다면, 모든 방위에서 경계 넘기를 모색하는 한기욱은 어쩌면 윤리의 세계로 들어서고 있는 중인지도 모른다. 그러한 윤리의 문제를 김형중은 정면에서 다루었다. 「성(性)을 사유하는 윤리적 방식—최근 한국문학에 나타난 성·사랑·가족에 대한 단상들」. 그렇지만 몇 가지 점에서 그가 말하는 윤리에는 동의하기가 어렵다.

---

5. 필자가 「인정투쟁의 욕망과 '새로움'이라는 블랙홀—이광호, 김형중 비판」(『문학수첩』, 2005.가을)을 썼던 까닭은 여기서 비롯되었다.

먼저 김형중은 가라타니 고진의 「교통 공간에 대한 노트」를 인용하며 윤리의 거점을 마련하고 있는데, 이게 과연 타당한지 의문이다. 고진이 그 글에서 반복하여 강조하는 것은 "내부와 외부의 공간 구별을 해체"하려는 기획이다. 글의 처음 부분에서부터 그 의도는 분명하게 밝혀져 있다. "내가 여기서 생각하고 싶은 것은 단지 균질 공간을 비판하는 일이 아니다. 그러한 비판은 내부와 외부를 분할하는 사고를 항상 회복시키고 마는데, 공간에 대한 그와 같은 사고를 나는 해체하고자 한다."[6] 그러니 그가 경계, 즉 '교통 공간'에서 윤리의 근거를 모색하는 것은 당연한 결과라고 하겠다. "모세나 예수, 나아가 다른 세계 종교의 시조에서 우리가 발견할 수 있는 것은, 공동체 또는 공동체적인 종교와 달리 '교통 공간'에서의 윤리성이 개시(開示)되는 일이다."[7]

그렇다면 김형중 또한 교통 공간으로 나아가야 한다. 고진의 발언을 근거로 나름의 입지를 마련하고 있기 때문이다. 그럼에도 불구하고 그는 정반대의 주장을 펼치고 있다. 교통의 가능성이 사라진 자리에서 '절대적 외부성'을 용인하라고 요구하면서 윤리의 근거를 마련하는 것이다. "타자란 근본적으로 동일자의 언어 바깥에 있는 자, 절대적 외부성을 용인하지 않는 한 항상 이방인으로 배척받거나 과장되게 이상화되어 버리고 마는 자이다."(248쪽) 타자가 '동일자의 언어 바깥에 있는 자'라고 해서 '절대적 외부성'을 획득하는 것은 아니다. 만약 그렇게 규정해버리고 나면 타자는 언제나 하나의 공동체 바깥에 유령처럼 떠돌게 될 뿐이다. "커뮤니케이션을 수행하는 것은 여행하고 번역하며 교환하는 것"[8]일 터인데, 그런 가능성까지도 애초에 제거해버린 까닭이다. 가라타니 고진이 해체하고자 했던 내부와

---

6.   가라타니 고진, 이경훈 옮김, 「교통 공간에 관한 노트」, 『유머로서의 유물론』, 문화과학사, 2002, 30쪽.
7.   가라타니 고진, 위의 글, 41쪽.
8.   가라타니 고진, 위의 글, 38~39쪽.

외부는 이렇게 김형중을 통해 오히려 더욱 공고해지고 있다. 윤리와 비윤리 혹은 반윤리는 이렇게 하여 전도되고 만다.

여성 작가의 작품에 대한 그의 무차별적인 포용은 그래서 가능해졌다. 여성은 남성의 절대적인 외부에 존재하며, 그런 까닭에 여성 작가들과 남성 평론가의 교통은 감히 모색할 수 없고 그저 실체를 인정하는 태도만이 윤리로 남아 있을 수 있기 때문이다. "그들의 구심력과 그녀들의 원심력은 서로에게 애초부터 절대적 외부이다. 그 사실을 용인하지 못하는 한 그들의 시선과 언어는 결코 윤리를 발생시키지 못한다."(251쪽) 만약 이를 거역한다면 '동일자의 언어'로 여성을 배척하거나 과장되게 이상화해버리는 데 머무르지 않겠는가. 논리의 토대를 이런 식으로 마련한다면 이후의 전개는 전가의 보도인 윤리의 이름으로 거리낄 것이 없어진다.

가령 "김민정은 분노와 조롱이 가득 섞인 목소리로 여성성이란 모성이고 잉태와 생명의 생산에 있다는 종래의 관념을 폭파한다."(252쪽)라는 평가를 보자. 그러한 내용이야 시의 표면에 그대로 드러난 진술의 반복이니 이견이 있을 까닭이 없다. 그렇지만 김민정 시에서 발견되는 "사유의 깊이가 지나치게 단순화된"[9] 양상에 대해서 윤리의 이름으로 침묵해버리는 데에는 동의하기가 어렵다. 물론 김형중의 잘못된 가설 위에서라면 침묵만이 윤리적인 행위이리라. 김민정은 남성인 김형중의 '절대적 외부'에 존재하는 여성이며, 그런 까닭에 그가 이러저러한 평가를 가하는 행위는 '절대적 외부'를 용인하지 않는 비윤리적인 일이 되기 때문이다. 그렇다면 다음과 같은 평가는 여성 평론가의 몫으로 미루어야만 온당한 것일까.

나는 일찍이 잡지에 발표된 김민정의 몇몇 시를 보면서 그의 시에 자주 등장하는 '나나'가 우리 삶 속에 은폐되어 있는 위선과 폭력에 맞서는 존재이길

---

9. 엄경희, 「환상적 실험시에 대한 몇 가지 질문」, 『시작』, 2006.봄, 45쪽.

기대하기도 했었다. 그러나 그의 첫 시집 『날으는 고슴도치 아가씨』에 실린 그의 시의 전모는 이전의 기대와는 달리 매우 단순한 사유의 틀을 벗어나지 못하고 있다는 생각에 닿게 한다. 혹자는 그의 시를 만화적 상상력이라고 지칭하기도 했는데 그런 것만큼이나 그의 시가 장난스럽게 느껴진다.[10]

김형중의 윤리는 '가면을 쓴 욕망'의 다른 이름이다. 앞에서 나는 『문예중앙』이 보여주는 세대론 차원의 단절 욕망에 대하여 잠시 언급한 바 있다. 『문예중앙』의 편집동인인 김형중에게 가득 차 있는 것은 바로 이러한 욕망이다. 의도하였는지 알 수 없으나, 과도한 욕망이 가라타니 고진의 오독을 불러왔고, 그 위에서 새로운 경향의 여성 작가들과 시인들은 무차별적으로 포용되고 있다. 안타까운 사실은 외국이론에 대한 김형중의 오독이 여러 글에서 반복되어 나타난다는 점이며, 이러한 과정을 통해 2000년대 문학의 새로움이 일방적으로 추수되고 강화된다는 사실이다.

그래서 김형중의 윤리(가면을 쓴 욕망)는 동의를 이끌어내기가 어렵다. 그러고 보면 내부와 외부의 경계를 굳건히 세워나가면서 짐짓 경계를 넘어서는 것처럼 포장하는 시도는 세계화시대 자본의 욕망과 얼마나 닮아 있는가. "데카르트적인 균질 공간은, 그것을 해체하는 것이 아니라 역으로 그 안과 밖을 상보적으로 강화하는 것이다. 그것은 무경계(borderless)로 이야기되는 세계 경제가 내셔널리즘이나 블록화를 강요하는 것과 동일하다."[11] 솔직하게 자본주의의 위력을 현실로 인정하자면서 "사실을(이라도) 수리하기 위하여" 방안을 모색하는 그로서는 어쩌면 당연한 태도라고도 볼 수 있겠다.[12] 그렇지만 이 순간 스스로에게 다음과 같은 물음을 던질 수 있어야 하지 않을까. 나는 왜 문학을 하는가. '근대문학의 종언'은 이런 물음조차 실

---

10. 엄경희, 위의 글, 46쪽.
11. 가라타니 고진, 앞의 글, 30쪽.
12. 김형중, 「기어라 비평!─2000년대 소설담론에 대한 단상들」(『문예중앙』, 2005.겨울) 참조.

종해버릴 때 설득력을 가지게 된다.

4. 초월에서 포월로 건너가는 길

이즈음에서 2000년대 문학의 새로움에 대해 생각해볼 필요가 있겠다. 새로움이란 상대적 가치인 까닭에 비교대상을 필요로 한다. 즉 나름의 새로움을 부각시키기 위해서는 이를 부각시킬 만한 낡은 대상이 앞에 놓여 있어야 한다는 것이다. 새로움은 낡은 것과의 긴장 관계 속에서 비로소 의미를 획득한다. 그렇다면 2000년대 문학의 새로움을 논의하기 위해서는 그 새로움을 배태하도록 만든 문단의 낡은 질서를 동시에 고려해야만 한다. 여기에는 문학사회학의 관점이 필요할 듯하다. 가라타니 고진의 경우 한국 문학의 상황을 근거로 '근대문학의 종언'을 선언하였는데, 문학 내적인 논리만 가지고는 문학이 그러한 처지로 굴러 떨어진 과정과 맥락을 도무지 파악할 수 없기 때문이다.

최근 새롭다는 일련의 시들을 보면 퍽이나 난해하다. 그래서 난해함을 새로움의 지표로 삼는 경향도 눈에 띈다. 새로운 것이라면 일단 끌어안고 보자는 태도도 여기서 빚어진다. 가령 『문예중앙』의 다음과 같은 진술을 보면 알 수 있다. "작품 앞에서 비평은 늘 늦될 수밖에 없습니다. 뒤처진 비평이 앞선 작품을 꾸짖고 타기시하고 매도하는 일은 있을 수 없고 있어서도 안 되는 일입니다."[13] 작품과 비평을 대화의 관계로 파악한다면 이러한 발언에 동의하기는 곤란할 수밖에 없다. 그럼에도 불구하고 이러한 입장을 일방적으로 무시하는 것은 그리 현명해 보이지 않는다. 현재의 상업화된 문단 질서 속에서 치열한 작가의식의 발로가 시의 난해함으로 이어졌을 가능성까지 사장시켜서는 곤란하기 때문이다.

특정한 시기에 문학의 자율성을 지향하는 시인, 작가는 의도적으로 난

---

13. 「혁신호를 내면서」, 『문예중앙』, 2005.봄, 3쪽.

해함을 취하기도 한다. 주제를 불가해한 방식으로 드러냄으로써 고객의 주문에 종속되는 상황을 벗어나겠다는 일종의 전략인 셈이다. "부르디외에 의하면 이것은 생산물과 생산자의 특수성과 대체 불가능성을 주장하는 일이며, 문학장 외적인 주문과 완벽한 단절을 선언하는 일이기도 하다." 그러니까 그들이 난해한 문체를 선택하여 자기만의 고유함을 드러냄에 따라, "환경과 시장의 산물이었던 작품들은 그 스스로의 존재 원리와 필연성을 사회에 강제하는 문화상품으로 탈바꿈한 것이다."[14] 현재의 한국문학에서는 이러한 가능성을 눈여겨볼 필요가 있다. 문학장에서 작동하는 타율성이 극에 달해 있기 때문이다.

타율성의 극으로는 경제 논리가 지배하는 상업적 문학 생산의 장(거대 생산의 장)을 꼽을 수 있다. 자율성이 붕괴된 문학의 장에서 시인·작가들은, 고객들의 문화적 수요를 변형시키는 대신, 그 수요에 부응하여 생산물을 공급하고 나서게 된다. 그리고 타율성의 극에서 생산되는 산물들은 짧은 시간 내에 낙후될 운명에 놓인 만큼 신속한 순환을 필요로 하기 때문에 단기적 생산 사이클에 의해 생산된다. 작가의 운명 또한 이와 함께한다. 한국에서 1990년대 중반부터 '문학의 위기'가 심심찮게 논의되었다는 사실은 여기에 겹쳐진다. 위기에 대한 여러 가지 진단이 나왔지만, 가장 분명하고 설득력 있는 접근은 문학 외적인 것들이 문학 내부로 이식되어 문학의 가치를 급속하게 잠식해버리더라는 내용이다. 이러한 진단은 지금도 유효하다. 그렇다면 지금 시기 타율성의 극에서 자율성의 극으로 건너가기 위한 적극적인 의지가 나타날 만한 근거는 충분하지 않은가.

물론 난해성이 그 자체로 치열한 작가의식을 보증하지는 못한다. 단순한 사유 위에서 펼쳐지는 어지러운 언어의 유희가 치열한 작가의식과 동렬에 놓여서는 곤란한 까닭이다. 바로 이 지점에서 평론가의 개입이 필요하

---

14. 신미경, 『프랑스 문화사회학』, 동문선, 2003, 115쪽.

다. 문학적인 대화를 통해 옥석을 가릴 수 있어야 한다는 것이다. 신형철의
「스키조와 아나키·2000년대 한국 시의 정치성을 위한 단상」은 이 작업을
진행하고 있어서 흥미를 끈다. 그러니까 그가 "오늘날 가능한 것은 금지에
대한 저항이 아니라 유혹에 대한 거절일 것이다. 이제 권력은 '하지 마라'라
고 말하지 않고 '하라'라고 말하기 때문이다"(277쪽)라고 이야기할 때 평론
의 방향은 자연스럽게 문학의 자율성 옹호로 이어지게 되는 것이다.

　　신형철은 문학의 자율성과 시의 정치성을 하나로 묶어 논의를 전개하
고 있다. 이를 위하여 장석원과 강정을 대상으로 삼은 것은 적절한 판단이
었다. 먼저 장석원을 보면, 그는 정말 "김수영의 진정한 후계자"라는 느낌
이 든다. 개별적이고 육체적인 언어, 집단적이고 사회적인 언어, 메타적이고
비평적인 언어가 서로 충돌하며 자아내는 팽팽한 긴장이 그러하며, 사랑과
혁명을 동시에 밀고 나아가는 인식도 그러하다.[15] 또한 "그의 아나키즘은
사랑의 내용이 아니라 사랑의 형식"(287쪽)이라는 신형철의 평가가 따를 만
큼 형식에 대한 고민도 깊어 보인다.

　　강정에게서도 김수영의 시선이 느껴지는 바 있다. 가령 「들판을 달리는
토끼」는 시로써 전개한 그의 시론인데, 이는 김수영의 「연기」를 생각나게
한다. 하지만 그것보다 관심을 가져야 할 사항은 그가 드러내는 초월의 욕
망이다. "사랑이란 인간의 뒤집어진 피부 안쪽을 들쑤셔/ 피와 살을 나눠먹
는 일이 아닐까 해요"(「하나뿐인 음식」)에서 확인할 수 있는 것은 편협한 주체
의 울타리를 넘어서는 방식이다. 우리는 사랑 안에서 교통 공간을 확보할
수 있다. 그런 점에서 다음과 같은 신형철의 판단에는 전적으로 동의할 수
있다. "진정한 생성이란 주체가 어떤 대상과 함께 '구별불가능/식별불가능
의 객관적 지대'로 들어서는 것이라는 들뢰즈의 언명은 강정을 지지하는 것
처럼 보인다."(281쪽)

15.　권혁웅, 「미래파」(『미래파』, 문학과지성사, 2005) 참조.

그런데 이러한 사유를 시간적·공간적으로 늘리고, 사랑의 대상을 인간 너머로 확장시키면 어떻게 될까. 아마 무에 가까워지고 말 터인데, "긴 얼룩무늬 혀로 한번 스윽 핥으면 사라질 우주의 얼룩"(「기린은 환영이다」)이라거나 "인간도 아니고 인간 아닌 것도 아닌 만물이 때 되면 허물 벗어 다른 생을 낳는 그곳을/ 허공이라 한들 어떠리"(「들려주려니 말이라 했지만」)와 같은 시구가 이를 증명한다. 주체가 무에 가까워지는 것과 비례하여 인간의 언어 또한 순간으로 수렴하며 소멸로 다가서는 대목은 눈길을 잡아끈다. "듣고 보니 말이라 했지만,/ 책에 쌓인 먼지라거나/ 같이 있다 방금 자리를 뜬 사람의 미진한 온기 따위인지도 모른다"(「들려주려니 말이라 했지만」). 이는 「들판을 달리는 토끼」, 「하나뿐인 음식」 등과 변별되는 두 번째 초월이라고 할 수 있겠다.

여기서 생각해보아야 할 것은 이 두 번의 초월이 과연 서로 얼마나 다른가 하는 사실이다. 신형철은 후자의 초월을 일러 "그가 가끔 초월의 제스처에 다가갈 때 우리는 서먹해진다."(283쪽)고 하였다. 부정적으로 파악하는 셈이다. 그렇다면 "강정은 남성과 여성이라는 범주 자체를 '망각'하게 만드는 방식으로 성별의 울타리를 초월한다."(279쪽)에서의 초월은 어찌하여 긍정적으로 평가되는가. 이는 아마 초월의 이중성에서 기인하고 있을 것이다.

초월에 대한 욕심은 관계를 바라보는 관점에 따라 두 개의 상반된 성격을 갖는다. 즉 하나는 인간이 인과의 구속에서 벗어나 의지에 따라 변덕을 부릴 수 있는 선택의 자유로움을 말하고, 다른 하나는 무상한 변덕으로부터 벗어나 법칙에 따라 안정된 관계를 맺을 수 있는 순리(順理)의 자유로움을 말한다. 이로 인해 인간은 변덕을 부릴 수 있는 선택의 자유와 법칙을 따를 수 있는 순리의 자유를 동시에 원하는 모순된 모습을 갖는다.[16]

---

16. 최봉영, 『주체와 욕망』, 사계절, 2000, 121쪽.

초월 욕망을 어느 한 방향으로만 고정시키는 순간 시적인 긴장은 풀어지거나 경직되고 만다. 그러니 초월의 이중성 속에서 문학의 성취를 얻으려면 현실의 지반을 쉽게 뛰어넘어서는 곤란하다. 현실의 긴장을 초월 속에 품고 있어야 한다는 것이다. 김진석의 표현에 따른다면 '포월(匍越)' 정도가 되겠다. 신형철은 아마 강정의 시세계에 대해 그러한 정도의 우려를 덧붙이고 싶었을 것이다.

신형철의 우려에 각주를 덧붙이자면, 이러한 문제를 해결하기 위해서는 조선시대 유교 문화를 참조하는 것이 유용할 듯하다. 천지인(天地人)의 삼재(三才)에 따라 초월욕, 물질욕, 인륜욕을 나누어 관계를 살피는 내용도 그러하지만, 수신(修身)을 통해 스스로의 욕망을 적절하게 제어해나가는 과정에 유교문화의 요체가 놓이기 때문이다. 오죽했으면 '신독(愼獨)'이라고 해서 홀로 있을 때조차, 마치 남이 보는 것처럼, 도리에 어그러짐 없이 몸가짐을 바로 하고 언행을 삼갔을까. "오늘날 가능한 것은 금지에 대한 저항이 아니라 유혹에 대한 거절일 것이다."라는 성찰은 이러한 내용 안에서 더욱 깊어질 수 있을 것이다.

5. 『창작과비평』에 보내는 제언

『창작과비평』의 2006년 여름호 특집 '2000년대 한국문학이 읽은 시대적 징후'를 살펴보았다. 가장 두드러진 사실은 총론(한기욱)의 의도가 각론을 통해 제대로 해명되지 않고 있다는 점이다. 그러니까 "'2000년대 한국문학'을 특집으로 설정하는 순간 『창작과비평』은 한국문학이 나아가야 할 방향을 나름대로 설정"하였을 텐데, 그러한 방향이 다른 평론들을 통해 검증받지 못하였다는 말이다. 이러한 양상이고 보면, 2000년대 한국문학의 향방을 논의하는 자리에서 『창작과비평』의 목소리는 왜소해질 수밖에 없다. 다른 문학매체에서는 각각 자신들의 욕망 위에서 '2000년대 한국문학'의 새로움을 포장하여 공세적으로 전개하고 있는데, 이를 상대하면서 『창작과비평』의 입지를 확보하기는 어려워 보이기 때문이다.

어째서 이런 일들이 벌어지는 것일까. 내부논쟁의 부재가 생산적인 담론 창출의 실패로 이어진다는 것이 나의 판단이다. "2000년대 문학의 기점에 해당하는 역사적 계기"를 6·15공동선언으로 설정하는 시도는 설득력이 떨어진다. 더군다나 IMF사태냐, 6·15공동선언이냐 양자택일하려는 태도는 작위적이란 느낌이 강하게 든다. 『창작과비평』이라는 해석공동체 내부에서는 이를 둘러싼 내부논쟁이 그리 중요하지 않을 수도 있다. 하지만, 이로 인해 해석공동체 외부와의 대화 가능성이 줄어들고 있다는 사실을 고려해야만 할 것이다. 총론의 내용이 각론으로 제대로 이어지지 못한 까닭에 『창작과비평』의 2006년 여름호 특집이 성공적이었다고 평가하기는 어려울 성싶다.

그렇지만 지금까지 『창작과비평』이 쌓아왔던 면면한 사상적 흐름 속에서 참조할 만한 사실들이 몇 가지 확인되고 있음은 주목해야 하겠다. 먼저 '문학의 자율성'을 바탕으로 하여 시학, 정치학, 윤리학이 한데 뭉뚱그려지는 젊은 시인들의 시세계가 출현하고 있다는 현상이 예사롭지 않다. 이는 한국사회에서 지금까지도 위세를 떨치고 있는 순수문학 따위와는 현격히 구별되며, 현실에 대한 무관심을 뻔지르르 포장하던 '현실 방임주의'와도 궤를 달리한다. 그러니 『창작과비평』과 이러한 경향의 시세계는 관계가 정립되어야 하겠는데, 1990년대 후반 최원식이 주창하였던 '리얼리즘과 모더니즘의 회통론'이 실마리를 제공할 수 있겠다. 그러니까 회통의 관점 위에서 작품의 구체적인 분석이 전개되어야 하리라는 것이다.

"유혹에 대한 거절"을 단순한 태도의 표명이 아니라 사상의 수준으로 이끌어가는 데도 『창작과비평』의 역할이 필요할 것으로 생각된다. 주지하다시피 유혹에 대한 거절은, 한낱 인식(앎)의 차원에서가 아니라, 인식(앎)을 성찰과 실천의 수준으로까지 끌어올려야 가능해진다. 체득(體得)의 경지는 여기서부터 비롯된다. 그런데 체득이란 서구의 근대사상과 변별되는 동아시아 사상의 근본이 아니었던가. 이러한 물음을 통해 동아시아 사상을 지속적으로 연구하고 성과를 쌓아온 『창작과비평』이 나아가야 할 방향을 잡아나갈 수 있다.

새로운 문명이란 인간을 새롭게 이해하고 규정할 수 있을 때 비로소 가능해지며, 이를 위해서는 시간적, 공간적으로 근대 바깥의 다양한 사상을 참조해야만 한다. 2000년대 한국문학이 나아갈 방향을 모색하며 그러한 가능성을 결합시킬 수는 없는 일일까. 근대가 직면한 막다른 벽이 견고하기는 하지만, 그 너머로 나아가는 일 역시 훌륭한 경계 넘기임에 틀림없지 않은가. 만약 그러한 고민을 발전시킬 수만 있다면, 『창작과비평』의 2006년 여름호 특집은 나름의 성과를 얻을 수 있을 것이다.

『창작과비평』, 2006. 가을.

문학권력 논쟁, 이후

1. '종언'이라는 유령의 귀환

한국문학에는 '종언'을 둘러싼 담론이 퍽 뒤늦게 당도하였다. 인문학 차원에서 돌이켜본다면 이것은 1990년대 전반기에 이미 유행했던 주제가 아닌가. 가령 한 철학자는 1995년 「해체론 시대의 인문주의」라는 글을 다음과 같이 시작하고 있다. "오늘날 인문주의에 관하여 가장 앞서가는 물음들은 '종언'의 주제로 수렴되고 있다. 신의 죽음, 철학의 종언, 인간의 죽음, 모더니즘의 종언, 이데올로기의 종언, 이성의 죽음, 서구의 몰락 등등이 바로 그런 주제들이다."[1] 유행에 뒤쳐졌다는 사실이 크게 흠 잡힐 일은 아니다. 다만, 한국문학이 어떻게 그러한 시간의 낙차를 견디어낼 수 있었으며, 지금 새삼스럽게 마치 배회하는 유령을 난데없이 마주친 것처럼 '종언' 담론과 마주하게 되었는가는 꼼꼼하게 따져볼 필요가 있다.

기실 "접대부의 삶과 수녀의 삶 사이에서" 문학의 운명을 가늠하는 한편, 앞으로의 문학이 응당 그 긴장을 짊어지고 나가야 하는 처지에 대하여 "이제 전망이라기보다 결단의 문제"라고 진술해나간 장면에는 '종언'의 그림자가 언뜻 드리워 있기도 하다.[2] 1993년 당시 새롭게 맞닥뜨렸으되 결코

---

1. 김상환, 「해체론 시대의 인문주의」, 『오늘의 한국 지성, 그 흐름을 읽는다』, 문학과지성사, 1995 , 371쪽.
2. 서영채, 「소설의 운명, 1993」, 『소설의 운명』, 문학동네, 1996, 43쪽.

돌이킬 수 없는 문학의 존립 조건이 제시되었기 때문이다. 이때 문학의 존립 조건은 길항 상태로 이해하게 된다. 길항의 한 축은 문학 바깥에서 문학 내부로 이입되어 무한히 번식할 자본의 논리가 차지한다. 문학은 이제 무엇이든 먹어치우는 자본의 폭식 논리 안에서 살아나가야 한다는 것, '접대부의 삶'이란 바로 이를 가리킨다. 그 반대편에서 다른 한 축을 차지하는 것이 '수녀의 삶'이다. 그러니까 문학이라면 자본의 논리로 환원되지 않는 잉여 부분을 마땅히 보여줄 수 있어야 한다는 것. 문학이 사회 현실의 작동에 대하여 마찰을 일으킬 수 있으리라는 기대는 이러한 결기에서 비롯된다. 물론 이러한 길항이 녹록할 리 없다. 그래서 서영채는 '결단'이라고 표현해야만 했으리라.

길항의 한 축을 제거하고 나면 상황은 퍽 간명해진다. 예컨대 자본의 폭식 논리를 괄호 안에 묶어두고 관념 영역으로 가볍게 이월하면 문학(언어)의 자율성(?)이 확장된다. 『기담』의 해설 「프랑켄슈타인어(語)의 발생학」이 그러한 사례를 보여준다. 대체 '프랑켄슈타인어(語)'란 무엇인가. 언어 바깥의 리얼리티를 제거하고 언어의 부조리한 측면을 "극대화시킴으로써 언어 스스로가 완전한 자율체로 거듭나는 지점을 찾으려는 시적 꿈의 소산이다. 그것은 꿈의 언어이며, 언어의 꿈이다." 여기에는 "지금까지 없었지만 앞으로 있을 시, 이 세상에 없었으나 이제 곧 생겨날 시의 미래"라는 가치 부여까지 따라붙고 있다.[3] 이리하여 문학의 자율성을 극한으로 확장할 수 있을지는 모르겠으나, 문학 바깥에서 보자면 오히려 문학의 왜소함을 증명하는 데 머무르고 만다. 사회 현실과의 긴장이 증발해버린 꼴이기 때문이다. 범박하게 정리하자면, 1990년대 중반 이후부터 (주류)한국문학은 자본의 폭식 논리를 괄호 안에 묶어두고, 문학의 자율성(?)이라는 관념 안에서 유영하고 있었다. 그러니까 관념에 균열이 가는 순간 새삼스럽게 '종언'이

---

3. 강계숙, 「프랑켄슈타인어(語)의 발생학」, 『기담』, 문학과지성사, 2008, 156~7쪽.

라는 귀환한 유령과 맞닥뜨리게 되었다는 것이다.

　　최근 김미정의 반성은 한국문학의 이러한 상황을 향하고 있다. 그는 "'차이'에 대한 찬사들이 맹목적인 기대에 가까웠던" 정황을 지적하면서 다음과 같이 진술하고 나섰다. "'젊은 작가, 새로운 작가, 새로운 시와 소설'과 같은 말들이 언젠가부터 수사적 표현 이상의 효과를 발휘하게 된 현재를 떠올려보자. 한편으로 보자면 이것은 곧 차이·새로운 것의 등장을 요구하는 자본주의 시장의 사이클과 그 탐욕 앞에 취약한 구조의 수사가 아니었겠는가. (중략) 오늘날 우리가 '더 많은 차이'들을 요구하는 동안, 시장이라는 블랙홀은 쉼 없이 운동을 하고 있고, 우리가 애써 창조한 차이들은 다시 시장의 회로 속에서 균질하게 되어가는 중이었는지도 모른다."[4] '접대부의 삶'과 '수녀의 삶' 사이에서 길항할 수밖에 없는 문학의 존립조건은 프란시스 후쿠야마의 『역사의 종언과 최후의 인간(The End of History and the Last Man, 1992)』 따위를 통해 자본주의 승리가 당당하게 선포된 이래 변한 바 없다. 그러니 매 순간 작가의 결단을 요구하는 상황 역시 변했을 리 만무하다. 지난 15여 년간 (주류)한국문학이 이러한 사실을 방기해왔을 따름이다.

　　'접대부의 삶'과 '수녀의 삶' 사이에서 길항할 수밖에 없는 문학의 운명은 산업사회가 발전하면 직면하게 되는 보편적인 현상이라고 할 수 있다. 마르쿠제가 써 내려간 『일차원적 인간』, 특히 제3장 「불행한 의식의 극복: 억압적인 탈승화(脫昇華)」에 주목하게 되는 까닭은 바로 이러한 양상을 흥미롭게 지적하고 있기 때문이다. 다음과 같은 대목이 그러한 면모를 보여준다. "예술과 일상 사이의 본질적인 갈라진 틈은 예술 소외를 통해 유지될 수 있었으나, 발전하는 기술 사회에서 그 틈은 점차 소멸하고 있다. 그리고 이러한 소멸과 함께 이번에는 '위대한 거절'이 거부되고, '다른 차원'은 압도

4.　김미정, 「'버려야만 되는 것'의 윤리」, 『문학동네』, 2008.가을, 424~5쪽.

적인 사태 속으로 흡수되고 만다. 소외에 의한 작품은 그 자체로 이 사회에 편입되며, 압도적인 사태를 장식하거나 정신분석하는 장치의 부분으로 유통된다. 이리하여 그것들은 상업적인 것이 되어 팔리고, 위안을 주고, 흥분을 제공하기에 이른다."[5] 마르쿠제의 관측은 현재 한국문학의 정황에 그대로 맞아떨어진다. 사회학을 전공한 심보선이 예술(문학)과 사회 사이에서 벌어지는 이러한 동향을 제대로 포착하고 있는 듯하다. "'창의성'이나 '상상력'이 현대자본주의의 이윤 창출에 점점 필수적인 자원으로 부상하고 있는데, 흥미로운 것은 예술이야말로 창의력과 상상력의 보고이기 때문에 자본이 적극적으로 예술과 결합해가고 있다는 사실입니다. 소위 '창조경영' '창조도시' '창조계급' 등의 신조어들은 모두 예술과 자본 사이의 윈—윈 게임을 상정하고 있어요."[6]

따라서 '종언'에 관한 논의를 풀어나가려면 현재 맞닥뜨린 문학의 존립 조건 위에서 시작하여야 한다. 이럴 경우 우선 문학제도가 비판 대상으로 떠오를 것이다. 그동안 자본(접대부)으로서의 역할까지도 문학(수녀)이라는 이름으로 포장하여 긴장을 봉합해왔던 영역이 문학제도에 해당하기 때문이다. 거대언론과의 유착, 스타 시스템 도입, 출판자본의 파출부로 전락해버린 비평가의 '주례사비평' 남발, 학연 문제 등 문학제도의 폐해에 대한 비판은 꾸준히 이어져왔다. 그리고 심각성은 여전하다. 그렇지만 이 글에서는 이와 관련된 문제는 가급적 언급하지 않으려고 한다. 나 자신이 2000년대 초반 '문학권력 논쟁'에서 충분히 비판하였으니 동어반복을 피해야 할 필요가 있으며, 그러한 방식으로 문학제도의 변화를 이끌어낼 수 있으리라는 기대 또한 진작부터 포기했기 때문이다. 그런 까닭에 이 글에서는 '종언'이라는 유령을 퇴치해 나가기 위한 이론이랄까 사상의 입지를 닦아나가는 데

---

5. Herbert Marcuse, *One—Dimensional Man*, Routledge & Kegan Paul, 1964, p.64.

6. 심보선 외, 「좌담: 감각적인 것과 정치적인 것 사이에서」, 『문학동네』, 2009.봄, 371쪽.

초점을 맞추고자 한다.

2. 역설에 대응하는 방식: 위기지학의 가능성

근대 인문주의자를 가리켜 한 번 죽었다가 다시 태어난 존재라고 이를 수 있을까. 얼핏 얼토당토않게 들릴 수도 있겠지만, 근대가 르네상스의 산물이라는 사실을 염두에 둔다면 전혀 '일리(一理)' 없는 주장은 아닐 터이다. 주지하다시피 르네상스는 12세기 말부터 16세기까지 서유럽 문명사에서 일어난 문예부흥운동을 가리킨다. 최근 산발적으로 이견이 제출되고는 있으나, 르네상스의 의의라면 고대 그리스·로마의 학문과 예술에 천착하여 인간을 재발견하고, 합리적인 사유와 생활태도를 확립해나갈 전기(轉機)로 작용했다는 것이 정설로 굳어져 있다. 그러니까 중세에 소멸하였던 고대 인문주의를 재생(再生, renaissance)시켜 근대의 서막을 열었기에 중세와 근대 사이의 그 시기와 문화운동을 하필 '르네상스'라고 명명하게 된 것이다. 따라서 르네상스 정신에 근거하여 인문주의의 지평에서 파악하자면, 근대 인문주의자에게는 죽음의 흔적이 아로새겨져 있다. 뿐만 아니라 인문주의가 막다른 벽에 직면하여 위기의식이 증폭될 때에는 죽음을 딛고 다시 태어나려는 시도가 빈번하게 나타나기도 한다.

예컨대 미셸 푸코의 『성의 역사』 3부작에서 그러한 면모를 확인할 수 있다. 제2권 『쾌락의 활용』은 기원전 4세기 그리스로 거슬러 올라가서 자기 다스림(修身)에 입각한 윤리 설정 문제를 다룬 내용이다. 욕망, 쾌락에 맞서 스스로를 절제할 줄 아는 덕성이야말로 자유인의 자질인 까닭에 그리스인들에게는 수양이 요구되었다. "이 같은 형태의 도덕에서 개인이 스스로를 윤리적 주체로 세우게 되는 것은 자기의 행동 규칙을 보편화하면서가 아니다. 반대로 개인은 자신의 행동을 개별화하고 변조시키며 심지어 그것에 부여된 합리적이고 심사숙고된 구조에 의해 그의 행동에 특이한 광채를 부여할 수 있는 그러한 태도와 탐구에 의해 스스로를 주체화하게 되는 것이다."[7] 그리고 제3권 『자기에의 배려』에서 푸코는 동일한 관점을 가지고 기원전 1~2세기 그리스, 로마를 탐사하고 있다. 그는 성에 관한 근대의 신화를 넘어서기 위하여 이러한 작업을 진척시켰다. 즉 외부로부터 강제되는 성을 둘러싼 완고한 금기란 고대 이후부터 형성된 것에 불과하며, 그리스에서는 오히려 자기 다스림의 측면에서 성을 파악하였다는 것이다. 근대 윤리 바깥으로 미끄러지는 새로운 인간 유형은 이러한 방식으로 모색하게 된다. 삶과 죽음이 교차하는 순간이라고 할 수 있다.

인문주의 안에서 문학은 이러한 시도와 만날 수밖에 없다. 그러니 한번 죽었다가 다시 태어난 근대 인문학자의 면모를 '문학'이라는 거울에 비추어 다음과 같이 주장할 수도 있을 것이다. "문학이라는 확정된 범주의 잉여로서만, 그 나머지이자 찌꺼기로만 존재할 수 있는 것으로서의 문학성은, 그러므로 기성적인 것과 미지의 것 사이에서, 그 둘 사이의 긴장과 역설 속에서 발현되는 양태이자 틀로서만 존재할 수 있다."[8] 그렇지만 이러한 지적에 머물러 논의를 더 밀고 나아가지 못한다면 이는 하나마나한 소리에 불과할 따름이다. 문학의 존립 형식을 환기시키고 있으나, '기성적인 것'과 '미지의 것'이 무엇을 가리키는지 구체적인 내용을 생략함으로써 결단해야 할 사항을 유보하는 데로 귀결하기 때문이다. 결단을 유보하면서 동시에 사후(事後)를 기약하는 태도는 모순이라고 할 수 있지 않을까. 한편에서는 결단해야 할 내용을 은폐함으로써 사건 발생을 지연시키되, 다른 한편에서는 오히려 사건 이후를 장담하고 나선 꼴인 까닭이다. '초월적(transcendent)인 개념'과 '초월론적(transcendental)인 개념'을 변별하여 "초월론적인 개념은 그것의 구체적인 사용을 통해 사후적으로 그 존재를 확인할 수 있게 되는 어떤 것"[9]이라고 주장하려면 사건 자체를 둘러싼 구체성이 갖추어져야만 한

7. 미셸 푸코, 『性의 歷史: 쾌락의 활용』, 도서출판 나남, 1990, 77쪽.
8. 서영채, 「역설의 생산: 문학성에 대한 성찰, 2009」, 『문학동네』, 2009.봄, 305쪽.
9. 서영채, 위의 글, 같은 쪽.

다. 그러지 못했을 때에는 현실 수리에 머무르고 만다.

바로 이 대목에서 나는 푸코가 수고롭게 고대 서적을 탐문해나간 태도로 다시 눈을 돌리게 된다. 그의 논의는 주체의 재구성이라는 측면에서 한결 구체적이다. 행동 규범을 보편적인 지표로 내세워서 인간을 규율해나가는 근대체계의 윤리는 죽음 방향으로 돌려세워지고 있다. 사회계약론과 같은 차가운 이성의 산물을 여기에 함께 묶어도 무방할 것이다. 그러면서 그는 동시에 자기 다스림을 새로운 가치로 이끌어내어 인간의 재생을 기획해나아갔다. 『쾌락의 활용』과 『자기에의 배려』는 1984년 출간된 푸코의 마지막 저작이다. 그러니 푸코가 말년에 관심을 기울였던 사항이 자기 다스림으로 수렴된다고 이해해도 무방하겠다. 그렇다면 푸코의 이러한 시도를 참조하여 작업을 이어나갈 수도 있지 않을까. '접대부의 삶'과 '수녀의 삶' 가운데 하나를 양자택일할 수 있는 시대는 이미 지나갔다. 그 둘을 한데 묶어 문학하는 자신을, 자신이 몸담고 살아가는 사회를 파악할 수 있어야 한다는 것이다. "역설과 아이러니를 질료로 삼아 전진하는, 자기 자신의 내적 모순 자체를 전진의 동력으로 삼을 줄 아는, 바로 그러한 시"[10]를 지향하거나 "역설의 청산작업이 지닌 위험성"[11]을 경고하고 나설 때, 결국 이러한 현실의 불가역성을 환기시키자는 것이 아닌가. 그러니까 역설이 피할 수 없는 현실이라면, 그 안에서 일단 자기 다스림이라는 가치를 적극적으로 지향해 나가자는 것이다.

자기 다스림이란 바깥 세계를 향하여 선언한다기보다는 우선 자기 자신을 돌아다보는 성찰의 의미를 지닌다. 그러니 일관성이 중요할 수밖에 없다. 유학에서는 '신독(愼獨)'이라고 하여 홀로 있을 때에도 도리에 어그러짐 없이 몸을 삼가고 조심했을 정도이다. 존재의 깊이는 이러한 태도를 동

---

10. 이장욱, 「시, 정치 그리고 성애학」, 『창작과비평』, 2009.봄, 303쪽.
11. 서영채, 「역설의 생산: 문학성에 대한 성찰, 2009」, 『문학동네』, 2009.봄, 312쪽.

반하여야 기대할 수 있다. 그런 점에서 "근대 이전의 시와 근대의 시를 구별할 수 있다."[12]라고 장담하는 이가 "'근대문학의 종언과 그 이후의 문학'이라는 프레임 속으로 일단 들어가면 우리는 근대문학과 탈근대문학은 다르다는 것을 전제하고 탈근대문학만의 미덕을 혼신의 힘을 다해 찾아야만 한다."[13]라고도 주장하는 모습은 바람직하게 다가오지 않는다. 한쪽에서는 근대 바깥에 선 자의 시선으로 '근대 이전의 시'와 '근대의 시'를 기술해 나가면서, 다른 한쪽에서는 그러한 시도를 경계하고 나선 형국이기 때문이다. '근대 이전의 시'와 '근대의 시'를 선명하게 변별해낼 때, 그는 혼신의 힘을 다해 '근대의 시'만의 악덕을 찾아나가고 있지 않았는가. 그러면서 '탈근대의 시'를 향한 가능성을 타진하고 나서지 않았던가. 스스로를 돌아보지 못하고 바깥 세계를 향해 발언하는 데 집중하다 보니 나타나는 현상이라고 할 수 있다. 그래서 자기 다스림을 강조하게 된다. 존재의 깊이를 이야기하게 된다는 것이다.

「역설의 생산: 문학성에 대한 성찰, 2009」를 읽어나가면서도 자기 다스림에 대하여 생각하게 된다. 이 비평을 써 내려간 이는 「소설의 운명, 1993」의 저자이기도 하다. 그는 누구보다도 먼저 길항하는 문학의 존립 조건을 간파하였고, 이때 요구될 수밖에 없는 결단 문제를 중요하게 환기시킨 바 있다. 그런데 어째서 2009년에 이르러서는 결단을 유보하는 논리를 창출하게 된 것일까. 다음과 같은 진술을 보면 그 자신도 이러한 한계를 진작부터 깨닫고 있었으리라 판단할 수 있다. 자본의 논리와도 같은 반미학적인 요소를 처음부터 배제하며 자신의 논리에 대한 방어막을 만들어놓았기 때문이다. "미적 판단에 대해서 정치적 저의 같은 어떤 반미학적 요소를 문제 삼

---

12. 신형철, 「미니마 퍼스펙티비아(minima perspectivia)」, 『몰락의 에티카』, 문학동네, 2008, 291쪽.
13. 신형철, 「우리가 '소설의 윤리'를 말할 때 너무 많이 한 말과 거의 안 한 말」, 위의 책, 173쪽.

4. 문학권력 논쟁, 이후 **75**

으며 공박한다면 그것은 돌이키기 어려운 일이 된다."[14] 자신에게 곤란한 내용을 언급하지 않으려는 태도가 인지상정이기는 하지만, 결코 우회할 수 없는 문제일 경우에는 당당히 맞서야만 한다. 그러면서 스스로를 변화시킬 수 있는 계기로 삼아 나가야 한다. '자기 수양(the self-discipline)' 혹은 '자기 억제(subduing oneself)'라고 번역되는 극기(克己)란 바로 이러한 자세를 가리킨다.[15]

문학의 내적 모순 자체를 전진의 동력으로 삼을 수 있으려면, 문학은 이제 위기지학(爲己之學)으로서의 지향을 분명히 하여야 한다. 일견 근대 이전의 사유를 소환하여 그대로 답습하려는 시도로 받아들여질 수도 있다. 그렇지만 근대화가 치밀하게 진행됨에 따라 문학을 둘러싼 조건은 이미 급격하게 변하였다. 그렇기 때문에 문학을 위기지학으로서 배치하려는 시도가 전근대의 재탕일 수는 없다. 차면 기우는 것이 자연의 이치인 것처럼, 근대가 이미 극점을 지나쳤다면 점차 쇠락해갈 수밖에 없다. 근대를 넘어서기 위하여 근대 바깥에서 어떤 실마리를 찾아나가려는 노력이 요청되는 이유는 여기서부터 발생한다. 르네상스나 푸코의 시도에서 어떤 의미를 발견할 수 있다면, 바로 그러한 사례를 제시했다는 데서 확인하게 된다. 내가 새로움을 적극 포장하고 나서는 데 대해서는 경계하는 반면, 차이에 관해서 관심을 기울이는 이유가 여기 있다. 김행숙의 적절한 지적처럼 "새로움이 오리지널리티를 문제삼는다면 차이는 관계와 배치에서 나오는"[16] 것이라는 말이다.

그렇다고 하여 반드시 서유럽의 고대로 떠날 필요는 없어 보인다. 동아시아에도 참조할 만한 나름의 세계가 펼쳐져 있기 때문이다. 내 삶의 근거가 이곳에 터하고 있기 때문인지는 모르겠으나, 근대를 반성하기에는 오히

---

14. 서영채, 「역설의 생산: 문학성에 대한 성찰, 2009」, 『문학동네』, 2009.봄, 296쪽.
15. 여기에 대해서는 드 배리(Wn. Theodore de Bary)의 『중국의 '자유' 전통』(이산, 1998) 가운데 제2장 「주회와 자유주의 전통」 참조.
16. 김행숙 외, 「좌담: 감각적인 것과 정치적인 것 사이에서」, 『문학동네』, 2009.봄, 365쪽.

려 이쪽의 전통 사상을 살펴보는 것이 나을 성싶기도 하다. 그래서 나는 이러한 입장에 입각하여 몇 편의 글을 발표한 바 있다. 예컨대 김수영의 정신에 배어 있는 수신(修身) 측면이 그의 작품을 리얼리즘과 모더니즘의 대립 너머로 이끄는 요인으로 작용하였다는 분석을 내놓은 바 있다.[17] 「깊이에 대한 단상」(『실천문학』, 2007.봄)에서는 삼강오륜의 틀로 황병승, 강정의 시를 분석하기도 하였다. 우리 선조들이 인간의 욕망을 유형화하여 삼강오륜의 체득을 수신의 방편으로 삼았던 데 착안하여 시도해 본 산물이다. 이것들 말고도 몇 편이 더 있다. 내적 모순을 회피할 수도 없고, 양자택일할 수도 없는 것이 문학의 존립 조건이라면 이러한 시도를 가다듬어 나가야만 하는 게 아닐까. 어차피 티끌로 돌아갈 인간의 삶이지만, 그래도 한꺼풀 의미를 덧입힐 수 있는 가능성은 이러한 노력을 통해서 비로소 확보할 수 있기 때문이다.

3. 문학, 인간이 죽고 다시 나는 자리

백낙청의 「문학이 무엇인지 다시 묻는 일」을 읽으면서 이에 대해 "예언가적 현실파악도 구체적인 근거를 결여한 채 주관적 판단에 의거한 막연한 것"[18]이라는 비판이 제기되리라는 예상은 충분히 할 수 있었다. 특히 박민규의 『핑퐁』에 대하여 "작가가 후천개벽의 예감을 전하면서도 후천시대에 대한 확고한 신념과 경륜에는 미흡한 바 있으며, 선·후천이 바뀌는 '선후천 교역기(先後天 交易期)'의 난맥상을 선천시대 전체에 소급 적용하는 폐단도 없지 않다고 할 것"[19]이라고 발언하는 대목에서 그러했다. 작품 분석에서 뜬금없이 후천개벽을 들고 나선다면 종교적인 측면으로 기울었다는 혐의를 받

17. 홍기돈, 「현대의 순교와 부활하는 사랑·김수영 문학에 대하여」(『작가세계』, 2004.여름) 참조.
18. 손정수, 「진정 물어야 했던 것」, 『창작과비평』, 2009.봄, 319쪽.
19. 백낙청, 「문학이 무엇인지 다시 묻는 일」, 『창작과비평』, 2008.겨울, 38쪽.

을 것이 당연하다. 이러한 우려를 극복하기 위해서 백낙청은 몇 가지 정지(整地) 작업을 선행하여야 하지 않았을까. 최소한 먼저 데카르트의 코기토를 대체하는 인간 개념의 재규정이 필요하였고, 다음으로 이광수의 「문학이란 하(何)오」(『조선일보』, 1916.1.10~23)에 상응하는 문학 개념의 재규정이 있어야 했다. 재정립한 개념을 근거로 하여 세계를 파악한다면 다른 양상으로 바라볼 수 있게 될 것이며, 이러한 시도에 탄력이 붙어 운동 차원으로 확산되면 다른 세계를 예감하는 사유에도 비로소 설득력이 부여될 터이기 때문이다. 그 과정은 오랫동안 지난하게 전개될 수밖에 없다. 서구의 르네상스가 짧게 따져서 300여 년에 걸쳐 진행되었다는 사실을 염두에 두어야 한다.

'후천개벽'이라는 표현이 나왔으니 인간 개념의 재규정을 동학의 사례로 접근하는 것이 좋을 듯하다. 간명하게 풀어 나가자면 곧장 시천주(侍天主) 이해로 방향을 잡으면 될 터이나, 동학사상 자체가 종교로 이해될 소지가 큰 까닭에 약간의 우회가 필요할 수밖에 없겠다. 그래서 헤겔의 '보편적 개별자'라는 개념으로부터 시작해 나가도록 하겠다. 헤겔이 파악하기에 유한자인 인간은 결여(缺如)를 안고 있는 존재인데, 그는 결여를 부정성이라고 표현하고 있다. "헤겔이 말하는 실체는 자신의 내부에 부정성을 내포하고 있으므로 (중략) 부정성과 더불어 혹은 부정성을 '통과함으로써만' 자신을 긍정할 수 있는 실체이며, 이러한 존재론적 속성을 갖는 실체가 다름 아닌 주체라는 것이다."[20] 이러한 부정성이라는 요인이 주체와 타자 사이에 상호승인을 가능케 하는 원동력으로 작동한다. 결여된 지점에서 타자를 발견하게 되는 것이다. "유한자는 모순과 대립 때문에 자신은 물론 타자도 긍정하지 못하는 부정의 상태에 처해 있다고 할 수 있지만 이 대립과 모순을 극복한 무한자의 상태에서 실체(주체)는 자신과 타자를 긍정하는 상태

---

20. 홍준기, 「알튀세르 맑시즘에 관한 새로운 정치·윤리적 독해의 시도: 라깡/들뢰즈, 헤겔/스피노자 논쟁 구도의 맥락에서」, 『진보평론』, 2008.가을, 269~270쪽.

로 이행한다는 것이다."[21] 자신에게서 타자를 발견하고, 이로써 자신의 객관성에 이르면서 성립하는 개념이 '보편적 개별자'이다. 나는 개별자와 보편자를 대립시켜 파악하는 데 비판적이다. 그래서 다음과 같은 측면에 흥미를 갖고 있다. "간과해서는 안 될 중요한 점은 사람들이 흔히 말하듯이 헤겔은 개별자를 보편자로 흡수시키는 것을 목표로 하는 철학이 아니라는 사실이다. 오히려 정반대로 헤겔은 보편자를 오직 개별자로서만 존재한다고 주장함으로써 개별자를 보편자로 흡수하는 것을 비판하고자 한다."[22]

'네 안에 한울님이 모시어 있다'는 시천주 사상은 헤겔의 '보편적 개별자' 개념과 유사한 바 있다. 우선 '천주(天主)'에 대하여 알아보자. 천주란 한울님을 가리키는데, 인격을 가진 유일한 신이다. 『신인철학』에서 이돈화가 신의 인격성을 부정한 바 있으나, 이는 표영삼의 『동학』(통나무, 2004)이라든가 이상원의 「동학가사(東學歌辭)에 나타난 시천주(侍天主) 사상 연구」(『우리문학연구』 제24집, 2008) 등에서 비판받고 있는 실정이다. 인격 문제가 논란이 되는 까닭은 예컨대 지구라든가 우주를 하나의 생명체로 볼 수 있는가 하는 문제와 닿아 있다. 즉 크다는 뜻의 '한'과 우주 전체를 가리키는 '울'이 하나로 묶여 큰 나(大我)로 파악되었는데, 이러한 한울님을 생명의 관점으로 수용할 수 있는가라는 것이 논점이라는 것이다. 우리가 직면한 생태 문제가 재앙 수준으로 번질 위험을 고려한다면, 내 생각에서는 인격을 부여하여 접근해도 무방하지 않은가 싶다. 다만, 한울님을 초월적 실체로 설정하지 않는다는 사실만큼은 분명히 할 필요가 있다. 김지하와의 대담에서 황지우는 "동학에서 초월적 실체로서 신의 존재에 대한 주장을 하지 않았다는 것은 고급종교의 단계"[23]라고 정리한 바 있기도 하다. 또한 한울님을 일러 '노이무공(勞而無功)'하다고 진술하였다는 사실이 주목을 요한다. 개벽 이후 노이

21. 홍준기, 위의 글, 275쪽.
22. 홍준기, 위의 글, 285쪽.
23. 황지우, 『사상기행』2, 실천문학사, 1999, 43쪽.

무공, 즉 애는 썼으나 보람을 거둘 수 없었던 신이란 어떤 존재인가. "생성 변화해가는 과정에 있는 신을 시간적인 신이라고 한다. 시간적이라는 말은 되어가는 과정에 있음을 말한다. 영원히 되어가는 과정에 있을 뿐이요 완성이란 있을 수 없다."[24]

이러한 사상은 헤겔의 절대자 개념과 비교해도 좋을 것이다. 즉 동학을 종교의 측면으로만 이해할 것이 아니라, 철학의 지평에서 숙고할 여지가 크다는 것이다. "헤겔의 절대자는 유한자 외부에 있어 유한자가 결코 도달할 수 없는 피안에 있는 신이 아니라는 것이다. 이러한 무한자를 헤겔은 악무한(惡無限, Schlechte Unendlichkeit)이라고 부른다."[25]

다음으로 시천주의 '시(侍)'를 살펴보면 "내유신령(內有神靈), 안으로 신령이 있고, 외유기화(外有氣化), 밖으로 기화가 있고, 일세지인 각지불이(一世之人 各知不移), 한 세상 사람이 서로 옮기지 못함을 각각 알아 실천한다는 뜻"[26]이다. 여기서 우선 주목해야 할 개념은 '기화(氣化)가 아닐까 싶다. 표영삼은 기화를 다음과 같이 정리하고 있다. "기화(氣化)는 생명 자체가 가지고 있는 자기조직력(自己組織力)이라는 것을 누누이 언급했다. 즉 개체생명체계의 씨앗 속에 있는 생명체는 자기를 스스로 조직해 나가는 자기조직력을 가지고 있다는 것이다. 이돈화도 『신인철학』에서 '자기 자체의 본원에 있어서는 유일한 생명의 충동력 그것뿐이다'고 하였다. 생명의 충동력이란 곧 자기조직력을 말한다."[27] 이는 자발성에 기초한 연대, 예컨대 촛불집회 같은 조직 원리를 이해하는 데 적용할 수 있다. 계급이라든가 민족과 같은 틀을 설정하여 각각의 개별자를 위로부터 집단으로 묶어세우는 방식과는 아주 다른 사유이다. 다음으로 '각지불이(各知不移)'를 설명하면, 한울님으로 표상

24. 표영삼, 『동학』1, 통나무, 2004, 114쪽.
25. 홍준기, 앞의 글, 277쪽.
26. 김지하, 『사상기행』2, 실천문학사, 1999, 39쪽.
27. 표영삼, 위의 책, 119~120쪽.

되는 "전체성을 각지(各知) 각각이, 세상 사람들이 각각 자기 개성대로, 집단은 자기 집단대로, 민족은 자기 민족 나름대로, 개인 개인이 자기 나름 나름으로 독특하게 깨우쳐서 자기 스타일로 실현한다, 이런 뜻"[28]이다. 전체성을 설정하되 전체성이 구체적인 양태로 존재할 수밖에 없다는 이러한 인식은 보편자가 오직 개별자로서만 존재한다고 주장해나간 헤겔의 시도와 만나는 바 있다.

동학의 시천주 사상에 근거한다면 전체와 개체를 대립시켜 파악하는 관점을 극복할 수 있다. 인간의 내부와 외부를 분리하여 접근하는 경향도 뛰어넘게 된다. 김지하가 새로운 인간형으로 '요기-사르(Yoggi-Ssar)'를 내세울 수 있었던 데에는 이러한 사상이 배경으로 작용한다. '요기-사르'란 내면적으로는 명상가이자 수행자인 '요기(Yoggi)' 그리고 외부의 사회질서와 대결하여 바꿔나가는 혁명가 '사르(Ssar)'를 결합하여 만들어낸 조어이다. 그러니까 김지하가 내세우고 있는 새로운 인간형은 시천주 사상의 맥락 안에서 인간 개체의 내면 세계와 외부 세계를 통일시켜 규정해낸 존재로 이해할 수 있다. 기실 이러한 조어는 『장자』나 성리학에서 발견되는 '내성외왕(內聖外王)'이라는 용어를 연상시키는 바 있다. 안으로 성인의 도를 닦으면서 밖으로는 임금의 덕을 좇아나가는 존재이니 인간을 이해하는 방식의 유사함이 다가오는 것이다. 동학이 유(儒), 불(佛), 선교(仙)을 두루 포함하고 있으니 이는 당연한 귀결일 수도 있겠다. 개념의 착상이 다른 무엇과 유사하든 간에 김지하가 새로운 인간형을 제시하고 나섰다는 사실만은 분명하다. 그럼에도 불구하고 그의 이러한 시도는 제대로 이해되기도 전에 오해에 맞닥뜨리는 경우가 종종 있다. 가령 '후천개벽(後天開闢)'을 이야기하니 종교 세계로 넘어가버렸다는 비판이 흔하며, '성배민족(聖杯民族)'을 주장하는 까닭에 극우 파시즘에 물들었다는 매도까지 따라붙는 실정이다.

---

28. 김지하, 위의 책, 39쪽.

나는 '성배민족', '후천개벽'과 같은 표현에 동의하지 않는다. 그저 새로운 르네상스를 향하여 한 걸음 다가갈 뿐이다. 그러니 몇몇 표현이 거슬린다고 해서 사상의 일대 전환을 맞이할 수 있는 계기를 애초에 봉쇄해버리는 데 대하여 어리석다고 판단하게 된다. 백낙청의 「문학이 무엇인지 다시 묻는 일」에는 새로운 르네상스를 전제로 한 판단은 있으나 판단의 근거가 미약하다. 그래서 '예언가적 현실 파악'이라는 평가가 따라붙고 있다. 문학이란 무엇인가. 이를 다시 따져 물으려면 먼저 인간이나 문학에 대한 규정 자체를 문제 삼아야 한다. 그 자리에서 어떤 인간이 죽고, 어떤 인간이 되살아나는지 살펴보아야 한다. 그런데 「문학이 무엇인지 다시 묻는 일」에는 그러한 면모가 생략되어 있다. 백낙청으로 상징되는 『창작과비평』 진영이 '후천개벽'이라는 다분히 선언에 가까운 명제에 내실을 기할 의지가 있다면 이러한 부분에 역량을 투여하였으면 싶다. 최원식이 내걸었던 리얼리즘과 모더니즘의 회통(會通) 문제도 이 안에서 자연스럽게 해결할 수 있을 것이다.

4. 거인의 어깨 위에 올라앉은 난쟁이

한국 근대문학사에서 새로운 르네상스를 가장 먼저 주장하고 나선 이는 김동리이다. 가령 「나의 소설수업: '리얼리즘'으로 본 당대작가의 운명」(『문장』, 1940.3)에서는, 인간을 재규정해 나가는 노력이 다소 허술한 감이 있지만, 주관과 객관을 대립시켜 사고하는 경향에 대한 비판이 선명하다. 해방 이후에도 그는 한동안 새로운 르네상스를 지향하였으나, 결국에는 실패하고 말았다. 실패할 수밖에 없었던 까닭은 문학성과 문학제도를 분리하여 설정하였기 때문이라고 할 수 있다. 동리는 '생의 구경(究竟) 탐구'라고 하여 새로운 르네상스에 입각한 문학성을 꾸준히 추구해 나갔으나, 직업 세계에서 벌어지는 일이라든가 사회 문제를 다루는 데 대해서는 비판적인 입장을 견지하였다. 뿐만 아니라 문학제도를 문학 영역에서 배제하여 사고하였고, 문학제도와 연관되는 비평에 대해서까지 폄하하기에 이르렀다. 자기 스스로 위기지학의 가능성을 제한해버린 탓에 새로운 인간형을 내세우는 데에도 커다란 제약이 뒤따랐던 셈이다. 동리가 반면교사로 다가오는 이유는 여기에 있다.

자칫 사그라질 뻔했던 새로운 세계에 대한 예감은 현재 김지하의 생명사상을 통해 흐름이 이어지는 양상이다. 나는 이를 한국문학사로 끌어들이기 위하여 「한국 근현대문학사에 붙이는 아홉 개의 주석: '비민족주의적 반식민주의' 입론」(『내일을 여는 작가』, 2006.겨울)을 발표한 바 있다. 기실 내가 민족문학작가회의 명칭 개정 논란에서 '민족문학'이란 명칭을 떼어내도 무방하다는 입장에 설 수 있었던 근거도 그러한 맥락을 좇았기 때문이다. 여기에 대해서는 「민족문학론의 재구성: 민족문학, 민족주의문학, 탈식민주의」(『문학마당』, 2007.여름)를 통해 밝혀두었다. 아직도 많이 가다듬어야 할 상태이지만, 지금으로서는 그동안 개진했던 수준에서 더 이상 나아간 바 없기 때문에 차이와 차별에 대한 입장만 덧붙이도록 하겠다. 사회과학과 연계하기 위해서는 이 문제가 피해갈 수 없는 사항이라고 판단되기 때문이다. 최근 학계에서 벌어지는 논의를 살펴보면 왜 그러한지 이유가 드러난다.

가령 국내에서는 얼마 전 포스트모더니스트에 대한 다음과 같은 비판이 논쟁을 불러일으킨 바 있다. 비판의 주된 대상은 스피노자, 들뢰즈였다. "포스트모더니스트들도 모순이 아니라 '차이'의 관점에서 사고해야 한다고 말하면서 타자의 '다름'을 강조하는 입장을 취한다. 하지만 사실 이러한 입장은 집단 혹은 개체들 간에 존재하는 진정한 (대립 혹은 억압의) 문제를 '은폐하는' 이데올로기적 역할을 한다."[29] 외국에서도 이러한 입장에서의 비판이 진행되는 추세이다. 슬라보예 지젝의 『지젝이 만난 레닌』에서 이러한 경향을 확인할 수 있다. "'저항'은 '탈근대적' 정치학의 거창한 구호 가운데 하나로서, 여기에서는 권력에 대한 '좋은' 저항과 '나쁜' 혁명적 권력 탈취를 대

---

29. 홍준기, 앞의 논문, 268쪽.

립시킨다. (중략) 이런 운동들의 한계는 역시 '보편적 개별성'이라는 의미에서 정치적이지 않다는 것이다. 이런 운동들은 보편성의 차원이 결여된 '단일 쟁점 운동'이다. 즉 사회적 총체성과 관계가 없다는 것이다." 그러니까 '차이'와 '차별(모순)'의 관계를 어떻게 설정할 것인가에 대하여 입장 표명이 필요하리라는 것이다.

'비민족주의적 반식민주의(nonnationalistic anticolonialism)'에서 '비민족주의'라는 표현은 민족 단위를 대립시켜 파악하는 데 대한 경계를 담고 있다. 서구가 체험한 범주 내에서 제국의 민족주의와 식민지의 민족주의는 거울에 비친 하나의 쌍으로 파악될 수 있을 법하다. 그렇지만 아프리카·아시아에서 거둔 민족주의적 상상력의 성과라면, 서구가 제시하는 모델과 동일시되는 것이 아니라, 그것과 차별화되는 지점을 발견해내었다는 데 있다. 『근대를 넘어서려는 모험들』(소명출판, 2007)은 그러한 양상을 추적해 나간 결과이다. 각각의 (민족)국가는 개성에 입각하여 서로 공존할 수 있다. 일리(一理)에 입각하여 화이부동(和而不同)할 수 있다는 것이다. 그러니까 서구가 파악하는 민족주의의 모델과 다르다는 점에 '비민족주의'일 수밖에 없다. 물론 이는 '차이'에 근거한 개념이다. 반면, '반식민주의'는 '차별(모순)'에 관한 문제로 이해해도 무방하다. 화이부동의 질서를 깨뜨리려는 시도에 대하여 저항을 포기하지 않는다는 의미이다. 그렇다면 '차이'와 '차별(모순)'은 어떻게 접합될 수 있을까. 비유컨대 나룻배가 진행하는 모양을 보라. 한 번은 왼편으로, 한 번은 오른편으로 노를 저어가면서 나아간다. 그러면서 균형이 유지된다. '기우뚱한 균형'이다. 호흡이 그러한 것처럼 한 번 내뱉은[陽] 다음에는 한 번 들이마시면서[陰], 즉 이쪽과 저쪽을 왕래하면서 비로소 차이는 유지될 수 있다. 만물이 모순을 끌어안고 있으니 유행(유행=변화=운동)은 필연일 수밖에 없다. 즉 '차별(모순)'을 끌어안은 '차이'라는 것이다. 이는 (민족)국가뿐만이 아니라 다른 단위에도 적용 가능하다. 그러므로 '비민족주의적 반식민주의'에서는 '좋은 권력에 대한 저항'과 '나쁜 혁명적 권력 탈취' 따위의 대립적 설정을 능히 뛰어넘게 된다.

1126년에 사망한 베르나르(Bernard of Chatres)는 도래할 르네상스 사람들을 "거인의 어깨 위에 올라앉은 보잘 것 없는 난쟁이"에 비유했다고 한다. 그들은 한낱 난쟁이에 불과하지만, 고대라는 거인 위에 있기 때문에 거인보다도 더 멀리 볼 수 있으리라는 전언이다. 날로 왜소해져만 가는 한국문학이 느껴질 때면 다시 거인의 어깨 위로 올라서려는 노력이 요청되는 게 아닌가 생각하게 된다. 아마 지금 내가 하는 작업은 겨우 그 정도에 불과할 것이다. 거인의 어깨 위로 올라서려는 힘겨운 버둥거림. 그러니 다음과 같이 느긋한 태도 앞에서는 퍽 조급하게 비춰질 수도 있겠다. "작가들은 늘 해오던 대로 '문학'을 할 뿐이고 그 문학에 '근대문학'이니 '근대 이후의 문학'이니 하는 꼬리표를 붙이거나 호명하는 것은 다른 사람, 아마도 다음 세대의 몫이 될 것이다." 서구가 걸어온 근대 발견 경로를 절대치로 파악하고, 그네들의 시선으로 한국문학을 평가해 나가니 그러한 태도를 견지할 수 있는 것이 아닐까. 다음 두 문장은 그러한 의혹이 사실에 기초한다는 사실을 입증해준다. "한국문학이 서구에 잘 알려지지 않았다는 것은 단지 공간적 언어적 장벽의 문제에 그치는 것이 아니다. 시간적으로 한국문학이, 세계적 차원에서 보자면, 아직 근대적 차원에 도달하지 못했다는 것을 의미한다." 이러한 사고에 갇혀서는 문학권력 논쟁을 한낱 '속류 희생양 찾기 게임의 일종'으로 치부할 수밖에 없을 것이다. 그를 둘러싼 세계에서 문학을 둘러싼 어떤 논의가 치열하게 벌어지더라도 말이다. 그러한 인식 속에서는 결코 문학의 죽음이 일어나지 않는다. 그러니 재생 또한 가능할 리 만무하다.

*이 비평은 「깊이에 대한 단상: 시, 윤리, 정치」(『실천문학』, 2007. 봄), 「'뉴웨이브' 논쟁」(『작가세계』, 2009. 봄)을 잇는 3부작의 마지막에 해당함을 덧붙여둔다.

『작가세계』, 2009. 여름.

'중간문학'을 모색하다

1. '본격문학─대중문학 논쟁'을 넘어서

「경계를 넘어서고 간극을 메우면서(Cross the Border, Close the Gap)」를 써 내려간 레슬리 피들러(Leslie Fiedler)의 문제의식은 다음 구절에서 명확하게 드러난다. "우리의 논의는 시와 소설의 위기라는 막연하기 짝이 없는 주장이 아니라 바로 삼사십 년 동안 부질없이 활동을 계속해온 당대의 문학비평의 창피스런 사정─그 스스로는 인정하려 들지 않지만 비평의 명백한 난맥상으로부터 시작되어야 한다."[1] 그가 '비평의 명백한 난맥상'이라고 진단할 때, 이는 대중매체의 영향력 확대와 이로 인한 사회 변화를 염두에 두고 있다. 다시 말한다면, 고급문학과 저급문학을 대립시켜 판단하는 행위가 대중의 전면적인 진출에 따라 준거를 잃었다는 것이다. 그럼에도 불구하고 문학비평은 여전히 그 틀에 갇혀 논의를 이어나가고 있다. 그래서 그는 다음과 같이 주장하고 나섰다. "결국 옛날의 구별 방식이 이제는 타당성을 상실했다는 것, 그렇기 때문에 비평가들은 고급문학과 저급문학을 구분하였던 구태의연한 방식을 내던지고 우리 시대에 보다 알맞은 권위의 척도를 발견해야 함을 지적하고자 해서이다."[2] '중간문학(Middlebrow Literature)'이라

---

1. 레슬리 피들러, 신문수 옮김, 「경계를 넘어서고 간극을 메우면서」, 『포스트모더니즘론』, 도서출판 터, 1990, 29쪽.
2. 레슬리 피들러, 위의 논문, 49쪽.

는 용어는 이러한 맥락을 전제하고 접근해야 한다. 여기서 오해하지 말아야 할 사실은 이러한 견해가 대중을 무분별하게 끌어안자는 주장으로 기울지는 않는다는 사실이다. 아마도 다음과 같은 문장은 이러한 상황을 분명하게 파악하는 데 도움이 될 수 있겠다. "서부극, 공상과학소설, 포르노물과 같은 팝 형식에 가장 기본적인 이미지에 정치적 혹은 정치·철학적 의미는 물론 신화적 의미가 가미되어 있음은 확실하다."[3]

한국에서 이러한 논의를 끌어안기 위해서는 우선 2001년 벌어졌던 논쟁을 되새겨볼 필요가 있다. 특히 『열한 번째 사과나무』를 쓴 작가 이용범의 지적은 경청할 만하다. "나는 최근에 부각되고 있는 작가와 작품들을 보면서 우리 문단이 위기 상황에 처해 있다고 믿었다. 논쟁의 서두에서 밝혔듯이 나는 일부 비평가들이 추켜세우고 있는 최근의 소설들이 '스토리조차 제대로 갖추지 못한 멜로드라마이거나 비현실적인 변설과 가벼운 농담으로 가득 차 있다'고 생각했다. 또 문체의 아름다움으로 포장된 몇몇 작품들은 문화적 엘리티즘(elitism)으로 충만한 무국적자(無國籍者)의 소설이라는 느낌을 강하게 받았고, 몇몇 비평가들이 이들 작품에 본격문학이라는 포장지를 씌우고 있다는 혐의를 강하게 가졌다."[4] 이러한 지적에 따르면, 본격문학이 아닌 것을 일러 본격문학으로 호도하고 있는 사태가 그 즈음 왕왕 벌어졌다. 기실 이러한 비판은 그리 새로울 것도 없는데, 1990년대 중반 이후부터 출판자본의 논리가 문학 영역을 휩쓸기 시작했고, 그 매개자 역할을 기꺼이 떠맡고 나섰던 이가 비평가들이었으며, 이러한 현상에 대한 우려가 산발적으로나마 공공연하게 제기되고 있었기 때문이다. '본격문학—대중문학 논쟁'과 다른 층위에서 전개되었지만, 당시 벌어졌던 문학권력 논쟁 또한 그러한 현실을 비판하면서 전개되었던 상황도 되새겨둘 필요가 있

---

3. 레슬리 피들러, 위의 논문, 55쪽.

4. 이용범, 「꽃들도 때를 착각할 때가 있구나」, 『문예중앙』, 2001.여름, 화보페이지.

다. 그러니 다음과 같은 이용범의 물음은 퍽 진지하게 제기되었던 셈이다. "나는 『열한 번째 사과나무』가 대중소설이라는 사실을 여러 번 얘기했다. 내가 문학 엘리트들에게 요구했던 것은 내 소설을 비난하거나 우대해 달라는 것이 아니었다. 내가 제기한 문제의 본질은 최근 문학 엘리트들이 옹호하고 있는 문학이 과연 본격문학인가? 하는 것이었다."[5]

작가가 토로하는 것처럼 "물론 아무도, 이 질문에 대답하지 않았다." 그리고 문학계의 상황은 별반 달라지지 않았다. 그런 점에서 "문학비평의 창피스런 사정―그 스스로는 인정하려 들지 않지만 비평의 명백한 난맥상으로부터 시작되어야 한다."라는 레슬리 피들러의 주장을 한국에서는 이중의 의미로 수용할 필요가 있을 성싶다. 첫째, 대중매체의 영향력 확대에 따라 고급문학과 저급문학 사이의 경계가 흐릿해지는 양상은 현재 한국문학에서도 분명하게 드러나고 있다. 예컨대 다양하게 활용될 수 있는(multi-use) 원 소스(one-source)로서 문학의 가치가 새삼 주목받고 있는데, 원작소설의 상업적인 가치는 기원으로서의 창조적 가치, 풍부한 잠재력으로서의 문학적 가치로 포장되어서 유통되는 실정이다.[6] 정이현의 『달콤한 나의 도시』(문학과지성사, 2006)가 대표적인 사례에 해당한다. 그러니 이러한 양상에 어떻게 대응할 것인가, 적극적으로 모색하는 작업이 요청될 수밖에 없는 상황에 직면해 있다고 하겠다.

둘째, 본격소설의 함량에 미달하는 작품에 대하여 비평가가 무리하면서까지 자꾸 본격소설의 가치를 덧입히는 양상에서 탈피할 필요가 있다. 이는 결코 만만치 않은 작업이 될 터인데, 왜 그런가 하면 출판자본의 욕망 위에서 작동하는 현재의 문단 질서에 변화를 가하는 계기로 작동할 수 있기 때문이다. 가령 공지영의 작품은 대중에게 많이 읽히는 반면, 문학비평가

---

5. 이용범, 위의 글, 같은 쪽.
6. 박진, 「디지털 콘텐츠 시대의 매체적 정체성」(『작가세계』, 2009.봄) 참조.

로부터는 그리 호의적인 평가를 받지 못하고 있다. 계간지, 월간지를 운영하는 출판사로부터 거리를 두는 작가의 활동 방식이 크게 작용하고 있으리라 추정할 수 있을 텐데, 대중소설『우리들의 행복한 시간』(푸른숲, 2005)과 같은 작품에 내재한 정치적인 의미를 비평계가 끌어안게 된다는 것은, 그러한 질서를 문제 삼는다는 맥락으로 이어질 수 있을 것이다.

　베르나르 베르베르의『파피용』(열린책들, 2007)을 읽으면서 그런 생각을 했더랬다. 멸망을 앞둔 지구에서 탈출한다는 모티프가 퍽 익숙하다. 공상과학소설의 오래된 문법인 까닭이다. 그렇지만 지구 문명 자체를 압축하여 파악해 들어가는 작가의 인식이 날카로울 뿐만 아니라, 작품을 마무리 짓는 대목에서『성경』「창세기」를 겹쳐놓은 구성은 탁월하기까지 하다. 아, 이 정도 수준으로 올라선다면 굳이 본격문학이네, 대중문학이네 분분하게 떠들 필요가 없지 않을까.『달콤한 나의 도시』따위를 본격문학의 반열 위로 끌어올리려는 비평가들 혹은 출판사의 안타까운 노력을 보면 볼수록 그런 생각은 강해졌다. 대중의 취향을 끌어안는 한편, 극심한 침체에 허덕이고 있는 출판사의 상황을 고려하면서, 어느 정도 수준을 담보하는 문학의 가능성을 이어나가려면 베르나르 베르베르 방식을 참조할 필요도 있지 않을까. 그리고 보면 박민규 같은 작가에게서 이러한 면모를 읽어낼 수도 있다. 중간문학에 대한 나의 관심은 이러한 대목 즈음에서 생겨나고 있다.

2. 마지막 경계마저 해체하라

　기실 '순수문학'이니 '본격문학'이니 하는 용어는, 표면에 어른거리는 이미지와는 정반대로, 이념적인 맥락을 바탕에 짙게 깔고 있다. 좌익 비평가와 치열한 논쟁을 벌이면서 우익 비평가의 대표자로 나선 김동리가 '순수문학=본격문학'이라고 개념을 잡아나갔으니 당연한 귀결일 수밖에 없다. 1947년『대조(大潮)』8월호에 발표한「순수문학과 제3세계관」이 비평집『문학과 인간』에 묶일 때, 제목을「본격문학과 제3세계관의 전망」으로 바꾸어도 무방했던 까닭은 바로 여기에 있다. 이러한 내용을 체계적으로 가다듬어 정리한 글이 「문학하는 것에 대한 사고(私考)」(『백민』, 1948.3)다. 여기서 동리는 삶을 세 층위로 나누어 접근하였다. 첫째는 '생명현상으로서의 삶'이다. 이는 먹고, 잠자고, 생식(生殖)하고, 놀이하는 수준의 삶인데, "금수(禽獸)와 축류(畜類)에게도 있는 것"이다. 둘째는 '직업적인 삶'이다. '생명현상으로서의 삶'보다 한 단계 고차원에 속하는데, 좀 더 공정한 질서와 균등한 소유와 과학에 의한 편리한 직업과 경제적 윤택을 도모하려는 목표를 가지고 있다. 셋째는 '구경적(究竟的) 삶[生]'이다. "우리에게 부여된 우리의 이 공통된 운명을 발견하고 이것의 타개에 노력하는 것"이 이에 해당한다. 이러한 분류에 따른다면, 사회의 모순에 대응하는 참여문학이 '직업적 삶'을 대상으로 삼는 데 머무르는 반면, 존재의 의미를 따져 묻는 순수문학(본격문학)은 그보다 한 단계 높은 '구경적 삶'을 다루는 문학이 된다.

물론 요새는 이러한 분류가 별 의미를 가지지 못한다. 1960년대 '순수-참여문학 논쟁' 이래로 '직업적 삶'과 '구경적 삶'을 대립적으로 파악하는 태도는 점차 입지를 잃어갔으며, 이에 근거한 문학의 위계가치 역시 증발해 버렸기 때문이다. 1980년대를 예로 든다면, 시대적인 상황으로 인하여 오히려 '직업적 삶'을 더욱 강조하는 분위기가 팽배하기도 하였다. 그런 까닭에 섣불리 '순수문학'을 내세우다가는 고리타분한 우익 이념에서 헤어나지 못한 것으로 비판받기 일쑤이다. 요즈음 '순수문학'이라는 용어가 거의 눈에 띄지 않는 이유는 여기에 있다. 그런데 흥미로운 현상은, '본격문학-대중문학 논쟁'에서도 알 수 있듯이 '본격문학'이라는 용어가 여전히 사용되고 있다는 사실이다. 그러니까 동리가 구분한 첫 번째, 두 번째, 세 번째 단계의 삶에서 두 번째와 세 번째 삶 사이의 대립은 해소되었는데, 그 두 층위의 삶이 첫 번째 삶과 변별되는 측면은 여전히 유효하게 작동하며 강력한 위세를 떨치고 있는 셈이다. 어느 결에 '순수문학=본격문학'이라는 등식이 깨어진 채로 '본격문학'이라는 용어가 두 번째, 세 번째 단계의 삶을 포괄하여 취급하는 문학으로 논의되고 있음을 여기서 확인할 수 있겠다. 그렇다면 마지막 남은 그 대립 틀까지도 해체해버리는 것이 어떨까.

주지하다시피 근대에 이르러 '직업적인 삶'과 무관한 '구경적 삶'은 상상하기가 힘들다. 사회를 떠난 인간 존재의 탐구는 창백한 관념론에 머무를 따름이기 때문이다. 마찬가지로 '생명현상으로서의 삶'과 절연한 '직업적인 삶', '구경적 삶'을 설정하기 또한 지난하지 않을까. 가령 결혼 상대를 찾아 베트남으로 떠나는 한국 농촌 총각의 실상은 생식(生殖)의 문제이기도 하지만, "월남 처녀와 결혼하세요. 초혼, 재혼, 장애자, 연세 많으신 분. 절대 도망가지 않습니다!!"라는 현수막이 문면으로 떠오르는 데 이르러서는 직업적인 삶을 끌어안을 수밖에 없다. 이순원의 「미안해요, 호 아저씨」(『첫눈』, 뿔, 2009)를 보라. 직장을 구하지 못한 청년 백수의 백일몽에 근거한 유희가 '직업적인 삶'에 미치지 못할 수도 있겠으나, 이는 오히려 견고한 근대세계의 작동 방식을 비웃으며 그 너머로 미끄러지는 계기로 다가올 수도 있다. 김중혁의 「유리 방패」(『악기들의 도서관』, 문학동네, 2008)를 보라. 돌이켜보면, 한국 문학사를 화려하게 장식하는 작가들에게서 대중문학 장르의 기법을 끌어안고 있는 측면이 확인되기도 한다. 김학균의 『염상섭 소설의 추리소설적 성격 연구』(서울대 박사학위논문, 2008)를 하나의 사례로 제시할 수 있겠는데, 최근 한국 근현대문학 연구에서 이러한 접근이 활발해지는 추세이기도 하다. 그러니까 '본격문학 vs 대중문학'이라는 관점을 해체하여 보다 적극적으로 새로운 길을 모색해볼 필요가 있으리라는 것이다.

여기에도 마지막까지 놓치지 말아야 할 판단의 기준은 있어야겠다. 두루뭉술하게나마 일단 제시해본다면, 넓은 맥락에서의 정치성과 철학적인 의미 정도를 생각해볼 수 있다. 근대문학이든, 탈근대문학이든 간에 문학의 존립 근거는 우선 작가와 작가를 둘러싼 사회에 대한 성찰에 있을 터이고, 이를 통해 확인하게 된 억압과 한계 너머를 꿈꾸는 데 그 의미가 깃들 것이기 때문이다. 미국, 일본에서 그러한 가능성을 찾아나가기 위한 시도로써

'중간소설'이라는 용어를 사용했다고 하니, 일단 참조의 대상으로 그러한 방안을 점검해볼 필요가 있겠다. 보다 구체적인 논의는 그러한 가능성이 한국문학의 구체적인 양상과 마주치는 데서부터 이루어지리라 전망한다.

『기획회의』, 2009. 3.

문학비평의 자아도취에 대하여

　자본주의 시장은 언제나 새로운 상품을 요구하게 마련이다. 기본적인 작동원리가 경쟁인 까닭에 이러한 체제에서 살아남고자 한다면 새로운 상품을 개발할 수 있어야만 한다. 뿐만 아니라 새로운 상품의 개발을 위해서는 상품을 만들어내는 그 자신까지도 끊임없이 새로움으로 무장해야 하는 상황이다. 인간 또한 자본주의 시장에서는 하나의 상품이기 때문이다. 1993년 '신경영'을 내걸었던 재벌 삼성의 표어는 이를 상징적으로 보여준다. "아내와 자식만 빼고는 다 바꿔라!" 무엇이든 새롭게 바꿀 수 있는 자만이 이 세계에 우뚝할 수 있다. 대학제도 위에, 사법기관 위에, 정치권력 위에 군림하는 재벌 총수가 이를 증명한다. 이와 반대로 새로움을 창출하지 못하는 정체(停滯)는 곧 무능력이다. 실용이 최우선의 가치로 떠오른 최근의 상황은 이와 관련이 있다.

　하지만 문학은 좀 달라야 하지 않을까. 인문학이란 시간을 견디면서 시간과 더불어 내면이 깊어지는 것을 추구하는 학문이다. 시간 속에 아로새겨진 인간의 무늬[人文]를 제대로 이해하고 끌어안을 수 있을 때 인문학은 비로소 존재가치를 인정받을 수 있다. 그래서 인문학은 빠름이 아니라 느림을 추구한다. 자본을 말하는 대신 인간을 이야기한다. 가시적으로 드러나는 높이를 찬미하기보다 웅숭깊은 내면의 울림에 귀를 기울인다. 인문학의 적자(嫡子)이든, 시대 변화에 따라 서자(庶子)로 밀렸든 간에 문학이 인문학의 커다란 지류를 차지하고 있음은 부언의 여지가 없다. 자신의 정체(正

體)를 되돌아보는 시선에서 새로움이 쉬 나타나지 않더라도 이를 정체(停滯)로 격하하고 배격해선 곤란한 까닭이 여기서 발생한다. 이러한 기본적인 사실을 수긍하지 못할 때 '새 것 콤플렉스'로 함몰되고 만다.

일제 강점기 백철은 '사실수리론(事實受理論)'을 들고 나섰다. 식민지 현실을 아무리 부정하고 싶더라도 현실을 객관적인 사실로 수용해야 한다는 논리이다. 물론 이는 친일을 합리화하기 위한 궤변에 불과하다. 현실과의 비판적 거리를 스스로 거세해버린 마당에 (인)문학의 존립근거가 남아 있을 리 없기 때문이다. 일제의 총동원령을 선전하는 수준의 글에 대하여 문학이라고 주장한다면 다소 이견(異見)이 있을 수는 있겠지만, 문학의 본령이 여기에 자리하지 않는다는 사실은 문학의 상식에 해당한다. 이러한 지적은 현재에도 유효하다. 문학평론가 김형중이, 백철의 뒤를 이어, 변화한 현실을 순순히 인정하라면서 '사실수리론'을 들고 나왔다. 물론 여기서 말하는 현실이란 소비자본주의의 발전과 팽창을 가리키는 까닭에 친일 논리로 귀결하지는 않는다. 그러나 문학의 자리를 스스로 지워버리는 행위라는 측면에서는 별반 다를 바 없다. 출판자본의 총동원령에 순순히 호응하는 논리이기 때문이다. 대체 어떻게 하여 김형중은 '사실수리론'을 들고 나올 용기가 솟아올랐을까. 현재 한국문학의 평론은 그만큼 요령부득한 측면을 내보이고 있다.

'새 것 콤플렉스'에 대해서도 같은 맥락에서 이야기할 만하다. 최근 발표되는 작품에 대한 평론가들의 의미 부여는 낯뜨거울 정도이다. 좋은 작품에 찬사를 보내는 데에는 적극 동의할 수 있다. 그렇지만 찬사에도 정도(程度)가 있는 법이다. 가령 은희경의 『아름다움이 나를 멸시한다』에 붙은 신형철의 해설을 보라. 첫 문장은 이러하다. "은희경은 하나의 장르다." 나 또한 같은 작품집을 긍정적으로 읽었으나, 광고 카피가 아닌 이상 이렇게까지 써도 무방한가에 대해서는 회의적이다. 서구문학에서 하나의 장르로 인정받는 카프카에게서 착상을 얻은 듯한데, 내가 보기에 은희경은 아직 카프카의 세계에 미치지 못하기 때문이다. 일례로 카프카의 영향을 받은 카뮈, 사르트르가 문학사에서 하나의 흐름을 만들었다면, 은희경의 뒤에는 누가 있는가. 그러니 신형철 식의 그러한 판단은 유보해야 마땅하지 않을까. 하기야 이를 비단 최근의 문제라고만 이야기할 필요는 없다. 예컨대 문학평론가 강상희는 1999년 『내 여자 친구의 장례식』의 해설을 쓰면서 이응준을 「날개」의 이상과 동등한 반열에서 평가했던 바 있다. 이러한 가치 부여가 과연 얼마나 설득력을 얻을 수 있을까. 젊은 작가에게 보내는 찬사 앞에서 한국문학사가 형편없이 왜소해지는 순간이다.

몇 년 전에는 '미래파 논쟁'이 시끄럽게 벌어지기도 했다. 권혁웅이 내세웠던 '미래파'라는 용어가 적절치 않다고 해서 신형철은 이를 '뉴웨이브'라고 명명하기도 하였다(사실 무솔리니의 파시즘을 떠올리게 한다는 점에서 '미래파'는 그리 잘된 명명이라고 할 수 없다). 그러한 경향을 보이는 일군의 시인들이 '파천황의 감각'과 '미증유의 언술'을 보여준다는 것이 근거였다. 그렇지만 과연 당시의 논란이 다음과 같은 수준을 뛰어넘었는가는 회의적이다. 김수영이 아래의 글 「'난해'의 장막」을 써 내려갔을 때는 1964년 12월이다. 즉 문학계의 '뉴웨이브'가 '뉴'에 값할 만큼 새롭지 않다는 것이다. "환상시도 좋고 추상시도 좋고 환상적 시론도 좋고 기술시론(技術詩論)도 좋다. 몇 번이고 말하는 것이지만 기술의 우열이나 경향 여하가 문제가 아니라 시인의 양심이 문제다. 시의 기술은 양심을 통한 기술인데 작금의 시나 시론에는 양심은 보이지 않고 기술만이 보인다. 아니 그들은 양심이 없는 기술만을 구사하는 시를 주지적이고 현대적인 시라고 생각하고 있는 모양이다. 사기를 세련된 현대성이라고 오해하고 있는 모양이다."(김수영, 「'난해'의 장막」)

나 또한 김수영과 같이 생각한다. 환상시도 좋고, 추상시도 좋고, 환상적 시론도 좋고, 기술시론도 좋다. 그렇지만 그것이 단순히 기술에만 머무르고 그 이상이 되지 못할 경우 맨발로 뛰어나가 그렇게까지 긍정할 필요는 없다고 본다. 그래서 먼저 일군의 시인들을 '미래파'니 '뉴웨이브'라는 하나의 단위로 묶는 데 동의할 수 없다. 세대의 단절을 이용한 사건 만들기에는 유효할지 모르나, 난해의 여부와 양심의 문제를 한데 엮어 각각의 시인들을 개별적으로 가늠하는 데에는 걸림돌로 작용하기 때문이다. 또한 성급하게 '새로움'을 강조하는 데에도 동의할 수 없다. 한국문학사를 통째로 말소해 버린다면 모를까, 문학사에서 이미 진행되었던 측면이 반복되는 양상임에도 불구하고 '파천황의 감각'이니 '미증유의 언술'이니 호들갑을 떠는 것은 부화뇌동의 혐의가 짙기 때문이다. 그러니 최근 횡행하는 비평 경향에 대해 "아이디어와 이론으로 작품을 포장하는 '조념(造念) 비평'(잠정적으로 이 말을 만들어보거니와)이 전국적인 유행이 되었다."는 정과리의 지적은 일단 수긍할 필요가 있다. 그는 "오늘의 조념 비평에는, 국가 이데올로기 관리기구가, '세계 몇 위'라는 말로 때마다 실감시키는, 나라의 학문과 문화를 표내고자 하는 의지의 전방위적·대규모적 실행에 맞춤하게, 다양한 이유로 선별한 대상을 예쁘게 가공하여 세계 문화와 학문의 맥락 속에 위치시키는데, 즉 세계적 규모라고 가정된 모모한 진열장에 '디스플레이'하는 데 능란한 기능주의의 산술이 작동하고 있다."라고 설명하기도 한다.

최근 소설 경향에 대해서도 마찬가지 관점에서 접근할 수 있다. 에세이적인 경향의 작품들이 지난 몇 년 동안 꾸준히 발표되는가 하면, 세태풍속을 그린 작품들 또한 두드러지게 증대하는 추세이다. 역사소설의 흐름도 무시할 수 없다. 이때 정작 필요한 작업은 명명을 통한 담론의 선점이 아니다. 그러니까 선정적인 규정 혹은 선언이 시급한 과제가 아니라는 것이다. 구체적인 예를 들어 말하자면, 에세이적인 경향의 작품을 일러 '제4의 문학 출현'이라는 식으로 접근해서는 곤란하다. 그 이유에 대해서는 장성규가 적절하게 밝혀두고 있다. "논의의 순서를 바꿀 필요가 있다. 에세이가 지니는 장르적 성격을 원론적으로 고찰하기 이전에 왜 소설의 에세이화가 두드러지는지, 그리고 무엇이 이러한 경향을 추동하는지를 구체적인 콘텍스트에 대한 분석 속에서 추출해낸 후, 이를 토대로 원론적인 에세이 장르의 특징이 구체적인 텍스트에 어떠한 방식으로 미묘한 '차이'를 통해 드러나는지를 살펴보아야 한다. 당연히도 원론적인 장르의 특성은 특정한 문학사적 맥락 속에서 구체적인 '텍스트'들'을 통해 각기 다른 양상으로 표출되며, 이 미묘한 '차이'를 읽어내고 그 의미를 부여하는 것이 비평의 몫이기 때문이다."

　내가 보기에 현재의 문학 현상을 문학사의 맥락 안에서 살펴보는 일이 '새 것 콤플렉스'를 극복하는 한 가지 방책일 듯싶다. 통시적 관점을 취함으로써 현재를 객관화시키는 한편, 그 과정에서 얻게 되는 성찰을 중요하게 여기자는 것이다. 예컨대 소설의 에세이적인 경향은 1930년대 후반 한국 문학에서도 두드러지게 부각되었던 사항이다. 임화가 말하는 내성소설은 이를 가리킨다. 뿐만 아니라 세태풍속을 그리는 작품 역시 같은 시기에 범람하였다. 현재의 상황과 유사하다고 하겠다. 「세태소설론」에서 임화는 묻는다. "외향(外向)과 내성(內省)은 본래 대립되는 방향임에도 불구하고 한 시대에 두 경향이 한 가지로 발생하는 때는 그 종자(種子)들을 배태하는 어떤 기초에 단일성을 생각하지 않을 수 없는 것이다." 임화는 문학적 현상의 저변에 깔린 콘텍스트로 눈을 돌린다. 그러니까 이러한 임화의 관찰을 거울로 삼아 우리는 현재 문학계의 특징을 되돌아볼 수 있다는 것이다. 물론 임화가 내린 결론이 우리가 도달하고자 하는 결론과 일치할 수는 없다. 역사의 '패턴'이 상황 판단의 참조에는 더 없이 유효하지만, 역동적인 현재의 변화 가능성까지 일이관지(一以貫之)할 수는 없을 것이기 때문이다. 올해가 한국의 근대문학이 100년 되는 해라고들 하는데, 그 '근대문학 100년'이라는 시간이 헛되지 않았다면, 시간의 굽이굽이에 아마도 현재 상황을 비춰볼 만한 나름의 장면들이 의미 있게 흩뿌려져[散布] 있으리라.

　'새 것 콤플렉스'를 극복하기 위한 두 번째 제안은 공시적 관점의 채택이다. 패턴을 절대화하는 오류를 경계할 수 있다는 측면에서 이는 필요하다. 더군다나 유럽에서 파생한 '견고한 하나의 근대'라는 관념을 극복하고 '여러 개의 유연한 근대'를 모색하기 위해서 이런 관점은 적극적으로 고려해야 할 성싶다. 에세이 경향의 소설작품을 '근대'의 내러티브 양식으로 파악하며, 장르론에 입각한 접근에 회의를 보이는 이명원의 견해는 그러한 관점에서 이해할 수 있다. "근대소설은 소설이 단순한 개인의 고백이 아니라, 우리들이 살고 있는 현실의 제반 상황을 '객관적으로' 제시할 수 있다는 '가정'과 '계약', 이에 대한 독자들의 '암묵적 동의'를 통해 형성되어 왔다고 보는 것이 좋을 것이다. 시각예술에서의 '원근법'과 같은 인식론을 활용한 객관시점의 창출이 뜻하는 것이 이것이다." 이명원의 이러한 분석은 동시대에 대한 사회과학적 안목 위에서 펼쳐지고 있다. 즉 "중산층이 처해 있는 불안상황에 대한 가감 없는 '고백문학'의 성격"을 분석하며 이루어지고 있다는 것이다. 공명(共鳴)—공감 능력의 확대—은 이러한 공시성의 확보 위에서 모색할 수 있다.

현재 한국에서의 문학평론은 심각한 자아도취의 상태에 빠져 있는 상태이다. 이를 유지하는 과정은 다음과 같다. ①한국문학사의 부피를, 세계문학사의 질량을 한달음에 건너뛰면서 화려한 수사를 기능적으로 동원하여 개별 작가와 작품들에 '새로움'의 포장을 덧입힌다. ②이로써 작가와 작품들은 세계적 규모의 진열장에 배치될 수 있을 수준에 도달한 양 착각이 일어난다. ③적극적인 광고를 원하는 출판자본, 자극적인 문구를 필요로 하는 언론이 이를 확대재생산한다. ④현재의 한국문학을 세계 수준으로 끌어올려 논의를 펼친다고 믿는 젊은 평론가들은 근거 없는 자신감에 충만해진다. 젊은 문학평론가들이 적극적인 자신감을 가지는 일이야 뭐라 할 바 없으나, 그것이 한낱 우물 안 개구리의 수준에서만 통용되는 것이라면 좀 곤란하지 않을까. 어찌 보면 그리 '새로울 것도 없는' 통시적인 관점과 공시적인 관점을 제시하고, 두 개의 관점을 교차시켜 현재의 한국문학을 파악하자는 제안은 그러한 곤란을 일깨우기 위한 하나의 방법이다. 온고지신(溫故而知新)이라고, 어쩌면 옛 것을 앎으로써 그것을 통해 새로운 것을 발견하게 될지 누가 알겠는가.

『작가세계』, 2008. 여름.

II

광장

별자리를 찾는

별자리가 보이지 않는 광장

— 박민규 소설 「별」에 대하여

　　박민규의 「별(『현대문학』, 2008. 1)」에서는 별자리가 보이지 않는다. 안개가 너무나 짙게 끼어서 "아무도 보지 않고, 아무 것도 보이지 않는 밤"이 배경으로 펼쳐져 있기 때문이다. 이때 안개는 가시거리 제로 상태의 삶을 드러내는 상징이라 할 수 있다. 그리고 '보는 것이 믿는 것'이라는 속담을 확인이라도 시키듯이, 소설 전체를 뒤덮은 안개와 병렬하면서 도대체 모르겠다는 답답함이 시종 반복되고 있다. 가령 작품이 시작되는 두 번째 단락에만 '모르겠다'라는 단어는 네 번이나 출몰한다. 처음부터 금세 발견하게 되는 소설의 이러한 면모는 작가의 의도가 어디에 놓였는가를 가늠케 하는 지점이다.

　　모르…겠다. 가끔 그런 생각이 든다. 어제 아침엔 얼마나 큰 기침을 해댔는지… 결국 구토까지 하고서야 혹시 폐암이 아닐까, 기우가 든 것이다. 그러면서도, 또 그래서 담배를 꺼내 물었다. 모르겠다. 폐암이면 어쩌지, 하면서도 처마에 드리운 전깃줄만 넋을 잃고 바라보았다. 희뿌연 대기와… 흐릿한 골목을 둘러보며 후, 연기만 내쉬었다. 모르겠다, 자고 일어나선 또 까맣게 그 사실을 잊어버렸다. 눈을 뜬 건 오후 네 시였나? 아무튼 일산까지 오면서 나는 무슨 생각을 했던가? 모르겠다, 성남에서 일산까지… 그 먼 길을.(196쪽)

대체 무엇을 모른다는 것인가. 처음에는 화자인 '나'의 개인 문제에 관한 것처럼 진술되고 있다. 예문에서만 보더라도 자신의 폐암, 이동하면서 했던 생각 따위이다. 조금 더 나아가면 끼니 정도가 더 끼어든다. 하기야 굳이 알 필요가 없는 것인지도 모른다. '나'의 삶이 아무런 변화 없이 그저 의미 없이 반복되기만 하는 까닭이다. "끼니는 챙겼나 또 모르겠지만 아마도 김밥을… 은 어제였고, 뭐 그래봤자 그 나물에 그 밥." 뿐만 아니라 이러한 상황을 극복할 수 있으리라는 희망조차 없다. "사는 게 이렇다. 자고, 일어나고, 기다리고, 콜이 오고, 달려가고, 운전을 하고, 돈을 받고, 술 마시고… 나머지는 모르겠다, (중략) 물살만 타면 일 년이 못 가서도 망가지는 인생이다." 만약 여기서 그쳐버렸다면 이 작품은 대리운전하는 인물을 화자로 내세운 특이한 소설로 떨어지고 말았을 것이다. 하지만 「별」은 횡으로, 종으로 부피를 만드는 데 성공하였다.

우선, 같은 직업을 가진 '현우 형'이 등장한다. 그가 대리운전사로 내몰린 경황은 다음과 같다. "죽마고우와 동업을 했다가 현우 형은 망가졌다. 알고 보니 친구의 손에 들린 것은 죽마가 아니라 죽창이었다. 그리고 독박을 썼다. 집도 절도 사라지고 한 이 년 콩밥을 먹어야 했다." 손목에 자살의 흔적을 가지고 있는 그가 말한다. "잘 안 죽더라. 어떻게 살았는지도 모르겠고, 왜 살았는지도 모르겠고…" 그도 역시 모르는 것투성이인 셈이다. 한편 화자인 '나'는 자신이 사랑하는 여자가 원하는 선물을 사주느라 카드를 돌려가며 긁어댔고, 마침내 회사 돈에까지 손에 대기에 이르렀다. 그 사실이 탄로나서 '나'는 감옥에 다녀왔고, 사랑한다고 믿었던 여자 '이연주'는 (한)의사와 결혼하면서 '나'를 버렸다. 그러한 일을 겪고 나니 '나'는 모든 것들에 대해서 모르겠다는 회의 한가운데로 빠져들게 된 것이다.

누군가를 신뢰하였다가 인생 나락으로 내려앉았다는 점에서 '나'와 '현우'는 동일하다. "둘 다 카드가 없다. 신용불량자…라는 얘기고, 또 둘 다 사람을 잘못 만나 망가진 인생이다." 그러니 '나'가 '현우'에게 "그런데 형…

형은 왜 사세요? (중략) 무슨 일… 있는 인생도 아니잖아요."라고 물을 때, 그것은 물음이라기보다는 자신의 존재 의미를 확인하려는 행위에 가깝다. 작가가 글자 크기를 한 포인트 줄여서 표기한 까닭은 아마 그 목소리가 바깥으로 향하는 것이 아니라, 오히려 안으로 스며들고 있다는 측면을 강조하기 위해서이리라. 그네들로서는 인간으로 존재하는 이유를 도저히 찾아낼 수 없다. 우리 시대의 빈곤이 자아내는 탈출구 없는 답답한 측면은 이 순간 모습을 드러내게 된다. '현우'가 '나'의 개별성을 횡으로 확장시켜 빈곤층이 처한 상황을 환기시키는 데로 나아갔다는 판단은 이로써 가능해진다.

그렇다면 종의 방향으로는 어떠한가. 상류층 혹은 중산층이라고 하더라도 아무런 영문도 모르고 무언가에 쫓기면서 아득바득 위태롭게 살아가기는 마찬가지다. "어제 새벽엔 오십 줄의 신사 하나를 하계동까지 태워갔는데 가면서 계속 경제특구가 지정되어야 중소기업이 활로를 찾고…경제특구가 지정되어야 중소기업이 활로를 찾고…했다." 한 포인트 작은 활자로 반복되고 있는 문구는 마치 자기 암시를 거는 듯하다. 그래야만 자신이 존재할 수 있다는 것처럼 들리기 때문이다. 그저께는 캐나다 밴쿠버에 내려달라는 만취한 손님을 만났다. 부인과 애들을 그리로 보낸, 집에 들어가봐야 아무도 없는 '기러기 아빠'인 것이다. "모르…겠다, 왜 이렇게 상태가 안 좋은 인간들이 늘어나는지… 결혼도 하고 좋은 차도 굴리는 인간들이 왜 그렇게 사는지 모르겠다." 급박한 경쟁에 내몰려서 안정을 취할 수 없는 상황이라면 중상류층 또한 그리 행복하달 수는 없다. 그렇다면 우리가 살고 있는 체제의 피해자라는 점에서는 그네들도 동일한 셈이다. 이로써 「별」이 지금 우리가 견디어내고 있는 세계의 체제를 문제 삼고 있는 소설이라는 사실이 드러난다.

'연주'는 이러한 작가의 주제의식을 선명하게 부각시키는 존재이다. 그녀는 결별을 선언할 즈음 "오빠 정도 되는 사람 나 많아…"라고 알려준다. 그러니까 자신의 소비 욕망을 충족시켜줄 수만 있다면 누구든, 몇 명이든 사귀었던 셈이다. 이때의 소비 욕망은 신분상승 욕망과 그대로 일치한다. 그래서 그녀는 당연히 (한)의사를 선택하였다. 그런데 이러한 욕망이야말로 이 체제를 이끄는 기본 동력이 아닐까. 그런 까닭에 욕망을 확인하는 순간 '나'는 나 아닌 다른 누구와 변별하기 어려워지고 마는 것 아닐까. "모르… 겠다, 개년아… 결국 너도 나도 동등했다, 했을… 것이다. 기본거리… 뛰다 가, 너도 콜을… 그러니까 장거리 콜을 기다린 거지… 결국엔 얼마 더 벌겠 다…모르겠다." 자, (한)의사와 결혼했어도 '연주' 역시 그리 행복하게 살지 못한다. 그녀가 바람피우는 상대의 진술에서 짐작할 수 있다. "얼핏 남편하 고 남남이다, 집도 아예 따로 산다… 그렇게 알고 있습니다. (중략) 뭐 남편 하고 거의 원수관계다… 이혼해도 애를 뺏길 거 같다…" 아등바등 올라가 봐야 어쩔 수 없이 신자유주의 체제 안이다. 그래서 그녀는 아무리 올라가 봐야 불행에서 결코 헤어날 수 없다. 이것은 현재 우리가 직면한 운명의 단 면이기도 하다.

이제, 처음으로 돌아가자. 별자리가 보이지 않는데도 불구하고 왜 이 소설의 제목이 '별'인가. 작품의 마지막 문단에 해답이 있다. 졸음에 겨워 무 거워진 연주가 머리를 기대는 장면에서 작가는 다음 문장을 선보였다. "무 언가 싸늘하고 부드러운 것이 살며시 내 어깨를 누르는 것을 느낀다." 이와 그대로 겹치는 문장이 알퐁스 도데의 「별」에 등장한다. '스테파네트 아가 씨'가 졸음에 겨워 무거워진 머리를 기대는 장면에서이다. "나는 무언가 싸 늘하고 부드러운 것이 살며시 내 어깨를 누르는 것을 느꼈습니다." 알퐁스 도데의 「별」에 나타났던 그 순박하고 아름다운 사랑을 기억하고 있는 독 자라면, 아마 두 문장의 반복성을 깨닫는 순간, 박민규의 「별」이 환기하는 속물적이면서도 비극적인 현실을 더욱 강렬하게 느끼게 되지 않을까. 한두 문장으로 작품 바깥의 세계(텍스트)를 끌고 와서 작품과 병렬시키는 감각이 이 순간 탁월하게 빛을 발한다. 그러니까 「별」이라는 제목은 이러한 효과 를 놓치지 않으려는 작가의 전략이 빚어낸 결과라 할 수 있다.

마지막까지도 「별」의 세계는 어둡다. 작가의 현실 인식은 분명하나, 아마도 그렇기 때문일 텐데, 헤쳐 나갈 방향이 설정되지 않았기 때문일 것이다.(누군들 쉽게 대안을 내놓을 수 있을까.) 그럼에도 불구하고 따뜻함은 마련해 놓고 있다. 지금 우리 앞에 펼쳐진 비극적인 세계를 견디어내기 위해서는 일단 좀 더 철저하게 어둠과 대면할 필요가 있을 성싶다. 그리고 그 속에서 인간의 온기를 잃지 않으려는 노력이 함께해야만 하리라고 본다. 그래서 「별」의 다음과 같은 결말이 나는 좋다. "밤은 깊기만 한데… 여전히… 아무 것도 보이지 않는 하늘이다. 누군가의 곁에 신이 없다면… 누군가의 곁에 인간이라도 있어야 하는 거겠지. 앉는다, 뒷자리의 어둠 속으로… 나는 스며든다. 구토의 흔적이 아직 남은 시트 위에… 앉는다, 문득 졸립고… 졸립지만 나는 눈앞의 어둠을 응시한다."

『2009 올해의 문제소설』, 푸른사상, 2009.

단검을 품고 원수를 사랑하려니
— 주원규 소설 『망루』에 대하여

　　주원규의 『망루』(문학의문학, 2010)를 읽으면서 어느 순간부터 장세니즘(Jans-nisme)을 떠올렸다. 세상이 아무리 타락한들 신은 그저 조용히 관망하기만 할 뿐 개입하는 일이 없다. 그렇다고 신의 존재를 부정할 수는 없었으니 현실의 모든 고통을 숙명이라고 여겼던 비극적인 세계관은 장세니스트들의 이러한 인식에서 기원하였다. 타락한 세계에 방치되어 오들오들 떨며 느꼈던 막막함을 장세니스트 파스칼은 다음과 같이 표현한 바 있다. "이 무한한 공간의 영원한 침묵이 나를 두렵게 한다."(『팡세』) 그렇다고 주원규가 장세니스트라는 말은 아니다. 비극적인 세계를 한편에 끌어안고 있으나 이를 타개하려는 의지 또한 만만치 않기 때문이다. 비극적인 세계와 타개하려는 의지가 충돌하는 긴장이 장편소설 『망루』를 이끌어가는 힘이자, 『망루』를 읽어나가는 즐거움이다.

　　먼저 비극적인 세계의 저류를 살펴보자. 윤흥길이 추천사에서 밝힌 것처럼 "정치 권력과 경제 권력, 종교 권력이 의형제를 맺으면 새로운 로마 제국"이 탄생하는데, 지금 우리가 살고 있는 지상의 권세는 바로 이 새로운 로마 제국이 장악하고 있다. 새로운 로마 제국의 특징이라면 도대체 수치를 알지 못한다는 사실이다. 하기야 제국의 다른 이름인 "자본주의는 순전히 제의로만 이루어진, 교리도 없는 종교"이고, 그 제의란 "죄를 씻지 않고 오히려 죄를 지우는" 절차이니 당연한 양상이라고 해야 옳을지 모르겠다

(발터 벤야민, 『종교로서의 자본주의』). 후안무치한 삼각동맹이 철거민을 지상에서 내쫓아 마침내 그들로 하여금 망루를 쌓고 그 위로 올라가도록 만들었다. 『망루』의 첫 번째 미덕이라면 그러한 과정을 핍진하게 그려냈다는 점을 꼽을 수 있다. 오래된 리얼리즘 작법의 힘은 여기서 빛을 발한다.

그렇다면 타락한 세계에 어떻게 맞설 것인가. 방식은 두 가지 갈래로 나뉜다. 먼저 테러와 암살, 봉기 등 분노를 동력으로 삼아 대항하는 방식이 있다. 다른 한 가지는 "악한 자를 대적하지 말라. 누구든지 네 오른편 뺨을 치거든 네 왼편도" 내밀라는 사랑으로 감싸는 방식이다(마태복음 5:39). 기실 이 두 가지 방식을 두고 벌어진 갈등의 역사는 꽤 깊다. 가령 서기 1세기 초반에는 전자의 방식을 취했던 열심당(熱心黨, Zealot) 당원 몇 명이 후자의 방식을 취한 예수의 제자로 들어가기도 하였다. 예수를 통하여 민족 해방의 꿈을 성취하고자 했던 것이다. 이러한 갈등은 서양 문학에서 소재로 더러 활용되었는데, 한국 문학에서는 김동리의 장편소설 『사반의 십자가』가 여기에 해당하는 작품이다. 『망루』 또한 이러한 계보를 잇고 있다. 저항 방식의 갈등을 도입한 것은 『망루』의 두 번째 미덕이다. 이로써 작가는 현실을 고발하는 데 머무르지 않고 그 너머로 나아갈 수 있었고, 장편 분량을 감당할 수 있는 서사 확보에 성공하였기 때문이다.

『망루』의 세 번째 미덕은 '재림 예수'를 불러내는 방식에 있다. 데리다 식으로 얘기하자면, 재림 예수는 체제의 모순 위에서 출몰하여 체제 너머를 환기시키는 유령 같은 존재다(『마르크스의 유령들』). 그러므로 체제가 균열하며 모순이 극명하게 드러나는 순간이라면 예수는 언제고 귀환할 터이다. 하지만 『햄릿』의 유령이 갑주(甲冑), 즉 갑옷과 투구를 쓴 까닭에 정체를 확실히 파악하기 곤란한 것처럼, 재림 예수의 정체를 그 누구도 증명할 수는 없다. 다만 누군가는 그렇게 믿을 따름이다. 그러니까 재림 예수는 시간 위를 미끄러지는 하나의 상징으로 남을 뿐 실체는 언제나 유보되기 마련이라는 것이다. 『망루』에 등장하는 재림 예수 역시 마지막까지 그 정체가 규정되지 않는다. 다만 가능성으로만 남아있을 따름이다. 작품에서는 그 가능성에 절박하게 매달려 "재림 예수는 누구의 것"인가 묻는 사람들이 재림 예수의 형상을 만들어낸 양상으로 전개되어 있다.(230쪽) 이로써 얻게 되는 효과는 분명하다. 침묵하는 신을 향해 절규하는 그 절절한 호소가 인물들을 둘러싼 상황의 처절함을 극적으로 부각시키게 되는 것이다. 다음 단락은 비장한 결의로 스스로를 무장하고 망루에 오른 인물의 내면에서 울리는 발언이다.

> 당신이 정녕 신의 아들이라면, 만물의 창조자라면 이 땅에 일어나는 당신의 피조물들이 서로가 서로를 물고 뜯으며 모든 것을 파괴하고 짓밟는 이 잔혹한 고통의 현장을 외면하지 마라. 거침없이 생생한 분노의 응어리를 한 줌도 없이 죄다 쏟아 내어라. 당신이 지은 피조물들의 이 가혹한 잔인함을 저주하고 침을 뱉어라. 내가 왜 이들을 만들었는지, 그 돌이킬 수 없는 창조 행위를 향한 끝없는 후회와 번민의 탄식을 게워 내어라. 그 분노의 화마에 내 한 몸 휘감겨도 상관없다. 이 악의 구조를 갈기갈기 찢어낼 수만 있다면 창조주의 심판쯤 얼마든지 감당할 수 있다. 지옥 불구덩이라도 두렵지 않다. 그러니…… 그러니…… 제발 쏟아 부어라. 단 한 번, 단 한 번만이라도……
> (282쪽)

이러한 세 가지 미덕을 근거로 하여 나는 『망루』가 잘 된 소설이라고 판단한다. 다만 한 가지 아쉬운 점은 소설이 너무 술술 읽힌다는 사실이다. 추천사에서 손석춘이 "첫 장을 펼치면 단숨에 끝까지 읽을 수 있는 문제작"이라고 긍정하고, 장석주가 "빠른 장면 전환"을 덕성으로 꼽는 관점과는 다소 입장이 다르다. 내가 생각하기에 이러한 부류의 소설은 구원에 관한 묵직한 성찰을 독자의 몫으로 남겨둘 수 있을 때 완성도가 더욱 높아지는 듯하다. 그런데 빠른 전개가 성찰의 여지를 제공하는 데 방해로 작용하는 것은 아닌가 의심하게 되는 것이다. 이것이 내가 다른 소설에서라면 장점으로 꼽아야 할 사항을 오히려 아쉽다고 판단하는 까닭이다.

사카리(단검의 헬라어 어원. 열심당원을 상징하는 상징물) 한 자루를 가슴에 품고 새로운 제국과 적극적으로 맞서되, 새로운 로마 제국의 노예들에 대해서는 "원수를 사랑하고 선대하며 아무 것도 바라지 말고 꾸어" 주는 경지로까지 인간은 어떻게 올라설 수 있을까.(누가복음 6:35) 소설의 마지막 책장을 덮은 뒤에도 이러한 문제는 해결되지 않은 채 여전히 우리 앞에 남아있다. 그러니 우리는 이 문제로부터 출발하여 길을 만들어 나갈 수 있어야 하는 것 아닐까. 벌써 그 길을 나선 독자들이 있다면 내가 느낀 아쉬움은 한낱 기우로 굴러 떨어져야 마땅하리라.

『프레시안』(www.pressian.com), 2010. 8. 20.

문학이라는 마경
— 엄창석 장편소설 『비늘 천장』에 대하여

1. 거울 속에서 동면하는 동물들

옛날 중국 광동(廣東) 사람들은 거울 속에 물고기가 산다고 생각하였다. 아직 아무도 그 물고기를 잡지는 못했지만, 많은 사람들이 거울 깊은 곳에서 그것을 보았다고 했다. 그 물고기가 움직임을 가진 빛나는 창조물이라고 언급된 기록이 남아 있기도 하다. 반면 운남(雲南) 사람들은 조금 다른 이야기를 한다. 거울 속에 있는 동물은 물고기가 아니라 호랑이라는 것이다.[1] 하지만, 그 차이가 그리 대수로울 것 같지는 않다. 거울 속의 물고기든, 거울 속의 호랑이든 그런 얘기를 믿을 사람은 없을 테니 말이다. 거울 속의 동물들은 어차피 먼 옛날 사람들이 만들어낸 상상 속의 세계에서나 존재하는 것 아닌가.

그런데도 엄창석은 거울 속의 세계를 조용히 응시하고 있다. 마치 물고기나 호랑이가 거울 속의 신비한 동면에서 깨어나기를 기다리는 것처럼 보인다. 『비늘 천장』은 그러한 시선으로 직조된 작품집이라고 할 수 있다. 예컨대 ㉠「고양이가 들어있는 거울」을 보자. 그는 "거울 속면에 음각을 해 놓아 들여다볼 때는 비치지 않으나 빛을 반사하면 그 상(象)이 나타난다는 고

---

[1] 호르헤 루이스 보르헤스·마르가리타 게레로, 남진희 옮김, 「거울 속의 동물들」, 『상상 동물 이야기』(까치, 1994) 참조.

대 마경(魔鏡)"을 들여다보고 있다. ⓛ만약 시선이 단지 거울의 표면에만 머무른다면 겨우 겉모양이나 요란스럽게 바꿀 수 있을 따름이다. 「쉰네 가지의 얼굴」의 "거울로써 치장될 수 있는 삶이란 얼마나 가볍고 단순한 것인가"라는 문장이 이를 집약해서 보여준다. ⓒ반대로 거울 속의 동물을 발견할 수 있다면 신성(神性)의 문제로까지 올라서게 된다. '텔로 헤레츠(몸의 예술가)'인 그라쿠스가 자신의 체중을 500킬로그램 이상 나가도록 부풀리는 행위가 여기에 해당한다.

> "내가 보기엔요, 그라쿠스는 신성을 거역하고 있다는 생각이 듭니다. 신은 자신의 형상을 닮은 피조물로 인간을 만들었지 않습니까. 신의 거울이 인간인 셈이죠. 그라쿠스는 인간의 모습을 바꾸어버리므로 역설적으로 신의 형상을 모독하고 있는 겁니다. 비잔티움의 수많은 아름다운 모자이크들은 마리아 테오토레스(신을 낳은 마리아)를 표현하고 있죠. 마리아가 낳은 신이 흉측한 그라쿠스의 모습이라고 생각해본다면 신에 대한 더할 나위없는 모욕이 되죠."
>
> "신을 모욕해?"
>
> "네. 프란츠가 신의 질서에 항거하려고 생명 유지를 거부했다면 그라쿠스는 신의 거울을 왜곡하는 방식으로 항거하는 거죠."(「몸의 예술가」, 32쪽)

따라서 『비늘 천장』을 이해하기 위해서는 먼저 엄창석의 거울에 대하여 파악할 필요가 있겠다. 이들 가운데 「고양이가 들어있는 거울」과 「쉰네 가지의 얼굴」은 마치 짝패처럼 읽힌다. 두 작품 모두 정체성의 혼란을 정면에서 다루고 있기 때문이다. 「고양이가 들어있는 거울」의 주인공인 김위승은 지청(支廳)을 통틀어 몇 안 되는 뛰어난 수사관이다. 그렇지만 그는 동시에 도망자이기도 하다. 그만의 독특한 수사 방식 탓이다. "범인과의 동일시(同一視) 감각을 키우는 것이 비결이라고 말해 주었다. 그래서 그는 다른 수사관들보다 현장을 많이 찾는다. 사건이 아주 친숙하게 숨결처럼 몸속에 차오를 때까지 현장에 머무르곤 한다." 주인공이 작품에서 보여주는 수사자이면서 도망자로서의 혼란된 면모는 이로써 말미암는다.

반면, 「쉰네 가지의 얼굴」의 주인공 김을룡은 3년간이나 잡히지 않은 탈옥수다. 그는 잡히지 않기 위해서 여러 가지 변장을 할 수밖에 없다. 이에 따라 수배 전단에 실린 사진들은 시간이 흐를수록 늘어만 가는데, 작품의 마지막 부분에서는 쉰네 가지로까지 증가하였다. 이와 병행하는 것은 자신의 정체성에 대한 김을룡의 혼란이다. "그는 변장할 때마다 재빠른 도망자가 되어 있기보다 또 한 사람의 인격으로 나누어지는 자신을 느꼈다." 그러니까 수배전단의 사진이 늘어날수록 김을룡의 인격(주체) 또한 더욱 더 분열되는 셈이다.

기실 인간의 '주체(정체성)'라는 것이 통일되어 있지도 않고, 안정적이지도 않다는 사실은 이미 널리 알려진 바다. 마단 사립(Madan Sarup)은 자크 라캉(Jacques Lacan)의 논문 「정신분석 경험에서 드러나는 자아의 기능 형성으로서의 거울 단계」(1936)를 설명하면서 다음과 같은 예시를 들고 있다. "거울 단계에서 우리는 이행성(transitivism)의 증거를 볼 수 있다. 다른 아이를 때린 아이가 되려 자신이 맞았다고 말한다. 어느 아이가 야단을 맞으면 다른 아이도 함께 울어 버린다. 이 두 경우, 아이의 정체성은 다른 아이와 구별되지 않는, 혼돈되어 있는 상태인 것이다. 이행성은 그들을 분리시키는 경계선이 확인되면서 동시에 혼동될 때 발생한다."[2]

그러니까 엄창석은 '거울 단계'로까지 내려가서 인간 정체성을 묻고 있는 것이다. 그런데, 그는 왜 하필 지금 이 시점에서 새삼스럽게 정체성의 혼란을 묻고 있는 것일까. 왜 수사관이면서 동시에 도망자인 인물을 만들어내고, 하나의 얼굴이 서른여섯 가지의 얼굴로 다시 쉰네 가지의 얼굴로 증

---

2. 마단 사립, 김해선 옮김, 『알기 쉬운 자끄 라깡』, 백의, 1994, 131쪽.

가하는 이야기를 들려주는 것일까. 『비늘 천장』 읽기는 이러한 물음에서부터 시작한다.

2. 우리 시대 예술가의 운명

「고양이가 들어있는 거울」의 김위승은 수사관이다. 그리고 미제사건을 소재로 소설을 창작하는 습작생이기도 하다. 그가 쓰는 소설의 내용은 예컨대 이런 것이다. "남북으로 난 창문이 두 개가 있었다. 범인은 두 곳의 창을 통해 동시에 달아난다. 각각의 목격자는 결코 자신의 진술을 번복하려 들지 않았다." 한 명이 동시에 두 곳에 존재할 수는 없다. 그러니 사건은 미제로 남아있으며, 이를 다루는 소설은 도무지 결말을 지을 수 없다. 이러한 김위승의 소설 창작은 ㉠'미궁의 지도 그리기'라고 할 수 있다. "본질적으로 지도를 허용하지 않는 게 미궁"이기 때문이다.

미궁 속에서 허우적대는 수사관이 범인을 찾아내지 못하는 것은 당연하다. 그러다 보니 김위승의 생각은 존재하지 않는 범인에 대한 논리로 발전하기에 이른다. 범죄학에서 존재론의 차원으로 나아간 셈인데, 우태희와의 대화가 이를 보여준다. "거짓말이 역사의 분기점이 된 경우가 수없이 많았어. (중략) 여기서 중요한 점은 이 거짓말이 남을 속이는 것도 아니고, 자신을 속이는 것도 아니란 거지. (중략) 이런 거짓말은 자기 존재의 형질을 변형시키는 연금술 같은 거야. 가장 완벽한 거짓말이고, 이를테면 스스로 범인이 아닌 거지. 따라서 완전범죄는 범인을 못 찾는 것이 아니라 범인이 존재하지 않는다, 그런 생각이 드네."

완벽한 거짓말 안에서 '나'와 '너'의 경계는 사라진다. 남을 속이고 자신마저 속이는, 그래서 그 거짓말이 역사의 수레바퀴를 굴리게 되는 상황 속에서 '우리'는 공모자이기 때문이다. "범인과의 동일시"를 통해 수사관과 도망자 사이를 넘나드는 주인공 김위승의 존재가 상징적인 까닭은 바로 여기에 있다. 그런데, 만약 현재 우리의 실제 삶이 이러하다면 어찌할 것인가.

평평한 텔레비전의 화면(시각적 이미지)을 통해 전달되는 내용이 위대한 거짓말이라면. 컴퓨터의 평평한 모니터를 통해 접할 수 있는 정보 뒤에 정직한 사실이 가려져 있다면. 만약 그렇다면 저 평평한 화면은 사실을 감추는 벽이자 '나'와 '너'를 공모자로 만들어버리는 위험한 거울이 아니겠는가.

이 대목에서 엄창석이 마경(魔鏡)을 언급하는 이유를 추출할 수 있다. 거울의 평면 뒤에 가려진 '그 상(象)'을 바라볼 수 있어야만 완벽한 거짓말에 넘어가지 않을 수 있다는 것이다. "시멘트로 두껍게 발라놓은 그 벽면이 거울일 수 있다니. 실체는 속면에 웅크리고 있으되 표면에 비치는 것은 한낱 반영일 뿐이라니." 애드가 알렌 포의 「검은 고양이」에 대한 작가의 해석이 이 위에 그대로 겹쳐진다. "살해한 시체와 함께 벽 속에 넣어진 그 고양이는 피살자와 동질이지만 그로 인해 행위가 드러난다는 점에서 범인의 일부이기도 하다." 벽 뒤에서 울음소리를 들려주는 고양이는 마경 속의 '그 상(象)'이자 '거울 속의 동물(물고기, 호랑이)'이다. 자, 과연 어느 누가, 어떻게 그 울음소리를 들을 수 있을까.

'나'와 '너'의 경계가 지워진 「고양이가 들어있는 거울」의 존재 인식은 「쉰네 가지의 얼굴」에도 그대로 이어진다. 김을룡은 탈옥수이다. 그러니 감옥 밖으로 나왔지만, 자유롭지 못한 것은 당연하다. "탈옥수─'감옥 밖의 수인(囚人)'이라는 모순된 지칭은 자신에게 감옥의 바깥이 영원한 감옥인 것처럼 여겨지도록 만들었다." 그런데, 어쩌면 근대사회를 살아가는 우리 모두가 탈옥수의 삶을 살아가고 있는지도 모른다. 가느다란 핀에 꽂힌 나비 표본처럼, 근대적인 시공간의 접착력에 묶인 인간의 삶은 어떻게 옴짝달싹하기가 난망하기 때문이다. "세상이 감옥이 아니라는 걸 떠벌리기 위해 한쪽에 감옥을 두고 있다."라는 문장을 보건대, 작가 또한 이러한 인식을 갖고 있음에 틀림이 없다. 따라서 ⓒ'감옥 밖의 수인'이란 규정은, 탈옥수 김을룡에게만 해당되는 단어가 아니라, 우리 근대적 인간의 존재 양태로 이해해야 온당하다.

자, 나든 너든 우리 모두는 누구나 탈옥수 김을룡이 될 수 있다. 경찰에게 잡힌 가짜 김을룡 '박'을 보라. 그는 수배 전단에 실린 쉰네 가지 김을룡의 얼굴 가운데 겨우 하나에 불과하다. "쉰네번째인 마지막 얼굴은 거의 박의 얼굴에 흡사하였다. 그가 기억하는 한, 사실상 부산역에서 만났던 박의 얼굴이었다." 가짜 김을룡인 박이 잡혔지만, 아직도 쉰세 가지의 얼굴이 남아있다. 아니, 그 사진의 숫자는, 서른여섯 개에서 쉰네 가지로 늘어난 것처럼, 앞으로 무한 증식할 게 틀림없다. 여기서 사진이 개체의 존재를 의미한다는 점은 기억해두어야겠다. 김을룡의 일기를 한 권 훔쳐서 박이 두 권을 이어 썼다는 사실은 삶(존재)의 일치를 암시하는 내용이기 때문이다. "그가 잡혔다는 사실보다 가방에 있었다는 일기노트가 더 충격적이었다. 노트를 세 권이나 가지고 있었다지 않는가. 마지막 한 권만 남아 있어야 정상이었다. 세 권이라면 그 자가 일기까지 이어서 쓰고 있었다는 얘기였다."

이처럼 탈옥수 김을룡은 존재의 경계를 미끄러지는 방식으로 작품에 등장한다. 그렇지만, 작가는 김을룡에게 다른 사람과 뚜렷이 변별되는 자질을 하나 부여하였다. 그것은 바로 등에 새겨 넣은 사슴 문신이다. 바로 이 사슴 문신이 김을룡의 정체성을 상징한다. 그러니까 「고양이가 들어있는 거울」에 등장하는 마경 속의 '그 상(象)'이라든가 벽 뒤의 '고양이'의 역할을 「쉰네 가지의 얼굴」에서는 '사슴 문신'이 감당하는 것이다. 그렇다면 과연 어느 누가, 어떻게 감옥 밖의 수인에게 자유를 부여하며 "사슴아, 밖으로 나와라, 마음놓고 뛰어다녀"라고 이야기할 수 있을 것인가.

「몸의 예술가」는 ㉠'미궁의 지도 그리기'와 ㉡'감옥 밖의 수인'에 대한 작가 나름의 답변이다. 여기 등장하는 '프란츠'라는 인물은 프란츠 카프카를 환기시킨다. 작품에서 프란츠는 1930년대 활동했던 60일의 단식 기록을 가지고 있는 단식광대이다. 흥미로운 사실은 그가 민중 혁명가이자 종교 개혁자인 얀 후스 기념일에 단식을 마감했다는 점이다.

"음…… 광대의 단식과 민중혁명자랑 무슨 상관이지?"

"프란츠 자신도 왜 단식을 하는지 설명하지 않았거든. 다만 몇 가지 설이 있어. 가장 설득력 있는 것은 프란츠가 신의 질서를 거역했다는 주장이야. 면 죄부 판매니 하는 중세 기독교에 후스가 저항했던 것처럼, 당시 민중들을 압박하는 거대 구조에 저항했다는 거지. 무슨 말이냐 하면 당대의 질서가 신으로부터 허락되었다고 본다면—기독교인들은 그렇게 봐—신을 거역하는 방식으로 가장 신적인 것, 그러니까 먹고 생명을 이어가라는 창조적 본성에 역행했다는 거야."(「몸의 예술가」, 22~23쪽)

프란츠 카프카는 단편소설 「어느 단식 광대」를 남겨놓았다. 그러니까 위의 구절은 카프카의 「어느 단식 광대」에 대하여 엄창석이 나름의 해석을 가한 후, 자신의 방식으로 재창조한 내용이 되는 셈이다. 프란츠와 대칭적인 위치에 자리하는 인물은 그라쿠스이다. 두 사람은 모두 몸의 예술가, 체코어로 표현하여 ⓒ'텔로 헤레츠'다. 그렇지만, 그들이 취한 방식은 정반대인데, 그라쿠스가 스스로를 무한하게 비대하게 만들면서 몸의 예술을 펼치고 있기 때문이다. 이게 어떻게 신성을 거역하는 것인가는 이미 앞에서 살펴보았다.

프란츠나 그라쿠스가 취한 각각의 방식은 자신들이 처한 시대의 상황을 드러내고 저항하기 위한 피할 수 없는 선택이었다. 그 구체적인 양상을 살피기 전에 이 대목에서 그들이 '예술가'라는 사실을 기억해두기로 하자. 예술가란 어떤 존재인가, 어떠한 존재여야만 하는가에 대한 작가 엄창석의 인식이 여기서 드러나기 때문이다. 즉 프란츠와 그라쿠스의 선택 위에 작가 엄창석의 영상을 겹쳐서 읽어나가야 한다는 것이다. 먼저 프란츠와 그의 시대에 대해서 살펴보자.

"프란츠가 전설적인 광대로 떠오른 건 죽은 지 삼십 년이 지나서였어. 그 사이 나치가 밀려오고 이차대전이 터졌지. 그리고 소비에트에 압제를 당했을 때 사람들은 깨달았다네. 오래전 자신들이 왜 프란츠에 열광했는지를 말이야. 소위 프라하의 봄 이후인 거지. 말하자면 집요한 전체성에 억눌린 사람들은 차라리 자신의 몸뚱이가 소멸되었으면 하는 절망적인 소망을 품게 된 거야. 그제서야 지푸라기처럼 소멸되었던 프란츠가 하나의 예언이었음을 깨달은 거지. '살아있는 것들은 모두 사라지길 원하네 프란츠가 되어 사라지길' 하는 노래도 있어."(「몸의 예술가」, 24~25쪽)

반면 그라쿠스는 소비자본주의 시대를 살아가고 있다. 「몸의 예술가」의 화자가 화장품 업계에 종사하고 있다는 사실은 그래서 관심을 요한다. "(화장품에 대한—인용자) 관능적인 상품을 소개하는 것만으로도, 문명이 일깨울 것은 언제나 우리의 육체밖에 없다는 사실을 드러내는 격이었다." 「몸의 예술가」는 그러한 화자가 그라쿠스의 몸에 대해서 이야기하는 내용이다. 그러니까 그라쿠스는 소비자본주의 시대를 비판하기 위해서 스스로 몸을 비대하게 만들었다고 볼 수 있다.

"흐흐, 난 저놈이 결핍을 숨기려고 공허한 확대로 위장하는 것 같소. 사라지는 것들의 공통된 욕망이죠. 페르가몬의 제우스 제단이나 로도스의 거상 같은 거대문화도 곧 전체 문명의 사라짐을 보이는 징조였소. 젠장 난 저놈만 보면 왠지 무한하게 비대해지는 이 세상의 종말을 보는 거 같다니까."(「몸의 예술가」, 33쪽)

결국 「몸의 예술가」는 종말론의 색채로 기울어있다. 이는 ㉠'미궁의 지도 그리기'에서 미궁 바깥으로 나가는 길을 찾지 못한다는 내용이며, ㉡'감옥 밖의 수인'으로서 일생의 전부를 감옥 안에서 보내야 하는 우리들의 운명을 비극적으로 나타내는 전언이다. 그래서 ㉢'텔로 헤레츠'인 엄창석은 예언자의 자리로 올라서서 누구보다 먼저 자기 소멸의 길로 나아가고 있다. 이것이 그가 파악하는 우리 시대 예술가의 길이다. 이를 현대판 소신공양(燒身供養)이라고 부를 수 있을까. 「고양이가 들어있는 거울」, 「쉰네 가지의 얼굴」, 「몸의 예술가」는 암울한 전망으로 채워져 있다. 하지만, 「비늘 천장」과 「해시계」는 「고양이가 들어있는 거울」, 「쉰네 가지의 얼굴」, 「몸의 예술가」의 비극적인 거울을 딛고 있으되, 그것들보다 한 발자국 앞서 나간다. 이를테면 「비늘천장」과 「해시계」는 세계에 대한 부정적인 인식이 긍정적인 모색으로 바뀌는 터닝 포인트에 해당한다는 것이다. 이제 그 내용을 살펴볼 차례다.

3. 구더기는 무엇을 향해 꿈틀거리나

인간은 지금―여기에 있으면서 동시에 지금―저기에 존재할 수 없다. 무소부재(無所不在)는 인간이 가지지 못한 신의 속성이기 때문이다. 그렇지만 종교에서는 존재의 편재성(遍在性)을 들어 그러한 가능성을 모색한다. 가령 불교에서는 '자타불이(自他不二)'를 통해 나와 너는 하나라고 가르친다. 기독교에서는 서로에 대한 사랑 안에서 하나가 되라고 교훈을 준다. 「비늘천장」과 「해시계」에는 그러한 가능성이 배어난다. 흥미로운 사실은 언어를 통하여 그러한 가능성이 모색된다는 점이다.

표제작 「비늘 천장」을 먼저 보자. 주인공 복인춘은 각자공(刻字工)이다. 그는 "지독한 활자의 숭배자"였고, 그에 걸맞게 "2백년을 넘게 이어온 활자 장인의 핏줄이 복인춘의 대에서 꽃망울을 터뜨리는 듯" 능력 또한 단연 두드러졌다. 활자에 대한 그의 생각은 애초 다음과 같았다. "하나의 활자에는 과거와 미래가 겹쳐 있습죠. 갑골문(胛骨文)과 종정문(鐘鼎文)에서부터 요란한 변형을 거친 사물의 오랜 기억이 배어 있는가 하면, 앞으로 다른 활자들과 어울려서 생성시킬 미래의 사물이 함께 깃들어 있는 거지요." 활자와 역사의 관계에 대한 관점이 명확하다. 활자를 통해 현재는 기록되며, 그 과정에 과거와 미래는 현재와 대화를 나눈다. 구체적 예를 들어 그 내용을 설명하는 장면은 눈에 어른거릴 정도로 아름답다.

> 그는 가령, 린(鱗)자를 파면서 린 자가 다른 말과 어울려서 생성시킬 무수한 상들을 떠올린다고, 짙은 눈썹을 꿈틀거리며 말했다. 아린(芽鱗), 복린(腹鱗), 역린(逆鱗), 인문(鱗文), 어린도(魚鱗圖)…. 서로 다른 사물이지만 그는 린 자의 흐름을 좇아 상(象)의 어울림을 포착한다. 비늘[鱗]은 겨울 나뭇가지의 순에서(芽鱗), 날개 달린 곤충의 배에서(腹鱗), 그리고 용의 턱밑(逆鱗)과 날렵한 문장(鱗文)에서도 존재한다. 심지어 관아의 토지대장에까지(魚鱗圖). 전혀 다른 사물 속에 하나의 흐름이 존재한다는 것이 경이롭지 않느냐고 복인춘은 다리에 팔을 얹고 속살거렸다. 모든 사물은 따로 떨어져 있는 듯이 보이지만 사실은 그렇지 않다는 것을 움직이는 활자가 증명하고 있다고 말했다. 활자의 입장에서 보면 사물을 만들기 위해(표현하기 위해) 한없이 떠도는 것이 된다. 나무와 곤충과 상상의 동물과 아름다운 시구 속으로.(「비늘 천장」, 98쪽)

유동하는 린(鱗)자의 이야기는 햇살 좋은 날 개울 앞에서 펼쳐졌다. "가파르게 내려오는 개울물에 햇살이 반짝반짝 튀고 있는 모양을 마치 은어 떼들이 몸을 뒤척이는 것 같다고 생각"할 수 있는 풍경이다. 이러한 풍경 또한 린 자로 매개된다. "인륜(鱗淪). 바람이 불 때 물의 표면이 비늘처럼 일어나는 모양을 일컫는 말이 아닌가." 이야기의 안과 밖이, 인간의 삶과 평온한 자연의 풍경이 오롯이 하나로 통일되어 있는 모양새다. 복인춘은 이러한 세계 속에서 명장(明匠)일 수 있었다.

하지만 인간의 언어가 매양 그렇게 통일적일 수만은 없다. 예컨대 "토마스이기도 하고 최난헌이기도 한, 침략자이면서 최초의 순교자이기도 한, 아주 상반된 평가를 받게 된 그 양인"을 척사(斥邪)의 입장에서 기록하자면 그는 '토마스'이면서 '침략자'의 면모로서만 남는다. 최난헌과 순교자의 부분은 지워지는 것이다. 그러니 적절한 계기만 주어진다면 복인춘이 "활자로써 세상을 열어가는 것이 아니라 활자를 가지고 세상의 입을 틀어막는 데 몰두하는 자신"을 파악한다고 하더라도 그리 이상할 것은 없다. 다만, 어떻게 변하는가가 중요하게 부각될 따름이다.

복인춘의 인식 전환을 작가는 퍽 상징적으로 처리하여 보여준다. "인쇄를 하려면 활자를 먼저 인판틀에다 고정시켜야 해. 인판틀에 계선용(界線用) 대쪽을 세운 뒤에, 그동안 새겼던 활자를 집어넣은 때였어! 나는 매우 놀랐네. 활자가 무한으로 조합되었던 게 아니라, 허용된 안쪽만으로 조립되고 있었구나, 하는 생각이 도리깨처럼 이마를 후려쳤어. 정말 무엇에 얻어맞은 것처럼 눈앞이 번쩍거렸네." 그가 활자를 인판틀 안으로 밀어 넣으면서 만들었던 세계는 닫힌 세계였다. 바깥의 세계를 배제해야만 이루어지는 세계인 것이다. 그래서 활자는 사물을 만들기 위해(표현하기 위해) 한없이 떠돌아다닐 수 없다. 첫 번째 깨달음이다.

그렇다면 그가 혼신의 정열로 새겨 나갔던 활자 또한 마찬가지가 아닐까. 활자로 기록되지 못하고 시간 속에서 부스러기로 사라지는 부분, 상징적으로 표현하자면 활자를 만들어내기 위해 깎아내어 버리는 부분은 인판틀 바깥의 세계와 다를 바 없다는 것이다. 따라서 다음과 같은 발언도 복인춘의 인식 전환을 극명하게 드러내는 대목이라고 할 수 있다. "내가 판각목에다 칼끝을 깊이 넣고 있는데, 갑자기 사물이 보이는 게야. 자획이 아니라 자획의 여백에… 음각을 깎을 때 일어나는 부스러기에서 사물의 형상이 보이기 시작하는 게야." 이것이 두 번째 깨달음이다.

다시 활자의 부스러기를 통해 활자들이 유랑하는 것을 보게 될 즈음에 이르면 복인춘의 관점은 민중적인 세계에 근접해 있다. "아름답고 섬세한 비늘 린(鱗) 자의 떠돎"이라는 음풍농월 대신 민중의 고통이 배어있는 "구더기의 떠돎"으로 자리를 옮겨 앉았기 때문이다. 부유하는 주체가 나름의 방향을 잡아가는 흔적이므로, 이는 주의를 기울여야 할 대목이라 할 수 있다. 활자를 깎고 남은 부스러기들을 모아놓은 자리에서 구더기가 생겨났다. 그 광경을 복인춘은 감격에 차서 이렇게 설명하고 있다.

"아주 오랜만이었어! 난 활자들이 유랑하는 걸 똑똑히 지켜보았다네."
    활자의 부스러기에서 자란 구더기들이 움직이고 있더란 것을 그는 그런 식으로 표현한 것이었다. 나는 뭐라 대응할 수 없었다. 이미 그의 표정은 끊임없이 유랑하는 구더기들의 형용을 쫓아가고 있었기 때문이었다. 역병이 든 양민들의 등창에서, 난리 중에 쓰러진 이들의 갈비뼈 사이에서, 옛날 장강의 운하를 파던 그곳 사람들의 짓물러가는 대퇴부에까지……. 복인춘은 길고 야윈 팔을 휘저으며 전혀 다른 대상 사이에서 하나의 흐름이 존재한다는 게 경이롭지 않느냐고, 갑자기 나를 돌아보며 큰 소리로 말했다. 사물이든 사람이든 서로 떨어져 있는 듯이 보이지만 결코 그렇지 않음이야.(「비늘 천장」, 112쪽)

교서관(校書館) 관원의 신분으로서는 구더기가 스멀스멀 기어 다니는 세계를 활자로 옮길 수가 없다. 뿐만 아니라 그 세계 역시 인판틀의 안과 밖을 나누면서, 판각목을 깎으면서 만들어나가야 한다. 따라서 복인춘의 입을 빌려 "나는 작두가 내려오는데도 재단할 서책 위에다 내 손을 그대로 두었어. 검지 한 마디가 댕강 떨어졌지. 손톱이 붙은 한 마디가 잘려나갈 때, 활자가 내 몸에서 영원히 떨어져 나가는 것을 알았네. 검지가 없는 손으로는 더 이상 판각을 못해."라고 이야기할 때, 작가는 언뜻 자신의 판단을 유보하는 것처럼 생각되기도 한다. "아름답고 섬세한 비늘 린(鱗) 자의 떠돎"에서 벗어난 것은 분명하지만, 아직 "구더기의 떠돎"으로 완전히 옮겨간 양상은 아닌 까닭이다.
    하지만 소설의 마지막 부분에서 엄창석은 "구더기의 떠돎"으로 나아갈 가능성을 열어두었다. 인판틀을 비뚤어지게 놓았다가 형틀에 묶여 철푸덕 철푸덕 매를 맞는 복인춘의 모습을 작가는 다음과 같이 서술하였다. "활자를 파는 일로만 수대를 살아온 흔적인지 형틀에 엎드린 채 고통스럽게 몸을 뒤틀고 있는 복인춘의 모습이, 흡사 구더기가 어디론가 가려고 꿈틀대는 형용처럼 보였다." 방향은 여전히 유효하고, 그 안에서 복인춘은 구더기의 세계와 하나가 되어 있다. 덧붙이자면, "비록 장출(匠出)에 불과하나 자신의 활자가 새로운 문물을 담아 나르는 그릇이 돼야 한다"라고 복인춘을 이해하여 「예수성교 누가복음」의 판각을 맡기려고 했던 시도가 성사되지 못한 것은 당연하다고 판단해야겠다. 거기에는 나와 너를 하나로 묶어주는 사랑이 증발하였기 때문이다.

4. 일중일체다중일 일즉일체다즉일

「비늘 천장」의 이러한 가능성은 「해시계」로 이어져 나름의 세계가 점차 뚜렷해지고 있다. 제목에서부터 이는 상징적으로 드러난다. "태양과 감영까지의 거리가 얼마나 될까. 둘 사이의 공간에는 얼마나 많은 빛들이 산란하고 있을까. 나는 문득 그 공간에 편만한 무수한 햇살을 단 하나의 그릇에다 모아, 태양의 위치를 알려주는 것이 해시계가 아닌가 생각되었다." "구더기의 떠돎"으로 집약되던 세계 이해는 해시계를 통하여 하나의 초점을 갖게 된다. 해시계라는 상징물을 매개로 경계 없이 부유하던 존재가 재-주체화되고 있기 때문이다. 이렇게 재-주체화된 자리에서 엄창석의 예술가적 자의식은 새로운 거점을 마련하게 된다.

생각해보라. 「고양이가 들어있는 거울」, 「쉰네 가지의 얼굴」, 「비늘 천장」의 주인공들은 언어(활자)를 다루는 사람들이었다. 「몸의 예술가」 또한 예술가라는 자의식으로 꽉 채워진 소설이었다. 그들은 모두 주체의 경계가 지워진 채 세계를 부유하는 양상으로 표출되어 있었다. 그런데 「해시계」에서는 이를 넘어설 가능성이 제시되어 있는 것이다. 과연 「해시계」의 주인공

채물음도 예술가의 면모를 드러내는 설낭(設囊, 이야기꾼)이다. 그렇다면 작가는 예술가로서의 자리를 어떻게 확보하고 있는가.

채물음은 이야기판을 열어 사람들에게 고담(古談)을 들려준다. 그런데 거기에는 역모의 혐의가 따라붙고 있다. 그래서 '나'는 그를 포박할 근거를 찾기 위해 은밀하게 정보를 수집한다. 내가 이야기판에 끼어서 들은 내용은 1812년 관서지방을 휩쓸던 홍경래의 반란에 대한 것이었다. "그 옛일을 여럿 앞에서 입에 올리는 것만으로도 죄를 주어 괜찮은 일이었다. 하지만 그의 목소리가 이날도 전혀 선동적이지 않아 나는 애매한 태도로 그의 이야기를 듣고 있었다." 이야기를 들으면서 '나'는 이상한 점을 발견한다.

이상한 것은 채물음의 이야기가 거기서 다음 대목으로 건너가지 않는다는 점이었다. 서장대 아래에서는 또 이런 일이 있었지, 하며 검은 연기가 자욱한 그쪽 성 안의 다른 광경을 묘사하는 것이었다. 그러다가 다시 성이 무너지는 장면으로 되돌아왔고, 세 번째 나아갔을 때는 익살까지 곁들여서 성 안의 풍경을 자세하게 그렸다. 그리고 다시 돌아와 성이 무너지곤 하였다. 그것은 마치 수많은 다른 이야기를 하나의 문장 속에 수렴시키는 것과 같았다. 성이 무너지는 장면에 이르면 좌중은 또다시 끔찍한 적요에 휩싸였다. 그의 이야기는 사실상 하나의 정황만을 적시하는 데 불과했다. 뻗어나갔다가 다시 돌아오고 뻗어나갔다가 다시 돌아왔기 때문에, 누가 성을 침범했는지 누가 어떻게 성을 지키고 있었는지를 잊어버릴 지경이었다.

그런데 다섯 번째던가 여섯 번째던가, 성이 무너지는 장면으로 재우쳐 돌아왔을 때였다. 객점 마당과 뒤란 사이에 있는 사물들이 성이 무너지는 그 시간의 이야기 속으로 들락거리기 시작하는 것이었다. 뚝뚝 떨어지는 조그마한 감꽃과 비스듬히 기울어진 굴뚝, 목이 부러진 디딜방아, 깨어진 기왓장, 하늘에 비끼는 구름, 부황기가 든 아이들의 얼굴, 옷고름을 쥐고 있는 아낙네들이 그의 섬세한 묘사에 실려 1812년의 이야기 속으로 스며들고 있었

다.(「해시계」, 129쪽)

이야기는 다만 이야기일 따름일까. 만약 그렇다면 객점 마당과 뒤란 사이의 사물들이, 그러니까 지금−여기의 것들이 잠시 자신의 존재를 지우고 1812년의 이야기 속으로 스며들 까닭이 없다. 이 순간 설낭 채물음 또한 지금−여기에 있으면서 동시에 1812년의 정주성 싸움에도 존재한다. 매개자의 방식을 통해서 가능해지는 것이다. 이를 위하여 채물음은 정주성 싸움에 대한 책만 해도 수십 권을 읽었다. 특히 "기문(記文), 총화(叢話), 잡록(雜錄)… 창작자가 따로 없으되 누구나 창작자가 되는 그런 이야기들"을 중심으로 독파해 나갔다. 민중들의 이야기를 다시 민중들에게 돌려주기 위해서였다.

그렇기 때문에 권력자의 입장에서 보자면 채물음은 위험한 인물이다. 그 위험성이 자객에게 칼을 맞아 죽게 되는 까닭이다. 채물음은 죽기 닷새 전 자객 운운하는 사내를 만났다. 사내는 채물음에게 "너는 천 가지 이야기를 한 가지로만 꾸미고 있다. 그것은 한 가지가 사람들에게 들어가 천 가지 이야기로 풀리기를 바라고서 하는 것이 아닌가."라며 비난을 퍼붓는다. 비난의 근거는 다음과 같다.

"이미 너의 간살스런 골계(滑稽, 웃기는 이야기) 속에 그게 다 있었다. 너는 임진란을 이야기하면서 단지 김덕령의 억울한 죽음만을 겨냥했다. 또한, 홍경래가 일으킨 정주성 반란에 임해서도 성이 무너지는 찰나에서 한 발짝도 벗어나지 않다가 이윽고 홍경래가 하늘로 올라가 버렸다. 참으로 교묘하다. 그것은 임진란에 죽은 김덕령이 용의 비늘을 몸에 두른 아기장수가 되어 다시 태어나게 하고, 경래를 곳곳에다 길동으로 퍼트리고자 함이 아닌가. 그게 한 가지를 천 가지로 푸는 게 아니고 무어란 말인가."(「해시계」, 148~149쪽)

작가가 파악하는 이야기꾼(소설가)의 역할은 해시계와도 같다. "공간에 편만한 무수한 햇살을 단 하나의 그릇에다 모"으는 해시계처럼, 소설가는 천 가지 이야기를 한 가지로 모으는 존재이다. 그러면서 다시 천 가지로 풀리기를 기대한다. 다시 말하지만, 채물음이 자객에게 암살되는 데서 알 수 있듯이, 그러한 역할을 수행하는 소설가의 존재 자체가 권력의 입장에서 보자면 위험한 것이다. 그래서 "난리가 일어났을 때는 그냥 꽁무니만 따라다니지 않았소?"라는 타박에 채물음은 당당하게 응수할 수 있었다. "난 얘기꾼이지 아전을 때려잡는 저승사자는 아니지요."

그런데, 어떻게 천 가지 이야기를 하나로 묶을 수 있을까. 그것은 아마 모두들의 가슴속에 뭉쳐있는 무언가가 있기 때문일 것이다. "관아로 쳐들어갈 때였소. 나는 그때 사람들의 마음이 하나로 똘똘 뭉쳐있는 걸 보았소. 어디 반란이나 역모에만 마음이 뭉치겠소? 오히려 그런 것들은 가당치가 않소."라는 채물음의 인식은 그러한 판단의 단서로 작용한다. 그러한 판단 위에서 비로소 이야기(소설)는 가능해진다. "우리에게는 누구나 마음 깊은 곳에, 아주 깊은 곳에 뭉쳐있는 부분이 있지요. 나는 그것을 무어라 표현할 수 없소. 내가 다만 할 수 있는 것은 뭉쳐있는 그 부분을 이야기로 바꾸어서 그들에게 들려준다는 것뿐이오."

엄창석의 이러한 인식에 맞닥뜨려 필자는 의상대사의 「법성게(法性偈)」 가운데 한 구절을 떠올리게 된다. "일중일체다중일(一中一切多中一)/ 일즉일체다즉일(一卽一切多卽一): 하나 속에 모든 것이 들었고 여럿 속에 하나가 있어/ 하나가 전부이고 전부가 하나로다."라는 부분이다. 작가는 이를 직관적으로 파악했을 가능성이 큰데, 어쨌든 엄창석이 주체의 문제를 붙들고 이러한 경지로까지 다가서고 있는 모습은 퍽이나 인상적이다. 그리고 그 위에 소설가의 역할을 마련하고 있는 대목도 기억해둘 만하다. 이후 그가 펼쳐나갈 작업에 여전히 관심을 가지게 되는 이유이다.

5. 일상에 묻혀버린 물음을 찾아서

「몸의 예술가」,「비늘 천장」,「고양이가 들어있는 거울」,「쉰네 가지의 얼굴」,「해시계」는 단숨에 읽힌다. 작품의 완성도가 높고, 작가의식 또한 뛰어나기 때문이다. 그리고 자꾸 스스로를 돌아보게 만든다. 주체의 경계를 넘나들면서 스스로의 존재 의미를 끊임없이 환기시키기 때문이다. 그리고 우리 시대의 예술가는 어떠해야 하는가를 심각하게 고민하는 작가의 웅숭깊은 세계가 느껴지기도 한다. 반면 『비늘 천장』에 실린 나머지 두 작품「호랑이 무늬」와「오래된 전쟁」은 이들과 다른 내용을 보여주고 있다.

「호랑이 무늬」는 읽어나가는 내내 긴장감을 자아낸다. 마치 숨 가쁘게 범인을 추적하는 추리물의 전개처럼, 호랑이 무늬를 한 뱀(칠점사)이 잡힐 때까지 독자는 마음을 졸이게 되는 것이다. 그러한 과정에서 문득 일상의 평온함은 의문에 처하게 된다. 나의 주위에서는 어떤 희미한 소리가 시시때때로 울리고 있을까. 이것이 계속 그 자리에 있었던가. 나와 함께 살고 있는 사람은 과연 어떤 의미였고, 심리적 거리는 어느 만큼이나 늘어나고 있었던가. 일상이 평온할수록 우리는 이러한 물음을 잊고 산다. 언제나 반복되는 까닭에 아주 잘 알고 있다고 확신하기 때문이다. 그렇지만, 그러한 착각으로 인해 대부분의 인간들은 세계 안으로 들어가지 못한다. 그저 세계의 겉면만을 스치듯 떠돌아다니게 된다. 비슷한 시간 삶을 살(아내)면서도 정작 그 의미를 제대로 따지지 못하는 사태는 여기서 연유한다.

이렇게 파악한다면, 존재의 의미에 접근하는 내용인 까닭에「호랑이 무늬」또한 앞에서 분석했던 다섯 편의 소설들과 동궤에 묶을 수 있다. 하지만 그러한 판단을 내리기에는 다소 주저할 수밖에 없는데, 작품 전체에서 마치 조화(造花)를 보는 듯한 느낌이 전해지기 때문이다. 군더더기 없는 전개, 긴박한 분위기, 깔끔한 완결이 돋보이면 돋보일수록 생화(生花)라는 느낌은 줄어들 것이라고 생각된다. 왜냐하면 작가의 치밀한 계산과 이에 상응하는 소설 쓰기의 기술은 자신의 고민이 투영되는 것을 가로막아버리는 요인으로 작용하는 까닭이다. 다시 말해서 「호랑이 무늬」의 엄창석은, '미궁의 지도 그리기'를 해나가는 작가가 아니라, 이미 만들어진 정확한 지도를 손에 들고 이를 확인하는 자리에 선 작가라는 것이다.

오해는 피했으면 한다. 「호랑이 무늬」는 완성도가 떨어지는 작품이 결코 아니다. 그러니 완성도의 추구가 스스로에 대해 성찰하는 작가의 시선을 지워버릴 때 느껴지는 아쉬움이 남을 따름이다. 앞에서 분석하였던 다섯 편의 소설들과 비교했을 때 이는 더욱 커진다. 덧붙이자면, 재기(才氣)의 발산을 소설의 진수인 것처럼 왁자지껄 떠들어대는 경향이 한국 문단에 만연해 있다. 어쩌면 여기에 대한 경계가 괜히 「호랑이 무늬」에 대한 엄격한 요구로 나아가는 것인지도 모르겠다.

『비늘 천장』에서 유일하게 마음에 차지 않는 작품이 중편 「오래된 전쟁」이다. 분량이 많아지면 많아질수록 소설의 내용과 흐름은 작가의 통제권을 벗어나게 마련이다. 각각의 인물들은 저마다의 세계에 입각하여 주장을 관철시키려 들고, 그러한 입장의 충돌이 사건의 전개로 이어지기 때문이다. 작가의 단일한 시선에 의해 정리되고, 그의 호흡에 맞게 흐름을 가지며 결말로 이어지는 단편과는 다를 수밖에 없다. 「오래된 전쟁」에는 중편에 합당한 흐름이 느껴지지 않는다. 만약 대립하는 두 인물의 성격을 좀 더 가다듬었으면 어떠했을까. 대립을 점층적으로 이끌다가 극단으로까지 몰아붙였으면 인간의 본성 탐구로 나아갈 수 있지 않았을까. 무한 대결로만 치닫는 현재의 정치적, 사회적 경향을 염두에 두고 알레고리로 구상했으면 어떠했을까.

「오래된 전쟁」을 처음 읽은 이후 해설을 쓰는 지금까지 여러 가지 물음이 빙빙 머릿속을 돌아다닌다. 이 작품의 질만 조금 보완한다면 『비늘 천장』은 어디 내놓아도 손색이 없는 작품집이 될 터이기 때문이다. 해설을 쓰는 평론가의 입장에서 『비늘 천장』은 그만큼 큰 욕심이 났다. 「오래된 전쟁」이 옥에 티처럼 남아있지만, 그럼에도 불구하고 소설집 『비늘 천장』의 완성도는 쉽게 폄하할 수 없으리라 판단한다. 다른 작품들의 높은 수준이 약점을 덮고도 남는 까닭이다. 그래서 자신할 수 있다. 누군가 "지금 이 시대에 문학은 왜 필요한가?"라고 묻는다면 『비늘 천장』을 그의 얼굴에 들이밀 수 있다고.

『비늘천장』 해설, 실천문학사, 2006.

물구나무 선 플라톤주의자

— 민경현 소설집 『이상한 만곡을 걸어간 사내 이야기』에 대하여

1. 민경현의 '불타는 문장'

보르헤스는 꿈에 관해서 퍽 흥미로운 에세이를 남겨놓았다. "어느 몽골 황제가 13세기에 한 궁궐을 꿈꾸고 그는 꿈에 나타난 대로 궁전을 짓는다. 18세기에는 이 건축이 꿈에서 비롯되었다는 사실을 알 리 없었던 어느 영국 시인이 그 궁궐에 대한 한 편의 시를 꿈에서 본다."[1] 잠든 인간의 영혼들 사이에 역사(役事)하며 대륙과 세기를 포괄하는 이 꿈의 대칭성을 어떻게 이해할 수 있을까. 보르헤스는 이러한 대칭이 앞으로 다시 반복될 수 있으리라고 풀어나간다. "만일 구도가 빗나가지 않는다면, 수 세기쯤 지난 어느 밤에, 누군가가 똑같은 꿈을 꿀 것이요, 다른 사람들이 그 꿈을 꾸었다는 사실을 전혀 눈치 채지 못한 채, 자신의 꿈에도 대리석이나 음악의 형식을 부여할 것이다."[2] 그러니까 궁궐에 관한 이 꿈은 아직도 끝나지 않았다는 것이다. 몽골 황제 쿠빌라이 칸, 영국 시인 코울리지의 몸을 빌려 드러낸 바 있듯이, 그 꿈은 다시 누군가를 통하여 현현하리라는 입장이다. 따라서 보르헤스에게는 그 꿈이 주체요, 꿈을 꾼 인물들은 객체에 불과한 셈이라고 할 수 있다.

---

1. 보르헤스, 「코울리지의 꿈」, 『바벨의 도서관』, 도서출판 글, 1992, 1.
2. 보르헤스, 위의 책, 119쪽.

민경현은 이러한 보르헤스의 관점에 동의하는 듯하다. 우선 「만복사 트리올로지」를 보자. 이 소설에는 만복사를 배경으로 하여 세 개의 사건이 펼쳐지고 있다. 각각의 사건들을 시간 순으로 배열하여 정리하면 다음과 같다.

㉠설잠의 소설을 읽은 양생은 만복사 불상에 목을 매어 자살하였다. 이때 불상의 오른팔이 떨어져 나가고 만다. ㉡'林' 노인은 전기수로 한 생을 살았다. 그는 손도끼로 자신의 오른팔을 잘라내어 부처의 떨어진 손이 있던 자리에 끼워 넣으면서 죽음을 맞이한다. ㉢실서증(失書症) 환자 김경렬은 간호사 S를 통해서만 말문이 트이는 인물이다. S가 죽자 그는 시신을 탈취하여 시나리오의 내용처럼 처리하고, 자신의 팔을 잘라 돌부처의 손이 떨어진 자리에 끼워 넣는다.

여기서 알 수 있듯이, 세 개의 사건에는 반복되는 모티프가 있다. 바로 떨어져 나간 돌부처의 오른팔이다. 어깨 높이로 들어 손바닥을 펼쳐보였던 오른손은 원래 "시무외(施無畏)라 하여 중생이 두려움을 떠나고 우환과 고난을 벗어나는 대자(大慈)를 베풀겠노라는 뜻"이다. 그렇다면 일체 중생이 우환과 고난을 벗어나지 못하는 한편 두려움에 오들오들 떨고 있기 때문에 이러한 사건이 벌어졌다는 이야기인가. 프롤로그에서 작가가 육성으로 밝혀놓은 바, "작난(作難)과 적멸이 부처한테야 눈을 감고 뜨는 일에 불과하지만, 인간세에서는 상전이 벽해가 되는 일"인 만큼, 무한한 시간 속에서 보자면 우환과 고난으로 빚어진 이러한 사건들은 어쩌면 덧없는 인간사의 한 장면에 불과한지도 모른다.

의미야 어찌되었든 간에, 분명한 사실은 세 사건에 등장하는 인물들이 전사(前史)를 알지 못하면서 비슷한 행위를 반복하고 있다는 점이다. 인물들로 하여금 이러한 방향으로 이끌고 있는 힘은 대체 무엇일까. 그것은 바로 신탁(神託)처럼 인물의 행위에 선행하고 있는 어떤 문장이다. ㉢을 보면, 실서증 환자 김경렬에게는 S에게 구술하여 완성한 한 편의 시나리오가 있다. "이 사건이 자기가 쓴 영화 시나리오의 한 장면을 흉내 낸 거란 말이요?"라는 추궁에서 알 수 있듯이, 사건이 벌어지기 전에 먼저 문장이 존재한다. 퍼뜩 정신이 돌아온 순간 그가 진술해나간 그 시나리오의 내용은 대체 어디서 흘러나온 것일까. ㉠에는 다음과 같은 문장이 나타난다. "결국 양생을 죽음으로 이끈 것은 설잠의 소설이었던 것이다." 설잠의 소설이 양생의 행위 앞에 신탁처럼 자리하는 셈인데, 설잠은 그 소설을 과연 어디에서 끌고 왔을까. 이는 작가조차도 도대체 해명할 수 없는 물음이다. "설잠의 가슴엔 오래전부터 문장이 불타고 있었다. 아마도 그 불은 그가 태어나기 전부터 누군가의 가슴에서 계속 타오르던 불이었을 것이다. 그 불씨가 전해지고 전해져 결국 그에까지 이르렀을 터였다." ㉡의 '林' 노인은 전기수로 평생을 살았으니 그의 삶과 그가 풀어낸 이야기는 완전히 밀착된 양상이다. "이놈의 뱃속엔 동명왕의 호연지기가 있고, 가슴엔 인당수 뛰어드는 심청의 비통이 있질 않겠습니까. 밤이면 요재지이(聊齋志異) 속 갖은 요괴의 잔치판이요, 새벽이면 홍루몽의 인생무상에 잠이 드니 외로울 새가 없습지요." 그러한 그가 아들과 딸을 차례로 잃고 자살하기 직전 떠올린 문장은 다음과 같다. "소설로 꿈꾸는 자는 모두 쇠망할지니(小家珍說之所願皆衰矣)." 그러니까 그 문장이 林노인을 죽음으로 이끌었던 것이다.

인간이 '불타는 문장'을 쓰는[書] 것이 아니라, '불타는 문장'이 인간을 쓴다[用]. 양생도, 林노인도, 김경렬도 '불타는 문장'에 의하여 죽음에 이르렀다. 그러니 '불타는 문장'이야말로 진정한 주체이고, '불타는 문장'에게 부림을 당하는 인간이란 한낱 노예에 불과한 존재가 아니겠는가. 세 개의 사건을 아무런 연관 없이 작가가 병렬 배치한 까닭은 바로 이를 환기시키기 위한 설정이라 할 수 있다. 이처럼 민경현의 「만복사 트리올로지」는 일반적인 관념을 전복(顚覆)하고 있는 작품이다. 보다 정확하게 말한다면, 작품집 『이상한 만곡을 걸어간 사내 이야기』 전체가 그러한 세계에 뿌리내리고 있다. '만곡(彎曲)'이라고 하면 굴곡의 방향이 바뀌는 지점을 가리키는 단어이니 벌써 제목에서부터 작가는 그러한 의도를 노출하고 있는 셈이다. 일반적인 관념은 『이상한 만곡을 걸어간 사내 이야기』에서 여지없이 일그러지고, 그렇게 일그러진 끝에 마주하는 세계는 상당히 낯설고 기이한 모양으로 다가온다. 특히 '말하는 벽' 3부작이 더욱 그러한데, 마치 "시간은 설명할 수 없는 것이며, 설명되어서도 안 되는 것"[3]이라는 주장에 반발이라도 하는 것처럼, 과거에서 현재 그리고 미래로 흐르는 시간의 흐름에 정면으로 충돌해 나가며, 시간을 다루고 있기 때문이다. 그러니 우선 '말하는 벽' 3부작에 속하는 「이상한 만곡을 걸어간 사내 이야기」, 「무명씨를 위한 밤 인사」로 논의를 계속 이어나가는 편이 효율적일 것이라 판단된다.

2. 지옥의 변방 림보(limbo), 그 망각의 세계

'말하는 벽' 3부작의 첫 번째 작품 「말하는 벽」은 『붉은 소묘』(문학동네, 2002)에 이미 수록되었다. 여기서 주인공은, 마치 "모든 인간은 감방 안에 갇힌 사형수"라는 『이방인』의 진술을 확인이라도 하듯이, "0.75평의 어두운 독방"에 갇혀 있다. 그리고 스스로의 존재를 확인하는 방식은 과거와의 적극적인 단절이다. "기억을 잃어버린 것이 아니고, 애초부터 잃어버릴 기억이 없었던 모양"이라는 상태로 주인공을 설정한 것은 바로 그러한 까닭이다. 아무런 기억이 없으니 현재는 과거로부터 자유로워진다. "현재는 스스로 존재하기 시작하였고 따라서 그것은 어떠한 시간의 인과법칙과도 무관한, 본래부터 혼돈이라는 것"이라는 인식은 이와 같은 맥락에서 배태되었다.

이를 통해서 작가가 의도했던 것은 무엇일까. 죽어있는 의식에 생명을 불어넣는 일이다. 일상 속에서 우리의 의식은 죽어있는 상태를 유지하기 일쑤이다. 어제와 같은 오늘, 오늘과 같은 내일에 길들여져서 자동 반응하는 의식으로는 현재의 충만함을 제대로 감싸 안을 수 없기 때문이다. 그래서

---

3. 김춘진, 「보르헤스의 픽션」, 『보르헤스』, 문학과지성사, 1996, 14쪽.

작가는 다음과 같이 이야기하고 나섰다. "이틀 전 그는 넥타이공장(죽음—인용자)으로 끌려갔지만 그 전에 이미 그는 죽어있던 셈이오. 영원과 다름없는 시간을 보내며 그는 이미 어둠에 절여질 대로 절여져 바싹 응고된 상태가 돼버리고 말았소." 그러니, 기형도의 목소리로 진술한다면, 작가는 "살아 있으라, 누구든 살아 있으라."(「비가2—붉은 달」, 『입 속의 검은 잎』)라고 독자들에게 당부하고 있는 셈이다.

「이상한 만곡을 걸어간 사내 이야기」는 '말하는 벽' 3부작의 두 번째 작품이다. 주인공은 이제 출옥하였다. 하지만 어떠한 기억조차 없으니 딱히 찾아갈 곳이 있을 리 만무하다. 그럼에도 불구하고 최소한의 서사는 확보하고 있는데, 이는 망각에 잠긴 '또 다른 나'를 복원하여 살아있는 현재의 '나'와 맞대면시킴으로써 가능해지고 있다. 기실 인간의 의식에는 망각으로 통하는 구멍이 수없이 숭숭 뚫려있다. 이에 따라 과거—현재—미래로 이어지는 직선적인 시간관념 위에서 현재의 '나'는 살아서 존재할 수 있지만, 곧게 뻗은 시간 위에 배열되지 못한 '또 다른 나'는 망각의 구멍 속으로 떠밀려 사라지게 된다. 이 순간 현재의 '나'는 '살해자인 나'이고, 망각에 잠긴 '또 다른 나'는 '피살자인 나'로 전락하게 된다. 그러니까 '이상한 만곡'이란 시간이 낯설게 구부러져서 '살해자인 나'와 '피살자인 나'가 대면하는 지점이라고 할 수 있다. 바로 그러한 만곡에서 작가는 이야기한다. "피살자인 나와 살해자인 나의 둘로 나뉜 우리는 상살(相殺)의 순간에 서로의 기억의 그믐을 상쇄하고 하나로 합쳐져야 한다." 하지만 인간에게 이는 불가능한 요구이다. 인간은 망각하는 동물이 아니던가. 관념으로 무장하여 인간의 불가능에 맞서는 데서 「이상한 만곡을 걸어간 사내 이야기」의 난해함이 발생한다. 그뿐이 아니다. 「만복사 트리올로지」에서 분석한 바 있는 '불타는 문장'은 이 소설에서 수첩의 글귀로 변형되어 나타난다. 인간의 운명을 먼저 결정하여 계시해나가는 문장으로 인해 난해한 시간의식은 더욱 복잡해진다는 것이다.

물론 이러한 난해함은 작가가 의도한 결과이다. 우리는 흔히 어떤 일이 발생하면 그 원인을 찾아내어 인과의 틀로 파악하곤 한다. 그렇지만 결과를 야기한 어떤 원인이란 다른 가능성을 배제하면서 이성에 기대어 직선적인 시간으로 꿰어 맞춘 것일 수도 있다. 즉 원인이 결과를 빚어내는 것이 아니라, 이미 벌어진 사건(결과)이 원인을 만들어낸다는 것이다. 작가가 망각에 잠긴 '또 다른 나'와 현재의 '나'를 맞대면시킨 까닭은 시간의식의 그러한 측면을 부각시키기 위해서라고 할 수 있다. 망각 속에서 걸어나온 '또 다른 나'가 다음과 같이 말하는 장면은 그러한 사실을 뒷받침한다. "오래전 망각된 기억을 현재의 사건으로 복원시키기란 조각그림 맞추기처럼 질서정연할 순 없는 거야. 그리고 난 절대로 낱장의 조각그림 따위로 전락하고 싶은 마음은 없어." 그리고 수첩에 적힌 '불타는 문장'은 시간의 연쇄에 붙들리지 않는 각각의 현재를 일깨우는 기능을 수행하고 있다. 가령 "그래, 그때는 그 달을 가리켜 '초승달'이 아니라 '초생달'이라고 불렀던 것 같다. 초생(初生)! 불현듯 이 낱말의 어감이 싱싱하게 살아나는 것 같다."라는 문장. 매 순간이 새롭게 태어난다면[初生], 그러한 시간이란 과거에 의해 결정되는 현재, 미래에 영향을 끼칠 현재라는 식으로 구성될 수 없는 것이다. 그러니까 「이상한 만곡을 걸어간 사내 이야기」는 이러한 시간의식을 실험하는 소설이라고 할 수 있다. 이로써 작가의 의도가 존재에 대한 낯선 인식을 창출하는 데 놓인다는 사실은 분명하게 드러난다.

　　'말하는 벽' 3부작의 마지막 작품 「무명씨를 위한 밤 인사」에서는 '림보(limbo)'라는 공간이 펼쳐진다. 이는 가톨릭에서 천국과 지옥 사이의 경계 지역을 이르는 용어인데, 작가는 "limbo patrum이라는 라틴어는 '지옥의 변방'이라는 뜻"이라고 각주를 달아놓았고, 이 작품에서는 미로의 이미지로 활용되고 있다. 「무명씨를 위한 밤 인사」가 「이상한 만곡을 걸어간 사내 이야기」의 연작이라는 점을 상기한다면 이는 당연한 수순으로 이해하게 된다. 원인을 파악할 수 없는 결과라는 시간의식을 공간으로 치환하면 바로 미로가 되기 때문이다. "이곳 림보란 네가 죽을힘을 다해 뛰다보면 어느 순간 네 앞을 뛰어가는 너의 뒤통수를 볼 수 있는 곳이란 말이야."라는 문장은 이러한 사실을 방증한다. 이러한 사실을 들려주는 이가 망각 속으로 가라앉은 '또 다른 나'인 만큼 초생(初生)이라는 시간의식이 여전히 이어지고 있음은 분명하다. 그리고 다음과 같은 문장을 보면, 상황을 규정하는 수첩 속 '불타는 문장'의 역할도 변함없음을 확인할 수 있다. "이곳의 시간은 흐르지 않고 고여 있다. 어항 속에 고여 있는 시간이 이곳의 환상을 지배한다. 볼록한 어항을 통해 들여다보는 일그러진 세계가 내 앞에 펼쳐져 있다."

하지만 「말하는 벽」, 「이상한 만곡을 걸어간 사내 이야기」와의 차이 또한 나타난다. 「무명씨를 위한 밤 인사」의 '나'는 망각/림보 속으로 가라앉은 무수한 '또 다른 나(들)'의 하나라는 사실. 그러니까 이 소설은 망각으로 가라앉은 '또 다른 나'의 입장에서 전개된다는 것이다. 림보에 들어온 지 얼마 되지 않는 '나'에게 '또 다른 나'가 "우리는 결국 약간씩 다르게 빚어진 시행착오들"이라고 알려주는 장면에 주목해야 하는 까닭이 여기에 있다. 또한 수첩에 적힌 문장이 다소 달라지는 까닭도 이를 통하여 설명할 수 있다. 그 수첩의 소유자가 바로 망각 속으로 가라앉은 '또 다른 나'라는 점이 해명의 열쇠이다. 소설의 처음 부분에서 수첩에 적힌 첫 번째 문장은 "부디 지금이라도 되돌아가기를, 그대가 처한 오독(誤讀)의 위기로부터……"였으나, 어느 순간 이는 "오독을 두려워하지 말지니, 나의 자유로운 영혼이여!"로 바뀌어 나타난다. 착오를 거쳐 점차 망각에 이른 경우가 될 터인데, 이 또한 '또 다른 나'의 처지에서 보면 가히 얄궂은 운명이라 이를 만하다. 그렇다면 '또 다른 나'의 기원은 어디에 놓여 있을까. '또 다른 나'는 다음과 같이 인식하고 있다.

"누군가가 끊임없이 '나'를 상상하고 있는 거야. '나'가 등장하는 이야기를 만들어내고 있단 말이지. 그런데 그 상상이 마음에 들지 않으면 간단히 폐기시켜 버리고 또 다른 '나'를 등장시켜 또 다른 이야기, 그렇다고 별로 새로울 것도 없는 진부한 이야기를 마냥 뺑뺑이 돌리듯 하고 있는 것이지. 결국 그렇게 폐기된 상상의 쓰레기들이 너나 나 같은 '나들'의 정체란 것이야. 홍, 우습지 않나, 우리 신세가!"(「무명씨를 위한 밤 인사」, 『이상한 만곡을 걸어간 사내 이야기』, 295~296쪽)

그렇다면 이야기 만들기를 멈추면 '가해자인 나'와 '피해자인 나' 사이의 복잡한 게임은 끝나는 것일까. 논리적으로야 맞을 수 있지만, 실상 이는 불가능하다. 인간은 본디 불안 속에 내던져진 존재이며, 그러한 불안이 인간으로 하여금 이야기를 만들도록 종용하기 때문이다. "이것 봐. 참된 불안이란 절대로 만성화되지 않는 것이라고." 그래서 망각 속으로 가라앉은 '또 다른 나'들은 망각 바깥으로 빠져나가기 위하여 기억을 구축하고 있는 존재를 매일 밤 살해하고자 나선다. '또 다른 나(들)'가 살해해야 하는 존재는 림보의 입구에서 '나'를 이끌었던 장님 노인이다. 그는 퍽 신비로운 인물이라고 할 수 있는데, 지난 밤 '또 다른 나'에게 살해를 당했어도 오늘은 다시 살아서 등장하고 있기 때문이다. 기실 그가 비범한 속성을 지니고 있음은 진작부터 암시되고 있다. "노인은 마치 신에게 오늘 밤이라는 무대의 전권을 위임받은 사람처럼 의미심장하게 절뚝거리고 있었다. 내 생각엔 적어도 그는 각본을 가지고 있는 것이 틀림없었다." 각본을 가지고 있는 그 노인은 이야기의 발원을 가능케 하는 시간의 상징이며, 동시에 '피해자인 나'가 보기에는 기억을 관장하는 '가해자인 나'이기도 하다. 그러한 그가 얘기한다. '가해자인 나'와 '피해자인 나'가 일견 대립하는 것처럼 보이지만, 실상은 떨어질 수 없는 하나의 쌍이라고 말이다. "흔히들 기억과 망각은 전혀 반대의 개념이라고 이해하고 있지만 실은 그 둘은 몸이 붙은 쌍둥이처럼 끔찍하게 가까운 사이라네. 핏줄까지 함께 하는 친숙한 사이면서도 상대가 없어지지 않으면 영영 괴물로 남아 있을 수밖에 없는 기형의 인연을 지닌 사이란 말일세."

'말하는 벽' 3부작은 이러한 지점에서 끝을 맺는다. 그러니 기억과 망각을 통한 시간의 진행은 어찌할 수 없이 계속될 수밖에 없다. 이것이 작가가 시간과 맞서서 얻어낸 인식이다. 시간을 향해 정면에서 육박해나가는 이 도저한 관념성은 최근 우리 문학에서 거의 발견할 수 없는 특징이다. 그리고 3부작을 써 내려가면서 획득한 깊이도 결코 만만치 않다. 그러니 긍정적으로 평가하는 데 인색할 필요는 없을 것이다. 다만 작가의 치열한 관념이 문면(文面) 아래로 스며들어 한 발짝 물러서고, 대신 보다 풍부한 상징이라든가 형상화가 동반되었다면 어떠했을까 하는 아쉬움이 남는다. 그러한 부분만 보충된다면 한국문학사에 당당하게 기재할 만한 작품으로 꼽을 수도 있으리라는 판단이 따라붙기 때문이다.

3. 끊임없이 변주되는 운명의 표정

『이상한 만곡을 걸어간 사내 이야기』에 실린 작품들 가운데 가장 먼저 발표된 작품은 「이상한 만곡을 걸어간 사내 이야기」(『문학사상』, 2002.12)이며, 가장 나중에 발표된 작품은 「만복사 트리올로지」(『실천문학』, 2008.여름)와 「불의 꽃 타는 길」(『문예중앙』, 2008.여름)이다. 「불의 꽃 타는 길」을 예외로 하고, 맨 앞과 맨 뒤에 각각 「이상한 만곡을 걸어간 사내 이야기」와 「만복사 트리올로지」가 온다는 사실은 작품집을 묶어내는 기간 동안 작가의 관심이 어디로 향해 있는가를 암시적으로 드러낸다. '지옥의 변방 림보(limbo), 그 망각의 세계'에서 '불타는 문장'까지, 그러니까 불가역적인 시간성과 신탁처럼 예시하는 이야기를 두 축으로 하여 인간 존재의 문제를 탐구해나갔다는 것이다. 따라서 그 사이에 창작된 작품들은 이러한 자장 안에 놓이게 된다.

「복화술 듣는 저녁」을 보자. ㉠고아 '徐'는 고독을 견디는 방편으로 그림을 그려 나갔다. 가톨릭 시설에 보내진 소년기에 벌써 그 수준은 어느 궤도에 올라서기에 이르렀다. 그래서 그가 그려준 철조망에 수용된 행려시설

인물들의 초상은 상당한 인기를 끌 수 있었다. 그런데 그 그림에는 대상과 화가 사이의 철조망까지 '사실적으로' 그려져 있다. 훗날 '徐'의 여자 친구가 이를 다음과 같이 해석하였다. "당신이 그린 그림은 너무도 먼 곳을 넘겨다본 그림이었어요. 당신은 영원히 그곳에 갈 수 없다는 운명을 그린 거라구요. 당신 그림 속 철조망은 그런 당신 운명의 상징인 거예요. 갇혀 있는 건 그림 속의 인물이 아니에요. 그들이 갇혀있는 당신을 보고 있는 것이라니까요!" ⓒ이소(爾小)는 한국화단의 태두로 은수재(隱樹齋)에 거하고 있다. 은수재의 긴장감은 처음을 여는 일획(一劃)에서 빚어진다. "흡사 블랙홀이 무한한 중력으로 온갖 빛을 빨아들이듯 그렇게 천지만물의 기운을 모아들여 거대한 압력의 덩어리를 이루는 작업이 곧 그 '일획'이었다. (중략) 평생을 낡은 집에 버티고 앉아 그 자리를 우주의 중심축으로 만들겠다는 미학이었다. 거기서 우주를 가르는 일획을 절차탁마하길 그치지 않는 영원한 긴장의 고독한 혼이 수묵의 본질이었다." ⓒ이소는 무명에 불과한 '徐'의 작품을 한눈에 알아보았다. 이소는 "당연하다는 투로, 徐에게 당신을 따라나서라고 했다. '徐'는 다소 어안이 벙벙한 얼굴을 하고 노대가의 제자가 되었다. 호사가들은 "도가 통한 사람들 사이의 교감"이라고 떠들어대었다. 하지만 은수재의 긴장감을 견디지 못한 '徐'는 어느 날 줄행랑을 놓아버렸다.

자, 사건은 이소가 이석을 시켜 '徐'를 찾아오도록 하는 데서 시작한다. 왜 하필 '徐'여야만 하는가. 그것은 누구도 알지 못한다. 운명이기 때문이다. 작품의 마지막 대목은 그러한 사실을 환기시킨다. "당신은 일생 붓으로 검고 흰 것을 그렸다. 그것은 검고 흰 것으로 돌아가는 우주였다. 이소라는 사람은 처음 붓을 쥔 순간부터 쉼 없이 그렇게 우주를 돌려야 하는 운명이었다. 그 운명 앞에 왜 하필 나인가, 라는 의문은 성립할 수 없었다. 우주는 일순간도 멈출 수 없는 것이기 때문이다. 이제 그는 그 위대한 노역에서 자기를 풀어줄 이를 애타게 기다리고 있었다." 이즈음 되면 '徐'의 그림 속에 등장했던 철조망이 운명을 계시하는 상징이었음을 확인하게 된다. 이소가 '徐'를 알아본 것도 그와 관계가 있다. 이소에게서 '徐'로 이어지는 이러한 운명은 「만복사 트리올로지」에 등장하는 '불타는 문장'의 변형 아닌가. 그러니까 복화술을 감행하는 주체는, 이석을 보내 '徐'를 불러들이고자 하는 이소가 아니라, 바로 그들을 감싸고 있는 운명이라고 할 수 있다.

「그대의 남루한 평화를 위하여」 역시 같은 독법으로 읽어나갈 수 있다. '申'의 그림 능력은 출중하다. 예컨대 불모(佛母, 불화작가) 노사의 선방 심검당 (尋劍堂) 그림을 보라. 그는 "괴팍하고 고집스럽게 일생을 붓이라는 화두 하나에 매달려 살아온 노사의 모든 것이 응축되어 있는 이미지의 집"을 그려 내었다. 이는 "사람의 집이 아니라 존재의 집"이라는 판단을 내리게 만들 정도의 수준이다. 평생 단청을 펼치면서 살아온 노사에게 '申'의 그림이 무겁게 다가서는 이유는 분명하다. '申'의 그림에는 실존이 실려 있는 만큼 초월의 세계로 가볍게 떠오를 수 없도록 펼쳐지는 것이다. 그런 '申'이 "작품을 벼랑 끝까지 몰고 가서, '네가 살아 있느냐 죽어 있느냐?'하고 물어보아야 겠다는 충동에 전율"하고 그림을 그려 나갔다.

첫 번째 그린 누드관음상은 어린 비구니 원지(圓智)와 화승 심조(尋照)를 세속으로 쫓겨나도록 만든다. 두 번째 그린 지옥도 혹은 보살탱화는 원지를 자살로 몰고 가는 한편, 심조를 시골 장터에서 떠도는 광대분장의 황아 ㄱ'ㅜ로 이끌어버린다. '申' 자신은 심조 주위를 따라다니며 그림 그리는 이로 전락하고 만다. 누드관음상은 "어떤 저편의 세계"를 느끼도록 만드는 작품이며, 지옥도/보살탱화는 "세 중생의 것이라도 그 윤회를 모두 그려낸 것"이라는 말이 되는 작품이다. 존재의 본질을 파악할 수 있는 이러한 '申'의 재능이 모든 결과를 자아냈으며, 이는 거듭하는 윤회의 고통을 환기시키고 있다. 이 또한 운명인 셈이다. 그래서 '申'은 자신의 재능을 증오하는 것이 아니겠는가. "스스로의 목을 졸라버리고 싶을 만큼 가증스러운 스스로의 재능."

「만복사 트리올로지」가 문학의 영역에 닿아 있다면, 「복화술 듣는 저녁」과 「그대의 남루한 평화를 위하여」는 미술의 영역을 바탕으로 하고 있다. 문학이나 미술이나 모두 예술의 범주에 놓이는데, 「서북능선」은 예술을 매개하지 않고 온 몸으로 삶의 극한과 대결하는 양상으로 전개되고 있다. 그래서 이 소설은 "그 산은 우리들에겐 일종의 묵시록이었다."라는 문장이 들어가는 문단으로 시작하고 있다. 여기에 '에피파니(epiphany, 초자연적인 존재의 현현)'라는 용어까지 결합시키고 있으니 그 산은 당연히 '어떤 저편 세계'에 대응한다. 그리고 그러한 '어떤 저편의 세계'와 일상의 이곳을 연결하는 매개는 죽은 'Ted'가 남긴 수첩이다. 이 수첩은 '불타는 문장'의 역할을 감당하고 있다.

「그가 잠들 때까지의 서사시」에는 도박사가 등장한다. 그런데 흥미로운 사실은 이 인물이 도박을 하는 이유이다. "내가 운명을 결정했는가 아니면 운명이 나를 골라잡았는가? 그런 의문을 품고 있는 한 그는 계속해서 포커를 칠 수밖에 없는 것이다." 그러니까 여기 등장하는 카드는 운명과 그를 매개하는 역할을 떠맡게 된다. 그렇다면 이는 「서북능선」에 등장하는 'Ted가 남긴 수첩'의 변형에 해당한다. 더군다나 운명의 확인이 아니라 황금을 위한 도박 행위에 대하여 다음과 같이 단정하고 있는 것을 보면, 주인공은 퍽 실존적이라고 판단하게 된다. "진짜 도박사라면, 그런 신기루에 판돈을 걸지는 않는다. 아무리 눈물 나게 아름다운 환상이라도 확률 '0'의 게임에 달려드는 짓은 해서는 안 되는 법이다." 그렇다면 이러한 도박사는 예술을 매개로 운명을 발견하고자 길을 나선 예술가의 초상과 그리 다를 바 없는 인물이 된다.

「만복사 트리올로지」, 「복화술 듣는 저녁」, 「그대의 남루한 평화를 위하여」와 마찬가지로 「서북능선」, 「그가 잠들 때까지의 서사시」는 '예술가 소설'의 범주로 묶을 수 있다. 등장인물들이 글을 쓰든 그림을 그리든, 산에 오르든 도박을 하든, 이는 모두 예술가로서의 자신의 운명을 발견하고, 그

운명에 이끌려 "가볼 수 있는 세상의 끝" 혹은 "어떤 저 편의 세계"로 나아
가는 과정을 드러내고 있기 때문이다. 그리고 '말하는 벽' 3부작에 속하는
「이상한 만곡을 걸어간 사내 이야기」와 「무명씨를 위한 밤 인사」는 이야기
(운명의 발견)와 시간의 관계를 전복적으로 사유하는 소설이다. 이야기(운명의
발견)와 시간의 관계가 예술의 바탕이 되는 만큼 이들 작품은 예술가 소설
의 밑그림에 해당한다고 할 수 있다. 그렇다면『이상한 만곡을 걸어간 사
내 이야기』는 결국 하나의 내용을 다양하게 변주하고 있는 소설집이라고
판단할 근거가 충분하다. 작가는 예술과 실존의 문제를 이렇게까지 천착
하고 있다.『이상한 만곡을 걸어간 사내 이야기』이전에도 민경현은 꾸준히
그 길을 걸어왔다. 작품에 등장하는 인물들 위에 작가의 얼굴을 그대로 포
개놓아도 무방한 까닭은 여기에 있다.

4. "Bon Voyage(무사히 가시기를)!"

모든 인간은 나서 죽는다. 나기 전에는 '아직' 인간이 아니요, 죽은 이후
에는 '이미' 인간이 아니다. 인간은 '아직'과 '이미' 사이에 놓인 유한한 존재
인 것이다. 어디 그뿐인가. 유한성은 부단한 변화를 동반하기까지 한다. 아
침에는 네 발로 걸었으나, 낮에는 두 발로 걷고, 저녁에는 세 발로 걸을 수
밖에 없는 것이 인간에게 주어진 공통 운명이다. 그래서 유한성에 맞닥뜨
린 인간은 나름의 의미를 확인하고자 버둥거린다. 혹자는 불멸을 찾아 길
을 나서기도 한다. 물론 인간은 결코 피할 수 없는 운명을 망각하거나 먼
미래의 일로 치부할 수도 있다. 그렇지만 민경현의 주장처럼, 진정한 도박
사는 그러한 사실 바깥에서 피어오르는 신기루에 판돈을 걸지 않는다. 아
무리 아름다운 환상일지라도 그것은 확률이 '0'에 불과한 게임에 불과하다.
여기에 동의할 수 없는가. 그렇다면 당신은, 아직도 이상한 만곡을 지나쳐
오지 못하였다.

『이상한 만곡을 걸어간 사내 이야기』에는 '아직'과 '이미' 사이에 낀 존재

의 긴장이 충만하다. 2000년대 한국문학에서 이러한 진중하고 도저한 의식은 의미 있게 기억할 만하다. 그저 가볍고 경쾌하게 부유(浮遊)하는 세계가 미덕인 양 부풀려지는 문학 풍토에서 비껴나서, 실존의 성채를 굳건하게 세워 나가고 있기 때문이다. 그러한 까닭에 나는 민경현의 이번 작품집을 후하게 평가한다. 다만 그러한 고투가 치열했기 때문에 여기서 파생하는 아쉬움도 피할 수 없다. 말하자면 이런 것이다. 존재에 관한 문제는 복잡한 의식을 동반하는 법이다. 존재에 관한 의식이 일단 내면에서 크게 한번 요동을 치면, 이는 이후 점점 증폭되면서 꼬리에 꼬리를 물고 난해해진다는 것이다. 그래서 이러한 문제를 다루다 보면 어느새 자신도 모르게 미로 속으로 빠져들기 십상이다. 존재 문제를 다루기 위해서는 나름의 관점을 정리하고 난 후 높은 곳에서 미로를 내려다보듯이 써 내려가야 한다. 이렇게 보자면 『이상한 만곡을 걸어간 사내 이야기』는 미로 안에서 창작되었다는 혐의를 벗어던지기가 어려울 성싶다. 물론 의도적으로 택한 시도이기는 하지만, 가령 '수첩'의 문장을 통하여 작가의 견해를 여과하지 않고 직접 표출하는 방식은, 미로 안에서 길을 찾으려는 노력에 확신을 더하려는 바람의 결과가 아닐까. 아무리 관념적인 소재라고 하더라도, 문학이 철학과 다른 점은 형상화에 달려 있을 텐데, 어쩔 수 없이 철학에서 문학으로 건너오는 어떤 측면이 문득 떠오르는 이유는 여기서 찾을 수 있으리라 생각된다.

아직 제대로 거론하지 않은 「불의 꽃 타는 길」은 그러한 사실을 배경으로 하여 단연 우뚝한 작품으로 다가온다. 물론 주제 면에서 보자면 다른 작품들과 다를 바 없다. 하지만 치열한 의식을 내면에서 커다란 울림으로 공명시키는 것이 아니라, 외부 세계의 독특한 상징과 치밀한 구성을 통하여 한 차원 높은 수준으로 올라서고 있다. 치열한 의식을 놓치지 않되 한 발짝 떨어져서 파악할 정도의 여유를 확보했다는 것이다. 자, 여기 길이 있다. 나하니족의 추장이자 샤먼인 'Blackwater'는 이 길을 다음과 같이 설명한다. "눈에 루트가 지워졌지만 언제나 그렇듯 대장 순록만 믿고 걸었다네.

자네들 희한한 게 뭔 줄 아나. 이 대장 순록이 가는 길을 잘 관찰하면 반드시 방향이 있다는 걸세. 말하자면 순록의 길이 있고 그 길이 아무리 오래되어 대지 위에서 지워져도 순록은 찾으려고만 들면 정확히 그 길을 되짚는 능력이 있다는 거지. 내 생각에 적어도 이쪽 북쪽 지대의 모든 길은 사람보다 순록이 먼저 낸 길일 거야." 여기서 말하는 방향과 길은 철새의 이동 행로와 일치할 것이다. 무리에서 낙오된 철새가 보이는 불안한 행동[쭈쿤루헤(Zugunruhe)]은 그 길에서 이탈한 데서 빚어진다. 반면 "평생 텃새 속에서 텃새 줄만 알고 살던 한 마리 새가 문득 날아가는 한 마리 철새를 보고 잃어버린 어미와 고향을 그리워하는 경우"도 있다. 아마 인간은 텃새인 줄 알고 살아가는 철새에 해당할 것이다. 그래서 인간이 일단 한번 그 길로 나선다면, 그리움에 취한 그는 이미 일상이라는 텃밭으로 돌아오지 못하고 영원 속으로 지워지고 만다.

산사태로 길이 끊겨 오도가도 못하는 일이 간혹 벌어지곤 했다. 한번 길이 끊기면 언제 구조대가 도착할지 알 수 없었다. 때로는 트럭을 버리고 걸어서 탈출을 시도하다 산속에서 실종되는 사람도 있었다. 이상하게 그렇게 사라진 이의 흔적은 어디서도 찾을 수 없었다. 마지막까지 머물던 그의 일상이 고스란히 남아 있었다. 어디 그늘진 곳에서 잠깐 눈이라도 붙이고 곧 되돌아올 것처럼 말이다.

그런 실종을 두고 원주민 인디언들은 이승과 저승을 오가는 독수리 날개 바람을 타고 '우는 뿔' 능선을 넘은 경우라고 했다. 한번 넘어가면 되돌아올 수 없는 산마루라고 믿었다. 원주민 샤먼은 오렌지 빛 황혼으로 붉은 아지랑이가 피어오르는 산능선을 향하여 까마귀의 깃털을 태워 올렸다. (「불의 꽃 타는 길」, 『이상한 만곡을 걸어간 사내 이야기』, 319~320쪽)

샤먼, 순록, 철새, 군데군데 세워진 이눅슉(Inuksuk: 사람의 형상으로 쌓은 돌탑) 등을 거느리면서 그 길은 신비감을 획득하고 있다. 본능에 입각한 자연 이미지 계열로 이미지를 형성해낸 것이다. 그렇다면 그 길의 초입에 있는 '모텔 파이어워드(Fireweed)'는 어떤 곳이겠는가. 이곳에 모여든 사람들을 보면 그 상징을 파악할 수 있다. 인류학 교수인 'Kim' 박사는 그 길을 떠돌고 있고, 'Kim' 부인은 아무런 기약 없이 그러한 박사를 기다리고 있다. 모피 상인 'Liu'는 "이곳을 찾는 이유가 스스로도 의아"한 사람이다. 'Daven' 부인은, 비유컨대, 텃새 속에서 살다가 문득 자신이 철새임을 깨달은 존재이다. 그러한 깨달음이 신비감을 끌어내고 있다. 트럭을 몰고 그 길로 사라지는 청년은 철새와 닮았다고 하겠다. 모텔 주인 'Shantner'는 그저 그 길에 대해 떠벌리는 것만으로도 행복을 느끼는 존재이다. 'Coppy'와 'Silvy'는 쌍둥이 형제인데, 형 'Coppy'는 뇌출혈로 반신불구가 되었다. 그러니 'Coppy'로서는 떠나고자 하나 떠날 수가 없다. 반면 'Silvy'는 떠날 수 있으나 형 때문에 떠날 수 없다. 이렇게 살펴보면, 이들은 그 길에 대한 대응 방식으로 유형화되어 있음을 알 수 있다. 뿐만 아니라 그 길—'운동'—이 자연 이미지 계열로 이미지를 형성하였으니, 이와 변별되는 모텔—'정지'—의 의미는 일상(텃새)의 측면으로 축조되게 마련이다. 그러니까 영원(운명)과 일상 사이의 긴장을 이렇게 두 개의 계열로 묶거나 풀면서 획득해 나간다는 것이다.

　아마도 대부분의 인간은 쌍둥이 형제 'Coppy/Silvy'의 관계와 비슷하지 않을까. 떠나고자 하나 떠나기가 쉽지 않고, 머무르고자 하나 머무르기는 싫고. 이러한 딜레마 속에서 서성대면서 우리는 우리의 의식을 죽음의 방향으로 밀고 나가는 것인지도 모른다. 동생 'Silvy'가 형 'Coppy'를 죽이고 자살한 까닭은 여기에 놓일 성싶다. 작가가 몇 번에 걸쳐 반복하는 바, "모텔 파이어워드는 오는 이보다는 가는 이를 위한 집"이고 보면, 그가 길을 나서는 데 주저하지 말라고 등 떠밀 가능성은 적지 않기 때문이다. 이렇게 등을 떠밀면서 작가는 마지막에 자신감을 불어넣어주기를 잊지 않고 있다. "순록은 인간보다 강하고 위대했다. 왜냐하면 나하니족에게 순록은 선조의 혼령이 후손들이 굶어죽지 말라고 윤회하여 태어난 존재이기 때문이다." 그리고 샤먼의 기도까지 여기에 더하여 준다. "순록을 따라 유목을 떠나기에 앞서 추장은 고목에 대고 커다란 목소리로 기도를 고했다. 이삐아예에에에~~! 이삐아요오오오~~!"

"이삐아예에에에~~! 이삐아요오오오~~!" 이러한 기도는 작가의 내면에서 울리는 것이 아니라, 광야를 향하여 울리고 있다. 민경현은 한국문학에서 자신의 존재감을 이러한 방향으로 하여 확실하게 자리매김해 나가리라고 판단하게 된다. 그러한 방향으로의 울림이 신화적인 상징과 치밀한 구성을 요구하여 훌륭한 작품을 낳고 있기 때문이다. 그래서 이제까지 그가 걸어온 길보다 앞으로 그가 걸어갈 길에 더 많은 기대를 갖게 된다. 자, 다시, 모든 인간은 나서 죽는다. 작가는 그 자리에 서서 "Bon Voyage(무사히 가시기를)!"라고 손 흔들고 있다. 「불의 꽃 타는 길」로 들어서고 있는 사람에게는 아마 그러한 인사가 예사롭게 다가서지는 않을 것이다.

『이상한 만곡을 걸어간 사내 이야기』 해설, 실천문학사, 2008.

라마의 묵시록
—전성태 소설 『국경을 넘는 일』에 대하여

1. 전도된 역사와 상주(喪主) 의식

전성태의 작품 세계는 회의(懷疑)를 특징으로 한다. 그가 품고 있는 회의는 일반적인 인식이라든가 개인의 기억·감각 등 대상을 가리지 않고 전면적으로 펼쳐진다는 것이다. 가령 「퇴역 레슬러」의 한 장면을 보자. 퇴역 레슬러가 귀향을 실감하는 것은 양파 냄새를 통해서이다. "양파 냄새는 아주 어릴 때의 아침을 기억나게 해 주었다. 아침을 짓는 매캐한 냇내 속에서 그는 양파 냄새를 맡으며 잠에서 깨어나곤 했다."[1] 그렇지만 간병인이 일러주는 사실은 그러한 기억과 배치된다. "간병인은 그가 고향을 떠나고도 이십년이나 지난 뒤부터 이 고장에 양파가 재배되기 시작했다는 사실을 전하고 있었다."(『국경』, 41쪽) 강렬한 자기암시가 퇴역 레슬러의 후각까지 속여버린 상황이다.

「연이 생각」에서도 마찬가지다. 소설의 화자는 시간이 한참 지난 후에야 비로소 연이의 죽음에 대한 자신의 판단이 그릇되었음을 깨닫는다. "왜

---

1. 전성태, 「퇴역 레슬러」, 『국경을 넘는 일』, 창비, 2005, 40쪽. 이하 전성태의 작품집 가운데 『국경을 넘는 일』은 『국경』으로 표기하며, 나머지 작품집과 장편소설 제목은 그대로 따른다. 지금까지 전성태가 묶어낸 작품집과 장편소설의 목록은 다음과 같다. 『매향』, 실천문학사, 1999; 『국경을 넘는 일』, 창비, 2005; 『여자 이발사』, 창해, 2005; 『늑대』, 창비, 2009. 이외에 산문집으로 『성태 망태 부리붕태』(좋은 생각, 2010)가 있다.

나는 그 짧은 엽서의 글을 숱하게 읽으면서도 그 문장을 놓쳤을까. 의도적으로 그의 엽서를 왜곡하며 읽어왔다는 사실은 꽤나 당혹스러웠다."(『국경』, 131쪽) 기억의 오류, 판단의 오류는 어디서부터 기인하는가. 스스로를 돌아보지 못하는 확신에서 발생한다. 믿음이 확고하면 확고할수록 이에 비례하여 왜곡의 폭은 커져만 간다. 그러니 전성태의 소설은 그러한 믿음을 해체하는 자리에서 창작되는 셈이라고 할 수 있다.

물론 전성태가 처음부터 회의를 들고 나온 것은 아니다. 첫 번째 작품집 『매향』의 경우, 김유정·이문구를 잇는 해학적인 문체로 사회적 변방으로서의 농촌 현실을 핍진하게 그려낸다는 평가를 받았다. 기실 「가문 정월」이라든가 「태풍이 오는 계절」과 같은 작품들을 읽어보면, 그러한 평가가 온당하다는 사실을 쉽게 알아차릴 수 있다. 작품 세계의 변화는 두 번째 작품집 『국경을 넘는 일』에 묶인 소설들을 써 내려갈 때부터 나타난다. 그러니까 『국경을 넘는 일』에 실린 일군의 작품들에서부터 '회의'가 전면에 포진하게 된 셈이다. 그럼에도 불구하고 전성태를 이해하기 위해서는 우선 그의 작품 세계에 나타나는 회의를 파악하여야 한다. 해학이란 여유를 바탕으로 가능해지는 정서일 터인데, 『매향』 이후 작가를 둘러싼 세계의 변화 양상은 그러한 여유조차 허용하지 않는 방향으로 흘러가 버렸기 때문이다. 다시 말해서, 『국경을 넘는 일』에서 확인할 수 있는 회의를 파악하였을 때 『매향』의 해학까지도 한결 이해하기가 쉬워진다는 것이다. 그만큼 전성태의 소설 세계에서 회의하는 시선은 주목을 요하는 면모라 할 수 있다.

그렇다면 도대체 작가로 하여금 회의로 나아가도록 만든 계기는 무엇인가. 간단하게 이야기하자면, 작가를 둘러싼 외부세계가 어느 순간 갑자기 물구나무를 서버렸다는 데서 찾을 수 있다. 전면적인 가치의 전도(顚倒)가 일어났다는 말이다. 현장미술가 최병수를 모델로 삼은 「한국의 그림」을 보라. 한 시절 미술가가 그렸던 걸개그림은 격변하는 현장의 상징으로 통용되었다. 「한열이를 살려내라」가 대표적이다. "학교 건물 벽에 그의 큰 그림이 걸렸다. 장장 오 미터 너비의 대형 그림이었다. 사람들이 이를 두고 '걸개그림'이라고 불렀다. 그는 학교를 떠나지 않았다. 각지에서 학생들과 지식인들이 영안실 주변으로 속속 집결하고 있었다. 대학생의 장례식이 가까워지면서 세상이 뒤집어질 것처럼 들썩거렸다."(『국경』, 81쪽) 그렇지만 세상은 어느덧 정반대로 변하였다. 세상을 뒤집을 것처럼 뜨거웠던 열정은 가뭇없이 사라졌고, 마치 진리인 양 통용되었던 가치는 퇴락하여 잊히게 된 것이다. 창고 안에 처박히고 마는 걸개그림의 행방이 이러한 상황을 드러낸다. 애당초 걸어두려고 그린 그림이지만, "인자 어디 담벼락이나 길바닥에다가 그런 그림을 내거는 세상이냐."(82쪽) 이 순간 걸개그림은 역사 속으로 사라지고 마는 형국이다.

세상은 그렇게 변했다. 변화에 재빨리 편승한 자는 민첩하기는 하나 경박하다. 반면 변화에 둔감한 이는 우직하기는 하나 미련하다. 전성태가 회의를 전개하는 지점이 바로 여기이다. 『매향』 시절, 그는 날로 곤궁해져만 가는 농촌 현실 속에 자리하고 있었다. 1994년 『실천문학』에 「닭몰이」를 발표하면서 등단하였고 1999년 『매향』을 묶어냈으니, 1990년대 중후반에 해당하겠다. 그 시기 작품 세계에 나타났던 해학이란 민중의 건강함에 대한 신뢰의 표현 형식이었고, 신뢰를 매개로 하여 그는 농촌 정서에 녹아들어 민중과 하나일 수 있었다. 그렇지만 세태의 변화는 이러한 통일에 균열을 불러오게 마련이다. 작가를 둘러싼 외부 세계가 그러한 신뢰를 비웃는 방향으로 흘러갔던 반면, 작가는 자신의 세계를 지탱해왔던 가치를 쉽게 놓아버리지 못했던 것이다. 작가는 이러한 긴장에서 발생하는 감정을 「연이 생각」에서 '상주가 된 기분'이라는 문구로 정리해두고 있다. "지난 몇 년간 나는 이상스럽게도 상주(喪主)가 된 기분에 젖어 지냈다. 하루하루가 상중이었다고 해도 지나치지 않았다. 그것이 역사라는 것에 대해 갖는 지나친 엄숙주의라고 해도 좋고, (중략) 나는 더 황폐해지기 전에 아무도 입혀준

적이 없는 이 상복을 벗고 빨리 일상으로 되돌아가고 싶었다."(『국경』, 116쪽)[2]

그러니까 전성태의 회의는 바로 이 '상주 된 기분' 위에서 빚어지는 것이다. 「연이 생각」의 경우를 보면, "그저 평범한 대학생이었고, 그 나이에 할 법할 고민을 안고 살다가 스스로 목숨을 버린 나약한 젊은이" 연이의 삶을 돌아보고 있다.(116쪽) 하지만 화자는 한때 그 평범함에 굳이 역사적인 의미를 부여하고자 시도해왔다. "솔직히 나는 그의 죽음에 어떤 의미를 부여하느라고 애를 쓰며 살아왔다. 나는 그가 생이 버거워서 도망쳐버린 아이쯤으로 남아서는 안 된다는 무슨 강박증 같은 심리에 시달려왔다. 일테면 나는 무모하게도 그의 죽음이 한때 거리에서 쓰러져간 숱한 젊은이들의 죽음과 나란히 놓여 있기를 바랐을 것이다."(115쪽) 이 순간 지난 시절 작가가 지향하였던 가치의 면모가 드러난다. 한데 한 인간의 개인성을 지워버리고 역사니 이념이니 하는 거창한 대의로 모든 것들을 수렴시키려는 운동에 어떤 해방이 깃들 수 있을까. 따라서 "아직 나는 연이를 어떤 식으로 기억해야 할지 모르겠다."라고 진술하며 회의로 빠져들 때, 지난 시절 작가가 견지했던 사고 체계는 이제 신념에서 미끄러지고 있음을 확인하게 된다.(131쪽) 그렇지만 그가 농촌 정서에서 완전히 탈각해 나가는 것은 아니다. 『국경을 넘는 일』의 「소를 줍다」라든가 『늑대』의 「누구 내 구두 못 봤소?」, 「아이들도 돈이 필요하다」와 같은 작품을 보면 그러한 사실을 확인할 수 있다. 한때 자신이 품었던 세계 가운데 마지막까지 끌어안아야 할 덕목이 어느 정도는 남아 유지되는 셈이다. 청산과 견지 사이에서 자신이 진작 품었던 가치의 의미를 깊숙하게 따져 묻는 일, 여기에서 전성태의 회의는 펼쳐지고 있다.

---

2. 『매향』의 「작가후기」에도 동일한 내용이 진술되어 있다. "한때 나는 상주(喪主) 노릇 하느라 영안실 앞에서 서성거리다가 이십대 한 시절을 다 보내 버렸다는 피해의식에 젖어 지낸 적이 있다."(317) 그만큼 상주로서의 의식이 깊었기에 같은 내용이 반복하여 진술되었다고 볼 수 있다.

2. 국경 위를 떠도는 회의주의자의 초상

'방법론적 회의'란 회의하는 행위 자체에 의미가 있는 것이 아니다. 회의란 한낱 방법에 불과한 까닭에 회의를 전개하는 주체가 결국 어디로 내닫고 있는가에 초점이 맞춰져야 하기 때문이다. 가령 데카르트는 회의를 통해 이성으로 무장한 '절대 개인'에 도달한 바 있다. 단편소설 「국경을 넘는 일」, 「목란식당」, 「남방식물」이라든가 장편소설 『여자 이발사』를 근거로 판단하건대, 전성태의 경우에는 국경으로 나아가고 있다고 정리하게 된다. 즉 자신의 의식을 가두는 틀로써 국가를 지목하여 회의의 대상으로 삼아 해체해 나가는 한편, 어쩔 수 없이 그 틀에 갇힌 자신을 성찰하면서 반성하고 있다는 것이다. 전성태의 작품이 주목을 요하는 까닭은 여기서 찾을 수 있다. 민족(국가)을 중심에 두고 사유를 펼치되, 이를 개인의 의식 위에 겹쳐놓고 동시에 밀고 나가는 작업이 결코 만만치 않기 때문이다.

주지하다시피 민족국가를 최우선 가치로 삼는 민족주의(nationalism)는 그 폐해가 심각하다. 그렇지만 "민족은 상상의 공동체다"라는 입장을 되풀이하면서 민족(국가)을 부정하는 태도가 능사는 아니다. "우리가 '마르크스주의자들은 민족주의자들이 아니다'라든가 '민족주의는 근대 발전 이론의 병리학이다'라는 허구를 버리고, 그 대신 실제적이고 상상된 과거의 경험에 대해 배우기 위해 느리나마 최선을 다하지 않는다면,"[3] 민족(국가)을 단위로 벌어지는 전쟁 따위의 폐해는 전혀 개선될 여지가 없기 때문이다. 세계주의에 동의할 수 없는 이유도 여기서 싹튼다. 세계가 민족국가를 매개로 작동하는 것이 부정할 수 없는 현실인데도 불구하고, 전 인류를 하나의 동포로 설정하여 이지적인 개인이 세계와 직접 대면하려는 행위는 무모한 낭만의 소산에 가까울 수밖에 없는 것이다. 전성태는 민족(국가)의 폐해를 비판하

---

3. Benedict Anderson, *Imagined Communities-Reflections on the Origin and Spread of Nationalism*, Vero, 2003, p.161.

면서 국경 바깥으로 나갔다가, 민족(국가)에 갇힌 스스로를 성찰하면서 다시 국경 안으로 돌아온다. 그러니까 이렇게 국경을 중심으로 하여 나고 들기를 반복하는 것이 전성태 소설에 드러나는 회의의 특징이고, 이를 통하여 개인과 세계를 매개하는 단위로서의 민족(국가)은 끊임없이 물음의 대상으로 회귀한다는 것이다.

먼저 민족(국가)의 경계 바깥으로 나아가려는 면모를 보자. 「목란식당」은 북이 몽골에 개업한 식당이다. 목란식당을 "그저 밥 먹는 식당"으로 여긴다면 별다른 문제가 생길 리 만무하건만(『늑대』, 31쪽), 내면에 국경을 완고하게 품고 있는 사람은 식당에 들러서도 대치 상황을 만들어내기 일쑤이다. 유형도 가지가지다. "너희들 여기서 일하면 안 되는 거 나 다 알고 있어. 취업비자가 아니잖아."라고 협박하는 이가 있는가 하면(22쪽), 어떤 이는 "북측 동포들은 우리를 너무 몰라. 우리가 세금을 얼마나 많이 바쳐서 북으로 보내는 줄 모를 거야."라며 시혜자로서의 지위를 확인받고자 한다(23쪽). 심지어는 '목란식당=북 정권의 대리자'라는 인식을 확인하기 위하여 일부러 찾아오는 부류까지도 있다. "식사를 하기 전에 한 가지 확인해둘 게 있소. 불쾌히 여기지 마오. 우리가 지불한 돈이 북으로 갑니까? (중략) 그러니까 우리가 음식을 먹고 내는 달러가 당신네 장군님한테 가느냐 이겁니다." (28쪽) 이 지경에 이르면 목란식당은 이미 식당이 아니라 이념 대결이 펼쳐지는 장으로 전락하고 만다. 전성태가 비판하고 넘어서려고 하는 것은 바로 이러한 맥락에서의 국경이다.

「국경을 넘는 일」에서도 이는 드러난다. 내면에 굵고 뚜렷하게 국경을 품은 사람은 나라 바깥의 어떠한 국경까지도 넘기 힘들 수밖에 없다. 국경 너머에는 자신이 감당하기 힘든 공포가 도사리고 있기 때문이다. 캄보디아와 태국의 국경을 건너는 한국인 '박'을 보라. 한 아이가 장난감 호루라기를 불자, 다른 나라에서 온 관광객들은 별다른 동요가 없는 반면 그는 "누군가 등 뒤에서 총부리를 들이대고 있으리라는 공포"를 느끼면서 정신없이 내달린다.(『국경』, 139쪽) 상황이 종료된 후 외국인들에게 "아까는 아주 돌발적이고 사적인 일이었습니다."라면서 극히 개인적인 일로 치부하려고 하지만(151쪽) 자신에게 잠재된 공포의 근원을 "우리에겐 국경을 넘는 일은 죽음을 의미하지요."라고 설명할 수밖에 없으니,(141쪽) 국경 넘기를 둘러싼 에피소드는 개인적인 일인 동시에 국가의 분단 상황과 연관된 문제라고 파악해야 온당하다. 즉 "개인과 국가가 모호해지며 혼재하는 경험"이라고 봐야 한다는 것이다.(150쪽) 국경을 틀로 하여 넘기 힘든 상처를 안고 있는 국민으로서의 개인은 나라 밖에 나가서도 여전히 국경 안에 갇혀 있게 된다. 그래서 전성태의 소설에 등장하는 각각의 인물들은 국경을 넘어서고자 끊임없이 시도하는 것이다.

그렇지만 민족(국가)의 경계를 넘어서려는 인물들은 번번이 다시 국경 앞으로 회귀할 수밖에 없다. 각 인물의 내면에 국경이 낙인처럼 선명하게 새겨져 있기 때문이다. 「국경을 넘는 일」의 '박'은 여행지에서 만난 일본인 여성과의 사랑에 실패하고 만다. 서로에 대해 품은 감정을 국경과 결부시켜 이해하다 보니 봉착하게 된 결과이다. 예컨대 그들은 국적이 다른 서로에 대해 "정말 우리는 상상할 수도 없는 낯선 사람들인가?"라는 의심을 품고 있다.(157쪽) 결국 결별을 확인하는 순간 박은 "내가 한국인이라서 그래? 나도 네가 무서워."라고 토로하고 있는데, 이는 국경을 경계로 해서 생기는 낯선 감정이 두려움으로까지 전이되는 과정을 보여주는 셈이라고 할 수 있다.(165쪽) 이때 표현되는 무서움은 국경을 넘을 때 느꼈던 공포와 별반 다르지 않다. 그렇다면 한 개인이 품은 사랑의 감정에도 민족(국가)의 그림자가 깊숙하게 개입한 양상이 아닌가. 이러한 대목에서 국경을 넘어서려는 인물은 다시 국경 앞으로 회귀하게 된다. 국경을 넘는 일은, 그러니까 민족(국가)의 틀을 (재)구성하는 작업은 그만큼 웅숭깊게 전개될 수밖에 없다. 민족국가의 폐해를 비판하는 섣부른 선언보다 전성태의 집요한 회의가 더욱 큰 울림으로 다가오는 까닭이 여기에 있다.

「남방식물」에 등장하는 '병섭' 또한 내면에 선명한 국경을 안고 있다. 몽골에서 사업하는 그는 한국으로 건너가 취업하고자 원하는 몽골 사람들을 신뢰하지 못한다. 추천서를 써줬다가 한국에 불법체류자로 남아 자신에게 폐를 끼치리라는 혐의를 거두지 못하는 것이다. 한국 모 대학에서 어학연수를 받았다는 청년이 찾아오자 "이 청년이 한국에서 불법체류 노동자로 일한 전력이 있는 건 틀림없었다. 그가 구사하는 한국어가 대학에서 육 개월 배운 실력으로 어림없다는 생각도 뒤미처 들었다. 불법 체류 경력 탓에 입국비자가 나오지 않을 게 뻔한 입장이라 이런 방식으로 한국에 재입국하고자 하는 것 같았다."라는 식으로 의심하는 것이다.(『늑대』, 67쪽)

북으로 돌아갈 날이 임박한 목란식당의 한 여성이 슬쩍 편지를 건네자 그는 위험을 직감하기도 한다. "그는 주머니에 든 편지를 위험한 물건처럼 손끝으로 느껴보았다. 편지 내용은 보지 않아도 뻔했다. 어떻게 해야 하나? 자신은 처녀를 도와줄 수 없었다. 편지를 목사한테 전해주면 어떨까 하는 생각도 스친다."(79쪽) 하지만 북조선 여성이 바랐던 것은 자신의 월남 행에 관한 도움이 아니었다. 훗날 읽어본 편지는 "우리와 같이 일하는 몽골 녀성 오카 씨가 이남으로 돈 벌러 가길 원합니다."라며 그 몽골 여성에게 도움주기를 간청하는 내용이었던 것.(88쪽) 북조선 여성이 국경을 뛰어넘어 연대로 나아간 반면, 몽골에 나가서도 여전히 국경 안에 갇혀 있는 병섭의 심리 상태는 이 대목에서 명확해진다.

여기, 『여자 이발사』의 주인공이 이야기한다. 사랑하는 사람을 따라 이제 막 해방된 조선에 입국하였으나 이내 버림받고, 이후 오랜 세월 모진 고초를 겪은 일본인 여성의 토로에서 깊은 회한이 묻어난다. "세상의 많은 도덕은 인간의 영혼을 지키려고 태어났어. 그런데 의외로 영혼을 상실한 게 많단다. 도덕이 영혼의 세계에 있지 않고 정치적 도구로 추락해 버렸어. 세상에 진정한 도덕이 있다면 나의 삶이 이랬을까? 누가 누구를 지배하고 누가 누구를 치고 그랬을까? 제 상처만 들여다보면 영혼이 죽게 돼. 또 남의 상처만 바라보면 역시 영혼이 죽게 돼."(『여자 이발사』, 206쪽) 국경에 갇힌 도덕은 정치적 도구에 불과할 따름이다. 그러한 도덕을 영혼의 세계로 끌어올리기 위해서는 나의 상처를 직시하면서 동시에 남의 상처를 직시할 수 있어야 한다. 아마 전성태가 자꾸 국경을 배회하는 까닭이 여기에 있을 것이다. 즉 나의 상처와 남의 상처를 동시에 직시하기 위해서는 경계에 서서 '나'와 '남' 사이의 관계를 복원할 수 있어야 하고, 이를 위하여 민족(국가)이 그어나가는 경계와 대면하는 작업을 결코 에둘러갈 수 없는 중요한 지점이라고 판단했으리라는 것이다. 분분히 논의되는 탈근대의 지평은 이러한 모색과 회의를 통하여 비로소 제 모습을 드러낼 수 있지 않을까 싶다.

3. 위대한 라마의 묵시록 「늑대」

모든 인간은 '원죄(原罪, original sin)'를 떠안고 있다. 예수교에서 주장하는 절대자와의 관계를 가리키는 것이 아니다. 자신의 생명을 이어나가기 위하여 다른 생명을 앗아 섭취해야만 하는 숙명, 여기에 원죄가 깃들어 있다는 의미이다. 물론, 생태계 자체가 유기적 통합체(organic unity)인 까닭에, 에너지의 교환과 순환을 가능케 하는 어떠한 '대사의 주체(subject of metabolism)'도 이러한 혐의로부터 자유로울 수 없다. 그렇지만 인간은 스스로의 존재 근거에 대해 물음을 던질 줄 아는 유일한 생명체라는 사실을 상기해야 한다. 예컨대 발터 벤야민이 이렇게 묻고 있지 않은가. "인간의 생명을 동물이나 식물의 생명과 본질적으로 구별시키는 요소는 무엇인가?"[4] 그러니까 인간이 다른 생명체와 변별되는 자질, 즉 '생각의 주체(subject of thinking)'라는 사실에 주목하자는 것이다. 개나 고양이 따위는 이러한 관념적인 생각을 전개하지 못한다. 그것들은 단지 자신의 세계를 바탕으로 하여 대상과 능동적

---

4. 발터 벤야민, 최성만 옮김, 「폭력비판을 위하여」, 『역사의 개념에 대하여/폭력비판을 위하여/초현실주의 외』, 도서출판 길, 2009, 114쪽.

인 관계를 맺어나가는 '지각의 주체(subject of perception)'에 머무를 따름이다. 죄를 모르는 존재에게 죗값을 따질 수는 없는 일. 인간만이 원죄의 굴레에 갇혀 있다는 판단은 그래서 가능해진다.

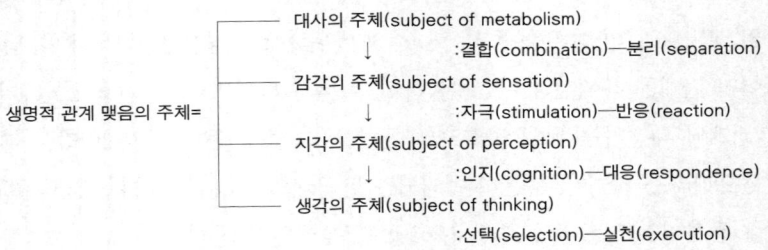

생명적 관계 맺음의 주체=

── 대사의 주체(subject of metabolism)
↓   :결합(combination)─분리(separation)
── 감각의 주체(subject of sensation)
↓   :자극(stimulation)─반응(reaction)
── 지각의 주체(subject of perception)
↓   :인지(cognition)─대응(respondence)
── 생각의 주체(subject of thinking)
:선택(selection)─실천(execution)

* 최봉영, 『주체와 욕망』(사계절, 2000), 375쪽.

허나 오늘날 우리 자신이 짊어진 원죄를 자각하기는 결코 용이하지 않다. 우리가 몸담고 있는 자본주의 체제의 작동 방식이 원죄의 자각과 상충하기 때문이다. 다시 벤야민을 인용한다면, 지금 우리가 몸담고 있는 "자본주의는 순전히 제의로만 이루어진, 교리도 없는 종교"인데, 그 제의란 "죄를 씻지 않고 오히려 죄를 지우는 제의"인 까닭에 원죄는 정화해야 하는 결함으로 취급되지 않는다는 것이다. 보다 정확히 말하건대, 원죄를 널리 만연시켜 보편 원리로 끌어올리고, 종국에는 주체하지 못할 수준으로 범람케 하는 것이 자본주의의 속성이라고 봐야 한다. 벤야민의 다음 문장은 이러한 사실에 대한 지적으로 받아들일 수 있겠다. "이 자본주의라는 종교운동의 본질은 종말까지 견디기, 궁극적으로 신이 완전히 죄를 짓게 되는 순간까지, 세계 전체가 절망의 상태에 도달할 때까지 견디기이다."[5] 이러한 사태가 벌어지는 까닭 역시 인간이 생각의 주체라는 사실에서 이끌어낼 수 있

5. 발터 벤야민, 「종교로서의 자본주의」, 위의 책, 122~4쪽.

다. 지각이 욕구(need) 충족과 관련을 맺는 반면 생각은 욕망(desire) 창출로 나아가는데, 생각의 주체가 욕망의 포로로 전락하면서 자본주의 성립이 가능해졌기 때문이다. 그런 점에서, 주체가 욕망을 일방적으로 규정하는 것도 문제가 될 터이나, 욕망이 주체를 일방적으로 이끄는 일도 바람직하지 못하다고 할 수 있다.

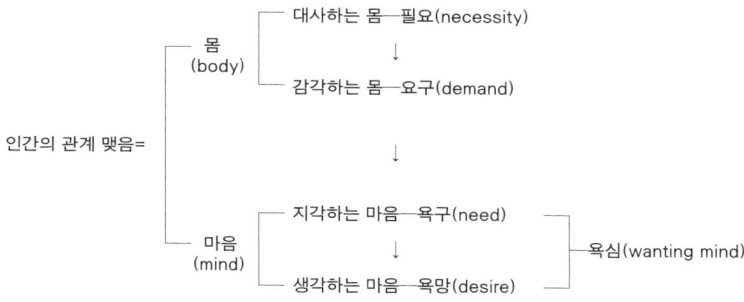

* 최봉영, 『주체와 욕망』(사계절, 2000), 375쪽.

전성태의 「늑대」는 이러한 인식 위에서 창작된 소설이다. 가령 그가 "양도 가련하고 늑대도 가련하다. 양은 늑대에게 먹히는데 이것은 가련한 일이다. 늑대가 배고픈 것도 가련한 일이다. 하여 늑대가 양을 먹는다고 어떻게 책할 것인가?"라고 이야기할 때(『늑대』, 43쪽), 양과 늑대의 관계, 즉 먹고 먹히는 먹이사슬을 유기적 통합체로 파악하는 견해가 두드러진다. 또한 삶의 질서가 유기적 통합체로 구축되어 있다는 사실을 지워버리며, 그 관계를 파괴해 나가는 자본주의의 위력에 대해서는 비판적이다. 몽골의 "초원을 가로지르는 아스팔트 포장길을 내려다"보면서 그 길을 따라 유입되고 확산되는 자본의 위력을 떠올리고는 "그 모든 변화를 어떻게 사람이 만들어놓았겠습니까. 저 무시무시한 검은 혓바닥이 아니라면"이라고 토로하는 대목에서 이는 분명하게 드러난다.(38쪽) 자본이 자아내는 "정염은 파괴적이며 불온"하며, "몸을 망가뜨려 성스런 하늘과 대지와 신들을 거스르고 맞서려는" 방향으로 위력을 발휘한다.(39쪽) 그런 점에서 자본주의는 초원(자연)의 재앙이라고 할 수 있다.

「늑대」가 한 편의 묵시록으로 읽히는 근거는 이러한 지점에서부터 비롯된다. 자본주의의 작동 방식에 충실한 인간이 스스로를 망가뜨려 파멸에 이르는 양상을 고도의 상징으로 드러내고 있다는 점. 작품에서 검게 빛나는 늑대와 집요하게 늑대를 사냥하려는 사업가는 상동 관계를 형성하고 있다. 그들은 쫓고 쫓기면서 항시라도 상대의 목숨을 노리고 있다는 점에서 경쟁 관계라고 할 수 있으나, 각각을 추동하는 힘이 주체할 수 없는 욕망에서 빚어진다는 점에서는 다를 바 없기 때문이다. 사업가를 일러 "늑대의 악령이 씌지 않았다면 도저히 이해할 수 없는 사람"이라고 해서 작가 역시 이러한 사실을 환기시키고 있다.(39쪽) 그렇다면 늑대는 어떠한 존재인가. 몽골의 라마는 다음과 같이 이야기하고 있다.

늑대는 어쩌면 악령이 숨을 불어넣어 태어난 짐승인지도 모릅니다. 다른 맹수들처럼 주린 배를 채우고 물러나면 족하나 늑대는 천성이 그러지를 못합니다. 하룻밤에도 수백 마리의 양들의 숨통을 끊어놓습니다. 살생을 즐기는 이빨을 갖고 나지 않았다면 설명할 길이 없습니다. 살아 숨 쉬는 일만으로도 죄업을 늘리는 짐승. 그러니 불법으로도 구제할 방도가 없습니다. 큰 입가진 이 짐승은 분명 인연의 모순이며 혼돈 그 자체입니다.(42쪽)

다른 맹수의 살생이 욕구에서 빚어지는 반면, 늑대의 살생은 욕망으로 인해 빚어진다. 이쯤 되면 결코 "가련한 일"이라고 이야기할 수 없다. 라마가 지적하듯이 "죄업을 늘리는 짐승"의 행위로 파악할 수밖에 없는 노릇이다. 하지만 사업가가 늑대를 바라보는 입장은 다르게 나타난다. 탐욕은 사업가 자신의 속성이기도 하기에 결코 죄업으로 인식하지 못하는 것이다. 그에게 늑대 사냥이란 유희의 요소가 개입할 여지가 없는 행위인데, 자신이 늑대와 벌이는 욕망과 힘의 경쟁이 바로 늑대 사냥인 까닭이다. 그러니 늑대 사냥의 양상이 사업가 "스스로 자신을 사냥하듯이" 펼쳐지는 것은 당연하다고 하겠다.

> 늑대는 초원에 차원 하나를 더하는 존재이죠. 저 탐욕에 무슨 인과(因果)가 있겠습니까. 욕망과 힘에 무슨 죄가 있습니까. 그래서 내 사냥은 사냥답지 않았으면 좋겠습니다. 놀이로서의 저열함이나 경박함이 끼어들지 않았으면 합니다. 나는 늑대 앞에 숙명적인 라이벌처럼 마주서기를 원합니다. 약육강식의 자연법칙이니 죄의식이니 연민이니 하는 것들이 없는 절대공간에서 독대하기를 원합니다. 스스로 자신을 사냥하듯이 이루어졌으면 싶습니다. 어쩌면 나는 가장 사냥다운 사냥을 원하는지도 모르겠습니다.(45~46쪽)

"가장 사냥다운 사냥"이란 자기 자신을 온전히 내건 승부이다. 처절한 승부인 까닭에 얼핏 그 결과에 따라 모든 것을 얻거나 모든 것을 잃을 것처럼 보이지만, 승부에 나선 이들은 결과와는 별개로 스스로의 영혼을 마모시키다가 결국 파멸에 이를 수밖에 없다. 「늑대」의 마지막 장면이 이를 보여준다. 작품에서 사업가는 자신이 가장 아끼는 여성을 제 손으로 살해하고 마는데, 사랑마저도 "가장 사냥다운 사냥"에 근접해 있기 때문에 소유하지 못하게 되는 순간 극단적인 파국에 이르게 되는 것이다. 그러니까 그가 품은 사랑은 늑대에게서 확인할 수 있는 "암컷을 향한 수컷들의 맹목성"에 가깝고(49쪽), 그 맹목성이란 사업가가 긍정하는 '인과 없는 탐욕', '죄 없는 욕망과 힘'의 다른 표현이라는 것이다. 사업가와 늑대의 집요한 승부가 판가름나기도 전에 사업가가 안으로부터 무너지고 마는 소설의 마지막 장면은 바로 이를 환기시킨다. 그런 점에서 자본주의는 인간 존재 자체에도 재앙이라고 하겠다.

「늑대」를 한 편의 묵시록으로 읽게 되는 다른 요소로는 종교성의 담지를 꼽게 된다. 자본주의에 완전하게 편입되지 않은 몽골의 촌장은 생명에 대한 경외를 아직까지 간직하고 있다. 다음과 같은 발언에서 드러난다. "우리는 살생을 할 때 세 번 묻는다. 영원한 하늘에게 물어야 한다. 어머니 대지에게 물어야 한다. 그리고 우리 손에 죽을 영혼에게도 물어야 한다."(52쪽) 그믐에는 살생하지 말아야 한다는 관습 또한 같은 맥락에서 이해할 수 있다. 이렇게 생명을 경외하는 사상은 천지만물에 신성(神性)이 깃들었다는 신앙에서 비롯된다. 자본주의는 그 반대편에서 종교의 휘장을 두르고 있다. 파괴적이며 불온한 정염에 포박된 인간은 인간이 아닌 다른 것, 즉 자본의 위력에 휘둘리고 있는 바, "몸을 망가뜨려 성스런 하늘과 대지와 신들을 거스르고 맞서려는" 기획은 불가역적인 분위기를 동반하며 음울하게 묘사되기 때문이다. "그 모든 변화를 어떻게 사람이 만들어놓았겠습니까. 저 무시무시한 검은 혓바닥이 아니라면"과 같은 진술이 이를 보여준다. 욕망을 주체할 수 없도록 유도하는 자본주의의 작동 방식을 염두에 둔다면, 생각의 주체 즉 인간이 철저하게 무력해지는 지점을 포착하여 상징화한 설정이라고 이해할 수 있다. 신성과 마성(魔性). 이는 「늑대」의 긴장감을 형성하는 한 축이며, 전반적인 정조를 결정하는 데 중요한 기능을 담당한다. 재앙을 둘러싼 불길함은 이 속에서 더욱 증폭된다.

묵시록의 내용을 미리 알았다고 하더라도 제어할 수는 없다. 신탁(神託)을 거스를 수 있는 능력이 인간에게 주어지지 않았기 때문이다. 「늑대」에 등장하는 라마의 무기력은 아마 이러한 전제 위에서 이해할 수 있을 것이다. 라마는 "중생은 죄를 토설하고 승려는 대속할 뿐"이라면서 자신의 조언에 대해 "듣자고 묻는 게 아니고 들으라고 하는 말도 아니"라고 토로하고 있다. 들여다볼 수는 있으나 어찌 간여할 수 없는 자리, 라마는 그러한 자리에 앉아 있는 것이다(43쪽). 이는 「늑대」를 써 내려가는 작가 전성태가 서 있는 위치이기도 하다. 전성태는 『늑대』의 「작가의 말」을 통하여 "시원

(始原)의 이미지를 간직한 광활한 대지에서 맞닥뜨린 고독감"에 대해서 말하고 있다(300쪽). 나는 '시원의 이미지'를 끌어안고 존재하는 생명들의 관계를 탐구해낸 백미로 「늑대」를 꼽는다. 이는 단지 작가 개인의 통찰 깊이에만 관계하는 것이 아니라, 이즈음 한국문학의 시야가 어느 수준으로까지 나아갔는가를 증명하는 중요한 작품이라고 하겠다.

4. 언어를 넘어, 존재를 건너

언어가 과연 지시하는 사물(事物)을 온전히 담아낼 수 있을까. 아마 불가능하다고 봐야 할 것이다. 언어의 근본 속성이 재현(再現)이니, 응당 그때—거기 실재했던 대상을 지금—여기로 불러들여 다시 펼쳐 보이는(re-presence) 기능을 수행할 터인데, 그 과정에 어떤 식으로든 왜곡이 개입하기 때문이다. 무소부재(無所不在)하지 못한 까닭에 언어를 사용하고 있는 존재라면 이는 숙명으로 받아들여야 하는 문제이다. 그렇지만 시 장르는 이러한 숙명을 넘어선 지점에까지 도달하기를 꿈꾼다. "시가 근본적으로 언어의 비정상적인 언어, 언어를 뒤틀어 비정상적인 기능을 갖게 하는 새로운 일종의 '언어 아닌 언어'를 시도하고" 있다고 말할 수 있는 근거가 여기에 있다.[6] 전성태의 소설 언어는 간혹 시 언어를 지향하는 것처럼 다가온다. 가령 「늑대」에서 "모든 경이로운 순간은 그런 뜻밖의 상황언어로 표출되는 법입니다. 아무 맥락도 없는 듯싶은 언어가 그러나 가장 사실적인데다가 현장감을 가지고 있습니다. 상상의 언어, 이성의 언어로는 어림도 없지요."라는 진술을 전개할 때(48쪽), 그는 분명 언어의 근본 속성과 그 한계를 염두에 두고 있을 터이다. 앞에서 「연이 생각」에서 인용했던 문장 "왜 나는 그 짧은 엽서의 글을 숱하게 읽으면서도 그 문장을 놓쳤을까. 의도적으로 그의 엽서를 왜곡하며 읽어왔다는 사실은 꽤나 당혹스러웠다."에서도 그러한 면모

6.　朴異汶, 「詩的 言語」, 『詩의 理解』, 民音社, 1984, 52쪽.

를 발견할 수 있다.

　전성태의 소설이 회의를 바탕으로 하고 있는 만큼 이는 당연한 귀결인지도 모르겠다. 즉 작품의 전언뿐만이 아니라, 자신이 다루는 언어까지도 회의의 대상으로 밀고 나간다면 응당 이러한 경지에 도달하리라는 것이다. "말이 입에 올랐으되 삶을 밟지 못한 형국"을 거부하면서 그는 온몸을 밀고 회의 가운데로 꾸준히 나아가고 있다.(「존재의 숲」, 『국경』, 11쪽). 그러면서 끝내는 "글자가 사라지고 이야기만 남는 글을 짓는" 데 이르고자 한다(「존재의 숲」, 『국경』, 11쪽). 언어의 한계와 맞대면하겠다는 의지의 표출이니만큼 불가능한 도전이라고 봐야 하겠다. 그렇지만 문학이란 본디 불가능에 맞서려는 정신의 소산이라는 사실을 떠올린다면, 그러한 도전을 통하여 문학이 비로소 광채를 덧입을 수 있으리라고 말할 수도 있다. 그러니, 그 무모함을 진작 알고 있으면서도, 어쩔 수 없이 작가에게 축원을 보내게 된다. 작가여, 부디 글자가 사라지고 이야기만 남는 글을 짓는 데 도달하여라. 절실하고 절실하여 남 얘기가 내 얘기가 되고, 내 얘기가 남 얘기가 되는 그런 세상에 도달하여라.

『작가세계』, 2010. 가을.

피로써 피를 씻지 말라

— 박범신 소설 『틀』에 대하여

1. 오이디푸스의 귀환

도대체 죄악은 어디에서 출현하는 것일까. 가장 일반적이고 손쉬운 해답은 그 뿌리를 바깥에서 찾는 것이다. 종교의 측면에서 보자면 '신들림'이 대표적인 사례에 해당한다. 초자연적인 존재가 주체의 외부로부터 침투하여 가장 내밀한 곳까지 장악하였다는 해석이다. 이러한 논리가 종교의 영역으로 쉽게 포섭되는 까닭은 그리 복잡한 설명을 필요로 하지 않는다. 안팎의 경계를 넘나드는 죄악의 속성이 무소부재라는 신의 속성에 그대로 대응하기 때문이다. "그(주체—인용자)는 겁에 질린 채 이중경쟁에 가담하지만 결국 그는 그 경쟁의 무력한 희생물일 수밖에 없다. 안과 밖 사이의 장벽을 아랑곳하지 않는 적수에 대해서는 어떠한 방어도 불가능한 것이다. 동시에 아무 데나 존재할 수 있기 때문에 이것은 마음대로 신, 유령, 악마가 되어서 사람을 사로잡을 수 있다."[1]

공동체의 유지라는 관점에서 보더라도 논리 구조는 전혀 변할 것이 없다. 이번에도 죄악은 공동체 외부에서 내부로 이식되는 방식이다. 예컨대 에우리피데스(Euripides)의 비극 「안드로마케(Andromaque)」에서 헤르미오네(Hermione)는 연적 안드로마케에게 다음과 같이 소리치고 있다. "아비가 딸

---

1.   르네 지라르, 김진식·박무호 옮김, 『폭력과 성스러움』, 민음사, 2000, 247쪽

을, 어미가 제 아들을, 오라비가 누이를 간통하며, 가장 가까운 사람들끼리 서로의 피를 더럽혀도 하늘이 무서운 줄 모르는 것이 너희 야만인이 하는 짓이야. 그따위 추악한 짓을 우리 가운데서 하지 마라. 그런 짓은 우리에겐 죄악이니까."² 바깥에서부터 죄악의 씨앗이 들어왔으니 해결책은 이 죄악의 씨앗을 다시 바깥으로 내쫓는 데서 마련된다. 축출/추방이 유일한 방식으로 떠오른다는 것이다.

소포클레스(Sophokles)의 「오이디푸스 왕(Oidipous Tyrannos)」에서 눈먼 예언자 테이레시아스(Teiresias)가 퇴장하기 직전 오이디푸스 왕에게 쏟아낸 말은 그래서 주목을 요한다. 내용은 다음과 같다. "내 그대에게 이르노니, 그대가 위협적인 말로 라이오스의 살해를 규명하겠다고 공언하며 오래 전부터 찾고 있던 그 사람, 그 사람은 바로 이곳에 있소. 그는 이곳으로 이주해온 이방인으로 통하고 있지만, 머지않아 토박이 테베인임이 밝혀질 것이오. 하지만 그러한 행운을 그는 달가워하지 않을 것이오. 보는 대신 눈이 멀고 부자 대신 거지가 되어 지팡이로 앞을 더듬으며 낯선 땅으로 길을 떠나게 될 테니 말이오."³

범인을 색출하는 순간, 그가 '이방인'이 아니라 '토박이'라는 사실이 밝혀지게 된다. 뿐만 아니라 그는 다시 '낯선 땅'으로 추방되어야 한다. 추방이라는 방식이야 죄악을 둘러싼 일반적이고 오래된 인식과 연관되는 것이 분명한데, '이방인/토박이'라는 사실 여부가 오이디푸스의 징벌과 대체 무슨 상관이라는 말인가. 르네 지라르(René Girard)라면 아마 이 대목에서 '희생양 모티프'를 강조하고 나설 것이다. "신화는 도처에 흩어져 있는 상호적 폭력을 단 한 개인의 끔찍한 범죄로 대체시킨다. 오이디푸스는 현대적 의미의 죄인이 아니라 하더라도, 그 도시의 불행에 대해 책임은 있다. 그는 진짜

---

2. 에우리피데스, 김갑순 옮김, 「안드로마케」, 『그리스비극』 2, 현암사, 1999, 128쪽.

3. 소포클레스, 천병희 옮김, 「오이디푸스 왕」, 『소포클레스 비극』, 단국대학교출판부, 2002, 33~34쪽

인간 '희생양(bouc émissaire)'의 역할을 하고 있다."[4] 그러니까 오이디푸스가 테베 토박이라면 죄악의 근거는, 바깥에서 내부로 주입된 것이 아니라, 이미 공동체 내부에 잠복해 있던 문제였음이 드러나는 셈이다. 이와 더불어 죄악의 근거를 외부의 문제로 돌리려는 시도가 공동체의 자기기만에 불과하다는 사실을 환기시켜 주기도 한다.

죄악의 유혹은, 주체의 안과 밖 혹은 공동체의 내부와 외부를 가리지 않고, 처음부터 곳곳에 편재해 있(었)다. 기실 하나의 공동체 내부에서 죄악이 폭력을 부르고, 폭력이 다시 폭력을 낳는 순환은 결코 낯선 장면이 아니다. 그러니 폭력의 순환으로부터 빠져 나올 계기가 필요했던 바, 인간은 희생양이라는 매개물을 고안해낸 것이다. 『폭력과 성스러움』의 저자가 결국 하고 싶었던 주장도 여기에 닿아 있다. "희생물을 파괴함으로써 사람들은 그들의 악을 몰아낸다고 믿을 것이며, 또 효과적으로 몰아낼 것이다. 왜냐하면 적어도 그들에게는 이제 그들을 유혹하는 폭력이 더 이상 존재하지 않을 것이기 때문이다. (중략) 희생물이 갖고 있다고 여겨지는 '악'이나 '죄악들'을 우리가 규정한 의미의 '폭력'으로 대체해 놓고 보면, 아주 어마어마한 모든 인간사가 들어있는 환상과 신비화가 항상 우리의 문제란 것을 분명히 이해할 수 있을 것이다."[5]

그러니 「오이디푸스 왕」에서 테베에 역병(疫病)이 돌았다는 사실은 하나의 상징으로 읽어야 한다. 마치 페스트균이 창궐하는 것처럼 당시 테베에는 엄청난 죄악이 횡행하였고, 이에 따라 페스트를 유포하는 대상을 색출하여 격리하듯이 오이디푸스를 지목하여 테베 바깥으로 추방하기에 이르렀던 것이다. 테베 토박이 오이디푸스는 그리하여 희생양이라 불리게 되었다.

박범신의 『틀』이란 작품의 제목은 '아주 어마어마한 모든 인간사'를 환

---

4. 르네 지라르, 앞의 책, 120쪽.
5. 르네 지라르, 앞의 책, 126~127쪽.

기시킨다. 인간사(人間事)에서 반복되는 거의 변하지 않는 어떤 형식을 가리키기 때문이다. 우선 이방인이자 토박이인 '전도사'의 과거를 살펴보자. "떠돌이로 흘러들어와 그들 모자는 상엿집에 거처하면서 3년을 살았었다."는 진술로 보건대, 그가 이방인이라는 사실은 조금도 의심할 여지가 없다. 이를 상징이라도 하듯이 그네 모자가 살았던 상엿집은 마을과 다소 동떨어져 있다. "산 너머에 상엿집이 있었다. 마을에선 상엿집 지붕밖에 보이지 않았다." 그때 무슨 일이 있었는지는 정확히 알 수가 없다. 마을에서 쫓겨났을 때 전도사가 ㉠열다섯 살이었다는 말도 돌고 ㉡열세 살이었다는 말도 나돈다. 쫓겨난 이유가 마을 실세인 '강 진사' 집에서 ㉢닭을 훔쳤기 때문이라는 소문도 있고 ㉣밀을 훔쳤기 때문이라는 소문도 있다. 그 즈음 전도사의 어머니가 죽었는데 ㉤상엿집에서 굶어죽었다는 주장이 제기되는가 하면 ㉥마을 법도의 상징인 팽나무 밑에서 죽었다는 반론도 제기된다.

왜 이렇게 대부분의 기억이 불분명한 것일까. 그것은 망각 혹은 착오를 통하여 자신들이 저지른 죄를 회피하려는 불편한 심리가 작동하기 때문이다. 당시 전도사 모자는 이방인, 즉 공동체 바깥의 존재였다. 공동체 구조로 파악했을 때, 그네를 희생양으로 삼더라도 이에 상응하는 대가가 폭력적으로 되돌아올 가능성은 거의 없었다. 아마 시간이 그대로 흘렀다면 모든 일들은 아무렇지도 않게 지워질 수도 있었을 것이다.

하지만, 쫓겨났던 전도사가 홀연히 돌아왔다. 만만치 않은 실력으로 무장한 그의 귀환이 지워져가던 희미한 과거를 불러내기 시작하였다. 물론 대부분의 마을사람들은 스스로를 변호할 준비가 되어있다. 자신들은 힘이 없었을 뿐만 아니라, 상황을 제대로 파악할 만한 처지도 아니었다는 논리가 근거로 작동한다. "우리 모두 제정신이 아니었지. 강 진사한테 잘못 뵈면 꼼짝없이 굶어죽는 판이었는데, 그 양반이 판결 내린 걸 우리인들 좇을 수밖에. 그래도, 어린것한테 너무 심했지."라든가 "우리네야 예나 이제나 뭣이 진짜인지 알 수가 있나?", "우리야 뭐 껍데기지. 뭐 하나 확실한 것도 없고"라는 반응이 이를 보여준다.

이에 따라 폭력 메커니즘은 자연스럽게 두 축을 형성하게 된다. 한쪽에는 자신이 당한 것 이상의 복수를 감행하려는 원한 어린 전도사가 자리한다. 반대편에는 가해자로 지목되는 강 진사가 자리를 마련하고 있다. 마을 사람들의 죄의식이 희미해질수록 강 진사에 대한 혐의는 이에 반비례하여 더욱 뚜렷해진다. 승부에서 이겼을 경우에는 별 문제가 없겠지만, 만약 패배한다면 그가 이제 모든 죗값을 짊어져야 하기 때문이다. "확실한 것은 팽나무와 법도와 강 진사와 진주 강씨들이 어린 전도사를 쫓아냈을 것이라는 사실이었다." 폭력의 메커니즘은 본래 이러한 속성으로 운영된다. 이것이 『틀』의 기본 구도이기도 하다.

이제 삼십대 초중반의 나이로 돌아온 전도사는 마을의 토박이이자, 이방인이다. 어째서 그러한가. 마을 사람들은 전도사에 대하여 잘 알지 못한다. 마을에 들어오기 직전 ㉠사람을 죽여서 감옥에 있었다는 소리도 들리고 ㉡도둑이었다는 이야기도 있다. ㉢선원이었다는 말이 떠도는가 하면 ㉣선원을 하다가 바다 밑에서 보물을 발견하였다는 소문도 있다. 심지어 ㉤목수였다는 설까지 나도는 실정이다. 그러니 그는 스스로를 신비함으로 포장할 수 있다. "예수님 아버지가 목수였다는 사실을 우린 상기했다. 전도사가 전에 어디서 무엇을 했든 확실한 것은 전도사에겐 돈이 많다는 것이었다. 그것만 빼면 모든 게 불확실했다."

이렇듯 신비함 뒤에 숨을 수 있는 한 그는 이방인이다. 그럼에도 불구하고 전도사는 마을의 흐름을 정확하게 파악하고 있다. 처음 등장하면서부터 그는 강 진사의 위세를 그대로 이어받아 초등학생 또래 집단에서 폭군으로 군림하는 '철중'을 힘으로 제압해버린다. 그러고는 중얼거린다. "닮았군. 키 작은 남자는 혼잣말하듯 말했다. 강 진사하고 꼭 닮았다니까. 키 작은 남자가 철중이 강 진사의 손자라는 걸 모르고 대나무뿌리를 잡았다는 것은 잘못된 짐작이었다. 키 작은 남자는 철중이가 강 진사의 손자라는 걸 아주 잘 알고 있는 눈치였다." 마을의 상황을 속속들이 꿰고 있는 존재가 이방인일 수 없다. 마을의 역사까지 정확히 알면서 일을 꾸며나가는 존재라면 응당 토박이에 상응한다고 보아야 하기 때문이다. 돌아온 그가 마을 사람 집에 근거를 마련하여 생활을 섞는 것은 그러한 상징으로 볼 수 있다. 그래서 전도사는 마을에서 토박이이면서 동시에 이방인인 존재로 남아있게 된다.

주체나 공동체의 안팎을 넘나드는 그는 신, 유령, 악마의 이미지와 닮아있다. 공교롭게도 하필 직업까지 선교사다. 그래서 그는 자신 있게 말할 수 있다. "너는 네가 원하는 것을 뭐든지 얻게 된다. 내 말만 잘 듣는다면. 전도사는 마치 내가 하나님이다, 라고 말하는 것처럼 말했다." 오이디푸스는 고향으로 귀환하면서 스핑크스 문제를 해결하였다. 그렇지만, 선교사는 절대자를 배후에 거느리고 있었으니 굳이 자신의 비범함을 조급하게 증명할 필요가 없다. 능력 발휘가 필요하다면 강 진사와 대결하면서 드러내면 마땅할 따름이다. 오이디푸스가 테베로 들어가서 어느 정도 시간이 지나자 역병이 창궐하기 시작하였다. 마찬가지로 선교사가 마을로 들어서서 시간이 조금 지나자 잠복해 있던 폭력 메커니즘의 근간이 서서히 드러나기 시작하였다. 그런 점에서 『틀』에서 펼쳐지는 전도사의 귀환은 새로운 오이디푸스의 귀환이라고 말할 수 있다. 언제나 그러하듯, 사건은 억압된 것의 귀환으로부터 발생하기 시작한다.

2. 당신들의 천국

물론 『틀』이 「오이디푸스 왕」의 변형에 머무르는 것은 아니다. 폭력 메커니즘을 다루고 있는 데서는 일치하지만, 사태가 전개되는 방식이 아주 다르기 때문이다. 「오이디푸스 왕」의 경우에는 그리스 비극의 특징인 '위반과 구원의 도식'에 기대고 있음이 명백하다. 이는 오이디푸스가 희생양이라는 데서 빚어진다. 오이디푸스가 희생양일 수 있는 자격은 다음과 같은 발언에서 단적으로 드러난다. "제발 소원이다. 나를 어서 나라 밖으로 숨겨다오. 죽이든가, 다시는 보이지 않도록 바다 속으로 깊이 내던지든가 해라! 이리 와서 이 불쌍한 자를 데려가 다오. 부탁이다, 꺼려할 것 없다. 내 죄는 나밖에는 그 어느 누구와도 상관없는 것이니."[6] 오이디푸스는 테베의 모든 죄를 혼자서 끌어안고 테베 바깥으로 추방되기를 스스로 기원하였다. 기원은 그대로 실행되었다. 그래서 소포클레스는 「오이디푸스 왕」의 뒷이야기를 후속작품 「콜로노스의 오이디푸스」로 이어 나갔으며, 르네 지라르는 이러한 「콜로노스의 오이디푸스」에 대하여 다음과 같이 설명하고 있다. "그 도시에 불화를 가져다주었던 그 희생양이 떠나면서 질서와 평화가 회복된다. 앞의 모든 폭력들이 폭력을 증가시키는 역할만을 수행한 것에 반해 희생양에 대한 폭력은 신비롭게도 모든 폭력을 멈추게 했다. (중략) 희생양은 자신 속에 폭력의 가장 해로운 양상과 가장 이로운 양상을 함께 갖고 있는 것처럼 보인다."[7]

반면, 선교사는 폭력 메커니즘 내에서 원한을 갚고 승리를 획득하는 데 몰두할 따름이다. 그러니 폭력의 가장 해로운 양상은 분명하게 부각되지만, 이로운 양상이 드러날 리는 만무하다. 선교사는 결코 희생양일 수 없다는 것이다. 또한 그가 위반의 상징이 될 수는 있으나, 구원의 상징에까지 다다르지 못하는 까닭은 여기서 추론할 수 있다. 자, 그는 예배당에 모인 마을 사람들에게 다음과 선동하고 나섰다.

이제껏 강 진사는 똑같은 방법으로 우리 마을을 핍박했습니다. 겉으론 마을을 위하는 척하면서 속으로는 강씨들 이익만을 위해 왔습니다. 성재 아버님만 해도 앞뜰 논을 빼앗기다시피 강씨들에게 넘기지 않았습니까. 당신 말

---

6. 소포클레스, 조우현 옮김, 「오이디푸스 왕」, 『그리스비극』1, 현암사, 1999, 243쪽.
7. 르네 지라르, 앞의 책, 131~132쪽.

을 듣지 않으면 온갖 죄목을 뒤집어씌워 마을에서 내쫓았고, 소작료만 해도 5할이나 받아먹도록 한 사람이 강 진사올시다. 장리쌀로 빚을 지게 만드는 것은 물론이고, 그 빚이 불어나면 가차 없이 논밭을 차압해 간 것도 강 진사 올시다. 수십 년을 우린 그렇게 뺏기고 억울하게 살아온 것입니다. 이제는 당당히 나서서 우리의 권리를 찾아야 할 때입니다. 아무도 여러분을 재판하진 못할 것입니다. 하나님만이 인간을 심판할 권리가 있습니다. 안 그렇습니까? 아무도 대답하는 사람이 없었다. 강 진사에 대한 전도사의 한 마디 한 마디 는 모두 폭발적이고 충격적이었다.(『틀』, 102~103쪽)

잠복해 있던 폭력의 씨앗은 선교사의 선동에 의해 발아하기 시작한다. 일단 폭력의 씨앗이 발아한다면 폭력의 메커니즘이 가시적으로 작동하는 데는 그리 오랜 시간이 걸리지 않는다. 그렇다면 선교사는 폭력의 메커니즘을 과연 어떤 방식으로 종식시키는가. 여기에서도 선교사는 오이디푸스가 걸어간 길과 정반대 방향으로 나아간다. 오이디푸스가 숨겨진 진실을 해명하는 방향으로 나아가다가 희생양이 되었다면, 선교사는 음모를 꾸미고 실행하여 승리자가 된다. 물론 강 진사 측도 마찬가지다. 가령 강 진사의 아들 '진만 씨'는 선교사가 '성순'을 간음하여 아이를 배게 하였다고 음모를 꾸몄고, 선교사는 진만 씨가 성순을 간음하여 임신하게 만들었다는 음모를 꾸몄다. 이들은 마을 사람들이 모두 모인 자리에서 격돌한다. 어느 경우든 모두 음모인 까닭에 진실과는 일말의 관계조차 없다. 승패를 결정 짓는 것은 단 하나다. 누가 상대방보다 더 치밀하게 음모를 기획하였고, 그 기획을 매몰차게 진행해나가는가의 여부다. 그저 간교한 자가 승리할 따름이다. 대결에서 선교사는 승리하였다. 진만 씨는 명석말이를 당해 피투성이가 된 채 마을 밖으로 쫓겨났고, 강 진사는 충격으로 죽었으며, 철중은 성재의 졸개가 되었다.

이러한 어른의 세계와 놀라울 정도로 대칭을 이루는 것이 아이들의 세계이다. 선교사가 마을에 출현한 이후 예배당을 근거지로 삼는 아이들이 철중이 패거리에서 떨어져 나왔다. 철중이 패거리를 두려워하는 이네들에게 선교사는 싸움을 부추기고 나선다. "하나님은 용기 있는 자를 선택하신다. 전도사는 힘주어 말하였다." 성재가 철중을 제압하자 누구보다 크게 기뻐하는 이도 바로 선교사다. "성현이가 말했다. 성재가요, 한달음에 달려가서 철중이를 받아버리던걸요. 철중이는 수로에 처박혔어요. 다른 애들은 꼼짝 못했다고요. 이제부턴 성재가 대장이에요. 전도사는 활짝 웃었다. 그래, 성재. 너는 대장이야." 성재와 철중의 대결은 선교사와 강 진사가 벌이는 대결의 아동 버전이다. 그래서 그 상동관계는 선명하게 드러날 수밖에 없다. 저편에서 '강 진사—진만—철중'으로 면면하게 이어지는 권력의 축을 그려내고자 한다면, 이쪽 편에서는 '선교사—성재'로 이어지는 구도로써 이에 맞서고자 하기 때문이다. 이렇게 하여 생겨나는 대칭성은 새삼 『틀』의 형식적인 견고함을 되돌아보도록 만든다. 아버지 세대의 폭력 대결이 한편에서는 '복수'라는 명분으로, 다른 한편에서는 '질서 유지'라는 명분으로 자식 세대에까지 물림되는 양상을 응축하고 있다. 앞에서 나는 "『틀』이란 제목은 '아주 어마어마한 모든 인간사'를 환기시킨다."라고 언급한 바 있다. 이는 피로써 피를 씻는 양상까지 염두에 두고 한 진술이었다.

자, 이렇게 하여 전도사를 정점으로 하는 마을의 새로운 권력 체계는 어떤 변화가 있을까. 노름과 술로 인생을 탕진하던 성재 아버지의 삶은 그리 달라진 것처럼 다가오지 않는다. 노름과 만취가 여전히 이어지고 있기 때문이다. 다만 달라졌다면 큰소리를 치게 되었다는 것 정도이다. "노름해서 땄더라도 술값에 다 날렸을 법한데 아버지는 여전히 논을 산다고 큰소리 치는 것이었다." 아마 선교사의 최측근에 서서 음모에 가담하였기에 가능해진 변화일 것이다. 권력의 배분이 새롭게 이루어진 셈이다. 그렇다면 힘이 없다는 이유로, 상황을 제대로 알 도리가 없다는 이유로 죄의 대가를 회피하던 이들은 어찌되었는가. 예배당을 짓는 일에 일방적으로 동원되는 양상이 정황을 일목요연하게 전달해준다. 이미 "팽나무를 잘라 새로이 짓는 예배당의 제단을 만들 것"이 "하나님의 뜻"이라는 데 아무도 이의를 달지 못할 상황에 이르렀다. 여기에는 "의심하는 것이 큰 죄라는 걸 모르는 사람은 우리 동네에 한 사람도 없을 터"라는 설명이 따라붙는다. "예배당 짓는 일에도 아버지는 다른 사람과 달리 잘 나가지 않았다."라는 성재의 진술을 보건대, 여기서 자유로운 이는 성재 부자(父子) 정도가 아닐까 싶다. 다수의 마을 사람들 앞에 '당신들의 천국'은 이렇게 도래하고 있다.

지어도 봄에 지을 일이지.
어른들은 이따금 은밀히 속삭였다.
하필이면 이 추울 때 이렇게 서둘러 지을 건 뭐람. 우리 마누라도 손이 다 얼어 터졌다니까.
하나님께서 하명하셨다잖아?
뭐라고?
예배당을 지금 지으라고 말일세.
정말일까. 난 도무지 믿어지지가 않아.
쉬. 함부로 말하다가 혓바닥 잘릴라. 어서 벽돌이나 져 나르라고. 우리 같은 놈들이야 언제는 뭐 우리 뜻이 있어 살았남? 모든 뜻은 전도사에게 있었다. 강 진사에게 있던 뜻이 전도사에게 다 옮겨갔다는 걸 사람들은 알았다. 결정하는 건 전도사였다. 팽나무가 예배당 제단이 될 줄 뉘 알았겠어? 이따금 어른들은 한숨을 쉬었다. 암, 하고 어떤 이는 고개를 끄덕였다. 암, 또 몇 십 년이나 몇 백 년 지나다 보면 예배당 제단이 뭔가 딴 걸로 둔갑하는 세상이 오겠지. 어른들은 쑤군거리다가도 나와 시선이 마주치면 약속이나 한 듯 입을 다물었다.(『틀』, 102~103쪽)

3. 내성외왕(內聖外王)의 길

『폭력과 성스러움』에서 다음 문장은 퍽 인상적이다. "체제의 안에서 보면 차이들밖에 없다. 반대로 밖에서 보면 동질성밖에 없다. 안으로부터는 동질성이 보이지 않으며, 밖으로부터는 차이가 보이지 않는다."[8] 나는 이러한 진단에 대체로 동의하고 있다. 가령 "이제는 당당히 나서서 우리의 권리를 찾아야 할 때"라고 요란스럽게 떠드는 선교사에게서 별다른 희망을 가지지 못하는 것처럼, 이와 유사한 지난 정권 집권 세력의 선동에서 별다른 대안을 찾지 못했다. 마찬가지로 마을 사람들을 개간 산업으로 내모는 강진사에게 고개를 가로젓듯이, 전국을 공사판으로 만들어놓겠다는 현재의 정치 세력에 대해서도 절망을 느낀다. 그네들은 사사건건 맞서면서 서로가 서로에게 결코 넘지 못할 차이를 설정하고 있지만, 그것은 그들이 서로 대립하는 하나의 체제 안에 있기 때문에 나타나는 현상이다. 그 바깥에서 보자면 그들의 동질성은 의외로 견고하다. 물론 그네들 또한 할 말이 있으리라. 바깥에 선 당신은 차이를 보지 못하고 있다! 그렇지만, 분노를 기반으로 하여 증오와 폭력을 이끌어낼 수 있을지언정, 그네들이 결코 희망을 길어올리지 못하리라는 사실은 변함이 없으리라.

논의를 확대하여 다르게 이야기할 수도 있다. 지금 우리가 살고 있는 근대는 주체의 안과 밖, 공동체의 안과 밖을 대립하여 사유하는 방식으로 출발한 시대이다. 데카르트가 창안한 기본 단위인 주체 '나'는 '너'를 결코 지워버릴 수 없는 하나의 '관계―쌍'으로 설정하지 않는다. 그래서 '나'와 '너'는 기껏해야 싸늘한 '사회계약' 위에서나 공존이 가능할 따름이며, 그런 까닭에 '너'는 '나'에게 인격을 잃은 '그것'으로 미끄러져서 다가오기 일쑤인데, 사회계약에 동의하지 않는/못하는 대상은 그저 투쟁의 대상으로만 존재한다. 하나의 '민족(국가)'이 다른 '민족(국가)'에 대하여 존립하는 방식도

---

8.   르네 지라르, 앞의 책, 238쪽.

마찬가지다. 제국의 논리에 순응하지 않는 국가는 응당 척결해야 할 불량 국가에 불과하다. 바깥에 있는 존재는 위험하기 때문이다. 그런데, 죄악은, 진정 그렇게, 바깥에서 안으로 이식되는 것일까.

근대가 직면한 막다른 벽 앞에 이르러 이러한 반성은 더욱 유효해진다. '폭력 메커니즘'으로 작동하는 질서를 대체할 새로운 길이 아직 열리지 않았으니 그러하다. 성찰이 필요한 시점이라는 것이다. 박범신의『틀』은 이러한 성찰의 여지를 제공해준다.『틀』은 세계가 동서로 나뉘어 대립하던 소위 '냉전체제'가 허물어진 1993년에 벌써 출간된 바 있다. 당시 사회주의에 대한 자본주의의 승리라며 '역사의 종말'을 주창하던 세력도 있었으나, 자본주의와 사회주의가 근대의 쌍생아에 불과하다는 사실을 염두에 둔다면 이는 극히 희극적인 장면일 수밖에 없다. 오히려 가시적인 대결이 사라졌으니 근대 체제 자체를 사유해야만 할 시점이 도래하였다고 파악해야 온당하지 않았을까. 그럼에도 근대 체제는 '세계화'라든가 '신자유주의'라는 이름으로 무섭게 확장해나갔으며, 그로 인해 세계는 결국 전체 차원의 위기에 봉착한 형편이다. 그렇다면 이 자리에서나마 다시 '폭력 메커니즘'을 되돌아봐야 하지 않을까. 절판되었던『틀』이 2009년 초 새롭게 출간되는 의미는 아마도 여기서 찾을 수 있을 것이다.

마지막으로 오해를 피하기 위하여 참고적으로 '내성외왕(內聖外王)'이라는 개념을 덧붙일 필요가 있어 보인다.『장자(莊子)』에 등장하는 개념이지만, 유가(儒家)에서 이를 받아들여 더욱 중요한 목표로 격상시켰다는 느낌이 드는데, 인격을 수양하면서 '동시에' 천하를 태평스럽게 만들고자 하는 자세가 돋보이는 것이 특징이다. 그러니까 내면 수양이라는 인문학적 가치와 사회 참여라는 사회과학적 가치를 하나로 묶는 데서 주목할 필요가 있어 보인다. 이 순간 '나'를 중심으로 하여 내부와 외부를 가르는 분별도 사라지고 있으며, '나'와 사회를 대립하여 접근하게 될 위험도 피하게 된다.

나는 왜 갑작스럽게 '내성외왕'을 이야기하는가. 주위를 둘러보면 자기 바깥의 사회를 바꾸려는 사람도 많고, 내면으로 침잠하여 외부 세계에 빗장을 닫아 건 사람도 많기 때문이다. 이런 상황에서 『틀』은 자칫 역사 변혁의 가능성에 대한 불신과 허무의식의 결과로 읽힐 수 있기 때문이다. 『틀』의 인식에 동의를 보내는 나까지도 곡해될 위험이 있기 때문이다. 하지만 아니다, 그게 아니다. 이제 커다랗게 우리를 가두어놓는 틀을 사유하고, 그 틀을 바꾸자는 것이다. 커다란 물고기를 잡으려면 깊은 물에 낚싯대를 드리워야 하지 않겠는가. 근대의 틀 바깥에서 인간을 새롭게 규정하기만 해도 사고가 한결 자유로워지는 사례를 제시하고자 끄집어낸 개념이 바로 '내성외왕'이다. 어디 이것뿐일까. 일단 틀의 경계를 횡단할 수만 있다면 다른 세상이 개시(開始)하는 장면을 목도하게 될지도 모른다. 『틀』이 역사에 관한 불신과 허무주의 너머에서 만들어진 작품이라는 사실은 그렇게 이야기할 수 있다.

『틀』 해설, 세계사, 2009.

그, 21세기의 갈릴레오

― 김중혁론

1. 그, 21세기의 갈릴레오

아니, 지구가 움직인다니! 우리가 사는 지구가 태양의 주위를 뱅뱅 회전한다니 그게 대체 무슨 소린가. 1633년 갈릴레오는 지동설(地動說)을 주장했다는 이유로 종교재판에 회부되었다. 지금 생각해보면 역사의 희극적인 장면에 불과할 따름이지만, 인간의 기본적인 습성을 떠올린다면 이해 못할 바도 아니다. 대부분의 인간들은 자신을 중심으로 세상을 파악하지 않던가. 세상이 '나'를 중심으로 돌아가는 마당에 태양이 내가 사는 지구의 주위를 회전한다고 믿은들 그리 이상할 게 없다. 물론 이것은 아직 정신세계가 제대로 성숙하지 못한 인간에게 해당하는 사항이다. 그럼에도 불구하고 우리 주위에는 이러한 사람들이 적지 않게 존재한다.

김중혁의 소설은 그러한 사실을 반성하는 데서 출발한다. 가령 「에스키모, 여기가 끝이야」를 보자. 어릴 적 자신이 그렸던 동네 지도들을 들춰보다가 화자(話者)는 공통점을 발견한다. "모든 지도의 중심에는 내가 살고 있던 집이 그려져 있었다. 어찌 보면 당연한 일이었다. 나를 먼저 그리고 내 주위의 것들을 그리는 게 당연하지, 라고 생각해 봐도 이상한 공통점이었다. (중략) 그러자 이상한 착각이 들었다. 내가 살던 집은 한 번도 이사를 한 적이 없고, 주위의 건물과 길들만 계속 바뀌고 있었던 것은 아니었을까 싶은 생각이 들었다."(『펭귄뉴스』, 90쪽)[1] 이처럼 자신을 중심으로 설정한 세계 안에만 머물러서는 인간이 성숙해질 수 없다. 그래서 이전과는 다른 방식으로 지도를 제작할 필요가 생겨난다. 김중혁이 새로운 지도 제작에 나선 까닭은 여기에 있다. 그에게 새로운 지도 제작은 소설 창작의 다른 표현이다.

자, 그렇다면 김중혁의 소설에 등장하는 지도들은 대체 무엇이 새로운가. 「에스키모, 여기가 끝이야」에는 에스키모가 만드는 '나무 지도'가 등장한다. "에스키모들은 해변의 지도를 그리기 위해 눈을 감습니다. 그리고 해변에 부딪치는 파도 소리에 귀를 기울입니다. 그리고 그들은 지도를 그리기 위해 자신의 모든 기억을 동원합니다. 소리와 기억으로 지도를 만들지만 그들이 제작한 지도는 항공사진으로 제작한 지도와 거의 차이가 없습니다. 에스키모들은 언제나 자신들이 어디에 있는지를 잘 알고 있습니다."(『펭귄』, 95쪽) 눈을 감은 인간은 청각과 촉각에 집중하여 수동적으로 사태를 파악할 수밖에 없다. 그러니까 눈을 감는 행위는 자연에 스스로를 내맡긴다는 의미이다. 하지만 이러한 선택에 대해 자신을 무책임하게 방치하고 있다고 비난해서는 곤란하다. 자신의 모든 기억을 동원하고 있기 때문이다. 에스키모의 지도가 사람 옆모습과 비슷한 까닭은 그래서 중요하다. "지도 속의 사람은 울고 있는 것 같기도 했고 웃고 있는 것 같기도 했다."(『펭귄』, 97쪽) 에스키모의 지도에서는 군림하는 인간이 지워진다. 인간의 흔적이 깃든다면 다만 주어진 환경과 더불어 존재하며 얻은 감정과 기억의 형태로 가능할 뿐이다.

제작 방식이 다른 지도인 만큼 읽는 방식이 달라지는 것도 당연하다. 에스키모의 지도는 다음과 같이 읽어야 한다. "손가락을 나무 지도의 틈새에 넣은 다음 그 굴곡을 느껴야 합니다. 그 굴곡을 느낀 다음에는 깜깜한

---

1. 이하 인용되는 『펭귄뉴스』(문학과지성사, 2006)는 『펭귄』으로, 『악기들의 도서관』(문학동네, 2008)은 『도서관』으로 줄여서 표기한다.

어둠 속에서 해안선의 굴곡을 상상해야 합니다. 촉각과 상상력이 완벽하게 일치해야만 당신은 당신의 길을 찾을 수 있을 것입니다."(『펭귄』, 95쪽) 환경과의 능동적인 교감이야말로 최선의 독도법(讀圖法)인 셈이다. 이때에도 '나'의 중심성은 배제되고 있다. 「바나나 주식회사」에서 B가 그려준 약도는 어떠한가. "쓰레기호수에서 북서쪽으로 26(186), 그리고 다시 거기에서 동쪽으로 26(120), 그리고 다시 거기에서 북쪽으로 26(210)."(『펭귄』, 202쪽) 이 암호문 같은 약도의 숫자는 자전거 MTB의 바퀴 지름과 관련이 있다. 즉 26인치 지름의 바퀴가 달린 MTB를 타고 움직이라는 요구이다. 쓰레기호수에서 북서쪽으로 자전거 바퀴가 186번 회전한 다음, 다시 거기에서 동쪽으로 120번 바퀴가 회전하고, 마지막으로 다시 북쪽으로 210번 회전하면 목적지에 다다를 수 있다. 그러니까 B의 약도를 제대로 읽기 위해서는 자신이 직접 땀을 흘리며 능동적으로 움직여야만 하는 것이다.

　이러한 두 개의 지도는 우리가 익히 알고 있는 지도와는 너무도 다르다. 우리가 이제껏 보아온 지도는 길을 찾기 위한 수단에 불과했다. 즉 어떻게 하면 목적지에 가장 빠르게 혹은 가장 편안하게 도달할까 정보를 제공하는 도구가 지도였다. 이는 근대의 속성과 맞닿아 있기도 하다. 효율성을 전면에 배치하는 근대의 원리(과학의 원리)가 지도의 존재 근거에 꼭 들어맞으며, 그 원리는 다시 '지리상의 발견'[2] 따위를 통하여 근대성의 무한팽창에 합당한 지도 만들기에 기여해왔다. 그리고 결국 지구 위에 하나의 견고한 체제를 구축해내기에까지 이르렀다. 그러니까 근대적 주체인 '나'는 이러한 지도를 들여다보며 세계를 어떻게 자신의 욕망에 맞추어 바꿀 것인가 골몰해왔던 것이다.

2.　'지리상의 발견'이란 유럽 중심적인 표현이다. 유럽인들이 아메리카 대륙에 도착하기 이전에 그 땅에는 사람이 살고 있었다. 따라서 알려지지 않은 것을 처음 찾아냈다는 '발견'이란 용어는 원주민의 존재를 무시하는 데서 가능해질 따름이다. 그럼에도 불구하고 '지리상의 발견'이라는 표현은 보편적으로 사용되고 있다.

하지만 김중혁이 그리고 있는 지도는 이것들과는 아주 딴판이다. 그는 '나'의 바깥 세계를 '나'와는 별개인 대상으로 설정하여 평면 위에 추상적인 기호를 기입해 나가는 대신, '나'와 바깥 세계를 하나의 관계로 파악하여 그 안에서 성찰의 가능성을 모색하기 위하여 지도를 제작하고 있다. 그런 의미에서 그가 만들어내는 지도를 보면서 "이 지도 속에는 인간이란 존재가 스며있지 않구나."(『펭귄』, 99쪽)라고 말하는 것도 가능하다. 물론 이때의 인간이란 세계를 개발의 대상으로 설정하는 근대적인 인간을 가리킨다. 뿐만 아니라 이 지도를 통하여 인식론이 존재론으로 비약하는 계기를 얻고 있다는 사실도 주목할 만하다. 내가 직접 몸을 움직이지 않으면 지도를 통하여 아무 것도 얻을 수 없는데, 이는 알고 모르고의 인식 층위를 뛰어넘어 체득의 수준으로 이어지기 때문이다. 즉 김중혁의 지도는 결과로서의 '앎'[知]에서 과정으로의 '됨'[知行一致]으로 무게중심을 전환시키는 매개로 기능한다는 것이다.

체득(體得)은 동아시아 전통사상의 핵심 개념에 해당한다. 편협한 주체의 경계를 넘어서기 위한 수양의 방편이며, 이로써 각각의 일리(一理)들이 공존할 수 있는 화이부동(和而不同)의 질서를 마련할 수 있다. 이 순간 진리(眞理)라는 배타적이며 위계적인 가치 체계는 저 멀리 밀려난다. 존재의 깊이를 말할 수 있는 근거는 바로 이러한 태도에서 마련할 수 있다.[3] 우승열패(優勝劣敗), 적자생존(適者生存)의 가치관으로는 도저히 따라잡을 수 없는 관점이다. 김중혁의 소설이 가진 의미는 이러한 대목에서 확인하게 된다. 얼핏 읽었을 때 그저 가볍게, 그저 재미있게 다가오지만, 그 가벼움과 재미가 무거운 진리 체계의 바깥으로 달아나는 나름의 방식이라는 점. 그리고 이러한 미끄러짐은 철저하게 의도적이어서 새로운 인간형의 모색과 맞닿아 있다는 점. 그러니까 그가 제작해나가는 지도의 새로움은 새로운 인간형의 모색과

---

3.   자세한 내용은 홍기돈의 「깊이에 대한 단상―시, 윤리, 정치」(『실천문학』, 2007.봄) 참조.

닿아있으며, 이러한 새로움이 김중혁 소설의 의미라는 것이다.

그러고 보면, 경박해 보이기는 하지만, 김중혁을 포장하는 "한국문학 차세대 4번 타자"라는 상업문구가 그리 얼토당토않게만 다가오지는 않는다. 어느 정도 일리가 있다는 것이다. 그러니 그러한 근거를 확인하는 방향에서 그의 작품에 접근할 필요가 있겠다.

2. 그가 서 있는 자리: 근대예술의 안과 밖

예술이란 무엇일까. 여러 가지 기준과 정의가 있겠지만, 시간의식을 중심에 두고 본다면 두 가지 방식으로 나눌 수 있을 것이다. 먼저 시간과 끊임없이 싸워나가는 예술가 유형. 대표적인 예로 김수영 시인을 꼽을 수 있다. 그는 시인을 다음과 같이 규정한다. "시인은 영원한 배반자다. 촌초(寸秒)의 배반자다. 그 자신을 배반하고, 그 자신을 배반한 그 자신을 배반하고, 그 자신을 배반한 그 자신을 배반한 그 자신을 배반하고…… 이렇게 무한히 배반하는 배반자."[4] 근대 사회에서 개인의 창작물은 만들어진 순간 이미 대량으로 복제, 유통되는 상품의 운명에 처해 있다. 그러니 시인이 시를 통하여 구현하는 창의적인 면모는 글자로 옮겨놓는 순간 증발해버릴 수밖에 없다. 그것은 벌써 시인의 손을 떠난 대중의 소유이기 때문이다. 예술작품에 내장된 탄생과 죽음의 동시성 속에서 김수영은 '현대의 순교'를 언급한다. "죽어가는 자기를 바라볼 수 있는 자기가 아니라, 죽어가는 자기—그 죽음의 실천—이것이 현대의 순교다. 여기에서는 image는 바라보는 것이 아니라, 자기가 바로 image이다."[5] 그러니 근대 세계의 거대한 폭식성에 맞섰던 김수영 나름의 방식이 바로 시간과의 싸움이었다고 할 수 있겠다. 최근에는 강정 시인이 이러한 모습을 전면에 내걸고 있다.

---

4. 김수영, 「詩人의 精神은 未知」, 『金洙暎全集2: 散文』, 민음사, 1993, 189쪽.
5. 김수영, 「새로움의 摸索」, 위의 책, 171쪽.

하지만 시간과의 싸움을 접고 시간을 동행의 대상으로 삼아버리는 경우도 있다. 시간 속에서, 시간과 더불어 깊어지기를 시도하는 것이다. 김중혁은 바로 이러한 유형에 해당한다. 「무용지물 박물관」의 다음 구절은 이러한 사실을 증명하고 있다. '디자인'을 '창작품'으로 바꾸어 읽어보라. 모더니즘에 입각한 김수영의 예술론(시론)으로부터 멀어져가는 그의 세계를 확인할 수 있을 것이다. "오래 전부터 나는 디자인이란 통조림이라고 생각해 왔다. 통조림을 따는 순간부터 내용물이 썩기 시작한다. 디자인이 완성되어 제품이 출시되는 순간, 디자인은 이미 낡은 것이 된다. 하지만 메이비가 만들어낸 디자인은 절대 썩지 않았다. 디자인이란 정말 무엇인가, 하고 생각해 본다."(『펭귄』, 38쪽) 더 이상 그는 '디자인(창작품)=통조림'이라는 등식에 매몰되지 않는다. 탄생과 죽음의 동시성이라는 모순으로부터 벗어난 것이다. 이는 시간을 제 나름의 방식으로 다시 규정하고 있기에 가능해졌다.

　시간에 대한 작가의 이해는 체득과 관련이 있다. 썩지 않는, 그러니까 탄생하는 순간 죽음과 맞닥뜨리지 않는 예술작품은 나름의 존재 깊이를 확보하였게 마련이다. 「나와 B」의 한 구절이다. "기타를 계속 치고 있으면 내 몸에다 기타 소리를 녹음하는 기분이 들 때가 있어요. 소리를 날려 보내는 게 아니라 내 손가락에다 저장을 하는 거예요. 손가락 끝의 딱딱한 굳은살에다 음악을 저장하는 거예요."(『도서관』, 204쪽) 예술작품이란 우뚝하게 솟은 높이로 자신의 가치를 증명하는 것이 아니라, 시간의 결을 자신의 내면에 깊게 음각(陰刻)하면서 그 향기를 바깥으로 발산하며 존재하는 것이다. 시간에 쫓기며 경쟁하듯 제작해내는 것이 아니라, 유유자적한 여유 속에서 섬세하게 가다듬은 성찰과 사색의 흔적으로 자연스럽게 발현하는 것이다. 그러니 그러한 노력이 쉽게 날아갈 리 없다. 부단히 노력을 쌓아나가는 과정이 수양(修養)이고, 수양을 통하여 인간은 비로소 존재의 성숙을 꾀할 수 있다.

　바로 이 대목에서 작가(시인)에 대한 김수영의 의식이 근대의 틀 안에 놓여 있다는 사실을 떠올릴 필요가 있다. 영어에서 작가(writer)는 저자(author)와 같은 의미로 사용된다. 'author'의 유래가 되는 중세 용어 'autor'는 신성한 계시를 통해 자신의 권위를 확보하는 존재였다. 그리고 이를 대신하여 르네상스에 등장한 'author'는 자신의 개성을 바탕으로 하여 독창적인 세계를 만드는 존재로 떠오르게 되었다. 그러니까 김수영이 고수해 나간 예술 세계는 근대에 확보한 예술가의 독창성을 잃지 않기 위한 고투의 결과이다. 반면 김중혁은 환경 속에 자신을 풀어놓으며 작품을 창작해나아간다. 에스키모의 나무 지도 제작이 이를 확인시켜 주지 않는가. 환경 속에 자신을 풀어놓겠다는 태도는 독창성으로 무장하여 환경과 대립하여 쌓아나간 근대작가의 권위를 스스로 내려놓는다는 의미이다. 「비닐광 시대(Vinyl狂時代)」의 다음과 같은 대목은 그러한 사실을 보다 명료하게 드러내어 보여준다.

나는 바닥에 앉아 음반들을 한 장씩 넘겼다. 이건 정말 세상에서 하나뿐인 음악들일까. 이 사람들의 음악은 그저 하늘에서 뚝 떨어진 것일까. 나는 그렇게 생각하지 않는다. 새로운 것은 어디에도 없다. 누군가의 영향을 받은 누군가, 의 영향을 받은 또 누군가, 가 그 수많은 밑그림 위에다 자신의 그림을 그려 나가는 것이다. 그 누군가의 그림은 또 다른 사람의 밑그림이 된다. 우리는 모두 보이지 않는 여러 개의 끈으로 연결돼 있다.(『도서관』, 104쪽)

작가와 작가의 생산물(text)에 대한 김중혁의 이러한 태도는 근대의 틀을 벗어나고 있다. 그의 작품 세계에서 이러한 입장은 일관되게 이어지는데, 유독 「자동피아노」에 이르러서는 다소 이질적인 경향이 나타난다. 가령 다음과 같은 문장은 모더니스트의 시간의식으로 기울어진 사례이다. "비토 씨의 말을 떠올린다. 음악은 생성되는 것이 아니라 소멸되는 것입니다. 그 말은 나를 괴롭히지만 때론 편안함을 주기도 한다. 피아노의 건반을 누를 때마다 세상의 어떤 음악이 나를 관통한 다음 연기처럼 사라져버린다는 생각을 하면 마음이 편안해진다."(『도서관』, 35쪽) 물론 바로 뒤에 "사라진 음악은 모두 어디로 가는 것일까? 그냥 사라져버리는 것일까?"라는 의문이 따라붙지만, 이는 앞에서 분석했던 작품들—「나와 B」, 「비닐광 시대(viny狂 時代)」, 「무용지물 박물관」 등—의 내용과 분명 동떨어진 관점이다. "손가락 끝의 딱딱한 굳은살에다 음악을 저장"한다는 태도와 정반대이기 때문이다.

기실 '비토 씨'와 같은 인물 유형은 근대 예술가의 개념에 포박된 전형적인 양상이라고 할 수 있다. 주위 환경과의 교통 가능성을 차단하고 자기만의 세계를 굳건히 쌓아올리는 모습에서 이는 분명하게 드러난다. "음악은 단순히 소리로 이뤄지는 것이 아니었다. 콘서트홀에서의 음악은 피아니스트의 동작, 손끝의 움직임, 발놀림, 표정, 관객들의 헛기침 소리, 박수 소리가 피아노 소리와 어우러지면서 생겨나는 것이었다. 비토 씨는 음악에 다른 요소들이 끼어드는 게 못마땅했던 것이다."(『도서관』, 34쪽) 그래서 그런지 그는 쉽게 범접할 수 없는 인물이기도 하다. 인간이 신의 형상을 제대로 볼수 없는 것과 마찬가지로 그는 대중 앞에 모습을 드러내지 않는다. 실제로 그는 "인간의 목소리가 아니라 신의 목소리처럼"(『도서관』, 13쪽) 소리를 전달하기도 한다. 그런 까닭에 그의 형상은 "머리는 달려 있지 않고 몸통과 손가락으로만 피아노를 연주하는 괴물의 모습"(『도서관』, 16쪽)으로 상상되기도 하며, 그의 피아노 연주는 아주 멀게 느껴진다. "멀리서, 정말 먼 곳에서 피아노 소리가 들려오기 시작했다. (중략) 그의 악보 곳곳에 '아주 멀리서 들려오는 소리인 것처럼'이라는 지시어가 붙어있는 것 같았다."(『도서관』, 29) 비토 씨는 저 멀리 자리한다.

'비토 씨'의 세계는 김중혁이 일찍이 「무용지물 박물관」에서부터 비토(Veto, 거부)하고 나선 가치체계이다. 그런데 「자동피아노」에서 그는 왜 갑자기 그러한 세계를 향해 고개를 돌린 것일까. 해답을 얻기 위해서는 『문학동네』 2006년 봄에 발표된 「악기들의 도서관」에 주목할 필요가 있다. 「자동피아노」는 「악기들의 도서관」이 발표되기 바로 전, 그러니까 2005년 겨울 『문학과사회』에 발표되었다. 그런데 「자동피아노」와 예술관의 차이가 드러나는 「비닐광 시대(viny狂 時代)」 또한 2005년 겨울(『세계의문학』)에 발표되었다는 사실이 흥미롭다. 이렇게 같은 시기 발표된 두 작품 사이의 관점 차이는 작가의식의 갈등으로 이해해도 무방할 듯하다. 작가의식이 두 축 사이에서 흔들리는 양상으로 다가오기 때문이다. 「악기들의 도서관」에는 그러한 갈등의 원인을 추적하는 데 도움이 될 만한 단서가 드러난다.

3. "삶의 의미에서 삶의 음미로!"

인간이 살고 죽는다는 것에는 대체 어떤 의미가 있는 것일까. 대부분의 사람들은 일단, 조용필 노래의 가사처럼, "내가 산 흔적일랑 남겨둬야지"라는 자세를 취하게 마련이다. 남겨둔 흔적이 삶의 의미인 셈이다. 「악기들의 도서관」의 화자 또한 다를 바 없다. 「악기들의 도서관」은 다음 문장으로 시작한다. "아무 것도 아닌 채로 죽는다는 건 억울하다."(『도서관』, 109쪽) 그 억울함은 상당한 수준인 까닭에 죽음마저 비껴가고 있다. "죽지 않았던 것은 그 문장 덕이었다. 누구도 믿어주지 않았지만 정말 그 문장이 헬멧처럼 내 머리를 감싼 덕분에 나는 살아날 수 있었다. 때로는 생각의 힘이 몸에다 두꺼운 갑옷을 씌울 수도 있다는 것을, 죽지 않으려고 애쓰면 죽지 않을 수 있다는 사실을 그때 처음 알게 됐다."(『도서관』, 109쪽) 따라서 이 작품에서 기대하게 되는 것은 작가가 삶의 의미를 어떻게 파악하고 있는가가 되겠다.

하지만 작가는 '의미'를 얘기하는 대신 '음미'를 이야기한다. 삶이란 의미하기 이전에 음미하는 것이라는 주장이다. 주어진 문제를 교묘하게 비틀었다고 할까. 아니면 사유의 근거를 송두리째 뒤집어 배치한다고 할까. 물론 소설의 형상을 취하고 있기에 이러한 의식을 직접 노출시키지는 않았다. 대신 '악기도서관 프로젝트'의 계기가 되는 하나의 사건을 제시하여 보여주고 있다. 어느 날 여중생이 찾아와서 말을 걸어온다. "책에서 읽은 건데요,

세상에서 가장 쓸쓸한 소리는 아무도 없는 빈방에서 시타르의 현 하나를 조용히 뜯었을 때 나는 소리래요."(『도서관』, 135쪽) 그러자 화자는 자신이 녹음해둔 시타르 소리를 복사하여 여학생에게 건네주었다. 다음 날 그 여학생이 찾아왔다.

> 나는 아이가 그 소리를 어떻게 들었을지 궁금했지만 큰 기대는 하지 않았다. 실망할 게 뻔하다고 생각했다. 아무런 음악도 들리지 않고 이상한 악기 소리만 5분여가량 흘러나올 테니 말이다. 하지만 결과는 내 예상과 달랐다. 아이는 다음 날 다시 왔다.
> "진짜 좋았어요. 쓸쓸하다는 게 어떤 건지 알 거 같아요."
> "진짜?"
> "진짜요."(『도서관』, 136쪽)

아이는 그저 시타르 소리를 음미했고, 소리에서 쓸쓸함을 느끼고 알게 되었을 따름이다. 그뿐 여기에는 어떠한 의미도 없다. 그런데도 그 아이는 만족한다. 그리고 이렇게 소리를 음미하면서 스스로를 확인하거나 누군가와 교감하고자 하는 사람들이 끊이지 않고 찾아든다. 그 사람들이 '악기도서관 프로젝트'를 성공적으로 이끌어 나간다. 삶의 의미를 찾아 존재의 흔적을 남겨두려던 "아무 것도 아닌 채로 죽는다는 건 억울하다."라는 애초 화자의 생각은 이러한 진행 속에서 자연스럽게 소멸해버리고 있다. 이는 삶이 의미 이전에 음미의 대상이라는 작가의 전언에 해당한다. 음미가 의미를 깡그리 흡수해버린다는 사실을 암시하기 때문이다. 「나와 B」에서는 의미와 음미(음악)의 관계가 보다 직접적으로 터져 나오고 있다. "의미보다는 음악이 중요해요. 밥 딜런 선생님께서는 무의미의 음악을 창조하셨어요. 음악에서 말이 필요하다고 생각해요? 가사 같은 건 들리든 말든 상관없어요."(『도서관』, 193쪽) 숫제 의미를 거세해버리는 형국이다. "사람과 사람의 사이는 이해할 수 있는 게 아니다."(『도서관』, 161쪽)라는 「유리방패」의 단정적인 구절도 같은 맥락에서 이해가 가능하다. 삶이 의미가 아니라면 사람과 사람 사이의 관계에서 굳이 이해해야 할 내용은 사라지고 만다. 남는 것은 오로지 음미와 교감이다.

이즈음에서 다시 「자동피아노」로 되돌아가 보자. 비토 씨는 화자에게 "음악은 생성되는 것이 아니라 소멸되는 것입니다."라고 얘기했고, 화자는 여기에 대해 "그 말은 나를 괴롭히지만 때론 편안함을 주기도 한다."라는 판단으로 나아갔다. 그 말에서 괴로움을 느꼈던 까닭은 아마도 다시 '디자인(창작품)=통조림'의 모순으로 굴러 떨어질 불안 때문일 것이다. 즉 이때의 괴로움은 자신이 마련하고 있는 체득의 방식이 이러한 주장과 병립할 수 없는 데서 파생하는 불편이라고 할 수 있다. 반면 편안함을 느낀 까닭은 의미에 얽매이지 않고 음미하는 예술을 향해 나아갈 가능성이 마련되기 때문이라고 생각된다. 작품이 채 의미 맥락을 형성하지 못하고 생성 즉시 소멸해버린다면 이는 음미의 층위에서 향유될 수밖에 없는 상황에 가까워지는 것이다. 바로 이러한 복잡한 상황이 「자동피아노」와 「비닐광 시대(viny狂時代)」를 같은 시기에 창작하게 된 배경이라고 할 수 있다.

그렇다면 「악기들의 도서관」에서는 이러한 심리적 갈등이 어떻게 해소되고 있는가. 아직 구체적으로 답변하기는 어려울 성싶다. 왜냐하면 '삶은 의미 이전에 음미의 대상'이라는 사실을 일깨우기 위하여 작가가 우회로를 택하였기 때문이다. 작품의 화자가 직장을 그만두고 일시적으로 진행시키는 일이 '악기도서관 프로젝트'라는 사실이 이를 증명한다. 즉 그는 장인정신을 요구하는 예술가의 범주로 나아가지 않은 상태이며, 직업인으로서 정착한 상태도 아니다. 따라서 이 문제에 관한 한 "나는 그저 모든 일을 흘러가는 대로 내버려두었고, 지금에 이르렀을 뿐이다."(『도서관』, 138쪽)라는 진술이 「악기들의 도서관」에서 들려줄 수 있는 최대치라고 할 수 있다. 음미를 통해 의미(세계)를 해체하고 있으나, 다만 해체의 과정에 머물러 있는 상태라는 것이다.

「악기들의 도서관」에 이어 발표된 「유리방패」에서도 상황은 비슷하다. 여기에도 아직 취직하지 못한 청년 두 명이 있다. M과 화자. 그들은 면접에만 가면 번번이 떨어진다. 주지하다시피 면접은 입사의 절차이다. 그들이 떨어지는 까닭은 면접을 창의적으로 하기 때문이다. 입사를 둘러싼 이러한 설정은 딱딱하게 굳어있는 우리 사회를 겨누고 있다. 그러니 발랄한 상상력으로 그 견고함을 해체해 나가는 방향으로 「유리방패」의 내용이 전개되는 것은 당연하다. 이러한 그들의 행위는 예술로 포장되어 널리 알려지게된다. 그런데 이러한 상황—구축을 거부하는 해체—은 언제까지 이어질 수 있을까. 작가는 그리 오래 가지 못할 것이라는 사실을 알고 있다.

"M의 옆모습을 보는 순간, 어쩌면 M과 이렇게 버스를 타고 가는 것도 마지막일지 모르겠다는 생각이 들었다. (중략) 정확히 이름붙일 수 없는, 언제부터 언제까지라고 말할 수 없는, 내 삶의 어떤 한 시절이 지나가는 중이라고, 나는 생각했다."(『도서관』, 180쪽) 그러니 작가의 선택은 '어떤 한 시절'이 지나가고 난 시점에 이르러 파악해야 온당하겠다. 그동안에는 삶은 의미 이전에 음미하는 것이라는 작가의 입장이 어떻게 정교하게 다듬어지는가는 찬찬히 관심을 가지고 지켜보면 되겠다.

다만, 그가 '비토 씨'의 세계로 돌아가지 않을 것이라고는 덧붙여도 괜찮겠다. '손가락 끝의 딱딱한 굳은살에다 음악을 저장'한다고 판단하는 「나와 B」가 「유리방패」 이후에 발표된 작품일 뿐만 아니라, 「유리방패」 내에 이미 '평범한 진실'을 추구하는 작가상이 하나의 모델로 제시되어 있기 때문이다. '신비한 진실'과 '평범한 진실' 가운데 후자로 기울어지는 작가의 선택은 역시 근대작가의 위상과는 사뭇 다르다. 여기에는 다시 '평범한 진실=재미있게 노는 것'이라는 음미하는 삶이 함께 하고 있다.

"브루스 나우만은 자신의 신체언어를 사진으로 기록하면서 예술에 대한 개념을 표출했는데요, 그런 장르에서 영향을 받지는 않으셨습니까?"

"누구요?"

"브루스 나우만은, 진정한 작가는 신비한 진실을 밝힘으로써 세상을 돕는다, 라고 했습니다. 작가로서 자신들의 행동에 어떤 의미가 있다고 생각하십니까?"

"저희는 평범한 진실을 밝혀 세상을 돕는다고 생각하는데요."

"평범한 진실이라는 게 어떤 겁니까?"

"재미있게 노는 거요."(『도서관』, 173쪽)

4. 그것만이 내 세상

아이는 어른이 되려면 많은 것들을 버려야 한다. 아마도 그 가운데 가장 큰 것이 자신을 중심에 둔 사고일 것이다. 비유컨대 그는 자신이 더 이상 사악한 용을 처치하는 기사가 아니라, 세상의 흐름에 순종해야 하는 일부에 불과할 따름이라는 사실을 받아들여야 한다. 물론 사회의 수준이 미성숙하다면 그러한 과정이 순탄치 않을 수밖에 없을 테지만 말이다. 성숙한 인간으로 나아가기 위하여 새롭게 지도를 제작하는 김중혁이 그러한 사실을 모를 리 없다. 하지만 그는 전부(全部) 아니면 전무(全無)라는 식으로 그러한 과정에 동참하지 않는다. 마지막 하나만은 기어코 부여잡고자 하는데, 그게 바로 리듬이다. "어른이 된다는 것은 많은 것을 포기해야 한다는 뜻이라는 것을 저 역시 알고 있습니다. 비트 역시 포기해야 하는 것들 중의 하나일지도 모른다는 생각을 하게 된 것입니다. 정말 치욕적인 일이죠. 저는 앞으로 점점 더 슬퍼질 것이며 심장의 움직임 역시 밋밋한 중얼거림으로 바뀔 것이라는 사실을 알고 있습니다."(『펭귄』, 358쪽)

등단작 「펭귄뉴스」에서 강조하는 비트의 세계는 결국 리듬의 정신을 말하는 것이다. 저마다의 리듬을 상실해서는 곤란하다는 주장. 그래서 「펭귄뉴스」에서는 여자의 우는 소리에조차도 리듬이 있다. "흑, 흑, 흑, 슈—

읍, 흑, 흑, 흑, 슈—읍 (끊임없이)/ 대충 이런 리듬이었다. 콧물이 말려들어가
는 소리인 슈—읍은 일종의 비트에 가까웠다. 그녀는 과연, 리듬 감각이 뛰
어났다."(『펭귄』, 322쪽) 이후에도 리듬의 확보는 김중혁에게 중요한 사항으
로 유지되는 양상이다. 예컨대 「회색 괴물」에서는 '탁탁탁탁탁' 타자기를 치
며 느낄 수 있는 묘한 리듬감을 이야기한 바 있고, 「바나나 주식회사」에서
는 '찰그랑, 찰그랑, 찰그랑, 찰그랑, 찰그랑' 자전거 바퀴에 매단 열쇠꾸러
미의 리듬감을 음악처럼 들려주기도 하였다. 그러니까 각각의 인물에게는
그 나름의 리듬이 따라붙고 있으며, 그가 움직일 때마다 리듬이 소리를 내
는 셈이다. 이는 사람에게만 한정되지 않는다. 가령 「매뉴얼 제너레이션」에
서 그가 "다양한 직업이 필요하듯이 세상에는 다양한 매뉴얼이 필요하니까
요. 모든 매뉴얼에는 저마다의 운명 같은 게 있다고 생각합니다"(『도서관』, 54
쪽)라고 말할 때, '운명'이란 곧 그것만의 리듬과 동의어다. 비록 사물이지
만 "두 손으로 공을 감싼 다음에 손 전체에 똑같은 압력을 가하고 쓰다듬
듯 하면 쉽게 열리는데, 그 감각을 전달하기가 힘드네요."(『도서관』, 65쪽)라고
말하는 이유도 바로 거기에 있는 것이다.

　김중혁은 그러한 각각의 리듬들이 서로 조화롭게 어우러지는 세계를 지
향한다. 이 세계에서 리듬은 오로지 개성으로 표출될 뿐 우열의 위계를 차
지하지 않는다. 이는 「엇박자 D」의 마지막 장면에 선명하게 제시되어 있다.
어릴 적 노래를 부를 때마다 박자를 놓쳐 '엇박자 D'로 불리던 친구가 프
로듀서로 돌아왔다. 그는 22명의 음치들이 각각 부른 노래를 한 곡으로 편
곡하여 공연의 절정 대목에서 들려준다. "22명의 노래가 절묘하게 어우러지
는 이유는, 아마도 엇박자 D의 리믹스 덕분일 것이다. 22명의 노랫소리를
절묘하게 배치했다. 목소리가 겹치지만 절대 서로의 소리를 해치지 않았다.
노래를 망치지 않았다."(『도서관』, 281쪽) 엇박자 D가 만들어낸 노래는 화이부
동의 상징이라 할 만하다.

　화이부동의 세계 안에서 인간은 여유를 가지게 된다. 하나의 가치를 표

준으로 삼아 강요하는 일도 없고, 사소한 실수나 잘못에 대해서도 너그럽
게 대응한다. "오차와 오류는 어디에나 있다. 지도에도 있고, 자동차에도
있고, 사전에도 있고, 전화기에도 있고, 우리에게도 있다. 없다면 그건, 뭐랄
까, 인간적이지 않은 것이다"(『펭귄』, 80쪽)라고 말할 수 있다는 것이다. 이 세
계를 향해 그는 나아간다. "자전거란 인생을 닮아 있었다. 뒤로 갈 수 없는,
뭐랄까, 전진할 수밖에 없는 삶의 비애랄까, 뭐 그런 게 닮지 않았나 싶다"
(『펭귄』, 201쪽)고 말하고 있지만, 그 길은 스스로 깊어지고 깊어지는 길이기에
그리 큰 아쉬움이 없을 것이다. 소설가 이태준이 이런 문장을 남겨두었다.
"같은 달음박질이라도 백 미터와 천 미터와 또 마라톤이 다를 것이다. 마라
톤이 인기 있다 하여 백 미터에 적당한 자기의 체질을 무시하고 마라톤에
나서면 거기에 남는 것은 무엇일 것인가?" 김중혁은 이러한 말을 하나의 세
계로 만들어낼 줄 아는 작가이다. 한국소설의 미래는 이 자리에서 열리고
있다.

『문학과의식』, 2008. 가을.

열린 교육과 그 적들
—이시백, 장편소설 『종을 훔치다』에 대하여

1. 누구를 위하여 종은 울리나

『종을 훔치다』(검둥소, 2010)는 종소리 이야기로 시작하여 그 종이 묘연하게 사라지는 데서 끝을 맺는 소설이다. 따라서 종의 의미를 파악해나가는 일은 이 작품을 이해하는 한 가지 방편이 되겠다. 그러니 먼저 소설이 시작하는 장면부터 살펴보도록 하자. 첫 문장은 이러하다. "그려, 완전히 종 치고 만 거여."(11쪽) 수업 시작을 알리는 종이 울리자 전임 교장의 처지를 빗대 변주영 선생이 이죽거리는 소리이다. 전임 최 교장은 이사장의 차남에게 줄을 대서 학교를 쥐락펴락했던 인물. 그러했던 그가 학교 운영권이 이사장의 장남에게로 옮겨가자 하루아침에 평교사로 내려앉아 운동장에서 흙먼지를 마시며 수업하는 처지로 전락하고 만 것이다. 아무리 견고한 일상도 체제가 전도될 때에는 내장하고 있던 한계와 모순을 적나라하게 드러내는 법이다. 예컨대 교사가 1분이라도 늦게 수업에 들어가는 꼴을 참지 못해 쏟아내던 최 교장의 잔소리는 이제 자기 자신이 고스란히 되받아야 할 형편이 되고 말았다. 이 순간 최 교장의 간섭이 얼마나 시시콜콜한 것이었는가가 새삼 선명하게 불거진다.

일상에서의 자질구레한 규율 혹은 간섭이야 나름의 정당성에 근거하고 있다지만, 각종 편법과 권모술수를 동원하며 은폐해왔던 "저 장터 뒷골목에서 은밀히 벌어지는 야바위판보다 더한 짓들"(106쪽)은 어떻게 해도 옹호해낼 도리가 없다. "아이들 머릿수 장사부터 선생들을 채용하며 사례비조로 뜯어먹는 것은 기본이고, 학원에 아이들을 보내주고 두당 얼마씩 받아먹는 일까지 벌였다. 수학여행 여관 잡는 일부터 소풍 가는 놀이공원에 이르기까지 우려낼 수 있는 곳은 빠뜨리지 않고 츱츱스럽게 해먹었다."(106쪽) 뿐만 아니라 교육청 지원을 받게 되자 계절이 바뀔 때마다 크고 작은 공사를 벌였는데, 이는 "업자와 짜고서 공사비를 부풀려 지원금을 떼어먹는 수법"으로 "업자가 입을 열지 않는 한 그것은 입증할 수 없는 일이었다."(106쪽) 교사를 채용하면서 기부금을 요구하는 일도 벌어졌다. 이사장의 차남과 공모하여 벌인 이러한 일들이 이사장 귀에 흘러 들어간 까닭에 최 교장은 평교사로 내려앉게 된 것이다. 차남은 그렇게 해서 거둬들인 돈을 이사장 몰래 챙겨오고 있었다.

'학교종이 땡땡땡 어서 모이자'라는 노랫말에서도 알 수 있듯이 종소리는 시간의 훈육과 관련을 맺는 장치이다. 종소리가 울리면 수업이 시작되거나 끝나고, 학생들은 여기에 맞추어 모이거나 흩어지는 일을 당연한 사실로 체득하게 된다. '근대'라는 체제는 이렇게 시간을 체계적으로 분할하여 구성원들을 끼워 맞출 수 있을 때 원만하게 작동하기 시작한다. 그런 점에서 '한강의 기적'으로 상징되는 한국의 고도성장에서 학교 교육이 담당한 역할은 적지 않았을 것이다. 하지만 이러한 성공이 병영국가(兵營國家) 시스템과 맞물리면서 가능했다는 사실을 놓치지 말아야 한다. 즉 '교편(敎鞭)'을 휘두르는 모습으로 상징되는 학교 교육은 병영국가 시스템의 한 축으로 든든하게 기능해왔다는 말이다. 그러니 교장이 제왕처럼 권력을 행사하는 학교 조직에서 군대 조직을 연상케 되는 것은 결코 우연이 아니다. 합리적인 대화보다 상명하복이 우선하는 두 조직은 애초부터 상동(相同) 관계에 놓여 있었던 것이다. 학교에서 '야바위판보다 더한 짓들'이 버젓이 벌어질 수 있는 데에는 이러한 권력구조의 문제점이 크게 작용하고 있다. 고도성장의 뒷면에는 이러한 그림자가 우울하게 드리워져 있다. 그 그림자가 백일하에 드러난 순간 수업을 알리는 종소리가 마치 최 교장의 조종(弔鐘)소리처럼 울리면서 소설은 시작하는 것이다.

"그런데 어느 날, 학교 종이 사라졌다."(252쪽) 새롭게 취임한 교장(이사장의 장남)의 농간으로 인해 대학 진학에 실패한 정미가 종을 탈취하여 어딘가에 숨겨버린 것이다. 그리고 얼마 후 정미는 종이 매달려 있던 종루에 목을 매어 자살하고 만다. 이로써 학교 종의 행방은 영원히 오리무중으로 빠져들게 되었다. 이때 관심을 끄는 사항은 정미가 학교 종과 자리를 대체하고 있다는 사실이다. 정미는 왜 하필 학교 종을 탈취하였으며, 다른 데도 아닌 종이 매달려 있던 그곳에 자신의 목을 매달았을까. 문면에 따르자면, 승일학원에서는 종이 상징하는 바가 각별했기 때문이다. "종은 승일학원의 상징이었고 이사장에게 각별한 것이었다. 이사장이 고향을 등지고 총알이 빗발치듯 쏟아지는 삼팔선을 넘어올 때, 모든 것 다 버리고 오로지 그 종만을 품에 안고 왔다고 했다."(252쪽) 그러니까 학교에 반항하는 맥락에서 정미는 학교의 상징인 종을 폐기해버렸고, 그 자리에 자신의 죽음을 대체함으로써 현재의 학교 현실이 자신을 죽음으로 몰아넣었다는 사실을 분명하게 상기시키고 있다는 것이다.

기실 종이라고 하면 맑은 소리가 사방으로 울려 퍼지듯이 천지만물에 대한 애정을 넓고 둥글게 전파해 나가는 정신의 상징이다. 그렇지만 현재의 학교 교육은 오히려 경쟁과 미움의 가치를 유포해 나가는 측면으로 많이 기울어 있고, 사립학교의 경우에는 문제가 한층 심각하다고 할 수 있다. 사립학교 이사장들은 대체로 교육기관의 공공성을 몰각하고 학교를 그저 영리 추구의 도구로 파악하는 실정이다. 그런 까닭에 부인이나 아들, 손자, 며느리 등을 학교 요직에 배치해 운영권을 장악하면서도 조금의 부끄러움이 없다. 이러한 인식이 자연스럽게 통용되는 상황에서라면,『종을 훔치다』에서 적절하게 그려졌듯이, 부패한 교장이 물러가고 새로운 교장이 들어온다고 해도 상황은 결코 개선되지 않는다. 학교 운영의 궁극적인 목표는 언제나 이윤 창출로 맞춰질 터이기 때문이다. 그런 맥락에서 바라보자면, 학교 종이 울리는 것은 학생을 위해서가 아니라고 말해야 할 것이다. 정미의 선택은 바로 이러한 관점에서 이해할 수 있다. 누구를 위하여 종은 울리나. 비정상적인 사립학교의 운영 체제가 견고함을 증명하기 위해서이다. 그 안에서 학생들의 영혼은 날로 말라들어가고 있다. 정미의 자살은 그러한 경향이 빚어내는 결과의 한 가지 사례에 해당한다. 교육 현실을 이 이상 승인해서는 결국 파국으로 치달을 수밖에 없다는 사실, 이것이 정미의 자살을 통해 드러내고자 했던 작가의 전언이다.

2. 고리디우스의 매듭을 풀기 위한 첫 걸음

교육 문제란 본디 학교나 학원 등 어느 기관에 내맡겨서 해결할 수 있는 것이 아니다. 명문대에 입학하기 위한 노력을 교육이라는 용어로 치환할 수는 없기 때문이다. 그럼에도 불구하고 우리 사회에서는 입시 경쟁에 뛰어들어 발버둥치는 일이 마치 교육의 본령인 듯 여겨지는 추세가 막강하다. 교장으로 취임한 이사장의 장남이 실업계를 없애겠노라며 당당하게 추진할 수 있는 배경에는 이러한 혼동이 개입해 있다. 경영학을 전공한 그는 인문계로의 전환이 더 많은 흑자로 이어지리라는 계산을 끝낸 상태이고, 공부를 잘 하는 아이들의 부모들도 이를 원하고 있으며, 땅값이 오르기를 바라는 주민들 또한 이를 지지하고 있는 상황이다. 교장, 학부모, 지역이 하나로 뭉친 양상인데, 사회 풍토까지도 여기에 설득력을 더하는 방향으로 전개되고 있다. "지금 부기나 주판을 익히는 상과를 어디에 쓰겠습니까? 하다못해 마을 단위 농협에서도 인문계 졸업생을 데려다 쓰는 게 훨씬 낫다는 겁니다."(156쪽) 삼자의 이익이 만나는 지점에서 진정한 교육은 증발해버리고 만다. 해당 학생, 관련 교사들과의 대화는 생략된 채 불도저가 밀고 나가듯이 모든 일들이 일방적으로 진행되어 버리는 것이다. '교육'이라는 허울을 둘러쓰고 사회 전반이 나서서 '교육 죽이기'에 나선 양상이라고나 할까. 교육 문제를 해결하려면 우리 사회의 전면적인 체질 개선이 동반되어야 하는 까닭은 여기에서 확인할 수 있다.

이렇게 난마처럼 얽힌 교육 문제를 풀어 나가기란 요원한 일일 수밖에 없다. 그래서 『종을 훔치다』에 등장하는 인물들—정미로 대변되는 학생은 물론 교사들까지도 모두 패배자로 나타나고 있다. 적극적으로 학교 측과 맞섰던 이해창 선생은 파면되어 쫓겨나고 말았다. 전면에 나서서 전교조 활동을 했던 이근호 선생은 "밖에서 비판만 할 게 아니라 안에 들어가 제대로 학교를 만들어보자는"(266쪽) 의도를 가지고 이사장의 장남에게 편승하여 교감으로 취임하였으나 결국 "학교 한번 멋지게 만들어보려고 했는데, 아무래도 역부족이유."(273쪽)라고 현실을 인정하기에 이른다. 현재 전교조 분회를 이끄는 백경훈 선생은 학생들의 상황 개선보다는 학교 당국과의 싸움을 우선하고 있으니 문제 파악과 해결 측면에서 뒤떨어진다고 할 수 있다. "원하는 것은 싸움이 아니라 아이들이라는 것을 싸움에 정신이 팔려 종종 잊어버리곤"(272쪽) 하는 부류의 전형으로 꼽을 만하다. 이들이 작품 전개에서 주변부를 차지하고 있다면, 중심부를 차지하는 박선호 선생과 변주영 선생의 실패는 교육 현실을 바라보는 작가의 의식을 파악하는 데 중요한 실마리를 제공한다.

먼저 주인공이라고 할 수 있는 박 선생을 보자. 현대소설이 서사시가 아닌 다음에야 영웅을 주인공으로 내세워서는 곤란한 노릇이다. 내면의 갈등이 후경으로 밀려나고 세계와의 대결이 전면으로 드러나서는 모험담에 가까워지기 때문이다. 그럼에도 불구하고 항상 학생들을 믿고 그들과 함께 하고자 하는 박 선생의 태도에서는 어느 정도 영웅의 풍모가 느껴진다. 작가는 왜 박 선생을 작품 전개의 중심에 배치할 수밖에 없었을까. 아마도 사립학교의 현실을 작가가 심각하게 우려한 데 따른 귀결일 터이다. 다시 말해서 후안무치한 일들이 거리낌 없이 반복되는 작태를 폭로하기 위하여 이러한 인물형을 중요하게 취할 수밖에 없었다는 것이다. 그런 까닭에 박 선생의 영웅적인 분위기는 한국 교육계의 후진성과 연동하여 불가피한 측면이 존재한다고 정리할 수 있겠다. 반면 박 선생에게 연신 품어 나오는 긴장감을 상쇄하면서 생활인의 면모를 환기시키는 인물이 변 선생이다. 이러한 역할을 수행하기 위하여 변 선생은 소설 속에서 박 선생과 짝패처럼 붙어 다니며, 충청도 사투리를 구사하면서 비장한 대결 분위기의 이완에 기여하고 있다. 그러니까 박 선생과 변 선생을 입사동기로 묶어 함께 내세운 설정은 작가의 균형 감각이 낳은 산물인 셈이다. 하지만 이들 역시 실패에 직면하고 만다. 정미의 자살로 실의에 빠진 박 선생은 학교에 사표를 제출하고, 변 선생은 교장이 내미는 달콤한 제안에 순순히 응하는 마지막 장면이 이를 보여준다.

그렇다면 『종을 훔치다』는 결국 암담한 교육 현실의 무게를 환기시키는 데 머무르고 마는 것일까. 싸움이 아니라 아이를 원하는 사람이라면 이러한 물음이 얼마나 헛된 것인가를 능히 간파할 수 있으리라. 지금 우리는 학교 안에서 어떤 일이 벌어지는가에 대해서도 제대로 모르며, 그동안의 실패로부터 무엇을 배울 것인가라는 자세조차 가다듬지 못하는 상태이다. 그러니 우선 『종을 훔치다』가 그려내는 이 자리에서부터 첫 걸음을 내디뎌야만 한다. 그리고 '1+1=?'과 같은 문제는 답변을 통해 물음이 지워지지만, 이와는 달리 어떤 문제는 답변 속에 뿌리를 내려 더 큰 물음으로 되돌아온다는 사실을 염두에 둘 필요가 있을 것이다. 가령 존재의 의미라든가 추상적인 가치를 가늠하는 물음들. 아마도 교육을 통한 성숙이란 이러한 물음과 뒤엉키면서 비로소 가능해지지 않을까 싶다. 인간의 영혼은 저울로 무게를 달 수 없으며, 교육은 영혼의 무게를 풍요롭게 일구어가는 과정이어야 하기 때문이다.

『종을 훔치다』 해설, 검둥소, 2010.

III

과거의 거울로

현재를 읽다

김수영을 어떻게 전유할 것인가

1. '창비'와 '문지'는 김수영을 어떻게 나누어 가졌나

'김수영의 시를 어떻게 읽을 것인가'라는 물음은 '우리 문학사를 어떻게 이해할 것인가'라는 문제로 곧장 이어진다. 예컨대 1980년대 초반 우리 문단에 펼쳐졌던 두 개의 장면을 살펴보면 이는 금세 확인할 수 있다. 처음 주목할 수 있는 사실은 제1회 김수영문학상 수상작을 선정하는 과정에서 드러났던 문학관의 충돌 양상이다. 제1회 김수영문학상 수상시집은 정희성의 『저문 강에 삽을 씻고』이다. 이 시집에 대한 심사위원의 호/불호는 문학관의 차이에서 비롯되었던 바, 김수영의 본령을 파악하는 태도 또한 이와 관련을 맺고 있다. 심사위원은 모두 다섯 사람으로 김우창, 김현, 백낙청, 정현종, 황동규였는데, 여기서 나타나는 문학관의 차이는 당시 한국문단의 지형 속에서 이해해도 별 무리가 없으리라 판단된다.[1]

먼저 심사위원들의 입장을 살펴보면, 『문학과지성』(이하 문지) 그룹으로 묶이는 이들은 정희성의 시에 대해 비판적이다. "수상자로 결정된 정희성 씨의 시에 대해서, 나는 아직까지도 많은 유보를 하고 있으나, 수상자로 선정된 것에 대해서는 축하의 마음을 표하고 싶다."(김현), "정희성의 시는 여러 면에서 괜찮은 시이다. 그러나 그와 같은 길을 걷고 있다고 일컬어지는

---

1. 「제1회 金洙暎文學賞 심사평」, 『세계의 문학』, 1981.겨울, 118~122쪽.

그의 선배나 동년배 시인 몇몇에서 발견할 수 있는 독특한 개성들을 그에게서 발견하기 힘들었던 것이다. 내가 말하는 것은 완성된 틀이 아니다. 그보다 시력이 훨씬 짧은 시인들, 예컨대 김광규나 이성복에게서도 발견될 수 있는 어떤 최소한의 독특하고 통일된 상상력의 모습인 것이다."(황동규) 반면,『창작과비평』(이하 창비)의 수장 백낙청은 "정희성 시인에게 상이 돌아간 것은 최선의 결정이 아니었는가 한다."며『저문 강에 삽을 씻고』의 성과를 적극 감싸안고 있다. 이에 비해 두 그룹에서 어느 정도 자유로운 위치에 있는 정현종은 선정의 어려움을 토로하는 형편에 머무른다. "옛 그리스의 비극경연에서는 10명의 심판원이 던진 표 중 아무렇게나 5명분을 꺼내어 순위를 결정하였다고 전해진다. 나머지 5명분은 무의미한 것이었다. 여러 시인 중에서 한 사람을 고른다는 어려움과 임의성을 이번에 절감하면서 옛 그리스 사람들의 불가사의한 실천을 이해할 것 같은 심정이 되었다."

백낙청이나 황동규가 판단의 근거로 내세우는 것은 모두 김수영의 문학정신이다. 그러니까 두 사람은 김수영을 다른 방식으로 전유하고 있는 것이다. 이는 곧 창비와 문지가 갈라서는 지점이기도 하다. '김수영의 시를 어떻게 읽을 것인가' 하는 문제가 한국의 문단사(문학사) 차원에서 중요하게 부각되는 까닭은 여기서 확인할 수 있다. "김수영문학의 실험정신은 단순히 서구 모더니즘의 예술적 실험을 수용하자거나 모더니즘적인 실험정신을 그대로 본받자는 것이 아니었다. 스스로가 모더니즘에 흠씬 젖은 시인으로서 모더니즘 자체를 뛰어넘자는 한층 엄청난 실험이 그의 문학이요 정신이었다. 시는 곧 온몸으로 온몸을 밀고 나가는 것이라는 김수영의 주장도 그와 같은 힘겹고 위태로운 실험에서 아슬아슬하게 태어난 시에 한정시킬 때만 정당한 것이다. 그러나 사람의 몸은 스스로 위험 속에 던져지기를 원하지 않을 만큼 간사한 물건이기도 하다. 한 걸음 비켜선 채로 수행하는 갖가지 관념의 실험, 감각의 실험, 또는 대의명분을 내건 손쉬운 행동의 실험들을 우리가 부단히 식별하고 경계하는 것이 진정코 김수영의 문학을 살리기 위해 필요한 작업이라고 강조하고 싶은 것도 그 때문이다."(백낙청), "김수영을 김수영으로 있게 하는 것이 과연 무엇인가를 이 기회에 한번 생각해볼 필요가 있을 것이다. 흔히 그의 정직과 양심이 앞세워지지만, 동시대에 그보다 더 양심적이고 정직한 문사나 시인이 어찌 없었겠는가. 김수영은 독특하고 동적인 상상력이 그 양심과 만난 기록인 것이다."(황동규)

이와는 다른 하나의 장면, 그러니까 창비와 문학평론가 김명인 사이에 있었던 에피소드는 '김수영'이란 이름의 의미를 새삼 확인시켜 준다. 『창작과비평』은 1979년 여름호에 특집으로 '만해 탄신 100주년 기념 논문'을 두 편 실었는데, 김명인은 이 특집에 대해 투자투고를 했고 그 원고가 『창비』 가을호에 게재되었다. 이를 계기로 창비의 대표적 평론가 염무웅은 김명인을 만나 김수영론을 써보라고 권유하였다. 하지만 김명인은 조금 후에 시국사범으로 잡혀 들어가게 되고, 1984년 가을에야 학교로 되돌아오는 곡절을 거치게 된다. 복학한 김명인에게 염무웅은 연락을 취하여 다시 김수영론을 써볼 것을 권유한다. 염무웅이 김명인에게 그토록 김수영론을 권유했던 까닭은 분명하다. '김수영'이란 이름은 누군가의 문학관이랄까 세계관을 가늠하는 리트머스 시험지였던 바, 그를 어떻게 전유하는가에 따라 스스로의 존재 증명이 가능했던 것이다.[2]

'김수영'이라는 프리즘을 통한 자기 나름의 존재 증명은 여전히 유효하다고 얘기할 수 있다. '세계'와 맞서는 '나'의 결단 가운데 커다란 하나의 줄기가 '문학'이라는 사실은 그때나 지금이나 조금도 변하지 않았고, 이를 확실하게 보여준 시인이 바로 김수영이기 때문이다. 자, 여기 우리 앞에 여전히 김수영이 놓여 있다. 김수영을 어떻게 전유할 것인가. 가장 손쉬운 방법은 이미 놓여 있는 두 갈래 길 중 하나를 택하는 것이다. '독특하고 동적인

---

2. 자세한 내용은 홍기돈, 「'불의 시대'가 남긴 영혼의 화인이 속화된 세계의 시간을 견디는 방식: 문학평론가 김명인」(『페르세우스의 방패』, 백의, 2001) 참조.

상상력'과 '실험정신'에 우위를 둘 것인가, 아니면 '정직과 양심'에 먼저 가치를 부여할 것인가. 하지만 이는 어리석은 선택에 불과할 따름이라고 생각된다. 물음의 형식상 가치 부여의 선후를 따지는 것처럼 제시되지만, 결국 이는 대립적인 의식 위에서 펼쳐지는 것이기에 양자택일이라는 소모적인 방향으로 흐를 수밖에 없다.

그렇다면, 물음을 이렇게 바꾸는 일이 필요할 듯싶다. 김수영은 어떻게해서 창비와 문지로 양분되는 두 세계를 모두 한꺼번에 아우를 수 있었던것일까. 표현을 뒤집어서, 창비와 문지는 왜 김수영의 다른 측면을 각각 점유하여 강조할 수밖에 없었을까, 라고 물어도 되겠다. 이는 결국 김수영의비범함을 물으면서 동시에 그에게 내재되었던 모순을 묻는 일이라고 할 수있다. 아마 김수영이 말하는 자기 시의 비밀은 이런 물음을 따라가면서 밝혀질 것이다. 김수영은 자기 시의 비밀에 대해 이렇게 말한 바 있다. "나는번역에 지나치게 열중해 있다. 내 시의 비밀은 내 번역을 보면 안다. 내 시가번역 냄새가 나는 스타일이라고 말하지 말라. 비밀은 그런 천박한 것이 아니다." 여기서는 일단, 김수영으로 하여금 그런 발언을 하게끔 만든 문구만제시하고 넘어가도록 하겠다. 그 의미는 논의 과정에서 자연스럽게 해명될것이기 때문이다. "요즘 보브왈의 「타인의 피」를 읽으면서 그중에서 가장감격한 문구는 이것이다─요 몇 해 동안 마르세르는 생활을 위한, 타인의눈을 즐겁게 해주는 그런 그림을 그리는 일을 중지해버렸다. 그는 참된 창조를 하고 싶어 했다……"[3]

2. '새로움의 모색'과 두 개의 모더니티

김수영은 언제나 자신의 시선으로 세상을 파악하고자 했다. '우리'라는 복수형이 아닌, '나'라는 단수형의 태도를 취했다는 의미이다. "결국 모

---

3. 김수영, 「詩作 노우트」, 『金洙暎 全集2─散文』, 민음사, 1993, 301쪽.

1. 김수영을 어떻게 전유할 것인가   199

든 문제는 '나'의 문제로 귀착된다. 제 정신을 갖고 사는 사람은 없는가는, 따라서 나는 내 정신을 갖고 살고 있는가로 귀착된다."[4]에 나타나는 세계와의 관계 설정 방식은 이를 보여준다. 그는 세상에 대고 쏟아붓듯이 발언을 했지만, 그것은 결국 자신의 자리를 확인하기 위한 반성의 성격이 강했던 것이다. 그렇다고 해서 김수영이 폐쇄적이었다고 파악해서는 곤란하다. "금잔화도 인가도 보이지 않는 밤"에 "곧은 절벽을 무서운 기색도 없이 떨어지"는 「폭포」를 보라. "곧은 소리는 소리이다/ 곧은 소리는 곧은/ 소리를 부른다"(4연)라고 반향(反響)에 대한 믿음을 드러내고 있지 않은가. 자신의 내면에서 증폭되는 울림과 자신의 외부에서 자신에게로 되돌아오는 반향은 김수영에게 하나의 짝패였던 셈이다. 따라서 울림과 반향이 교차하는 지점에서 김수영은 자신의 의식을 벼려왔다고 할 수 있겠다.

그럼에도 불구하고, 김수영이 '우리'의 관점에서 종종 해석되는 이유는 그가 '역사의 경간(經間)'을 늘 염두에 두고 있었기 때문이다. 「새로움의 모색」의 다음 부분은 이를 보여준다. 하지만 동시에, 역사의 하중을 감당하는 방식이 '죽어가는 자기―그 죽음의 실천'이라는 '현대의 순교', 그러니까 '자기'라는 단수에 입각해 있다는 사실을 놓쳐서는 안 되겠다. '죽음'이라는 수세적 방향으로 기울어지는 까닭도 혼자서는 어찌할 수 없다는 단수형의 세계관에서 비롯되는 것이다.

현대시는 이제 그 '새로움의 모색'에 있어서 역사적인 경간(經間)을 고려에 넣지 않으면 아니 될 필연적 단계에 이르렀다. 연극성의 와해를 떠받치고 나가야 할 역사적 지주는 이제 개인의 신념이 아니라 인류의 신념을, 관조가 아니라 실천하는 단계를 밟아 올라가고 있다. 그리고 이러한 실천은 윤리적인 것 이상의, 작품의 image에까지 강력한 영향을 끼치는, 보다 더 근원적인 것

---

4. 김수영, 「제 精神을 갖고 사는 사람은 없는가」, 위의 책, 141~142쪽.

으로 되어있다. 현대의 순교자가 여기서 탄생한다. 죽어가는 자기를 바라볼 수 있는 자기가 아니라, 죽어가는 자기—그 죽음의 실천—이것이 현대의 순교이다. 여기에서는 image는 바라볼 것이 아니라, 자기가 바로 image이다. 이러한 의미에서 그것은 image의 순교이기도 하다.[5]

아니, 김수영이 파악하는 '역사적인 경간'이란 대체 어떤 것이길래 '새로움의 모색'이 '현대의 순교'와 일치하는 것일까. 그리고 시인은 어떻게 시의 이미지에 딱 들러붙어버리는 것일까. 이를 해명하기 위해서는 그가 얘기하는 '현대'라든가, '새로움'의 성격을 먼저 살펴보아야 한다. 기실 '모더니스트'로 기억되는 김수영의 면모는 바로 이 '현대', '새로움'에 대한 인식의 깊이에서 빚어지는 것이기도 하다.

예술의 측면에서 파악할 때, 현대는 '대량복제생산의 시대'라는 점에 주목할 필요가 있다. 물론 이를 가능케 한 것은 기술의 발전이다. 기술에 의해 대량복제가 가능하다는 사실은 동일성의 반복이 현대성의 커다란 특징임을 가리킨다. 우리가 흔히 '대중'이라고 부르는 이들은 동일성의 반복 속에서 스스로의 자리를 거부감 없이 마련해 나간다. 일상의 평온함은 이로써 가능해진다. 이와는 달리 귀족적인 취향을 통해 이러한 현대성에 반발하는 부류가 있을 수 있겠는데, 모더니스트가 바로 여기에 포함된다. 모더니스트들이 끊임없이 새로움을 추구하는 이유는 동일성의 반복으로부터 벗어나기 위해서이다. 그렇지만, 현대사회는 모더니스트가 구축한 새로움마저 이내 대량복제해버린다. 그러니까 모더니스트가 구축한 새로움이란 기껏해야 만들어지는 '순간' 사라져버릴 운명에 놓일 수밖에 없다고 하겠다. 시(인)의 이러한 운명에 대한 자각이 죽음의식을 불러오는 것은 당연하다. 사라지기 위해 끊임없이 새로움을 창조하는 행위는 끊임없이 죽음을 향해

---

5. 김수영, 「새로움의 摸索」, 위의 책, 171쪽.

나아가는 행위 자체와 일치하기 때문이다. 죽음과의 맞대면을 통해 스스로의 살아있음을 확인한다는 점에 주목한다면 모순에 사로잡힌 '삶/죽음'이라고 파악되기도 한다.

1955년 발표된 「연기(煙氣)」에는 문학에 대한 김수영의 견해가 적절하게 드러나 있다. 그런 점에서 「연기」는 시로써 풀어낸 시인의 시론이라고 할 수 있겠다.

> 연기는 누구를 위하여 일을 하는 것도 아니다
> 해발 이천육백척의 고지에서
> 지렁이같이 꿈틀거리는 바닷바람이 무섭다고
> 구름을 향하여 도망하는 놈
> 數字를 무시하고 사는지
> 이미 헤아릴 수 없이 오래된 연기
>
> 자의식에 지친 내가 너를
> 막상 좋아한다손 치더라도
> 네가 나에게 보이고 있는 시간이란
> 네가 달아나는 시간밖에는 없다
>
> 평화와 조화를 원하는 것이
> 아닌 현실의 選手
> 백화가 만발한 언덕 저편에
> 부처의 心思같은 굴뚝이 허옇고
> 그 우에서 내뿜는 연기는
> 얼핏 생각하면 우습기도 하다

연기의 정체는 없어지기 위한 것이다

그리고

하필 꽃밭 넘어서

짓궂게 짓궂게 없어져보려는

심술맞은 연기도 있는 것이다

　　　　　—「연기(煙氣)」 전문

　　김수영에게 시는 자기 목적적인 것이다. 그렇기 때문에 '참된 창조'란 다른 무언가를 위한 목적성을 가지지 않는다. 이 대목에서 김수영이 자기 시의 비밀을 언급하며 진술했던 바를 다시 떠올릴 필요가 있겠다. "요즘 보브왈의 「타인의 피」를 읽으면서 그중에서 가장 감격한 문구는 이것이다.—요 몇 해 동안 마르세르는 생활을 위한, 타인의 눈을 즐겁게 해주는 그런 그림을 그리는 일을 중지해버렸다. 그는 참된 창조를 하고 싶어 했다……" 제1연의 첫째 행 "연기는 누구를 위하여 일을 하는 것도 아니다"의 의미는 바로 이와 관련을 맺는다. 김수영의 이러한 입장은 예술의 자율성을 적극 옹호하는 것으로 볼 수 있다. 미적인 모더니티를 문명사의 한 단계에 속하는 모더니티와 대립시키면서 우위에 놓으려는 태도가 분명하게 드러나기 때문이다.

　　연기가 "지렁이같이 꿈틀거리는 바닷바람"을 피해 "구름을 향하여 도망"한다는 1연의 진술은 김수영이 종종 보여주는 상상력의 유형에 속한다.[6] 바닷바람은 좌우로 불어댈 뿐 위로, 위로 상승하지 않는다. 그래서 "지렁이같이 꿈틀거리는 바닷바람"일 수밖에 없다. 여기서 지렁이는 땅에 온몸을 붙이고 기어 다니는 존재라는 사실을 환기할 필요가 있다. 반면, '구름'은

6.　김수영 시 전반에 나타나는 상상력의 수직축과 시기에 따른 변화 양상은 홍기돈, 『김수영 시 연구—의식의 변모 양상을 중심으로』(중앙대 석사학위논문, 1996) 참조.

저 하늘 위 높은 곳에 펼쳐져 있는 상징이다. 구름의 방향으로 가볍게 상승하고자 하는 열망과 그러한 열망의 실패가 야기하는 비애는 김수영 시 전반에 나타나는 특징이라고 해도 무리가 아니다. 예컨대 "어두운 대지를 차고 이륙하는" 헬리콥터를 보면서 "―자유/ ―비애"(3연)를 토로하는 것은 헬리콥터의 상승과 하강에서 기인하는 것이다. "헬리콥터가 풍선보다도 가벼웁게 상승하는 것을 보고/ 놀랄 수 있는 사람은 설움을 아는 사람이지만/ 또한 그것을 보고 놀라지 않는 것도 설움을 아는 사람일 것이다"(「헬리콥터」). 헬리콥터가 하강할 수밖에 없다는 사실을 이미 알기에 헬리콥터의 가벼운 상승을 보며 놀라지 않는 시인은 날짐승을 보면서도 비슷한 생각을 드러낸 바 있다. "사람이야 말할 수 없이 애처로운 것이지만/ 내가 부끄러운 것은 사람보다도/ 저 날짐승이라고나 할까/ 내가 있는 방 우에 와서 앉거나/ 또는 그의 그림자가 혹시나 떨어질까보아 두려워하는 것도/ 나는 아무것에도 취하여 살기를 싫어하기 때문이다// ……날짐승의 가는 발가락 사이에라도 잠겨있을 운명―/ 그것이 사람의 발자욱소리보다도/ 나에게 시간을 가르쳐주는 것이 나는 싫다"(「도취의 피안」 2연, 4연).

제2연은 제4연의 내용과 더불어 '새로움' 혹은 '현대의 순교'를 나타내고 있다. 문학을 통해 모더니스트가 포착해내는 새로움처럼 "연기의 정체는 없어지기 위한 것이다". 그러니 "네가 나에게 보이고 있는 시간이란/ 네가 달아나는 시간밖에는 없다". 그럼에도 불구하고 김수영은 일순간, 그러니까 새로움이 빛을 발했다가 사라지게 되는 그 교차의 '순간'을 위해 자신의 모든 것을 걸고 있다. 「연기」에서 '순간의 시학'이라 명명할 수 있는 김수영의 이러한 시론은 "하필 꽃밭 넘어서/ 짓궂게 짓궂게 없어져보려는/ 심술맞은 연기"로 표현된다고 이해할 수 있을 것이다.

그 '꽃밭'이, 그 '순간'이 평온하게 주어지지는 않는 듯하다. 제3연에서 시인은 "평화와 조화를 원하는 것이/ 아닌 현실의 선수(選手)"라고 이야기하고 있지 않은가. 뿐만 아니라 "백화가 만발한 언덕 저편에/ 부처의 심사(心思)같은 굴뚝이 허옇고/ 그 우에서 내뿜는 연기는/ 얼핏 생각하면 우습기도 하다"고까지 덧붙이고 있지 않은가. 이 부분에서 우리나라 여기저기 널려있는 얼치기 예술의 자율성 옹호자와 김수영이 명확하게 변별된다는 사실을 확인할 수 있게 된다. 예술의 자율성이란 무언가에 대한, 그러니까 예술 외적인 것에 대항하는 자율성을 말한다. 따라서 여기에는 결단코 현실과 화해할 수 없는 모종의 긴장이 내재해 있게 마련이다. 그런 점에서 다음의 진술은 기억해둘 만하다. "언제부터 사람들이 두 가지의 서로 다를 뿐 아니라 격렬하게 갈등하는 모더니티의 존재에 대해 말하게 되었는지 정확하게 이야기하기란 불가능하다. 확실한 것은 19세기 전반의 한 시점에서 서구 문명사의 한 단계에 속하는 모더니티—과학과 기술의 진보, 산업혁명, 그리고 자본주의에 의해 야기된 광범위한 사회 경제적 변화의 산물인—와 미적 개념으로서의 모더니티 사이에 역전 불가능한 균열이 생겼다는 사실이다. 그 이후 이 두 모더니티 사이의 관계는 돌이킬 수 없을 정도로 적대적이 되었다."[7]

「연기」를 이렇게 읽어보면, 김수영에게서 확인할 수 있는 '정직과 양심'이 시에 나타나는 새로움, 그러니까 '독특하고 동적인 상상력' 혹은 '실험정신'과 완전히 하나로 묶여 있음을 알 수 있다. 새로움이야말로 사회 경제적 변화의 산물인 모더니티와 맞서는 무기이며, 이를 통해서 김수영은 자신의 정직과 양심을 지탱해나갈 수 있었던 것이다. 이러한 통일을 깨트리고 새로운 기교만을 강조하는 이들에게 김수영은 다음과 같이 비판하고 있다. "몇 번이고 말하는 것이지만 기술의 우열이나 경향 여하가 문제가 아니라 시인의 양심이 문제다. 시의 기술은 양심을 통한 기술인데 작금의 시나 시론에는 양심은 보이지 않고 기술만이 보인다. 아니 그들은 양심이 없는 기술만을 구사하는 시를 주지적이고 현대적인 시라고 생각하고 있는 모양이다.

---

7. M.칼리니스쿠, 이영욱 옮김, 『모더니티의 다섯 얼굴』, 시각과언어, 1994, 53쪽.

1. 김수영을 어떻게 전유할 것인가 205

사기를 세련된 현대성이라고 오해하고 있는 모양이다."[8] 반대로 새로움을 갖지 못하고 양심만을 강조하는 이들에게는 "새로움은 자유다, 자유는 새로움이다."라며 시인의 임무를 일깨우고 있다.

오늘날의 시가 가장 골몰해야 할 가장 큰 문제는 인간의 회복이다. 오늘날 우리들은 인간의 상실이라는 가장 큰 비극으로 통일되어있고, 이 비참의 통일을 영광의 통일로 이끌고나가야 하는 것이 시인의 임무다. 그는 언어를 통해서 자유를 읊고, 또 자유를 산다. 여기에 시의 새로움이 있고, 또 그 새로움이 문제되어야 한다. 시의 언어서술이나 시의 언어의 작용은 이 새로움이라는 면에서 같은 감동의 차원을 차지하게 된다. 따라서 우리의 생활현실이 담겨있느냐 아니냐의 기준도, 진정한 난해시냐 가짜 난해시냐의 기준도 이 새로움이 있느냐 없느냐에서 결정되는 것이다. 새로움은 자유다, 자유는 새로움이다.

요즘의 시단 저널리즘은 현실참여의 시라고 해서 무조건 비참한 생활만 그려야 하는 것같이 생각하고, 신문 논설란류의, 상식이 통하지 않는 작품들을 도매금으로 난해시라고 배격하는 성급한 습성에 흐르고 있다. 우리의 주위는 모든 정경이 절박하기만 하다. 눈으로는 차마 볼 수 없는 기가 막힌 일들이 너무 많아서 우리는 참말로 눈을 돌릴 곳이 없다. 우리의 양심의 24시간은 온통 고문의 연속이다. 그러나 이런 때일수록 시는 좀 더 여유를 가져야 할 것 같다. 적어도 시의 양심을 지킬만한 여유는 가져야 할 것 같다. 시대는 언제나 성인(聖人)이 되라고만 하지 시인이 되라고는 하지 않는다. 그것은 시인을 만들어야 할 때도 성인이 되라고 한다.[9]

---

8. 김수영, 「'難解'의 帳幕—1964年의 詩」, 앞의 책, 210쪽.
9. 김수영, 「生活現實과 詩」, 위의 책, 196쪽.

왜 현대의 시인은 순교해야만 하는가. 김수영을 이해하기 위해서는 먼저 그가 말하는 죽음에 접근해야만 한다. 그리고 죽음(의식)을 낳는 두 개의 모더니티가 어떻게 적대적으로 맞서는가에 주목하여야만 한다. 그러지 못한다면, 김수영을 몇 조각으로 찢어서 각각의 입맛에 맞게 나누어 점유할 수밖에 없는 상황에 도달할 것이다. 자, 그런 광경을 어디선가 본 것 같지 않은가.

3. 역사의 현장과 시간성의 변화

김수영은 "나는 번역에 지나치게 열중해 있다. 내 시의 비밀은 내 번역을 보면 안다."라고 했다. 그렇다. 그는 번역에 지나치게 열중해 있었다. 그는 과연 어쩌면 그렇게 예리하게 현대성과 현대시의 존립 관계를 직시할 수 있었을까. 전쟁으로 모든 것들이 폐허가 되어버린 현실 속에서 시인을 순교자로 내모는 야만적인 현대성을 포착할 수 있었다니 놀랍지 아니한가. 언어와 자신을 밀착시키고자 끊임없이 노력했다는 점에서 김수영은 더없이 정직했지만, 그래서 4·19혁명 직전까지 줄곧 비애와 설움과 자기 연민과 죽음의식에 고독하게 갇혀 있었지만, 번역된 세계에서 파악한 인식이라는 한계로 인해 관념적인 경향을 강하게 노출할 수밖에 없었다. 예컨대 "설움을 역류하는 야릇한 것만을 구태여 찾아서 헤매는 것은/ 우둔한 일인줄 알면서/ 그것이 나의 생활이며 정신이며 시대이며 밑바닥이라는 것을 믿었기 때문에—/ 아아 그러나 지금 이 방안에는/ 오직 시간만이 있지 않느냐"(「방안에서 익어가는 설움」 3연)를 보면 오로지 관념의 흐름만이 드러나고 있다. 뿐만 아니라 같은 시의 마지막 연을 보면 그러한 관념은 다시, "먼 바다를 건너온"(「가까이 할 수 없는 서적」 2행) 것으로 추측할 수 있는, '책'으로 상징되는 관념의 세계로 되돌아가는 양상을 보이고 있다. "마지막 설움마저 보낸 뒤/ 빈 방안에 나는 홀로이 머물러앉아/ 어떠한 내용의 책을 열어 보려 하는가".

반복되는 도저한 설움을 보건대 김수영이 어떤 초월적인 신비한 시간의 틈새로 넘어갔다고는 생각되지 않는다. 굳이 이러한 의견을 못박아두는 까닭은 김수영이 파악했던 '역사의 경간' 혹은 역사의 하중이 상당히 개념적인 데 머물렀다는 사실을 지적하기 위해서이다. 김수영이 파악했던 시간성이 어떻게 역사의 현장과 만나는가를 해명하려면 이 사실에 주목해야만 한다. 그럼에도 불구하고 김수영을 연구하는 수준을 살펴보면 아직까지도 이러한 지점은 여전히 무시되고 있는 듯하다. 즉 역사성과 시간성의 겹침에 대한 주목이 배제되어 있다는 것이다. 역사적인 시간에서 출발하여 다시 역사적 현재로 회귀하는 원형적 시간의 이중적인 부정을 망각한 채 '시간의 본질 그 자체'를 선험적으로 주어진 절대가치로 떠받드는 남진우의 '순간'에 대한 견해는 하나의 예가 된다. 그는 '역사적 사건'이라든가 '특정한 역사적 현재', '시가 취하는 역사적 방식'을 과감히 생략하면서 '시간의 기원에서 종말까지의 모든 순간이 응축되어 담겨 있는 순간'이라는 다분히 신비한 세계로 접어들고 있다.

일상적 삶에서 수동적으로 소모되고 소비되는 순간이 지속의 충만성을 상실한 시간의 파편으로서의 현재에 지나지 않는다면 시가 구현하는 순간은 오히려 현재와 과거 그리고 미래 사이의 잃어버린 고리를 다시 되찾게 해줄 계기를 그 안에 내포하고 있는 순간이기 때문이다. 그 순간은 과거와 미래를 향해 열려 있는, 그리하여 존재의 연속성을 회복시켜 줄 수 있는 지속의 가능태를 품고 있는 순간이다. 따라서 한 편의 시를 가능케 하는 시적 순간은 이중적 운동을 한다. 그것은 지속의 일부로서 지속에서 떨어져 나온 것인 동시에 항상 원래의 시간적 연속성으로 되돌아가 그것과 일체가 되고자 하는 원점 회귀의 궤적을 그린다. 이를 옥타비오 파스는 다음과 같이 일목요연하게 정리해 들려주고 있다. "시편은 역사적 사건을 원형적 시간으로 변형시키며, 그러한 원형을 다시 특정한 역사적 현재로 육화한다. 이러한 이중적 운동이 본래

적이고 역설적인 시의 존재 방법이다. 시가 취하는 역사적 방식이 논란거리가 되는 것은, 자신이 부정하는 시간과 연속성을 다시 긍정하기 때문이다." 그 순간은 시간의 기원에서 종말까지의 모든 순간이 응축되어 극도로 응축돼 담겨 있는 순간이다. 그런 의미에서 시는 '순간적 영원성의 기념물'이라 할 수 있다. 시간적 조건에 주박되어 있는 존재가 짧은 순간 시간에서 풀려나와 시간의 본질 그 자체를 음미할 수 있는 희귀한 기회를 제공받게 되는 것이다.[10]

시인에게 '순간'이 절대적 의미를 가지는 것은 시인으로서의 존재를 각성시키는 한편, 존재의 의미를 생성시키는 계기로 작용하기 때문이다. 그러므로 시인이 포착하는 순간의 중요성을 강조하는 것은 당연하다고 하겠으나, 이를 신비한 영역으로 끌고 가는 것이 합당한가에 대해서는 의문이 든다. 역사가 펼쳐지는 생활세계의 현장으로부터 시를 괴리시키는 논리적(?) 근거로 그러한 신비주의는 종종 활용된다. 나는 그런 오류를 익숙하게 보아왔다. 그래서 이런 비판이 나오는 것 아닌가. "철학사상사의 구조와 논리에서 조망할 때, 무시간성의 철학(philosophy of timelessness)을 향한 이상주의적 집념을 버리지 못했던 서구의 철학들과 이들이 애용해왔던 많은 개념들이 실은 얼마나 시간성이라는 숙주(宿主)에 기생한 것인지를 어렵지 않게 밝힐 수 있다."[11]

시간에 대한 김수영의 천착이 구체적인 역사의 현장과 만날 수 있었던 계기는 4·19혁명이었다. 매 순간 시를 통해 '완전한 혁명'을 기대하던 그가, 비록 '상대적 혁명'에 불과하기는 하지만, 역사의 현장에 펼쳐진 도도한 혁명의 흐름에 합류할 수 있었던 것이다. 이러한 합류를 민중의 발견이라고 불러도 무방하겠다. 민중의 발견으로 인하여 김수영의 모더니즘은 변화

10. 남진우, 『미적 근대성과 순간의 시학 연구: 김수영, 김종삼 시의 시간의식』, 중앙대 박사학위논문, 2000, 24쪽.
11. 김영민, 『현상학과 시간』, 까치, 1994, 23쪽.

가 불가피해진다. 두 개의 모더니티가 충돌하는 바로 그 '순간'에서 새로움을 추구하는 것이 김수영의 모더니즘이었던 바, 여기에는 문명사의 한 단계에 속하는 모더니티를 거부하며 미적인 모더니티를 우위에 두려는 귀족적인 태도가 내재해 있었다. 반면, 민중(대중)은 문명사의 한 단계에 해당하는 모더니티에 충실한 존재 아니었던가. 그런데, 그러한 민중(대중)이, 지금, 그가 그토록 꿈꾸어오던 혁명을 현실 속에서 이끌어내고 있던 것이다. 따라서 두 개의 모더니티 사이에서 형성되는 긴장은 민중의 발견 속에서 사라지는 것이 당연하다. 현실 위를 부유하는 번역된 창백한 관념이 4·19혁명을 계기로 변화할 수밖에 없었던 까닭은 여기에서 확인할 수 있다. 이는 시간에 대한 의식이 역사(현실)와 만나는 지점이기도 하다. 자, 이제 무거운 시간에 짓눌려 가볍게 상승하지 못하는 데서 빚어지던 비애가 사라진다. 동시「나는 아리조나 카보이야」를 보라. 구름을 타고 날아다니고 있지 않은가. "쨈보야 너는 이성망이 놈을 빨리 잡아오너라/ 여기 떡갈나무 잎이 있는데 이것을 가지고 가서/ 하와이 영사에게 보여라/ 그리고 돌아올 때는 구름을 타고 오너라/ 내가 구름운전수 제퍼슨 선생한테 말해놨으니까 시간은/ 二분밖에 안 걸릴 거다"(3연 일부). 「푸른 하늘을」은 또한 어떠한가.

> 푸른 하늘을 제압하는
> 노고지리가 자유로왔다고
> 부러워하던
> 어느 시인의 말은 수정되어야 한다
>
> 자유를 위해서
> 비상하여본 일이 있는
> 사람이면 알지
> 노고지리가

무엇을 보고
노래하는가를
어째서 자유에는
피의 냄새가 섞여있는가를
혁명은
왜 고독한 것인가를

혁명은
왜 고독해야 하는 것인가를
― 「푸른 하늘을」 전문

　노고지리가 되어 푸른 하늘을 제압하고 날아다니는 시인은 "앉아있는
기계와같이/ 취하지 않고 늙어가는/ 나"(「도취의 피안」)와는 분명히 다르다. 이
처럼 가볍게 떠오르기 위해서 김수영은 얼마나 무수히 좌절하였던가. 「나는
아리조나 카보이야」나 「푸른 하늘을」에서 파악할 수 있는 해방감은 「우선
그놈의 사진을 떼어서 밑씻개로 하자」라는 식의 청유형을 통해 가능해졌다.
그렇지만 현실의 혁명은 일회적이다. 끊임없이 반복하여 일어나는 것이 아니
라, 한 번 거대하게 솟아올랐다가 일상 속으로 푹 꺼져버리는 그런 것이 현
실의 혁명인 것이다. 4·19혁명도 그러했다. 혁명의 분위기가 잦아드는 것을
보며 김수영이 9편의 시를 '신귀거래(新歸去來)' 연작으로 남기는 것은 바로
그 때문이라고 할 수 있다. 그러니까 혁명에서 일상으로 다시 돌아가는 심
정을 기록한 것이 '신귀거래' 연작인 셈이다. 4·19혁명을 전후하여 중기 김수
영의 시세계가 펼쳐지고, '신귀거래' 연작을 즈음하여 후기로 접어들게 되는
과정도 현실 혁명의 이러한 성격을 통해 이해할 수 있을 것이다.
　그렇다면, 4·19혁명을 통해 발견하였던 민중에 대하여 김수영은 어떻
게 정리하고 있을까. 1961년 씌어진 「사랑」이라는 시는 그 물음에 대한 해

답을 제시하고 있다. 자신이 그토록 집착하던 '순간'에 개진되는 것은 바로 민중—'너의 얼굴'이다. 비록 '번개처럼/ 번개처럼 금이 간 너의 얼굴'이지만, 김수영은 그 얼굴을 쉽게 지울 수 없을 것이다. 그가 배운 것은 '어둠 속에서도 불빛 속에서도 변치않는/ 사랑'이기 때문이다.

어둠 속에서도 불빛 속에서도 변치않는
사랑을 배웠다 너로해서

그러나 너의 얼굴은
어둠에서 불빛으로 넘어가는
그 찰나에 꺼졌다 살아났다
너의 얼굴은 그만큼 불안하다

번개처럼
번개처럼 금이 간 너의 얼굴은
— 「사랑」 전문

4. '일상성'에 깃든 참여정신과 실험정신

1968년 6월 15일 밤 11시 10분경 김수영은 귀갓길에 버스에 치어 의식을 잃었다. 그리고 16일 죽음에 이르렀다. 그의 돌연한 죽음은 여러 모로 애석한 감이 있다. 그 애석한 느낌을 시와 관련지어서 이야기하자면, 일상을 끌어안고 상승을 꿈꾸는 그의 깊어진 시선이 어떤 전범을 구축하기 전에 마감되어 버렸다는 사실을 꼽을 수 있다. 예컨대 '신귀거래' 세 번째 시인 「등나무」의 9연은 다음과 같다. "등나무 등나무 등나무 등나무/ '야, 영희야, 메리의 밥을 아무거나 주지 마라,/ 밥통을 좀 부셔주지?!'/ 등나무? 등나무? 등나무? 등나무?/ '아이스캔디! 아이스캔디!'/ '꼬옥, 꼬, 꼬, 꼬, 꼬오,

꼬, 꼬, 꼬, 꼬'/ 두 줄기로 뻗어올라가던 놈이/ 한 줄기가 더 생긴 것이 며칠 전이었나".

등나무 아래에서는 번잡한 일상이 소음처럼 울리고 있다. 아내의 목소리가 들려오고, 집 옆을 지나는 아이스크림 장수의 외침이 퍼지며, 기르는 닭들이 쉴 새 없이 울어댄다. 이러한 현실을 배경으로 삼아 등나무는 뻗어올라가고 있다. 등나무가 무언가를 휘감으며 위로 올라간다는 사실을 염두에 둔다면, 소음처럼 제시되는 저 일상의 면모가 바로 휘감아야 할 대상임을 충분히 눈치챌 수 있을 것이다. 시인의 이러한 인식이 바로 며칠 전 새롭게 생긴 한 줄기 등나무가 아닐까. 외부에 펼쳐진 세계(문명사의 한 단계에 속하는 모더니티)와 이를 배타적으로 파악하는 자신(미적 모더니티)이라는 등나무 두 줄기는 이미 앞에서 충분히 검토했던 내용이다. 이러한 새로운 인식에 대해 김수영은 아직 확신을 못 가졌던 듯하다. "등나무 등나무 등나무 등나무"와 "등나무? 등나무? 등나무? 등나무?" 사이의 긴장이 그 증거이다. 그 긴장과 맞서면서 시인의 세계는 점차 영글어간다. 「거대한 뿌리」를 보면 이를 확인할 수 있다.

> 전통은 아무리 더러운 전통이라도 좋다 나는 광화문
> 네거리에서 시구문의 진창을 연상하고 寅煥네
> 처갓집 옆의 지금은 매립한 개울에서 아낙네들이
> 양잿물 솥에 불을 지피며 빨래하던 시절을 생각하고
> 이 우울한 시대를 패러다이스처럼 생각한다
> 버드 비숍여사를 안 뒤부터는 썩어빠진 대한민국이
> 괴롭지 않다 오히려 황송하다 역사는 아무리
> 더러운 역사라도 좋다
> 진창은 아무리 더러운 진창이라도 좋다
> 나에게 놋주발보다도 더 쨍쨍 울리는 추억이

있는 한 인간은 영원하고 사랑도 그렇다

비숍여사와 연애를 하고 있는 동안에는 진보주의자와
사회주의자는 네에미 씹이다 통일도 중립도 개좆이다
은밀도 심오도 학구도 체면도 인습도 치안국
으로 가라 동양척식회사, 일본영사관, 대한민국관리,
아이스크림은 미국놈 좆대강이나 빨아라 그러나
요강, 망건, 장죽, 종묘상, 장전, 구리개 약방, 신전,
피혁점, 곰보, 애꾸, 애 못 낳는 여자, 무식쟁이,
이 모든 무수한 반동이 좋다
이 땅에 발을 붙이기 위해서는
—제삼인도교의 물 속에 박은 철제기둥도 내가 내 땅에
박는 거대한 뿌리에 비하면 좀벌레의 솜털
내가 이 땅에 박는 거대한 뿌리에 비하면

괴기영화의 맘모스를 연상시키는
까치도 까마귀도 응접을 못하는 시꺼먼 가지를 가진
나도 감히 상상을 못하는 거대한 거대한 뿌리에 비하면……
— 「거대한 뿌리」 3,4,5연

　나뭇가지가 얼마나 높이 치솟았는지 "까치도 까마귀도 응접을 못하는"
지경에까지 뻗쳐 있다. 등나무가 뻗어 올라가던 상승의 방향이고, 이전의
시에서도 줄곧 나아가려고 시도하던 그 방향이다. 하지만, 김수영이 초점을
맞추는 것은 너무나 높아서 시꺼멓게 보이는 거대한 가지가 아니다. 그런
가지를 지탱하는 '거대한 거대한 뿌리'가 더욱 강렬하게 그의 의식을 잡아
끌고 있다. "거대한 뿌리"가 일상의 소음을 끌어안고자 하던 「등나무」의 세

계보다도 한결 더 일상 속으로 접근해 들어갔다는 것은 이를 가리킨다. 등나무 줄기처럼 휘감는 수준이 아니라 그 속에 굳건하게 뿌리를 내리고 있지 않은가. 자, 보라. 먼저 그는 "제삼인도교의 물 속에 박은 철제기둥도 내가 내 땅에/ 박는 거대한 뿌리에 비하면 좀벌레의 솜털"에 불과하다고 큰소리치고 있다. 그리고 나서 일상을 지탱하는 전통, 역사에 대해서는 "나도 감히 상상을 못하는 거대한 거대한 뿌리"라고 한 발자국 물러서고 있다. "나는 번역에 지나치게 열중해 있다. 내 시의 비밀은 내 번역을 보면 안다."라는 진술이 여기 어디 끼어들 틈이 없을 정도이다.

물론 이러한 면모가 김수영의 후기 시편들을 모두 채우지는 않는다. 「잔인의 초」나 「엔카운터지」와 같은 작품들을 보면 다시 전기의 실험적 면모가 강하게 느껴지기도 한다. '지속되는 시간'과 어긋나는 '순간'의 대립을 통해 안정된 일상성을 깨트리고자 했던 이런 시편들은 '요설체(饒舌體)'로 분류할 수 있다. 요설체 시편들이 전기의 시편들과 다른 점은 일상을 매개로 하면서 실험 의식이 전개된다는 사실이다. 예컨대 「잔인의 초」는 "이웃집에서 공부하러 오는 6학년 놈"을 대상으로 하여 전개된다. 시적인 '순간'이 이 대상을 통해 개시(開始)되므로 김수영은 시적 대상에 대하여 "나를 구제해 준 것"이라 표현하고 있다. "고민하고 있는 나를 구제해준 것이 이웃집에서 공부하러 오는 6학년 놈이다. 이 6학년 놈은 자기 집이 시끄럽다고 저녁 6시부터 9시까지 우리집에 와서 공부를 하다가 가는, 우리 여편네의 사업관계의 친구의 조카뻘 되는 아이이다. 이놈이 들어왔다. 나는 또 난도질을 당한다. 난도질의 난도질이다. 포기의 소리는 이때 들렸다. 엄격히 말하자면 이것도 포기를 포기하라는 소리, 포기의 포기다. 포기의 포기의, 또 포기도 되고 그 뒤에 '……또 포기'가 무수히 계속될 수 있는 마지막 포기다."[12] 마치 무한수열처럼 이어지는 포기의 연속은 시간을 순간으로 분해하고, 다시

---

12. 김수영, 「詩作 노우트」, 앞의 책, 296쪽.

분해하고, '……또 분해'하여 생겨나는 것이다. 일상의 연속성(안정)은 그렇게 하여 분해되고 포기된다. "마루바닥에서 하든지 마당에서 하든지/ 하다가 가든지 공부를 하든지 무얼 하든지/ 말도 걸지 말고— 저 놈은 내가 말을 걸줄 알지/ 아까 점심때처럼 그렇게 나긋나긋할줄 알지/ 시금치 이파리처럼 부드러울 줄 알지/ 암 지금도 부드럽기는 하지만 좀 다르다/ 초가 쳐있다 잔인의 초가"(「잔인의 초」 일부).

「엔카운터지」에도 초(醋)가 발라져 있기는 마찬가지다. 누군가가 김수영에게 『엔카운터지』를 빌려달라고 하자 김수영은 결정을 유보하며 시간을 생각한다. "그렇게 매일 믿어왔는데, 갑자기 변했어./ 왜 변했을까. 이게 문제야. 이게 내 고민야./ 지금도 빌려줄 수는 있어. 그렇지만 안 빌려줄 수도/ 있어. 그러나 너무 재촉하지는 마라. 이 문제가 해결/ 되기까지 기다려봐. 지금은 안 빌려주기로 하고/ 있는 시간야. 그래야 시간을 알겠어. 나는 지금 시간/ 과 싸우고 있는 거야. 시간이 있었어. 안 빌려주/ 게 됐다. 시간야. 시간을 느꼈기 때문야. 시간이/ 좋았기 때문야."(「엔카운터지」 3연) 김수영은 「시작 노우트」를 통해 이런 작품들에 대한 자신의 견해를 밝히고 있다. 그가 말하는 '순간'에 주목하고, 다시 '미친 문명'에 대한 이오네스코의 규탄에 동의하는 문구를 따라간다면, 전기의 시세계가 어떻게 후기까지 여전히 이어지고 있는가를 확인할 수 있을 것이다.

나의 시 속에 요설이 있다고들 한다. 내가 소음을 들을 때 소음을 죽이려고 요설을 한다고 생각해 주기 바란다. 시를 쓰는 도중에도 나는 소음을 듣는다. 한 1초나 2초가량 안 들리는 **순간**(강조—인용자)이 있을까. 있다고 하기도 없다고 하기도 어려운 문제다. 이것을 말하면 '문학'이 된다. 그러나 내 시 안에 요설이 있다면 '문학'이 있는 것이 된다. 요설은 소음에 대한 변명이고, 요설에 대한 변명이 '문학'이 된다고 말할 수 있다. 「시노우트」 같은 것을 원수같이 생각하는 이유가 여기 있다.

그들은—그들이란 출판업자나 잡지편집자나 신문기자들—우리들이 얼마큼 시를 싫어하는지를 모른다. 공연히 겸손해서 하는 말로 생각하고 있다. 현대의 작가들은 자기들의 문학을 불신한다는 까뮈의 선언은, 시는 절대적으로 현대적이어야 한다는 랭보의 말만큼 중요하다. 이것이 오늘의 척도다. 그러나 이런 건 말로 하면 싱겁다. 그냥 혼자 알고 있으면 된다. 이런 고독을 고독대로 두지 않기 때문에 '문학'이 싫다는 것이다. 침묵은 이행(履行, enforcement)이다. 이 이행을 용서하지 않는다. 이오네스꼬는 이것을 '미친 문명'이라고 규탄하고 있다. 좀 비약이 많은 것을 용서해준다면, 나에게 있어서 소음은 훈장이다. [13]

'일상성'을 중심에 두고 김수영의 후기시는 이처럼 두 가지 경향을 드러내고 있다. 그래서 김수영은 쉽게 두 가지 모습으로 분열되고 만다. 한편에서는 「등나무」, 「거대한 뿌리」의 시인으로 그를 자리매김하고자 노력하였다. 그들이 보기에 김수영은 편협한 자아의 울타리를 벗어나서 민중 속으로 훌쩍 뛰어 들어간 참여시인이기 때문이다. 반대편에서 김수영은 왕성한 시적 모험을 전개했던 실험시인으로 각인되고 있다. 새로움을 향한 시도가 「잔인의 초」라든가 「엔카운터지」를 낳았던 것은 분명한 사실이기 때문이다. 그렇다면, 이런 물음을 제기할 수 있을 것이다. 대체 후기의 김수영은 또 어떻게 전유해야 하는가. 이 지점에서 논의는 다시 앞으로 돌아간다. 앞에서 나는 이렇게 정리한 바 있다. "김수영에게서 확인할 수 있는 '정직과 양심'이 시에 나타나는 새로움, 그러니까 '독특하고 동적인 상상력' 혹은 '실험정신'과 완전히 하나로 묶여있음을 알 수 있다. 새로움이야말로 사회 경제적 변화의 산물인 모더니티와 맞서는 무기이며, 이를 통해서 김수영은 자신의 정직과 양심을 지탱해나갈 수 있었던 것이다." 일상을 끌어안으면서,

---

13. 김수영, 위의 글, 307쪽.

동시에 일상을 뛰어넘으려는 후기 김수영 시세계의 모순된 통일성은 전기의 모순된 통일성과 방법론에서 그리 다를 바 없다. 다만 분명한 차이점이라면, '시간성'이란 관념 대신 '일상성'이란 현실이 우뚝 마주하고 있다는 사실을 꼽을 수 있다. 얼핏 비슷해 보이지만, 이 차이는 상당히 중요하다. 김수영이 기교주의자이면서 동시에 현실주의자일 수 있는 비밀이 바로 이러한 흐름에서 점차 분명해지고 있기 때문이다.

김수영은 이러한 모순을 기꺼이 끌어안으며 나름의 세계를 깊이 있게 구축하고자 하였다. 하지만 그의 갑작스러운 죽음은 그러한 시 세계가 하나의 전범으로 나아가는 기회를 앗아가버렸다. 그래서 그러한 세계를 향해 나아가고자 했던 그의 몸부림은 더욱 강렬하게 남는다. 그 강렬한 몸부림을 따라 우리 문학사에 여전히 살아서 울리는 것은 "이 무언(無言)의 말/ 하늘의 빛이요 물의 빛이요 우연의 빛이요 만능의 말/ 죽음을 꿰뚫는 가장 무력한 말/ 죽음을 위한 말 죽음에 섬기는 말/ 고지식한 것을 제일 싫어하는 말"(「말」, 4연)을 가슴에 품고 꽝꽝 언 일상의 생활 속으로 침잠하며 토로하는 "나무뿌리가 좀더 깊이 겨울을 향해 가라앉았다/ 이제 내 몸은 내 몸이 아니다/ 이 가슴의 동계(動悸)도 기침도 한기(寒氣)도 내 것이 아니다"(「말」 1연 일부)라는 목소리가 아니겠는가.

5. 「사랑」의 변주곡인 「사랑의 변주곡」

이제, 짤막하게나마 내가 대답할 차례가 된 듯하다. 그렇다면 나는 김수영을 어떻게 전유하고자 하는가. 삶과 시를 보건대, 김수영 그는 어떠한 해답을 가지고 출발하지 않았다. 또한 마지막에 가서 분명한 해답을 제시하지도 않았다. 그저 그 자신이 경멸하는 현대성과 맞서고자 하는 고집스럽게 일관된 태도가 있었을 따름이다. 그런 태도가 바로 존재론적인 모순을 변함없이 견디도록 하는 동력으로 작용하였다. 이 모순을 보면서 누군가는 기교주의자의 면모를 읽어냈고, 다른 누군가는 현실주의자의 양상을 파악했다. 하지만, 다시 말하건대, 김수영은 존재론적 모순과 정면으로 맞서면서 기교주의자이면서 동시에 현실주의자일 수 있었다. 현실주의자이면서 동시에 기교주의자일 수 있었다.

김수영에게서 내가 읽어내는 것은 그 일관된 태도이다. 그는 언어와 삶을 밀착시키고서 그러한 태도를 일관되게 이끌어갈 수 있었다. 이를 통해 그는 끊임없이 '새로움'을 추구하였지만, 역설적으로 그는 '끊임없이' 일관된 세계를 펼쳐나가기도 한 것이다. 관념적인 시간성에서 벗어나서 역사성(현실)과 만날 수 있었던 것도 그에 따른 결과가 아니었던가. 그런 점에서 김수영의 문학은 수신학(修身學)의 성격을 띠고 있다. 효율성을 바탕으로 하는 근현대의 경제논리가 추방해 버린 것이 '시간 속에서 깊어지는 인간의 얼굴'이라는 점을 상기한다면, 아마 김수영 문학의 그러한 성격은 주의 깊게 살펴볼 만하다.

앞에서 나는 1961년에 씌어진 김수영의 「사랑」이라는 시를 분석하였다. 이 시는 4·19혁명 과정에서 그가 파악한 민중의 모습을 형상화한 시였다. 1967년 김수영은 「사랑의 변주곡」을 써 내려갔다. 나에게는 「사랑의 변주곡」이 「사랑」의 변주곡처럼 읽힌다. 사랑의 필요성에 대한 강조가 나타나 있기 때문이다. 「사랑」에서 드러난 어떤 가능성에 대한 기대감이 「사랑의 변주곡」에서는 확신으로 변해 있기도 하다. 김인환은 「사랑의 변주곡」의 한 부분을 이렇게 분석한 바 있다. "술을 다 마시고 난 날이 인간의 죽음을 의미한다면, 석유가 고갈되는 날은 지구의 종말을 암시한다. 그리고 사랑은 죽기 전에, 종말이 오기 전에 알고 얻고 지녀야 할 삶의 핵심이다. 이러한 시각에는 복숭아씨의 알맹이를 도인(桃仁)이라 하고 살구씨의 알맹이를 행인(杏仁)이라 하는 동양사상과 통하는 점이 있다. 맹자는 인자인야(仁者人也)라고 하지 않았던가."[14] 「사랑」과 「사랑의 변주곡」 사이에는 시간이 스

---

14. 김인환, 「한 正直한 人間의 成熟과정」, 『金洙暎의 文學』, 민음사, 1994, 220쪽.

며들어 있다. 이 시간을 따라 인간은 자신의 깊이를 꾀하고, 동양의 학문에서는 이를 '체득(體得)'이니 '수신(修身)'이라고 해서 학문의 본령으로 삼았다. 김인환의 관점에 시선이 머무른 까닭은 여기서 비롯된다. 그리고 「사랑의 변주곡」을 「사랑」의 변주곡'으로 굳이 읽고자 하는 이유도 여기에 놓인다. 이를 굳이 「사랑의 변주곡」에만 한정시킬 필요가 있을까. 끊임없이 언어와 삶을 하나로 일치시켜 나갔던 김수영의 생애가 거대한 사랑의 변주곡이었던 것을.

욕망이여 입을 열어라 그 속에서
사랑을 발견하겠다 도시의 끝에
사그러져가는 라디오의 재갈거리는 소리가
사랑처럼 들리고 그 소리가 지워지는
강이 흐르고 그 강건너에 사랑하는
암흑이 있고 삼 월을 바라보는 마른나무들이
사랑의 봉오리를 준비하고 그 봉오리의
속삭임이 안개처럼 이는 저쪽에 쪽빛
산이

사랑의 기차가 지나갈 때마다 우리들의
슬픔처럼 자라나고 도야지우리의 밥찌끼
같은 서울의 등불을 무시한다
이제 가시밭, 넝쿨장미의 기나긴 가시가지
까지도 사랑이다

왜 이렇게 벅차게 사랑의 숲은 밀려닥치느냐
사랑의 음식이 사랑이라는 것을 알 때까지

난로 위에 끓어오르는 주전자의 물이 아슬

아슬하게 넘지 않는 것처럼 사랑의 節度는

열렬하다

間斷도 사랑

이 방에서 저 방으로 할머니가 계신 방에서

심부름하는 놈이 있는 방까지 죽음같은

암흑 속을 고양이의 반짝거리는 푸른 눈망울처럼

사랑이 이어져가는 밤을 안다

그리고 이 사랑을 만드는 기술을 안다

눈을 떴다 감는 기술—불란서혁명의 기술

최근 우리들이 사·일구에서 배운 기술

그러나 이제 우리들은 소리내어 외치지 않는다

복사씨와 살구씨와 곶감씨의 아름다운 단단함이여

고요함과 사랑이 이루어놓은 폭풍의 간악한

신념이여

봄베이도 뉴욕도 서울도 마찬가지다

신념보다도 더 큰

내가 묻혀사는 사랑의 위대한 도시에 비하면

너는 개미이냐

아들아 너에게 狂信을 가르치기 위한 것이 아니다

사랑을 알 때까지 자라라

인류의 종언의 날에

너의 술을 다 마시고 난 날에

미대륙에서 석유가 고갈되는 날에

그렇게 먼 날까지 가기 전에 너의 가슴에
새겨둘 말을 너는 도시의 피로에서
배울 거다
이 단단한 고요함을 배울 거다
복사씨가 사랑으로 만들어진 것이 아닌가 하고
의심할 거다!
복사씨와 살구씨가
한번은 이렇게
사랑에 미쳐 날뛸 날이 올 거다!
그리고 그것은 아버지같은 잘못된 시간의
그릇된 명상이 아닐 거다

― 「사랑의 변주곡」

『작가세계』, 2004. 여름.

김동리의 '네오 르네상스'와 문명 전환

1. 잘못 읽히는 김동리의 작가정신

김동리의 작가의식은 처음부터 끝까지 변치 않는 하나의 지향을 유지하고 있다. 1935년 소설 「화랑의 후예」로 조선중앙일보 신춘문예를 석권하며 문단에 등장할 때부터 그러했다. 김동리의 이러한 측면에 대해 김윤식은 다음과 같이 지적한 바 있다. "그에게는 당초 성장소설적 요소가 없는데, 사상적인 내적 변화랄까 발전이 전무한 까닭이다. 어째서 한 신진작가가 당초부터 불변하는 사상을 자기 것으로 확립할 수 있었을까. 이것만 해도 놀라운 일인데, 이 사상을 평생토록 한 치도 양보하거나 수정하지 않을 수조차 있었음이란 더욱 놀라운 일이 아닐 수 없다."[1] 김동리가 일찌감치 확보하고 있었던 '당초 불변하는 사상'이란 아마도 다음 두 문장으로 집약할 수 있을 것이다. "높고 참된 의미에 있어서의 '문학하는 것'이란 무엇인가.// 그것은 어떤 구경적(究竟的)인 생의 형식이 아니어서는 아니 된다고, 나는 생각한다."[2]

그런데 '구경적인 생의 형식'이란 너무나 추상적인 까닭에 오해를 불러일으키기 십상이다. 예컨대 해방기 김병규와의 논쟁에서 펼쳐 나갔던 다음

---

1. 김윤식, 『한국근대문학사상연구』2, 아세아문화사, 1994, 59~60쪽.
2   金東里, 「文學하는 것에對한 私考—文學의 內容(思想性)的基礎를 爲하여」, 『白民』, 1948.3, 43쪽.

과 같은 주장을 보자. "유물사관적 세계관은 자본주의 사회의 모순과 결함과 붕괴를 지적한 점에 있어 일면적 타당성을 가졌으나 다른 일면, 근대주의의 연장이란 의미에 있언 마땅히 지양하여야 할 과학주의 물질주의 기계주의(메커니즘) 공식주의의 결정체라고 볼 수밖에 없다."[3] 김동리가 마르크시즘에 대해 통렬하게 비판을 가했던 것은 사실이지만, 그렇다고 해서 자본주의 체제를 옹호하는 방향으로 기울어졌던 것은 아니다. 정작 그가 주장하고 싶었던 바는, 자본주의와 사회주의를 근대의 양면으로 묶어 그 한계를 지적하고 난 뒤, 새로운 사회 체제로 나아가기 위하여 '르네상스 휴머니즘'을 모색해야 한다는 데 있었다. 인용문의 제목에 나타나는 '제3세계관'은 바로 이를 가리킨다. "제삼 휴맨이즘은 이와 같이 자본주의 사회의 모순과 결함을 근본적으로 시정하는 일방, 맑시즘 체계의 획일적 공식적 메커니즘을 지양하는 데서 새로운 고차원의 제삼 세계관을 확립하려는 데에 그 지향이 있다."[4] 그럼에도 불구하고 근대의 두 축, 그러니까 자본주의와 사회주의의 대결 구도 위에서 접근한다면, 김동리는 마르크시즘에 맞섰던 자본주의 체제 옹호자로 기억될 수밖에 없다.

식민지 시대 김동리의 주장 역시 오독되기 일쑤이다. '구경적인 생의 형식'을 추구했던 김동리였기에 그의 관심은 인간의 근원적인 존재 방식에 관한 지점으로 열려 있었다. 가령 인간과 자연의 관계를 자기 나름의 방식으로 설정하려는 다음과 같은 시도를 보자. "'선(仙)'의 이념이란 무엇인가? 불로불사(不老不死) 무병무고(無病無苦)의 상주(常主)의 세계다. (자세한 말은 후일로) 그것이 어떻게 성취되느냐? 한(限) 있는 인간이 한(限) 없는 자연에 융화됨으로써이다. 어떻게 융화되느냐? 인간적 기구를 해체시키지 않고 자연에 귀화함이다."[5] 자연으로부터 떨어져 나와 자연을 정복하고자 나선 근대적

---

3.   金東里,「純粹文學과第三世界觀—金秉逵씨에答함」,『大潮』, 1947.8, 23쪽.

4.   金東里, 위의 글, 23쪽.

5.   金東里,「新世代의精神—文壇'新生面'의性格, 使命, 其他」,『文章』, 1940.5, 91쪽.

인 인간관에 대한 경계가 드러난 대목이다. 그렇지만 이러한 인식은 파시즘에 침윤된 결과라는 비판에 직면하곤 한다. "모더니티의 부정적 속성을 비합리적 힘과 종교적 신비주의에 대한 믿음 또는 야성적 본능에 기댐으로써 치유하고자 하는 파시즘적 사고와 깊이 연관되어 있다."[6] 이성 중심주의(logocentrism)를 완고하게 틀어쥐고 있는 입장에서 보자면, 인간과 자연의 관계를 근대 바깥에서 새롭게 설정하려고 했던 김동리의 시도는 비합리적 신비주의로의 경사로 이해될 수밖에 없다.

요약하건대 김동리의 작가의식은 완결적인 면모를 드러내고 있으나, 그 내용과 의미는 아직껏 온전하게 해명되지 못하고 있는 실정이다. 이유는 크게 두 가지로 정리할 수 있다. 첫째, 특정 이념이나 이론에 입각한 연구 태도가 먼저 강조되다 보니 김동리의 주장은 연구자의 편의에 맞게 규정되어 버리기 일쑤였다. 이는 김동리가 격렬한 논쟁을 통해 자신의 문학적 입장을 개진해 나간 탓에 나타나는 결과로 볼 수 있겠다. 즉 연구자로 하여금 필요 이상의 대결의식을 불러일으키고 있다는 것이다. 둘째, 탈근대의 지평 위에서 김동리의 사상을 가늠하고자 하는 시도가 제대로 진행되지 않고 있다. 기실 탈근대로의 경로란 다양할 수밖에 없다. 상대성에 입각하여 진리를 파악해 나가야 한다는 다원성 담론이 탈근대 논의의 중요한 항목이기 때문이다. 그렇다면 탈근대를 모색하는 다양한 시도의 한 갈래로 김동리의 사상을 검토해볼 수도 있을 터인데도, 샤머니즘이니 전근대니 하는 선입관이 너무 강하게 작용하고 있었다. 따라서 이 논문은 새로운 '르네상스 휴머니즘'을 주장했던 김동리의 사상을 해명하는 데 목적을 둔다. 이를 위하여

---

6. 김철, 「김동리와 파시즘」, 『국문학을 넘어서』, 국학자료원, 2000, 57쪽. 김철은 이 글에서 파시즘을 다음과 같이 규정하고 김동리와 연결시켜 분석해 나간다. "정치적 이데올로기로서의 파시즘이 드러내는 특징들은, 국수적 민족주의, 국가지상주의, 반(反)자유주의, 반개인주의, 인종주의, 배외주의, 동양주의 등으로 요약될 수 있다."(33쪽) 필자 역시 이러한 규정 위에서 파시즘 논의를 전개하도록 하겠다. 다만 '동양주의'에 대해서는 수긍할 수 없는 바, 그 까닭은 본문에서 설명하는 것으로 한다.

우선 그의 사상 전개방식에서 드러나는 보편성을 확인할 것이며, 이를 바탕으로 하여 그에게 가해지는 비판들의 문제점들을 검토하고 난 후, 그가 지향했던 사회 모델의 특징을 정리하고자 한다. 그리고 마지막으로 김동리 사상이 1948년을 경과하며 노정하게 되었던 현실 위에서의 공전(空轉) 문제를 짚어볼 것이다.

2. '네오 르네상스 휴머니즘' 전개방식의 보편성

김동리는 「신세대의 정신」(『문장』, 1940.5)에서부터 근대의 몰락을 적극적으로 주장하고 나섰다. 즉 "르네쌍스 정신의 진수(眞髓)"란 "'신'이라는 전제적(專制的) 우상(偶像)에의 예속(隸屬)에서 인간이 각각 제 개성과 생명에 복귀하여 그것을 옹호하고 발전 지양시킨다는 뜻"인데, "이러한 개성과 생명의 구경 추구를 기본으로 한 인간성 탐구의 정신은, 십구세기말 이십세기 초두(初頭)에 걸쳐 왼 세계를 풍미한 물질주의 정신에 석권되고" 말았다는 것이 그의 판단이다.[7] 서구 르네상스에서 발원한 근대정신이 막다른 벽에 부딪쳤으니 이제 이전과는 다른 '르네상스 휴머니즘'을 확립하여 새로운 시대를 열어나가는 작업은 당연한 수순으로 제기된다. 그런데 이는 새로운 인간형의 제시와 함께 진행될 수밖에 없다. 어째서 그러한가. 르네상스(Renaissance)라는 용어가 이미 함의하고 있는 바와 같이, 낡은 인간이 죽고 새로운 인간이 부활해서 출현한다는 것이 르네상스의 정신이기 때문이다. 따라서 김동리가 제3 휴머니즘을 들고 나올 때, 여기에는 그에 합당한 새로운 인간형이 하나의 모델로 제시되어 있다고 이해하여야 한다.

물론 새로운 인간형으로 제시된 대표적인 인물은 「무녀도(巫女圖)」의 주인공 '모화(毛火)'다. 다음과 같은 김동리의 확신이 이를 증명한다. "모화가 파우스트와 대체될 새로운 세기의 인간상이란 것은 아무도 모를 것이

---

7. 金東里, 「新世代의 精神—文壇'新生面'의 性格, 使命, 其他」, 『文章』, 1940.5, 83쪽.

다. 내가 그렇게 말한다면 남들은 비웃을 것이다. 그러나 백 년만 두고봐라! 모든 것이 증명될 것이다! 역사가 증명해줄 것이다!"[8] 「신세대의 정신」을 살펴보면, 작가가 표 나게 강조하는 모화의 특징을 두 가지 꼽을 수 있다. 첫째, 인간과 자연 사이의 경계를 넘어서고 있다. "무녀 '모화'에게 있어서는 이러한 '선(仙)'의 영감으로 말미암아 인간과 자연 사이에 상식적으로 가로놓인 장벽이 문어진 경우다."[9] 둘째, "동양정신의 한 상징으로서 취한 '모화'"[10]라고 하였으니, 이러한 인간형은 동양의 전통 속에서 건져 올린 것이다. 이 두 가지 특징에 비한다면, '시나위 가락'에 몸을 맡김으로써 자연의 율동으로 귀화·합일하였으니, 모화가 "표면으로는 서양 정신의 한 대표로서 취한 예수교에 패배함이 되나 다시 그 본질세계에 있어 유구한 승리를 갖게 된다는 것이다."[11]라는 승패의 문제는 부차적이라고 할 수 있다. 여기에 논의되는 승패란 결국 인간과 자연의 관계 맺기 방식에 대한 신념의 문제로 귀착되기 때문이다.

모화에게서 드러나는 두 가지 특징은, 구체적인 내용에 있어서는 변별성이 있으나, 전개 방법의 측면에서 볼 때 사상사적 보편성이 확인된다고 할 수 있다. 먼저 첫 번째 특징, 인간과 자연 사이에 존재하는 장벽을 건너뛰는 면모에 대해 살펴보자. 기실 인간과 자연의 관계 정립 여부는 인류사의 보편적인 과제였다. "자연에는 자연의 원리(physis)가 있다면 인간의 삶에는 그래야만 하는 가치 척도와 규범(nomos)이 존재한다. 그것은 동서를 막론하고 인류의 시작부터 있어 왔던 보편적 사유이기도 하다. 여기서 규범을 일컫는 윤리는 일반적으로 이해하듯이 단순히 도덕적 덕목을 가리키는 말이 아니다. 윤리의 근본 의미는 인간과 자연 실재, 세계의 규준이 되는 척

---

8. 金東里, 「創作의 過程과 方法—「巫女圖」 偏」, 『新文藝』, 1958.11, 10쪽.
9. 金東里, 「新世代의精神—文壇'新生面'의性格, 使命, 其他」, 『文章』, 1940.5, 91쪽.
10. 金東里, 위의 글, 92쪽.
11. 金東里, 위의 글, 92쪽.

도를 정초하는 것이며, 인간이 맺는 그들과의 관계 설정을 뜻한다."[12] 그러니까 새로운 윤리의식, 새로운 시대의 인간형을 제시하기 위해서 인간과 자연의 관계 설정방식으로 눈을 돌리는 것은 당연한 과정이라 할 수 있다. 현재 진행되는 탈근대 논의가 이러한 지점으로 수렴하는 현상도 결코 우연이 아니다. "환경 철학은 단순히 생태계 오염의 문제가 아니라 소외되고 왜곡된 구조를 문제시한다. 가장 기본적인 인간 조건인 자연 세계와 생활 세계라는 넓은 의미의 환경이 왜곡됨으로써 인간 또한 왜곡된다는 측면에서 자신의 올바른 모습을 구현하려는 노력이다."[13]

두 번째 특징, 모화가 동양정신의 상징이라는 주장을 이해하기 위해서는 인문주의의 위기에 대응하는 보편적인 방식을 떠올릴 필요가 있다. "인문주의 구제론은 두 가지 경향을 보여준다. 하나는 인문주의의 숨겨진 잠재력을 진작하기 위하여 전통으로 복귀하는 경향이다. 다른 하나는 인문주의의 핵심적 이념으로서 인간을 재규정하는 것이다."[14] 기실 서구 르네상스 역시 그리스 정신으로 돌아가 여기서 착안하여 이끌어낸 내용이 결코 적지 않다. 전통으로 복귀하여 성공한 하나의 사례가 되는 셈이다. 김동리가 주장하는 새로운 '르네상스 휴머니즘' 또한 과거의 전통으로 복귀하는 경향을 보인다는 점에서는 이와 다를 바 없다. 다만 서양의 전통으로 기울어지는 대신 동양정신으로 눈을 돌렸다는 측면에서 변별될 따름이다.

이때 왜 복귀하는 전통이 하필 서양정신이 아닌 동양정신인가를 시비거는 태도는 무분별한 서양 추종주의자의 푸념에 불과하다. 오히려 제3 휴머니즘을 이끌어갈 새로운 주체를 모색하기 위해서는 우선 제 자신을 둘러싼 여건부터 면밀하게 둘러볼 필요가 요청된다. 김동리의 경우가 그러했다. "전체적으로 전통 자체가 빈약하다던가 환경적 조건이 성숙해 있지 못할

---

12. 신승환, 「현재의 인문학」, 『지금, 여기의 인문학』, 후마니타스, 2010, 36쪽.
13. 신승환, 위의 글, 35~6쪽.
14. 김상환, 「해체론 시대의 인문주의」, 『해체론 시대의 철학』, 문학과지성사, 1996, 318쪽.

때엔 그 외래의 사상 혹은 원리란 그것을 신봉한 모든 지식인의 이념적 우상에만 끌이고 마는 현실을 우리는 과거 모든 민족의 정신사상에서 보아온 바이다."[15]

오해를 피하기 위하여 덧붙이자면, 김동리는 진리를 상대적인 것으로 파악하고 있었다. 유진오와의 논쟁에서 그러한 입장을 피력한 바 있다. "진리가 하나뿐이란 말은 일정한 공간, 일정한 시간, 일정한 객관, 일정한 주관 등을 조건으로 하고 성립된 말이다. 즉, 그 경우에 그 진리는 하나뿐이란 말이다.∥ 그러므로 뉴우톤의 진리와 이태백의 진리는 동일한 것이 아니다. 원래 자연이란 어떤 정착된 존재가 아니기 때문에 '그 경우'란 무한한 것이오, 그 경우가 무한함에 따라서 진리의 수효도 또한 무한한 것이다."[16] 따라서 김동리가 그려낸 예수교를 상대로 거둔 모화의 승리는 문화의 상대성이란 측면에서 이해할 필요가 있다. 서양 르네상스에서 발원하여 한 시대를 이끌어 나갔던 체제는 이제 역사적인 소임을 다하여 시효 만료에 이르렀고, 이를 대체해 나갈 체제가 동양정신에 입각하여 출현하리라는 상징으로 해석해야 한다는 것이다. 이를 곧장 정치군사적인 맥락 속으로 끌어들여 일제가 내세웠던 '귀축영미(鬼畜英美)'로 치환해버리면 진리를 상대적이라 파악했던 김동리의 입지는 사라지고야 만다.

이렇게 정리한다면, 김동리가 주창하는 새로운 '르네상스 휴머니즘'의 사유 전개방식은 그동안 인류 사상사에서 인문주의의 위기에 직면하여 이를 극복하고자 했던 보편적인 방식과 일치함을 확인할 수 있다. 뿐만 아니라 탈근대를 모색하는 최근 논의들과 상당 부분 일치한다는 사실도 드러난다. '르네상스 휴머니즘'의 사유 전개방식에서 확인되는 이러한 보편적인 측면은 충분히 강조될 필요가 있다. 탈식민주의의 무분별한 적용을 넘어서

---

15. 金東里, 「新世代의 精神—文壇'新生面'의 性格, 使命, 其他」, 『文章』, 1940.5, 82쪽.
16. 金東里, 「'純粹' 異議—俞氏의 歪曲된 見解에 對하야」, 『文章』, 1939.8, 148쪽.

기 위해서이다. 한국에서 탈식민주의를 적용하는 대부분의 연구자들은 제국주의와 식민지를 동렬에 놓고 평가하는 경향을 보여준다. 역사학자 이영호가 적절히 지적하고 있는 것처럼, 이들은 "주변부의 저항민족주의는 제국주의의 거울반사에 불과하며 궁극적으로 양자는 적대적 공범관계를 형성하고 있다"는 가설에서 출발한다는 것이다.[17] 일단 이러한 입장을 견지하게 되면 사유 전개 방식의 보편성조차도 친일 파시즘의 증거로 활용된다. 다음 절에서 논의할 내용은 이러한 견해에 대한 반박이다.

3. 김동리 사상은 파시즘과 어떻게 변별되는가

동양정신으로 복귀하는 김동리의 지향을 파시즘으로 규정하려는 시도는 이미 낯설지가 않다. 가령 다음과 같은 주장을 보자. "1930년대 후반을 지배한 전형적인 인식틀이었던 동서양의 대립, 나아가 이보다 더 정치적이고 과격한 동양의 승리라는 설정을 김동리만큼 잘 보여주는 작가도 없을 것이다."[18] 일제가 유포해 나간 파시즘 논리를 김동리가 내면화하였다는 혐의 위에서 가능해진 문장이다. 앞에서 언급했던 김철의 논리도 이와 유사하며, 「남성성 회복의 서사와 파시즘」[19]의 논리 또한 이의 연장이다. 이러한 견해 옆에는 김동리의 사상이 전근대에 머무른 데 지나지 않는다는 폄하의 시각이 자리하고 있다. "과학으로부터 인간을 구출하는 제3 휴머니즘의 '정신'이란 무엇이었던가. 그것은 고작 샤머니즘에 지나지 않았던 것이다."[20]

이러한 견해들은 모두 중요한 사실을 빠뜨리고 있다. 일제의 파시즘에서든, 전근대의 샤머니즘에서든 하늘의 뜻과 땅의 질서를 매개하는 존재가

---

17. 이영호, 「한국에서 '국사' 형성의 과정과 그 대안」, 『국사의 신화를 넘어서』, 휴머니스트, 2004, 459쪽.
18. 김예림, 「데카당스의 역사철학과 문학적 상상력」, 『1930년대 후반 근대인식의 틀과 미의식』, 소명출판, 2004, 211쪽.
19. 이혜령, 『한국소설과 골상학적 타자들』, 소명출판, 2007.
20. 신형기, 『해방직후의 문학운동론』, 화다, 1988, 153쪽.

핵심적으로 자리하는 반면, 김동리의 사상에서는 이러한 인물이 존재하지 않는다는 사실이다. 그리고 김동리의 사상에서 자연은 신(神)의 위상을 차지하는 경배의 대상이 아니라, 다만 인간이 합일해 나가야 할 대상으로서 위치한다는 사실이다.

우선 김동리의 사상에서 차지하는 자연의 역할은 김윤식의 논의를 참조할 수 있겠다. 그는 자연이란 무엇인가라는 물음에 대한 인류사의 답변을 세 가지 범주로 정리하였다. ①자연이란 절대적인 것이어서 공포의 영역이므로 숭배의 대상이다. ②계몽주의(근대주의)에서는 자연이 돌연 정복의 대상으로 전락하였다. ③인간계란 자연에 폭력(작용)을 가해도 안 되며 자연 쪽이 인간에게 작용을 가해와도 안 된다는 중도적 사상이 있는데, 만물에서 불성(佛性)을 찾아내는 불교와 무위자연(無爲自然)을 내세우는 중국의 노장사상이 이에 해당한다. 김윤식이 보기에 김동리는 ③에 속한다. "인간과 자연은 저마다의 분수를 지키며 '저만치 각각 혼자서' 존재한다는 것, 이 '저만치'의 거리란 '절대적'이어서 어떤 방식으로도 단축되거나 접근되거나 또한 멀어지지 않는다는 것, 각자 자기의 본성(불성)을 지니고 있다는 것."[21] ①, ②와 변별되는 ③의 입장에 관한 이해에서 다소 오해의 여지가 있으므로 제5절에서 자세한 논의를 펼치도록 하겠다. 다만 김동리가 인간과 자연의 공존을 지향하였다는 사실만은 분명하게 제시되었으므로 여기서는 일단 이를 취하고자 한다.

다음으로 샤먼(shaman)의 개입 여부를 살펴보자. 샤머니즘에서 샤먼의 존재가 중심이라는 사실이야 동어반복에 가까운 당연한 진술이므로 더 이상의 논의는 생략한다. 일제 파시즘에서는 만세일계(萬世一系)라고 선전되었던 천황이 샤먼의 역할을 담당하였다. 따라서 일제 파시즘의 모든 가치와

---

21. 김윤식, 「그리움으로서의 청산─김동리의 「청산과의 거리」」, 『해방공간 한국 작가의 민족문학 글쓰기론』, 서울대학교출판부, 2006, 219쪽.

의미는 천황으로부터 규정될 수밖에 없었다. 천황이 모든 질서의 중심이라는 사실은 천황귀일(天皇歸一) 논리가 온 세상이 하나라는 뜻의 팔굉일우(八紘一宇) 논리와 병행한다는 데서 확인할 수 있다. 반면 김동리는 이러한 세계로부터 결별할 계기를 제공하였다는 점에서 서구의 르네상스에 후한 점수를 부여하고 나섰다. "르네쌍스 정신의 진수란, 세칭, '인간성 옹호'란 것이니, 이 말은 즉, '신'이라는 전제적 우상에의 예속에서 인간이 각기 제 개성과 생명에 복귀하여 그것을 옹호하고 발휘 지양시킨다는 뜻이었다. 그러므로 근대문학 정신을 인간성 탐구라 할 제 그것은 인간의 개성과 생명의 구경적 의의를 탐구한다는 뜻이다."[22] 그러한 까닭에 「무녀도」의 주인공 모화는, 자연을 초월적인 대상으로 격상시키거나 자신이 자연의 계시자로 올라서는 대신, 스스로를 비워가며 자연의 율동에 제 몸을 맡겨버리는 존재로 그려졌다. 일제의 천황이 세상의 질서를 주재하는 신의 후예로서 결코 빈틈이 허용되지 않는 존재라는 사실을 염두에 두면 그 차이는 더욱 선명해진다.

기실 파시즘의 심리기제에서 샤먼 역할을 수행하는 지도자의 존재는 퍽 중요하다. 집단 심리에 관한 프로이트의 논의가 이를 보여준다. 프로이트는 인간이 한 우두머리의 통솔을 받는 집단 속의 개체라고 주장한다('군집동물Hordentier'). 무리를 지어 사는 '군거 동물(Herdentier)'과 변별된다는 것이다.[23] "집단의 지도자는 여전히 두려움의 대상인 원시적 아버지이고, 집단은 권위에 대해 극단적인 애착을 갖고 있다. 르봉의 말을 빌리면, 집단은 복종하고자 하는 열망을 갖고 있다. 원시적 아버지는 집단의 이상이고, 자아 이상을 대신하여 자아를 지배한다."[24] 군거 본능이 폭발하면 그 사회는 "자아 이상을 하나의 공통된 대상으로 대치하고, 그 결과 자아 속에서 자신들을

---

22. 金東里, 「新世代의精神─文壇'新生面'의性格, 使命, 其他」, 『文章』, 1940.5, 83쪽.
23. 지그문트 프로이트, 「집단 심리학과 자아 분석」, 『문명 속의 불만』, 열린책들, 2009, 135쪽.
24. 지그문트 프로이트, 위의 글, 143쪽.

서로 동일시하게 된 개인들의 집단"으로 굴러가게 되며, 파시즘이란 이러한 원시적 군거 본능을 효과적으로 이끌어 내는 이념이자 체제라고 할 수 있다. 프로이트는 이를 다음과 같은 도표로 정리하였다.[25]

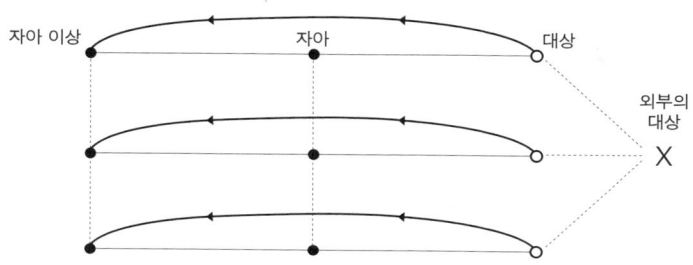

일제의 천황, 독일의 히틀러 따위는 '외부의 대상 X'이면서 각 개체의 공통된 '자아 이상'으로 대치되는 데 성공한 사례이다. 그리고 '자아 이상'의 자리로 올라앉은 '외부의 대상 X'를 매개로 하여 1930년대 중·후반, 1940년대 초·중반의 일본 국민과 독일 국민들은 각각 서로를 동일시하며 하나의 견고한 집단으로 운영될 수 있었다. 멸사봉공(滅私奉公)이라는 신념 아래 스스로를 산화시켜 나간 가미가제 특공대원, 아무런 죄책감 없이 유대인 수용소에 독가스를 살포할 수 있었던 독일의 '교양인' 아이히만 등은 바로 이러한 심리 기제의 산물이다. 파시즘을 경계할 때 고대신화와의 연관성에 주의하는 까닭은 여기서 찾아야 한다. 인간의 내면에는 원시적 군거 본능이 잠들어 있고, 잠들어 있는 군거 본능을 깨워 일으키는 창구로 고대신화가 활용될 수 있다는 사실. 그리고 그 중심에 집단의 이상을 한 몸에 체현한 신인(神人)이 중요한 역할을 담당한다는 점에 유의해야 하는 것이다.

다시 말하거니와, 김동리 역시 근대 이전의 동양정신으로 복귀하였다. 전해 내려오는 설화에 관심을 기울여 이를 바탕으로 「황토기(黃土記)」(『문장』,

25. 지그문트 프로이트, 위의 글, 129쪽.

1939.5), 「두꺼비」(『조광』, 1939.8), 「윤회설」(『서울신문』, 1946.6.6~26.), 「을화」(『문학사상』, 1978.4) 등의 작품을 완성하기도 했다. 이러한 동양정신으로의 복귀를 일제가 벌여나갔던 전근대('원시적 아버지'로서의 천황)와 근대(자본주의)의 착종을 통한 파시즘 확립과 동일한 것으로 규정해서는 곤란하며, 설화를 통해 민족의식의 확인으로 나아가려는 시도에 대하여 원시적 군거 본능 작용을 위한 고대신화의 활용이라 딱지 붙여서도 안 될 것이다.

4. '민족 단위 휴머니즘'에 담긴 뜻

과연 모든 민족주의는 배척당하고 해체되어야만 하는 위험한 이념일까. 파시즘을 경계하는 연구가 의미를 획득하기 위해서는 이러한 물음 위에서 논의를 전개할 필요가 있다. 주지하다시피 근대의 역사를 되돌아보면, 어떤 민족국가는 파시즘으로 경사했지만, 어떤 민족국가는 파시즘 반대로 나아갔다. 민족의식을 형성해 나가는 방식의 차이가 이러한 결과를 낳았던 것이다. 따라서 민족주의 일반을 부정하기에 앞서서 역사적 사례를 차분하게 따져보는 작업이 먼저 진행되어야만 한다. 역사학자 김기봉은 "독일 민족주의는 왜 선량한 시민이나 애국적인 국민 대신에 나치주의자와 같은 광신자를 낳았는가?"[26]라고 묻고 나서 다음과 같이 답하고 있다. "독일인들은 자신들의 민족적 정체성을 부정적인 방식으로, 곧 배제의 원칙에 따라 확립했다. 근대적 혁명정신을 통해서가 아니라 인종적(ethnic) 범주를 통해서 민족을 규정했던 독일인들은, '우리'와 '적' 간의 영원한 이분법을 전제로 하여 민족 정체성을 정의했다."[27] 물론 프랑스 민족에게도 적은 있었으나, "프랑스인들은 혁명이 지향했던 보편적 이념에 따라서 사회의 내적 통합을 이룩

26. 김기봉(金基鳳), 「'정치종교'로서의 민족주의—독일 민족주의를 중심으로」, 『서양에서의 민족과 민족주의』, 까치, 1999, 183쪽.
27. 김기봉, 위의 글, 207쪽.

함으로써 민족적 정체성을 이끌어냈다."[28] 그러니까 독일 민족의 경우 '누가 우리의 적인가'라는 '정체성의 타자 규정'으로 나아갔던 반면, 프랑스 민족은 보편적인 이념 위에서 '우리는 누구인가'와 같은 '정체성의 자기 정의'를 취했던 것이다.

일제 파시즘은 독일 나치즘의 사례와 일치한다. 예컨대 일본 중의원을 지냈던 고테라 겐키치(小寺謙吉)의 『대아세아주의론(大亞細亞主義論)』(寶文館, 1916)을 보라. 여기서 고테라 겐키치는 "무릇 피는 물보다 진함에" 근거를 두고 "황인종 연합론"을 주창하고 있다. 그리고 백화론(白禍論, 백인종이 황인종의 생존권을 위협한다는 사상)을 강변하면서 자신들의 침략정책에 정당성을 부여하고 있다.[29] "대저 인종주의는 같은 인종간의 쟁투를 영원히 방지하고 또 인종과 인종의 균세에 의해 다른 인종간에 일어나는 전쟁을 막아내는 점에서 평화의 일대 복음임을 잃지 않는다."[30] 이러한 일제의 '정체성의 타자 규정'이 파시즘으로 이어져 나갔음은 주지의 사실이다. "그의 대아시아주의는 한일병합의 완료, 중국 신해혁명의 발발과 군벌 지배체제, 서구열강의 제국주의적 경쟁의 심화와 제1차 세계대전이라는 국제적 상황을 배경으로 하여 탄생하였다. 그의 비이성적이고 퇴영적인 인종주의는 이러한 정세를 틈탄 원초적 감각에 호소하면서 여론을 선동할 수 있었다. 그리고 이 감각주의는 곧 전체주의의 토대가 되었는데, 이는 이후 파시즘의 역사가 증명한다."[31]

그렇다면 김동리의 민족정신은 과연 어떠하였던가. 김동리는 자신의 민족정신을 "세계사적 휴맨이즘의 연속적 필연성에서 오는 민족 단위의 휴맨

---

28. 김기봉, 위의 글, 211~2쪽.

29. 小寺謙吉, 『大亞細亞主義論』, 寶文館, 1916, 1~4쪽, 강창일, 『근대일본의 조선침략과 대아시아주의』, 역사비평사, 2003, 311~2쪽에서 재인용.

30. 小寺謙吉, 위의 책, 314쪽에서 재인용.

31. 강창일, 『근대일본의 조선침략과 대아시아주의』, 역사비평사, 2003, 317쪽.

이즘으로서 규정할 수 잇는 것"이라고 단언하고 난 후, 그 내용에 관하여 다음과 같이 설명하고 나섰다.

우리가 목적하는 민족문학이 세계문학의 일환으로서의 민족문학인 것처럼 우리의 민족정신이란 것도 세계사적 휴맨이즘의 일환인 민족 단위의 휴맨이즘으로서 규정될 것이며 이러한 민족단위의 휴맨이즘을 세계사적 각도에서 내포하고 잇는 것이 오늘날 순수문학의 문학정신인 것이다. 여기 '세계사적 각도'라고 한 것은 상술한 바와 가치 세계정신사의 제3기적휴맨이즘에의 '지향'을 의미하는 것인데 이 제3기 휴맨이즘의 본격적 출발은 동서정신의 '창조적 지양'에서의 새러운 정신적 원천의 양성으로서만 가능할 것이다.[32]

여기서 먼저 주목할 사항은 "제3기 휴맨이즘의 본격적 출발은 동서정신의 '창조적 지양'에서" 가능해진다는 진술이다. 김동리는 서구 르네상스 이후의 역사를 깡그리 부정한 바 없다. 앞에서 살폈듯이, 오히려 인류사 전개에서 차지하는 서구에서 발원한 근대의 의미를 적극적으로 끌어안았다. 다만, 원편으로 저엇던 노를 그 다음엔 오른편으로 저으며 나룻배가 나아가듯이(음양론), 이번에는 동양의 전통에서 역사 추진력을 확보할 수 있으리라고 주장했을 따름이다. '동서정신의 창조적 지양'이란 바로 이를 가리킨다. 따라서 김동리의 사상은 일제 파시즘에서 노정하고 있었던 인종주의와 무관하다고 할 수 있다.

다음으로 주목할 대목은 "세계사적 휴맨이즘의 일환인 민족단위의 휴맨이즘"이라는 규정이다. 김동리는 자신이 창조한 '모화'가 괴테의 '파우스트'를 대체할 새로운 세기의 인간상이라고 주장한 바 있다. 그런 만큼 그의 새로운 '르네상스 휴머니즘'은 당연히 세계사적인 의미를 획득할 수 있어야만

---

32. 金東里, 「純粹文學의 眞義─民族文學의 當面課題로서」, 『서울新聞』, 1946.9.15.

한다. 그런데 이때 새로운 '르네상스 휴머니즘'은, 민족 단위로 변별되는 지점을 부정하면서가 아니라, 민족 단위로 변별되는 지점을 인정하면서 가능해진다는 점이 특징적이다. 이 특징의 근거를 알아보기 위해서는 김동리의 백형(伯兄) 범보(凡父, 여기서의 '부'는 재주와 덕을 갖춘 남성을 높여 부르는 '사내아름다울 보'자로서 한글로 표현할 때는 '보'로 쓰고 읽는다)의 논의를 참조할 필요가 있다.

범보는 김동리의 사상적 거점 역할을 했던 인물이다.[33] 범부는 국가 형태와 관련하여 인류의 역사를 다음과 같이 진단한 바 있다. "국가는 원시부족국가시대에서 오늘날까지 발전해 오는 역사적 과정에 있어서 민족국가로서 완료되고 있읍니다."[34] 그렇다면 제국주의의 출현은 어떻게 이해해야 하는가. "제국주의 내지 자본주의가 일어나지 않았으면 이 세계는 개척되지 못하였을 겁니다.(중략) 국가는 민족국가로서 완료하였는데 세계개척을 위하여 제국주의 자본주의가 일어나서 세계개척을 하였으니 이제는 제국주의가 퇴장해야 합니다."[35] 그러니까 제국주의가 각 지역의 민족의식을 자극하여 전 세계에서 민족국가 건설의 촉진제 역할을 담당하였다고 파악하는 한편, 그 역할이 끝나는 순간 제국주의는 여러 민족국가들의 견제 속에서 퇴장할 수밖에 없으리라고 전망하였던 셈이다. 이로써 펼쳐지는 국제질서는 다음과 같이 작동한다고 여겼다. "모든 국가가 전부 제 개성을 가지고 제 자주독립을 유지하면서 완전한 국제사회라는 것이 이로부터 오는 세계사회의 형태입니다. 어떤 개성이 어떤 개성을 정복하고 전 세계를 통일할 수 있느냐 하면 절대로 안 돼요. 민족국가의 개성은 개성대로 남고, 개성과 개성간의 조화에서 세계평화는 올 것이고 세계사회는 전개될 것입니다."[36]

---

33. 이에 관한 자세한 사항은 졸고, 『김동리 연구』(소명출판, 2010) 참조.
34. 金凡父, 「國民倫理 特講」, 『花郎外史』, 以文社, 1981, 196쪽.
35. 金凡父, 위의 글, 197~8쪽.
36. 金凡父, 위의 글, 201쪽.

김동리가 주장하는 '세계사적 휴맨이즘의 일환인 민족 단위의 휴맨이즘', 즉 각 민족이 개성(특수성)을 발휘하고 이것은 세계적인 보편적 원리 안에서 부합할 수 있으리라는 근거는 이러한 전망 속에서 확보되었다. 여기서 다시 쓸데없는 논란을 피하기 위해 한마디 덧붙일 필요가 있는데, 김동리가 민족의 개성(특수성)을 강조하기는 했으나 국가주의자로 나아가지 않았다는 사실이다.[37] 오히려 그는 "나치스문학, 소연방주의문학, '대동아전쟁문학' 하는 따위들과 같이 어떤 정치적 군사적 국책적 목적에 의하야 그 대상이 이미 제한된 인간성을 전제하고"[38] 있는 문학을 강력하게 거부하였다. "문학정신이란 어떠한 계율에도 우상에도 억압되지 않고, 예속되지 않고, 응체됨이 없는 자유무애(自由無碍)한 인간성의 전모를 문학적 대상으로서 보장하려는 정신이며, 나아가서는 그것의 구경(究竟)을 구명하려는 정열"[39]이라고 판단하였기 때문이다. 그렇다면 김동리의 사상은, 오해의 가능성을 무릅쓰고 굳이 근대사상의 범주 내에서 설명할 경우, 민족주의(nationalism)를 매개로 하는 세계주의(cosmopolitanism) 정도가 되지 않을까 싶다. 이는 일제의 파시즘과 분명히 다르다. '주변부의 저항민족주의는 제국주의의 거울반사에 불과하며 궁극적으로 양자는 적대적 공범관계를 형성하고 있다'라는 가설이 적용되지 않는다는 것이다. 물론 '저항적 민족주의 대 제국주의'라는 이항대립의 틀을 깰 필요는 있겠지만, 제국주의와 맞서는 모든 노력

---

37. 이와 관련하여 김동리가 '민족 단위의 휴머니즘'이라고 표현하고 있음에 주목해야 한다. '민족'에 기초한 사유와 '민족 단위'에 기초한 사유는 분명히 변별된다. 여기에 대해서는 다음 진술을 참조할 수 있다. "민족은 또 하나의 주체가 아니라 여러 주체들이 각각의 생산 및 사회관계 속에서 겪는 문제들이 작동하는 하나의 관계망이며 개인, 지역, 국가, 세계의 문제들이 구체화되는 하나의 프레임이라고 할 수 있다. '민족' 개념은 이렇듯 개인과 계급, 지역과 국가 그리고 세계라는 다중적 차원에서 전개되는 현재의 여러 문제들을 올바르게 인식하고 사유하는 유효한 인식도구로서, 하나의 개념 단위로 재정립되어야 한다." (김명인, 「민족문학과 민족문학사 인식의 전환을 위하여」, 『자명한 것들과의 결별』, 창비, 2004, 317~8쪽.)

38. 金東里, 「純粹文學과第三世界觀―金秉逵씨에答함」, 『大潮』, 1947.8, 16쪽.

39. 金東里, 위의 글, 15~6쪽.

을 무위로 돌려세우는 방식이어서는 곤란하지 않을까 싶다. 김동리는 그 이유를 증명하는 하나의 사례가 된다.

5. 에피스테메의 변동: '개별자─합체 세계관'에서 '통체─부분자 세계관'으로!

에피스테메(épstémè)가 바뀌면 인간의 생활 유형과 세계관 또한 달라지게 마련이다. 김동리가 주장했던 새로운 '르네상스 휴머니즘'은 바로 에피스테메의 변동을 가리킨다. 따라서 논의를 보다 풍부하게 이끌기 위해서는 이러한 지점으로까지 나아가야 한다. 앞에서 김윤식의 분석에 유보조항을 달았던 까닭이라든가, 김동리의 사상을 근대사상의 프리즘 속에 배치하는 데 머뭇거렸던 까닭은 여기서 말미암는다. 이는 여전히 근대의 틀 안에서 진행된다는 한계를 노정하고 있다는 것. 이러한 방법으로는 김동리가 내세웠던 '구경적(究竟的)인 생(生)의 형식'이 함의하는 바를 따라잡을 수 없다. 에피스테메의 변동이란 측면을 고려하기 위해서는 근대 사회를 구획하는 인식론의 근거를 먼저 살펴보고 난 후, 김동리의 구상이 이와 어떻게 변별되는가를 비교해보면 될 것이다.

주지하다시피 근대사회가 구축된 데에는 데카르트주의의 영향이 지대하였다. 그들은 "모든 것의 전제로서 개인을 설정해놓고, 사회를 개인의 의사에 따라 구성하거나 해체할 수 있는 집합체와 같은 것으로 설명"한다. 즉 각각의 개별자(個別子, individual)들이 모여서 사회계약설에 근거하여 만들어 나간 합체(合體, assemblage)를 사회라고 파악한다는 것이다. 이러한 인식론이 에피스테메로 굳어지면, 그 사회는 개별자의 욕망이 해방되고 충족되는 방향으로 나아가게 된다. 그리고 "개별자의 실현을 위해서는 다른 개별자를 침해하지 않는 범위에서 모든 것이 허용될 수 있어야 한다. 이러한 요구에 부응하기 위해 주장된 이념이 개별자의 자유와 평등이다. 합체로서 사회는 개별자의 의사에 반하여 간여하는 일이 최대한 적게 일어나도록 역할을 최소화하도록 해야 한다." 이러한 모델로 구성된 사회의 세계관을 '개별자-합체 세계관'이라고 부를 수 있을 것이다.[40]

김동리가 구상했던 사회의 구축 방식은 이와 달랐다. 다음과 같은 대목은 그 차이를 분명하게 드러내어 보여준다.

> 우리는 한 사람씩 한 사람씩 천지(天地) 사이에 태어나 한 사람씩 한 사람씩 천지 사이에서 살아지고 있다는 사실을 통하여, 적어도 우리와 천지 사이엔 떠날래야 떠날 수 없는 유기적 관련이 있다는 것과 및 이 '유기적 관련'에 관한 한 우리들에게는 공통된 운명이 부여되어 있다는 것을 발견하게 되는 것이라. 우리는 우리들에게 부여된 우리의 공통된 운명을 발견하고 이것의 전개에 지향하지 않으면 안 된다. 우리가 이 사실을 수행하지 않는 한 우리는 영원히 천지의 파편에 그칠 따름이요, 우리가 천지의 분신임을 체험할 수는 없는 것이며, 이 체험을 갖지 않는 한 우리의 생(生)은 천지에 동화될 수 없기 때문이다. 그리고 우리는 우리에게 부여된 우리의 이 공통된 운명을 발견하고 이것의 타개에 노력하는 것, 이것을 가르쳐 구경적(究竟的) 삶이라 부르는 것이다. 웨 그러냐 하면 이것만이 우리의 삶을 완수할 수 있는 길이기 때문이다.[41]

우선 두드러지는 사실은 '우리'-인간과 '천지'-자연 사이에 도저히 떼어낼 수 없는 '유기적 관련'이 있는 것으로 파악하고 있다는 점이다. 이러한 사유는 "인간과 자연은 저마다의 분수를 지키며 '저만치 각각 혼자서' 존재한다는 것"(김윤식)과는 거리가 멀다. '저만치 각각 혼자서'라는 표현은, 인간과 자연의 '유기적 관련'을 부정하고, 인간이 자연으로부터 떨어

---

40. 최봉영, 「문화와 욕망의 형성과 실현」, 『주체와 욕망』, 사계절, 2000, 236~9쪽.
41. 金東里, 「文學하는 것에對한 私考—文學의 內容(思想性)的基礎를 爲하여」, 『白民』, 1948.3, 44~5쪽.

져 나왔을 때에나 가능해지기 때문이다. 따라서 '우리'-인간과 '천지'-자연은 '유기적 관련'에 묶여 '여기에 서로 함께' 존재하고 있다고 파악해야 한다. 그렇다면 여기서 말하는 '유기적 관련'이란 대체 어떤 것인가. '우리'-인간은 "천지의 분신임을 체험할" 수 있어야 하며, 그래야만 "우리의 생(生)은 천지에 동화될 수" 있으리란 진술에 해명의 단서가 있다. '우리'-인간이 '천지'-자연의 분신이라면, '천지'-자연은 '우리'-인간에 선행하여 존재하는 통체(統體, whole)가 된다. 이렇게 세계를 통체와 분신의 관계로 사유하는 방식은 동아시아 사상 전반에서 널리 발견되는 바다. 예컨대 성리학의 경우를 보자. "개체는 전체인 태극으로부터 성분(性分)을 본분(本分)으로 부여받아 직분(職分)으로 실천하는 분적(分的) 존재이다. 태극은 계속적인 생성과 전개를 통해 영원한 반면에 분적인 존재는 일회적 존재로서 유한하다."[42] 여기서 '태극'의 자리에 '천지'라든가 '자연'을 갖다 놓으면 김동리가 주장하는 바와 일치한다. 개체가 통체의 분신으로 존재한다는 측면을 강조하여 부분자(部分子, positioner)라는 용어로 규정한다면, 이러한 사유체계는 '통체-부분자 세계관'이라 정리할 수 있을 것이다.

　이 정도까지 나아가면 "높고 참된 의미에 있어서의 '문학하는 것'이란 무엇인가.// 그것은 어떤 구경적(究竟的)인 생(生)의 형식이 아니어서는 아니된다고, 나는 생각한다."라는 말의 의미가 드러난다. 위에서 김동리는 "우리에게 부여된 우리의 이 공통된 운명을 발견하고 이것의 타개에 노력하는 것"을 가리켜 "구경적 삶"이라고 말하고 있다. 무한자 '천지'-자연으로부터 '우리'-인간에게 "부여된 공통된 운명"이란 일회적 존재가 끌어안아야만 하는 유한함일 터이다. 그러니 이 유한함과 마주하여, 유한함에 맞서면서 나름의 의미를 발견해 내고자 노력하는 것이 "구경적 삶"에 해당하지 않을까. 또한 여기에는, "우리의 생(生)은 천지에 동화될 수" 있어야 한다고 하였

---

42. 최봉영, 앞의 글, 243쪽.

으니, '우리'-인간은 자신을 스스로 비워가며 끊임없이 생성하고 변화하는 '천지'-자연의 속성을 닮아가야 한다는 의미까지 포함되어 있을 것이다. 김동리는 다른 글에서 이를 다음과 같이 풀어내기도 하였다. "시대와 사회를 초월하여 인간이 영원히 가지지 않을 수 없는 인간의 가장 보편적이요 근본적인 문제에 대한 고도의 해석이나 비평, ―이것이 문학에 있어서의 참된 사상성 다시 말하면 문학적 사상의 주체가 되는 것이다."[43]

6. 새롭게 살펴야 할 김동리 사상의 요철 지점

김동리에게 '문학하는 것'이란 동사형 사유 위에서만 가능해지는 작업이다. 이는 '종교적 수행'을 명사형 사유의 범주로 파악하여 '문학하는 것'과 비교하는 장면에서 선명하게 드러난다. 그는 "'문학하는 것'과 종교적 수행과의 관계"를 다음과 같이 비교 정리하고 있다. "우선 그 형식에 있어 종교는 찬송하고 기도하고 귀의하지만 문학은 사색하고 상상하고 창조(표현)하는 것이다. 그리고 그 내용에 있어 종교는 이미 발견되고 체현된 신에 대하여 복종하고 신앙하고 귀의하지만 문학에 있어서는 각자가 자기 자신 속에 혹은 자기 자신들을 통하여 영원히 새로운 신을 찾고 구하는 것이다."[44] 끊임없이 생성하고 변화하는 것이 자연인 까닭에, 자연은 "이미 발견되고 체현된" 그 무엇일 수 없으며, 누가 어디서 어떻게 바라보느냐에 따라 그 형질은 달리 포착될 수밖에 없다. 일찍부터 "진리가 하나뿐이란 말은 일정한 공간, 일정한 시간, 일정한 객관, 일정한 주관 등을 조건으로하고 성립된 말"에 불과하다고 폄하하였던 김동리였으므로 이를 분명하게 인식하고 있었을 터이다. 김동리에게 '문학하는 것'이란 이러한 자연에 닮아가려는 노

---

43. 金東里, 「文學的思想의主體와그環境―本格文學의內容의基盤을위하야」, 『白民』, 1948.7, 9쪽.
44. 金東里, 「文學하는것에對한私考―나의文學精神의志向에對하여」, 『文學과人間』, 白民文化社, 1948, 101쪽.

력을 의미하였다. 그런 까닭에 그의 '문학하는 것'이 동사형의 사유로 전개되는 것은 당연한 귀결이었다.

그렇지만 이러한 사유가 한국전쟁 이후 커다란 굴곡을 겪고 있는 측면은 명확히 들여다봐야 할 것이다. 김구 노선이 궤멸되고 남한에 단독정부가 들어서자 김동리는 자신의 사상이 현실 속에서 펼쳐지기 어렵다는 사실을 절감하게 되었다.[45] 1949년부터 1950년까지 『동아일보』에 연재되었던 장편소설 『해방』에서 그러한 조짐이 먼저 확인된다. "좌익이니 우익이니 하는" "이 '두 개의 세계'를 동시에 지양한 '제삼의 세계'의 출현을 상상할 수는 없는가?"라는 물음에 김동리는 등장인물을 통해 다음과 같이 단언하고 있다. "자네와 같은 이상이나 희망으로는 가능하겠지. 그러나 가장 현실적이요 구체적인 방법은 그 어느 '한 개의 세계'가 다른 '한 개의 세계'를 극복하는 길밖에 없어."[46] 이는 분명히 "제3기 휴맨이즘의 본격적 출발은 동서정신의 '창조적 지양'에서의 새로운 정신적 원천의 양성으로서만 가능할 것"이라는 주장에서 현격히 후퇴한 것이라 판단할 수 있다. 사상이 현실과 더불어 진행되기가 어려워졌을 때 김동리는 과연 어떠한 선택을 내렸던가. 문학을 현실로부터 괴리된 영역에 감금함으로써 문학사상을 유지하기, 이것이 그가 선택한 길이었다.

　　작가가 작품을 쓴다는 것은 작품 속에 자아를 투입하는 일이다. 사회를 대상으로 자아를 개방한다는 것은 작가가 작가임을 포기하는 거나 같은 행위가 아닌가. 왜냐하면 작가가 사회를 대상으로 참회를 한다는 것은 심한 윤리적인 충동의 발로라고 보아야 하는데, 윤리적 충동으로 쏠린 작가의 자아가 미적 충동이란 이중 임무를 겸행한다는 것은 원칙에 있어 모순된 일이

---

45. 김동리와 김구 노선의 관계에 대해서는 졸고, 「새로운 르네상스 기획이 좌초하는 과정」 (『김동리 연구』, 소명출판, 2010) 참조.
46. 金東里, 『解放』 149회, 『東亞日報』, 1950.2.9.

며, 가능하다고 하더라도 예외적인 일이며 부차적인 것이라고 볼 수밖에 없는 것이다.[47]

본디 김동리는 문학의 현실 개입을 부정하지 않았다. 다만 그러한 지점에 머물러서는 곤란하고, "구경적 삶(生)"을 다루는 데까지 나아가야 한다는 입장이었다. "이 '직업적 삶'의 최고 이상이 무엇이냐 하면, 종국 좀더 공정한 질서와, 균등적 소유와 과학에 의한 편리한 직업과 경제적 윤택과, 좀더 많은 노리를 가저 보자는 데 끄친다. 나는 물론 이것을 나쁘다고 말하지 않는다. 뿐만 아니라 나아가서 이것의 실현을 위하야 노력해야 할 것이라고도 생각한다.// 그러나 여기에는 생(生)의 연속성은 없다. 또 그 다음은 어떻게 되느냐 하는 것이다."[48] 그렇지만 위에서 보았듯이, 그는 점차 문학을 현실로부터 분리시켜 떼어내는 방향으로 나아갔다. 뿐만 아니라 1970년대 말 '사회주의적 사실주의 논쟁'을 일으킬 즈음에 이르러서는 "공리성과 사회성에 편중된 문학"과 "영원성과 보편성을 아울러 지닌 문학"을 대립하는 항으로 설정하여 전자를 일러 "올바르지 못한 잘못된 길"이라고 주장하는 한편, 당대의 리얼리즘 문학 경향에 대해 "사회주의적 내지 진보주의적 사실주의"라고 딱지 붙이기에까지 이르렀다.[49] 박제화된 문학세계에 스스로를 유배시킨 꼴이다. 그렇다면 1970년대에 이르면서부터 그가 굳건하게 부여잡았던 것은, 처음 출발할 당시의 그 우뚝했던 사상이 아니라, 새로운 '르네상스 휴머니즘'의 앙상한 잔해에 불과했다고 파악할 수 있지 않을까. 김동리로서는 전혀 의도하지 않은 결과였겠지만 말이다.

---

47. 김동리, 「聖者도 神도 아닌 것을」, 『끝나지 않은 氷河—孤獨의 에세이』, 진문출판사, 1976, 73쪽.

48. 金東里, 「文學하는 것에對한 私考—文學의 內容(思想性)的基礎를 爲하여」, 『白民』, 1948.3, 44쪽.

49. 김동리, 「韓國的 文學思想의 特質과 그 背景—韓國文學의 나갈길」(『月刊 文學』, 1978.11) 참조.

이 땅, 대한민국의 근대사는 급격하게 요동쳤다. 이에 따라 김동리의 삶도 파란만장하게 전개되었고, 그의 사상 역시 영향을 받지 않을 수 없었다. 이를 제대로 이해하려면 김동리의 사상을 '요철화(凹凸化, dénivellation)'할 필요가 있다. "이는 어떤 목적론적 체계에 따라 매끈하게 연결되어 있는 선(線)을 다시 울퉁불퉁하게 만드는 것을 의미한다."[50] 특정한 시기에 한정되는 김동리의 면모를 한창 유행하는 외국이론이나 이념으로 침소봉대하여 매끈하게 다림질해 내려는 유혹에서 벗어나야 하리라는 것이다. '본격문학'이니, '순수문학'이니 하는 용어가 애초의 의미로부터 변질되어 훗날 현실을 묵인하는 알리바이로 활용되었던 장면만 떠올리더라도 그 필요성은 분명해진다. 김동리의 '네오 르네상스 휴머니즘'에 관한 접근은 이러한 태도 위에서 비로소 가능해진다.

『어문총론』, 한국문학언어학회, 2011. 12.

---

50. 이정우, 「푸코 용어 해설」, 『담론의 질서』, 새길, 1993, 180쪽.

정지용의 산수시를 다시 읽는다[1]

1. 자연, 인간, 고전: 『문장』 시기 정지용 시 비평의 세 좌표

1939년 2월 『문장』이 창간되자 정지용은 이 잡지의 시 분야 편집을 책임지게 되었다. 이를 달리 표현하자면, 그가 시에 관한 자신의 모든 역량을 『문장』으로써 해야 하는 상황에 뛰어든 셈이라고 할 수 있다. 『문장』을 통해 정지용이 떠맡은 역할이랄까 획득할 수 있었던 문학사적인 의의에 대해서는 박태상이 간략하게 잘 요약해 놓았다. 첫째, 정지용의 문학사적인 공로는 청록파를 비롯한 역량 있는 신인들의 발굴이라고 할 수 있다. 정지용의 추천으로 조지훈, 박두진, 박목월 청록파 3인과 박남수, 이한직, 김종한 등의 신인들이 문단에 얼굴을 내밀게 되었다. 둘째, 정지용은 『문장』을 통해 시 비평의 세계를 개척하였다. 잡지의 편집위원인 동시에 신인을 추천하는 심사위원으로서의 자격을 염두에 두지 않을 수 없게 된 것이었다. 셋째, 『문장』을 통해 다양한 시 세계를 개척하고 새로운 시어의 창조에도 진력하였다. 특히 새로운 형태의 산문시나 2행 1연의 단형시를 실험한 것은 큰 의미를 지닌다.[2]

이 가운데 관심을 가질 만한 사항은 두 번째 이 시기에 구축해 나간 시

---

1. 본 연구는 2009년도 가톨릭대학교 교비연구비의 지원으로 이루어졌음.
2. 박태상, 「『문장』에 발표한 정지용 '한적시'의 특성」, 『정지용의 삶과 문학』, 깊은샘, 2010, 106~8쪽.

비평의 세계와 세 번째 이를 바탕으로 전개해 나간 시 세계가 교직하는 양상이다. 기실 이 즈음 발표된 정지용의 비평은 우리가 익히 알고 있는 식민지 말기 그의 시 세계와 일치하는 양상으로 나타난다. 가령 『백록담』(문장사, 1941)으로 표상되는 산수시의 세계는 다음과 같은 비평 내용과 그대로 일치한다. "시작(詩作)이 완료한 후에 다시 시를 위한 휴양기"에 "좋은 것을 얻을 수 있는 것은 바다와 구름의 동태를 살핀다든지 절정에 올라 고산식물이 어떠한 몸짓과 호흡을 가지는 것을 본다든지 들에 나려가 일초일엽(一草一葉)이 벌레 울음과 물소리가 진실히도 시적 운율에서 떠는 것을 나도 따라 같이 떨 수 있는 시간을 가질 수 있음이다."[3] 기실 그는 금강산, 한라산 등에 오르면서 그러한 태도를 실제 보여주었고, 산수시란 그 체험을 시로 옮긴 것이라고 정리해도 무방할 정도이다. 따라서 다음과 같은 구절은 산수시를 써 내려가는 자신의 마음가짐을 진술한 것으로 이해해도 별 무리가 없겠다. ㉠"무엇보다도 돌연한 변이를 꾀하지 말라. 자연을 속이는 변이는 참신할 수 없다. 기벽스런 변이에 다소 교활한 매력은 갖출 수는 있으나, 교양인은 이것을 피한다. 귀면경인(鬼面敬人)이라는 것은 유약한 자의 슬픈 괴사에 지나지 않는다. 시인은 완전히 자연스런 자세에서 다시 비약할 뿐이다."[4]

그런데 ① 뒤에 이어지는 다음 문장에 주목할 필요가 있다. ②"시인이 더욱이 이 기간에서 인간에 집착하지 않을 수 없다. 사람이 어떻게 괴롭게 삶을 보며 무엇을 위하여 살며 어떻게 살 것이란 것에 주력하며, 신과 인간과 영혼과 신앙과 애(愛)에 대한 항시 투철하고 열렬한 정신과 심리를 고수한다. 이리하여 사름과 죽음에 대하여 점점 단(段)이 승진되는 일개(一個)표일(飄逸)한 생명의 검사(劍士)로서 영원에 서게 된다."[5] 이는 정지용이 자연을

3. 鄭芝溶, 「詩와 發表」, 『文章』, 1939.10, 190쪽.
4. 鄭芝溶, 「詩의 擁護」, 『文章』, 1939.6, 126쪽.
5. 鄭芝溶, 「詩와 發表」, 앞의 책, 190쪽.

이야기하는 한편, 이에 못지않게 인간에 대해서도 고민하였음을 증명하는 단서가 된다. '더욱이'라는 부사가 이러한 사실을 강조하고 있다. 그리고 ㉠ 다음에 오는 단락은 한 문장으로만 구성되었는바, ㉡"우수한 전통이야말로 비약의 발 디딘 곳이 아닐 수 없다."가 이에 해당한다.[6] 그러니까 시인이 새로운 단계로 비약하기 위해서는 '완전히 자연스런 자세'를 유지하되, '우수한 전통' 위에 발을 디뎌야 한다는 주장으로 읽을 수 있다. 같은 글에는 "고전적인 것을 진부(陳腐)로 속단하는 자는, 별안간 뛰어드는 야만일 뿐이다."[7]라고 해서 고전을 강조하는 내용도 포함되어 있다.

정지용은 ①, ②의 자연과 인간, ㉠, ㉡의 자연과 고전을 하나로 잇기 위해 '동양화론(東洋畵論)'[8], '경서(經書)'의 세계로 진입한 듯하다. 이러한 추정은 다음과 같은 내용을 통해 가능하다. "시학(詩學)과 시론(詩論)에 자조 관심할 것이다. 시의 자매(姉妹) 일반예술론(一般藝術論)에서 더욱이 동양화론 서론에서 시의 방향을 찾는 이는 빗둘은 길에 들지 않는다.∥경서(經書) 성전류(聖典類)를 심독(心讀)하야 시의 원천에 침윤하는 시인은 불멸한다."[9] 따라서 식민지 말기 정지용의 시 세계를 동양화론이라든가 경서와의 연관을 염두에 두고 읽어나갈 필요가 있겠다. 즉 정지용의 시 세계가 동양화론, 경서와 한데 어울리는 맥락이 드러날 때, 이를 통하여 자연과 인간에 관한 정지용 관점의 일단이 파악되리라는 것이다. 이러한 독법이 가지는 장점은 분명하다. 그동안 주로 자연의 관점에서 분석되어왔던 그의 산수시가 어떻게 동시에 인간에 대한 고민을 담아내고 있는가를 확인할 수 있게 된다는 것, 그리고

---

6. 鄭芝溶, 「詩의 擁護」, 앞의 책, 126쪽.

7. 鄭芝溶, 위의 글, 같은 쪽.

8. '시와 그림은 본디 하나[詩畵本一律]'라는 인식은 중국 당나라 때 이미 발견할 수 있으며, 송에 이르러 전체적으로 퍼졌다(崔炳植, 『동양회화미학: 수묵미학의 형성과 전개』, 東文選, 1994, 217~225쪽 참조). 그러니 정지용이 동양화론과 시 창작의 상관성에 주목한 것은 이미 그 자체로 고전정신에 입각한 것이었다고 볼 수 있다.

9. 鄭芝溶, 위의 글, 125쪽.

고전정신이 그를 통하여 근대와 접합되면서 어떻게 굴절되고 있는가를 살펴볼 수 있게 된다는 것이 장점이다. 따라서 이 논문은 이러한 독법에 근거하여 작성해 나가고자 한다.[10]

이 글의 구성은 다음과 같다. 2장에서는 「장수산(長壽山)·1」, 「장수산(長壽山)·2」를 분석하고자 한다. 두 작품을 선택한 까닭은 『백록담』의 가장 앞에 실린 시편이기 때문이다. 시인들은 대체로 시집 전체 정신을 관통하고 있는 시로써 처음을 장식한다. 따라서 『백록담』의 정신을 파악하기에 「장수산·1」, 「장수산·2」가 유효하리라고 판단한 것이다. 3장에서는 그동안 두 편의 시에 가해졌던 해석의 문제점들을 따져보고자 한다. 이로써 앞에서 내세웠던 독법의 변별성이 드러날 것이다. 4장은 인간 문제에 관한 시인의 고민을 들여다보는 내용으로 전개할 필요가 있겠다. 「장수산·1」, 「장수산·2」를 그러한 관점에서 펼쳐나간 제대로 된 연구가 없는 데서 기인한다. 그리고 마지막 5장에서는 정지용의 산수시를 둘러싸고 실증적으로 복원해야 할 지점을 이후의 과제로 밝혀놓을 것이다.

2. 겨울 장수산의 정지용, 그 밤과 낮

2-1. 「장수산 · 1」 다시 읽기: 흰 달빛의 의미

伐木丁丁 이랬거니   아람도리 큰솔이 베혀짐즉도 하이   골
이 울어 멩아리 소리   쩌르렁   돌아옴즉도 하이   다람쥐
도 좃지 않고   뫼ㅅ새도 울지 않어   깊은산 고요가 차라리

---

10. 기실 정지용의 산수시가 동양화의 영향을 받았다는 사실은 그리 새로울 바 없다. 하지만 동양화의 구체적인 소재와 구도가 내포하는 의미에 주목한 후, 이에 입각하여 정지용 시의 분석으로 나아간 사례는 찾아보기 힘들다. 이 논문은 그러한 지점에서 이전 연구와 변별되는 의미를 갖는다.

뼈를 저리우는데   눈과 밤이 조히보담 희고녀!   달도 보름
을 기달려 흰 뜻은 한밤 이골을 걸음이란다?   웃절 중이 여
섯판에 여섯번 지고 웃고 올라 간뒤   조찰히 늙은 사나히의
남긴 내음새를 줏는다?   시름은 바람도 일지 않는 고요에 심히
흔들리우노니   오오 견듸란다   차고 兀然히   슬픔도 꿈도
없이   長壽山속 겨울 한밤내—

    —「장수산 · 1」전문[11]

  익히 알려졌다시피 "벌목정정(伐木丁丁)"이란 『시경(詩經)』 '소아(小雅) 벌목
(伐木)' 편에 등장하는 구절로 "커다란 나무를 산에서 벨 때 쩡 하고 큰 소리
가 난다는 뜻"이다.[12] 그런데 시의 주된 정조를 이해하기 위해서는 '벌목' 편
에서 이 구절과 이어지는 전체 내용을 염두에 둘 필요가 있다. 벌목 삼장(三
章) 가운데 첫 번째 장을 옮겨 적고 해석하면 다음과 같다.

벌목정정(伐木丁丁)이어늘	나무 베는 소리 쩡쩡 울리는데
조명앵앵(鳥鳴嚶嚶)하고	새들은 삑삑 울면서
출자유곡(出自幽谷)하여	깊은 골짜기를 날아와
천우교목(遷于喬木)하도다.	큰 나무로 날아가네.
앵기명의(嚶其鳴矣)는	삑삑 우는 것은
구기우성(求其友聲)이로다.	자기 벗을 찾는 소리지.
상피조의(相彼鳥矣)라도	새들을 봐도
유구우성(猶求友聲)이어늘	벗을 찾는 소리 내거늘
신이인의(矧伊人矣)이	하물며 사람이

11. 鄭芝溶, 「長壽山 · 1」, 『白鹿潭』, 文章社, 1941, 12쪽.
12. 권영민, 「長壽山 · 1」, 『정지용 詩 126편 다시 읽기』, 민음사, 2007, 531쪽.

불구우생(不求友生)가?　　　친구를 찾지 않겠는가?

신지청지(神之聽之)면　　　삼가 벗과 잘 어울리면

종화차평(終和且平)이니라.　　언제나 화평케 되리라.[13]

　정지용은 '벌목' 편 첫 번째 장의 맥락을 전제하고서 '벌목정정'이라는 구절을 인용하였다. "아람도리 큰솔이 베혀짐즉도 하이"라는 구절과 "골이 울어 멩아리 소리 쩌르렁 돌아옴즉도 하이"라는 구절이 서로 조응하는 데서 이를 확인할 수 있다. 두 구절의 관계는 불러서 찾고, 이에 화답하는 친우(親友) 관계와 일치한다는 것이다. 그렇지만 '~즉도 하이'라는 데서 드러나듯이 이는 상상에 머무를 따름이며, 현실은 고요하기 이를 데 없다. 친구를 찾아 큰 나무를 기어오르는 다람쥐도 없고, 삑삑 우는 산새 또한 뵈지 않는다. 짐승조차 이러할진대 벗을 찾을 수 없는 처지의 사람이라면 그 적막함이 어느 정도에까지 이를까. 시인은 이러한 고립감을 "깊은산 고요가 차라리 뼈를 저리우는데"라고 표현하고 있다. 그러니 "신지청지(神之聽之) 종화차평(終和且平)"이라는 데로 나아가기는 요원하기만 한 상태이다.

　그런데 시인은 이러한 상태에서 흰 빛을 발견해내고 있다. 마을로부터 멀찍하게 떨어진 "장수산속 겨울 한밤"이니 응당 깜깜하게 어두울 터이나, 하늘에는 마침 보름달이 밝게 떠올랐고 사위에 쌓인 눈은 그 빛을 반사하고 있으니, 밤은 종이보다도 오히려 더 희게 느껴진다. 이 흰 빛의 의미를 어떻게 파악해야 하는가는 「장수산·1」 읽기의 관건이라고 할 수 있을 정도로 중요하다. 우선 흰 빛이 "달도 보름을 기달려 흰 뜻은"이라고 하여 이지러졌다가 다시 차오르는 달의 변화와 결부된다는 사실에 주목해야 한다. 이는 "되돌아간다는 것은 도의 움직임[反者道之動]"[14]이라는 노자(老子)의 인

---

13. 김학주 譯, 「나무를 베네(伐木)」, 『새로 옮긴 시경(詩經)』, 明文堂, 2010, 458쪽.

14. 노자, 김학주 譯, 「제40장 거용(去用)」, 『노자』, 을유문화사, 2005, 214쪽.

식과 일치시켜 이해해도 무방하다. 달 또한 적막한 상황을 상징하는 "한밤 이골을" 가로질러 나아가는 "걸음"(움직임)으로 표현되고 있기 때문이다. 흰 빛은 어두운 현재의 상황을 전회(轉回)시키는 운동 혹은 기운이라고 볼 수 있다.

다음으로 정지용의 심사(心事)가 '달=도(道)'의 움직임을 좇아 결정되고 있음을 눈여겨보아야 한다. 달이 흰 빛을 발하기 위하여 보름을 기다렸던 것처럼, 시인 자신도 일단은 "오오 견듸란다"라며 의지를 결연하게 가다듬고 있다. 물론 "장수산속 겨울 한밤" 속에 홀로 내던져진 듯한 고립감은 시가 종결된 뒤에도 여전히 남아있고, 고요가 깊어질수록 시름의 진폭이 커지는 것 또한 어찌할 수 없을 것이다. 그렇지만 "차고 올연히 슬픔도 꿈도 없이"라는 구절에서 확인할 수 있듯이,[15] 시인은 고요[靜]를 지켜 나가기는 하되 스스로를 비워나가는[虛] 방향으로 자세를 취할 수 있게 되었다. 즉 달의 변화에 자신을 맞추면서 기다림의 자세를 확정할 수 있게 되었다는 것이다. '달=도(道)'를 좇았으니 이러한 결심은 어쩌면 당연한 귀결인지도 모른다. 노자는 이를 '귀근(歸根)'이라고 했다. "마음이 텅 빈 상태를 극도에 이르게 하고 고요함을 지키는 일을 독실하게 해야 한다. 만물은 아울러 생겨나고 있지만, 우리는 그 모두가 그 근원으로 되돌아감을 본다."[致虛極, 守靜篤, 萬物並作, 吾以觀其復][16]

기실 귀근으로 나아가 차고 기우는 만물의 흐름에 몸을 내맡길 수 있다면, 한밤의 어둠과 달빛의 밝음을 대립시켜 파악하며 이 분별 속에 스스

---

15. 시 전체 인용에서는 '几然히'라고 되어 있으나 여기서는 '兀然히'로 고쳐서 풀어 나간다. '几然히'는 '兀然히'의 오식이라고 보기 때문이다. "『문장』에 발표할 당시에는 '올연(兀然)히'로 표기되었는데, 『백록담』에서 '궤연(几然)히'로 고쳐졌다. (중략) '几'를 '兀'의 오식으로 보아 바로잡는 것은 해방 후의 『지용시선』에서 이를 '올연히'로 다시 고쳐 놓았기 때문이다."(권영민, 「長壽山·1」, 앞의 책, 531쪽.)

16. 노자, 「제16장 귀근(歸根)」, 위의 책, 161~2쪽.

로를 가두어버리는 수준으로부터 한 단계 떠오를 수 있지 않을까.[17] "여섯 판에 여섯번 지고 웃고 올라 간", 그러니까 현상으로 드러난 승패 결과에 초연한 "웃절 중"에게서 그러한 가능성을 발견할 수 있다. 아마도 그 중은 이러한 경지로 올라서기 위하여 부단하게 수양[점수(漸修)]을 전개했을 터이다. 시인은 '웃절 중'을 다시 "조찰히 늙은 사나히"라고 표현함으로써 수양의 연륜을 암시해 두었다. 이렇게 이해한다면, "장수산속 겨울 한밤 내―" 견디고자 하는 시인의 의지는 "조찰히 늙은 사나히의 남긴 내음새를" 얼마나 짙게 주울 수 있었는가에 성취 여부가 달렸다고 봐도 무방하겠다. 그는 '달=도(道)'와 정지용 사이를 매개하는 위치에 자리하고 있는 셈이니 말이다.

2–2. 「장수산 · 2」 다시 읽기: 산수화 속의 돌과 물

풀도 떨지 않는 돌산이오 돌도 한덩이로 열두골을 고비고비 돌았세라 찬 하눌이 골마다 따로 씨우었고 어름이 굳이 얼어 드딤돌이 믿음즉 하이 꿩이 긔고 곰이 밟은 자옥에 나의 발도 노히노니 물소리 귀또리처럼 喞喞하놋다 피락 마락하는 해시살에 눈우에 눈이 가리어 앉다 흰시울 알에 흰시울이 눌리워 숨쉬는다 온산중 나려앉는 획진 시울들이 다치지 안히! 나도 내더져 앉다 일즉이 진달레 꽃그림자에 붉었던 절벽 보이한 자리 우에!

―「장수산 · 2」 전문

이 시를 파악하기 위해서는 먼저 장수산이 "풀도 떨지 않는 돌산"이라는 사실에 주목해야 한다. 시인이 열두 곡 전체를 하나의 돌덩어리라고 강조하고 나섰을 정도로 장수산은 바위산으로서의 면모를 드러내고 있다.

---

17. 이는 '대대(待對)' 개념의 체득 수준과 관련되는 사항이다. 따라서 이에 입각하여 이해할 필요가 있다.

산수화에서 바위란 무엇을 의미하는가. 송나라 사람 곽희(郭熙, 1020~1090)는 「임천고치(林泉高致)」에서 "바위란 천지의 뼈에 해당한다."[18]라고 진술하고 있다. 곽희의 이러한 인식은 산수화에 두루 통용되는 바, 예컨대 정선(鄭敾, 1676~1759)이 '인왕제색도(仁王霽色圖)'에 담아낸 바위산의 굳건한 기상이 여기에 해당한다. "돌은 억겁의 긴 세월 동안 형성된 것이고 영원히 변치 않는 그 무엇이다. 돌은 겉보기에 거칠고 추할지 모르나 그 외양 안쪽 깊은 곳에 사람들조차 본받기 어렵다고 탄복해 마지않는 굳센 정신을 간직한다."[19] 인간으로 치면 강골(强骨)을 상징하는 셈이다. 그러니 정지용이 돌산으로서 장수산의 면모를 강조하는 맥락에는 어떠한 외파에도 끄떡하지 않는 우뚝한 정신을 설정하고 있다고 이해해야 할 것이다.

물론 장수산이 상징하는 바는 시인이 지향하는 세계를 나타내기도 한다. 즉 어떠한 세파에도 휘둘리지 않겠노라는 시인의 다짐이 우뚝한 정신으로 표상되는 바위산의 이미지에 중첩된다는 것이다. 수묵 미학에서는 이를 '천상묘득(遷想妙得)'이라고 이른다. 풀이하자면 '정신세계를 대상으로 옮겨 절묘함에 도달함'이라는 뜻이다.

'천상(遷想)'이란 일차적으로는 자신의 심사(心思)와 심정(心情), 즉 사상과 감정을 회화 대상에 옮겨서 그 대상으로부터 내재정신을 체험하고 감수함으로써 회화적 표현에 내포되게 된다는 뜻과, 객관 대상물이 본질적으로 갖고 있는 생명력과 신(神)의 경지를 회화의 형상으로 전이한다는 뜻을 동시에 지니고 있다. '묘득(妙得)'이란 그러한 자신의 사상과 감정, 그리고 객관 대상이 지니는 본질적 성정 등이 융합된 관조·체험·심미 등이 심원한 경지에 이르러

---

19. 곽희·곽사, 「임천고치」, 『중국화론선집』, 미술문화, 2002, 157쪽.
20. 오주석, 「노시인의 초상화, 정선의 〈인왕제색도〉」, 『옛 그림 읽기의 즐거움』, 솔, 1999, 227쪽.

본질을 깨달았을 때를 말하는 것이다.[20]

이 대목에서 시의 제목이 '장수산'이라는 사실을 떠올릴 필요가 있다. 만약 정지용의 시선이 우람한 산의 골격에만 머물렀다면 '개골산(皆骨山)' 등의 제목을 취하는 게 타당했을 것이다. 하지만 "귀또리처럼 즐즐(唧唧)하"게 들리는 "물소리"가 기입되면서 '개골산'은 '장수산'으로 나아갈 수 있었다. 곽희는 "산은 물로써 혈맥을 삼고, 덮여 있는 초목으로 모발을 삼으며, 안개와 구름으로써 신채(神彩)를 삼는다."[21]라고 일렀다. 그러니까 '물소리=혈맥'을 끌어안고 이 바위산의 생명력이 확인되고 있으니 이 시의 제목 '장수산'은 비로소 타당한 의미를 획득하게 된다는 말이다. 얼음장 아래를 흐르는 물이 눈에는 보이지 않으나, 그 소리만은 또렷하다. 끊긴 듯 생각되었던 혈맥이 오롯이 이어지고 있으니 '장수산'의 의미는 한층 각별해진다. 이러한 '물소리=혈맥'은 바위산의 우뚝한 정신과 조응하고 있다.

'바위산=강골'과 '물소리=혈맥'이 조응하는 장면은 물소리가 풍경으로 변주되는 지점에서 확인할 수 있다. 점층적으로 구성되는 다음 세 문장을 보라. ①"눈우에 눈이 가리어앉다": 먼저 내린 눈이 나중 내린 눈에 의해 가리어졌으니 눈에 보이지 않는다. ②"흰시울 알에 흰시울이 눌리워 숨쉬는다": 흰 시울 아래의 흰 시울은 눌린 상태에서도 여전히 숨을 쉬고 있다. ③ "온산중 나려앉는 획진 시울들이 다치지 안히!": 이는 "하얀 눈으로 덮인 뚜렷한 시울(능선)이 그 모습을 그대로 지니고 있음을 말한다."[22] ①, ②, ③의 차례는 눈 덮인 풍경을 점차 멀리서 조망하는 과정에 따르고 있다. 이는 곽희가 주장하는 '원망가진(遠望可盡: 멀리서 보아야 다 알 수 있다)'에 해당하는 착상이라고 이해해도 된다. 이때 "원망(遠望)은 비단 거리상의 투시학적인 입

21. 崔炳植, 『동양회화미학: 수묵미학의 형성과 전개』, 東文選, 1994, 55쪽.
22. 곽희 · 곽사, 앞의 글, 156쪽.
23. 권영민, 「長壽山 · 2」, 앞의 책, 536쪽.

장에서뿐만 아니라, 그 내면적인 본질을 이해하는 뜻 또한 부분적으로 내포하고 있다."[23]라고 이해해야 한다. 따라서 이러한 세 문장의 전개에서 확인할 수 있는 것은 "눈우에 눈이 가리어앉"은 상황으로부터 한 발짝 벗어나서 시간적으로, 심리적으로 멀찍이 내다보고자 하는 시인의 자세라고 할 수 있겠다.

정지용은 '바위산=강골'과 '물소리=혈맥'이 조응하는 바로 그곳에 자신의 자리를 마련한다. "나도 내더져 앉다"의 조사 '도'가 이를 드러낸다. 뿐만 아니라 그 자리는 "일즉이 진달레 꽃그림자에 붉었던 절벽 보이한 자리 우"이다. '절벽'의 위태로움이 마음가짐의 절대성을 가리킨다면, '일즉이 진달레 꽃그림자에 붉었던'이란 수식은 단심(丹心), 즉 진심에서 우러나오는 변치 않는 마음을 나타낸다. 그러니 '바위산=강골=마음가짐의 절대성'과 '물소리=혈맥=단심'이 종합되는 표현이 "일즉이 진달레 꽃그림자에 붉었던 절벽 보이한 자리 우에!"라고 이해해도 무방할 것이다. 이 시에 사용된 두 번의 느낌표가 외면의 풍경과 내면의 각오에 각각 대응하고 있다는 점도 기억해 둘 만하겠다. '천상묘득'으로 나아가는 측면을 효과적으로 드러내는 한편, 시의 전체적인 균형을 획득하고 있기 때문이다.

3. 산수시 이해와 주체 재구성의 문제

산수시란 무엇인가. 김지하는 다음과 같이 이야기하고 있다. "산수시는 그냥 '산이 높고 물이 맑고' 이런 정도로 쓰는 것이 아니에요. 산수, 즉 자연 안에 있는 눈에 보이지 않는 영적인 것과 자기가 감통할 때 느껴서 서로 일치되는 경지를 썼을 때 산수시라고 하죠."[24] 이 말의 의미를 온전하게 이해하기 위해서는 주체를 새롭게 구성할 수 있어야만 한다. 즉 보편적으로 통

---

24. 崔炳植, 앞의 책, 209쪽.
25. 김지하, 「그늘에서 흰 그늘로! —명지대학교 생명시학론 강의 2」, 『흰 그늘의 미학을 찾아서』, 실천문학사, 2005, 69쪽.

용되는 근대 주체의 틀을 뛰어넘을 수 있어야 비로소 산수시의 경지에 다다르게 된다는 것이다. 그 동안 정지용의『백록담』을 분석했던 대부분의 연구들은 이러한 지점을 제대로 숙고하지 못했던 까닭에 의도치 않은 오류를 반복해서 범해왔다.「장수산·1」,「장수산·2」에 관한 독해들 역시 예외가 아니다.

일례로「장수산·1」에 나타나는 '걸음'을 해석하는 방식을 살펴보자. 권영민은 "산중의 하얀 눈과 달빛이 함께 비치는 대목을 그린 중간 부분은 겨울 눈 덮인 산골의 하얀 달빛을 따라가는 산행을 묘사한다."라고 풀어놓고 있다. '걸음'을 화자의 움직임(산행)으로 파악해 나간 것이다. 처음부터「장수산·1」을 "달밤의 정경을 섬세하게 묘사하고 있는" 시로 한정하고 출발하였으니, 화자의 객체로 물러나 앉은 '달'이 움직임으로 주체로 편입될 가능성은 당연히 배제될 수밖에 없었다.[25] 같은 대목에서 "깊은 산 속의 화자의 발길을 하얗게 밝혀주는 것은 보름달빛"을 끌어내는 박태상 또한 다를 바 없다. 시의 화자를 단일한 주체로 설정하고 나니 흰 달빛은 한낱 "고요와 적막감을 더욱 북돋우게" 하는 장치로 전락하고 말았다.[26] '걸음'의 주체를 시의 화자로 기술하고 있다는 점은 권혁웅도 마찬가지다. 그는 "산의 고요함이 말과 말 사이에 묵언(黙言)을 낳고, 눈 온 산의 흰 빛이 검은 글자와 글자 사이에 백색을 풀어놓았다고 할 만하다."라고 전제하고 나서 "그 적막한 공간을 내가 걸어간다."고 진술하고 있다.「장수산·1」에 애당초 대화(對話)가 없었으니 '말과 말 사이'가 존재할 리 만무하며, '눈 온 산의 흰 빛'이 '검은 글자와 글자 사이' 여백과 일치한다면「장수산·1」이 빽빽한 산문시로 남아 있어야 할 하등의 까닭이 없다. 수사는 화려하나, 수사를 채우는 내용은 빈약하여 포즈에 머무르고 만 경우라고 하겠다.[27]

---

26. 권영민,「長壽山·1」, 앞의 책, 532쪽.

27. 박태상, 앞의 글, 103쪽.

28. 권혁웅,「「長壽山·1」의 구조와 의미」,『다시 읽는 정지용 시』, 도서출판 月印, 2003, 189쪽.

우리 선조들은 단일한 주체에 입각하여 세계를 구성하지 않았다. 예컨 대 안견(安堅, 1400?~1479?)의 '몽유도원도'의 원근법을 보면 세 가지 시각이 겹쳐서 나타난다. 첫째, 깎아지른 높은 산을 아래에서 위로 치켜다본 시각 (고원법). 둘째, 엇비슷한 높이에서 뒷산을 깊게 비껴본 시각(심원법) 셋째, 높 은 곳에서 아래쪽을 폭넓게 조망한 시각(평원법). 이를 통틀어서 '삼원법(三遠 法)'이라고 하는데, 이는 산수를 한가운데 모시는 사고의 산물이라고 볼 수 있다. "서양의 일점투시는 일견 과학적인 듯 보이지만 카메라 앵글처럼 포 용력이 부족한 관찰 방식이다. 일점투시는 인간 중심주의적 사고의 산물인 까닭에 자연의 살아 있는 모습을 따라잡는 데는 실로 많은 어려움을 드러 낸다. 애초 산이란 것이 하나의 숨 쉬는 생명체라면 그것은 자연과 인간의 상호 양보를 전제로 하는 동양의 고차원적 인본주의, 즉 회화적으로는 삼 원법에 의해서만 충분히 표현된다."[29] 따라서 달이 제 스스로 뜻을 품고 이 에 따라 움직이는 양태로 해당 내용을 파악할 수 있느냐의 여부는, 단순히 시구를 어떻게 해석할 것인가의 수준에만 머무르는 문제가 아니라, 산수 가운데서 인간(화자=주체)을 어떻게 규정할 것인가의 문제라고 이해하여야 한다.

기실 『백록담』에는 이러한 방식에 입각하여 독해해 나가야만 하는 시편 들이 몇 편 포함되어 있다. 어떤 대목에서 권영민은 그러한 지점을 예리하게 포착해 내기도 했다. 「폭포」 해석이 이에 해당한다. 「폭포」를 보면 1연에서 6연까지는 시의 화자가 물의 이동을 묘사의 대상으로 삼고 있다. 그런데 7 연에서 12연까지는 폭포를 이루어 떨어지는 물이 묘사의 주체로 나서며, 이 후 13연에서 물은 다시 묘사의 대상으로 되돌아간다. 다음은 이러한 사실 에 대한 권영민의 지적이다. "시적 화자가 묘사의 대상으로 삼고 있는 물이 어떤 경우에는 묘사의 주체가 되어 폭포 주변을 그려낸다. 폭포의 물이 인

---

29. 오주석, 「꿈길을 따라서, 안견의 〈몽유도원도〉」, 앞의 책, 72쪽.

격화되면서 묘사의 초점도 함께 부여받고 있는 것이다. (중략) 나는 이 대목에 나타난 묘사적 관점의 이동을 제대로 읽어낸 경우를 찾지 못했다. 대부분의 논자들이 이 장면을 평면적으로 설명하고 있기 때문이다."[29] 권영민은 이러한 관점을 주체의 재구성이라는 사상의 차원으로까지 끌어올려 보다 광범위하게 적용시켰어야 했을 것이다.

「장수산·2」에 대한 해석은 거의 찾아볼 수 없다. 대부분의 연구자들이 "「장수산·1」과 함께 겨울 장수산의 정경을 그려낸 산문시 형태의 작품"[30]이라는 입장에 머물러 이면의 깊이를 들여다보지 못했기 때문이 아닌가 싶다. 장도준이 나름의 해석을 전개해 나간 바 있지만 도저히 수긍하기가 곤란하다. 그는 "자연 앞에서 모든 것을 초극하여 죽음조차도 삶의 형식으로 수용되는 경지가 지용이 궁극적으로 지향하려던 경지"였다고 전제하면서 「장수산·2」에 대하여 자살을 통한 자연과의 합일이라고 풀어나간다. "산의 세계에 몰입된 자아는 그 자연과 일체가 되어, 내리는 눈처럼 절벽에서 뛰어내린다. 그리하여 '일즉이 진달레 꽃그림자에 붉었던 절벽 보이한 자리 우에' 내려앉아 눈과 진달래가 되려는 것이다."[31] 삶을 죽음의 방향으로 밀어붙여 삶과 죽음의 통일을 주장하는 것은 명사형 사고의 산물이다. 삶 속에서 죽음의 측면을 끌어안지 못하고 둘을 대립시켜 파악하였기 때문에 그러한 결과에 이르고 말았다. 이를 넘어서기 위해서는 동사형 사고로 전환해야만 한다.

삶과 죽음을 대립적으로 파악하는 것이 명사형 사고의 결과라면, 동사형 사고에서는 삶과 죽음을 공존하면서 펼쳐지는 하나의 과정으로 파악한다. 만물(萬物)을 기(氣)의 유행(流行)으로 파악하는 인식이 이의 대표적인 사례이다. "중국철학에서 우주 자연의 모든 생명체가 기의 생성과 소멸에 의

---

30. 권영민, 「정지용 시의 해석 문제」, 앞의 책, 72~6쪽.
31. 권영민, 「長壽山·2」, 위의 책, 537쪽.
32. 장도준, 『정지용 시 연구』, 태학사, 1994, 194~5쪽.

해서 생사가 결정된다는 믿음은 뿌리 깊은 것이었다. 자연은 이 기가 흐르는 생명의 광장이며 이 흐름이 왜곡되거나 중단되어서는 안 된다. 기의 흐름 자체가 생명의 탄생과 소멸의 과정이고 이 전 과정은 유기적으로 연결되어 있다. 즉 자연 속에서 기의 유행을 전일적 흐름으로 파악하여 전체적 생명의 흐름으로 보는 것이니, 모든 자연 존재는 서로가 기를 매개로 상호 연결되어 있는 한집안 같은 관계에 있다."[32] 이러한 사유는 동아시아 전통 사상의 근간으로 자리를 잡고 있었다. 그러니 「장수산·2」를 이해하기 위해서는 먼저 동사형 사고의 지평으로 나아가는 것이 마땅하다. 앞에서 언급했던 '천상묘득(遷想妙得)'이라는 개념도 이러한 가운데서 온전하게 이해할 수 있을 것이다. 이는 주체 재구성에 관한 문제이기도 하다.

그동안 펼쳐졌던 「장수산·1」, 「장수산·2」 해석들은 주체 설정 방식에서 커다란 문제를 안고 있었다. 그래서 '산이 높고 물이 맑고' 정도의 인식에서 파악되었던 것이다. 동아시아 문인화론에서는 "시를 짓는 일이 그림을 그리는 것과 같이 사물의 본질의 경지를 헤아리고 깨닫는 것"[33]이라는 인식이 일반적으로 통용되었다. 그런 만큼 산수시라든가 산수화를 이해하기 위해서는 시인·화가가 체득하고자 했던 '사물의 본질의 경지'를 더불어 헤아리는 방향으로 나아가야 할 것이다. 그 시작은 근대 주체의 바깥에서 주체를 다시 구성해 나가는 작업이라고 할 수 있다.

4. 정지용의 민족의식과 우회적 글쓰기 전략

「장수산·1」, 「장수산·2」에서 민족의식을 읽어내기란 그리 어려운 일이 아니다. 「장수산·1」의 경우, "달도 보름을 기달려 흰 뜻"만 제대로 파악한다면 "시름"이라든가 "오오 견듸랸다"라는 의지가 어디서 기원하는가를 파

---

33. 김병환, 「맹자 인성론에 대한 사회 생물학적 해석」, 『논쟁과 철학』, 고려대학교출판부, 2007, 451쪽.

34. 黃山谷, 『鷄肋集』 卷30 ; 崔炳植, 앞의 책, 221쪽에서 재인용.

악할 수 있기 때문이다. 다시 말한다면, 그믐에서 보름으로 차오르는 달처럼 민족의 어두운 현실 또한 변이하리라는 신념이 담겨 있다는 것이다. 「장수산·2」에서는 "귀또리처럼 즐즐(喞喞)하"게 흐르는 "물소리"가 이러한 신념을 담고 있는 소재에 해당한다. 민족에 대한 믿음이 있었기에 시인은 "풀도 떨지 않는 돌산"에 자신의 태도를 비기면서 자신의 위치를 "일즉이 진달래 꽃그림자에 붉었던 절벽"이 보임직한 곳에 마련해 나갈 수 있었다. 제목 '장수산'에서 '장수'가 상징하는 바는 이러한 맥락에 적절하게 부합한다. 그리고 정지용이 이 두 편의 시를 시집 『백록담』의 가장 앞머리에 배치해 나갔던 의도 또한 심상히 보아 넘길 일이 아니다.

칠언고시 「鄭君芝溶示其所爲金剛山詩, (정지용 군이 그가 지은 금강산시를 보여주기에)」를 보면 당시 정인보는 정지용의 그 붉은 마음[丹心]을 꿰뚫고 있었던 것으로 보인다. 그는 마지막 11, 12구를 다음과 같이 읊었다. "無心逼取境隨女, (무심해야 강탈하려 들면 경계가 널 따를 것인가?) 勸君莫折楓葉積, (그대에게 권하노니 붉은 신나무 꺾질 말게나.)"[34] 물론 이 시는 정지용의 「옥류동(玉流洞)」(『조광』, 1937.11)에 대한 응답으로 봐야 한다. 제1구가 "玉流之洞夫如何(옥류동은 대체 어떠하던가?)"로 시작되며, 창작 시기는 1938년 8월로 알려져 있기 때문이다.[35] 이는 「장수산·1」, 「장수산·2」가 발표된 시기(『문장』 제2호, 1939.3)보다 앞서는 것이다. 그렇지만 정지용이 산수시의 세계로 넘어간 전체 맥락에서 이해한다면 '풍엽정(楓葉積, 붉은 신나무)'으로 상징되는 의지를 굳이 「옥류동」으로만 한정지을 필요가 없어진다. 정지용은 산수화, 경전 등을 심독하는 까닭에 대해 다음과 같이 말한 바 있다. "시학(詩學)과 시론(詩論)에 자조 관심할 것이다. 시의 자매(姉妹) 일반예술론(一般藝術論)에서 더욱이 동양화론 서론에서 시의 방향을 찾는 이는 빗둘은 길에 들지 않는다.// 경서(經書) 성전류

---

35. 정인보, 정양완 譯, 「鄭君芝溶示其所爲金剛山詩(정지용 군이 그가 지은 금강산시를 보여주기에)」, 『薝園文集』中, 태학사, 2006, 168쪽.

36. 정양완, 「담원 연보」, 『薝園文集』下, 태학사, 2006, 563쪽.

(聖典類)를 심독(心讀)하야 시의 원천에 침윤하는 시인은 불멸한다."

해방 이후 정지용이 밝힌 일제 말기 시작(詩作)에 관한 입장도 그의 민족의식을 증명하는 자료로 삼을 만하다. 그는 망명하여 적극적으로 배일(排日)에 나섰던 김사량의 길, 『문장』폐간 이후 침묵으로 일관했던 김기림·김동리의 길로 나아가지는 않았다. 하지만 신변의 위협을 피할 수 있는 방안을 모색하면서 민족을 염두에 두면서 시 창작을 전개하였다. "친일도 배일도 못한 나는 산수에 숨지 못하고 들에서 호미도 잡지 못하였다. 그래도 버릴 수 없어 시를 이어온 것인데 이 이상은 소위 '국민문학'에 협력하던지 그렇지 않고서는 조선 시를 쓴다는 것만으로도 신변의 협위를 당하게 될 것이었다."[36] 이렇게 냉엄한 현실과의 경계에서 펼쳐진 민족의식에 입각한 시 창작을 우회적 글쓰기의 한 가지 사례로 파악할 수 있을 것이다. 그러므로 한국문학사에서 차지할 만한 정당한 지분을 요구하는 다음과 같은 그의 주장은 어느 정도 타당성이 있다고 평가하여야 하겠다.

> 위축된 정신이나마 정신이 조선의 자연 풍토와 조선인적 정서 감정과 최후로 문자를 고수하였던 것이요 정치감각과 투쟁의욕을 시에 집중시키기에는 일경의 총검을 대항하여야 하였고 또 예술인 그 자신도 무력한 인테리 소시민층이었던 까닭이다.
> 그러니까 당시 비정치성의 예술파가 적극적으로 무슨 크고 놀라운 일을 한 것이 아니라 소극적이나마 어찌할 수 없는 위축된 업적을 남긴 것이니 문학사에서 이것을 수용하기에 구태여 인색히 굴 까닭은 없을가 한다.[37]

과연 정지용은 동양화론에서 방법을 찾아 삐뚤어진 길로 들지 않았고,

---

37. 지용, 「朝鮮詩의 反省」, 『文章』, 1948.10, 112쪽.
38. 지용, 위의 글, 113쪽.

『시경』등의 경서를 심독하여 불멸로 지향하는 정신의 절정을 드러내었다. 그 자신이 '소극적이나마 어찌할 수 없는 위축된 업적을 남긴 것'이라고 밝히고 있으나, 올연한 정신이 확보하는 기상과 깊은 울림으로 이어지는 시적 성취를 파악할 수 있는 안목이라면, 한국문학사에서 위상을 부여하는 데 그보다 더욱 적극적인 입장을 취할 수밖에 없을 것이다. 그러니 "우수한 전통이야말로 비약의 발 디딘 곳이 아닐 수 없다."라는 주장을 시집『백록담』을 통하여 정지용 자신이 직접 증명해 나간 셈이라고 봐도 무방하겠다.

5. 정지용과 강화학파의 연관성

정지용이 민족을 하나의 주체로 내세우되 근대사상에서의 주체 구성 방식과 다르게 사유했다는 사실은 특기할 만하다. 이와 관련하여 김지하의 논의는 흥미를 끄는 바 있다. 그는 "정지용이 초기 한국 현대시에서 최고봉이라고"[38] 파악하고 있는데,『백록담』에서 감지할 수 있는 '흰 그늘'을 근거로 제시한다. '흰 그늘'이란 무엇인가. "우리 민족 신화의 창조적 상징이요 미학적 원형의 원형인지도 모를"[39] 미학 요소이다. 그는『삼국유사』「고구려」의 다음 대목에서 "일영(日影)", 즉 '해그늘=흰 그늘'의 상징에 주목하며 논리를 펼쳐 나갔다. "해모수와 사통한 뒤 버림 받은 유화를 이상하게 여긴 동부여의 왕 금와가 그녀를 방에 가두었는데 햇빛이 비추니 몸을 이끌어 이를 피하고 해그늘이 좇아와 비추니 받아들여 이로 인해 잉태했고 하나의 알을 낳았다(金蛙異之 幽閉於室中 爲日光所照 引身避之 日影又逐而照之 因而有孕 生一卵)."[40] 창자(唱者)의 목소리에 깃든 그늘을 중요하게 여기는 판소리 등의 예가 있는 만큼, 김지하의 이러한 관점은 일단 검토해볼 만하다고 판단할 수 있다.

39. 김지하, 앞의 글, 68쪽.
40. 김지하,「흰 그늘의 미학 (초)」, 위의 책, 550쪽.
41. 김지하, 위의 글, 551쪽.

하지만 하나의 문화는 홀로 정체되는 일 없이 인접한 문화와 충돌하면서, 혹은 그 영향을 받아들이거나 인접 문화 속으로 스며들면서 습합 과정을 거치게 마련이다. 문화 전승의 이러한 경향을 염두에 둔다면 시집 『백록담』과 『삼국유사』 사이의 시간적 거리를 고려하지 않을 수 없다. 즉 「장수산·1」 등 정지용의 산수시에서 '흰 그늘'의 요소가 파악된다고 하더라도, 이를 곧장 『삼국유사』의 진술과 실선으로 직접 이어나갈 것이 아니라, 식민지시대에 이르러 '흰 그늘'을 전통으로 '발견'한 맥락 속에서 이해할 필요가 있으리라는 것이다. 예컨대 범보(凡父) 김정설(金鼎卨, 1897~1966)은 주기론에 초점을 맞춰 민족사상사를 재구성해 낸 바 있는데,[41] 식민지시대에 김동리가 범보에게 정지용을 소개받아 이후 형제처럼 지내었다는 진술이 남아 있는 만큼,[42] 범보와 정지용 사이의 공유점을 살펴보는 작업이 가능하겠다. 기실 『백록담』에서 주기론의 흔적이 느껴지기도 한다. 물론, 그렇다고 하더라도, 정지용에게서는 범보가 표 나게 내세웠던 신라정신이 확인되지 않고 있으므로 그 영향 관계를 일면적으로 한정시킬 필요가 있을 것이다.

범보와 정지용의 관계를 한정하여 연관 지을 때, 아마도 양명학 사상이 중요하게 불거질 수밖에 없을 것이다. 우선 범보의 사상이 양명학 측면에서 해명될 여지가 있으며,[43] 정지용은 한국 양명학의 본산이라 할 수 있는 강화학파 계보의 정인보와 깊은 교류를 했던 것으로 추정되기 때문이다. "정인보가 지용의 시에 화답했다는 것은 한편으로는 그만큼 지용의 「옥류동」을 높이 평가했다는 뜻이기도 하고 다른 한편으로는 두 사람의 친분이 매우 깊었음을 뜻하기도 한다. 당시 지용의 문단적 위치로 보아 그가 자신의 작품을 이렇게 남들 앞에 내세운다는 것은 흔치 않은 일이었을 것이라

---

42. 김범보의 「陰陽論」(『風流精神』, 정음사, 1986) 참조.
43. 金東里, 「橫步 선생의 追憶」(『孤獨과 人生』, 백만사, 1997) 참조.
44. 정다운의 「凡父 金鼎卨과 陽明學」(제7회 강화양명학 국제학술대회 자료집 『양명학과 지구, 생명 그리고 공생』, 2010.10.8~9 진행) 참조.

고 짐작된다."[44] 그리고 1922년 봄을 전후하여 정인보가 불교중앙학교와 관계를 가지기 시작했다는 기록이 있고,[45] 범보가 불교중앙학교를 거점으로 삼아 활동을 펼쳐나갔던 사실을 염두에 둔다면,[46] 정인보와 범보 사이에도 교류가 있었으리라 추정할 수 있다. 덧붙이자면 해방이 되고 1946년 3월 13일 전조선문필가협회가 창립될 때 범보는 준비위원의 가장 첫 머리에 이름을 올렸으며, 정인보·정지용 역시 여기에 참가하였고, 정인보는 회장으로 피선되기도 하였다.

아직까지 강화학파 정인보와 정지용의 교류에 대해서 구체적인 자료가 나와 있지 않다. 다만 정인보의 한시를 매개로 삼아 영향 관계를 추정할 수 있을 따름이다. 또한 양명학의 사상 맥락에서 정지용의 산수시를 가늠할만한 경지에 이른 연구자가, 필자를 포함하여, 눈에 띄지 않는다. 그러한 까닭에 이와 연관되는 사항에 대해서는 이후의 과제로 미뤄둔다.

『영주어문』, 영주어문학회, 2011. 8.

---

45. 최동호, 『그들의 문학과 생애, 정지용』, 한길사, 2008, 96~7쪽.
46. 閔泳珪, 「爲堂 鄭寅普 선생의 行狀에 나타난 몇 가지 문제—實學元始」, 『江華學 최후의 광경』, 又半, 1994, 68~9쪽.
47. 홍기돈의 『김동리 연구』(소명출판, 2010) 가운데 제2장 '식민지 시대의 행적' 중 제1절 '불교계 동향과 범보의 행방' 참조.

이광수의 친일이념 어떻게 볼 것인가

1. 이광수의 욕망과 허위의식

만약 인간이 언어를 사용하지 않았더라면 욕망(慾望, desire) 또한 생겨나지 않았을 것이다. 욕망은 언어의 산물이기 때문이다. 글자의 뜻을 꼼꼼하게 새겨보면 이러한 주장의 근거가 드러난다. "욕(欲)은 언어의 상징이 개입하기 이전에 몸에서 유발되는 느낌에 의한 이끌림이라는 의미가 강한 반면, 욕(慾)은 언어의 상징이 개입하여 마음에서 유발되는 관념에 의한 이끌림이라는 의미가 강한 것으로 말할 수 있다." 그리고 "망(望)은 인간이 언어에 기초하여 생각을 통해 확대된 시공 속에서 사물을 바라보고 판단하는 것을 의미한다. 망은 보이지 않는 것까지 넘어서 바라보는 가능성의 세계를 전제하는 까닭에 개나 돼지처럼 지각에 기초한 구체적 시공을 벗어날 수 없는 경우에는 욕망을 형성하는 것이 불가능하다."[1]

이광수에 관해 논의하려면 우선 언어와 욕망의 관계에 주목할 필요가 있다. 그는 '지금–여기'[2]의 구체적인 상황에서 이탈하여 '지금–저기' 혹은 '훗날–여기'(준비론), '옛날–여기'(역사소설)의 세계로 미끄러지는 데 천부적인

---

1. 최봉영, 『주체와 욕망』, 사계절, 2000, 21쪽. 욕망(慾望, desire)과 욕구(欲求, need)의 차이에 관한 자세한 논의는 같은 책 제2장 '인간과 관계 맺음의 주체' 참조.
2. 여기서 사용하는 '지금–여기(hic et nunc)'라는 용어는 현상학에서 차용한 개념이다. 따라서 이와 변별하여 사용하는 '지금–저기', '훗날–여기', '옛날–여기' 따위의 표현은 이광수가 내보이는 선험적인 의식을 지시하는 맥락을 내포하게 된다.

작가였던 것이다. 이때 그의 언어는 미끄럼대 역할로 기능하였고, 이로써 그는 스스로의 욕망을 충족시켜 나갈 수 있었다.

예컨대 비교적 초기 산문인 「대구(大邱)에셔」(『매일신보』, 1916.9.22~23)의 한 대목을 보자. 중등 이상의 교육을 받아 청년 운동을 했던 젊은이들이 강도 짓을 저지른 데 대하여 교육의 필요성을 역설하는 대목이다. "만일 저 이십인(二十人)으로 ᄒᆞ여곰 서양사(西洋史) 일 권이나 국가학(國家學) 일 권은 말고 일이 년 동안 신문잡지만 읽게 ᄒᆞ얏더라도 자기네 능력과 그만흔 수단이 족히 그 목적을 달치 못홀 줄을 ᄭᆡ달을 것이니 일즉 해외에 잇서 격렬ᄒᆞᆫ 사상을 고취ᄒᆞ던 자가 동경에 와서 이삼년간 교육을 밧노라면 번연인(翻然引) 구몽(舊夢)을 ᄇᆞ려 이전(以前) 동지(同志)에게 부패(腐敗)ᄒᆞ얏다는 조소(嘲笑)ᄭᅥ지 듯게 되는 것을 보아도 알지라."[3] 서양사, 국가학, 신문, 잡지를 운운하고 있지만, 결국 지식이 권위를 획득하는 지점은 일본 동경으로 귀착된다. 동경에서 펼쳐지는 지식의 수준이랄까 권위가 얼마나 대단한지 (독립)사상을 맹렬하게 부여잡고 있더라도 거기서 2, 3년 지내며 교육받다 보면 무장해제되어 버릴 지경이다. 이 순간 이광수가 '지금-저기' 일본 동경의 위치에서 '지금-여기' 조선 대구의 사건을 내려다보고 있음에 주목할 필요가 있다. 이러한 시선의 방향이 이광수 의식의 기본적인 작동 방식을 결정짓고 있기 때문이다.

'지금-여기' 조선과 '지금-저기' 일본 사이의 거리감이 함의하는 바는 「동경잡신(東京雜信)」(『매일신보』, 1916.9.27~11.9)을 통하여 더욱 분명하게 드러난다. 김윤식은 이 글을 두고 "도쿄의 가장 훌륭한 문명 개화의 한 모습을 내세우고, 그것에 비추어 우리 조선인은 얼마나 못나고, 조선인은 얼마나 게으르고 돼먹지 않았으며 창피스러운가를 유창하게 펼쳐놓음으로써 조선인 독자들로 하여금 민족적 허무주의에 빠지게 하며, 그로 인해 그런 사실

---

3. 春園生, 「大邱에셔」(二), 『每日申報』, 1916.9.23.

을 지적하는 자기야말로 선각자, 지도자, 잘난 사람으로 인식케 하는 스타일"[4]이라고 지적하고 있다. 그리고 한 걸음 더 나아가 매일신보에 글을 쓰는 심리 기제에 대해서는 이렇게 분석하기도 했다. "『매일신보』가 당시 언문으로 된 거의 유일한 신문이자 총독부 기관지라는 점을 염두에 둔다면 그가 거기에 글을 쓰는 일은 조선인과 총독부 양쪽에다 자신을 놓는 유일한 방식이었던 셈이다. 스스로 선각자요, 문제적 인물이라 자처한 춘원은 통치자도 아니면서 그렇다고 대다수의 피통치자인 조선 민중도 아니었다. 그는 그였다. 바로 이 모험이 그로 하여금 어느 쪽에서나 칭찬과 비난을 받게 한 근본 이유이다."[5]

이광수에게 욕망이 문제가 되는 까닭은 여기에 있다. '지금─여기' 식민지의 암담한 현실은 비루한 상태로 고정되어 있으나, 그가 성큼 올라서 있는 '지금─저기'의 자리는 일찌감치 문명이 개화되어 막강한 권위를 자랑하는 세계이면서 동시에 그가 마음먹기에 따라 조정이 가능한 세계였다. 일본 동경에서 솟아나는 지식이 단일하게 완결적인 면모를 띠었던 것은 아니었고, 오히려 다이쇼(大正) 데모크라시 시기(1912~1926)를 맞아 다양한 입장들이 분출하는 상황이었던 바, 이광수는 그 가운데 하나를 선택하여 '지금─저기'의 자리를 만들어 나갔기에 그러한 유연함이 가능해졌던 것이다. 물론 그 유연함이 과도해질 경우 '지금─저기'에 놓인 세계는, 현실의 중력이 제대로 작동하지 않는, 그가 황홀한 눈으로 바라보며 구축해놓은 한낱 관념의 세계로 경사하게 될 우려가 커진다. 기실 그가 위대한 사상가연하고 나설 때 그러한 혐의가 포착되기도 한다. "나는 일생에 인류구제의 일을 하자. 내 몸과 말과 일로 인류의 심전에 구원의 씨를 뿌리자."[6] 문사로 규정되기를

---

4. 김윤식, 「총독부 기관지 『매일신보』와 준비론 사상」, 『이광수와 그의 시대』1, 솔, 2001, 551쪽.
5. 김윤식, 위의 책, 559쪽.
6. 春園, 「想屑」, 『大潮』, 1930.4, 48쪽.

거부하는 내심에도 그러한 욕망이 꿈틀거리고 있었으리라. "문사(文士)—소설가라고 자처하는 것이나 남에게 칭호를 받는 것은 내 자존심이 허하지를 아니한다. 그것은 반다시 문학이란 것을 천시하여서 그러는 것이 아니라 그것이 내 본분이 아니라는 것인가 한다."[7]

현실을 타개하려는 입장에 선다면 응당 '지금-여기'의 바깥으로 나아가려는 운동성을 가질 수밖에 없다. 이때 운동의 방향은 '지금-여기'의 구체적 상황으로부터 규정되기에 마련이다. 그렇지만 이광수는 자신이 구축해놓은 '지금-저기'의 세계에 자리를 마련하여 '지금-여기'의 상황을 들여다본다는 점에서 유별나다고 할 수 있다. 즉 사고의 출발점과 종착점이 역전된 상태라는 점이 특징이라는 것이다. "그 누구도 모방 없이 '문명'을 추구할 수 없으며, 근대화의 주체성을 내세울수록 역설적으로 근대적 지배질서에 더 깊이 구속되고 편재되는 것"[8]이라고는 하지만, 이광수가 모방하고자 했던 문명은 '지금-저기' 일제의 식민지 경영을 전제로 하고 성립된 까닭에 문제적일 수밖에 없다. 이광수가 말하는 민족이라는 주체가 모호할 수밖에 없는 이유는 여기에 있다. 이 모호함을 달리 표현하여 허위의식이라 부를 수도 있을 것이다. 이 글은 이광수의 욕망과 허위의식에 근거하여 일제와 타협해 나갔던 논리 구조를 분석하는 데 목적을 둔다.

2. 민족 자치주의자로서의 존립 방식

일제가 벌여나갔던 식민 정책의 특징은 어떠한 것인가. '지금-여기'의 상황을 이해하기 위해서는 여기에서부터 시작할 필요가 있다. 흔히 제국의 식민지 지배 유형은 크게 두 가지로 나뉜다. 동화(同化, assimilation)를 전제로 하는 직접통치가 그 하나이고, 자치(自治, autonomy)를 용인하는 간접통치가

---

7. 李光洙, 「余의 作家的 態度」, 『東光』, 1931.4, 82쪽.
8. 조관자, 「'민족의 힘'을 욕망한 '친일 내셔널리스트' 이광수」, 『해방 전후사의 재인식』, 책세상, 2006, 528~9쪽.

다른 하나다. 주지하다시피 일본의 지배 전략은 강압적 동화정책으로 초점이 맞춰졌다. 이는 서구 제국의 동화정책과도 현저히 다르다. 예컨대 "프랑스의 동화정책에는 프랑스 혁명의 사상적 배경이 된 자연법사상과 계몽주의의 인간관이 깔려 있었다. 계몽주의와 자연법사상은 인간의 신분은 출생에 의하여 결정된다는, 중세의 절대왕정 하에서 만들어진 관념을 타파했다."[9] 반면 일제가 동화정책의 근거로 내세웠던 논리는 일본과 조선의 인종과 역사, 문화가 본래 하나였다는 동조동근(同祖同根), 동문동종(同文同種) 따위였던 바, 이에 따르면 "합방은 먼 과거에 하나였다가 분리된 상태에서 다시 분리 이전으로 되돌아가는 것이고, 식민지에 대한 정복행위가 아니라 민족적 재통합"으로 설명되며, "조선은 일본 영토가 연장된 '외지(外地)'로" 설정하게 된다.[10]

3·1운동과 같은 조선인들의 거국적 저항에 직면했던 상황에서는 동화정책에 대한 비판이 고개를 들기도 하였는데, 이때 대안으로 제시되었던 것이 자치정책으로의 전환이었다. 서구의 경우 식민화를 실시하는 지배민족과 식민화를 당하는 피지배민족 사이에는 엄청난 문명의 차이가 있으나, 조선인 사이에는 자신들이 일본보다 문화가 앞섰다는 자부심이 존재하는 까닭에 당분간 동화정책이 곤란하다는 사실 등이 이유로 제시되었다. 동화정책이 바람직하지만, 그것이 현실적으로 어려운 상황에서는 자치제를 택하는 것이 합리적이고, 자치제가 장기화되면 자연적으로 동화가 가능해진다는 것이 당시 자치제 주장의 큰 틀이었다는 것이다. 이는 '지금-저기' 일본에서 조선의 자치제를 주장했던 이들의 공통된 입장이다.[11] 물론 요시노

---

9. 한상일, 『제국의 시선—일본의 자유주의 지식인 요시노 사쿠조와 조선 문제』, 새물결, 2005, 185쪽.
10. 한상일, 위의 책, 187쪽.
11. 한상일, 앞의 책, 제5장 「식민정책: 동화와 자치」·제8장 「'조선 문제': 실체와 해결 방안」 참조.

사쿠조[吉野作造] 등의 자치제 주장에 굴복하여 일제가 동화정책을 중단했던 적은 없었다. 따라서 다음과 같은 정리는 적절한 것으로 판단할 수 있겠다. "자치란 일본의 한반도 통치사에서 1920년대에서 1930년대 초까지 주로 사이토의 재임기간 동안 몇 차례 나타났다가 1930년대 중반 이후 다시 무단정치가 시작되면서 자취를 감추는 에피소드(혹은 fiasco)에 불과한 것이며 한국인의 입장에서는 일본의 동화정책과 완전독립 사이에 존재하는 총독부의 관제기구에 불과한 것이라 할 것이다."[12]

'지금-저기' 일본에서 조선 자치제 논의가 활발해졌을 즈음 이광수는 이를 자신의 입장으로 취하였다. 이는 당연한 선택이라고 할 수 있는데, 동화정책이 피지배민족의 근거를 깡그리 부정하여 '지금-여기'와 '지금-저기' 사이의 거리를 말소시켜버리는 반면, 자치정책은 '지금-여기'와 '지금-저기'의 거리를 인정해주는 내용인 까닭이다. 즉 일제의 자치정책이 '지금-저기'의 자리에서 '지금-여기'의 현실을 내려다보며 지도자의 자리를 공고히 해 나가려는 이광수의 욕망 구조에 맞춤했다는 것이다. 그렇지만 자치제로 나아가는 그의 논리는 '지금-여기'의 현실을 기반으로 하는 것이 아니었기에 혼란스러운 면모를 드러낼 수밖에 없다. 가령 「민족개조론(民族改造論)」(『개벽』, 1922.5)을 보면 정치적인 경향을 누차 반복하여 배격하는 모습이 나타난다. "진실로 민족개조를 목적으로 한다 하면 정치적 색채를 씌어서는 아니 됩니다."[13]라거나 "절대적으로 정치와 시사에 관계함이 업고 오즉 각 개인의 수양과 문화사업에만 종사함으로 정부의 해산을 당할 염려가 업슬 것이외다."[14]라는 문장이 그 예다. 그런데 이로부터 아홉 달 뒤 발표한 「쟁투(爭鬪)의 세계로부터 부조(扶助)의 세계에」(『개벽』, 1923.2)에서 그는 민족 단위의 사유를 뛰어넘어 "인류구제의 정로(正路)"를 모색하는 데로 나

12. 구대열, 『한국 국제관계사 연구—일제시기 한반도의 국제관계』1, 역사비평사, 1996, 320쪽.
13. 李春園, 「民族改造論」, 『開闢』, 1922.5, 18~9쪽.
14. 李春園, 위의 글, 52쪽.

아가고 있다.

진리와 애(愛)를 기초로 한 무저항! 이것이야말로 오는 세기를 지배할 혁명원리오 또 인류구제의 정로(正路)다. 그러나 싼디의 운동이 아즉 인류구제의 최후운동은 아니다. 싼디도 아즉 구세기적 색채를 버서나지 못한 점이 잇다. 그것은 인심(人心)의 혁명을 차치하고 정치제도의 개혁을 목적으로 하는 것이다. 그는 종교적인 진리파지(眞理把持)를 절규하면서도 아즉 만민을 진리의 인(人)을 만들려 하기보다 위선(爲先) 인도국가(印度國家)의 정치제도를 수립하기를 초려(焦慮)한다. 즉 만민을 진리의 민(民)을 만들어 그 속에서 진리의 제도가 생장하기를 바라기보다 위선 정치제도를 만들어 만민으로 하여금 거긔 유(由)케 하려 한다.[15]

「민족개조론」,「쟁투의 세계로부터 부조의 세계에」를 써 내려가며 정치로부터의 거리를 표 나게 강조했던 이광수는 그러나 일 년도 채 지나지 않아 「민족적 경륜(經綸)」(『동아일보』, 1924.1.2~6)에 이르러서 "일본의 통치권을 승인하는 조건 밋헤서"라는 전제 아래 정치적 결사를 조직해야 한다고 역설하는 모습을 보여준다. 그러니까 그리 길지 않은 시간 동안 이광수는 ㉠정치 영역과 절연한 민족 단위의 사회운동가 ㉡인류 구제를 모색하는 진리의 파지자 ㉢정치적 결사를 강조하는 민족 자치주의자로 숨 가쁘게 변신해 나간 셈이다. 이는 그가 설정해놓은 '지금-저기'의 세계가 줏대 없을 정도로 유연했던 한편, '지금-여기'의 현실로부터는 맥락 없이 이완되었기 때문에 가능해진 결과라 할 수 있다.

운동을 조선 내에서 허하는 범위 내에서 일대 정치적 결사를 조직하여야

---

15. 「爭鬪의 世界로부터 扶助의 世界에」,『開闢』, 1923.2, 16쪽.

한다는 것이 우리의 주장이다. 그러면 그 이유는 어듸 있는가 우리는 두 가지를 들랴고 한다.

　(一) 우리 당면의 민족적 권리와 이익을 옹호하기 위하야.

　(二) 조선인을 정치적으로 훈련하고 단결하야 민족의 정치적 중심세력을 작하야써 장래 구원한 정치운동의 기초를 성하기 위하야.[16]

　민족 자치주의자로 위치를 잡아나갔다고는 하지만, 이광수의 심리 기제에서 제국과 식민지 사이의 양가성(兩價性, ambivalence)을 이끌어내기는 그리 쉽지 않다. 즉 민족이라는 단위를 내세워 자치제 획득으로 나아가려는 자로서의 계몽성은 강렬하지만, 자치주의에 뒤따르게 마련인 양가성이라는 심리 기제가 제대로 드러나지 않는다는 것이다.[17] 이는 일제가 '지금-여기' 식민지 조선에서 펼쳐나간 정책이 강력한 동화정책이었고, 그로 인해 민족 자치주의자로서 자처한 이광수의 자리는 마치 공중에 붕 뜬 양 공허해질 수밖에 없었기 때문이라고 할 수 있다. 공중누각과도 같았던 이광수의 처지는 예컨대 인도의 간디와 비교하였을 때 더욱 선명하게 파악된다. 인도의 지도자이면서 동시에 제국의 협력자였던 자치주의자 간디의 양가성은 "제1차 세계대전 때 모병을 하고 자치령을 구걸했던"[18] 대목에서 분명하게 확인된다. "스와라지를 획득하기 위한 가장 쉽고 직접적인 방법은 제국 방

<hr>

16. 「民族的經綸」, 『東亞日報』, 1924.1.3.

17. 탈식민주의의 '양가성'이라는 용어는 사태에 관한 평가를 윤리적 판단정지 상태로 유도하는 측면이 크다. 따라서 이 단어의 사용은 조심스러울 필요가 있다. "자유로운 주체들 사이의 자발적 계약과 합의에 의한 지배도 그것이 지배인 한 늘 불안정하고 부자유스러운 것이다. 하물며 합의도 계약도 없는 일방적 강압에 의한 지배는 기본적으로 불안정하고 부자연스럽게 마련이다. 그것을 탈식민주의에서는 양가성이라고 부르지만, 사실 그러한 불안정함과 부자연스러움을 일컫는 더 선행하는 이름은 '모순'이다. 하지만 같은 현상을 '양가성'이라고 부를 때와 '모순'이라고 부를 때 그 호명주체의 세계에 대한 태도는 달라진다."(김명인, 「친일문학 재론—두 개의 강박을 넘어서」, 『제도로서의 한국 근대문학과 탈식민성』, 소명출판, 2008, 41쪽.)

18. 정호영, 「간디 중심의 국민회의 역사에서 벗어나기」, 『마하마트 간디 불편한 진실』, 한스컨텐츠, 2011, 267쪽.

어에 참여하는 것입니다. 제국이 쇠퇴하면 우리가 간직해온 소망도 같이 쇠퇴하게 됩니다.”라는 논리로 간디는 슬로건 ‘모든 촌락마다 20명씩 모병하기’를 내걸어 영국의 모병 요구에 협력하였고, 이로써 영국은 수천 명의 인도인들을 확보하여 자신들의 전쟁터에 내보낼 수 있었던 것이다.[19]

식민지를 자치정책으로 운영하였던 영국 제국주의와 동화정책으로 일관하였던 일본 제국주의가 달랐듯이, 인도의 간디와 조선의 이광수는 다를 수밖에 없었다. 이 분명한 사실을 이광수는 알아채지 못하였다. 그만큼 민족의 지도자로 나서고자 했던 욕망이 컸고, 그에 비례하여 허위의식이 깊었기 때문이다. 어쩌면 그 차이를 알았다고 한들 이광수에게는 아무런 문제가 되지 않았을 수도 있다. 조선민족의 지도자를 자임함으로써 일제 당국과 논의할 수 있는 자격을 차지하는 데 아무런 주저도 없었던 이가 바로 이광수였던 까닭이다. 「대구(大邱)에서」에서 조선인의 저항을 누그러뜨릴 만한 나름의 방안이 마련되어 조선 총독부에 건의되고 있는 장면, 상해의 임시정부에서 귀국할 당시 매일신보 사장 아베 요시이에[阿部充家]에게 제출했던 건의서 「유랑(流浪)조선청년 구제 선도의 건」 등이 이를 증명한다.[20] 물론 이러한 경우에도 역시 이광수의 욕망이랄까 허위의식은 문제적으로 남을 수밖에 없다. ‘지금-저기’의 세계에서 ‘지금-여기’의 현실을 내려다보는 조금도 변함이 없으니 그러하다.[21]

---

19. E. M. S. 남부디라파트, 위의 책, 79~80쪽.
20. 姜東鎭, 『日帝의 韓國侵略政策史』, 한길사, 1980, 381~2쪽.
21. 조관자는 자치론을 주장했던 조선인 부류에 대해 “일제의 민족 분열 정책에 이용되었다고 볼 수만은 없다. 그들은 근대 문명국가를 욕망하는 ‘주체’로서 정립하였다.”(530쪽)고 주장한다. 그렇다면 이럴 경우 ‘주체’는 제국의 식민지 지배 전략 가운데 하나인 자치정책을 승인하여 비로소 가능해진다는 점에서 ‘불구 상태의 주체’라고 봐야 한다. 그리고 “식민지 제국 안에서 자민족의 이해관계를 전망할 때는 그 국가적 지도를 승인하고 충성을 다하는 태도가 정당성을 얻는다. 제국 일본의 국민 공동체에 자발적으로 예속되는 것은 자민족의 존엄에 저촉되지 않는다.”(531쪽)라고도 주장하고 있다. 하지만 일제가 식민지 조선을 시종일관, 자치정책이 아니라, 동화정책으로 통치했다는 점을 고려한다면 이는 설득력을 얻기 힘들다. 동화정책에 ‘승인하고 충성을 다하는 태도’는 조선 민족의 근거를 지워버리는 행위로 귀결하는 까닭에 ‘자민족의 이해관계를 전망’하려는 시도와 충돌하기 때

3. 의식의 변화를 이끄는 세 가지 동인

1920년대 전반기에 이광수가 발표했던 중요한 세 편의 논설을 통해 급박하게 변모하는 그의 면모를 확인할 수 있다. ㉠정치 영역과 절연한 민족 단위의 사회운동가 ㉡인류 구제를 모색하는 진리의 파지자 ㉢정치적 결사를 강조하는 민족 자치주의자. 그런데 이러한 변모는 이광수가 존재를 내걸고 벌여나간 고투의 결과가 아니라는 사실에 유의해야 한다. 범박하게 정리하건대, '무실(務實) 역행(力行) 충의(忠義) 용감(勇敢)'을 내걸고 자아혁신, 자아개조의 강조로 나아간 도산(島山)의 영향이 있어서 ㉠의 길이 열렸고, 간디의 무저항주의가 마침 세계 도처에서 관심을 끌자 ㉡의 내용으로 넘어갈 단서가 마련되었고, 일제의 식민지배 방식에 관한 비판이 일본 내에서 제기되자 ㉢의 외투를 걸칠 수 있었다는 것이다. 따라서 ㉠, ㉡, ㉢의 변모하는 세계에는 어떤 의미에서 우연성이 개입해 있다고 말할 수 있겠고, 우연성이 개입해 있는 세계인 까닭에 마땅한 계기만 주어진다면 폐기해버려도 무방한 가치를 띨 수밖에 없었다고 생각한다. 1930년대에 확인되는 이광수의 인식 변화는 이러한 사실 위에서 접근이 가능하다.

앞에서 살폈듯이, '지금-저기'에서 논의되었던 자치론은 동화정책으로 나아가기 위한 이전 단계로 설정된 것이었다. 그렇지만 1930년대에 들어오면서 자치론은 자취를 감추게 되었다. 대외적으로 팽창주의 노선을 노골화하여 만주사변(1931), 만주국 건설(1932), 국제연맹 탈퇴(1933) 등의 사건을 벌여 나갔던 일제는, 대내적으로 극단적인 동화정책을 펼침으로써 그 단계에 대한 가능성을 깡그리 제거해버렸기 때문이다. 여기서 일제의 극단적인 동화정책이란 내선일체(內鮮一體) 이념을 가리킨다. "내선일체는 미야다 세츠코[官田節子]가 주장하는 것과 같이 '조선인을 보다 완전한 일본인으로 만들기

문이다. 스스로의 존재 근거를 부정하는 행위가 '자민족의 존엄에 저촉'되리라는 사실도 의문의 여지가 없다. 조관자, 「'민족의 힘'을 욕망한 '친일 내셔널리스트' 이광수」, 『해방 전후사의 재인식』, 책세상, 2006.

위한 지배자의 황국화 요구의 극한화'였고, 또한 동시에 '일한합병 이래 일본이 일관해서 조선 지배의 기본방침으로 채용해온 동화정책의 필연적 결과'였다."[22] '지금-저기'에서 자치론에 관한 논의 및 주장이 증발해버린 상황 속에서 이광수 또한 자신의 입장을 수정할 수밖에 없었다. 그런데 이광수의 이러한 변화 동인을 먼저 인정하고 난 후, 다른 맥락에서 파악할 수 있는 변화 동인까지 파악할 수 있을 때 일제 말기 이광수의 세계는 보다 명료하게 부각될 수 있다.

이광수의 의식이 변화하게 되는 동인 가운데 '지금-저기'에서의 자치제 논의 소멸을 첫 번째로 꼽는다면, 두 번째 동인으로는 세계사 전개 차원에서의 격변을 들 수 있다. "일제 강점기 이래 지금까지 한국문학에서의 근대적 주체는, 자기 자신과 사회를 '근대화'하는 동시에 그 '근대화'를 부정과 극복의 대상으로 삼아야 하는 모순에 처해 있었고, 그 모순을 살아냄으로써만 근대적 주체로서 자기동일성을 유지할 수 있었다."[23]라는 주장이 있기는 하지만, 이를 과연 일제 말기에도 그대로 적용할 수 있는가는 진지하게 고려해야만 한다. 왜냐하면 1930년대 중반이 지나면서 근대가 회의의 대상으로 전락해버렸기 때문이다. 즉 파시즘의 대두는 근대가 막다른 벽에 직면했다는 위기감을 불러일으키는 계기로 작용하였고, 시간이 경과함에 따라 근대의 파산 담론은 급속하게 유포되었으며, 이는 추종해나갈 근대의 상(像)이 증발해버리는 결과를 낳게 되었다는 것이다. 일제 말기 식민지 조선에서 서구 모델을 뚜렷한 자의식 없이 따라나섰던 경향은 행동주의의 영향을 받아 촉발된 '기교주의 논쟁'(1935~6)까지 이어졌다고 할 수 있다.[24]

임화, 김기림 등이 식민지 조선의 근대화 양상을 반성적으로 성찰할 수

---

22. 한상일, 앞의 책, 200쪽.
23. 김철, 「친일문학론─근대적 주체의 형성과 관련하여」, 『민족문학사연구』 8호, 1995, 24쪽.
24. 여기에 대해서는 홍기돈, 「일제강점기 김기림의 의식 변모 양상」(『근대를 넘어서려는 모험들』, 소명출판, 2007) 참조.

있었던 계기는 바로 이러한 지점에서 주어졌다. 따라서 비슷한 시기에 국제주의자(internationalist) 임화와 세계주의자(cosmopolitan) 김기림이 유사한 내용의 발언을 하고 있는 것은 결코 우연이라고 할 수 없다. "신문학사(新文學史)는 조선에 잇서서의 서구적 문학의 이식으로부터 시작되는 것이다."[25] "조선에 있어서의 지금까지의 신문화(新文化)의 '코—스'를 한마디로써 요약한다면 그것은 '근대'의 모방이었다."[26] 김기림은 반성에서 한 걸음 더 나아가 "근대정신" 가운데 "새 시대에 유산으로 넘길 부분"을 추려 "과학정신", "모험의 정신", "민족" 세 가지를 강조하기도 하였다.[27] 이들뿐만이 아니다. 근대의 끝을 감지하였으나 새롭게 나아갈 길을 마련하지 못했던 모더니스트 정지용은 옛 선비들의 진퇴론(進退論)에 입각하여 산수의 세계로 들어가 은신하였고,[28] 고완(古翫)을 즐기던 이태준은 민족을 발견하여 현실 속으로 뛰어들었다.[29] 김동리는 '통체(統體, whole)-부분자(部分子, positioner)' 세계관에 입각하여 새로운 르네상스를 주창하고 나섰던 경우에 해당한다.[30] 따라서 이광수로서도 이들보다 윗길에 서서 지도자연하기 위해서는 대단한 사상을 입지점으로 삼을 필요가 요청되었다. 그가 다시 ⓛ인류 구제를 모색하는 진리의 파지자로 나섰던 까닭이 여기에 있다.

의식의 변화 동인 세 번째는 아들의 죽음이라는 개인적인 체험이다. 1934년 2월 22일 이광수는 차남 '봉근'을 잃었다. 따라서 이로 인한 충격을 어떻게 감당할 것인가가 그에게 절실한 문제로 부각되었던 것은 필연

25. 林和, 「槪說 新文學史」, 『朝鮮日報』, 1939.9.7.
26. 金起林, 「朝鮮文學에의反省—朝鮮現代文學의한課題」, 『인문평론』, 1940.10, 38쪽.
27. 金起林, 위의 글, 44~5쪽.
28. 홍기돈, 「정지용의 산수시 이해와 주체 재구성의 문제」(『영주어문』 제22집, 영주어문학회, 2011.8) 참조.
29. 홍기돈, 「식민지 말기 이태준 소설과 백산 안희제—「영월영감」과 「농군」을 중심으로」(『근대를 넘어서려는 모험들』) 참조.
30. 홍기돈, 「김동리의 새로운 '르네상스 휴머니즘' 고찰」(『2011년 전국학술대회 자료집 : 지역어문학 연구와 도시 공간—대구』, 한국문학언어학회. 우리말글학회 공동 주최) 참조.

일 수밖에 없었다. "사랑하던 이가 죽은 때에 그 견딜 수 없는 슬픔을 어떻게 처리할까 하는 것이 모든 종교와 철학과 전설의 근본 문제인 줄을 인제 알았다. 그러나 악아, 나는 그중에서 어떤 것을 믿어야 옳으냐. 어떤 것이든지 네가 살아 있다고 내게 믿게 하는 것을 믿으려 한다."[31] 그에게 이러한 믿음을 불어넣어준 것은 바로 불교였다. "네가 가매 나는 시편(詩篇)을 읽고, 금강경과 화엄경을 읽고, 사람이란 결코 죽지 아니할뿐더러 죽지 못한다는 것을 배우고, 인과의 원리를 깨닫고, 변치 아니할 인생관을 얻었다. 그래서 네가 죽은 줄만 알고 슬퍼하던 마음을 돌려 너를 위하여 비는 마음을 얻었다."[32] 『금강경』, 『화엄경』을 운운하고 있으나, 기실 그가 몰입해 들어갔던 것은 불교 가운데서도 『법화경』의 세계였다. 이는 소설 「난제오(亂啼烏)」(『문장』, 1940.2) 산문 「육장기(鬻庄記)」(『문장』, 1939.9), 「삼경인상기(三京印象記)」(『문학계』, 1943.1) 등 그의 글 여기저기서 확인할 수 있다. 죽은 아들이 결코 죽지 않았다는 신념을 심어주기에 『법화경』의 세계가 가장 유효하였기에 이루어진 선택이었다.[33]

죽은 아들의 생명이 여전히 이어지고 있다는 신념을 부여하며 인류 구제를 모색하는 진리의 파지자로 나설 수 있게 하면서, 증발해버린 자치제의 공백을 너끈히 채워줄 수 있는 논리는 무엇일까. 이광수는 종교의 바다로 뛰어들어 『법화경』을 부여잡음으로써 나름의 길을 마련할 수 있었다. 근대의식이란 사회를 각각의 개별자(個別子, individual)들이 사회계약설에 근거해서 형성한 합체(合體, assemblage)라고 파악하는 경향을 가리킬 터인데('개별자—합체' 세계관), 이광수는 그 바깥으로 빠져나가 종교의 세계 언저리에서 '통체(統體, whole)-연기자(緣起子, destinater) 세계관'으로 구축해 나갔던 것이

31. 李光洙, 「鳳兒의 追憶」, 『李光洙全集』13, 三中堂, 1962, 360쪽.
32. 李光洙, 위의 글, 362쪽.
33. 『법화경』이 이광수에게 끼친 영향에 대해서는 홍기돈, 「이광수의 내선일체 논리 연구─『법화경』 오독을 중심으로」(『語文研究』 제59집, 語文研究學會, 2009) 참조.

다.[34] 그리고 그러한 세계관을 속류적인 관점으로 한 번 비틀어서 현실에 적용할 때 당당히 친일로 나설 수 있었다.

4. 불교적 세계관과 친일의 논리

일제 말기 이광수의 세계에서는 종교적인 엄숙함이 풍겨진다. 자식을 잃은 데 따른 애통함이 배면에 깔리고, 『법화경』으로써 이러한 아픔을 넘어서고자 하는 안간힘이 배어나오며, 이를 인류 구제의 방편으로 삼으려는 선지자로서의 면모가 두드러지기 때문이다. 그렇지만 이는 일제 파시즘에 수렴해버리는 양상으로 이어지고 있는바, 인류를 구제하겠노라는 애초의 의도와는 정반대의 결과라고 할 수 있다. 이러한 현상이 벌어지는 까닭은, 이전에도 그랬던 것처럼, '지금-저기'의 황홀하게 빛나는 세계에서 '지금-여기'의 비루한 현실을 내려다보려는 굴절된 욕망이 작용했고, 이 가운데서 스스로를 선각자로 내세우려는 허위의식이 강하게 발동했던 탓이라고 할 수 있다. 이러한 상황을 가장 잘 드러내 보여주는 글이 「육장기」이다. 여기서 이광수는 이전에 자신이 주장하고 전개해왔고 세계에 대하여 "도덕적 인격개조 운동이란 것이 어떻게 무력한 것임을 깨달았소."라고 함으로써 파산을 선고하고 종교의 세계로 넘어가야 하리라는 주장을 다음과 같은 문장으로 밝혀놓았다. "나는 나 스스로의 경험에 비추어서 신앙을 떠난 도덕적 수양이란 것이 헛것임을 깨달은 것이오."[35]

그렇다면 이광수가 말하는 신앙이란 어떠한 것인가. "그들이 남이 입어서 더럽힌 옷을 빨아줌으로 내생의 공덕을 쌓고 있는 것이오. 아마 다음 생에는 더러는 지위가 바뀌어서 지금 빨래하고 있는 '행랑것'이 주인 아씨나

---

34. 조관자는 '근대 주체'라는 관점에서 식민지시대 이광수의 의식을 통일적으로 파악하며 '민족'의 위험성을 경고하고 있다. 그렇지만 이는 식민지 말기 이광수가 구축해 나간 '통체─연기자 세계관'을 철저하게 몰각해 버렸기에 가능해진 논리이다.

35. 李光洙, 「鬻庄記」, 『文章』, 1939.9, 7쪽. 이하 「鬻庄記」 인용은 직접인용 뒤 괄호 안에 인용한 페이지를 적시하는 것으로 처리한다.

서방님이 되고, 지금 빨내 시키고 놀고 앉았는 서방님이나 아씨가 무거운 빨래를 지고 자아문턱을 넘게 되겠지오.”(28쪽) 이광수는 이를 일러 불교의 윤회설이라고 주장할 터이나, 기실 윤회란 어떤 고정적인 실체가 자기동일성을 유지하면서 다음 생으로 건너가는 운동이 아니기 때문에 이렇게 단언하기는 곤란하며[무아(無我)의 윤회], 오히려 현재 펼쳐진 불평등한 상황을 후생과의 균형이란 측면에서 합리화시킴으로써 현실과 타협해버리는 지점으로 귀결하기 십상이다. 애초 다음과 같은 이유로 신앙을 필요로 했던 것이니 이광수의 이러한 이해는 피할 수 없는 일이었는지도 모르겠다. “봉근(鳳根)아, 나는 네가 죽지 아니한 것을 믿는다. 다만 네가 잠시 썼던 연약하던 몸을 벗어버리었을 뿐이요, 그 영(靈)은 무시(無始)에서 무종(無終)까지 살아 있는 것을 믿는다. 그리고 지나간 전생에도 너는 나와, 혹은 부자로, 혹은 형제로, 혹은 친우로 여러 번 만났던 것을 믿거니와, 후생에도 너와 나와는 세세생생(世世生生)에 여러 곳에서 여러 관계로 만날 줄을 믿는다.”[36]

인류 문명권의 유형으로 접근한다면 이광수가 보이는 인식은 남아시아의 ‘통체-연기자 세계관’에 해당한다고 볼 수 있다. 개체가 인과의 법칙에 따라 존재하는 한편(연기자), 이를 둘러싼 사회는 개체 이전에 이미 하나의 통일체로 전제되어 있기 때문이다(통체). “전체로서의 사회는 본질과 현상이라는 측면에서 이중적 성격을 갖고 있다. 전체는 본질의 차원에서는 안정되어 있지만 현상의 차원에서는 극히 불안정하다. 개체가 윤회를 통해서 신의 세계와 현상의 세계를 넘나들며 무상하게 변화하기 때문이다. 그러나 개체는 영원한 시간 속에 존재하기 때문에 불안정한 것을 안정된 것으로 만들기 위해 서두를 필요가 없다. 모두에게 각자의 문제를 해결할 수 있는 충분한 시간이 제공되어 있기 때문이다.”[37] 이러한 세계관에 근거한다면, 눈앞

---

36. 李光洙, 「鳳兒의 追憶」, 『李光洙全集』13, 三中堂, 1962, 362쪽.
37. 최봉영, 앞의 책, 241쪽.

에 펼쳐지는 현실이 인과관계로 엮어진 불가피한 숙명으로 다가서는 까닭에, 사회관계를 변화시키려는 데 대한 관심은 적어질 수밖에 없다. 따라서 사회적인 불평등을 완화시키는 방식으로는 개인적인 희사(喜捨)나 보시(布施)가 유력하게 통용되는 형편이다.

자아존중감이 과도했던 이광수는 이러한 세계관 안에서 자신의 자리를 '전체로서의 사회'에 마련하였다. 그러니까 본질과 현상이 통일되어 있는 '지금—저기'의 위치에 서서 불완전하고 누추한 현실을 한순간의 현상으로 치부하며 내려다보기 시작했다는 것이다. 그가 선 곳에서 보면 "이 무궁한 우주라는 큰 집의 조고마한 방 한 칸"에 불과하니 "지구라야 조고마한 티끌 하나"에 해당하며, "인류란 이 단간 방에 모혀 사는 한식구"인 까닭에 "서로 불상히 여기고 서로 도아야" 하는 것이 당연하다. 어디 인류로만 한정시켜 말할 수 있겠는가. "즘생도 그렇지오, 새도 버레도 나무, 풀도 그렇소. 다 마찬가지야, 나와 한집 식구야. 나와 같은 마음을 가지고 있소 기뻐하고 슬퍼하고, 나고 죽고. 그의 살이던 것이 내 살 되고 내 살이던 것이 그의 살 되고."(33쪽) 그렇지만 그가 바라보는 현실은 "무차별 세계"가 아니라 "차별 세계"이다. 이러한 차별은 "오늘날 사바 세계의 생활로는 면할 수 없는 일"이다. "전쟁이 없기를 바라지마는 동시에 전쟁을 아니할 수 없단 말요. 만물이 다 내 살이지마는 인류를 더 사랑하게 되고 인류가 다 내 형제요 자매이지마는 내 국민을 더 사랑하게 되니 더 사랑하는 이를 위하여서 인연이 먼 이를 희생할 경우도 없지 아니하단 말요. 그것이 불완전 사바 세계의 슬픔이겠지마는 실로 숙명적이오."(34쪽)

종교적 범주의 선지자란 "차별 세계"를 "무차별 세계"로 이끄는 과정에서 존재감이 드러나는 법이다. 이광수가 이를 몰랐을 리 없다. 그는 "이 중생 세계가 사랑의 세계가 될 날을 믿소."라며 믿음을 전제하고 나서 이를 가능케 할 방법으로 성전(聖戰)을 제시한다. "이 몸과 이 나라와 이 사바 세계와 이 왼 우주를 (왼 우주는 사바 세계 따위를 수억억만 헤아릴 수 없이 가지고 있었고 있고 있을 것이오) 사랑의 것으로 만드는 일이야말로 그대나 내나가 할 일이 아니오? 저 뱀과 모기와 파리와 송충이, 지네, 거르마, 거미, 참새, 새매, 물, 나무, 결핵균, 이런 것들이 모두 상극이 되지 말고 총친화(總親和)가 될 날을 위하여서 준비하는 것이 우리 일이 아니오? 이 성전(聖戰)에 참례하는 용사가 되지 못하면 생명을 가지고 났던 보람이 없지 아니하오?"(35쪽) 이광수가 친일로 넘어가는 논리는 이 대목에서 만들어진다. 일제의 침략전쟁은 "차별 세계"를 "무차별 세계"로 이끄는 방편으로서의 성전이라는 것. 그러니까 이에 따르면 "무차별 세계"로 나아가려는 신념이 강하면 강할수록 일제에 더욱 적극적으로 협력해야 하는 상황에 이를 수밖에 없다.

이광수의 이러한 논리는 매일신보에 발표된 「반도민중(半島民衆)의 애국운동」(1941.9.4~7)에서 확인할 수 있다. "그들은(영국, 네덜란드, 프랑스―인용자) 식민지 토인(土人)을 유우(乳牛) 이상으로 생각지 아니하엿다. 오직 착취하기 위해서만 그 생존을 허하엿고 그 주민 자신의 문화번영은 염두에 업섰다. 이것이 과거 영불(英佛)의 대죄악이다.∥그런데 일본의 공영권이란 이러한 영불의 정책과는 대조적이다. 각 민족으로 하여곰 각득기소(各得其所)케 하면서 공존공영하자는 것이다. 이것은 오랜 탐욕이 지배하던 지구상에 황도의 신낙원을 건설하자는 성(聖)된 사업이다."[38] 여기에까지 나아가면 일제의 천황을 마음 한가운데로 받아들이는 일도 그리 문제될 바 없어진다. 천황은 "신낙원"으로 향하는 운동의 상징이자 구심점으로 다가서기 때문이다. 이광수가 「삼경인상기(三京印象記)」(『문학계』, 1943.1)에서 "팔굉이 한 집이 된다(八紘爲宇)는 천황의 이상이 법화(경)의 이상"[39]이라고 확언할 수 있었던 근거가 바로 여기에 있다. 「전망(展望)」(『녹기(綠旗)』, 1943.1)이라는 시 6연에서는 이를 다음과 같이 표현하기도 하였다. "만세일계(萬世一系)의 천황 여기 계시며/

38. 香山光郎, 「半島民衆의愛國運動」(一), 『每日新報』, 1941.9.4.
39. 李光洙, 「삼경인상기(三京印象記)」, 『이광수의 일어 창작 및 산문선』, 도서출판 역락, 2007, 135쪽.

충효일본(忠孝日本)의 백성 이 땅에 번영한다/ 일찍이 선한 인류문화의 요람이었듯이/ 앞으로 인류 구제의 발상은 이 땅".⁴⁰

제3회 대동아문학자대회에서 이광수가 행한 발언의 의미도 또한 '통체-연기자 세계관' 속에서 파악해야만 온전하게 이해할 수 있다. "우리들은 이 대동아 정신을 여기에서 수립하는 것이 아니고, 발견하는 것이라고 생각합니다. 이 대동아 정신은 가장 알기 쉽게 말하면, 그 기조를 이루고 진수를 이루는 것으로 자기를 버리는 정신이라고 생각합니다. 이 말을 유교에서는 인이라고 하며 불교에서는 자비라고 말하고 있습니다."⁴¹ 기실 야호선(野狐禪) 수준에 머무르기는 했으나, 어쨌든 이광수는 자신이 불교 사상 위에 버티고 서 있다고 믿고 있었다. 이러한 믿음이 있었기에 대동아 정신은 '수립하는 것이 아니고, 발견하는 것'이라는 주장이 가능해졌다. 그리고 개인적인 희사나 보시에서 세상을 바꾸는 방식을 착안하였기에 대동아정신의 진수가 '자기를 버리는 정신'이라고 당당하게 규정할 수 있었다. 일제가 내세웠던 멸사봉공이라는 논리가 이광수의 이러한 의식과 자연스럽게 호응하고 있음은 부언의 여지가 없다. 일찍이 「쟁투의 세계로부터 부조의 세계에」로 나아가자고 주장했던 이광수가 결국 도달한 자리는 여기였다. 이렇게 시종일관 '지금-저기'의 세계에 머물렀던 '민족의 지도자' 이광수가 해방된 '지금-여기'의 현실 속에서 어떠한 수모를 당했던가는 우리가 충분히 알고 있는 바다.

5. 돈키호테의 망상: 일제가 조선에서 독립하는 방법

일제 말기 이광수에 관한 에피소드가 하나 전해진다. 그는 매일신보에 다음과 같은 내용의 글을 발표한 바 있다. "끌려가는 일본 국민이어서는

---

40. 이광수, 「전망(展望)」, 『친일인명사전』2, 민족문제연구소, 2009, 748쪽.
41. 香山光郎, 「東亞精神の樹立に就いて」, 『大東亞』, 1943.3, 48쪽.; 『친일반민족행위관계사료집』15, 친일반민족행위진상규명위원회, 2009, 415면에서 재인용.

아니된다. 구경하는 일본국민이어서는 아니 된다.[42] 자발적, 적극적으로 내지 창조적으로 저마다 신체의 어느 부분을 바늘 스트로 찔러도 일본의 피가 흐르는 일본인이 되지 아니하여서는 아니 된다." 이에 대해 팔봉 김기진이 "아니, 조선 놈의 이마빡에서 어떻게 일본 피가 나올 수 있단 말인가요?"라고 묻자, 이광수는 다음과 같이 응수하고 나섰다.

우리의 정신이 그렇게까지 황국신민화되지 않고서는 조선 민족이 재생할 날이 없소. 우리 민족은 1 대 1로 한다면 어느 민족한테도 지지 않소. 최승희를 보시오. 손기정을 보시오. 일본인으로서 그들보다 춤을 잘 추고, 마라톤을 잘 하는 사람이 있답디까? 그러니까 1 대 1로 나아가기만 하면 우리가 이기죠. 그래서 나는 우리가 철저히 황국신민이 되어가지고 (중략) 일본 정부의 육군 대신도 조선 사람, 총리대신도 조선 사람…… 이렇게 될 날이 오고야 말 것이오. 그래서 그때 가서야 일본 민족은 아뿔싸! 조선 민족과 분리해야 겠다…… 이렇게 생각하고서 '자아, 인제는 살림을 가르자'고 말한단 말요. 그때 우리는 '그럽시다. 그러면 살림을 절반씩 가릅시다' 하고 절반을 달라고 해요. 그러면 일본 민족이 그렇게는 안 된다고 야단하죠. 우리는 버틸 대로 버티다가 결국 밑천이나 뽑아가지고 '그럼, 난 밑천만 가지고라도 나가겠소' 하고 비로소 그때 독립한단 말요.[43]

돈키호테의 망상과도 같은 이러한 구상에서 과연 민족의식을 읽어낼 수 있을까. 이를테면 이광수의 민족의식이란 바로 그러한 성질의 것이었다. 자신이 미리 설정해 놓은 '지금-저기'라는 높은 관념의 성채에 머물면서 '지

---

42. 春園, 「皇民化와朝鮮文學―感傷과怨嗟를淸算하고 希望과明朗의文學으로」, 『每日新報』, 1940.7.6.

43. 김기진, 「우리가 걸어온 30년」, 『金八峯文學全集―Ⅱ.회고와 기록』, 文學과知性社, 1988, 181쪽.

금-여기' 식민지 조선의 비루한 현실을 내려다보며, 스스로 지도자노라 자부하는 데서 빚어지는 의식. '지금-저기'의 자리에 정치 영역과 절연한 민족 단위의 사회운동가를 갖다 놓든, 인류 구제에 나선 진리의 파지자 형상을 세워놓든, 정치적 결사가 시급하다고 강변하는 민족 자치주의자의 면모를 새겨놓든 달라질 바는 없다. 욕망을 작동하는 구조에는 별다른 변화가 나타나지 않으며, 그로 인하여 '지금-여기'의 현실에 제대로 안착하지 못하는 실상 또한 여전히 유지되고 있기 때문이다.

　욕망이 세상을 움직이는 동력이고 보면 이를 부정하는 작업이 마냥 능사일 수는 없다. 그렇지만 그 반대편에서 욕망을 일단 긍정하고 보는 일이 그리 소망스러운 결과로 귀결하지도 않을 것이다. 따라서 그 두 길 사이에서 욕망의 작동 방식을 직시하면서 끊임없이 성찰의 계기를 만들어나가려는 노력이 필요할 터인데, 식민지시대 이광수의 행적과 정신세계는 그러한 덕목의 중요성을 분명하게 일깨운다.

『인간연구』, 가톨릭대학교 인간학연구소, 2012. 22.

민족문학론의 재구성
—민족문학, 민족주의문학, 탈식민주의

1. 민족문학과 민족주의문학

탈식민주의를 표방하는 연구자들이 가하는 '민족문학' 비판은 얼핏 보면 희극적으로 느껴지지만, 정치적 맥락 위에서 파악할 경우에는 위험하게 비쳐진다. 희극적인 까닭은 민족문학 비판임에도 불구하고 정작 '민족문학'에 대한 비판은 간 데 없고, '민족주의문학' 비판만이 횡행하고 있기 때문이다. 이러한 지적 유희는 붕어 없는 붕어빵 장사에서 착안했거나 민족문학에 대한 무지에서 비롯되었으리라 짐작된다. 그럼에도 불구하고 이는 현실에서 위험하게 작동하는데, 저항적 민족주의를 제국주의의 대칭 관계로 설정하여 비난하는 한편 반민족적인 행태를 옹호하는 데로 나아가기 때문이다. 몇 년 전부터 꾸준히 발표되는 일본 제국주의 논리 옹호로 귀결하는 일련의 연구들은 그러한 문제를 드러내고 있다.

기실 민족의 부정이 능사인 것처럼 생각하는 이들의 "민족은 상상의 공동체다"라는 주장은 그리 새로울 것이 없다. 베네딕트 앤더슨의『상상의 공동체』를 인용하며 요란하게 떠들어대지 않더라도 민족문학론에서는 이미 상식에 속하는 내용인 까닭이다. 예컨대 1947년 4월 발간된『문학평론』제3호에 실린 김영석의「민족문학론」을 보라. 그는 권력의 개입과 조작을 통해 '순결한 피'라는 민족의 신비화가 이루어진다고 파악하며, 구체적인 예로 히틀러의 '아리안 지상주의'와 일본의 '만세일계(萬世一系) 사상'을 비판하고 있다. 이러한 비판은 결국 '민족주의문학'을 부정하는 태도로 직결된다. 김영석의 '민족주의문학' 비판은 탈식민주의의 입장에 선 이들의 '민족문학' 비판과 별반 다를 바 없다.

"민족주의의 문학이 내용으로 하는 것은 무엇인가? 소위 조선민족을 주축으로 하는 '민족정신'이다. 민족정신이란 무엇인가? 그것은 민족을 객관적·과학적으로 해석하지 않고, 그것이 절대적·항구적인 것처럼 생각하여 민족을 신비화하려는 정신이다."[1] 그렇다면 김영석은 민족이란 단위를 어떻게 이해하고 있을까. 그는 상상을 통해 구성된 근대의 산물로 파악하고 있다. 이것 또한 최근 탈식민주의 논의에서 전제하는 바와 그리 다를 것 없는 관점이다. "시민계급을 선두로 하여 노동자, 농민이 종래의 모든 인적 차별 즉 신분적 혹은 종족적, 지역적, 언어적, 문화적, 정치적, 경제적, 정신적 차이를 일거에 극복하고, 고통으로 지배를 받던 봉건 특권 체제를 배제하는 유일한 목표 하에 자유롭게 결속된, 다만 평등한 인간들의 집단을 조직했다."[2] 이렇게 근대에 들어 새롭게 '조직된 인간들의 집단'이 바로 민족이다.

'민족문학'을 주장하는 이들은 '민족주의문학'을 꾸준히 비판해왔다. 해방기의 '조선문학가동맹'은 민족문학을 강령으로 채택하면서 이러한 사실을 분명하게 밝혀놓았다. 임화, 김영석, 이명선 등의 논리가 유사하게 겹치는 이유는 바로 그 때문이다. 한국전쟁과 분단, 야만적인 사상 탄압에 시달리면서 잠복기를 가졌던 민족문학론이 1970년대에 귀환했을 때에도 민족주의문학에 대한 비판은 그대로 이어졌다.(조직적인 폭발력은 없었지만, 1950년대 중반 정태용, 최일수가 민족문학론을 전개하며 담당했던 징검다리 역할은 분명히 기억해야 할 대목이다.) 가령 임헌영은 민족주의문학이 "국수적이며 배타적이요 침략적일 수 있"[3]다고 지적하면서 이와 변별되는 민족문학의 성격을 분명하게 추출

1. 김영석, 「민족문학론」, 『解放空間의 批評文學2』, 太學社, 1991, 353쪽.
2. 김영석, 위의 글, 355쪽.
3. 임헌영, 「民族文學의 명칭에 대하여」, 『창조와 변혁』, 形成社, 1985, 90쪽.

해내고 있다. 그러면서 "민족문학이란 다른 나라에서는 찾아볼 수 없는 것이다. 우리만이 가진 특수용어다."[4]라고 밝혀놓기도 하였다. 민족문학과 민족주의문학에 대한 이러한 견해는 아직도 유효하게 작동하고 있다. 즉 '민족문학=민족주의문학'이라는 등식은 성립하지 않는다는 것이다. 오히려 그 둘은 적대관계라고 이해하여야 온당할지도 모른다.

그런데도 탈식민주의를 표방하는 이들은 왜 민족문학과 민족주의문학을 구분하지 못하는 것일까. 이는 '탈식민주의'라는 방법론에도 불구하고 그들이 식민주의에 찌들어 있기 때문에 나타나는 현상이다. 서구의 보편적인 이론은 다른 세계에 적용될 때 구체적인 역사와 현실 조건의 차이에 따라 그 내용이 굴절될 수밖에 없다. 굴절의 각도를 둘러싸고 벌어지는 보편(이론)과 특수(현실)의 긴장관계를 간취하지 못할 때 오류가 발생한다. 보편적인 이론을 적용하기 위하여 현실의 특수성을 무시해버리면 그 틈에서 구체적 실상의 왜곡이 빚어지는데, 한국의 구체적 실상을 탈식민주의의 틀에 맞추어 논리를 전개하기 위하여 '민족문학=민족주의문학'이라는 등식을 만들어내는 사례가 이에 해당한다. 그러니 이는 서구의 이론을 잣대로 현실을 재단하려는 태도로 일관하여 결국 '탈식민주의'라는 '탈'을 쓴 '식민주의'로 귀결하고 만다. 지금 우리는 그러한 상황을 목도하고 있다.

덧붙이자면, 베네딕트 앤더슨의 논리는 한국에서 왜곡된 채 인용되고 있다는 사실을 상기할 필요도 있다. 민족이 상상의 공동체라고 하더라도 쉽게 해소될 리 만무하다. 역사적 배경이 거대하고, 현실의 질서를 구축하는 무게가 막강하기 때문이다. 베네딕트 앤더슨은 그러한 무게를 과소평가하지 말라고 경고하고 나섰으나, 국내의 인용자들은 그 무게를 휘발시키고 '상상'이라는 가벼운 어감에만 매달려 있는 형국이다. 이러한 난감한 상황을 타개하기 위하여 『상상의 공동체』의 한 부분을 명시해둔다. "우리가

---

4. 임헌영, 위의 글, 88쪽.

'마르크스주의자들은 민족주의자들이 아니다'라든가 '민족주의는 근대 발전 이론의 병리학이다'라는 허구를 버리고, 그 대신 실제적이고 상상된 과거의 경험에 대해 배우기 위해 느리나마 최선을 다하지 않는다면, 그러한 전쟁(민족을 단위로 벌인 사회주의자들 간의 전쟁—인용자)을 예방하기 위한 어떤 유용한 일도 할 수 없을 것이다."[5]

민족문학에 대한 논의는 이러한 내용을 분명하게 밝히면서 시작하여야 한다. 일단 허무맹랑한 중상모략을 걷어내고 나서야 대화가 가능할 터이기 때문이다.

2. 민족문학론: 민족과 계급의 변증법적 통일

정신없이 사슴을 쫓는 자는 숲에서 길을 잃어버리기 십상이다. 그러니 사슴을 놓치고 문득 주위를 둘러볼 때는 이미 반성이 필요해지는 시점이라고 파악해야 한다. 임화가 「개설 신문학사」를 써 내려가면서 "신문학사는 조선에 있어서의 서구적 이식으로부터 시작되는 것이다."[6]라고 성찰할 수 있었던 때는 1939년이었고, 비슷한 어조로 김기림이 "조선에 있어서 지금까지의 신문화의 '코스'를 한마디로 요약한다면 그것은 '근대'의 모방이었다."[7]라고 반성했을 때는 1940년이었다. 해방기 민족문학론은 이러한 성찰과 반성을 통하여 비로소 가능해졌다. 임화의 「민족문학의 이념과 문학운동의 사상적 통일을 위하여」(『문학』 제3호, 1947.4)라든가 김기림의 「민족문화의 성격」(『서울신문』, 1949.11.3)이 만만치 않은 내용으로 전개될 수 있었던 까닭은 그러한 맥락에서 이해할 수 있다. 그네들은 민족문학론에 전 존재를 걸었던 것이다.

---

5. Benedict Anderson, *Imagined Communities—Reflections on the Origin and Spread of Nationalism*, Vero, 2003, p.161.

6. 林和, 「槪說 新文學史」, 『朝鮮日報』, 1939.9.8.

7. 金起林, 「朝鮮文學의 反省—現代朝鮮文學의한課題」, 『人文評論』, 1940.10, 38쪽.

이러한 민족문학론의 맥락을 모르고 함부로 뛰어들다가는 오류에 빠지고 말 공산이 크다. 예컨대 임화의 '이식문학론'을 극복하겠다고 써 내려간 김현·김윤식의 『한국문학사』(민음사, 1973)를 보라. 그들은 한국 역사에서 감지할 수 있는 근대의 맹아를 조선의 영·정조 시대로까지 한껏 끌어올려 부각시키면서 한국(조선)의 근대화 가능성을 강조하고 있다. 이러한 연구는 표면적으로 민족의식의 발로처럼 보이지만, 기실 서양의 기준에 미달하지 않는 단서를 찾기 위한 노력에 머무르는 까닭에 결국 유럽 중심주의의 회로에 갇혀버렸다. 즉 서구의 근대를 역사 파악의 기준으로 기꺼이 수용하면서 논리를 재구성하였던 『한국문학사』는 서양으로부터 인정받으려는 주변부 민족주의의 산물에 불과하다는 것이다. 서구를 보편적인 거울로 삼아 한국의 특수한 상황을 재구성할 때에는 언제나 식민주의의 시선이 개입한다. 그러니까 임화가 반성을 전개하는 지점에서 김현·김윤식은 오류를 반복하고 있었던 셈이다.

민족문학론의 장점이라면 서구 모델과는 다른 유형의 민족 존립 양태를 모색했다는 데 있다. 제국주의와의 대칭관계에서 벗어나는 저항적 민족문학의 중요성은 여기서부터 마련되었고, 민족문학이 '우리만이 가진 특수 용어'라는 임헌영의 진단은 이를 가리키는 것이다. 예컨대 임화의 평론 「민족문학의 이념과 문학운동의 사상적 통일을 위하여」를 보자. 그는 "민족은 성립된 것"이라면서 "민족의 형성과정은 주지와 같이 두 가지 경우밖에 없다."라고 단언하고 있다. "하나는 봉건사회로부터 자본주의사회로 넘어오는 근대의 경우요, 또 하나는 이러한 과정을 통하여 독립한 민족국가를 완성하기 전에 제국주의 여러 국가의 식민지가 된 민족의 해방투쟁으로 표현된 현대의 경우다."[8] 여기서 민족을 형성하는 두 갈래의 경로가 '근대의 경

8. 임화, 「민족문학의 이념과 문학운동의 사상적 통일을 위하여」, 『解放空間의 批評文學2』, 太學社, 1991, 309쪽.

우'와 '현대의 경우'로 각각 나뉘어 표현되었다는 사실을 눈여겨보아야 한다. 제국주의로 나아간 서구의 민족(국가) 모델을 추종하는 것이 아니라, 이와는 다른 모델을 만들어내는 데 임화의 목표가 있었음을 증명하는 대목이기 때문이다.

'근대의 경우', 즉 서구 민족국가 모델의 폐해야 널리 알려졌으니 새삼스럽게 설명을 덧붙일 필요야 없을 터, 여기에서는 '현대의 경우'만 살펴보면 되겠다. 식민지를 경험한 나라의 인민들이 민족(국가)으로 결합하기 위해서는 두 가지 과제를 동시에 맞닥뜨려야 한다. "자기들의 내부에 남아 있는 봉건 잔재와 외래 제국주의의 세력이란 두 가지 속박"[9]이다. 그런데 제국주의(타민족)에 대한 모든 민족 구성원들의 저항, 봉건 잔재(봉건 지주)에 대한 근대(자본가, 농민, 노동자, 소시민 등)의 청산은 제대로 이루어지기가 어렵다. "제국주의는 토착자본가와 봉건지주들을 식민지 지배의 유력한 수단으로 이용하고, 그들은 또한 제국주의가 자기 동족으로부터 수탈한 이윤 배분에 참여하고 있기 때문에 현실적으로는 제국주의에 반대하지 않는다. 그러므로 토착자본가와 지주는 반제국주의 투쟁에 있어서 식민지 민족의 편이기보다 더 많이 외래 제국주의의 편에 서 있다."[10] 그리고 토착자본가는 제국주의를 매개로 지주들과 연결되어 있기 때문에 반봉건 투쟁에 적극적으로 동의하지 않는다. 그래서 자본가와 지주는 같은 '조선인'임에도 불구하고 민족문학에서 말하는 '민족'에 포함되지 않는다. 반제반봉건 투쟁의 관점에서 파악하자면 그들은 민족의 적일 따름이다.

임화는 여기에 '역사적 유물론'의 안목을 겹쳐 놓았다. 사회주의 혁명의 과정에서 노동자 계급이 계급투쟁을 통하여 계급이 사라지는 사회를 만들어나가는 주체인 것처럼, 제국(침략적 민족주의)과의 투쟁을 감행함으로써 민

---

9. 임화, 위의 글, 310쪽.
10. 임화, 위의 글, 같은 쪽.

족 모순의 해소로 나아가는 주체로 약소민족(저항적 민족주의)을 자리매김해 낸 것이다. 그러니까 임화의 민족문학론은 계급적인 관점과 민족적인 관점이 변증법적으로 통일된 양상이라고 할 수 있다. 그가 굳이 '근대의 경우'와 '현대의 경우'를 변별하였던 까닭은 여기서 찾아야 한다. "이렇게 하여서 건설되는 문학이 서구의 근대문학과는 판이한 문학이 될 것은 자명한 일이다. 왜냐하면 현대의 식민지에서 형성되는 민족이나 그들에 의하여 건설될 사회는 근대 서구의 그것과 근본적으로 다를 것이기 때문이다."[11] '근대'와 '현대'의 차이는 다음 대목에서 선명하게 정리되어 있다.

근대 서구에서 있어서는 시민계급이 노동자, 농민, 소시민 등을 인솔하고 반봉건 투쟁을 영도한 전형적인 자본주의국가 건설운동이었기 때문에 시민계급이 민족을 대표하였고, 시민계급의 이념이 곧 민족형성의 이념이 될 것이다. 그러나 현대 식민지에서 있어서는 시민계급 대신에 노동계급이 농민과 소시민을 인솔하고 반제·반봉건투쟁을 영도하는 민주주의적인 독립국가 건설운동이 되기 때문에 노동계급이 민족을 대표하고 노동계급의 이념이 곧 민족형성의 이념이 되는 것이다. 그러므로 근대 서구와 현대 식민지의 민족이념의 차이는 결국 시민계급과 노동계급의 사회적 본질과 역사적 역할의 차이요, 그들이 제각기 체현하고 있는 세계관의 차이인 것이다.[12]

따라서 민족문학론의 '민족'이 탈식민주의에서 경계, 비판하는 '민족'과 같은 개념일 리 만무하다. 여기에는 '현대의 민족'과 '근대의 민족' 사이의 차이가 개입해 있고, 그 차이는 견고한 질서가 내적 모순에 의해 붕괴한다는 마르크스주의의 시간관·세계관 위에서 빚어지고 있다. 계급이란 틀로써

---

11. 임화, 위의 글, 311쪽.
12. 임화, 위의 글, 같은 쪽.

세계를 해석해 내던 식민지의 임화가 민족이란 범주를 중층적으로 끌어안으면서 민족문학론에 도달했던 것이다. 그러한 점에서 보자면, 계급과 민족을 대립적으로 사고하지 말고, 통일적으로 파악하여야 할 것을 촉구하는 베네딕트 앤더슨의 시각이 여기에 그대로 겹쳐진다. 아마 전 존재를 걸고 식민지 현실과 맞섰기에 사회주의자 임화는 '민족문학론'을 선취할 수 있었으리라. 서구 마르크스주의자들의 반성(탈식민주의)까지도 원숭이 모양 짐짓 흉내 내어 따라하는 이 땅의 탈식민주의 연구자들로서는 상상하기조차 어려운 경지라고 하겠다.

임화가 설정하였던 민족문학은 "다른 나라의 인민과 다른 곳의 민족들에게 이익과 유락(愉樂)을 주고, 모든 나라의 인민과 모든 민족의 문화 위에 커다란 재산을 기여하는 문학"[13]이었다. 상황이 여의치 않았던 탓에 그는 이론적 모색을 현실 가운데서 제대로 뿌리 내리지 못한 채 역사의 뒤안길로 사라져버렸다. 그렇지만 그가 펼쳐보였던 고뇌는 지하수처럼 면면이 이어졌고, 지난 30여 년 동안 적지 않은 문학인들은 억압받는 인민(민중)들과 함께 이 땅의 모순과 맞서면서 역사(민주주의)의 발전에서 의미 있는 역할을 감당해낼 수 있었다. 이것이 바로 민족문학의 선진성이다.

3. 한국 자본주의의 단계와 민족문학의 위기

근대화는 규율의 내면화를 통하여 폭력적인 신체를 순종적인 신체로 변화시키는 과정을 동반한다. 가령 시간을 정해두고 바로 그때 무엇인가를, 예컨대 출퇴근을 반복하여 수행해야 한다는 시간의식의 주입 혹은 강제는 근대의 기본적인 조건이다. 그러니 근대화 과정에 기꺼이 순응해가는 인간들을 보며 "눈에 보이지 않는 끈끈한 줄에 엉켜서 헤어나지들을 못한

---

13. 임화, 위의 글, 313쪽.

다."[14]라는 지적이 가능해진다. 식민지에서의 근대화는 상황이 조금 더 복잡하다. 일반적으로 "식민지 권력은 식민지의 주민들을 통치대상으로 전락시키면서, 동시에 식민지적 질서 속에서 각 개인들을 스스로 유지, 재생산할 수 있는 주체로 만들려고 시도"[15]하기 때문이다. 근대적인 인간은 순종적인 신체로 길들여진 존재이며, 식민지를 경유한 국가(민족)의 근대적인 인간은 스스로를 제국주의의 전략에 내맡기는 한편 제국의 질서/식민지적 질서를 유지, 재생산하는 주체로 거듭난 사람을 가리킨다. 따라서 '(신)식민지 근대'에는 객체이며 주체라는 서로 모순된 측면이 동시에 작동한다고 이해하여야 한다.

1974년 『월간중앙』 4월호에 백낙청은 「민족문학이념의 신(新)전개」를 발표하였다. 여기서 그는 민족문학의 근거를 "민족의 주체적 생존과 그 대다수 구성원의 복지가 심각한 위협에 직면해 있다는 위기의식의 소산이며 이러한 민족적 위기에 임하는 올바른 자세가 바로 국민문학 자체의 건강한 발전을 결정적으로 좌우하는 요인이 되었다는 판단에 입각한 것"[16]이라고 밝혀놓았다. 당시만 하더라도 식민지 근대의 이중성은 그리 부각되지 않았다. 폭력적인 신체를 순종적인 신체로 변화시키는 일련의 방편들이 워낙 폭압적이었던 까닭에 이는 인민(민중)들의 소극적·적극적인 저항을 야기했던 것이다. 1970년 전태일의 분신은 하나의 상징으로 파악할 수 있다. 제국과의 관계 또한 마찬가지였다. (신)식민지로서 제국의 억압을 감당해야 하는 바에 비하여 구체적으로 얻는 이익은 생활 속에서 체감하기가 어려웠다. 그러니 대다수 구성원들이 제국의 질서/식민지적 질서를 유지, 재생산

---

14. 李箱, 「날개」, 『朝光』, 1936.9, 214쪽.
15. 김진균·정근식, 「식민지체제와 근대적 규율」, 『근대주체와 식민지 규율권력』, 문화과학사, 2003, 24쪽.
16. 白樂晴, 「民族文學 槪念의 定立을 위해」, 『民族文學과 世界文學』, 創作과批評社, 1978, 125쪽.

하는 주체로 자신을 세워나갈 리 만무하였다. 오히려 제국과 (신)식민지의 불평등한 관계에 대하여 저항감을 가질 가능성이 컸다. 민족문학은 이러한 현실과 저항 속에서 의의와 가치를 획득할 수 있었다. 물론 민족문학인의 자기희생이란 아름다운 결단을 전제로 했지만 말이다.

1987년 이후부터 현실의 질서는 급박하게 변화하기 시작하였다. 먼저 지구 차원의 질서에서 '한국'이 차지하는 위치가 변하였다. 임화가 설정했던 '약소민족(저항적 민족주의) 대 제국(침략적 민족주의)'의 대립관계를 바탕으로 접근하기에는 궁색한 상황에 이른 것이다. 오히려 '아류 제국주의'로서 역할을 담당하게 되었다는 것이 정확한 진술이 아닐까. 1988년 서울에서 개최하였던 올림픽은 아제국주의 국가가 가질 법한 자신감 속에서 이해할 수 있다. 부르주아 민주주의의 진전이란 측면에서 파악한다면 1987년 6월의 체험 또한 이와 관련이 있겠다. "민족의 주체적 생존과 그 대다수 구성원의 복지가 심각한 위협에 직면해 있다는 위기의식의 소산"이라는 소시민적 민족문학론의 전제는 이러한 현실의 변화로부터 자유로울 수 없다. 즉 '약소민족(저항적 민족주의) 대 제국(침략적 민족주의)'이라는 이항대립을 통한 상황의 인식은 근거를 잃었고, 제국주의의 속성과 (신)식민지의 속성이 중첩되어 펼쳐지는 상황에 따라 민족문학론의 수정 또한 요구되기에 이르렀다는 것이다. 이는 임화가 발견해낸 '**민족**'문학론이 난관에 봉착했음을 의미하고 있다.

지구 차원의 질서에서 한국의 위상이 변화함에 따라 한국인들의 의식 또한 변화하기 시작하였다. 이 대목에서 (신)식민지 근대의 이중성을 상기할 필요가 있다. (신)식민지 근대의 이중성은 아제국주의 상황에서 극명하게, 그러나 모순적으로 드러난다. 제국의 전략에 자신을 내맡기게 되는 수동적 입장에 대해서 비판하지만, 현실의 복잡성과 이익을 근거로 들어 제국의 질서/식민지적 질서를 유지, 재생산하는 주체의 역할을 쉽게 포기하지 않기 때문이다. 이러한 의식의 분열 양상은 소시민의 경우 더욱 전면적으로 나타난다. 이를 살피기 위해서는 계급의 분화에 따라 펼쳐지는 의식의 다양한 편차까지 고려해야 할 것이다. '**민족**'문학을 둘러싼 조건의 변화 양상에 따라 연동할 수밖에 없는 계급의 관점 또한 동시에 파악할 수 있기 때문이다.

토착자본가(와 지주)는 애초부터 민족문학의 '민족'에서 배제된 존재였다. 오히려 제국과 공모하는 '민족의 적'이었다. "토착자본가와 지주를 제외한 노동자, 농민, 소시민"(임화) 혹은 "민족의 대다수 구성원"(백낙청)은 남한 자본주의의 발전과 함께 계급분화를 이루었고, 이에 따라 각각의 지향은 다양하게 분산되기 시작하였다. 자본주의의 시스템에 의해 사회의 밑바닥으로 내쫓기는 노동자, 빈민, 노점상, 소농 등은 여전히 저항의 불씨를 품고 있다(이들의 저항이 과연 '현대'의 지향으로 나아가고 있는가는 생각해 봐야 할 사항이다. 마르쿠제가 말하는 『일차원적 인간』의 가능성을 배제할 수 없기 때문이다. 그들 또한 '붉은 메시아'가 아니라 갈등하는 인간이다). 하지만 대기업 노동자를 포함하여 사회적으로 어느 정도 안정적인 위치를 점유한 이들은 소시민의식에 젖어 있는 까닭에 노동자, 빈민, 노점상, 소농 등과 변별되는 특권을 잃지 않으려고 전전긍긍하는 실정이다. 이렇게 안정을 희구하는 욕망은 규율의 내면화를 통하여 그 자신을 순종적인 신체로 변화시켰음을 의미한다. 즉 우리 사회의 질서를 유지, 재생산하는 근대적인 주체로 존립한다는 것이다. 이러한 소시민의 자화상은 국제 질서 속에서 아류 제국주의로 존립하는 한국의 처지와 상동관계를 구축하는 바 있다.

자, 그렇다면 현재의 민족문학은 어떤 수준인가. '근대' 바깥, 그러니까 임화 식으로 얘기한다면 '현대'를 지향하려는 노력은 거의 보이지 않는다. "근대적응과 근대극복의 이중과제"[17]라는 화려한 수사가 있기는 하지만, 여기서 이야기하는 근대가 어떤 근대인지는 오리무중이다. 우선 '여러 개의 다양한 근대'의 존재를 상정하고 있는 것인지, 서구를 모델로 하는 '하나의

---

17. 백낙청, 「2000년대의 한국문학을 위한 단상」, 『창작과비평』, 2000.봄, 226쪽.

단단한 근대'를 지칭하는 것인지가 모호하다. 적응하면서 동시에 극복하겠다는 근·현대의 상 또한 어떻게 설정해 놓았는지 실감 있게 다가오지 않는다. 무엇보다도 백낙청은 소시민 계급을 중심에 배치하며 이러한 민족문학론을 전개하였던 바, 과연 이 땅의 소시민 계급이 그러한 과제를 어떻게 끌어안을 수 있는가가 의문으로 남는다. 물론 앞에서 얘기했던 바대로 임화의 민족문학론 역시 설득력을 갖기는 어려워졌다.

4. 민족문학론의 재구성

이제 민족문학은 시효를 다한 것일까. 이러한 물음 앞에서 취할 수 있는 간단명료한 태도는 다음 두 가지다. 첫째, (신)식민지 근대의 이중성 가운데 한 가지 측면만을 우직하게 강조하면서 기존의 민족문학을 고수해 나가는 입장이다. (신)식민지 국가의 권력은 제국과 손을 잡고 식민지의 민중들을 통치대상으로 전락시킨다. 이러한 부분에 초점을 맞춘다면 '약소민족(저항적 민족주의) 대 제국(침략적 민족주의)'의 대립관계는 여전히 유효성을 지속할 수 있게 된다. 각 개인들이 (신)식민지적 질서를 자발적으로 유지, 재생산하는 주체라는 사실은 배제되기 때문이다.

이러한 입장은 이념적인 선명성을 확보하기에 용이하다. 그렇지만 연대의 대상으로 설정하는 폭은 현격하게 협소해질 수밖에 없고, 이에 따라 전선은 수세적으로 그어지게 된다. 나로서는 이러한 선택에 동의하기가 어렵다. 스스로를 고립시키며 선명한 이념을 유지하는 태도가 자못 비장한 바 있으나, 객관적 정세 분석에 입각한 현실 개입과 권력 지형의 재편 측면에서는 무능하기 때문이다. 소아병적인 자기만족에 의미를 두고 장렬하게 산화하는 데 민족문학의 가치가 존재하는 것은 아니다. 그리고 어느 순간 계급성이 느슨해진다면 민족주의문학으로 굴러 떨어지고 만다. 계급적인 전망과 결합하지 못한 민족의식은 자기 스스로를 배반할 가능성이 농후한 것이다. 민족을 위한다는 열정이 민족의 위해(危害)를 초래했던 사례를 나는 역사를 통해 종종 목도하였다.

둘째, 민족문학의 종언을 선언하는 입장을 들 수 있다. 여기에 속하는 가장 저열한 태도는 ㉠변화한 현실을 수용하라고 요구하는 '사실수리론' (김형중)이다. 야만적인 현실은 이를 개선하고자 하는 의지를 압도하며, 의지의 바깥에 이미 움직일 수 없는 사실로 존재한다. 수긍하기 싫더라도 우리는 이러한 사실을 받아들여야 한다. 식민지시대 말기 백철은 이러한 '사실수리론'을 발판으로 친일 논리를 펼쳐 나갔다. 그렇지만 현실은 여러 세력들 간의 이해가 충돌하는 갈등의 장이다. 갈등을 야기하는 긴장관계를 파악하지 못하고 현실을 고정적, 확정적 질서로 이해해버린다면 그 질서에 함몰하여 빠져나올 수 없게 되고 만다. ㉡좌파의 경우 신자유주의의 진행에 주목하여 자본과의 투쟁으로 접근하는 경향을 왕왕 드러낸다. 원론의 수준에서는 동의할 수 있으나, 국제자본의 이동이 민족(국가)의 틀을 경과할 수밖에 없는 측면을 간과한다는 판단을 지울 수 없다. 예컨대 한미FTA나 이라크 파병은 무엇을 단위로 이루어졌던가. 이는 국제자본의 이동에 대하여 민족(국가)이 비판과 저항의 단위로 유효함을 의미한다. 또한 국제연대의 바탕이 될 하부단위를 이에 따라 구축할 수 있다고 상상할 수도 있다. 따라서 민족을 부정하는 부류의 좌파라면 『상상의 공동체』를 꼼꼼하게 재독할 필요가 있을 성싶다. 베네딕트 앤더슨이 이런 이들을 위해 쓴 책이 『상상의 공동체』일 테니 말이다.

민족문학의 과제는 이러한 두 가지 관점의 한계를 극복하는 방향에서 모색할 수 있다. 먼저 '민족'에 관한 시각을 재구성해야 한다. 지금껏 민족문학이 세계문학과 보조를 함께 한다는 사실은 당위의 차원에서 반복되어 왔다. 임화가 파악하였던 '민족과 계급의 변증법적 통일' 내에 안착할 수 있었기 때문이다. 그렇지만 그 통일은 이미 깨어졌다. 국제질서 내에서 변화한 한국의 위치에 걸맞게 내용을 재구성해야 한다는 것이다.

내가 생각하기에 가장 시급한 사항은 제국주의(침략적 민족주의)에 대항하는 국제적 차원에서의 질서 구축이 아닐까 싶다. 한국에는 민족문학을 기반으로 성장해온 조직체가 있으며, 이런 움직임을 창출할 만한 물질적인 형편이 식민지를 겪은 다른 국가들에 비하여 비교적 여유롭다. 이는 (신)식민지의 이중성을 민족문학의 역사(계급과 민족의 통일적 관점) 위에서 적극적으로 끌어안고자 하는 모색에 해당한다. 따라서 여기에는 '근대'를 넘어 '현대'를 지향하려는 노력까지 포함되어야 한다. 유럽 중심주의를 뛰어넘어 다양한 가치의 공존이라는 측면으로 접근한다면, 최근의 '아시아 아프리카 문학 페스티발' 기획은 하나의 사례로 꼽을 만하다. 베트남, 인도, 팔레스타인, 인도 등과의 꾸준한 교류 역시 바람직한 현상이다. 자본주의(근대) 질서속에서 공통의 운명을 발견하되, 각자의 역사와 상황에 따라 다르게 펼쳐지는 문화, 의식의 다양한 편차를 끌어안으려는 노력의 시발이기 때문이다.

둘째, 리얼리즘과 모더니즘의 완고한 이분법을 뛰어넘어야 한다. 자본주의가 심화되면 자본주의적인 의식은 개인의 내면으로 침잠하여 뿌리를 내리게 마련이다. 그러니 '나'의 바깥에 있는 질서를 비판, 타격함으로써 스스로의 입지를 마련하려는 태도는 곤란하다는 사실을 깨달아야 한다. 자신의 내적인 분열을 깊이 있게 성찰하되(모더니즘), 이를 사회의 모순과 연루하여 사고함으로써(리얼리즘) 나름의 방향을 모색해 나가야 한다는 것이다. 이제 도덕적 낙차를 통한 정당성의 강변만 가지고서는 문학 현실에 적극적으로 개입할 수 없다. 사회 현실의 탐사에서도 제 역할을 담당하기가 어렵다. 김지하가 새로운 인간형으로 설정한 '요기―싸르(Yoggi―Ssar)'와 같은 개념은 이러한 맥락에서 적극적으로 사고할 필요가 있다. 사회의 모순을 비판하되, 동시에 끊임없는 성찰과 반성을 통하여 자신의 영적 능력을 계발하려는 노력은 지금부터 펼쳐져야만 한다.

셋째, 동아시아의 전통사유를 참조할 필요가 있다. 근대 바깥에 새로운 세계를 건설한 요량이라면, 근대 바깥의 사유에서 근대와 맞설 만한 실마리를 얻을 수 있을 터이다. 중세를 넘어서기 위하여 그리스 정신을 탐사해

들어갔던 서양의 르네상스는 이 점에서 선례로 꼽을 만하다. 근대의 질서는 역사의 재해석이라는 경로를 거쳐 창출되었다. 그렇다면 우리 또한 같은 방식으로 앞날을 모색할 수 있지 않을까. 가령 '이성적 개인'을 바탕으로 '사회계약론'에 의해 그 꼴을 갖춘 질서(자본주의, 사회주의)를 극복하기 위해서는 '상호주체성'을 복원하여야만 하는데, '관계'에 입각한 동아시아의 사유는 여기에 의미심장한 단서를 제공한다. 동아시아 단위의 지역적 실천을 전개하는 과정에서 예상 밖의 성과를 불러올지도 모를 일이다.

기실 나는 진작부터 이러한 의견을 개진해왔다.『내일을 여는 작가』 2006년 겨울호에 발표한「한국 근현대문학사에 붙이는 아홉 개의 주석: '비민족주의적 반식민주의' 입론」이 대표적인 논문이다. 그리고 이러한 입장에 의거하여 '작가회의' 앞에 붙은 '민족문학'이란 이름을 떼어도 좋다고 판단하였다. 이러한 태도를 '민족문학'에 대한 배신행위로 몰아붙이는 이들이 있는데, 나로서는 억울한 느낌을 지울 수 없다. 예를 들어보자. 1990년대 초반 제국의 유력한 정보기관에서는 한국의 작가들을 표면에 내세워서 아시아와 아프리카 작가들의 모임을 만들고자 시도한 바 있다. '문학적 자율성'을 요란하게 떠들어대는 계열의 작가들이 국내자본의 지원을 받아 동원되었던 것으로 알고 있다. 이를 알고 있는 아프리카 쪽의 작가들은 한국 작가들의 동향에 조심스럽게 대응한다. 자, 그런데도 오해의 여지가 많은 '민족문학'이란 이름을 끝까지 고수해야만 할까. 제국의 논리를 좇는 노무현 정부의 행태와 근대적인 의미의 '민족' 이념이 일치하는 까닭에 민족문학작가회의는 스스로 오해를 불러일으키고 있지 않은가.

외국의 작가들은 '민족문학'과 '민족주의문학'을 분간하지 못한다. 외국의 작가들을 만날 때마다 한국 '민족문학'의 역사를 장황하게 설명하고, '민족'을 둘러싼 그들의 인식을 변화시키는 것이 가능하기는 할까. 용어의 보편성을 무시하고 특수성을 앞세우는 이러한 태도가 과연 바람직한 대화의 방식일까. 이러한 시도가 가능하다고 해도 남는 문제가 있다. 근대(자본주의)와 현대(사회주의)를 하나로 묶어 동시에 뛰어넘으려는 철학적 전회(轉回) 지점은 어떻게 설득할 수 있을까. 좋은 내용이라면 '민족문학'이라는 이름을 전가의 보도처럼 휘둘러서 모두 제 것이라 단정하고, 단절과 쇄신의 지점을 은폐하려는 시도가 능사일까. 변화된 현실 속에서 자신의 고민을 진중하게 가다듬어나가는 젊은 작가들은 또한 어떻게 민족문학의 흐름 가운데서 배치할 것인가. 완고한 민족문학의 잣대에 맞지 않는다고 이들을 배척하는 일이 현명한 행위일까. 나는 이러한 물음에 대해 제대로 된 답변을 들은 바 없다.

무릇 용어의 명칭에는 역사적, 사회적 맥락이 개입하게 마련이다. 그러니 역사적, 사회적 맥락이 변화한다면 이를 파악할 수 있어야 하고, 이에 따라 용어를 다시 규정할 수 있어야 한다. 상황에 따라서는 전술적으로 잠시 깃발을 내릴 수도 있으리라고 생각한다. 민족문학이란 용어의 참뜻은 이러한 태도로부터 접근할 수 있을 것이다.

『문학마당』, 2007. 여름.

IV

신자유주의 시대와
희망의 문학

최근 한국소설의 국경 넘기에 대하여

　　최근 한국소설의 특징으로는 '국경 넘기' 현상을 꼽을 수 있다. 즉 '국경을 어떻게 넘을 것인가'라는 문제가 중요하게 부각되는 주제라는 것이다. 여기에는 1990년을 전후하여 펼쳐진 국내외의 변화된 상황이 작용하고 있는 듯하다.

　　우선 국외 상황을 살펴보면, 세계사 전개 차원에서의 변화 양상이 개입하고 있다. 주지하다시피 20세기 냉전 체제는 자본주의의 승리로 끝을 맺었다. 이를 가리켜서 자크 아탈리는 20세기가 1918년에 시작되었고, 1989년에 끝이 났다고 『21세기 사전』에서 정리한 바 있다. 소비에트의 탄생과 베를린 장벽의 붕괴를 기준으로 20세기의 시작과 끝을 파악해낸 셈이다. 이러한 사회주의의 몰락은 세계가 신자유주의 질서로 재편되는 결과를 낳았다.

　　다음으로 국내 상황을 살펴보면, 1989년 실시된 세계여행 자유화가 '국경 넘기' 현상을 불러일으킨 요인으로 작용하고 있다. 남한은 분단으로 인해 북쪽으로의 진출을 상상조차 할 수 없으며, 나머지 삼면은 바다로 둘러싸여 있다. 그러니 세계여행이 금지된 상황에서는 지정학적 여건이 절해고도(絶海孤島)와 같을 수밖에 없다. 뿐만 아니라 그 시기에는 이념에 관한 서적은 물론 각종 문학서적까지도 금서(禁書)로 묶여 있는 실정이었다. 이러한 고립은 부도덕한 정권이 국가를 원활하게 지배하기 위하여 취한 전략이었으나, 이는 반대로 진보 진영의 이념을 강화시키는 요인으로 작동하기도 했다. 진보 진영에서는, 세계사의 흐름과는 아무런 상관없이, 사회주의에 대한 환상을 키워 나가게 되는 조건으로 작용했던 것이다.

1990년대 한국소설은 이러한 변화가 몰고 온 충격과 함께 펼쳐지기 시작하였다. 이전까지는 이념을 좇아 유토피아로 나아가려는 경향이 대세였다. 그리고 불완전한 현실을 변화시키기 위한 방편으로 집단과 조직이 강조되는 양상이었다. 하지만 이념은 순식간에 경멸의 대상으로 굴러 떨어지고 말았다. 모스크바 등지를 여행한 작가들은 한때 자신들이 품었던 이념이 그저 환상에 불과했으며, 이제 그러한 환상이 멸하였다고 토로하고 나섰다. 평등과 자유 등 공동의 이익을 위해 경계의 대상으로 남아야 했던 개인의 욕망은 당당하게 권리 복원을 선언하기에 이르렀다. 동남아시아에서 남한으로 들어온 노동자들이 단지 외국인이라는 이유로 부당한 착취에 시달리는 문제가 심각하게 떠올랐지만, 이는 오히려 세계 속에서 남한의 지위가 그만큼 성장하였다는 상징으로 이해되기도 하였다.

이렇게 1980년대와 1990년대를 대립시켜 파악하는 논리는 출판자본의 영향력을 등에 업고 강력하고도 급속하게 파급되었다. 이러한 변화, 그러니까 1980년대 말부터 1990년대 후반까지 벌어진 한국소설의 형질 변화가 '최근 한국소설의 현실 응전과 정치성'을 이해하기 위한 전사(前史)에 해당한다. 자, 이를 배경으로 삼아 최근 한국소설의 경향, 즉 '국경 넘기' 현상을 살펴보자.

어떠한 종류의 담론이건 현실 조건과 괴리될 경우에는 그 생명력을 잃게 마련이다. 남한의 경우 신자유주의의 공세가 난관에 부딪친 직접적인 계기는 1997년 'IMF구제금융 사태'였다. 국가부도 사태를 맞아 직장인들이 갑작스럽게 회사에서 쫓겨났는가 하면, 청년들은 극심한 취업 경쟁에 내몰리게 되었다. 이로써 젊은 작가들은 세계화 논리를 야수의 측면에서 바라보게 되었으니 이 자리에서 새롭게 도래한 빈곤 문제를 다루기 시작하였다. 이때가 2000년대 전·중반 즈음이었다. '국경 넘기' 현상도 비슷한 시기에 고개를 들기 시작하였다. 그러니까 청년 실업을 중심으로 현실 파악에 나선 경향이 국내의 상황에 닿아 있다면, '국경 넘기' 현상은 남한과 세계의 관계 설정이라는 방향으로 뻗어있다고 정리할 수 있겠다. 이러한 두 가지 경향 가운데 비교적 더 많이 조명을 받는 내용이 '국경 넘기' 현상이다. 한국소설의 '국경 넘기' 현상을 이해하기 위해서라면, 다음과 같이 몇 가지 유형으로 분류하여 접근하는 것이 용이할 듯싶다. 분류의 기준은 편의상 '계급'과 '민족(국가)', 두 항목으로 설정하였다. 근대를 지탱하는 두 축인 사회주의와 자본주의가 바로 그 두 항목과 긴밀하고 직접 연관된다고 이해하였기 때문이다.

제I유형. 이 글에서 제I유형과 제II유형으로 분류하는 작가는 1980년대의 문제의식을 계승하되 그들 나름의 방식으로 확장시킨 사례에 해당한다. 제I유형의 경우, 과거 작업장 내에서 벌어졌던 노동과 자본의 대결을 세계화의 관점에서 파악해 나아간다. 즉 자본의 유동이라는 관점에서 국가 단위를 이해하는 것이다. 따라서 이들의 시선은 동남아시아 국가에 대한 남한의 아제국주의(亞帝國主義)의 면모를 향하게 된다. 가령 방현석의 「존재의 형식」이나, 「랍스타를 먹는 시간」을 보면, 베트남 노동자와 한국 관리자의 갈등이 만만치 않게 드러난다. 이는 과거 남한 내에서 벌어졌던 노동자와 자본가의 치열한 대립이 연장된 형태라고 이해해도 무방하다.

방현석이 세계화를 이해하는 방편으로 베트남에 관심을 기울이고 있는 반면, 김재영은 그 갈등을 남한 내에서 확인하고 있다. 그의 소설 「코끼리」는 동남아 국적을 가진 노동자들에게 가해지는 도저한 착취와 차별을 그려낸 수작이며, 「아홉 개의 푸른 쏘냐」는 러시아에서 건너온 무희(舞姬)의 고단한 삶과 심리를 섬세하게 그려낸 작품이다. 제I유형에 속하는 작가들이 국경 바깥으로 뻗어가는 자본의 논리를 어떻게 이해하고 있는가는 다음과 같은 장면에서 분명하게 드러난다. 외국인 노동자들이 모여 아무런 보호시

설 없이 일하다가 손가락이 잘려나가는 작업 현장의 문제를 토로하고 있는데, 한국인 빈민층 사내가 비아냥거리는 대목이다.

　　머리카락이 빠져 정수리가 훤한 필용이 아저씨는 손사래를 치며 취한 목소리로 말한다. "염병, 그만들 해라. 니들 쏼라대는 소리 땜에 내가 꼭 넘의 나라에 와 있는 거 같잖어. 니들, 이 나라가 워떻게 오늘날 여기꺼정 왔는 줄 아냐? 옛날에 내가 공장에서 일할 땐 손가락은 유도 아녔어. 팔뚝이 날아가고 모가지가 뎅겅뎅겅 했으니까." 아저씨는 곧게 편 손을 목에 갖다 대고는 세게 내려치는 시늉을 한다. "첨엔 시골에서 올라온 촌뜨기들이라 멋모르고 일했지. 하긴, 먹고살기 힘들 때였으니까. 인제 한국 놈들은 이런 데서 일도 안 혀. 막말로 씨발, 험한 일이니까 니들 시키지 존 일 시키려고 데려왔간? 옛날이 떠올라서인지 아니면 술기운이 돌아서인지 아저씨 얼굴이 벌겋게 달아올랐다. "아무리 그래도 안전장치는 해 줘야죠." 세르게니가 오징어를 물어뜯으며 말한다. "늬들도 자르면 피 나오고 누르면 똥 나오는 사람이다, 이거냐? 웃기는 소리들 마. 한국 놈들한테도 안 해준 걸 늬들한테라고 해 주겠냐? 아니꼬우면 돌아가. 젠장, 어차피 늬들도 고국으로 돌아가서 공장 차리고 사장 되려고 여기 왔잖녀. 노동자들을 어떻게 다뤄야 되는지 눈 똑바로 뜨고 배워 가. 다 산 교육이여."(「코끼리」, 『코끼리』, 26쪽)

　　반면 제Ⅱ유형의 작가들은 분단 현실 상황을 놓치지 않는 부류가 되겠다. 1980년대의 작가들은 분단 현실을 민족감정의 측면에서 접근해 나간 경우가 대부분이다. 따라서 냉전 체제를 고착시키는 군사정권에 대한 비판 정조가 강렬하였다. 하지만 최근 발표되는 이러한 경향의 소설들을 보면, 탈북자가 겪는 비참한 고난을 핍진하게 형상화하거나 자신에 대한 반성으로 이끌어 나간다는 특징이 나타난다. 전자를 대표하는 작가가 정도상이며, 후자를 대표하는 작가가 전성태. 정도상의 『찔레꽃』은 순박한 소녀

'춘심'의 탈북, 월경, 남한 정착 과정을 그린 일곱 편의 연작소설로 묶인 작품집이다. 여기에는 처절한 상황에 처한 북한의 궁핍, 인신매매의 현실, 탈북을 돕는다는 명목으로 이익을 챙겨 나가는 소위 '인권단체'의 실상, 조선족과 탈북자 사이의 복잡한 긴장, 천만다행으로 남한에 들어오게 되더라도 밑바닥 삶을 전전할 수밖에 없는 사회 구조 등이 실감 있게 제시되어 있다. 이러한 내용의 『찔레꽃』을 쓰기 위하여 작가는 중국 연변 지역에 열 번 이상 다녀왔다. 그러니까 분단 문제는 자연스럽게 동아시아 범주의 문제로 확장된 셈이 된다. '춘심'이 북한(민족)에서 출발하여 중국을 거쳐 남한(민족)에 도달하는 과정은 바로 그러한 점에서 의미를 획득하고 있다.

소설을 쓰기 위하여 정도상이 연변에 자리를 잡았다면, 전성태가 나아간 지역은 몽골이다. 가령 「목란식당」을 보자. 몽골에 관광을 온 남한 사람은 북한 측에서 문을 연 식당에 와서 자꾸 남한 체제의 우위를 확인시키려고 든다. 왜 그들은 한낱 식당에서조차 편하게 밥을 먹지 못하는 것일까. 이는 우리 안에 엄연히 존재하는 냉전 체제를 지적하는 내용이다. 「남방식물」에서는 자기 자신에 대한 반성이 전개한다. '나'는 몽골에 거주하는 탈북자로부터 어떤 부탁을 받았는데, 그 부탁을 액면 그대로 받아들이지 못하고 왠지 그 뒤에 있을 것만 같은 어떤 의도를 의심하게 된다. 쉽게 가라앉힐 수 없는 이러한 의심은 민족이라는 이름으로 쉽게 봉합할 수 없는 모종의 거리감을 드러내는 것이다.

다음으로 제Ⅲ유형. 탈북자를 다뤘다고 하여 모두 분단 문제와 관련되는 것은 아니다. 현재 북한 주민들은 삶의 극단으로 내몰린 상태이고, 이를 통해 지금 우리가 살고 있는 세계의 면모를 다양한 관점에서 접근해 들어갈 수 있기 때문이다. 가령 황석영의 『바리데기』에 등장하는 주인공 '바리'는 북한을 탈출하여 영국으로까지 건너간다. 그 과정에서 확인하게 되는 것은 세계 도처에서 신음하고 있는 디아스포라의 참상이다. 여기서 주목할 점은 작가가 바리의 이미지를 무당(한국의 샤먼)의 선조 이야기 '바리공주 신

화'에서 끌어왔다는 사실인데, 바리는 이민족 디아스포라의 샤먼을 만나
인류의 미래에 관한 환상을 공유하기도 한다. 이는 각 민족들이 각각의 전
통을 유지하되, 서로의 가치를 인정하며 공존할 수 있는 질서로 나아가야
한다는 의미로 파악된다.

한편 강영숙의 『리나』는 탈북소녀가 겪는 참상을 기괴한 분위기로 그
려낸 장편소설이다. 그 기괴함은 인간이란 과연 무엇인가를 절박하게 묻는
데서 형성된다. 자, 여기 탈북소녀가 한 명 있다. 국경 바깥으로 떠나온 마
당이니 어떠한 제도적인 장치로도 보호받을 수 없다. 탈북 과정에 가족은
모두 죽고 말았으니 스스로를 보호할 만한 물리력도 없다. 이성이라든가
논리 따위는 도저히 통용되지 않는다. 이러한 상황에서 이 소녀가 겪는 수
난은 어떻게 설명해야 하는가. 이 순간 떠오르는 질문이 바로 '인간이란 무
엇인가'이며, 연약한 소녀의 수난사이기에 여성주의의 면모로 다가오기도
한다. 이처럼 『바리데기』, 『리나』는 탈북자를 다루고 있기는 하나, 민족의식
으로 기울어지기보다는 디아스포라의 포착으로 나아가고 있다. 그러한 점
에서 이를 '국경 넘기'의 제Ⅲ유형으로 분류하게 된다.

마지막으로 제Ⅳ유형이 있다. 제Ⅰ유형에 속하는 작가들은 계급의식
으로 무장하여 국경을 넘어서고자 한다. 그런 점에서 그들을 국제주의자
(internationalist)라고 부를 수 있다. 제Ⅱ유형, 제Ⅲ유형에 속하는 작가들은,
분단 현실에 대한 관심의 유무를 떠나서, 자신의 터전으로부터 어쩔 수 없
이 밀려난 탈북자들의 비참한 상황을 다룬다는 데서 공통점을 가지게 된
다. 반면 제Ⅳ유형은 국경뿐만 아니라 모든 경계를 회의하며 고독한 개인
으로서 세계 전체와 마주하려는 특징을 드러낸다. 아마도 이를 세계주의자
(cosmopolitan)로 설정할 수 있을 것이다. 여기에 해당하는 대표적인 작가로
는 김연수가 있다. 가령 「뿌넝숴(不能說)」란 소설의 제목은 '설명하는 것은
불가능하다'라는 뜻의 중국어이다. 작가는 한국전쟁에 인민군으로 참전했
던 중국인 노인에게서 당시의 상황을 전해 듣는다. 그런데 자신이 책에서

읽었거나 학교에서 배워서 알고 있는 지식은 그와 달랐다. 이것은 국경 '이쪽'에서 국경 '저쪽'과의 차이를 생산해 내기 위하여 조작한 결과가 아닌가. 뿐만 아니라 목숨이 오락가락했던 당시의 긴박함이야 어떠한 언어로도 담아낼 수 없다. 그러니 어떻게 설명이 가능하겠는가.

중국이 아니라 히말라야로 떠나도 작가의 인식은 변하지 않는다.「다시한 달을 가서 설산을 넘으면」을 보라. 사랑하던 여인이 자살하였다. 그런데 '나'는 그녀가 자살한 이유를 알지 못한다. '나'는 정말 그녀를 사랑했던 것일까. 아니, '내'가 그녀와 사랑했다는 것은 사실이 아니라, 근거 없는 환상을 기반으로 하는 헛된 믿음이었는지도 모른다. 그가 히말라야로 떠나는 이유는 사실과 환상이 교묘하게 포개지는 존재의 근원을 찾기 위해서이다. 높은 곳에 올라 호흡이 가빠지면 어느 순간 그러한 상태에 이르고는 하지 않는가. 김연수는 그렇게 존재하는 모든 것들에 대한 회의를 밀고 나간다. 제Ⅱ유형으로 분류하기는 했으나, 전성태도 가끔 이러한 종류의 회의를 내보이기도 한다.「존재의 숲」이 대표적인 사례이다.

이렇게 해서 최근 한국소설의 '국경 넘기' 현상을 정리해 보았다. 여기서 논의하는 소설들은 과연 어떻게 현실에 대하여 응전하고 있는 것인가. 한국인들은 반만년 동안 단일민족으로 핏줄을 이어왔다는 믿음을 가지고 있다. 학교에서 그렇게 배웠기 때문이다. 현재 발표되는 소설들은 이러한 믿음을 깨나가는 역할을 담당하고 있다. 그리고 이들 소설들은 남한에서 막강한 영향력을 행사하는 두 세력과 대결하는 중이기도 하다. 그 한 세력은 미국의 제국 논리에 포섭되어 있어서 그네들의 눈치를 보기에 급급한 보수 진영이 차지하고 있다. 남한의 이라크 파병과 같은 정책은 그들의 물리력을 확인시켜 주는 사례이다. 반면 진보적인 입장을 취하고 있는 일부 세력은 정반대로 미국과의 일방적인 관계를 언급하며 억압당하는 남한의 이미지를 강조하고 있다. 이들의 영향력이 커질 경우에는 아제국주의 반성이 어려워지고 자민족 중심주의로 기울어질 공산이 커지게 된다. 따라서 이러한 두 경향을 경계하는 일은 중요할 수밖에 없는데, 이러한 부분에서도 최근 한국소설의 '국경 넘기' 현상은 주목을 요한다고 하겠다.

'한국 · 인도 젊은 문학인 세미나' 발표문, 2009. 2회.

'지역'을 윤리적으로 성찰한다는 문제

1. 공동체를 논의하기 위해 고려해야 할 사실들

공동체를 이야기하려면 다음과 같은 지적을 염두에 둘 필요가 있을 듯하다. "자기 통치를 공유하기 위해서는 시민들이 어떤 특정한 성품 혹은 시민적인 덕을 이미 갖고 있거나 아니면 습득해야 한다."[1] 이 말은 곰곰이 곱씹어볼 필요가 있다. 여기에는 우선 '어떤 특정한 성품 혹은 시민적인 덕'이라는 가치가 제시되어 있다. 이는 각 개인이 나서서 선택하거나 거부할 수 있는 차원 바깥에 존재한다. '이미 갖고 있거나' 그렇지 못하다면 마땅히 '습득해야 하'는 가치이므로 구성원이라면 당위적으로 받아들여야 하기 때문이다. 그러한 까닭에 공동체의 자치를 지향하는 사람이라면 "자기 통치에 필요한 성품들을 시민들 안에서 길러내는 정치"[2]의 지지로 의견을 모아나갈 수밖에 없다. 이를 달리 표현하자면, 공동체 자치를 도모하는 자들은 "선행되는 도덕적 연대에 속박되지 않고 자기 목표를 스스로 선택할 수 있는 자유롭고 독립적인 자아로서 인간을 바라"보는 '자유주의적 인간관'과 맞서는 자리로 나아가게 된다고 정리할 수도 있다.[3] 물론 이때 '자유주의적

---

1. 마이클 샌델, 김은희 옮김, 「자유주의와 무연고적 자아」, 『공동체주의와 공공성』, 철학과
   현실사, 2008, 38쪽.
2. 마이클 샌델, 위의 글, 같은 쪽.
3. 마이클 샌델, 위의 글, 49쪽.

인간관'과의 충돌이란 곧 근대와의 대결을 의미하는 것으로 이해해도 무방하다.[4]

두 세계의 충돌은 의식적으로 벌여나갈 수도 있고, 무의식적인 층위에서 펼쳐질 수도 있다. 개인적인 체험을 돌아보건대, 나는 커다란 갈등 없이 그 충돌을 무의식적인 차원으로 흘려보내지 않았는가 싶다. 예컨대 초등학교 4학년 시절부터 4, 5년 동안 나는 동네 할아버지로부터 붓글씨를 배웠다. 한글에서 어느 정도 진도가 나가자 한자로 넘어갔고, 이때부터 생소하기 이를 데 없던 '인의예지(仁義禮智) 효제충신(孝悌忠信)'이라거나 삼강오륜(三綱五倫) 따위를 수십 번, 수백 번 반복해서 써 내려가야만 했다. 완고했던 그 선생님께서는 어쩌면 삼강오륜의 덕목 등이야말로 인간이라면 마땅히 갖추어야 할 '어떤 특정한 성품 혹은 시민적인 덕' 정도로 판단하신 게 아니었을까. 그렇게까지 반복하여 연습시키셨으니 말이다. 그렇지만 나는 그 행위가 어떤 의미인지조차 알지 못했고, 그러했기에 이후 선생님의 세계로부터 별다른 마찰 없이 미끄러질 수 있었다. 어렴풋하게나마 선생님의 뜻을 감지하기 시작한 때는 그로부터 20여 년이 지난 후였다.

물론 그 연로한 선생님께서 강조하셨던 가치 덕목은 근·현대 사회의 작동 체제에 그대로 도입하기에 곤란한 측면이 존재한다. 그렇지만 이러한 가치 덕목이 구성원들에게 먼저 공유되었던 덕분에 과거의 공동체가 원활하게 굴러갈 수 있었으리라는 추론은 충분히 가능할 것이다. 나는 논의를 이 지점에서부터 시작하고자 한다. 기획의 전체 주제가 ㉠'공동체의 재구성과 삶의 고통에 대한 윤리적 응답'이고, 나에게 주어진 세부 주제는 ㉡'지역이라는 문학 공간과 윤리적 성찰의 의미'이기 때문이다. 즉 ㉠—1. '공

---

4. 두 개의 세계관은 각각 〈통체(統體, whole)–부분자(部分子, positioner) 세계관〉, 〈개별자(個別子, individual)–합체(合體, assemblage) 세계관〉이라고 표현할 수도 있다. 그 사유 방식의 차이에 대해서는 홍기돈, 「한국의 소설가여, 공선옥을 주목하라!」(www.pressian.com, 2011.4.

동체의 재구성'이란 공동체를 만들어 나가는 사람들이 공유할 수 있는 '어떤 특정한 성품 혹은 시민적인 덕'의 기준이랄까 수준을 새롭게 마련해나가는 과정을 의미한다. ㉠—2. 그런데 이를 '삶의 고통에 대한 윤리적 응답'과 연결시킨다면, 공동체가 파괴되었기 때문에 발생하는 삶의 고통 측면에 주목하고, 그 고통을 극복하기 위한 윤리적 응답, 다시 말해서 재구성하는 공동체에 깃든 '어떤 특정한 성품 혹은 시민적인 덕'의 윤리적인 가능성을 제시하라는 요구가 된다.[5] 기실 나는 이러한 문제를 감당할 주제가 못 될 뿐더러, 퍽 다행스럽게도 이는 내가 맡은 세부 주제가 아닌 만큼 직접적인 논의는 피하기로 한다. 다만, 이제껏 지역문학을 얘기하거나 공동체를 구상하면서 이러한 측면에 관한 논의가 제대로 이루어지지 못했다는 한계는 아쉬운 대목이라고 짚고 넘어가도록 하겠다.

이제 내 앞에 놓인 문제는 ㉡'지역이라는 문학 공간과 윤리적 성찰의 의미'라는 세부 주제이다. 여기에서 생각해봐야 할 문제는 ㉡—1. '지역이라는 문학 공간'에서 '지역'과 '공동체'의 연관성이다. 전체 주제와 하부 주제의 관련성을 가늠해봐야 하기 때문이다. '지역=공동체'라는 등식이 성립 가능한 것은 사실이지만, 과연 이 등식이 언제나 성립하는지 묻는다면 나는 회의적으로 대답할 수밖에 없다. 그렇다면 첫 번째 논점은 문학작품이 '지역=공동체'를 이끌어내는 데 어떤 역할을 감당하고 있는가가 떠오를 만하겠다. ㉡—2. 또한 '지역이라는 문학 공간'이 '윤리적 성찰'을 품고 있다는 암묵적인 전제에 대해서도 생각해볼 필요가 있겠다. 제출된 주제에 벌써부터 '윤리적 성찰의 의미' 분석을 요구하고 있으니, 이는 '윤리적 성찰'이 이미 존재해야만 가능한 작업하기 때문이다. 나는 이러한 검토를 소설 영역과 시

---

5. 내가 사용하는 '윤리'는 다음과 같은 맥락을 바탕에 깔고 있다. "윤리는 일반적으로 이해하듯이 단순히 도덕적 덕목을 가리키는 말이 아니다. 윤리의 근본 의미는 인간과 자연 실재, 세계의 규준이 되는 척도를 정초하는 것이며, 인간이 맺는 그들과의 관계 설정을 의미한다."(신승환, 『지금, 여기의 인문학』, 후마니타스, 2010, 36쪽.)

영역으로 나누어서 진행하고자 한다. 분석 대상으로 제시받은 대상이 부산 작가회의에서 발간한 두 권의 사화집인 바, 한 권은 소설집인 『부산을 쓴다』(산지니, 2008)이고 다른 한 권이 시집 『징소리 가득한 저녁』(도서출판 전망, 2010)이기 때문이다.

2. 윤리의 가능성을 담지하고 있는 소설의 사례 —『부산을 쓴다』의 경우

어느 지역에 사는 사람이든 그 나름으로 내세울 만한 장소가 있게 마련이다. 가령 풍광이 수려하다거나 유구한 역사가 깃들었다면 지역 자랑 측면에서 부각시킬 수 있을 터이며, 그렇지 않은 경우라 하더라도 개인 차원에서 각자의 내밀하고 각별한 의미를 풀어나갈 수 있을 테니 말이다. 스물여덟 명의 작가들이 각각 부산의 이름난 스물여덟 장소를 나누어 맡아 여기에 대해 소설을 써 내려갔고, 이 작품들을 한데 모아놓은 책이 『부산을 쓴다』이다. 그러므로 『부산을 쓴다』가 지역문학이라는 사실은 틀림없겠다. 그런데 이를 공동체의 관점에서 접근할 수 있을지는 잘 모르겠다. 부산 지역이라는 울타리는 세워져 있으되, 그 안에 펼쳐진 각각의 세계는 모두 독자적으로 존재하고 있기 때문이다. 아마도 이는 기획 단계에서 각 부분의 총합으로써 부산을 드러낼 수 있으리라는 인식이 작동했던 결과가 아닐까 싶다. 즉 "모든 것의 전제로서 개인을 설정해놓고, 사회를 개인의 의사에 따라 구성하거나 해체할 수 있는 집합체와 같은 것으로"[6] 사유해나간 측면, 다시 말해 '개별자-합체 세계관'의 흔적이 느껴진다는 것이다. 『부산을 쓴다』가 지역문학의 산물이라는 사실은 수긍할 수 있지만, 이를 공동체 관점에서 접근할 수 있는가에 대해서 조심스러울 수밖에 없는 까닭은 여기서 빚어진다.

『부산을 쓴다』가 공동체로서의 부산을 성찰하는 데 걸림돌로 작용했

---

6. 최봉영, 『본과 보기 문화이론』, 지식산업사, 2002, 159쪽.

던 요인은 분명하다. 이 작품집이 여러 사람의 글을 한데 모은 사화집이라는 사실. 이런 구성으로는 개별 작품들의 묶음 너머를 향한 지향이 제대로 드러나기 어렵다. 더군다나 각 소설의 분량은 상당히 짧아서 40매(200자 원고지 기준) 남짓 될까 말까한 정도다. 즉 작가의 기량을 펼치기에는 분량이 모자라서 애초부터 소재주의로 함몰할 가능성을 내장하고 있었다는 것이다. 나는 적지 않은 작품에서 이로 인한 아쉬움을 느꼈다. 만약 『부산을 쓴다』를 "토마스 하디의 위섹스나 오르한 파묵의 이스탄불과 같이 우리도 부산을 써 세계문학으로 나아가기를 기대해 본다."[7]라는 희망에 값하는 수준에서 펴낼 생각이었다면 이러한 위험을 진작 제거했어야 하지 않았을까. 언젠가 '탈근대=탈국가문학=지역문학=리얼리즘'이라는 도식을 접했을 때,[8] 나는 내실을 기하려면 공동체의 성격과 작동방식에 대한 고민을 무겁게 끌어안아야 하리라고 권고한 바 있다.[9] 『부산을 쓴다』 기획에 대하여 같은 말을 반복하게 된다. 지역문학의 수준을 한 단계 끌어올리기 위하여 부산작가회의는 이러한 무게를 기꺼이 감당했으면 싶다. 그동안 부산작가회의가 한국의 지역문학론을 이끌어왔던 중요한 주체이기에 이러한 기대를 가질 수밖에 없다.

　윤리적인 성찰과 관련해서는 몇 편의 소설에서 그 단서를 확보할 수 있었다. 먼저 정형남의 「필름 세 통의 행방」을 읽으면서 '요산 선생님'의 역할이 새삼 느껴졌다. 어떠한 공동체를 구축해 나가자면 구성원들이 존경하고 따를 만한 '본(本)-보기'가 필요한 법이다. 예컨대 유가(儒家)에서는 공자, 불가(佛家)에서는 석가가 그러한 역할을 담당한다. 본-보기가 되는 대상을

7. 구모룡, 「발간사: 장소의 혼과 구체적인 삶의 진실을 찾아서」, 『부산을 쓴다』, 산지니, 2008. 9쪽
8. 김동윤, 「지역문학운동의 유효성과 방향」, 『소통을 꿈꾸는 말들』, 리토피아, 2010, 56쪽.
9. 홍기돈, 「'탈근대=탈국가문학=지역문학=리얼리즘'이라는 도식의 가능성」(『제주작가』, 2010.겨울) 참조

신비화해서는 곤란하겠으나, 이러한 우려를 근거로 들어 새로운 모형의 공동체를 만들어나갈 가능성까지 포기하는 것은 어리석은 일일 수밖에 없다. 다른 지역공동체와 변별되는 부산 공동체의 자질을 만들어나가려면, 또한 이 과정에서 문학의 역할을 적극적으로 끌어올리려면, '요산'에 관한 적극적인 해석과 이에 들어맞는 의미화 작업을 비중 있게 다뤄야 할 터이다.

황령터널 주변을 다루고 있는 정혜경의 「낙농마을 이야기」에서는 인간 이외의 존재까지 끌어안으려는 시선이 포착되었다. 터널 공사를 하는 과정에서의 폭발음이 발생한 이후부터 그 마을의 소, 돼지 등이 아예 새끼를 가질 수 없게 된 상황을 그리고 있다. "생명 있는 건 잡풀 하나도 성정이란 게 있는 법인데, 요즘이야 다들 돈에만 눈독을 들이니 천지 무서운 줄도 대접할 줄도 몰라. 근데 그것들을 그저 차 댕기기 편케 하자고 그렇게 다 죽여 없앴으니. 하긴 뭐, 닭구 새끼는 살찌우겠다고 주둥일 잘라 가둬 놓고, 소도 풀은 아예 주지도 않고 미국서 들여온 사료만 먹인다는데 무슨 말을 더 하리."(259쪽)

등장인물인 노인이 이와 같이 한탄한다. 결국 동식물들의 운명은 마을 사람들의 몰락하는 삶과 겹쳐지며, 이는 다시 마을의 황량함으로 이어지면서 윤리에 관한 물음이 비롯된다. 윤리를 더 이상 인간들 사이의 덕목으로만 한정시킬 수 있을까. 각종 환경 문제뿐 아니라 먹을거리 문제 등까지 생각해 본다면 여기에 긍정하기가 어려워진다. 오히려 인간이 천지만물 앞에서 제 스스로를 낮추고 경외감을 가져야 하는 상황에 이르렀다고 판단해야 할 것이다. 불교에서는 이러한 자세를 '하심(下心)'이라고 일렀는데, 공동체의 윤리를 이야기할 경우 이러한 마음가짐의 복원을 생략해서는 곤란하다. 즉 이러한 문제에 대응하는 단위로 지역 공동체가 자리 잡아야 한다는 것이다.

고금란의 「아름다운 숙자 씨」에서는 개고기를 파는 '숙자'의 의식이 흥미롭다. 자신이 장사하는 가게 앞에 와서 일군의 학생들이 "동물학대

중단하라!"라고 구호를 외치던 중, 한 여학생은 누렁이가 목 졸린 채 작업장으로 끌려가는 모습을 보면서 구슬피 울어 젖히기 시작한다. 이러한 상황 속에서 숙자는 다음과 같이 중얼거리고 있다. "아이고, 참말로, 누구 집 자식들인지 시근도 애달프다, 저런다고 여기 가게 문 닫을 사람이 어데 있다고…. 그나저나 저 처녀는 저렇게 비위가 약해서 시집이나 옳게 가겠나, 불쌍해서 못 보겠다. 여름 감기라도 걸리면 우짤라꼬……."(143~144쪽) 학생들과 숙자는 대립 관계에 놓여있음에도 불구하고, 시장바닥에서 청춘을 보내며 늙어간 숙자는 어느 순간 반대편 학생의 약한 부분을 품어 안고 있다.

기실 시골의 노인들을 보면 어느 순간 마음이 짠해질 때 상대를 가리지 않고 감싸 안으며 도닥여주는 모습을 왕왕 드러낸다. 그러니 납득하기 어려운 설정이라고 몰아붙이기는 어려울 것이다. 어떻게 이러한 일이 가능해질까. 아마도 대립하여 맞서기는 하되, 서로의 존재를 지우지 않으려고 하는 동아시아의 '대대(待對)'라는 전통 관점과 상관되지 않을까 싶다. 이러한 관점은 새로운 윤리를 모색하는 데 중요하게 받아들여야 할 부분이다. 공동체라고 하더라도 내부에는 갈등이 분명 존재할 터, 공동체를 유지하면서 갈등을 풀어 나가기 위해 기본적으로 요청되는 사항이기 때문이다.

조갑상의 「모리상과 노래를」에서는 다음과 같은 대목이 눈에 띄었다. 일본인 '다나카 선생'이 일본어로 자신을 설명하자, 이를 한국어로 전해주는 장면. "아, 자기는 데릴사위로 들어가 다나카라는 성씨를 얻었지만 본성은 이즈하라래. 일본 성이 대부분 지명이나 지형을 따랐으니 자기 먼 선조는 쓰시마 출신일 거다. 독도를 일본 땅이라고 주장한다면 대마도는 과거 한국 땅이었으니 자기도 반쯤은 한국 사람일지도 모른다. 한일 우호의 필요성을 그런 식으로 표현했어." "개인과 국가의 생각은 다르다?" "어느 나란들 안 그럴까?"(220쪽) 여기서 먼저 확인할 수 있는 입장은 근대가 야기한 민족(공동체)과 민족(공동체)의 대결 양상으로부터 미끄러져 나갈 수 있는

'개인'이란 반성 가능성의 단위이다. 물론 이러한 모색은 적극 옹호하여야 한다.

그런데 여기서 한 발짝 더 나아가서 민족(공동체)과 민족(공동체)의 공존 가능성 또한 탐색해볼 만하지 않을까 싶다. 민족과 민족의 대립을 숙명으로 설정하는 탈식민주의 따위 서구 이론에서야 헛된 노력이라고 쉽게 예단 해버릴지 모를 일이나, 동아시아 중세 질서에서 단서를 마련해 나간 안중근의 사유 등을 디딤돌 삼아 그리로 나아갈 수 있을 것이다. 일제와 맞서 싸웠던 조선의용군과 중국 팔로군의 연합 방식 또한 참조할 만하다. 그렇다면 공동체의 자치를 옹호하는 사람들은 그 구성원인 개인 주체에 대해서 근대 주체와는 변별되는 정의를 새롭게 내린 후, 그에 합당한 윤리를 요구해야 하는 과제를 감당해야 하는 것 아닐까. 이러한 문제도 놓쳐서는 곤란하겠다.

3. "도대체 사랑이 있기는 있는 걸까"— 『징소리 가득한 저녁』의 경우

"도대체 사랑이 있기는 있는 걸까" 「메시아, 그늘」에서 이규열이 던지고 있는 물음이다. 시의 윤리를 따지려면 아마도 이러한 물음이 절실하게 제기되는 자리로 나와야만 할 것이다. 사랑(의 존재)을 따져 묻는 행위는 결국 '왜 나는 나이며, 네가 아닌가'라고 자신의 근거를 확인하는 작업이며, 동시에 '나에게 너는, 너에게 나는 대체 무엇인가'라는 회의 속에서 관계를 정립해 나가려는 시도이기 때문이다. 기실 이는 탈근대를 모색하는 철학에서 중요하게 대두하는 사안이기도 하다. "사물과 사건에서 느끼는 감수성이나 타자로부터 느끼는 동감과 연민, 초월적이며 미래적인 사건을 감지하는 느낌들은 근대 이성에 의해 은폐되어 왔다. 근대 이성 이외의 것들, 생명성이나 존재성 또는 영성(spirituality)이나 초월성(transcendentality) 등의 내적 특성들은 인간의 지성적 능력 전부를 의미하는 것이다. 감성이나 영성, 초월성을 인간의 주관적인 측면에 관계되는 것으로 이해해, 인식 이성에서 배제한 것은 명백히 한계를 지닌다."[10] 시의 윤리는 당분간 이러한 지점 위에서 구체적 내용과 창출 방법을 하나하나 모색해나가야 할 성싶다.

『징소리 가득한 저녁』을 읽으면서 가장 먼저 시선을 끌었던 시는 김참의 「내 머리통을 가진 사람들」이다. 완성도가 느껴졌을 뿐만이 아니라, 시의 윤리에 관한 내 입장을 새삼 돌아보게 만들었기 때문이다. 시는 다음과 같이 시작한다. "캄캄한 통로와 벽으로 얽혀 있는 그 집에도 사람이 산다 그들은 벽 속에 산다 벽에서 괴상한 음악이 들린다 나는 벽을 두드린다 벽에서 사람의 머리통들이 차례로 튀어나온다 그들은 모두 내 머리통을 달고 있다(하략)" 다가갈 대상을 가지지 못한 '나'는 세계의 모든 관계로부터 단절된 존재라고 이를 수 있다. 그러니 이 상태를 가리켜서 '벽 속에 산다'라고 표현할 법도 한데, 세계로부터의 고립이란 '나' 자신의 통일성을 불러오는 것이 아니라 오히려 '나'의 분열로 경사하기 십상이다.

벽 속에서 '내 머리통을 가진 사람들'이 '차례로 튀어나오'는 까닭은 여기에 있다. 나는 이 대목에서 머리를 자르면 다시 그 자리에서 머리가 솟아나는 괴물 히드라가 떠올랐다. 비슷한 양상이지 않은가. 아마 시인은 이러한 방식의 성찰을 통해 '왜 나는 나인가'라는 물음에 접근할 수 있을 것이다. 그렇지만 히드라를 쫓아다니다가 그만 미로에 빠져 헤어나오지 못하는 다른 시인들의 사례를 심심찮게 보아왔으며, 이러한 세계가 초월성과는 거리를 두고 있는 탓에 적극적으로 긍정하기에는 다소 머뭇거리게 된다.

아무래도 시집 전체에서 초월성을 가장 적극적으로 담지하고 있는 시편은 손택수의 「수정동 물소리」일 것이다. 판단의 근거를 제시하기 위해서는 우선 탈근대 철학에서 규정하는 '초월'에 관하여 설명해야겠다. 『우리말 철학사전』에서는 '초월/초월성' 항목을 다음과 같이 풀어놓고 있다. "그것은 어떤 초월적 세계를 가리키는 것이 아니라 자신의 존재성을 '스스로 넘

---

10. 신승환, 『지금, 여기의 인문학』, 후마니타스, 2010, 44쪽.

어섬'에서 찾는 것이다. 즉 초월은 실체론적이 아니라 넘어섬 그 자체에서 이해하는 존재성을 말한다. 아울러 그 넘어섬이 외적 실체로서의 어떤 초월 세계를 향해가는 것일 수도 없다. 오히려 자기 넘어섬 자체가 내재적으로 규정되는 초월론을 뜻한다."[11] 「수정동 물소리」에는 '수정동 산비탈'이라는 고단한 속(俗)의 세계와 '통도사'라는 성(聖)의 세계가 겹쳐져 있다. 이를 매개하는 '백팔계단'과 '금강계단'은 존재의 상승을 환기시키는데, 그 과정에서 상극인 불과 물조차 화해의 계기를 마련하며, 삶은 따뜻한 위안을 얻고 스스로 깊어져 간다. 시인의 이러한 성찰이 다시 아래로, 아래로 흘러 내려가서 부산 앞바다를 물들일 수 있을까. 퍼렇게 멍든 상처를 신비한 쪽빛으로 치유해낼 수 있을까. 초월이란 이렇듯 상승과 하강 속에서 스스로를 넘어서는 과정을 가리키는 용어이다.

수정동 산비탈 백팔 계단에 서면 통도사 금강계단이 겹친다

산복도로 내가 오를 계단 끝엔 가난한 불빛 한 점이 있고,
통도사 금강계단 끝엔 부처님
진신사리가 있다

살아가는 게 묘기로구나, 벼랑 위에 만든 계단이여, 끝없이
관절을 꺾는 힘으로 찾아가는 집이여, 가슴에 든 멍이 까맣게
죽은 빛을 하고 밤이 찾아오면

불이, 물소리를 켠다
금강계단 가물가물 번져가는 연등 속에서

---

11. 신승환, 『우리말 철학사전』4, 지식산업사, 2006, 354쪽.

부은 발을 어루만지는 물소리가 흘러나온다

  저린 무릎 짚고 한 단 두 단 꺾어졌다 퍼지는 물소리, 다친
모서리를 쓰다듬으며 하염없이 출렁이는 물소리
  흘러 내려간다, 부산 앞바다
  그 너머 수평선
  가슴에 든 멍이 쪽빛이 될 때까지는
 ─「수정동 물소리」전문

　연기설(緣起說)을 현실의 지평으로 끌어내려 파악하고 있다는 점에서 박
정애의「천일염」또한 초월의 가능성을 품고 있다고 볼 수 있겠다. "빙산이
녹아 메운 바다가/ 하얀 꽃을 피운다는 것도 알지/ 그러나 정작 바다 맛이
짭조름한 건/ 김칫독 얼어터지는 엄동갯바람에도/ 수천 볼트 집어등 밑에
서/ 밤새 그물질하는 수부들 땀이/ 비금도 신안 법성포 소금밭에 와/ 비로
소 맑고 투명한 빛깔로/ 소금이 된다는 거"(제3연) 비교컨대 미당 서정주의
연기설이란 삶의 세계(유한하고 우연으로 점철되는 지상의 세계)와 죽음의 세계('하
늘'로 표상되는 영원한 세계)를 대립시킨 후, 삶의 무게를 휘발시키면서 가볍게 떠
오르는 방식을 취하는 것이다. 미당이 살아서 보여주었던 윤리의식의 부재
는 고단한 현실로부터의 그 가벼운 비상으로 가능해졌다. 그런 만큼 연기
설을 초월의 맥락으로 재배치하기 위해서는 박정애의 사유방식이 퍽 유효
하지 않을까 싶다. 뿐만 아니라 이는 문학이 생태 문제에 대해 천착해볼 수
있는 가능성을 지닌 듯하다.
　이 밖에 시선이 오랫동안 머물렀던 시편으로는 이성희의「계화 갯벌에
서」가 있다. "도대체 사랑이 있기는 있는 걸까"라는 물음이 있었던 만큼, 이
시에서 드러나는 시인의 시선이야말로 사랑을 증명하는 사례로 제시해볼
여지가 있었던 것이다.「메시아, 그늘」에서 이규열이 토로하는 바와 같이,

어쩌면 그 오랜 인류의 역사에서 우리가 사랑을 확인하기는 지극히 난감한 일인지도 모르겠다. 인간 대부분이 '거친 땅'에서 살아남기 위해 단단함을 오랫동안 키움으로써 '낡은 구두' 속에 스스로를 가둬버렸다는 판단은 사실일 것이다. 그렇지만 '낡은 구두'로 상징되는 틀을 깨기 위한 노력을 포기해서는 곤란하며, 인간의 역사 안에서 그 가능성을 마련할 수 없다면 인간 세계의 바깥으로 눈을 돌려서라도 마련하여야 한다. 인간은 살아남은 마지막 순간까지 꿈을 꾸는 존재이기 때문이다. 기실 공동체의 재구성 가능성을 타진하는 시도 역시 꿈꾸기의 일환이 아닌가. 마지막까지 꿈을 포기하지 않은 자만이 '부드러운 세계의 속살'로 육박해들어갈 수 있다. 그리고 '징한 놈들'이 무수하게 내질러 만들어낸 '징소리 가득한 저녁' 풍경을 목도하게 될 것이다. 그 안에서 새로운 윤리가 싹튼다. 이때야 비로소 우리는 하나가 될 수 있기 때문이다.

　　당신은 오랜 세월 거친 땅을 방황하였다면 이제 계해 갯벌에 이르러야 합니다. 그리하여 부디 그 낡은 구두를 벗으세요. 가장 부드러운 세계의 속살입니다. 연한 가랭이 연신 꿈틀거리는 갯벌의 수억만 심연의 구멍들 속에 맨발을 담가야 합니다. 구멍을 밟을 때마다 칠게, 방게, 백합조개, 요 징한 놈들 속살 속에 감춘 바다가 발바닥에 육자배기로 소란거립니다. 구멍을 빠져나온 게들이 갯벌 위에 옛이야기를 적으며 재잘재잘 달아납니다. 까마득한 수평선으로 자꾸만 달아납니다. 아, 연한 것이란 얼마나 위험한 것입니까. 징소리 가득한 저녁이 닿는 서해의 끝까지 얼마나 안타깝게 견디어야 하는 것입니까.

— 「계화 갯벌에서」 전문

『작가와사회』, 2011. 여름.

신자유주의 시대의 '광주'에 대하여

1. 역사와 일상의 대립적 설정

죽은 자는 말이 없다. 다만 살아남은 자들이 있어 죽은 자에 관하여 많은 말들을 쏟아낼 따름이다. 더러 죽음의 곡절이 은폐되거나 왜곡되어 전해지는 경우가 있는데, 유령은 바로 이러한 상황에서 출몰한다. 셰익스피어의 『햄릿』을 보자면 이는 동서양이 다를 바 없어 보인다. 본디 유령은 억울한 죽음을 둘러싼 내막이 백일하에 드러나야만 비로소 물러가는 법. 그러니, 죽음의 사연이 해명되지 않는다면 "구타하고 넘어뜨리고 짓밟고 목을 졸라 흔적도 없이 없애버리고 싶은 무지스런 도피의 욕구가 일어난다 해도" 유령은 언제나 "당신의 뒤를 쫓아와" 매달리고 있을 것이다(최윤, 「저기 소리 없이 한 점 꽃잎이 지고」). 그런 점에서 1980년대 한국문학은 하나의 유령과 맞대면하여 펼쳐졌노라고 정리해도 무방하겠다. 물론 그 유령이란 1980년 5월 광주에서 벌어졌던 참혹했던 학살을 가리킨다. '5·18기념재단'에 따르면 당시 사망자 수는 606명으로 집계된다. 정권 획득에 눈이 먼 신군부가 공수부대를 투입시켜 민간인에게 저지른 만행이었다. 그럼에도 불구하고 정부와 언론에서는 당시의 피해자들에게 '북괴'의 사주를 받은 '폭도'라고 낙인찍었고, 그와 다른 견해의 발언은 원천 금지시켜 버렸다. 이것이 1980년대 한국문학이 태동하는 조건이었다.

문학은 살아있는 자들이 펼쳐 나가는 작업이다. 살아있는 자들에게 '5

월 광주'는 도저히 씻을 수 없는 악몽이었기에, 살아있는 자는 그 악몽 앞에서 자신의 생존 자체에 대하여 모멸감을 가질 수밖에 없었다. 그리고 모멸감을 견디어내기 위해서는 어떤 식으로든 자기 최면 혹은 위안이 요구되곤 했다. 예컨대 "살아 있는 사람에겐 또 그 사람대로 해야 할 일이 남겨져 있는 법이야. 살아 있다는 것은 절대로 네 말처럼 오욕이나 수치가 아니야."라는 다독거림이 필요했다는 것이다.(임철우,「봄날」) 산 자로서 마땅히 감당해야만 하는 의무는 여기에서 부과된다. 자신이 대면하는 유령의 존재를 치열하게 증명해 나가는 것. 이것이 모멸감을 씻어내는 유일한 방식이었고, '문학'이란 장르의 존립 근거였다. 군사정권에서 '5월 광주'의 실상이 유포되는 사태를 방관할 리 없었으니 이러한 선택에는 상당한 용기가 필요하였다. 고문과 투옥이 빈번하였고, 의문사가 간간히 발생하는 시대였다. 정권에 비판적인 인물이나 조직에 대한 도청, 미행, 구금 등이 자행되어도 아무런 문제될 것이 없는 상황이었다. 그러니 문학이 변혁 운동의 앞자리에 자리하게 된 것은 자연스러운 현상이었다.

변혁 운동에 뛰어든 자들은 대체로 낭만주의자 혹은 이상주의자일 가능성이 크다. 일상을 거부하고 그 바깥에 존재하는 다른 세상을 상상하기 때문이다. 1980년대 한국문학의 현장에 서 있던 사람들이 그러하였다. 권좌에 앉은 피 묻은 학살자들을 도저히 승인할 수 없었으니 일상에서의 안락이란 그들에게 비겁함과 수치스러움의 상징일 수밖에 없었다. 학살자들을 권좌에서 끌어내어 처벌하고, 새로운 질서를 구축하는 것이 그들의 꿈이었다. 그들이 이해하는 역사란 바로 이러한 꿈의 실현이었으니, 당시 광범위하게 유포되었던 역사와 일상을 대립시켜 사유했던 경향은 이로써 이해할 수 있게 된다. 당시의 문학청년들은 신춘문예 따위를 통한 문학제도로의 진입은 무시하였던 반면,『오월시』라든가『시와 경제』·『삶의 문학』·『분단시대』와 같은 무크지들을 들불처럼 창간하며 자신들의 목소리를 높여 나갔다. 기성문단의 안정적인 미학을 혐오의 눈으로 바라보았고, 투쟁

현장에 깊숙하게 개입하는 문학을 지향함으로써 언어와 삶의 일치를 이루고자 노력하기도 하였다. 박노해의 『노동의 새벽』, 백무산의 『만국의 노동자여』와 같은 시집들은 그러한 노력이 거둔 결실로서 당대 문학에 충격을 가하면서 새로운 미학의 출현을 알린 사건에 해당한다.

그렇다면 '5월 광주' 이후 문학인들이 꿈꾸었던 세계는 과연 어떠한 모양을 하고 있었던가. 이 물음에 직접 답하기 전에 '5월 광주' 체험이 주체에 대한 문제에 고민을 더하는 계기로 작용하였다는 사실을 분명하게 밝힐 필요가 있겠다. 즉 부도덕한 일상을 넘어 새로운 세계를 건설해 나갈 단위 설정이 '5월 광주'를 거치면서 새삼스럽게 부각되었다는 것이다. 예컨대 다음과 같은 방식으로 질문은 움트기 시작하였다. "어떤 사람들이 이 항쟁에 가담했고 투쟁했고 죽었는가를 꼭 기억해야 돼. 그러면 너희들은 알게 될 거야. 어떤 사람들이 역사를 만들어 가는가를…… 그것은 곧 너희들의 힘이 될 거야."(홍희담, 「깃발」) '5월 광주' 이전까지는 역사의 주체라는 개념이 제대로 형성될 수 없었다. 남북이 분단된 상황으로 인해 자본주의를 비판하는 서적에 대해서 불온 딱지가 붙여졌기 때문이다. 정부를 비판하는 서적에 대해서도 마찬가지였다. 이러한 도서는 제작, 유통이 금지되었을 뿐만 아니라, 이를 소지하거나 읽기만 해도 처벌받는 상황이었다. 언론은 철저하게 통제되어 정부의 입장만 대변하였고, 해외여행마저 금지된 처지였다. 그러니 북쪽으로 휴전선에 가로막히고, 다른 삼면이 바다로 둘러싸인 남한은 세계로부터 고립된 섬처럼 존재할 수밖에 없었다. 이제 그 답답한 상황을 깨뜨려 나갈 주체에 대한 관심이 '5월 광주'를 경과하면서 비로소 광범위하게 확산되기에 이르렀던 것이다.

2. 역사의 주체: 민족이냐 계급이냐

'5월 광주'가 진행되는 과정에 하나의 사건이 있었다. 미국 항공모함이 부산에 입항했던 것이다. 이 소식에 당시 광주에서는 민주주의와 인권을 수호하기 위하여 미국이 나섰으리라는 기대가 들끓었다. 그렇지만 기대가 허망하게 잦아들면서 오히려 미국의 정체에 대하여 의심이 싹트기 시작하였다. 서울을 제외한 남한 모든 지역의 군사 작전권을 미국이 쥐고 있으니 공수부대의 이동에는 미국의 승인이 있어야만 한다. 그렇다면 미국은 광주에서 벌어진 학살에 연루되어 있는 것이 아닐까. 이러한 의혹은 「깃발」에 다음과 같이 그려져 있다. "우린 미국에 대해서 막연한 환상을 갖고 있어. 어쩌면 미국의 정체를 분명하게 깨닫게 해주는 일일 거야. 만의 하나라도 도청이 함락되고 우리가 저들의 총에 맞아 죽게 된다면, 그땐 미국의 정체를 분명히 깨닫게 될 거야." 그러한 일들은 실제로 벌어졌다. 그러나 '5월 광주' 이후 반미 감정이 폭발했던 것은 피할 수 없는 일이었다. 정도상의 소설을 보면 "광주학살 배후조정 미국 놈들 몰아내자!"라는 반미구호가 등장하고 있는데, 이는 "광주사태의 모든 책임은 현 정권과 미국에게 있다더라." 하는 판단을 바탕으로 하여 가능해진 것이다(「십오 방 이야기」). 이제 미국은 제국주의를 포장하기 위해 민주주의와 인권의 가면을 둘러쓴 더러운 국가로 전락하게 된 셈이다.

기실 미국은 한국 현대사가 굽이치는 고비에서마다 깊숙하게 개입해온 국가이다. 해방 이후 한반도가 분단되는 데 중요한 역할을 하였으며, 이승만이 초대 대통령으로 취임하고 남한 정부가 들어서는 과정에서도 결정적인 영향을 끼쳤다. 남한의 전시작전 통제권도 미국이 가지고 있다. 이런 식의 사례는 일일이 거론하기가 귀찮을 정도이다. 그런데 '5월 광주' 이전에는 미국의 이러한 활동이 민주주의와 인권을 수호하기 위한 노력으로 선전되었던 반면, '5월 광주' 이후에는 제국주의 국가로서 자신들의 야욕을 실현하는 일련의 과정으로 파악되기에 이르렀다. 그렇다면 남한이 제국주의의 위협에 노출된 (신)식민지로 설정되는 것은 당연한 귀결이 아닌가. 이러한 맥락에서 '5월 광주'는 제국에 맞설 주체 민족을 호명하는 계기로 작용하였다. 물론 일본의 식민지를 경험하였으니 이전에도 민족감정은 존재하고 있었다. 하지만 그것이 과거 경험에 대한 막연한 감정에 불과했던 반면, 반미의식은 "가자, 북으로! 오라, 남으로!"라는 표어로 집약되듯이 통일운동과 결합하면서 상당한 폭발력을 내장하게 되었다. 김남주의 시집 『조국은 하나다』는 이러한 흐름이 형성되는 데 중요한 역할을 담당하였다.

한편 '5월 광주'가 진행되는 과정에서도 주목할 만한 현상이 확인되었다. 평소 사회 현실에 비판적이던 부류의 지식인들이 잠적했거나 온건파가 되어 군부 측과 협의하려고 시도했던 반면, 사회 밑바닥에 눌려 있던 노동자들이 강경파로 남으면서 마지막까지 저항해 나섰던 것이다. 이는 5월 25일 새벽 공수부대가 무력으로 진압할 때, 과연 누가 끝까지 도청을 사수하였는가라는 물음으로 대치하기도 한다. 홍희담은 '5월 광주'에서 확인된 부상자, 구속자 명단을 보며 계급에 따른 분류 작업을 펼쳤는데, 그 결과는 다음과 같았다. "유산자계급—34명, 지식인계급—240명, 농민계급—47명, 무산자계급—822명"(『깃발』)[1] 그러니까 이러한 결과를 두고 보자면 야만적인 학살에 맞서 가장 적극적으로 저항했던 계급은 무산자가 되는 셈이다. 군부 및 자본의 야만적인 공세에 대항하여 역사를 이끌어나갈 주체로 **노동자계급**을 설정하는 관점이 나타나게 된 까닭이 여기에 있다. 이러한 부류에서는 대학을 졸업한 후 신분을 숨기고 노동현장으로 숨어 들어간 이들이 자신의 체험을 소설로 형상화한 경우 작품의 완성도가 높았는데, 방현석의 「내딛는 첫발은」이라든가 정화진의 「쇳물처럼」과 같은 작품들을 대표적인 사례로 꼽을 만하다. 시인의 경우에는 노동자로서 직접 시 창작에 나섰던 박노해, 백무산의 성과가 두드러진다.

한국 사회에서 노동자의 처우에 대한 관심이 촉발된 계기는 1970년 일어난 노동자 전태일의 분신이었다. 당시 경제개발의 최전선으로 내몰렸던

---

1. 유산자계급으로 분류한 기준에는 다음과 같은 설명이 따라붙어 있다. "엄밀한 의미에서 이 계급의 사람은 아무도 없었다. 그러나 안정된 직업을 가진 사람들은 이 계급에 포함시켰다. 회사원, 축산업, 공무원 등등."

노동자들은 세계 최장시간 노동에 허덕이는 한편 박봉에 시달렸는데, 제정되어 있는 '근로기준법'은 그저 허울에 불과할 따름이었다. 이러한 상황을 극복할 가능성이 전혀 없던 나머지 전태일은 "근로기준법을 준수하라!", "우리는 기계가 아니다!" 등의 구호를 외치며 자신의 몸에 스스로 불을 붙였던 것이다. 그렇지만 이는 지식인 사회에 커다란 충격을 던지기는 하였으되, 새로운 사회를 지향하는 주체 설정이란 지점으로까지 나아가지는 못한 사건이었다.

'5월 광주'를 경과하면서 노동자는 드디어 사회 변혁의 주체로서 굳건하게 자리를 잡아가기 시작했다. 노동자들은 자신들의 입장을 대변할 수 있는 노조를 만들어 나갔고, 1987년 '7·8·9 노동자 대투쟁'을 통해 자신들의 이익을 조직적으로 관철시켜 내는 성과를 이루었다. 노동자들이 밀린 임금을 달라고 사업장에 모여 요구하기만 해도 '빨갱이'라고 비난받으며 전투경찰에 끌려가던 이전과 비교한다면 상당한 변화라고 할 수 있다. 뿐만 아니라 '한강의 기적'으로 표현되는 남한의 놀라운 경제 성장이 노동자의 희생 위에서 이루어진 것이라는 주장으로까지 나아기도 했다. 해방 이후 특히 1960년대 이후 현대사를 파악하는 관점이 바뀌게 된 것이다.

1987년 '6월 항쟁'이 직선제 쟁취를 이뤄내고, '7·8·9 노동자 대투쟁'이 조직된 노동자의 위력을 증명하게 되자 비평계에서는 향후 남한 사회의 지향을 두고 대대적인 논쟁이 벌어지기도 하였다. 1970년대 백낙청이 중심이 되어 정초해 나갔던 민족문학론이 우선 비판의 대상으로 떠올랐다. 소시민에 입각한 지식인 문학론의 한계가 선명하다는 내용이 골자였다. 그렇지만 이를 비판하는 젊은 세대의 입장이 동일했던 것은 아니다. 비판을 받은 당사자 백낙청이 침묵으로 일관하였으니 논쟁은 오히려 젊은 세대 사이에서 치열하게 벌어지게 되었다. 젊은 세대들의 입장은 세 갈래로 나뉘어졌다. ㉠ '민중적 민족문학론'(김명인): 지금까지 합의된 민족문학 개념에다 민중적인 입장을 강화하는 한편 현장에서의 글쓰기 작업을 기초로 하여 창작방식

재편으로 나아가자는 견해이다. ㉡'노동해방문학론'(조정환): 투쟁 과제를 실천하고 지도할 계급이념이 민중문학의 중심으로 설정되지 못한다면 대중 추수주의에 불과할 따름이니, 노동자의 당파성을 선명하게 부각시켜야 한다는 견해이다. ㉢'민족해방문학론'(백진기): 시급하게 제기된 주요모순은 계급 문제가 아니라 민족 문제이므로 문학이 형상화해야 할 내용은 반제국주의·민족해방 투쟁에 맞춰져야 한다는 견해이다. 이러한 세 갈래의 문학론은 각각 당시 사회 변혁운동을 이끌어 나갔던 여러 정파, 조직과 깊숙하게 관련을 맺고 있었다. 그런 만큼 치열할 수밖에 없었고, 오랫동안 지속되었다. 논쟁은 1989년까지 이어졌다.

3. 신자유주의 시대의 '5월 광주'

주지하다시피 1989년 베를린 장벽이 붕괴되었다. 자크 아탈리(Jacques Attali)는 『21세기 사전』에서 20세기가 1917년 시작되어 1989년 붕괴되었다고 말한 바 있는데, 그 기간은 인류의 사회주의 실험이 이어지던 시간대였다. 아마 베를린 장벽이 붕괴되기 이전에도 현실 사회주의 체제가 균열되는 징후는 곳곳에서 감지되었으리라. 그렇지만 고립된 섬과 같은 처지에 놓여있던 남한에서는 이러한 세계사의 풍향으로부터 한 발짝 떨어져 있었다. 그런 까닭에 1989년 베를린 장벽 붕괴로부터 1991년 소련의 붕괴에 이르는 일련의 과정은 남한 지식인들에게, 사회 변혁세력에게 충격으로 다가설 수밖에 없었다. 일상을 뛰어넘어 한 걸음이라도 더욱 가깝게 다가서고자 고투했던 세계가 허물어지고 있었으니 말이다. 우리가 쫓던 이상은 환상에 불과했다는 말인가. 1990년대 중반 한국문학계에 '환멸(幻滅)'이라는 단어가 유행했던 까닭이 여기서 비롯되었다. 소련이 붕괴되고 레닌 동상이 철거된 이후 남한에도 신자유주의의 광풍이 세차게 몰아쳤다. 여기 어디에도 역사가 들어설 곳은 존재하지 않았다. 그저 자본의 질주 위에서 형성되는 막강한 일상의 위용이 모습을 드러냈을 뿐이다. 이러한 변화에 동조했던 지식인들은 탈현대 논의를 다양하게 펼치면서 역사의 주체를 해체하는 데 골몰하였다. 1980년대 문학의 향방은 이 가운데서 결정된 듯하다.

언젠가 선배, 그러니까 '5월 광주' 정신에 입각하여 활동해 나갔던 선배에게 책임을 추궁하듯이 이렇게 물었던 적이 있다. "90년대 중반 이후 왜 당신들의 존재는 한국 문단에서 철저하게 배제되어 버렸는가." 10여 년이 지난 후 나는 여기에 대한 나름의 답변을 찾아 읽게 되었다. 2010년 5월 15일 광주에서 열렸던 '5·18 광주민주화항쟁 30주년 기념 오월문학제'에서 발표된 「한없이 흩어진 '중심'의 향기—5·18과 한국문학」의 한 부분이다. 이 글을 작성한 김형수 시인은 "작가가 꽃이라면 문예지는 꽃밭이다. 문예지가 없는 작가는 꽃밭을 벗어난 꽃처럼 프로구단을 벗어난 선수가 된다. 그는 리그에서 소외될 것이다."라고 전제하고 난 후, 그러한 사실을 익히 알고 있으면서도 '5월 광주'를 끌어안았던 문학인들이 리그 바깥으로 밀려나게 된 이유를 다음과 같이 설명하고 있다.

그 많은 동인지들, 『실천문학』과 『풀빛』과 『청사』들은 '꽃밭'을 왜 못 만들었는가? 실패했는가? 초극했는가? 나는 후자라고 본다. 『오월시』의 김진경, 『시와 경제』의 김정환의 헌신적 행로가 보여주듯이, 그들에게서 미학적 명망도, 자기 세대의 인프라를 구축하는 일도, 사회적 지위를 얻는 일도 일어나지 못한 것은 분열과 실패 때문이 아니라 그들의 세대를 배후조종한 주검들이 자아를 버리는 중심이도록 만들었기 때문이다. 그것은 그냥 사라지는 것이 아니라 드넓게 흩어져서 '중심'의 향기를 뿌린다.

이 대목을 내가 이해하는 바에 따라 해석하면 이러하다. '5월 광주'를 매개로 하여 일상에 쌓아나가는 어떤 높다란 성취도 당시 산화해 간 영령들 앞에서는 부끄러울 수밖에 없었다. 자신을 버리면서 역사의 거대한 흐름 속으로 삼투해 들어갈 때에만 비로소 살아남은 자의 죄의식을 씻을 수 있겠더라. 여기 어디 머물러서 안정을 취할 '꽃밭' 만들기가 가능했겠나. '5월 광주'의 정신이 신자유주의의 광풍 바깥에서 찬란하게 빛을 발한다면, 그 빛을 추구하는 이가 있어야 할 자리도 신자유주의가 횡행하는 일상의 바깥이어야 하지 않겠는가. 신자유주의와 정면에서 맞서기 위해서는 '민족'과 '계급'의 긴장 위에서 나름의 길을 찾아나서야 하지 않을까. '5월 광주'의 정신은 아마 그 길을 따라 이어져 나갈 것이다. 그러니 그 길로 따라나설 자, 살아 있으라. 누구든 살아 있으라.

'국제비교문학자대회' 발표문, 2010. 19차.

화엄의 빈자리

—손택수의 시에 대하여

1. 만공(滿空)의 사리와 똥냄새 나는 은행알

어쩌면 삶의 기본적인 형식은 퍽 단순한지도 모른다. 숨을 한 번 내뱉으면[呼] 한 번은 들이마시게[吸] 되며, 눈을 한 일(一)자로 감은 뒤에는 둥그렇게(○) 떠야 하는 법이다. 또한 배설을 해야만 섭식이 가능해지기도 한다. 비움과 채움의 순환, 이것이 삶의 기본적인 형식 아닐까. 그럼에도 불구하고 음양론에서는 인간이 호흡조차 제대로 수행(修行/遂行)하지 못해서 제 몸하나 추스르지 못한다고 지적하고 있다. 숨을 내뱉고 들이마시는 사이, 눈한 번 감았다 뜨는 사이, 배설하고 섭식하는 사이에 무거운 생활이 들어앉아 있기 때문이리라.

손택수의 시편들이 자연스럽게 착착 감겨드는 까닭은 삶의 기본적인 형식에 터하고 있기 때문이다. 그리고 시의 다양한 변주는 기본적인 형식에 생활의 무게가 개입하는 양상에 따라 결정된다. 따라서 그의 시 세계에 접근하기 위해서는 먼저 작품세계의 원형질을 파악하고, 그런 다음 변주 양상을 살피는 것이 올바른 수순일 것이다. 시인의 특징이 집약적으로 드러나는 작품으로는 「은행나무 사리알」을 꼽을 수 있다. 그러니 「은행나무 사리알」에서부터 구체적인 논의를 시작하기로 한다.

아랫배에 끙 힘을 주고 밀어낸 열매들이 온 천지를 잘 익은 된장냄새 황금

빛으로 물들여준다 동제가 있을 때면 한 상 걸게 차려놓고 밥을 먹던 은행
나무 고목

　　사리알이 별것이간디, 언젠가 수덕사 성보박물관에서 본 滿空 스님 바리때
도 저 은행나무 재목이었다 포개진 그릇마다 은행나무 가지 사이에나 들어
와 있을 법한 만공이 가득 차 있었다

　　스님도 한 그루 은행나무로 살다 간 것이 아닐까 아픈 몸속에 들어와 입
적한 목숨들을 품고 잘 익은 똥내음, 사리알 맺는 일에 한평생을 보내고 간
것이 아닐까

　　은행나무 더부룩한 아랫배가 다 개운하다는 듯 가볍게 몸을 흔든다 앗따
뭘 퍼먹었길래 이렇게 독한고, 똥푸러 온 인부처럼 코를 쥐고 마을 사람들이
푸지게 퍼질러놓은 알을 줍는다
　　　　　　　　　　　　　　　　— 「은행나무 사리알」 전문

　　이 시에서 '은행나무 고목'은 하늘과 땅을 잇는 우주나무의 역할을 하
고 있다. "온 천지를 잘 익은 된장냄새 황금빛으로 물들여준다"라는 진술
이 이를 드러낸다. '온 천지'의 중심에 오랜 시간을 견디어낸 은행나무가 우
뚝한 양상이다. 그렇다면 변하지 않는 가치를 함축하는 '황금'빛의 구체적
인 내용은 무엇인가. 바로 "아랫배에 끙 힘을 주고 밀어낸 열매들"의 배설
과 "동제가 있을 때면 한 상 걸게 차려놓고 밥을 먹던 은행나무"의 섭식이
다. 배설/섭식의 동시성이 존재의 형식이며, 이를 관장하는 이미지로서 은행
나무가 우주나무의 지위를 차지하고 있는 셈이다. 이러한 존재론적 인식을
감각적으로 풀어내는 데서 손택수의 장점을 발견하게 된다. 즉 누구든 은
행 특유의 냄새를 쉽게 기억할 수 있는 바, 후각 이미지를 전면에 배치함으

로써 존재에 관한 인식의 깊이를 가볍게 풀어내고 있는 것이다. "아랫배에 끙 힘을 주고 밀어낸"의 후각 이미지가 시각 이미지 "황금빛"으로 이어지는 전환은 너무도 능란하여 빈틈이 느껴지지 않는다.

제2연에서의 '만공(滿空) 스님'은 은행나무 고목을 닮아 있다. 만(滿)과 공(空), 그러니까 가득 차고 텅 빔의 동시성이 은행나무 고목의 배설/섭식의 동시성과 같은 층위에서 의미 맥락을 형성한다는 것이다. 어디 스님의 이름만 그러한가. "만공 스님 바리때도 저 은행나무 재목이었다". 그러니 스님의 바리때 또한 만공의 의미를 온전히 담아내었으리라. 그렇다면 만공의 결실이라는 점에서 만공 스님이 남긴 사리는 은행나무 고목의 사리인 은행으로 보아도 무방해진다. "사리알이 별것이간디", 저기 똥냄새 피우는 '은행알'이 바로 '사리알'이다. 이러한 단정적인 깨달음은 제3연의 질문을 통해 가능해졌다. 제3연이 제2연과 하나의 단위로 묶이는 것은 바로 그 때문이다. "스님도 한 그루 은행나무로 살다 간 것이 아닐까 아픈 몸속에 들어와 입적한 목숨들을 품고 잘 익은 똥내음, 사리알 맺는 일에 한평생을 보내고 간 것이 아닐까". 시인이 서 있는 자리는 아마 이러한 물음 근처일 것이다.

은행나무는 냄새나는 은행을 싸지르고 그저 바람결에 흔들리며 아무 것도 모르는 척 딴청이다. "은행나무 더부룩한 아랫배가 다 개운하다는 듯 가볍게 몸을 흔든다". 그러니 인위(人爲)가 아닌 자연(自然)이다. 그리고 인간은 천[하늘=둥글다=○]과 지[땅=평평하다=一] 사이에 우뚝한 그 은행나무 아래로 모여든다. "앗따 뭘 퍼먹었길래 이렇게 독한고" 타박해보지만, 그곳이 바로 삶의 기본적인 형식이 놓여 있는 자리이며, 생활이 펼쳐지기 시작하는 장소이다. 배설과 섭식이 포개지는 지점, 만과 공이 겹쳐지는 지점. 그 지점의 이미지는 시종 여일하다. 은행나무가 "아랫배에 끙 힘을 주고 밀어낸 열매들"의 냄새가 마지막까지 남아 작품 전체를 관통하는 것이다. "똥 푸러 온 인부처럼 코를 쥐고 마을 사람들이 푸지게 퍼질러놓은 알들을 줍는다".

자, 「은행나무 사리알」을 분석해보았다. 그렇다면 이 작품에 드러난 특징은 다른 시들에서 어떻게 변주되어 나타나는가. 먼저 손택수의 첫 번째 시집 『호랑이 발자국』(창비, 2003)을 중심으로 살펴보도록 하겠다.

2. 귀향, 혹은 둥근 원의 형상

『호랑이 발자국』에는 우주나무의 이미지가 종종 등장하고 있다. 다만 생활의 무게가 그 완결적인 의미를 훼손하고 있을 따름이다. 예컨대 「나의 팔만대장경」을 보라. "어머니는 오늘도 사경을 한다 금강경 반야심경 부모 은중경 도대체 알 수 없는 난해한 문자들을 또박또박 연필심이 부러져라 잔뜩 힘 모으고 쓴다". 사경(寫經)으로 쌓는 공덕은 향 사르는 행위와 등가를 이룬다. 수직으로 곧게 일어선 향은 사경의 공덕처럼 그 연기를 따라 하늘로 가 닿기 때문이다. 그럼에도 불구하고 시인은 어머니가 사르는 향을 위태롭게 바라보고 있다. "뿌리까지 캄캄하게 타들어가서 아슬아슬한 가계를 떠받들고 뿔뿔이 흩어질 것들을 한데 끌어모은 채 숨죽인 잿기둥". 향은 뿔뿔이 흩어질 연기들이 일시적으로 고정된 형태, 한순간에 허물어질 재의 기둥에 불과하다. 이는 어머니를 위태롭게 바라보는 시인의 관점이기도 하다.

손택수의 위태로운 시선은 어디서 기인하는가. 제1부의 많은 시편들에서 단서를 찾을 수 있다. 「나의 팔만대장경」의 앞뒤로 배열된 「그해 여름의 방」과 「소가죽북」만 봐도 그러하다. 「그해 여름의 방」이란 시인이 누이들과 "엉켜있는 뿌리들처럼" 혹은 "암수 한몸 달팽이처럼" 사춘기를 견디어야 했던 좁다란 방을 가리킨다. 이 시에서 어머니는 생활을 책임져야 하는 고달픈 존재로 나타난다. 그리고 「소가죽북」에서는 "노름꾼 아버지의 발길질 아래/ 피할 생각도 없이 주저앉아 울던/ 어머니"로 등장하고 있다. 그러니까 가난과 폭력이라는 상처가 위태로움의 기원인 셈이다. 향의 수직성은 그래서 우주나무의 이미지로까지 이어지지 못하고 있다.

「아버지와 느티나무」의 '느티나무' 역시 "구겨진 흑백사진 속의 구겨진 느티나무"로 제시되어 있다. 스무 살의 아버지가 기대었고, 젊은 날 나 또한 기대었던 만큼 그 느티나무가 시간의 유한성을 넘어서는 범상치 않은 존재임에 분명하다. 그런데도 왜 구겨진 형태일 수밖에 없는가. 이유는 제6연에 드러난다. "나무는 이내 알게 될 것이다. 약간 굽은 내 등의 굴곡을 통해, 무너져가는 가계를 떠맡은 채 일찌감치 그의 곁을 떠나간 청년 하나를, 그가 꾸다 만 꿈과 슬픔까지를". 생활의 무게가 우주나무의 의미를 훼손하고 있는 것이다. 느티나무는 청년의 꿈을 지켜주지 못하며, 청년은 생활을 좇아 꿈을 버린다. 어쩌면 시인은 아버지를 통해 자신의 미래까지도 벌써 예감하고 있었는지 모르겠다. 「아버지의 등을 밀며」에서 "등짝에 살이 시커멓게 죽은 지게자국을 본 건/ 당신이 쓰러지고 난 뒤의 일이다"라고 이야기한 바 있지 않은가. 등의 굴곡을 만들고 마지막엔 쓰러뜨리고야 마는 생활의 무게가 시인은 그만큼 두려웠던 것이다.

이러한 비극적 인식은 「저문 들판이 새들을 불러 모은다」, 「버려진 집 속에 거울조각이 있다」, 「강이 휘어진다」, 「감꽃」, 「빙어가 오를 때」 등을 경과하면서 변화하기 시작한다. 가령 「저문 들판이 새들을 불러 모은다」의 깨달음은 가계를 책임지기 위해 꿈을 버려야 한다는 「아버지와 느티나무」의 세계관과 정반대에 놓인다. 꿈을 표상하는 새가 생존(生活)을 위해 휑한 들판에 찾아들고, 생존(生活)에 눌린 시인이 하늘의 별(꿈)을 바라보는 계기가 마련되고 있기 때문이다. "짐짓 무심히 떨궈진 벼톨 하나가,/ 벼톨 하나의 온기가,/ 가장 높이 떴던 새들까지 끌어당긴다면/ (중략) 벼이삭은 들판에만 있는 게 아니라/ 차디찬 저 하늘에도 있었구나/ 저문 하늘에 드문드문 숨어 빛나는/ 별들을 한동안 바라보며 살아도 되겠다". 아직 우주나무의 충만한 이미지가 직접 나타나지는 않았지만, 일단 하늘과 땅의 교통 가능성은 충분히 드러나 있다. 저문 하늘의 별들이 들판의 벼이삭이라면, 시인은 벼톨 하나의 온기를 찾아 오르는 가장 높이 뜬 새일 수 있는 것이다.

하늘과 땅의 교통 가능성을 발견하고 난 뒤 시인은 곧바로 스스로에 대한 성찰을 벌여 나간다. 「버려진 집 속에 거울조각이 있다」에서 이를 확인할 수 있는데, 시인은 꿈으로부터 멀어진 스스로를 "버려진 집"으로 인식하고 있다. 그러니까 "저문 하늘에 드문드문 숨어 빛나는/ 별들"을 바라보지 못하는 한 시인 자신은 "버려진 집"에 불과할 따름이라는 것이다. 시에 관한 열정이 강렬할수록 '버려진 집'으로서의 자각 또한 강렬해지는 법 아닐까. 열정이 모자라다면 그러한 자각이 깃들 리 없을 테니 말이다. 따라서 '버려진 집'으로 머물러 있는 것이 자신에게는 "아무래도 지나친 형벌"일 수밖에 없다고 토로하는 대목에서 그가 시인으로서의 운명을 확인하였다고 파악할 수 있다.

> 집은 제 얼굴에 화장을 하는 대신
> 거울에 화장을 한다
> 거울에 파우더 분가루 같은
> 먼지를 덕지덕지 처발라
> 망가져가는 제 얼굴을 흐릿하게 뭉개어본다
>
> 그렇게 남은 날을 견뎌야 한다는 건,
> 아무래도 지나친 형벌이다
> ―「버려진 집 속에 거울조각이 있다」 3, 4연

그래서 손택수에게 귀향은 필연적이다. '버려진 집'으로 되돌아가서 다시 새롭게 시작할 수밖에 없다는 것이다. 귀향이란 앞으로 나아가려는 직선적인 방향을 구부리어 둥글게 휘돌아지는 데 묘미가 있는 법. 이때 등장하는 이미지가 시원(始原)으로 회귀하는 "은어"와 "빙어"이다. 귀향을 통해 시인이 기대하는 건강한 생명력의 확보는 "시리도록 투명한 산란기의 빙어들이 한사코 강을 거슬러오를 때"(「빙어가 오를 때」)라는 시구로 표현되고 있으며, 그 길의 부드러운 굴곡은 "어로도 없는 둑 너머로 은어가 뛴다"라는 「강이 휘어진다」에서 확인할 수 있다. 물론 귀향의 여로가 그리 간단할 리 없으니 '진저리, 진저리치며' 휘어져 있는 모습이다. "추월산 굽이 돌아 가마골 등푸른 은어가 뛴다 강의 시원지 용소까지 대숲이 진저리, 진저리치며 휘어진다".

우주나무의 밑그림은 「저문 들판의 새들을 불러 모은다」에서의 깨달음, 「버려진 집 속에 거울조각이 있다」의 성찰, 「빙어가 오를 때」와 「강이 휘어진다」의 귀향을 통해 비로소 그려지고 있다. "감나무 아래 들어 잠에 들고 싶다"라고 시인의 바람이 피력된 「감꽃」에서 이는 분명하게 드러난다. 시인은 이 시의 제1연과 제2연에 각각 1과 2라는 번호를 붙여두었다. 이는 과거와 미래를 현재로 불러들여 시작(詩作)의 의지를 확인하는 내용과 연관된다. 즉 1과 2가 각각 과거와 미래를 향해 뻗어 있는 까닭에 일견 독립된 듯 보이기에 번호를 부여한 것이고, 여기에 통일성을 부여하는 것이 시작의 의지인 것이다. 그러한 의지의 표백 옆에는 감나무가 우뚝 서 있다.

제1연에서 시인은 감꽃이 피자 문득 "어디선가 소식 없는 사람들 편지라도 한 장 날아들 것 같다"라는 예감에 빠져든다. '소식 없는 사람들' 가운데 비교적 선명하게 떠오르는 존재가 "옥수수 한줌 쌀 한줌 가난을 폭죽처럼 터뜨리던/ 뻥튀기 할아버지"다. 그 기억은 아지랑이처럼 아련하게 피어오르기 시작하고, 나중에는 아득히 멀리서 오는 기차처럼 아지랑이를 헤치고 기적소리 울리며 이곳에 당도한다. 시인이 이를 "아지랑이 아지랑이 마술의 주문이 오르고/ 햇빛에 달궈진 선로 끝 아득히 멀리서부터 기적이 울리면"이라고 표현한 데서 알 수 있듯이, 사건은 기적이 울리면서부터 시작된다. '마술의 주문'에 호응하며 울리는 기차의 기적(汽笛)은 실상 시의 기적(奇蹟)이라고 파악해야 한다. 그래야만 그 다음 이어지는 자문자답의 의미와 꽃의 의미가 명확해지기 때문이다. "뻥 튀긴 희망에 주린 배를 달래본 적 있니, 설사를 하며 속아본 적 있니/ 속을 줄 알면서도 튀밥이 튀면 허천나게 달려든 적이 있어!/ 꽃이 튄다, 저만치 떨어져 귀를 막는다".

대체, 시란 무엇인가. 각인각색 대답이 가능하겠지만, 손택수는 「시인의 말」에서 다음과 같이 이야기하고 있다. "들끓는 그리움으로 호호 입김을 불어가며 써본 말들은 하나같이 덧없는 것이었다. 그러나 그 덧없음을 나는 또 얼마나 사랑하였던지, 거울 속으로 조용히 사라져가는 말들이 엉켜 남겨놓은 물방울을 얼마나 닮고 싶었던 것인지." 시는 '덧없는 것'에 의미를 부여하고, '조용히 사라져가는 말들'에 생명을 부여하려는 노력의 산물이다. 불가능이 가능해지도록 외는 마술의 주문이며, 이러한 믿음 위에서 시의 기적이 나타난다. 시인은 이를 충분히 잘 알고 있다. 그래서 다음과 같이 덧붙일 수 있었다. "시가 있는 곳은 언제나 환부였으니, 환부의 즐거움으로 환하게 욱신거리고 있었으니." 자, 보라. 옛날 가난을 폭죽처럼 터뜨리던 뻥튀기 할아버지가 이곳에 당도하니 이제는 꽃(시)을 튀겨 올리지 않는가. 그 모습 환하게 밝지 않은가. 이것이 바로 손택수가 말하는 시의 기적이다. 환부는 환한 즐거움으로 되돌아온다.

「은행나무 사리알」의 경지는 시의 기적에 대한 믿음 위에서 가능해졌다. 비슷한 수준을 보여주는 작품으로는 「물푸레나무 코뚜레」, 「버드나무 강변에서의 악수」 등을 꼽을 수 있다. 먼저 「물푸레나무 코뚜레」를 보자. 귀향의 여정이 "진저리 진저리치며" 휘어지는 부드러운 곡선이라는 사실은 이미 지적한 바 있다. 그런데 「물푸레나무 코뚜레」에서는 그 곡선이 완전한 원(○)에 도달한 양상으로 펼쳐진다. 시작부터 끝까지 둥그런 이미지가 도저하다. 원의 형상으로만 구성되어 있다는 평가도 가능할 정도이다.

가지 하나가 휘어져서 땅거죽을 찌르고 들어와 뿌리를 내렸다
예사로만 보아오던 조무래기 새떼며
눈비의 무게가 고스란히 느껴진다
꽃을 탐하느라 고집스레 가지를 끌어내리던

어스럭송아지하며

원을 그리며 흐르는 차디찬 물소리, 환한 달이 떴다
소를 잡고 난 뒤에 집안에 코뚜레를 걸어두면
복이 들어온다고 했던가 한평생
소를 몰던 할아버진 땅속으로 돌아가고

이랴, 이랴 땅의 콧김을 받아 반들반들 윤이 나는 나뭇가지
휘묻이한 몸을 코뚜레 삼고, 한쪽 끝을
놓칠까봐 팽팽하게 조바심하고 있다

— 「물푸레나무 코뚜레」 전문

먼저 제1연 제1행의 가지 모양이 원형을 이루고 있다. 땅에 뿌리를 박고 위로 오른 가지가 다시 땅으로 내려와서 뿌리를 내렸으니 완벽한 귀향이기도 하다. 그리고 물소리가 둥글게 원을 그리고 있다. 아마 그 위에 환하게 뜬 달은 둥근 보름달일 것이다. 물론 집안에 걸어둘 코뚜레 역시 원형임이 분명하다. 그 코뚜레로써 한평생 소를 몰았던 할아버지도 "땅속으로 돌아가고" 난 이후이니 완벽한 귀향, 원형의 삶을 이룬 셈이다. 그리고 다시 제4연에서 마지막으로 원형의 나뭇가지가 등장하고 있다. 이렇게 둥근 이미지만 가지고도 시 한 편을 매끄럽게 만들어내다니, 그러면서 어떻게 자신이 파악하는 자연의 운행을 담아낼 수 있었을까.

그렇지만, 더욱 놀라운 사실은 서경(敍景)을 통하여 자기 삶의 긴장을 자연스럽게 투영시켜 드러내고 있는 점이다. 「물푸레나무 코뚜레」는 기실 불교의 '심우도(尋牛圖)'를 이면에 깔고 있다. 내 안에 깃든 사나운 소(욕망)를 찾아 나서고, 길들이고, 마침내는 소의 존재 자체를 잊는 데까지 나아가 집으로 돌아가는 것이 '심우도'의 대략적인 내용이다. 그러니 "한평생/ 소를

몰던 할아버진" 결국 심우도의 그림 가운데 어느 장면 속 인물이 되겠다. 물론 "소를 잡고 난 뒤" 그러니까 소의 존재를 잊는 데까지 나아갈 수 있다면 더 이상 코뚜레가 필요 없을 터, 코뚜레를 마치 깨달음의 상징(○)처럼 집안 어디에 걸어놓아도 그만이다. 그렇다면 시인은 과연 어느 즈음에 도달해 있을까. 알 수 없는 일이다. 다만 깨달음의 도정에 선 팽팽한 긴장만이 불거지고 있다. "휘묻이한 몸을 코뚜레 삼고, 한쪽 끝을/ 놓칠까봐 팽팽하게 조바심하고" 있는 존재는 바로 시인 자신이기 때문이다.

「버드나무 강변에서의 악수」에서는 만공(滿空)의 교차를 통한 생명력의 발견이 따뜻하게 다가온다. 그 교차는 네 개의 층위에서 이루어지고 있다. ㉠산업재해로 손가락 둘을 잃은 친구가 있다: 그가 안고 온 아이의 손가락 다섯을 나는 두 손으로 감싸 쥔다. ㉡도망가는 도마뱀이 꼬리만 댕강 잘라놓고 버드나무 둥치 속으로 사라졌다: 아이들이 잘려나간 도마뱀 꼬리를 모래흙 속에 묻어준다. ㉢모래톱날에 드문드문 물줄기가 잘려나갔다: 잘린 물줄기가 땅속에 숨었다가 멀리서 다시 고개를 내민다. ㉣지난 겨울 버드나무 가지를 뭉툭하게 쳐냈다: 버드나무의 연초록 가지들이 새로 막 흐드러지고 있다. 여기서 알 수 있듯이, 친구의 불행은 자연의 순환과 병렬적으로 배치되면서 치유의 양상으로 내닫게 된다. 시선의 여유와 따뜻함이 시 전면을 압도하는 것이다. 그리고 이를 중심에서 지탱하는 것은 우주나무로서의 버드나무라고 할 수 있다.

이러한 면모는 제1부의 여러 시편들, 예컨대 이 글에서 살핀 「나의 팔만대장경」, 「그 해 여름의 방」, 「소가죽북」, 「아버지와 느티나무」, 「아버지의 등을 밀며」와는 현격하게 다르다. 바로 이러한 호흡이 『호랑이 발자국』이 편안하게 다가오는 까닭이다. 그렇다면 『목련전차』(창비, 2006)의 경우에는 어떠한가.

3. 화엄의 빈자리[空], 그 환한

『목련 전차』를 구성하는 시인의 기본적인 의식은 『호랑이 발자국』을 읽어냈던 독법으로 파악할 수 있다. 가령 「첫 몽정·별똥별·감나무」에서 감나무는 우주나무의 이미지 그대로이다. 시인은 감나무 아래 평상에서 첫 몽정을 하였으며, 마침 그때 별똥별이 감나무의 "젖은 이파리 사이로 (중략) 길게 꼬리를 흔들며 떨어져" 내렸다. "힘차게 쏟아져 내리는 별똥들"이 첫 몽정에서 분출하는 정액을 환기시킴은 부언의 여지가 없다. 그러니 시인은 감나무 아래서 어른으로 입문하는 과정을 거친 셈이고, 감나무는 이를 내려다보며 지켜주는 존재로서 자리하고 있다. 「하늘 우물」은 「저문 들판이 새들을 불러 모은다」를 떠오르게 한다. 예컨대 제1연 "성당 종탑 위에 종을 매다는 건 하늘에 우물이 있기 때문/ 내 눈엔 보이지 않는 우물을 파고 우물 속에 띄워놓는 쇠두레박"은 천지(天地)의 전도(顚倒)라는 상상력과 잇닿아 있다. 시인이 「저문 들판이 새들을 불러 모은다」에서 하늘과 땅의 교통 가능성을 마련했던 것은 바로 천지의 전도를 통해서가 아니었던가. 「하늘 우물」에서 하늘을 향해 뾰족하게 솟아오른 '성당 종탑'이 우주나무의 변형이라는 사실을 부기할 수도 있다.

『호랑이 발자국』의 절창이었던 「물푸레나무 코뚜레」의 흔적도 발견할 수 있다. 다만 『목련전차』에서는 「물푸레나무 코뚜레」의 인식이 여러 시로 나뉘는 한편 제각각 깊어지는 양상이다. 먼저 「화엄 일박」을 보자. 「물푸레나무 코뚜레」에서는 분석을 생략하였지만, 물푸레나무가 원형(○)에 도달할 수 있었던 데에는 주위 자그마한 존재들의 섬세한 개입이 커다란 역할을 하였다. 가지에 포르르 앉곤 했던 "예사로만 보아오던 조무래기 새떼", 가만가만 내리던 "눈비의 무게", "꽃을 탐하느라 고집스레 가지를 끌어내리던/ 어스럭송아지"가 바로 그들이다. 「화엄 일박」에서는 이러한 인식이 심화되어 나타난다. 시인은 구례 화엄사에 가서 기둥마다에, 처마마다에 구멍이 뚫려 있는 것을 발견하였다. 그것을 보고는 가만히 생각한다. "그 속에서 누가 혈거시대를 보내고 있나/ 가만히 들여다보다가/ 개미와 벌과/ 또 그들의 이웃 무리가/ 내통하고 있을 거란 생각이 들었다"(제3연). 화엄은, 고고하고 견고하게 쌓아올린 성채가 아니라, 구멍이 숭숭 뚫린 상태로 뭇 생명들을 끌어안고 함께 뒹구는 데 있다는 시인의 인식이 흥미를 끈다.

그런데, 이를 풀어나가는 깨달음이 일품이다. 모든 살아 있는 존재는 단일한 막을 통해 외계(外界)와 분리되어 하나의 개체로 인정을 받게 된다. 하지만 개체는 결코 단독으로 존재할 수 없는 법이어서, 호흡(呼吸)을 통한 외계와의 소통이 이를 증명한다. 호흡이 멈추는 순간은 곧 삶이 끝나는 지점이다. '나와 너'가 하나의 관계쌍이라는 인식은 그래서 긴요하게 요청된다. 화엄이 품고 있는 공존의 미덕을 시인은 바로 이러한 인식 위에서 펼쳐놓고 있다. "화엄은 피부호흡을 하는구나/ 들숨 날숨 온몸이 폐가 되어/ 환하게 뚫려 있구나"(제4연). 화엄이 환하게 뚫려있는 자리[공(空)]에서 뭇 생명이 삶을 얻고, 호흡으로써 서로의 공존을 확인하는 모습이다. 「물푸레나무 코뚜레」에서의 인식이 『목련 전차』에 이르러 한결 깊어졌다는 판단은 이렇게 진전한 면모를 통해 확인할 수 있다.

한편 「물푸레나무 코뚜레」에는 '심우도'를 배면에 깔고 수신(修身)의 긴장이 팽팽하게 이어지고 있었다. 기실 이러한 수신의 태도는 손택수가 시인으로 나서면서 다짐해둔 바이기도 하다. 첫 시집 『호랑이 발자국』의 첫 번째 시를 「화살나무」로 삼은 것은 그 증거가 아니겠는가. "언뜻 내민 촉들은 바깥을 향해/ 기세 좋게 뻗어가고 있는 것 같지만/ 실은 제 살을 관통하여, 자신을 명중시키기 위해/ 일사불란하게 모여들고 있는 가지들"(제1연). 『목련 전차』에서는 「습작」과 「가시잎은 시들지 않는다」 등이 그러한 면모를 잇고 있다. "가끔씩 하늘에서 몸을 퉁, 퉁, 퉁 튕겨올"리는 "종달새는 끝없는 출발선의 마디를 가졌다"는 구절은 시인으로서의 초심을 잃지 않겠다는 다짐이며(「습작」), "죽을 지경 속에서 자신의 심장소리를 들을 수" 있고자 마음을 다잡는 수신의 긴장이 "시들지 않기 위해 피어나는 잎이 가시가 된다"라는 진술을 낳는 것이다(「가시잎은 시들지 않는다」).

　『목련 전차』와 『호랑이 발자국』의 공통되는 작품 경향을 지적하였지만, 이는 첫 시집에서 파악할 수 있는 의식의 변화가 워낙 치열하게 전개되었고, 그에 따라 얻게 된 세계가 견고하게 구축된 데서 나타나는 결과이다. 그리고 가만히 들여다보면 『목련 전차』에서는 하늘로의 상승과 지면으로의 하강 사이의 폭이 상당히 넓어졌음을 확인할 수도 있다. 우선 하강하는 이미지는 「벚나무 실업률」에서 명확하게 드러난다. 우주나무의 이미지가 지상으로 강림하는 양상이기 때문이다. 아마도 이는 「화엄 일박」에서볼 수 있었던 뭇 생명을 끌어안고 길러내던 화엄의 빈자리[空]와 무관치 않을 것이다.

　　해마다 봄이면 벚나무들이
　　이 땅의 실업률을 잠시
　　낮추어 줍니다

　　꽃에도 생계형으로 피는
　　꽃이 있어서
　　배곯는 소리를 잊지 못해 피어나는
　　꽃들이 있어서

　　겨우내 직업소개소를 찾아다니던 사람들이
　　벚나무 아래 노점을 차렸습니다
　　솜사탕 번데기 뻥튀기
　　벼라별 것들을 트럭에 다 옮겨싣고
　　여의도광장까지 하얗게 치밀어오르는 꽃들,

보다 보다 못해 벚나무들이 나선 것입니다

벚나무들이 전국 체인망을 가동시킨 것입니다

— 「벚나무 실업률」 전문

　벚나무처럼 낮아지는 시인의 시선은 마지막까지 낮아져서 결국에는 지면과 맞닿는 데까지 내려간다. 고단한 삶을 끌어안는 손택수 나름의 방식이 발/신발에 대한 관심으로 전개되는 것이다. 「살가죽구두」, 「매제의 구두」, 「닭발」, 「구두 밑에서 말발굽소리가 난다」, 「털신」 등은 벌써 제목에서부터 이러한 경향을 드러낸다. "허리 아래 하반신이 뭉텅/ 잘려나가고 없는 사내"가 "길바닥에 손바닥을 부딪쳐/ 짝 짝 짝 박수를 치며" 위태롭게 내리막을 미끄러지는 모습을 그린 「길바닥에 손바닥을 부딪쳐」도 같은 계열이다. "바닥에 가슴을 숙이고 살았으므로/ 더 이상 떨어질 바닥이 없으므로" 그는 몸 전체가 발이기 때문이다. "살면서 어디에 무릎 꿇을 일 그리 많았던지/ 구두코가 다 벗겨지도록/ 오르내릴 계단은 또 얼마나 많았던지/ 가끔씩 쥐가 나서 주물러주던 다리"를 가진 「풀벌레 울음소리」의 '그 여자'도 함께 묶을 수 있다. 아마 "스무 살 무렵 나 안마시술소에서 일할 때, 현관 보이로 어서 옵쇼, 손님들 구두닦이로 밥 먹고 살 때"의 체험이 이러한 시선을 낳았으리라(「추석달」).

　시선이 낮아졌다고는 하지만, 비관으로 기우는 것은 결코 아니다. 그러한 현실을 따뜻하게 감싸는 태도가 오히려 정감 있게 부각된다. 이즈음에서 다시 「감꽃」에서 시인이 이야기하던 시의 기적을 떠올리게 된다. 비루한 현실을 비루한 채로 놓아두지 않고, 끝내 온기를 부여하여 언어로 되살려 놓고, 이제 그렇게 따뜻한 현실이 펼쳐지기를 기원하는 마음가짐. 나는 「털신」에서 그러한 믿음의 일단을 느낄 수 있다.

　토방 아래 늙은 개가 컹 할머니 고무신을 깔고 잔다 마실 갔다 와서 탈탈

털어논 고무신을 제 새끼를 품듯 품고 잔다

눈이 내리는데, 올겨울은 저렇게 몇날 며칠 눈만 내리고 있는데

고뿔이라도 들었는지 콧물을 훌쩍거리면서, 뚝 뚝 댓가지 꺾어지는 소리에 가끔씩 귀를 쫑긋거리기도 하면서

뒤꿈치를 꿰맨 고무신에 축 처진 배를 깔고 잔다 차디찬 고무신에 털가죽을 대고 잔다

— 「털신」 전문

하강의 이미지에 비하여 상승하는 이미지는 그렇게 빈번하게 출몰하지 않는다. 뿐만 아니라 가벼운 비상의 면모와도 거리가 멀다. 이 또한 뭇 생명을 끌어안고 길러내던 화엄의 빈자리[空]와 관련이 있다. 저 홀로 자족하는 세계가 아니라 무거운 현실을 떠메고 함께 날아오르려는 시인의 의식이 빚은 결과라는 것이다. 가령 "근육 속의 고단함을 축복할 줄 알아서/ 계단식 논밭 땅을 갈며/ 하늘에 이르는 법을 익힌 사람들"이 등장하는 「별빛 보호지구」를 보면, '근육의 고단함'이 중요한 맥락을 장악하고 있다. 하늘[天]로 층층 높게 올라서고 있는 '계단식 논밭 땅'[地]이, 바벨탑 따위의 혼란과는 달리, 우주나무의 이미지에 근접하게 되는 것은 바로 '근육의 고단함'[人] 때문인 것이다. 「달과 토성의 파종법」도 같은 방식으로 읽을 수 있다. "오늘은 땅심이 제일 좋은 날/ 달과 토성이 서로 정반대의 위치에 서서/ 흙들이 마구 부풀어 오르는 날"(제2연). 하늘의 운행[天]이 마침 땅의 기운[地]을 들어 올리는 시점인데, 이러한 일치는 할머니의 노동[人]이 개입함으로써 비로소 의미를 획득하고 있다. '乙' 모양으로 허리 굽은 아낙이 아기를 업고 밭을 매고[人], '乙' 모양으로 휘어져 흐르는 강이 그 땅을 껴안고 흐르며[地],

'乙' 모양의 물새 떼가 그 강을 하늘로 끌어올리는[天] 「강이 날아오른다」 역시 마찬가지다.

따라서 『목련 전차』 즈음에까지 이르는 손택수의 시적 도정은 다음과 같이 간략하게 정리할 수 있겠다. ①시(예술)와 생활의 대립적 사유에서 기인하는 비극적인 인식 ②음양[陰陽=호/흡, 배설/섭식]에 입각한 시(예술)와 생활의 통일적 파악 ③삼재(三才) 사상으로 나아가는 사유의 깊이 확보. 한국문학사를 살펴보면 ①의 길을 극단까지 밀어붙이다 죽음에 이른 사례로 이상을 발견하게 된다. 그는 근대의 틀 안에서 근대의 방식으로 근대와 충돌한 비극에 해당한다. 한국문학사에서 미(예술)의 세계를 진리(종교)의 수준으로 끌어올려 생활보다 우위에 두려고 온몸으로 밀고 나간 시인으로는 이상을 넘어서는 사례가 없다. 반면 근대의 틀 바깥에서 진(종교)과 선(윤리)과 미(예술)의 관계를 근본적인 차원에서부터 통일적으로 모색해 나간 시인도 사례를 꼽기가 어렵다. 아직 『호랑이 발자국』에서 『목련전차』에 이르는 짧은 도정에 불과하지만, 손택수의 작품 세계가 문학사적인 안목에서 관심을 끄는 까닭은 여기서 비롯된다.

4. 순환하는 자연: 지렁이와 붕어와 인간

손택수의 세계는, 학습에 의한 것이 아니라, 거의 생득적인 기질에서 연유하는 것으로 보인다. 할머니로 표상되는 신화적인 분위기, 불교에 닿아 있는 어머니의 생활 등이 성장환경으로 구축되었으니 여기에 일조했을 것이며, 대상들 사이의 유사성을 끄집어내는 시인의 면밀한 관찰이 그 세계를 풍요롭게 만드는 매개로 작동했을 터이다. 번잡한 논설을 피하고자 부언하지는 않았으나, ②음양에 입각한 시(예술)와 생활의 통일적 파악, ③삼재사상으로 나아가는 사유의 바탕에 깔린 '대대(待對)'의 시선은 훗날 차근차근 더듬어볼 필요가 있으리라 생각된다. '나'와 '너'를 대립적으로 파악하는 근대철학과는 바탕부터가 다르며, 헤겔이나 마르크스를 통해 확인하게 되는 변증법적 지양(止揚)과는 선명히 변별되는 사유 방식이기 때문이다. 이 글의 서두에서 '삶의 기본적인 형식'을 이야기한 바 있는데, 인간을 우주의 축도로 파악하고, 운행의 질서를 철학의 수준으로 발전시킨 '음양론', '삼재사상'은 근대서구의 인식론적 체계·범주와는 근본적으로 다를 수밖에 없다. 그런데 손택수의 세계가 바로 여기에 뿌리를 내리고 있는 것이다. 이는 결국 손택수 시의 기본 호흡과 관련된 사항이라고 말할 수 있겠다.

그런데, 생태에 관한 시가 나름의 품격을 갖추려면 이러한 의식에 근거하고 있어야 하는 게 아닐까. 생태시가 겨우 소재나 주제에 따라 설정한 범주에 불과하다면 그것은 언제나 함량미달일 테니 말이다. 즉 생태계의 바깥에서 자연을 바라보며 인간을 상대로 계몽해 나가는 태도는 접근법 자체가 너무도 인간 중심적이라는 것이다. 인간은 우주의 축도로서 우주와 더불어 호흡할 수 있어야 한다. 거기에는 안과 밖의 경계가 없어야 한다. 숨을 내뱉고 들이마시는 일—호흡! 그리 복잡한 일이 아니다. 그런데도 우리는 존재론에서부터 인식론에 이르기까지 근본에서부터 다시 시작할 수밖에 없다. 다시 시작할 수밖에 없는 상황, 근대가 직면한 위기란 바로 이를 가리킨다. 마지막으로 시 한 편을 덧붙이는 까닭은 여기서 비롯된다. 숨을 내뱉고 들이마시는 사이, 눈 한 번 감았다 뜨는 사이, 배설하고 섭식하는 사이에 과연 어떤 일이 벌어지고 있는가.

두엄자리에서 지렁이가 운다. 지렁이 울면 낭창한 대 하나 꺾고 낚시를 가시던 할아버지.

그날 붕어조림을 삼키면서 나는 붕어가 삼킨 지렁이, 목구멍에 걸린 것처럼 헛구역질을 하고 말았는데

지렁이가 할아버지를 삼킬 줄은 꿈에도 몰랐다 할아버지가 삼킨 붕어와

붕어가 삼킨 지렁이 잘디잔 흙알갱이가 되어 지렁이 주둥이 속으로 빨려들
줄은 몰랐다.

비 내린 뒤의 영산강변 할아버지 무덤가에 지렁이가 기어간다. 그래 지구
상의 모든 흙은 한번쯤 지렁이의 몸을 통과했다.

머잖아 저 몸속에서 붕어를 삼킨 할아버지와 내가 머리 딱 부딪치며 우르
릉 쾅쾅 천둥번개 치는 시간 있겠구나.

주물럭주물럭 시간대를 마구 뒤섞는 장운동, 저 몸속으로 산맥 하나가 통
째로 빨려들어가고 말랑말랑한 반죽물 밭이랑 논이랑이 되어 꿈틀꿈틀 빠져
나올 수도 있겠구나.

강 주둥이에 아침부터 누가 철근을 박고 있다. 뿌연 흙먼지를 일으키며 시
멘트를 퍼붓고 있다. 컥컥 헛구역질을 하며 강이 움찔거린다.
　―「내 목구멍에 걸린 영산강」 전문

『시와반시』, 2008. 봄.

회통의 존재론
─우대식의 신작시들

　어떠한 인간도 결여(缺如)를 안고 살아갈 수밖에 없다. 이를테면 결여는 인간의 숙명이라는 것이다. 지금-여기에 있으면서 동시에 지금-저기에 있을 수 없으니 무소부재의 존재를 생각하거나, 판단하고 실행하는 일이 번번이 오류와 한계에 봉착하게 되니 전지전능한 대상을 떠올리는 따위, 결여를 드러내는 징표이다. 설령 굳이 절대자를 불러들일 상황으로부터 벗어나 있는 인간이라 하더라도, 죽음을 머리에 이고 있는 유한한 존재라는 측면에서 궁극적인 결여를 안고 있는 셈이라고 하겠다. 자신의 존재에 드리운 결여를 정면에서 응시하는 인간은 절박한 외로움에 오들오들 떨게 된다. 어찌할 수 없는 그 부정성으로 인하여 타자는 물론 자기 자신마저도 긍정할 수 없기 때문이다. 신작시 특집으로 묶인 우대식의 시편들은 바로 이러한 지점에서부터 읽어나가게 된다.

　먼저 「내 안의 겨울, 삼동(三冬)을 찾아서」를 보자. 아마도 '삼동(三冬)'은 자신이 절박하게 맞대면한 결여의 상징일 게다. 그래서 시인은 삼동을 일러 '내 안의 겨울', 즉 자신의 내면에서 생명력이 고갈된 어느 때로 설정하였으리라. 결여 앞에서 직면하게 되는 어찌할 수 없는 무력감은 "펑펑 눈이 쏟아지는 진부 골짜기에서 다시 나를 만났을 때 붉게 언 손을 못 내민 채 쓸쓸히 쳐다보기만 하였다."라고 진술되고, 모든 것들로부터 고립되었다는 절박함은 "봄으로 가는 모든 회로를 끊은 채 하늘 높이 눈이 쌓여가는 삼동

아래 잠들 것이다."라는 판단으로 이어지고 있다. 이러한 삼동(三冬)이 명확한 형태를 드러내지 않거나, 형태를 드러낸다고 하더라도 가뭇없이 사라져 버린다는 사실은 눈여겨보아야 할 사항이다. 가령 "차디찬 겨울은 눈 속에 묻혀 보이지 않고 아무르 강까지 찾아간 발걸음은 허탕이었다."라든가 "내 안의 겨울, 삼동(三冬)은 반갑지도 슬프지도 않은 사내의 형상으로 진부 골짜기 허름한 방에 불쑥 들어와 한참을 바라보다 눈보라와 함께 사라졌다."라는 대목. 동양철학에서 중요성을 강조하는 무(無), 공(空), 허(虛)와 같은 개념을 시의 진술로 치환한다면 대략 이 정도가 되지 않을까 싶다.

기실 무, 공, 허는 명사형이라기보다는 유(有), 색(色), 실(實)과 각각 대대(待對) 관계를 이루면서 끊임없이 움직이며 변화하는 동사형에 가깝다. 도를 도라고 말할 수 있다면 그것은 이미 도가 아닌 것처럼[道可道非常道], 딱딱한 명사로써 그것을 무엇이라고 규정하기 곤란한 것이 무, 공, 허의 속성이라는 것이다. 삼동, 즉 결여 또한 비슷한 관점에서 이해할 수 있다. 존재의 한가운데 있는 텅 빈 구멍 같은 것. 그런 까닭에 결여가 크게 다가올수록 살아 있다는 존재의 울림 또한 함께 증폭하게 마련이다. 그리고 결여와 존재는 언제나 더불어 운동하는 과정으로 남아 있게 된다. 따라서 시인이 "이미 멀리 겨울까지 도달한 내 몸을 느낄 수 있었다."라고 적어놓았듯이, 삼동은 언어 너머로 미끄러지는 그 무엇으로서 우리는 단지 느낄 수 있을 따름인지도 모른다. 알 수 있는/없는 대상으로 논하기 어려운 범주라는 것이다. 그래서 시인은 감각이 개시(開示)하는 자리를 지식이 캄캄하게 무용해지는 상태 위에 겹쳐놓았으리라. "하루 종일 멱에 지친 등짝 까만 아이처럼 아무것도 모르는 나의 무지는 병이 되었다." 부정(否定)은 바로 이러한 부정형(不定形)에서 가능해진다.

결여를 응시하고자 길을 나선 시인은 어느 여름날 "임계 장터의 각다귀"가 되기도 하고, "봉평 냇가 여울목 쏘가리"가 되기도 한다. A가 더 이상 A이기를 거부하면서 B가 되기도 하고, C가 되기도 하는 상황이 펼쳐졌으니 이 순간 부정(否定, 不定)이 작동하는 셈이다. 이러한 부정의 의미를 이해하기 위해서는 헤겔의 '보편적 개별자'를 참조할 필요가 있을 듯하다. 헤겔은 인간이 자신의 내부에 부정성을 끌어안고 있다고 가정하였는데, "부정성과 더불어 혹은 부정성을 '통과함으로써만' 자신을 긍정할 수 있는 실체"[1]가 인간이라고 파악했던 것이다. 개별적인 인간이 타자와 상호승인하면서 보편성을 획득할 수 있는 것은 바로 이 부정성이 원동력으로 작용하기 때문이다. "유한자는 모순과 대립 때문에 자신은 물론 타자도 긍정하지 못하는 부정의 상태에 처해 있다고 할 수 있지만 이 대립과 모순을 극복한 무한자의 상태에서 실체(주체)는 자신과 타자를 긍정하는 상태로 이행한다는 것이다."[2] 그렇다면 지금 시인은 부정과 맞대면하면서 자신과 자신을 둘러싼 세계를 동시에 긍정하기 위해 고투하는 셈이 아닌가. 바꿔 말하자면 자신의 개별성 안으로 각다귀, 쏘가리 등 생명의 보편성을 불러들이는 과정에 들어섰다는 것이다. 이렇게 자타불이(自他不二)라는 관점에서 생명의 편재성을 확인해가는 사유는 다분히 불교적이라고 할 수 있겠다.

「꿈」에서도 무, 공, 허의 방향으로 기울어진 시인의 면모를 확인할 수 있다. "꿈을 꾸었다. 두 눈이 멀어 누군가에게 길을 묻는 꿈. 문득 아내도 아이들도 없고 지팡이 하나만 내 손에 쥐어져 있었다." 주지하다시피 눈은 욕망을 생산하는 창구를 상징한다. 그래서 예언자는 곧잘 장님으로 등장한다. 예컨대 「오이디푸스 왕」을 보면, 테베에 재앙을 몰고 온 이를 간파했던 예언자 테이레시아스는 장님이었으며, 오이디푸스가 스스로를 처벌하는 방식도 욕망의 창인 두 눈을 제거하는 것이었다. 그러니 시인이 꿈에서 두 눈이 먼 자신을 직시한다는 사실은 무, 공, 허 측면과 관련이 있을 성싶다. "눈이 먼 내가 눈을 감고 어느 먼 봄날의 평화를 그리워하고 있을 때"라는

---

1. 홍준기, 「알튀세르 맑시즘에 관한 새로운 정치·윤리적 독해의 시도: 라깡/들뢰즈, 헤겔/스피노자 논쟁 구도의 맥락에서」, 『진보평론』 2008. 가을, 270쪽.

2. 홍준기, 위의 글, 275쪽.

대목에 이르면 시인의 실명에는 그 자신의 의지("눈을 감고")도 어느 정도 개입해 있는 것으로 드러나기도 한다. 이때 흥미로운 점은 실명한 시인이 길을 묻기 위해 "말을 건네면" 어떤 소리가 신비하게 들려오기 시작한다는 사실이다. "누구의 소리인지 알 수 없었다. 산동지방의 방언 같기도 하고 깊은 산맥에서 울려나오는 잔향 같기도 하였다. 차라리 죽음에 이르는 길이었으면 바라기도 하였다."

아마 이 신비한 소리의 진원지는 「내 안의 겨울, 삼동(三冬)을 찾아서」에서 분석하였던 삼동, 그곳일 것이다. 명확히 지각(知覺)할 수는 없지만, 편재하는 세상의 모든 존재가 스스로 입을 열어 '나'에게 틈입하는 시간이 개시하고 있기 때문이다. 언뜻 '죽음에 이르는 길'처럼 느껴지기도 하나, 삶의 의지도 바로 여기에서부터 확보되는 것을 보면, 유한자의 부정성이 무한자의 긍정으로 나아가는 계기로 작용하고 있는 지점이니, 이러한 판단은 그리 그르지 않을 것이다. "천산 산맥이 하얗게 보이는 천막 밖에는 포도가 부드럽게 가지를 뻗고 바람은 나를 일으켰다. 살아야 한다. 살아야 한다. 꿈속에서 내 이름이었다. 누군가 큰 소리로 나를 불렀다. 살아야 한다." 시인이 거듭거듭 "살아야 한다."라고 다짐을 할 때 그 자리에서 살아나는 것은 그 혼자가 아니다. 하늘과 잇닿은 산[天山]이 큰 깨달음처럼 하얀 그림자를 시인 위에 드리우며, 식물성의 세계가 그에게 손을 내밀기도 하고("포도가 부드럽게 가지를 뻗고"), 동물의 세계 또한 친숙함을 드러내기 때문이다.("옹달샘에 이르러 찬 물로 목을 적시고 바위에 앉아 있을 때 새 한 마리가 날아가며 어깨를 툭 치기도 하였다.")

시인의 이러한 의식, 무의식 지향은 근대의 바깥으로 향하고 있다는 점에서 주목을 요한다. 나는 자본주의와 사회주의를 근대의 쌍생아로 파악하는 입장인데, 두 세계관의 가장 큰 공통점이라면 과학의 힘에 의지하여 물질적 욕망을 충족시켜 주겠노라 약속하면서 유토피아를 제시해 나갔다는 데 있다. 그리고 타자와 대립하는 주체를 역사 진행의 실체로 설정함으로써 갈등과 파괴의 노정을 이어나갔다는 점도 생각해볼 수 있겠다. 그러니까 우대식의 의식은 이와 선명하게 변별된다고 할 수 있다. 첫째, 욕망을 충족시키는 것이 아니라, 욕망을 버는 방편으로써 "어느 먼 봄날의 평화"를 기원하고 있다는 점. 이는 최근 7, 8년 전부터 유행하기 시작한 '자발적 가난'이라든가 동양사상에서 중요한 덕목으로 꼽아왔던 '안빈낙도(安貧樂道)'와 닿아있는 면모이다. 둘, "내 안의 겨울, 삼동(三冬)을 찾아서" 나선 길 위에서 타자의 자리를 마련해 내고 있다는 사실. 이는 헤겔이 설정한 '보편적 개별자'의 면모에 다가가 있는 한편, 여기서 한 걸음 더 나아가 자연과의 관계로까지 확장되고 있다. 이는 주체 개념을 새롭게 정립하는 데 긴요하게 착목해야 할 사항으로 부각될 것이다.

「내 안의 겨울, 삼동(三冬)을 찾아서」, 「꿈」의 경우 시인의 시선이 내면을 향하고 있다면, 「심란(心亂)」에서는 마치 담백한 수묵화를 보여주는 것처럼 그 세계를 외부세계에 의탁하여 드러내고 있다. 시를 보면 우선 전반적으로 압도하는 심상이 '물 이미지'라는 사실을 발견하게 된다. 그리고 그 중심에는 "우뚝한 절벽"을 뒤에 거느린 "조그마한 절집"이 배치되어 있는 형국이다. 존재의 근원을 환기시키는 물 이미지가 존재의 의미를 추구하는 절집과 결합되어 있으니 「심란」이라는 시 역시 자신의 존재를 성찰하는 데 놓여 있음이 분명하다. 그런데 "마음의 전란은 가라앉지 않고/ 창을 꼬나 메고 달리는 심란(心亂)"이라고 한 것을 보면, 그 심사가 어지러운 것으로 나타난다. 왜 그러할까. 아마도 풍경을 바라보는 시인의 시선에는 벌써부터 도저한 거리감이 개입해 있기 때문일 것이다. "우뚝한 절벽"이니, "암석 처마 밑 떨어지는 낙숫물 소리", "툇마루에 앉아 낙숫물 소리" 등은 위에서 아래로 시원스럽게 하강하지만, 그가 그 방향을 좇아 산 아래로 내려가면 이러한 풍경으로부터 멀어질 수밖에 없다. "산을 내려가기도 싫고/ 방 안에 들기도 싫어"는 그러니까 자신 또한 그 풍경 속에 오랫동안 머무르고자 하는 바람의 표출인 셈이다.

「심란」에서 퍽 인상적인 장면은 스님이 등장하여 시인과 풍경 사이의 심리적인 거리를 매개하는 지점이라고 하겠다. "중얼대는 스님"이라고 한 것을 보면, 그는 누군가에게 말을 건네는 것이 아니라 독백하고 있을 따름이다. 그렇지만 그의 행위는 독백의 내용을 대신하는 듯하다. 어느덧 "비 그치지 않는 저녁나절"이 되어 어두워졌을 때 스님은 "유황성냥을 그어 촛불을 올"리고 있다. 어두움 속에서 촛불을 켜고, 그 촛불의 일렁임에 따라 고체에서 액체로 다시 기체로 가볍게 떠오르고자 하는 능동적인 태도는 인간만이 가진 속성이라 하겠다. 또한 제 몸을 태워 세상을 밝히는 촛불의 의미를 상기한다면, 시인(인간)이 자기 바깥에 펼쳐진 풍경을 어떻게 끌어안고자 하는가도 추측할 수 있다. 유황냄새가 줄곧 내리는 빗줄기를 뚫고 매캐하게 퍼진다는 환각은 이러한 촛불의 움직임을 따라 피어오르는 것 아닐까. 시인은 아마 스님이 보여준 행위에서 상징을 읽어내며 자신의 세계를 마련해 나가게 될 터이다. 덧붙이자면 「심란」에 등장하는 '스님'은 「꿈」에 나타난 낡고 화려한 문양의 천을 걸친 늙은 여자의 변형임을 지적할 수도 있다. 그 둘은 존재의 편재성과 시인의 개별성을 매개하는 역할을 담당한다는 것이다.

세 편의 신작시를 중심으로 하여 우대식의 최근 의식에 대해 살펴보았다. "내 안의 겨울, 삼동"과 직면하여 부정과 긍정의 양 측면을 반반씩 가지고 있는 듯이 보이지만, 그래서 활달하게 자신의 세계를 열어젖히기보다는 조심스러운 면모가 더욱 크게 다가오기는 하지만, 바로 그 지점에서 자─타(自他) 회통(會通)의 존재론을 구축해 나가는 양상이 묵직하게 다가온다. 하기야 자신의 존재와 맞대면하여 이러한 정도의 성취를 이끌어낸 시인이 거의 드물며, 들숨과 날숨이 교차하듯이 부정과 긍정 속에서 긴장을 유지하는 것이 인간의 삶이고 보면, 그러한 조심스러움이야 사소한 트집거리에 불과할 수도 있겠다. 묵직한 성취를 얘기하든, 사소한 아쉬움을 덧붙이든 아마도 근대 바깥으로 나아가려는 한국시단의 노력은 지금 우대식이 펼쳐 놓은 존재론의 일단을 끌어안고 나갈 수밖에 없을 것이다. 인간에 대한 새로운 이해의 단서가 여기서 싹트고 있기 때문이다.

간밤에 꿈을 꾸었다. 두 눈이 멀어 누군가에게 길을 묻는 꿈. 문득 아내도 아이들도 없고 지팡이 하나만 내 손에 쥐어져 있었다. 누가 손에 이것을 쥐어 주었을까. 혹 나를 버리며 건넨 마지막 위무의 선물은 아니었을까. 눈이 먼다는 것은 깊은 슬픔이었다. 말을 건네면 소리가 들려왔다. 누구의 소리인지 알 수 없었다. 산동지방의 방언 같기도 하고 깊은 산맥에서 울려나오는 잔향 같기도 하였다. 차라리 죽음에 이르는 길이었으면 바라기도 하였다. 옹달샘에 이르러 찬물로 목을 적시고 바위에 앉아 있을 때 새 한 마리가 날아가며 어깨를 툭 치기도 하였다. 눈이 먼 내가 눈을 감고 어느 먼 봄날의 평화를 그리워하고 있을 때 낡고 화려한 문양의 천을 걸친 늙은 여자가 내 몸을 지나갔다. 포도가 부드럽게 가지를 뻗고 바람은 나를 일으켰다. 살아야 한다. 살아야 한다. 꿈속에서 내 이름이었다. 누군가 큰 소리로 나를 불렀다. 살아야 한다. 지팡이를 짚고 벌떡 일어서다 잠이 깬 음력 이월의 어느 날이었다. 신발을 신은 채였다.

—「꿈」전문

금수산 정방사 조그마한 절집

그 뒤로 선 우뚝한 절벽은 축축이 젖어

암석 처마 밑 떨어지는 낙숫물 소리

산을 내려가기도 싫고

방 안에 들기도 싫어

툇마루에 앉아 낙숫물 소리

마음의 戰亂(전란)은 가라앉지 않고

창을 꼬나메고 달리는 심란(心亂)

비 그치지 않는 저녁나절

중얼대는 스님

유황 성냥을 그어 촛불을 올리는

늦여름
마음은 천리,
　—「심란(心亂)」 전문

　내 안에도 三冬이 있어 펑펑 눈이 쏟아지는 진부 골짜기에서 다시 나를 만
났을 때 붉게 언 손도 못 내민 채 쓸쓸히 쳐다보기만 하였다. 겨울을 찾아 헤
매던 어느 여름날 나는 임계 장터의 각다귀이거나 봉평 냇가 여울목 쏘가리
이기도 하였다. 차디찬 겨울은 눈 속에 묻혀 보이지 않고 아무르 강까지 찾
아간 발걸음은 허탕이었다. 하루 종일 멱에 지친 등짝 까만 사내아이처럼 아
무 것도 모르는 나의 무지는 병이 되었다. 모든 것을 잊어버렸을 즈음 허파
속에서 강력한 눈보라가 일어나 허름한 방에 나를 눕혔다. 가물거리는 백열
등 아래 차디찬 방바닥에 몸을 묻으면 하나의 환영(幻影)이 다가오다 사라
지곤 하였다. 내 안의 겨울, 三冬은 반갑지도 슬프지도 않은 사내의 형상으
로 진부 골짜기 허름한 방에 불쑥 들어와 한참을 바라보다 눈보라와 함께
사라졌다. 이미 멀리 겨울까지 도달한 내 몸을 느낄 수 있었다. 누구의 겨울
인들 아프지 않겠는가. 봄으로 가는 모든 회로를 끊은 채 하늘 높이 눈이 쌓
여가는 三冬 아래 잠들 것이다.
　—「내 안의 겨울, 三冬을 찾아서」 전문

『시와 사람』, 2010. 여름.

노고의 수레바퀴 그 안과 밖
— 김수열 시집『생각을 훔치다』에 대하여

1. 나이 듦의 비애, 비애의 나이 듦

『생각을 훔치다』(삶이보이는창, 2009)는 김수열의 네 번째 시집이다. 첫 시집
『어디에 선들 어떠랴』(도서출판 각, 1997)로부터 따진다면 12년,『실천문학』으
로 등단했던 1982년으로부터 보면 27년 만에 출간된 작품집이라고 할 수
있다. 여기까지 오는 동안 그렇게 많은 시간이 흘러간 것일까. 이번 시집에
서 시인은 나이 들면서 찾아드는 삶의 고적감을 피력하고 있다. 첫 시집은
물론『신호등 쓰러진 길 위에서』(실천문학사, 2001),『바람의 목례』(애지, 2006) 등
에서도 이러한 감정이 드러난 적은 없었다. 따라서『생각을 훔치다』가 이전
시집들과 가장 크게 변별되는 지점은 '나이 듦의 비애'라고 정리할 수 있겠
으니, 비애의 결을 쫓으면서 그 세계를 풀어나가는 것이 좋을 듯하다. 참고
삼아 덧붙이자면 김수열은 1959년생이다.

시인의 비애는 첫 번째 시「늙은 밥솥을 위하여」에서부터 확인할 수 있
다. "한땐 그랬다/ 저 밥솥처럼 씩씩거리다가/ 더 내지를 소리 없어 숨이 막
힐 즈음이면/ 마지막 탄성으로 뜨거운 콧김 길게 내뿜고는/ 언제 그랬냐
는 듯 다소곳해졌다"(제1연) 하지만 그 시절과는 달리 지금은 제 기능을 못
하는 오래된 밥솥처럼 그의 "콧김은 잦아들고/ 잠잠한 시간은 점점 길어졌
다". 그러니 시인이 "이젠 늙은 밥솥을 이해할 나이"라고 자평한들 그리 이
상할 바 없다. '늙은 밥솥'이란 늙은 시인이면서 동시에 오래된 밥솥을 가

리키는 조어(造語)인 까닭이다. 그렇다면 시의 제목이 '늙은 밥솥을 위하여'이기는 하나, 늙은 밥솥이 바로 시인 자신인 까닭에, 위로가 향하는 종착지는 결국 위로하는 당사자가 되고 만다. 다시 말해서 「늙은 밥솥을 위하여」는 나이가 들어가는 스스로에 대한 연민이 묻어나는 시라는 것이다.

두 번째 시 「낮술」의 내용도 마찬가지다. 술을 따르는 이도 시인 자신이고, 그 술을 받아든 이도 시인 자신이다. 이 순간 다른 누구도 필요치 않다. "살아도 살아도 삶이 내게 오지 않을 때/ 벗이 있어도 낯설게만 느껴질 때"라고 진술하고 있듯이, 세상 모든 것들이 그로부터 멀리 떨어져 있기 때문이다. 도저한 자기 연민이 낳은 자발적 격리라고 이를 만한데, 이로써 시인이 얻게 되는 것은 자신이 "인생에 질 준비가 되어 있는 사람"이라는 사실의 확인이다. 그런데 이는 자신이 술을 마신다는 사실이 부끄러워서 그 사실을 잊기 위하여 술을 마신다는 어느 술꾼처럼, 무한순환의 과정 속에 빠져버린 형국이 아닌가. 애초 시인이 느끼고 있던 세상에 대한 심리적인 거리감은 낮술을 마심으로써 더욱 증폭될 뿐, 그 어디에도 탈출구가 마련될 가능성이 남아있지 않은 상태로 나타나는 것이다.

「늙은 밥솥을 위하여」, 「낮술」과 같은 계열의 작품으로는 "팽개치듯 처자식을 앞질러 간 벗을 생각"하며 "다가오는 건강검진 날짜를 손꼽는" 나이라고 진술하는 「쉰」, "나이를 먹다 보면"이라고 이유를 대며 "생각 같아선 박지성이 부럽지 않지만/ 십 분만 뛰어봐, 하늘이 노래/ 오장 쓴 물까지 나온다니까"라고 토로하는 「과속방지턱」, "너희는 눈부신 봄이지만/ 나는 낙엽 지는 가을이다"라고 스스로를 규정하는 「봄길에서」, 남은 생을 가늠하며 "또 얼마나 많은 사람 무너뜨리면서/ 남은 길 가야 하는가"라고 묻고 있는 「고등어를 굽다가」 등을 꼽을 수 있다. 그리고 이러한 비애는 한 발짝 더 나아가서, 죽음의 문턱에 이르렀거나 이미 저세상으로 가버린 가족에 대한 안타까움으로 이어지기도 한다. 「새」, 「내리사랑」, 「어머니의 전화」, 「밤고냉이」, 「매제」, 「고맙다, 는 말」, 「유언」과 같은 시편이 이러한 범주로 묶이게 된다.

분량으로만 따진다면 이러한 시들은 『생각을 훔치다』 전체에서 4분의
1에 가까운 비율로 묵직한 비중을 차지하고 있다. 그렇지만 이들 시편이 비
중에 합당할 만큼의 성취를 이루고 있는가는 조심스럽게 생각할 필요가
있으리라 여겨진다. 「늙은 밥솥을 위하여」의 경우에는 밥솥을 객관적 상관
물로 취하여 시적 긴장을 자아내고 있으나, 나머지 대부분의 시편들은 시
의 어조를 이어나가는 수준에 머무를 뿐 긴장이 다소 이완되었다는 인상
이 남기 때문이다. 추정컨대 자신이 느끼는 비애의 감정을 대상화하지 못한
채, 그 감정에 그대로 충직하게 이끌려가고 말았기에 빚어지는 현상이라 할
수 있다. 이러한 결과를 두고 『생각을 훔치다』에 나타나는 큰 변화가 그리
소망스럽지 못하다고 평가해야 할까. 「늙은 밥솥을 위하여」 부류의 작품
들만 두고 파악하자면, 내가 판단하기에, 그러하다고 고개를 끄덕이게 된
다. 모든 변화가 바람직할 수는 없는 일이다.

반면 그가 줄곧 관심을 가져왔던 「풀빛」, 「차르륵! 차르륵!」과 같은 '4·3
시편'들은, 분량은 소박하나 이전과 마찬가지로 울림이 여전히 전해져온다.
일견 개별자의 상처를 드러내는 데 머무르는 것으로 비칠 수 있으나, 그 뒤
에 역사적 맥락을 거느리고 있기에, 또한 오랫동안 시간을 견디어오며 발
효시킨 절절함이 배어 나오기에 그 울림이 가능해졌을 터이다. 이것을 굳이
앞선 부류의 시편들과 연관하여, 소재 선택의 문제와 결부시켜 이해하는 것
은 곤란하다. 사회적인 혹은 역사적인 문제를 직시하라는 투의 조급한 질
타가 아니라, 대상과 거리를 설정하는 시인의 태도 문제를 환기시키는 데
초점을 맞추는 나의 의도가 훼손되기 때문이다. 예컨대 『생각을 훔치다』의
'4·3 시편'들이 역사적인 참상에 분노하는 공공(公共)의 목소리로 기술되었
다면 지금의 저 울림은 현저히 떨어지고 말았을 것이다. 온몸으로 그날의
상처를 감내해내는 개별자의 목소리로 지나간 역사를 구성해낸 바로 그
자리에서 '4·3 시편'의 성취가 빚어지는 것처럼, 「늙은 밥솥을 위하여」 부류

의 시편들도 감정을 여과하며 객관화시키는 시적 장치가 결부되었더라면 한결 좋았을 터이다.

그나저나 "이젠 늙은 밥솥을 이해할 나이"라고 토로하는 시인의 심사는 퍽이나 고적하게 다가온다. 그 옆에 "아직은 저항의 나이"(「아직은 저항의 나이」)라고 결기를 곧추세우는 문동만 시인의 시구를 병렬해 보면 더욱 그러하다. 역시, 시간 앞에 장사는 없는 것일까.

2. "요놈의 애기덜을 어떵해사 허코"

『생각을 훔치다』에서 주목할 작품으로는 단연 「깨밭」을 꼽을 수 있다. 제주 방언의 특징을 실감나게 표현하는 한편, 거기에 내재하는 민중 정서까지 효과적으로 부각시켰기 때문이다. 주지하다시피 제주 방언에서는 용언 말미에 비음 'ㄴ'과 'ㅇ'이 빈번하게 출몰한다. 가령 '가서 보고 와서'는 '강 방 왕'이 되고, '그렇게 하였느냐'는 '경 핸'으로 이야기하는 식이다. 뿐만 아니라 대구(對句) 형식의 어법 또한 발달해 있기도 하다. 그런 까닭에 제주 방언은 그 자체로 이미 음악성을 풍부하게 내장했다고 이야기할 수 있다. 덧붙이자면 의성어, 의태어의 발달 또한 상당한 수준이다. 바람이 강하면 우당탕우당탕 불든가, 와랑와랑 분다고 표현하는 식인데, 덧문이 요란하게 부딪치거나 바람이 들판을 제압하는 양상이 술어에 그대로 결합한 상태로 표현된다고 하겠다. 그러니까 「깨밭」에는 이러한 제주 방언의 장점이 제대로 살아있어서 음악적인 요소에서 성공을 거두었다는 것이다.

다음은 「깨밭」의 전문이다. 우선 한번 소리 내어 읽어본 후 분석해보기로 하자. 묵독(黙讀)이어서는 곤란하다.

ㄱ아이고, 선생님양,/ ㄴ요 노릇을 어떵허코양,// ㄱ이디 학생덜이 담 넘어 댕기멍/ ㄴ이 깨밭 몬 볿아부런,/경 안 해도 ㄱ보름 탕탕 처부난/ ㄴ깨가 누원 속상헌디,// 아 요놈이 애기덜이 ㄱ넘어간다 넘어온다 허멍/ ㄴ몬 볿아부

런,∥ 그뿐이꽈, ㉠남학생 서너이가 담 넘어왕,/ ㉡저 밭담에 곱앙∥ 담배 피왕 십다다게

　㉠우리 집안에도 선생이 다섯이고/ ㉡가네덜도 다 부모이신 아이덜인디,∥ ㉠영도 못 허고/ ㉡정도 못 허고,∥이걸로 참기름이나 뽑앙 아덜네 주카 허여 신디, ㉠이래 왕 봅서게,/ 이거 누구 코에 부치쿠과, ㉡몬 쓰러젼게,∥ 요 노릇 을 어떵허코양

인용하면서 편의상 임의로 몇 가지 기호를 첨가하였는데, '/'는 구(句)의 분절을 의미하며, '∥'는 장(章)의 구분을 나타낸다. 그리고 ㉠과 ㉡은 각각 대응하는 구를 표현한 것이다. 예컨대 첫 번째 단락에서, 첫 번째 장은 워낙 명확하니 건너뛰기로 하고, 두 번째 장을 보면 "㉠이디 학생덜이 담 넘어 댕 기명"과 "㉡이 깨밭 몬 볿아부런,"은 용언의 마지막 자음이 비음 'ㅇ'과 'ㄴ' 으로 맞서면서 동일한 음성 효과를 유발하고 있다. 그리고 시작하는 어절 이 각각 '이디'와 '이'라는 지시대명사이니 이 또한 동일하다고 파악해야 한 다. 뿐만 아니라 ㉡구에서 '모두'를 뜻하는 '몬'은 의미 강조 차원에서 자연 히 길게 발음하게 된다. 즉 ㉠과 ㉡이 음절의 차이를 드러내지만, 정작 발 음을 해보면 시간의 길이는 별로 다르지 않게 나타난다는 것이다. 이렇게 ㉠과 ㉡은 훌륭하게 대응하고 있다. 제주방언의 음악성이란 바로 이러한 면모를 가리킨다. 이러한 방식으로 「깨밭」을 읽어보면, 대구법의 연쇄와 비 음의 적극적 활용이 상당한 리듬감을 창출하고 있음을 확인할 수 있다.

그런데 이러한 요소들은 그저 음악적인 전개에만 관계하는 것이 아니 라, 정서를 드러내는 데도 중요하게 한몫하고 있다. 두 번째 문단에서 알 수 있듯이, 농사짓는 아낙네의 소도리(표준어 '말전주' 또는 '이간질'의 제주 방언)와 푸념이 청자(聽者)를 향해 일방적으로 쏟아지고는 있지만, 그녀는 사실 대 구 형식을 끌어안음으로써 깨밭에서 분탕질 친 학생들의 처지까지 폭넓게 고려하고 있기 때문이다. 자, 보라. 눈앞에 펼쳐진 상황을 보면 속상하지만,

그래도 자신은 가르치는 입장에 서야 하고("우리 집안에도 선생이 다섯이고"), 학생들은 아직 보호와 이해가 필요한 처지인 까닭에("가네덜도 다 부모이신 아이덜인디"), 이렇게도 못하고 저렇게도 못하는 것 아니겠는가. 민중 정서는 바로 이 순간 분출하고 있다. 공동체를 전제했을 때에만 가능한 마음씀씀이가 건강하게 솟아나는 것이다. 그리고 이러한 민중성은 방언의 토속성과 절묘하게 맞아떨어지고 있다. 이해관계로 얽혀 '나'와 '너'로 갈라져 파편화된 세계에서는 결코 만들어낼 수 없는 풍경이라 하겠다.

"요 노릇을 어떵허코양". 깨밭에서 벌어진 분탕질의 뒷수습을 두고 아마도 늙수그레할 터인 농사꾼 아낙의 따뜻한 걱정은 마지막까지 이어진다. 그렇지만 그녀의 탄식을 듣는/읽는 청자/독자는 마음이 환해지기만 한다. 청자/독자의 마음이 그러하니 이 순간을 포착하여 시로 써 내려가는 시인의 마음은 또한 어떠했겠는가. 그러한 마음들이 모이는 자리에서 다시 만남이 시작될 수 있고, 공동체의 복원을 기대해볼 수 있을 것이다. 시인이 무한 순환하는 비애의 수레바퀴에서 벗어날 계기 역시 여기서부터 마련해 나가야 할 것이다.

『제주작가』, 2010. 봄.

바람이 머물다 가는 자리
― 정군칠 시집 『물집』에 대하여

1. 흔들리는 바람이 남겨놓은 흔적

『물집』의 세계는 고요하게 닫혀 있다. 하기야 살가죽이 부르터 올라 그 안에 물이 들어찬 물집의 형태 자체가 봉분 모양으로 완결되어 있기는 하다. 그래서 그럴까, 여기서는 아무런 경계 없이 어느 방향으로든 사납게 내달리는 바람마저도 한 곳에 가만히 머무른다. 가령 「우회도로를 빠져나가지 못하는 것들」의 다음 구절을 보자. "길의 끝에서 혹은 시작되는 곳에서/ 덩굴손이 깍지 끼어 부여잡은 팻말 하나/ 백조일손묘역 3.3㎞/ 양민학살터 3.8㎞/ 동서남북 불어온 바람이 달빛에 부서지다 다시 돌아와/ 그 언저리를 서성거린다".(3연) 팻말이 있으나 바람은 나아갈 방향을 알지 못한다. 이렇게 바람이 머무는 곳을 시인은 '길의 끝' 혹은 '시작되는 곳'으로 파악하고 있다. 지나쳐온 길의 끝이면서 동시에 나아갈 길의 시작이라면, 그곳은 바로 시인이 서 있는 현재의 그 자리가 아닌가. 바람이 머물러 있기는 「목비(木碑)」에서도 마찬가지다. "백치 같은 저 햇살"과 더불어 "4월의 바람"은 "해원상생(解冤相生) 굿이 열리는 선흘리 곶자왈/ 너른 숲을 벗어나지 못하고 가장자리를 맴돈다". 왜 『물집』에서의 바람은 무겁게 가라앉고 있는가. 그저 한 곳에서만 뱅뱅 맴돌 수밖에 없는가. 그리고 시인은 왜 하필 그 자리를 자신의 근거로 삼아야 하는가.

이러한 물음을 풀어나가기 위해서는 우선 「모슬포」에 주목할 필요가 있겠다. 무겁게 가라앉아 있다고는 하지만, 그리고 뱅뱅 맴돌고 있다고는 하지만, 제1연을 보면 그 바람의 날선 기세가 결코 만만치 않음이 드러난다. 바람은 제 자신이 스스로 날을 세우면서 파도를 몰고 다니는데, 그 파도를 하필 "슬레이트 낡은 집들"에 가두고 있다. 파도의 물 이미지가 "사람들의 눈가에 번진 물기들"을 거쳐 "항시 푸르게 일렁이더라"로 변형되는 과정으로 보건대, 아마도 낡은 집에 갇힌 파도는 그곳 사람들 감정의 수원(水源) 역할을 담당하고 있을 것이다. 아니나 다를까, 푸르게 일렁이는 그 고인 물의 깊이는 이내 "시퍼렇게 눈 부릅뜬 날것들"이라는 분노의 형상으로 전환되고 있다. 시인은 이러한 날것들이 다시 바람을 맞고 있다고 진술하였으니, 「모슬포」 제1연에 등장하는 모든 것들은 바람 속에서 자신의 존재를 이어나간다고 정리해도 무방해진다. 그러니까 시인뿐만 아니라 그가 바라보는 모든 대상까지도 바람 안에 자리를 잡고 있는 셈이다.

「모슬포」 제2연에서는 둥근 이미지가 두드러진다. 마치 바람이 늘 한 방향으로만 불어댔던 까닭에 그러한 것처럼 우선 "모슬포의 모든 길들이 굽어" 있다. 솔가지들 또한 휘어져 있고, 오랜 시간 바람에 구르고 파도에 씻긴 몽돌들 또한 둥글둥글하다. 그런데 여기서 관심을 끄는 대상은 둥글게 봉긋 솟아오른 "백조일손지묘(百祖一孫之墓)"와 "산의 상처로 파인 암굴"이다. 주지하다시피 '백조일손지묘'는 한국현대사가 낳은 비극의 상징이라 할 수 있다. 또한 「우회도로에서 빠져나가지 못하는 것들」, 「목비」에 등장하는 지역 명칭들도 같은 의미망을 지닌 어휘로 분류된다. 그러니 바람이 바깥으로 활달하게 휘몰아쳐 나가기보다, 안으로 회오리쳐 들어오며 뱅뱅 맴도는 까닭은 그 비극의 상처에서 찾을 수 있을 것이다. 아직 상처가 제대로 치유되지 못하였기에 바람이 그 주위로 몰려든다는 말인데, 제2연의 둥근 이미지란 기실 바람의 그러한 방향을 따라 생긴 것이 아닌가. 상처를 매개로 하여 이와 상동(相同) 관계를 형성하는 자연물이 바로 '암굴(暗窟)'이다. 이때 '굴(窟)'이란 드러나기보다는 은폐된 공간이라는 사실에 주목할 필요가 있으며, 여기에 접두사 '암(暗)'이 따라붙은 까닭도 밝게 치유되지 못한 상처와 관련되리라 판단할 수 있다. 이렇게 인간사와 자연사는 서로를 닮아간다. 구르고 구른 몽돌들마저 침묵할 줄 아는 이유이다. 그렇다면 시인은 이러한 세계에서 어떠한 태도를 취하고 있는가.

모슬포에 부는 바람은 날마다 날을 세우더라. 밤새 산자락을 에돌던 바람이 마을 어귀에서 한숨 돌릴 때, 슬레이트 낡은 집들은 골마다 파도를 가두어 놓더라. 사람들의 눈가에 번진 물기들이 시계탑 아래 좌판으로 모여들어 고무대야 안은 항시 푸르게 일렁이더라. 시퍼렇게 눈 부릅뜬 날것들이 바람을 맞더라.

모슬포의 모든 길들은 굽어 있더라. 백조일손지묘(百祖一孫之墓) 지나 입도 2대조 내 할아비, 무지렁이 생이 지나간 뼈 묻힌 솔밭길도 굽어 있더라. 휘어진 솔가지들이 산의 상처로 파인 암굴을 저 혼자 지키고 있더라. 구르고 구른 몽돌들이 입을 닫더라. 저마다 섬 하나씩 품고 있더라.

날마다 나를 세우는 모슬포의 바람이 한겨울에도 피 마른자리 찾아 산자고를 피우더라. 모슬포의 모든 길들은 굽어 있더라. 그래야, 시절마다 다르게 불어오는 바람을 껴안을 수 있다더라. 그 길 위에서 그 바람을 들이며 내 등도 서서히 굽어 가더라.
— 「모슬포」 전문

"날마다 날을" 세우던 모슬포의 바람이 이제는 "날마다 나를" 세우고 있다. 그러니 시인은 꽤 바람을 닮은 셈이다. 그가 "한겨울에" "피 마른자리"로 가서 "산자고를" 보게 되는 이유도 그만큼 바람을 닮아있기 때문이리라. 그렇다면 기어코 그 상처 난 자리를 지키며 보듬어 안으려는 그는

"산의 상처로 파인 암굴을 저 혼자 지키고" 있는 "휘어진 솔가지"이기도 하지 않은가. 하지만 시인은 역사의 상처를 응시하되 그 자리에서 투사로 변모하지는 않는다. 그야말로 가만히 지키고 있을 뿐이다. 그러면서 그 자신도 서서히 둥글어진다. 이리하여 남는 것은 시간뿐일까. 바람은 그러한 시간을 환기시키는 매개물인 것일까. 일찍이 박재삼 시인은 바람을 빌려 시간을 다음과 같이 환기시킨 바 있다. "천년 전에 하던 장난을/ 바람은 아직도 하고 있다./ 소나무 가지에 쉴새 없이 와서는/ 간지러움을 주고 있는 걸 보아라/ 아, 보아라 보아라/ 아직도 천년 전의 되풀이다."(「천년의 바람」 제1연) 상처를 끌어안고 있기에 『물집』의 바람은 그보다 무겁다. 젊은 시인 김경주가 두 번째 시집 『기담』의 '시인의 말'에서 다음과 같이 이야기를 했었던가. "바람은 한 번도 목장을 갖지 못하였고, 목장은 한 번도 바람을 가두지 못했다." 그렇지만 여기 스스로 발목을 잡고 상처 주위를 맴도는 바람이 있다. 『물집』은 그 바람이 흔들리며 남겨놓은 흔적이다.

2. 꽃의 울음을 듣다

『물집』 도처에서 바람을 발견할 수 있다. 그리고 그 바람은 밝고, 곧고, 새로운 것을 향하지 않고 어둡고, 둥글고, 낡은 것 주위로 불어간다. 가령 「천원 장터」에서는 "늙은 여자"가 펼쳐놓은 "온갖 푸성귀"에 그 흔적이 새겨져 있다. 아마 이 늙은 여자는 장터에서 내다팔 푸성귀들을 키우기 위해 한때 "죽자살자 밭고랑을 기던 자벌레 같은 여자"(「봄날, 다시」)가 되어야 했을 것이다. 그 질긴 시간을 견디고 나니 조금 여유가 생긴다. "천원짜리 한 장이면 채반에 담긴 푸성귀들과 텃밭의 남실바람, 새털구름이 지나간 흔적까지도 살 수 있다." 물론 천 원짜리 한 장 때문에 긴장하는 걸 보면 그리 넉넉하지는 않아 보이나, 오히려 그래서 따뜻하게 느껴진다. "일만 년 전 시간들이 겹을 이뤄 타오르는 노을"에 붉게 물드는 「노을의 지층」 또한 오랜 시간이 축적되어 있음이 분명하다. 「바람의 지문」, 「절벽」, 「혈풍(穴風)」, 「들꽃들의 사유가 쓸쓸하다」, 「용눈이오름」 등도 같은 맥락에서 읽어갈 수 있다. 물론 앞에서 언급하였던 「모슬포」라든가 「우회도로를 빠져나가지 못하는 것들」, 「목비」까지도 여기에 포함된다. 이 가운데 시선을 잡아끄는 작품은 「들꽃들의 사유가 쓸쓸하다」이다.

풍토병을 앓는 바람이 굽은 능선을 타고 내린다
오래전 이 길 걸어간 누군가의 속울음이
내게로 번지는 듯하다

철 늦은 물매화, 꽃향유, 쑥부쟁이
들꽃들의 메마른 사유가 쓸쓸하다
꽃 한 송이 피우는 게 생의 전부였을,
몸의 감옥에서 한 순간도 벗어나지 못한,

꽃의 울음인가 그 울음의 그늘인가
서늘한 기운이 나를 스친다

누구일까, 방금 아니 오래전에라도
무엇이 내 몸을 훑고 지나간 것인가

내 눈은 오래도록 밖을 향해 있었으니
나를 읽은 적은 한 번도 없다

헐벗은 봉분 위 잘못 박힌
들찔레의 가시에 찔려 무릎걸음을 하다가
아니, 몸의 어디쯤 억겁의 시간을 이어온

푸른 피멍으로 드러눕고도 싶다가

— 「들꽃들의 사유가 쓸쓸하다」 전문

「들꽃들의 사유가 쓸쓸하다」에 붙은 부제는 '용눈이오름'이다. 시인은, 이 시집에 실리지 않은, 「용눈이오름」에서 "바람마저 낮은 포복을 하는 용눈이오름"이라고 표현한 바 있다. '낮은 포복'이 "풍토병을 앓는 바람"으로까지 번졌으니 이제 바람은 오름의 형질에 한발 더 가까워진 셈이다. 그런데 바람의 길을 따르는 시인이 문득 "오래전 이 길을 걸어간 누군가의 속울음"을 느끼고 있다. 아니, "내게로 번지는 듯하다"고 하였으니 속울음 속으로 서서히 빠져들고 있다고 하는 편이 조금 더 정확하겠다. 그런데 그게 참 기이하다. "누군가의 속울음"에 관해 명료한 것은 없고 그저 "몸의 감옥"의 안팎을 넘나드는 낯선 감각만이 두드러지기 때문이다.

무언가가 내 몸을 훑고 지나간 시각은 "방금"인가, "오래전"인가. 그래, 그 "무엇"은 "누구일까". 모른다. 시인도 모를 것이다. 그래서 그는 "내 눈은 오래도록 밖을 향해 있었으니/ 나를 읽은 적은 한 번도 없다"라고 쓸 수밖에 없었다. 하지만 "몸의 감옥"을 벗어나는 사유, 즉 관계에 관한 깨달음이라면 그렇게 표현하는 것이 당연하지 않을까. 내 바깥의 것들을 내 안으로 끌어들이고, '나'를 '나' 바깥의 것들 속으로 풀어놓는 순간의 충만함! 이렇게 교차하는 지점을 진술하기 위하여 시인은 두 번이나 "아니"라는 부정어를 끌어들였다. "방금 아니 오래 전에라도"에서 한 번, 마지막 연에서 또 한 번.

혹시 제주의 용눈이오름에 올라본 적이 있는가. 충청남도 부여 출신 사진작가 김영갑(金永甲)을 매혹시켜 제주에 붙들어놓은 곳이다. 용이 누운 모양을 닮았다고 해서 붙여진 이름이라던가. 햇볕 좋은 날 그 오름에 오르면 그 부드러운 음영이 퍽 장관이다. 혹시 시인은 그곳에서 음(陰)과 양(陽)이 서로 맞서면서 끌어안는 대대(待對)라는 존재의 형식을 직감한 것이 아닐까. 이러한 가능성이 다가오는 까닭에 나는 「들꽃들의 사유가 쓸쓸하다」를 「다시 4월」이나 「용눈이오름」보다 높이 평가하게 된다. 「다시 4월」역시 이 시집에 실리지 않았는데, 여기서 시인은 4·3 유족들을 보면서 몇 번이나 "저들의 슬픔을 나는 모른다"라고 뇌인 바 있다. 거기에는 이유가 따라붙는다. 가령 이런 식이다. "우리 집은 소개당하지 않았고 내가 태어나던 시각에 아버지는 마을 외곽의 성문을 지키고 있었다". 아마 이러한 진술은 사실일 것이다. 그렇지만 그게 사실이라 한들 '나'와 '너' 사이의 거리가 그렇게 완고하게 작동한다면 '우리'는 어떠한 경로로 한데 어울릴 수 있겠는가.

「용눈이오름」 또한 마찬가지다. "누워 있다는 것은 누워 기다린다는 것/ 안과 밖을 따로 둔 적 없으나/ 한 생이 돌고 돌아간 길에도/ 경계는 지워지지 않는다"(제4연) 이 경계는 역사와 사회에 대한 무게가 만들어낸 것이 아닐까. 물론 좋은 시인이라면 그러한 무게를 기꺼이 감당해야 한다. 그렇지만 인문학적 여유에서 빚어지는 존재 성찰을 통해 그 너머로까지 나아갈 수 있어야 하는 것 아닐까. 「들꽃들의 사유가 쓸쓸하다」에서 나는 그러한 가능성을 읽고 있다.

「바람의 지문」에서도 비슷한 느낌을 전해 받는다. '내'가 세상을 보는 것이 아니라, 세상이 '나'를 들여다본다. 오래된 "문 두 짝"이 이를 매개하는 창구이다. 물론 이렇게 진행되는 시각의 전도(顚倒)는 시인에게 성찰의 계기를 제공한다. 그 성찰에 바람이 오랫동안 머물렀으니 읽을수록 그 세계가 웅숭깊게 다가온다. 한때는 상처였을 사건들이 "매운바람"으로 표현되기는 하나 시간을 덧입어 그리움의 대상으로 피어나고 있다. 그리고 그리움의 끝에서 시인은 자신을 발견한다. 시간 속에 갇힌 운명을 확인하게 되는 순간이랄까. 아마 시인 또한 언젠가 저 문턱을 넘어갈 것이다. 그의 아버지가 그러한 것처럼. 그의 어머니가 그러한 것처럼. 그 길을 따라 모든 것은 둥글어진다. "탯줄처럼 긴 골목을 휘둘러 온 바람"이 꼬불꼬불 불고 있듯이 말이다.

늦은 밤

고향집 헐릴 때 모셔와 벽에 세워놓은 문 두 짝

창구멍마다 나를 들여다보는 눈들이 있다

아파트 젖빛 유리문에 어리는 띠살문

창호지를 새로 바른 날이면

골목의 나뭇가지 이끌고 마실 나오던 달빛에

수틀 안 누이의 목련도 활짝 몸을 열곤 했다

좀이 슬기 시작한 창살에서 어린 날의 허기가

스멀스멀 기어나온다

알게 모르게 내려앉은 먼지를 닦아낸다고

문고리에 새겨진 지문들이 지워질까

먼지처럼 후, 불어 날아갈 얼룩이라면

아버지 가끔 저 문짝 걷어차지 않았으리

그럴 때마다 초가지붕의 처마처럼 어머니,

품을 옹송그리진 않았으리

간혹, 탯줄처럼 긴 골목을 휘둘러 온 바람이

이가 잘 맞지 않은 문틈으로 들어왔다 말없이 나가고

아버지 문턱을 건너신 후 다시 오지 않으시고

어머니 또한 문턱을 넘어 새로 지은 버선을 신으신 지 오래

매운바람이 드나들던 창문의 구멍을

하나 하나 헤아릴 때

그 문을 들락거리는 바람의 지문이

내 얼굴의 굵은 주름살로 자리 잡는다

— 「바람의 지문」 전문

3. 어머니의 마른 젖가슴

시집의 제목이 『물집』이다. '물집'이란 표현은 『물집』에서 세 편의 시에 등장한다. 「바다의 물집」, 「할머니 장터는 나의 태반이다」, 「첨찰산(尖察山) 쌍계사」. 그렇지만 제목에 관한 상념을 먼저 일으키는 작품은 「동광리 헛묘 앞에서」이다. "헛기침인 듯 솟은" 헛묘의 둥근 형태가 물집을 연상시킬 뿐 아니라, 물집을 터뜨리면 액체가 조금 흘러나오고는 마치 원래 안이 비어 있던 것처럼 늘어지는 것처럼 보이는 까닭에 '헛묘'라는 단어가 결합하게 되는 것이다. 이러한 이미지에 부합하는 '물집'은 「할머니 장터는 나의 태반이다」에서 확인할 수 있다. 아마 시인은 또다시 장터에 나갔나보다. 자, 채반을 늘어놓은 할머니 한 분이 한낮의 햇볕 아래서 까딱까딱 졸고 있다.

새벽잠 설친 할머니의 고개가 자꾸만 한낮의 햇볕 아래로 기운다. 각설이의 가위소리가 엿가락처럼 늘어지는 사이 몇 개의 채반은 비워지고, 고이춤 지전이 이마 주름처럼 한 겹씩 구겨질 때, 올 성긴 삼베적삼 사이로 드러나는 젖가슴. 거미집처럼 유선을 따라 젖이 돌던 자리, 뿔뿔이 흩어진 젖니들의 기억 환한 그 자리가 뭉클하다.

염장이 손길 스친 어머니 마른 젖가슴, 젖배 곯던 물기들은 내 눈썹 아래 그대로여서 몇 개의 비닐봉지로는 저 터진 물집을 다 담아내지 못한다. 빠듯한 지전을 수도 없이 건네주던 어머니가 차곡차곡 채반을 거둬들인다. 그 안에 겹상추 그늘의 애벌레로 고인 나. 말라가며 가벼워진 채반은 나의 태반(胎盤)이다.

— 「할머니 장터는 나의 태반이다」

새벽잠 설쳐가며 장터로 나와야 했던 할머니의 행색이 퍽 고단하다. 날씨가 더울수록 해는 길기만 한 법이다. 각설이의 가위소리를 따라 엿가락이 늘어갈 정도로 덥다. 다행히 몇 개의 채반은 팔아넘길 수 있었다. 그러다 어느 순간 깜빡 졸음이 들었는데, "올 성긴 삼베적삼 사이로 드러나는 젖가슴." 아마 그 할머니의 젖가슴도 과거 언젠가는 빵빵하게 부풀어 올라 자식들의 굶긴 배를 채워줄 수 있었을 것이다. 하지만 그 시절은 이미 오래 전이다. 시인은 하필 "고이춤 지전이 이마 주름처럼 한 겹씩 구겨질 때" 젖가슴이 드러났다고 했다. 할머니의 젖가슴도 그렇게 구겨져 있었으리라. "뿔뿔이 흩어진 젖니들"처럼 그 탄력도 어디론가 사라졌을 것이다. 그런데 왜 이 순간 할머니의 졸음이 그의 죽음에 닿아 있다고 느끼게 되는 것일까.

시인은 이 지점에서 자신의 어머니에 대한 기억으로 눈을 돌린다. 임종을 맞아 염장이가 수습했던 어머니의 시신에서도 그러했다. "어머니 마른 젖가슴". 그 앞에서 시인은 언제나 젖 달라고 보채는 한낱 유아기의 짐승일 따름이다. 몇 개, 몇 십 개의 비닐봉지를 가져다준들 어미의 젖을 빼앗긴 어린아이의 눈물을 모두 담아낼 수 있을까. 그야말로 물의 집, "저 터진 물집"이다. 이 순간 어머니의 '마른 젖가슴'과 시인의 "몇 개의 비닐봉지로는" 결코 담아낼 수 없는 "저 터진 물집"은 기묘하게 하나의 쌍을 이룬다. 말라버린 젖가슴도 따지고 보면 물집이 터져 생긴 결과이기 때문이다. 세상 모든 어머니와 자식의 관계가 그러할 것이다. 그렇다면 저기서 저렇게 한낮의 태양 아래 꾸벅꾸벅 졸고 있는 할머니도 세상 모든 어머니의 한 분이 아닌가. 나의 어머니도 저렇게 고된 삶을 견디면서 나를 길러내지 않았을까. 이 순간 잠에서 깬 할머니의 모습은 시인의 어머니 영상과 겹쳐진다. 돌아갈 준비를 하는지 할머니/어머니는 "차곡차곡 채반을 거둬들인다." 그러니 같은 방식으로 모든 자식은 "그 안에 겹상추 그늘의 애벌레"라고 할 수 있다. 깨닫지 못하거나, 설령 깨닫더라도 언제나 뒤늦게 깨닫게 되어서 문제지만 말이다.

시인은 왜 시집 제목을 『물집』이라 하였을까. 「할머니 장터는 나의 태반이다」를 보건대, 거기에 존재의 형식이 담긴다고 파악했기 때문일 것이다.

어머니의 젖가슴이 '물(젖)의 집'이고 보면 거기에는 생명이 깃들어 있겠고, 무언가를 느낀 그 감정에 따라 펑펑 울 수 있는 '눈물의 집'을 가진 존재라면 영혼이 살아있을 터이다. 그리고 역사적, 사회적인 상처를 안고 물집 모양 둥그렇게 솟은 여러 봉분 또한 이와 연관될 수 있다. 이 모든 것들을 감싸고 있는 것은 바람이다. 매운바람 때문에 눈물이 나고, 그 눈물을 바람이 말려준다. 그래서 나는 『물집』을 '바람이 머물다 가는 자리'라고 이해하게 된다. 『물집』의 커다란 틀을 이야기하느라, 이 시집의 두드러진 하나의 특장은 불가피하게 생략할 수밖에 없었다. 그것은 바로 고요한 장면을 언어로써 그려내는 능력이다. 여기에 대해서라면 독자들이 찬찬히 읽어보면 될 일이기에 굳이 사족을 덧붙이지 않는다.

『물집』해설, 애지, 2009.